VOTRE ENFANT

de 0 à 16 ans

Mon cœur bondit lorsque je vois
S'élancer l'arc-en-ciel :
Enfant je le ressentais fortement ;
Ainsi en est-il encore aujourd'hui
Que cela demeure quand il me faudra vieillir,
Ou bien que je meure !
L'Enfant est le Père de l'Homme.
Et j'aspire à ce que mes jours en tout temps
Restent liés les uns aux autres par cette piété naturelle.

L'arc-en-ciel (*The Rainbow*, 1802) William Wordsworth,
traduction de Maxime Durisotti © Flammarion,
Classiques Garnier.

Direction : Rachel Duc
Responsable éditoriale : Caroline Terral
Rédaction : Aurore Aimelet
Relecture : Françoise Mathay

Directeur artistique : Nicolas Vallet
Conception de mise en page, réalisation : Florence Cailly
Illustrations : Stéphanie Rubini
Photographie de couverture : Vincent Muller

Chef de studio : Karine Alary
Fabrication : Cécile Labarthe

Dr ARNAULT PFERSDORFF

VOTRE ENFANT

de 0 à 16 ans

Propos recueillis par Aurore Aimelet

Illustrations de Stéphanie Rubini

Hatier parents

SOMMAIRE PAR TRANCHES D'ÂGE

SOMMAIRE PAR THÉMATIQUES

SANTÉ

VIE QUOTIDIENNE

DÉVELOPPEMENT PSYCHOLOGIQUE

SOMMAIRE PAR THÉMATIQUES

DÉVELOPPEMENT MOTEUR

DÉVELOPPEMENT COGNITIF

SOMMAIRE PAR THÉMATIQUES

SOCIALISATION-SCOLARITÉ

LETTRE D'UN PÉDIATRE AUX PARENTS

Devenir parent, il n'y a pas de formation véritable, sauf à recopier ses souvenirs. On lit des livres, on regarde des émissions...
Être parent, c'est un apprentissage constant et c'est valable pour tout le monde, pédiatre compris.

Le nouveau-né, surtout le tout premier, arrive après une période de gestation où toutes les projections ont germé et se sont amplifiées jusqu'au jour ultime où tout le monde naît en même temps : enfant, parents, oncles, tantes, grands-parents... Et là, rien ne se passe véritablement comme prévu. Vous changez de braquet car tout change en permanence, à commencer par la communication avec votre nouveau-né : les yeux qui s'ouvrent, les cris qu'il faut décrypter, ses bruits, les mouvements de ses mains, sa tête, vos visages qu'il va apprendre à reconnaître, son alimentation, sa motricité fine et globale...
Bref, que du bonheur, mais avec au fil du temps, des moments parfois... compliqués, des trous noirs, des zones obscures où tout d'un coup, l'envie vous prend de « lui crier dessus », comme on dit par chez nous. Attention, c'est que vous en faites un peu trop, peut-être êtes-vous épuisés ou vous êtes-vous trop projetés. Ou tout simplement vos nuits sont hachées, vous allez reprendre le travail, votre conjoint n'est pas en phase avec vous pour tout, vos propres parents se permettent des réflexions maladroites !

Plus grand, votre enfant va revendiquer, refuser, se jeter par terre, trier ses aliments, hurler, tomber malade, dormir peu ou être somnambule, faire ses besoins derrière le canapé, boire la tasse dans la piscine, faire des allergies, piquer dans votre porte-monnaie, vous mentir, fumer en cachette...
D'un coup, il fera sa crise d'adolescence et vous n'aurez rien vu venir...

Tout cela n'est pas grave, car un parent comptabilise les joies et oublie les peines. Vous êtes prêts à « mûrir » au contact de votre enfant, bref vous êtes dans une interaction permanente, où la bienveillance doit rester en force. Là est l'objectif : aider votre enfant à grandir pour qu'il devienne un adulte épanoui, responsable, confiant.

Ce livre est conçu pour vous aider. J'y ai abordé toutes les grandes étapes de votre enfant, de la naissance à l'adolescence en m'appuyant sur mon expérience de 40 années de pédiatrie hospitalière et libérale. N'hésitez pas à en faire lire certains chapitres à votre ado, laissez traîner le livre sur le canapé du salon pour qu'il se l'approprie, pour lui passer des messages. Si vous êtes perdus malgré tout, parlez-en avec votre pédiatre ou visitez pediatre-online.fr, plateforme que j'ai créée pour les parents et les enfants.

En tant que pédiatre, j'ai vu des milliers d'enfants de tous âges, je vois même désormais ces enfants devenus adultes, parents à leur tour me confier leurs propres enfants. C'est dire que j'ai du recul et disons... de l'expérience. « *L'Enfant est le Père de l'Homme*[1] » ; cela signifie, l'enfant est le père, la mère de l'adulte qu'il ou elle sera. Tout est là, retenez toujours cette phrase.

Dr Arnault Pfersdorff

1. Poème de William Wordsworth poète britannique du XIXe siècle.

0-2 ANS

1. LE TROUSSEAU

INUTILE D'APPORTER VOTRE MAISON À LA MATERNITÉ.
QUE FAUT-IL (VRAIMENT) METTRE DANS LA VALISE ?

Il est fréquent que les maternités donnent des conseils et même une liste précise aux futurs parents, lors de la visite du 6e mois notamment. Anticipez et préparez ce dont vous aurez besoin en amont, pour éviter tout oubli en cas de départ en catastrophe. Si vous êtes déjà parents, jetez un œil à ce que vous possédez déjà... ou pas. Et rappelez-vous de ce qui vous a été utile... ou pas.

AVANT DE PARTIR

Pour le bébé, choisissez des matières naturelles comme le lin, le coton, la laine :

- **1 bonnet (en coton en été, en laine en hiver)**
- **1 body par jour**
- **1 pyjama par jour en coton**
- **1 brassière**
- **1 paire de chaussons**
- **1 paire de moufles éventuellement**

Pour la maman, choisissez des vêtements amples et confortables. Si vous souhaitez allaiter, n'oubliez pas l'équipement nécessaire (soutien-gorge d'allaitement, coussinets...). Livres, magazines, musiques et petits en-cas seront les bienvenus. Et pourquoi pas des photos de votre famille, voire un poster, pour personnaliser la chambre ? Évitez le parfum qui masque l'odeur naturelle du parent.
Pour le papa, oubliez l'after-shave pour la même raison, vérifiez votre barbe qui pourrait piquer, et préférez la chemise au tee-shirt pour faciliter le peau-à-peau.

À LA MATERNITÉ

La maternité vous fournit en principe les couches et tout le nécessaire pour prendre soin de votre bébé. Pensez simplement à apporter du liniment oléo-calcaire pour sa toilette.
En revanche, équipez la maison : couches jetables ou lavables, en fonction de votre choix, eau micellaire, liniment, compresses, coton, pipettes de sérum physiologique, crème pour les fesses, thermomètre, brosse à cheveux, lingettes...

Pour le séjour à la maternité, vous n'aurez pas besoin de grand-chose. Les lits et le linge sont bien sûr fournis. En revanche, vous pouvez apporter votre propre coussin (notamment s'il est à mémoire de forme) et surtout votre coussin d'allaitement, celui que vous utilisiez lors de la préparation. Si vous n'en avez pas, investissez car il aidera au développement psychomoteur de votre enfant. Pensez aussi à l'écharpe de portage – n'hésitez pas à l'essayer avant la naissance. Vous pouvez apporter un thermomètre pour vérifier la température de la chambre (19 °C) mais oubliez tout appareil de surveillance.

L'idée en plus

Pensez à dresser une liste de naissance pour donner des idées à vos proches. N'hésitez pas à anticiper en choisissant des vêtements taille 6 mois ou 1 an. Sachez aussi que la taille 1 mois est adaptée aux tout petits bébés. Optez pour du 3 mois.

POUR ALLER PLUS LOIN :
2. Le séjour à la maternité, p. 15

2. LE SÉJOUR À LA MATERNITÉ

PROFITEZ DE CES QUELQUES JOURS POUR DÉCOUVRIR VOTRE BÉBÉ ET PRENDRE DE BONNES HABITUDES À TROIS.

Le séjour à la maternité est le moment idéal pour partir à la découverte de votre bébé, le « sentir », apprendre à le connaître. Vous comprenez peu à peu son rythme, repérez ses pleurs, sa façon de respirer, de manger, de dormir, d'éliminer.

DE BONNES HABITUDES

Prenez de bonnes habitudes dès les premiers tête-à-tête.

- **Couchez votre bébé bien à plat, sur le dos. Ne mettez rien dans le berceau, ni doudou, ni couette, ni oreiller.**
- **Commencez le « maternage » dès la maternité, comme le peau-à-peau et le portage, qui peuvent être pratiqués par la maman et le papa. L'enfant a besoin de ces contacts fréquents pour développer son lien d'attachement, donc sa confiance, et pouvoir ensuite se détacher sereinement.**
- **Lorsqu'il pleure, prenez-le dans vos bras, tenez-le contre vous, parlez-lui doucement. La naissance est pour lui un changement très brutal, c'est un sevrage progressif de la vie utérine.**
- **Si vous vous sentez fatiguée, remettez-le dans son lit. Vous ne sentirez pas la fatigue venir et risquez de vous endormir. Gardez le cododo pour la maison lorsque vous aurez fait l'acquisition d'un lit adapté au vôtre.**
- **Tenez toujours compte de la fragilité de votre enfant, de son poids, de sa prématurité, de ses éventuelles fragilités.**
- **Gardez-le toujours près de vous. Même lorsque vous prenez une douche, déplacez le lit à roulettes dans la salle de bains. Vous devez pouvoir voir et entendre ce qui se passe.**

VOS QUESTIONS MÉRITENT DES RÉPONSES

Si vous avez des doutes, munissez-vous d'un petit carnet et notez toutes vos questions (premier bain, régurgitations...). N'hésitez pas à aller à la rencontre de la sage-femme, de la puéricultrice, du pédiatre. Ne culpabilisez jamais de ne pas savoir, surtout si c'est votre premier enfant. Si vous ne posez pas vos questions, vous mettrez plus de temps et d'énergie à obtenir les réponses. Après chaque visite, d'autres interrogations apparaîtront. Notez-les.

Bon à savoir

Ce temps précieux vous appartient et vous devez pouvoir vous découvrir tous les trois. Posez des règles claires pour la famille et les amis : c'est vous qui donnerez des nouvelles, vous qui proposerez, ou non, des visites. Rassurez vos proches avec un coup de fil, une photo, mais ne les multipliez pas : cette agitation est stressante pour un tout-petit.

POUR ALLER PLUS LOIN :

3. Participer en famille au suivi médical, p. 17
4. La rencontre avec son pédiatre, p. 18
14. Le retour à la maison, p. 42
15. Son premier bain à la maison, p. 45
22. Le rôle des grands-parents, p. 63

BÉBÉ

3. PARTICIPER EN FAMILLE AU SUIVI MÉDICAL

DE NOUVEAUX PARTENAIRES S'INVITENT DANS VOTRE FAMILLE : LES PROFESSIONNELS DE SANTÉ, ET NOTAMMENT LE PÉDIATRE.

EN PRÉVISION DU RENDEZ-VOUS

Avant de vous rendre en consultation, expliquez à votre enfant ce qui se passe : « Aujourd'hui, nous sortons – c'est souvent la première grande sortie ! – Nous allons voir ton docteur, et nous allons parler de toi. » S'il n'en comprend pas le sens, un bébé entend vos mots, en saisit l'intention et cela le rassure. Cette communication précoce favorise le développement de ses synapses, ces connexions qui s'établissent entre les 100 milliards de neurones qu'il possède déjà à la naissance. Chaque neurone va établir une connexion avec 10 000 autres, et cette organisation va se poursuivre jusqu'à l'âge de 15, voire 20 ans !

Inutile de vous équiper comme si vous partiez en expédition : ne couvrez pas trop votre enfant, prenez une écharpe de portage ou une poussette, de quoi le changer, le nourrir si vous devez attendre.

Bon à savoir

Un nouveau-né peut aussi être suivi par un médecin omnipraticien ou encore dans une PMI, un service de Protection Maternelle et Infantile, qui organise des consultations et des actions de prévention médico-sociale en faveur des enfants de moins de 6 ans.

POUR ALLER PLUS LOIN :
4. La rencontre avec son pédiatre, p. 18
21. Les pleurs : les comprendre, y répondre, p. 60

LA PRÉSENCE DES DEUX PARENTS

Prenez surtout du temps pour assister aux premières consultations en famille : la présence des deux parents est importante pour votre enfant. Pourquoi ?

- Cela montre que chacun s'investit.
- Vos questions, vos doutes, vos craintes ne seront peut-être pas les mêmes. Ils ne seront pas entendus et approchés de la même façon par le pédiatre ou le professionnel qui saura s'adapter.
- Vous serez deux à écouter ses réponses et ses recommandations, notamment en ce qui concerne les pleurs. Il vous rappellera au passage que les caprices n'existent pas !
- Il vous expliquera aussi que le ressenti n'est pas le même entre le parent et l'enfant. Une maman peut s'estimer « mauvaise mère » lorsqu'elle fait différemment du père, mais aussi des conseils de son entourage proche. Pourtant, c'est elle qui a le plus souvent raison...
- Bien que ce soit rare, le papa peut souffrir de ne pas trouver sa place, et se désinvestir peu à peu. Le médecin pourra intervenir et insister sur l'importance d'être parents à deux, d'avancer ensemble et en harmonie face à son enfant. Et inversement, il essayera de comprendre un papa trop investi, voire étouffant, dont les paroles sont culpabilisantes.
- Le pédiatre sera également à l'écoute de vos éventuelles difficultés, votre fatigue physique mais aussi psychique. Il saura vous rassurer au fil du temps.
- Bien entendu, son rôle sera aussi et surtout de prévenir et guérir les différentes pathologies qui peuvent affecter votre enfant.

Finalement, c'est une aventure à quatre que vous commencez. Ce travail d'accompagnement et d'écoute vous permettra de construire une relation de confiance dans la durée. Et de bienveillance.

4. LA RENCONTRE AVEC SON PÉDIATRE

C'EST DANS LES DEUX OU TROIS SEMAINES SUIVANT LA NAISSANCE QUE VOUS AUREZ UN PREMIER RENDEZ-VOUS CHEZ LE PÉDIATRE.

Évidemment, si l'état de santé de votre enfant l'exige, en cas de jaunisse par exemple, d'anomalies, d'éruptions, de prise de sang à vérifier, de difficultés à mettre en route l'allaitement, vous consulterez un pédiatre quelques jours après votre sortie de la maternité. Ce sera aussi le cas après une naissance par césarienne ou lorsque le poids de l'enfant est problématique. Sachez qu'une HAD[2] ou un PRADO[3] peuvent être mis en place : une sage-femme passera dès le lendemain du retour à la maison, puis selon un programme préétabli pour suivre le développement de votre enfant.

QUELQUES CONSEILS

Vous aurez généralement rendez-vous une fois par mois avec votre pédiatre. Comment le choisir ?

- Faites confiance au bouche-à-oreille.
- Demandez conseil à la maternité.
- Parlez-en à votre médecin de famille.
- Tâchez d'en savoir plus sur la notoriété du pédiatre, son cursus universitaire.
- Vérifiez sa disponibilité.

Que devez-vous emporter ?

- Le carnet de santé de votre enfant et ses précédents examens médicaux, s'il y en a eu ; ceux-ci sont nécessaires au suivi médical.
- Votre carte vitale, même si elle n'est pas encore à jour ; le médecin va pouvoir créer le DMP (Dossier Médical Partagé) de votre enfant et y accéder.
- Les éléments qui concernent les antécédents du bébé et/ou des membres de la famille (allergies, pathologies éventuelles, maladies génétiques).
- Votre liste de questions.

UN RENDEZ-VOUS POUR MIEUX SE CONNAÎTRE

Lors du premier rendez-vous, chacun s'apprivoise. Une confiance mutuelle doit s'installer. Pour mieux connaître votre bébé, le pédiatre vous interrogera notamment sur :

- Le contexte, votre famille, votre histoire ; rassurez-vous, le secret médical est assuré.
- La façon dont s'est déroulée la grossesse, puis l'accouchement.
- L'alimentation de votre enfant (allaitement maternel, mixte ou au biberon), sa digestion et son transit.
- Son sommeil, son rythme. Le médecin vous rappellera les règles à respecter pour éviter la mort subite du nourrisson (couchage sur le dos, sur un matelas ferme, sans oreiller, ni couette).
- Son environnement : ses frères et sœurs, vos animaux, mais aussi la salubrité de votre logement, la pollution de votre quartier... Ces informations sont toujours utiles.
- Votre congé parental, la date de reprise, le mode de garde envisagé, les grands principes du sevrage pour bien préparer les mois qui viennent.

2. https://solidarites-sante.gouv.fr/soins-et-maladies/prises-en-charge-specialisees/had-10951/had
3. https://www.ameli.fr/infirmier/exercice-liberal/service-patient/prado

Puis viendra le temps de l'examen de l'enfant, appareil par appareil. Le pédiatre contrôlera la peau, la vue, l'audition, la sphère ORL, la respiration, les réflexes archaïques, le cordon ombilical, le développement neurologique, les acquisitions neuromotrices, l'intégration neurosensorielle, la prise de poids, l'évolution de la taille, les vaccins, et bien d'autres choses.

Bon à savoir

Certains examens sont obligatoires, lors des 8 premiers jours, au 9e mois du bébé et à l'âge de 2 ans. Mais tout dépendra aussi de l'état général de votre nourrisson, de la diversification alimentaire, du calendrier des vaccins, de sa prise pondérale, de son transit intestinal, de son sommeil, et bien entendu des petites maladies infantiles à venir.

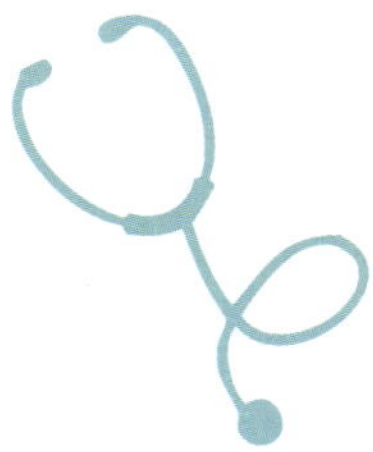

POUR ALLER PLUS LOIN :

3. Participer en famille au suivi médical, p. 17

10. Les vaccins, quel traumatisme pour lui ?, p. 32

11. La fièvre, l'otite, la bronchiolite, p. 35

5. LA VISION DU BÉBÉ

SI LA VUE EST L'UN DES DERNIERS SENS À SE DÉVELOPPER IN UTERO, ELLE SE DÉPLOIE RAPIDEMENT DÈS LA NAISSANCE.

Le fœtus est sensible à la lumière. Ses paupières restent fusionnées jusqu'à 6 mois de grossesse, puis il les ouvre progressivement. La rétine et le nerf optique ne se développent qu'en fin de grossesse, raison pour laquelle les grands prématurés peuvent connaître des difficultés de vision.

À LA NAISSANCE

À la naissance, vous observez peut-être un blepharospasme chez votre bébé : il a du mal à ouvrir les yeux. Le premier mois, il se peut aussi qu'il louche car ses yeux ne sont pas encore suffisamment coordonnés. Le centre de la vision se trouve à l'arrière du cerveau, sa maturation est donc progressive. Après quelques mois, les yeux ont une bonne coordination du point de vue moteur. Si toutefois, un problème persiste au-delà de 5 ou 6 mois, le pédiatre demandera des examens. Il doit également connaître d'éventuels antécédents familiaux (strabisme, myopie, hypermétropie).

La couleur des yeux n'est pas définitive à la naissance. Les bébés ont souvent les yeux bleu gris, puis avec le temps, des pigments se développent dans l'iris. C'est à l'âge de 8 ou 9 mois que vous aurez une bonne idée de la couleur de ses yeux mais il vous faudra attendre ses 15 ou 18 mois pour savoir s'ils seront définitivement bleus.

AU FIL DU TEMPS

Votre bébé ne voit qu'à 30 cm à peine. Son champ visuel se limite à 30° – celui de l'adulte est de 70° ! Il s'ouvrira progressivement. L'acuité visuelle, c'est-à-dire la capacité de distinguer ce qui l'entoure, se développe très vite dans les premiers mois.

- **La reconnaissance des visages.** N'hésitez pas à approcher votre visage du sien et ne bougez plus. Laissez-le regarder vos cheveux, vos yeux, votre bouche pour qu'il les mémorise. Surtout, souriez-lui : dès l'âge de 3 semaines, il est capable de reconnaître vos sourires et faire ainsi le plein de bonheur.
- **La découverte des formes et des objets.** Optez pour des éléments contrastés et de formes régulières. Le bébé doit pouvoir accrocher son regard pour s'habituer à développer son acuité et distinguer les formes.
- **La découverte des couleurs.** Choisissez le contraste (le pâle et le foncé) plutôt que de multiplier les couleurs. Au début, votre bébé voit en noir et blanc, il ne distinguera le rouge et le vert qu'à 3 ou 4 mois, puis, à l'âge de 5 mois, les autres couleurs. Cette maturation s'effectue au niveau des rétines.
- **L'évaluation des distances.** La notion de distance se développe vers 3 mois. Le bébé est alors capable de suivre des objets qui se déplacent devant lui. À 5 mois, il voit en 3D et distingue la balle du mur qui se situe derrière. À 9 mois, il sait si l'objet est près ou loin de lui. Les rétines envoient les informations au cerveau.

DES IDÉES POUR L'AIDER

Vous pouvez participer à ce développement de la vue. Parlez à votre enfant, mettez-vous à une dizaine de centimètres de lui. Laissez-le déplacer son regard. Installez un miroir près de la table à langer : il mettra du temps à comprendre que c'est lui, mais aidez-le en reflétant votre propre visage. Entre 4 et 6 mois, multipliez les mimiques. Entre 6 et 12 mois, jouez davantage : coucou/caché, bulles de savon, jeux de remplissage, de balles...

Bon à savoir

Grâce aux récentes recherches en neurosciences, nous savons que l'être humain n'est pas doté de 5 sens mais de... 7. La vue en fait partie, avec l'ouïe, l'odorat, le goût et le toucher, mais aussi l'équilibre (l'oreille interne) et la proprioception (la capacité de se situer dans son environnement), ce qui permet à l'enfant de découvrir les limites de son corps, de ses mouvements, d'évaluer sa force par rapport aux objets et... aux autres !

POUR ALLER PLUS LOIN :

6. Ce qu'il entend, p. 23

7. L'évolution de l'odorat et du goût, p. 25

8. Ses découvertes par le toucher, p. 27

35. Je tiens assis, p. 92

6. CE QU'IL ENTEND

VOTRE ENFANT A L'OUÏE FINE. N'HÉSITEZ PAS À LUI PARLER POUR L'APAISER ET FAVORISER L'ACQUISITION DU LANGAGE.

Lors de la vie fœtale, l'audition se développe complètement entre la 28e et la 30e semaine de grossesse (sur les 40 habituelles). La déficience auditive, encore appelée surdité, est le déficit sensoriel le plus fréquent chez l'enfant.

DES IDÉES POUR L'AIDER

Inutile d'en faire trop et de solliciter ses sens tous azimuts : vous risqueriez une surstimulation ! Cela dit, place à la communication :

- De même que l'ambiance ne doit pas être trop lumineuse, vous privilégiez une atmosphère calme. Tâchez de chuchoter lorsque vous vous adressez à lui : il perçoit votre voix normalement et vous reçoit 5 sur 5.
- Face à votre enfant, il est conseillé de bien articuler les mots que vous prononcez, en mobilisant votre bouche ; ainsi le bébé mémorise vos mouvements – vous avez bien sûr la possibilité de vous adresser à lui en dehors de son champ de vision.
- Vous pouvez utiliser les mêmes mots dans les mêmes situations, lors du bain, du change ou du repas. Sollicitez, chuchotez, articulez et répétez.
- Mieux vaut lui raconter le plus souvent possible ce qui se passe : annoncez-vous quand vous entrez dans sa chambre, dites-lui que c'est l'heure de la promenade, décrivez son environnement comme vos gestes, vos actions, expliquez-lui que le médecin va lui faire une piqûre, etc. Cela lui permet peu à peu d'anticiper et de se rassurer.
- Vous éviterez de lui mentir. Essayez de ne pas lui dire de paroles en l'air ! Acquérir le langage, c'est développer la capacité d'utiliser des mots appropriés. Même lorsque vous vous adressez à un nouveau-né, votre vocabulaire est adapté à chaque action (et oubliez les mots infantilisants).
- Lorsqu'il prononcera ses premiers mots, vous pourrez les répéter après lui.
- Ne criez pas, ne hurlez pas. Cela génère du stress chez l'enfant.
- N'hésitez pas à lui réciter des comptines, à lui chanter des berceuses. Ces mélodies répétitives, ces paroles toutes simples l'apaisent, surtout lors des moments délicats (voyages, lieux très fréquentés, bruyants ou inconnus).
- Si vous manquez d'inspiration ou de confiance en vous, certaines activités, notamment celles issues de la pédagogie Montessori, peuvent être de bons supports.
- Si vous êtes bilingue, vous parlerez votre langue maternelle avec votre enfant. Au début, il mélangera sans doute les deux langues, puis au cours de ses 18 premiers mois, il parviendra à faire la différence.

Bon à savoir

Dès qu'il entend un bruit, un bébé cligne des yeux. C'est un réflexe acoustique automatique. Cela dit, un enfant sur mille naît sourd profond. Un dépistage[4] a lieu au 3e jour de vie afin d'examiner les réactions du nerf auditif et dépister uniquement les surdités congénitales. Plus tard, si l'enfant ne se tourne pas à l'appel de son prénom, à 6 ou 8 mois, alors il faudra procéder à un nouveau dépistage pour détecter un autre type de surdité profonde ou partielle et optimiser l'acquisition du langage et l'adaptation sociale.

4. Oto-émissions acoustiques.

AU SECOURS ! IL HURLE…

Sachez que les pleurs et les cris sont parfaitement normaux : c'est le seul moyen qu'a votre enfant pour se faire entendre. C'est aussi une façon de tester l'environnement : votre enfant vérifie l'audition des autres, constate que ceux-ci s'approchent de lui : « Si je crie, j'existe, quelqu'un va venir s'occuper de moi. »

Voilà pourquoi on ne laisse jamais un bébé hurler sans rien faire, ni signaler sa présence. Car alors l'enfant perd confiance en lui, en ses capacités, ce qui engendre une mauvaise estime de soi et favorise la sécrétion de cortisol, l'hormone du stress. Devenu adulte, il pourrait souffrir d'instabilité, dans sa vie relationnelle, affective et professionnelle.

POUR ALLER PLUS LOIN :

5. La vision du bébé, p. 21
7. L'évolution de l'odorat et du goût, p. 25
8. Ses découvertes par le toucher, p. 27
11. La fièvre, l'otite, la bronchiolite, p. 35

7. L'ÉVOLUTION DE L'ODORAT ET DU GOÛT

L'OLFACTION EST L'UN DES PREMIERS SENS À SE METTRE EN PLACE DÈS LA VIE FŒTALE, DANS LA ZONE ANTÉRIEURE DU CERVEAU, À LA 10E SEMAINE DE GROSSESSE.

L'ODORAT AU FIL DU TEMPS

Les narines se développent après 5 ou 6 mois, mais sont encore obstruées. Les chercheurs ont mis en évidence les capacités olfactives du fœtus. On sait par exemple qu'il est sensible à certaines odeurs (le liquide amniotique, les molécules présentes dans le sang) et qu'il a déjà ses préférences : il reconnaît l'ail, le cumin, le fenouil, la carotte et l'anis.

À la naissance, votre enfant pousse son premier cri et expulse ainsi le liquide présent dans les voies respiratoires. Ses poumons, jusqu'alors ratatinés, se déploient. Le corps médical va vérifier que ses narines sont bien perméables et débouchées.

Les odeurs sont des substances volatiles, chimiques. Ces phéromones sont captées sur les cornets du nez. Le sens de l'odorat se développe rapidement dès la naissance et jusqu'à l'âge de 6 ou 7 ans. Peu de parents pensent à accompagner ce développement, privilégiant le toucher ou la vue. Pourtant, c'est un sens tangible pour le bébé qui s'y réfère beaucoup : le lait de sa maman, l'odeur de ses parents sont des repères essentiels pour lui.

Bon à savoir

Le bébé a bien plus de perceptions olfactives et de papilles gustatives que l'adulte : il reconnaît les odeurs et les aliments comme personne ! Vous pouvez accompagner cette découverte lentement, mais sûrement, pour lui apprendre peu à peu à distinguer les différentes fragrances et saveurs.

QUE DEVEZ-VOUS RETENIR ?

- Votre enfant reconnaît les odeurs sécurisantes.
- Instinctivement, il tourne la tête vers le mamelon. Il s'agit d'un réflexe, certes, mais l'olfaction y participe.
- Il renifle et repère quand sa maman (si elle allaite) est présente dans la même pièce.
- D'après des études sur les grimaces des nourrissons, on sait que certaines odeurs spécifiques lui déplaisent, le chou par exemple ou certains végétaux, notamment résineux.
- Votre enfant reconnaît l'odeur de sa mère dès la naissance. Grâce au peau-à-peau, il s'habitue vite à celle de son père. En quelques semaines, il mémorise les odeurs de ses proches.
- Il parvient aussi à définir sa propre odeur, ce qui est important puisqu'elle le rassure. Voilà pourquoi vous ne devez pas le laver tout de suite : laissez-le s'imprégner de son univers olfactif pour qu'il s'habitue à son nouvel environnement. Attendez 2 ou 3 jours avant de donner le bain suivant, ce qui favorise par ailleurs le développement du microbiote cutané.
- Veillez aux odeurs trop fortes, privilégiez les senteurs naturelles : évitez le parfum, les huiles essentielles et les bougies. Aérez les pièces très régulièrement. Et n'utilisez pas de lessive parfumée.

LE SENS DU GOÛT

Il se met en place autour de 5 ou 6 mois lorsque le fœtus avale le liquide amniotique et l'apprécie plus ou moins. On a remarqué que, lorsque la mère ingère des boissons très sucrées, il l'avale plus rapidement. Mais, quand cela ne lui plaît pas, il prend son temps. Ne changez pas vos habitudes, mais évitez les substances fortes.

À la naissance, un bébé est capable de détecter des saveurs :

- **Il grimace parfois lorsque le lait maternel a un goût différent ; il s'étonne ou fait la moue.**
- **Il peut même repousser le sein si sa maman a mangé du chou ou de l'orange.**
- **Le salé ne le dérange pas mais il n'aime pas l'amertume.**
- **Il adore le sucre et apprécie le café, donc modérez votre consommation.**
- **Il est souvent mécontent au moment du sevrage : le biberon n'est décidément pas aussi plaisant que le lait maternel.**

POUR ALLER PLUS LOIN :

5. La vision du bébé, p. 21
6. Ce qu'il entend, p. 23
8. Ses découvertes par le toucher, p. 27
17. La diversification alimentaire et la DME, p. 51

8. SES DÉCOUVERTES PAR LE TOUCHER

LE TOUCHER EST LA TOUTE PREMIÈRE CAPACITÉ SENSORIELLE QUI SE DÉVELOPPE CHEZ LE FŒTUS.

Des récepteurs tactiles se déploient vers la fin du deuxième mois de grossesse dans sa bouche. On observe un réflexe d'agrippement au troisième mois. Lors des échographies, vous apercevez le fœtus tendre son visage vers la sonde, dans un réflexe primitif.

AU FIL DU TEMPS

Le sens du toucher va se développer très vite. À la naissance, votre bébé y est déjà très sensible, même si ses gestes ne sont pas volontaires et ordonnés.

- Il sait déjà s'agripper et réagit aux points de pression. La kinésithérapie, l'ostéopathie ou encore l'acupuncture peuvent ainsi le soulager, en cas de reflux ou de douleurs.
- L'effet alarme est opérationnel : en cas de brûlure ou de douleur, le bébé retire sa main ou sa jambe.
- Dès les premiers mois, il ferme la main pour se familiariser avec la forme, la taille, la texture et la matière des éléments.
- Il sent aussi beaucoup de choses avec les pieds ; vous pouvez d'ailleurs le laisser pieds nus pour qu'il découvre la moquette, l'herbe, le parquet – excellent pour la mémorisation et l'apprentissage de son positionnement par rapport au monde (sens de l'équilibre, de la proprioception).
- Le goût intervient dans le développement du toucher ; il met sa main, mais aussi les objets à la bouche et découvre ainsi la forme, la température, les textures de son corps, du sein, du biberon : son espace péri-buccal devient un véritable scanner.
- À l'âge de 6 ou 7 mois, il associe ce qu'il touche et ce qu'il voit, grâce à une coordination au niveau du cortex ; sa capacité d'analyse s'affine.
- Entre 2 et 4 ans, reconnaître des objets les yeux fermés en les palpant lui plaira beaucoup.

DES IDÉES POUR L'AIDER

Le toucher est essentiel dans la construction de son rapport au monde. La peau est l'organe qui présente le plus de capteurs et possède la plus grande surface. Certaines ramifications nerveuses sont plus concentrées, notamment au niveau de la bouche, du pouce et des pieds. N'hésitez pas à favoriser ces échanges avec l'extérieur.

- **Vous pouvez le familiariser très tôt à la notion de sécurité** : déposez quelque chose de froid ou de chaud sur sa main et expliquez-lui ce qui se passe : il sent des picotements, de la chaleur, des frissons…

L'idée en plus

Et si vous vous offriez des cours de massage ou de baby yoga ? Vous passerez un bon moment avec votre bébé et apprendrez des techniques favorables à son éveil sensoriel et psychomoteur. Il est essentiel que le bébé soit touché, caressé, porté, massé. Un manque pourrait conduire à une dysharmonie corporelle.

- **Les caresses et les massages** lui permettent de se développer dans un environnement positif, ils favorisent son développement corporel, cognitif et affectif.
- **Laissez-le explorer son corps** : il touche volontiers ses oreilles, joue avec ses pieds, tire sur ses mains ou profite du change pour découvrir son anatomie ! Il se découvre lui-même, ce qui est extrêmement positif.
- **Le rampage fait partie du toucher** ; dès la naissance, vous pouvez l'installer sur le ventre quelques minutes plusieurs fois par jours, toujours sous votre surveillance ; ainsi il se dégourdit les jambes, les bouge, les replie, et se masse le ventre, ce qui apaise ses tensions musculaires et favorise sa digestion.
- **Les moments de peau-à-peau**, plus encore si votre bébé est prématuré, sont à privilégier. Ces contacts fréquents aident au développement du toucher, de l'olfaction, mais aussi à l'allaitement et au développement du microbiote cutané. Les pères sont souvent demandeurs de ce peau à poils et ça tombe bien ! Car le bébé a besoin de cette complicité.
- **Le portage** lui aussi est bénéfique pour le nourrisson : celui-ci, en contact direct avec son parent, développe un sentiment de sécurité ; vos mouvements le bercent et le massent.
- **Le toucher** passe aussi par l'hygiène. Dès l'âge de 8 ou 10 mois, votre enfant vous fera savoir que sa couche est sale, en gigotant, voire en pleurant.

POUR ALLER PLUS LOIN :

5. La vision du bébé, p. 21
6. Ce qu'il entend, p. 23
7. L'évolution de l'odorat et du goût, p. 25

9. LES PREMIÈRES DENTS

C'EST À PARTIR DE 7 MOIS QUE LES PREMIÈRES DENTS APPARAISSENT. MAIS CERTAINS BÉBÉS ATTENDENT 16 MOIS QUAND D'AUTRES SONT EN AVANCE.

Cette étape est plus impressionnante pour le parent que pour l'enfant. Car l'arrivée d'une dent est progressive. Dès 6 semaines, les dents avancent dans les gencives, micron par micron ; c'est ce que l'on appelle les poussées. Après plusieurs mois, l'éruption est visible, ou plutôt audible : le bruit de la cuillère confirme l'apparition d'une dent.

LES POUSSÉES DENTAIRES

Lors des poussées dentaires, à partir de 6 à 8 semaines, l'enfant salive beaucoup. Et pour cause ! La salive a des effets anti-inflammatoires. Or, cette inflammation de la gencive est une porte ouverte aux virus, d'autant que le bébé met fréquemment la main à la bouche. L'organisme réagit alors et vous observez :

- **une toux, de la fièvre (attention aux surinfections, rhinites, otites, bronchiolites) ;**
- **une baisse de son appétit ;**
- **un comportement grincheux ;**
- **l'augmentation transitoire d'un reflux ;**
- **des fesses rouges, une diarrhée (la constitution des selles change) ;**
- **des joues rouges (la sécrétion de la salive est apparente).**

En cas d'érythème fessier, n'hésitez pas à lui laisser les fesses à l'air libre régulièrement. Vous pouvez aussi opter pour une crème hydratante à chaque change. Pour soulager ses gencives, vous passerez votre doigt sous l'eau froide et masserez la zone sensible. En cas de douleurs, vous donnerez des granules homéopathiques, comme le *Chamomilla* (ne vous inquiétez pas, il ne s'étouffera pas) ou du paracétamol prescrit par votre médecin (15 mg par kg toutes les 6 heures). Sachez aussi que les baumes sont rarement efficaces et que les colliers d'ambre, qui présentent des risques, sont à éviter, de même que l'eau sucrée qui favorise les caries.

Bon à savoir

La tétine et le pouce ont des conséquences sur le positionnement des dents et creusent le palais (un traitement d'orthodontie sera probablement nécessaire à l'adolescence). Le besoin de téter est normal puisque ce mouvement sécrète des endorphines et calme l'enfant. Certains bébés en ont plus besoin que d'autres, notamment quand ils se sentent fatigués ou sont affectés par une émotion. Il faut donc les rassurer, les porter davantage, leur parler, multiplier les interactions pour éviter le recours systématique au pouce ou à la tétine. Vous trouverez le bon équilibre ! Observez votre enfant et tâchez de savoir de quoi il a besoin lorsqu'il réclame de téter. Vous partagerez ces informations avec les personnes qui le gardent, l'assistante maternelle ou l'équipe de la crèche.

L'APPARITION DES DENTS

C'est à partir de 8 ou 9 mois que l'éruption dentaire a lieu. Mais, en tant que telle, elle ne fait pas mal : il s'agit simplement de la résultante de la poussée. Apparaissent donc les deux premières dents du milieu et du bas (incisives), puis les quatre du haut.
Le soin des dents commence dès leur apparition. De quoi avez-vous besoin ? D'une brosse à dents souple et uniquement de l'eau. À 24 mois, ajoutez un grain de riz de votre dentifrice fluoré et apprenez-lui à les brosser matin et soir.
Votre premier rendez-vous chez le dentiste peut attendre l'âge de 3 ans ; profitez simplement de l'une de vos consultations et emmenez votre enfant. Si vous observez un petit problème (dent mal positionnée ou manquante), alors, bien sûr, vous avez tout intérêt à en parler plus tôt à un dentiste.

POUR ALLER PLUS LOIN :

17. La diversification alimentaire et la DME, p. 51
21. Les pleurs : les comprendre, y répondre, p. 60
25. L'enfant qui mord, p. 70

10. LES VACCINS, QUEL TRAUMATISME POUR LUI ?

UN VACCIN N'EST JAMAIS UNE PARTIE DE PLAISIR, NI POUR L'ENFANT, NI POUR LES PARENTS. UNE DOULEUR EST RESSENTIE DANS LE MUSCLE AU MOMENT DE L'INJECTION DU PRODUIT, MAIS QUASIMENT PAS AU NIVEAU DE LA PEAU.

Sa première piqûre n'est pas un vaccin mais une prise de sang, au troisième jour de vie, en vue des dépistages génétiques de Guthrie. Quelques gouttes de sang sont prélevées sur la main de votre bébé, puis envoyées au laboratoire pour vérifier plusieurs maladies, notamment la mucoviscidose. Pour prévenir la douleur, la puéricultrice ou la sage-femme lui fera boire une solution sucrée deux minutes avant le prélèvement. Vous pourrez aussi lui proposer le sein.

LE CALENDRIER DES VACCINS

La vraie première douleur apparaîtra lors des premiers vaccins dont le calendrier est le suivant :

- **À l'âge de 2 mois**, deux seringues différentes contenant les 7 protections suivantes : tétanos, poliomyélite, coqueluche, diphtérie, hépatite B, pneumocoque, haemophilus.
- **À 4 mois**, la même chose.
- **À 5 mois**, le vaccin contre la méningite C.
- **À 11 mois**, un premier rappel des vaccins faits à 2 et 4 mois.
- **À 12 mois**, le vaccin trivalent contre la rougeole, les oreillons et la rubéole.

Nous arrivons ainsi aux 11 vaccins obligatoires tels que prévus par la loi.

QUE VA-T-IL SE PASSER ?

Les injections s'effectuent dans les cuisses. L'aiguille en elle-même ne fait pas mal car elle est très fine et le geste, lui, très rapide. C'est la diffusion du produit dans le muscle qui est douloureuse et les patchs ne sont malheureusement pas très efficaces. Pour le bébé, c'est une grande première car c'est une sensation qu'il ne connaît pas. Il faut donc le préparer pour qu'il vive ce moment délicat le mieux possible :

1. **Vérifiez le bon état général de votre bébé.** Il peut arriver qu'on repousse le vaccin en cas de rhume, par exemple.
2. **La veille, vous pouvez opter pour un traitement homéopathique.** Le jour J, vous renouvelez l'opération, en fonction des conseils de votre médecin.
3. **Expliquez à votre enfant ce qui va se passer.** Au ton de votre voix, il comprendra certaines choses et s'apaisera : « Le médecin va te faire un peu mal, mais tout va bien se passer, je suis là. » Prévenez-le, ne lui mentez pas, pour instaurer la confiance. Si vous gardez le silence, un non-dit s'installe, ce qui peut générer de l'anxiété, des troubles du sommeil… Prenez cette bonne habitude dès le début car ainsi l'enfant intègre ces informations au niveau du néocortex ; lors des prochains vaccins, grâce à la mémorisation et au rôle des bons neurotransmetteurs, il réagira mieux.

4. **Procédez comme à la maternité**... Allaitez votre enfant dans la salle d'attente, ou proposez un biberon. Ou éventuellement une solution sucrée que le médecin vous aura prescrite. Ainsi repu, le nouveau-né sécrète des endorphines, des antidouleurs naturels.
5. **Au moment du vaccin, remettez-le au sein ou donnez-lui sa tétine.** Téter apaise l'enfant, ce qui diminue la douleur. Bercez-le, caressez-le, parlez-lui, chantez-lui un air qui le rassure et le calme.
6. **Après un premier vaccin, gardez votre bébé dans les bras** et continuez de le bercer doucement. Le médecin attendra qu'il s'apaise pour faire le deuxième vaccin.
7. **Les injections une fois terminées, vous pouvez le garder près de vous ou le passer à l'autre parent s'il est là.** Ne le rhabillez pas tout de suite : vous avez le temps. L'essentiel est que votre enfant s'apaise. Souvent, la douleur passe vite, en quelques secondes. Mais parfois, les bébés pleurent plus longtemps : ils n'ont pas compris ce qui s'était passé, ils sont fâchés ou perturbés.

L'idée essentielle est de toujours parler à votre enfant, de lui dire que c'est pour son bien, de lui expliquer, lors de chaque séance vaccinale, à quoi servent ces injections, et comment le médecin va procéder.

Bon à savoir

Un petit mot sur les patchs à effet anesthésiant. L'effet bénéfice-risque n'est pas optimal pour les vaccins, car la peau n'est anesthésiée que sur 4 millimètres environ, alors que le produit sera injecté à 2 centimètres de profondeur dans le muscle. Ces patchs ont davantage d'utilité pour les prises de sang ou lors du traitement d'une verrue, par exemple. Ils présentent également un intérêt pour les enfants plus grands qui somatisent à l'approche d'un vaccin : l'effet patch aura un certain effet placebo... ouf.

POUR ALLER PLUS LOIN :

3. Participer en famille au suivi médical, p. 17
4. La rencontre avec son pédiatre, p. 18
21. Les pleurs : les comprendre, y répondre, p. 60
42. Ses premières vacances, p. 109
54. Le point sur les vaccins, p. 142

11. LA FIÈVRE, L'OTITE, LA BRONCHIOLITE

VOTRE ENFANT NE SERA PAS ÉPARGNÉ PAR LES PREMIÈRES MALADIES ET C'EST AINSI QU'IL VA SE RENFORCER SUR LE PLAN IMMUNITAIRE.

SA PREMIÈRE FIÈVRE

La première fièvre peut déjà apparaître entre 6 et 8 semaines, au moment des poussées dentaires. Ce ne sont pas les dents mais les virus qui, après avoir pénétré par la gencive ou le rhino-pharynx fragilisés, déclenchent une réaction immunitaire, en particulier une élévation de la température. Cela dure en général de 24 à 48 heures.
Pour ne pas être pris au dépourvu, veillez toujours à avoir un thermomètre (le modèle rectal est plus fiable) et du paracétamol (en suspension buvable ou en suppositoires à la dose de 15 mg/kg toutes les 5 à 6 heures). Ne paniquez pas car la fièvre est plutôt bien tolérée. Si votre bébé a moins de 3 mois, informez votre pédiatre, au moins par téléphone.

Que faire ?

- Prenez sa température lorsque votre enfant est calme – les pleurs, les cris le « chauffent ».
- Vous commencerez par le déshabiller pour le laisser en couche 30 minutes.
- Vous pouvez humidifier son front et son thorax.
- Reprenez sa température au bout d'une demi-heure. Souvent, le fait de le dévêtir fait chuter la température d'½°C.
- Si elle persiste et se situe au-delà de 38 °C s'il a moins de 12 mois, ou 38,5 °C s'il a plus de 1 an, vous lui donnerez une dose de paracétamol liquide, en fonction de son poids. S'il refuse de boire à la pipette, le suppositoire est une alternative.
- Proposez-lui à boire régulièrement pour maintenir une bonne hydratation.
- Si, après une heure, la fièvre se situe toujours au-delà de 38,5 °C, vous pouvez administrer une dose d'ibuprofène aux enfants de plus de 6 mois. Respectez un intervalle de 3 heures entre la prise du paracétamol et la prise de l'ibuprofène ; et donc 6 heures entre deux prises du même médicament.
- Surveillez son état général : si votre bébé est pâle et peu réactif, s'il ne boit pas ou vomit, prenez rendez-vous chez le médecin sans tarder.

Les gestes à retenir

- Ne le couvrez pas
- Ne le laissez pas dans une pièce trop chauffée
- Ne lui donnez pas un bain tiède, ce qui favorise la convulsion

SA PREMIÈRE OTITE

L'otite est une infection de l'oreille externe, moyenne ou interne, dont le diagnostic est nécessairement établi par un médecin qui, à l'aide d'un otoscope, examine les différentes parties de l'oreille.
Il est important d'éviter les otites à répétition car elles présentent un risque pour l'audition, et à terme, l'acquisition du langage.
Pour éviter les otites, une bonne hygiène rhino-pharyngée est importante à respecter : des lavages de nez, le nettoyage régulier des mains de toute la famille, et parfois l'éviction de la crèche sont nécessaires.

Quels sont les symptômes ?

- **Votre enfant se touche l'oreille.**
- **Il est dans un état agité.**
- **Il peut (ou pas) avoir de la fièvre.**
- **Son sommeil est perturbé.**
- **Il crie, pleure beaucoup, en particulier la nuit et vous avez du mal à le calmer.**
- **Vous observez (ou pas) un écoulement depuis l'oreille.**
- **Son appétit diminue.**
- **Il semble ne pas vous entendre.**

Quels sont les traitements ?

Lorsque les otites sont d'origine bactérienne, des antibiotiques sont prescrits. Mais, le plus souvent, les otites sont virales. Aussi, vous donnerez des antiinflammatoires, des antidouleurs ou un anti-fièvre procéderez à des soins adaptés : lavages de nez, parfois gouttes dans les oreilles.
Les otites débutent vers l'âge de 6 mois, quand l'enfant découvre la crèche ou la vie en communauté. Sachez que certains bébés sont plus sensibles que d'autres : l'anatomie et la taille des conduits auditifs, le système immunitaire de l'enfant, une éventuelle carence en fer, une naissance prématurée, un épaississement des végétations adénoïdes peuvent favoriser ces infections.

Bon à savoir

D'autres maladies viendront affecter votre jeune enfant. Il aura probablement le nez qui coule (rhinite), de la toux isolée ou les deux (rhino-pharyngite). Il connaîtra aussi la conjonctivite, l'eczéma et peut-être d'autres petites dermatoses (mycoses). Mon conseil : privilégiez l'hygiène. Et surtout évitez toute automédication.

Si elles sont fréquentes, le pédiatre vérifiera que votre enfant ne souffre pas de reflux gastro-œsophagien (RGO) et, le cas échéant, mettra en place un traitement anti-RGO. Il pourra aussi décider de faire enlever les végétations vers l'âge de 2 ou 3 ans, et de poser des drains transtympaniques, si nécessaire, selon l'avis de l'ORL qui sera alors consulté. Cette intervention n'est pas en lien avec les amygdales.

SA PREMIÈRE BRONCHIOLITE

La bronchiolite est une infection aiguë, virale, respiratoire, épidémique et saisonnière (de novembre à mars en général). Elle touche les bébés de 1 mois à 2 ans à la périphérie des bronches, juste avant la zone où ont lieu les échanges gazeux en oxygène. Le sang risque alors de mal s'oxygéner et votre enfant peut montrer des difficultés respiratoires. L'enfant respire plus vite et plus souvent, il peut s'asphyxier, se déshydrater. Parce que cette infection, le plus souvent bénigne heureusement, peut s'aggraver chez un tout-petit, il est absolument nécessaire de consulter pour obtenir un diagnostic.

Quels sont les symptômes ?

- **Votre enfant a de la fièvre (mais pas toujours).**
- **Il a du mal à s'alimenter, à boire.**
- **Il est anxieux.**
- **Il est pâle.**
- **Une forte toux l'encombre, qui n'en finit pas, il n'arrive pas à expectorer.**
- **Son état général se dégrade.**

La bronchiolite s'attrape souvent à la crèche, voire à l'école. Dans 70 à 90 % des cas, c'est le VRS, Virus Respiratoire Syncytial, qui est responsable de l'épisode de bronchiolite, un épisode qui peut durer plusieurs semaines.
La guérison est souvent spontanée grâce à de fréquents lavages de nez avec du sérum physiologique (6 à 8 fois par jour). Vous pourrez utiliser un mouche-bébé une fois sur deux. Il est important que toute la famille veille à l'hygiène de ses mains et mieux vaut tenir les aînés à distance pour éviter une surinfection avec un autre microbe.

Parce que la bronchiolite est contagieuse, la crèche pourra demander l'éviction de votre enfant. Les séances de kinésithérapie respiratoire ne sont plus aussi souvent prescrites, sauf dans des cas exceptionnels. Il est rare d'hospitaliser l'enfant, sauf s'il est déshydraté et/ou épuisé, pour mieux le surveiller.

Que faire ?

- **Veillez à bien hydrater votre enfant et surveillez la fréquence de ses urines.**
- **Continuez de le nourrir en fractionnant les repas, les tétées.**
- **Procédez à des lavages de nez (voir plus loin).**
- **Surélevez son matelas de 30° et couchez-le sur le dos, cela peut l'aider à mieux respirer.**
- **Ne chauffez pas trop sa chambre (18 à 19 °C, c'est très bien).**
- **Humidifiez la pièce (taux de saturation à 50-55 %).**
- **Rassurez votre bébé en le portant souvent contre vous.**

POUR ALLER PLUS LOIN :

3. Participer en famille au suivi médical, p. 17
4. La rencontre avec son pédiatre, p. 18
12. Le lavage de nez, p. 38
21. Les pleurs : les comprendre, y répondre, p. 60

12. LE LAVAGE DE NEZ

LE BÉBÉ NE SAIT RESPIRER QUE PAR LE NEZ, PAS ENCORE PAR LA BOUCHE. D'OÙ L'IMPORTANCE DE LIBÉRER LES NARINES.

Pendant la grossesse, son petit nez était noyé dans le liquide amniotique. À la naissance, l'air arrive, les poumons se déploient, c'est magique ! Et cela suppose un peu d'entretien... Les voies aériennes supérieures doivent être dégagées. Dans les jours, les semaines et les mois qui suivent la naissance, la muqueuse nasale va maturer. Le microbiote se développe pour filtrer tout ce que l'enfant respire, notamment les microbes avant qu'ils n'arrivent dans les alvéoles. Les processus de défense se mettent en place. Donc, très vite, vous observez des écoulements au niveau du nez car la muqueuse n'est pas encore mature.

UN AIR SAIN POUR UN NEZ EN BONNE SANTÉ

Optez d'abord pour la prévention :

- **Veillez à conserver à la maison un taux de saturation en eau (hygrométrie) de 50-55 %.**
- **Aérez régulièrement votre domicile, en particulier sa chambre au moins une heure avant le coucher – attention à la pollution, si vous habitez près d'un axe routier, par exemple.**
- **Ne fumez pas, pas même à la fenêtre. Si vous craquez pour une cigarette, sortez à l'extérieur et changez de vêtements en rentrant. En effet, les molécules de la cigarette (même électronique) se fixent sur les tissus que votre bébé va respirer lorsque vous le prendrez à nouveau dans vos bras.**
- **Évitez autant que possible le contact avec les animaux.**
- **Ne multipliez pas les peluches, qui sont des nids à acariens. D'une manière générale, rien ne doit encombrer son lit.**
- **Si vous êtes vous-même enrhumé(e), portez un masque, utilisez des mouchoirs jetables, lavez-vous les mains. Il vous faut protéger votre enfant qui n'a pas encore développé suffisamment d'anticorps.**
- **Si vous travaillez dans un environnement à risque (pharmacie, EHPAD, hôpital, crèche, par exemple), changez-vous à votre retour et lavez-vous les mains et le visage.**

IL EST ENRHUMÉ

Si votre bébé a le nez « pris », s'il coule ou semble bouché, l'affection est généralement virale. Il convient alors de procéder à des lavages de nez, appelés DRP (drainage rhinopharyngé), à l'aide de sérum physiologique. En nettoyant les sécrétions qui stagnent dans les narines, vous permettez à votre enfant de mieux respirer. Il est possible, si le nez est complètement bouché, que votre médecin vous prescrive des sérums hypertoniques, donc plus forts, à base d'eau de mer, ou, dans certains cas, des solutés contenant des corticoïdes. Mais ne faites jamais d'automédication.

Comment procéder ? Dans tous les cas, ne bloquez pas votre enfant sur le dos. Cette sensation d'être coincé, enfermé, est pour lui traumatisante. Il existe deux techniques, adaptées à son âge. Veillez à toujours utiliser du matériel propre (mouchoirs jetables, dosettes à usage unique).

La première technique consiste à moucher votre nourrisson en position allongée. Couchez-le sur le côté, sur la table à langer. Positionnez la pipette de sérum physiologique à l'entrée de la narine. Ce faisant, vous expliquez votre geste en prononçant des paroles apaisantes. Puis, versez deux gouttes, pas davantage, contre la narine dirigée vers vous. Laissez la pipette en place et basculez légèrement la tête du bébé vers l'arrière. Attendez quelques secondes, puis appuyer de nouveau sur la dosette, un peu plus fermement cette fois, pour injecter une rasade plus importante. Prenez ensuite votre enfant dans les bras, son dos contre vous, sa tête légèrement penchée vers l'avant. Essuyez le liquide et les sécrétions nasales qui s'écoulent. Ensuite, vous passerez à l'autre narine et procéderez de la même façon, si vous constatez que les deux narines sont bouchées (ce qui n'est pas toujours le cas).

La seconde technique est identique à la précédente mais s'effectue en position assise, dès les 4 ou 5 mois de l'enfant. Asseyez-vous, mettez-le sur vos genoux, son dos et sa tête contre votre thorax. Votre bébé est ainsi moins contraint. Là, vous positionnez la pipette horizontalement ; il n'est pas utile de lui mettre la tête en arrière.
Sachez que le mouche-bébé est un dispositif agressif. Il n'est pas inutile mais c'est votre médecin qui vous dira quand y avoir recours (si les deux narines sont clairement bouchées, par exemple). Quand vous aspirez, pensez à lui boucher l'autre narine. Ne l'utilisez pas de manière trop fréquente car cela finit par irriter la muqueuse et provoquer des obstructions ou des saignements. Ce n'est pas parce que son nez coule qu'il faut impérativement en faire usage. Cette pratique doit toujours être envisagée à bon escient.

Bon à savoir

Tout orifice de l'enfant est à respecter scrupuleusement. Ce sont des zones très sensibles, qu'il s'agisse des narines, de la bouche, des oreilles, des zones anales ou vaginales. Sa sensorialité y est particulièrement développée, puisque les récepteurs cutanés y sont beaucoup plus nombreux que sur d'autres parties du corps.

LUI APPRENDRE À SE MOUCHER

Plus tard, vous apprendrez à votre enfant à se moucher, et d'abord en lui expliquant vous-même ce qui vous arrive : « Je suis enrhumé, j'ai le nez bouché, je me mouche dans un mouchoir propre puis je me lave les mains. » Par mimétisme, il sera capable de reproduire ces gestes entre 2 et 3 ans.
Selon ses acquisitions, vous pourrez commencer par lui demander de souffler par la bouche sur une bougie. Puis, retenter l'expérience avec son nez pour l'éteindre. Et enfin, réessayer à nouveau mais en bouchant l'une de ses narines. Et voilà ! Il sait souffler grâce à un jeu ! Vous n'oublierez pas de bien cacher les allumettes après l'opération...

POUR ALLER PLUS LOIN :

3. Participer en famille au suivi médical, p. 17
4. La rencontre avec son pédiatre, p. 18
7. L'évolution de l'odorat et du goût, p. 25
11. La fièvre, l'otite, la bronchiolite, p. 35

13. IL NE VEUT PLUS FAIRE LA SIESTE !

LES PREMIERS MOIS, UN BÉBÉ DORT LA PLUS GRANDE PARTIE DU TEMPS CAR IL A BESOIN DE 16 À 20 HEURES PAR JOUR DE SOMMEIL.

Dès la naissance de votre enfant, vous pouvez rayer le mot « nuit » de votre vocabulaire ! Il va mettre plusieurs mois pour faire la distinction entre le jour et la nuit. Il est important de lui laisser le temps de faire le distinguo, et de se caler progressivement dans son propre rythme, entre la veille et le sommeil.

L'ÉVOLUTION DE SON SOMMEIL

Peu à peu, son développement physique et psychique diminue ses besoins en sommeil. À partir de 6 mois en moyenne, un nourrisson a encore besoin d'une bonne sieste le matin et d'une autre l'après-midi. C'est un temps important car il lui permet d'intégrer et d'assimiler tout ce qu'il découvre lorsqu'il est éveillé. Ce repos « diurne » a un rôle également sur son équilibre psychique, sur son humeur, sur sa croissance grâce à la sécrétion d'hormone, ou encore sur la prévention d'infections.

Certains dormiront ainsi jusqu'à l'âge de 2 à 3 ans. D'autres, dès 8 mois, ne dorment plus le matin et se contentent d'une sieste courte l'après-midi. Ils ont tant à apprendre ! Mais chaque enfant a un capital de découvertes qui lui est propre. Peut-être vous interrogez-vous parce qu'il ne veut plus faire de sieste l'après-midi, dès l'âge de 1 an ? Ou, en tout cas, pas plus de vingt minutes ? Ne vous inquiétez pas, cela peut arriver.

Faire une sieste ne veut pas dire « dormir dans le noir après le repas de midi ». Il peut s'agir d'un temps de repos, au calme dans sa chambre, avec les rideaux simplement tirés. Même s'il ne dort réellement qu'une demi-heure, il récupère, il apprend à être seul. Surtout, son cerveau se met au repos. Il intègre ainsi ses acquisitions qui sont innombrables. Il vous faut donc l'observer, et respecter son rythme, sans lui imposer. Même s'il est préférable qu'une sieste ne dépasse pas les deux heures.

Bon à savoir

Les professionnels de la petite enfance sont très sensibilisés aux besoins des bébés.

- **Dans les crèches,** ils y sont formés et respectent le rythme de chaque enfant. Il en va de même à l'école : il est proposé un temps calme dans une zone à part si besoin, à ceux qui n'ont plus besoin de faire la sieste.
- **Chez votre assistante maternelle,** le dialogue est primordial. Si vous voyez votre enfant épuisé le soir alors que, le week-end, il est en forme, il vous faut faire le point. Parlez avec sa nounou, posez des questions, rappelez-lui quel est le rythme que vous observez à la maison.

QUELQUES CONSEILS

Il ne veut plus dormir dans la journée, que faire ?

- **S'il ne veut plus dormir le matin, il n'est pas judicieux de l'y forcer.**
- **Si c'est l'après-midi qu'il rechigne, tâchez d'évaluer ses besoins qui sont différents selon qu'il va à la crèche, qu'il est seul avec vous ou que la présence d'un aîné le stimule. Mieux vaut lui proposer chaque jour, à heure fixe ce rituel de la sieste : il dormira ou pas, c'est son organisme qui décidera, en fonction de ce qui est bon pour lui.**
- **Pendant ce temps-là, vous éviterez qu'une trop grande stimulation ne lui « vole » ce repos :**

écrans, radio, bruits dans le logement, ne sont pas apaisants.

- **Conservez par ailleurs un rythme régulier, comme des repas à des heures fixes.**
- **Vous éviterez aussi de trop stimuler votre bébé après le repas de midi : il risque alors de lutter contre le sommeil.**

La clé est d'observer votre enfant et de vous adapter : s'il va bien, tout va bien. Veillez toutefois à garder le même tempo pendant le week-end, et lors des vacances, sinon vous risquez de le décaler et de le fatiguer. C'est aux adultes d'être au service du sommeil de l'enfant.

ET S'IL Y AVAIT UN SOUCI ?

Vous l'avez compris, s'il ne veut plus faire de sieste, cela ne veut pas dire qu'il n'en a plus besoin. Certains soucis ponctuels (naissance d'un frère ou d'une sœur, reprise de votre travail, petite maladie, déménagement, entrée à la crèche) impactent son mental et fermer les yeux peut lui faire peur. Et d'autant plus entre 9 et 16 mois, lors de la période de l'angoisse de séparation. Si vous constatez qu'il est épuisé le soir, trop agité pour trouver le sommeil, alors c'est que la sieste lui a sans doute manqué.
Et si vous repensiez son rythme ? Un enfant trop fatigué le soir n'arrive pas à s'endormir. Ce temps de sieste est donc à respecter. N'hésitez pas à l'y aider en respectant les rituels habituels : l'installer progressivement dans son lit, dans la pénombre, en respectant des horaires, dans un environnement calme.

POUR ALLER PLUS LOIN :

23. L'angoisse de la séparation, p. 66
51. Son adaptation à la crèche, p. 132
52. Son adaptation chez l'assistante maternelle, p. 136

14. LE RETOUR À LA MAISON

C'EST UN MOMENT EXTRAORDINAIRE, PRESQUE UNE DEUXIÈME NAISSANCE. VOUS VOILÀ DE RETOUR À LA MAISON !

Vous retrouvez votre environnement familier, mais à trois cette fois, voire plus si vous avez déjà construit une famille. Les moments de complicité et d'intimité sont à privilégier – celles du couple ne doivent pas être oubliées.

LA SORTIE DE LA MATERNITÉ

Évidemment, vous aurez tout préparé en amont : les affaires (trousseau, équipement) sont prêtes, vous avez fait le plein de couches et de lait (selon votre choix d'alimentation pour bébé), et sa chambre n'attend plus que lui. Vous quitterez la maternité après un dernier passage du médecin, lorsqu'il donnera son feu vert. L'heure de sortie est souvent fixée en fin de matinée, après une ultime pesée. Toutefois, elle peut s'envisager plus tard dans la journée, notamment si vous attendez un résultat d'analyse. Pour ce premier déménagement de la maternité à la maison, prévoyez un voyage en voiture (ou en taxi), donc un moyen de transport adapté au nourrisson. Vous veillerez aussi à bien couvrir sa tête, même si c'est l'été.

L'ARRIVÉE À LA MAISON

Déshabillez rapidement votre enfant car il aura probablement transpiré pendant le trajet. En passant une main dans son dos, vous vérifierez que son body est encore sec. Sinon, changez-le, en même temps que sa couche.

Puis, faites visiter ce nouvel endroit extraordinaire à votre enfant – s'il dort, et c'est fort probable, respectez son sommeil et, après l'avoir découvert, attendez qu'il soit plus réceptif pour faire le tour de votre domicile. Racontez-lui ce grand moment : « Tu es à la maison, avec nous, bienvenue chez toi. » Tous ensemble, avec lui dans les bras, vous vous déplacez d'une pièce à l'autre et expliquez où vous vous trouvez : « Nous sommes dans la cuisine » ou « Ici, tu pourras prendre ton bain ». L'enfant entend et intègre ainsi ce que vous lui dites.

Ce premier tour du propriétaire se finit dans sa chambre – ou la vôtre si vous envisagez du cododo. C'est son domaine, son repère. Vous pouvez vous y attarder un instant pour qu'il s'habitue, l'installer dans son lit, par exemple, ou le changer sur la table à langer. Prenez ensuite vos marques. Si c'est l'heure du repas, donnez-lui le sein ou le biberon.

Chaque jour, parlez-lui de ce qui se passe, de ce que vous faites. C'est grâce à ses sens, l'audition, l'odorat, le toucher (plus tard la vision), que l'enfant peut s'imprégner des lieux. Il prend ainsi possession de son environnement sur le plan neurosensoriel. Peu à peu, il associera un mot et un bruit, un moment et une odeur (celle de la cuisine, de sa chambre...), puis une situation et une sensation (celle de l'eau, par exemple).

L'idée en plus

Pour conserver des relations de bon voisinage, tâchez de prévenir vos voisins de l'arrivée imminente de votre bébé. Vous profiterez de votre retour à la maison pour faire les présentations et redire qu'il y aura probablement des cris, des pleurs, des nuits difficiles. Vous espérez ne pas trop les déranger. L'idée n'est pas de présenter vos excuses mais plutôt de mettre à l'aise vos voisins, de mieux faire connaissance, de favoriser un vivre ensemble confiant et courtois, pour partager cette merveilleuse nouvelle qu'est la naissance d'un enfant.

PLACE AUX BONNES HABITUDES !

Dès votre retour, prenez de bonnes habitudes.

- **Le calme.** Votre environnement doit être calme, apaisé et apaisant. Coupez vos téléphones, la télévision, la radio et évitez que vos autres enfants, voire vos animaux, ne se comportent de façon trop bruyante.
- **Le présent.** Désormais, c'est à vous de vous caler sur le rythme de l'enfant, en fonction de ses repas, de son sommeil, du change, du bain et bien sûr des pleurs. Mieux vaut que vous gardiez en tête que la notion de « nuit » n'existe plus (jusqu'à ses 3 mois en moyenne) et que « faire ses nuits » n'est pas un objectif. En revanche, prenez soin de vous et de votre fatigue : faites des tours de garde… et des siestes.
- **La présence.** Ne laissez pas votre bébé pleurer seul dans son lit. Il ne fait pas un caprice, il crie car crier ou pleurer est son seul moyen de communiquer avec vous. Soyez vigilant(e) et organisez-vous pour que quelqu'un soit toujours présent, pour répondre à son appel. Dans le cas contraire, il perdrait confiance en lui et son développement ultérieur en serait impacté durablement.
- **Le bon sens.** Il n'est pas utile de changer toutes vos habitudes. Si vous aimez écouter de la musique, faites-vous plaisir avec un petit fond sonore. Néanmoins, pas d'écrans avant 3 ans ! Ne prenez donc pas l'habitude, qui deviendrait alors la sienne, de le nourrir devant la télé. Interrogez-vous pour adopter un comportement qui à la fois vous corresponde et participe au bien-être de votre bébé.

POUR ALLER PLUS LOIN :

15. Son premier bain à la maison, p. 45
16. Sa première sortie, p. 48
21. Les pleurs : les comprendre, y répondre, p. 60
24. Les réveils nocturnes, p. 69

15. SON PREMIER BAIN À LA MAISON

VOUS AUREZ PROBABLEMENT DONNÉ UN BAIN, VOIRE DEUX À LA MATERNITÉ. VOUS ÊTES MAINTENANT DANS VOTRE PROPRE SALLE DE BAINS.

Soyez complètement disponible pour ces moments que votre bébé va adorer. Chaque étape compte et vous devez avoir le temps d'en profiter. Mieux vaut bien choisir votre horaire, matin ou soir, en fonction de vos contraintes et de vos habitudes. Si vous avez d'autres enfants, votre conjoint doit pouvoir s'en occuper pour vous laisser prendre soin du bébé.

LA MARCHE À SUIVRE

Deux bains par semaine sont suffisants. Parce que les sécrétions de la peau sont nourrissantes, il ne faut pas chercher à s'en débarrasser complètement et/ou absolument : certains germes participent au bon développement cutané (le microbiote cutané). Une petite toilette quotidienne (avec gant de toilette propre et rinçage avec le pommeau de douche) et un vrai bain tous les 3 ou 4 jours, tel est le bon rythme. Attention à ne pas le brûler en ouvrant le robinet !
Veillez à tout avoir à portée de main : serviette sèche et propre, gant de toilette sec et propre, savon-liquide doux, éventuellement surgras si la peau est sèche. Préparez ses vêtements, sa couche, les produits dont vous allez avoir besoin en amont. Si vous avez oublié quelque chose, tant pis : vous enroulerez votre bébé dans une serviette et partirez avec lui. Ne laissez jamais, en aucun cas, votre enfant seul sur une table à langer.
La température de la pièce doit se situer autour de 22 ou 23 °C. La température de l'eau, elle, atteint les 36 ou 37 °C. Même si elle est calcaire, inutile d'ajouter quoi que ce soit, ni huile, ni bain moussant.

- **Glissez une main sous les épaules et la tête de votre bébé tandis que l'autre main empoigne son bassin et ses cuisses : vous le positionnez dans l'eau.**
- **Installez-le dans son transat de bain si vous en avez un, à positionner dans le fond de la baignoire : le niveau de l'eau ne doit pas dépasser son thorax. Ne le quittez pas des yeux.**
- **Une fois installé, une main servira à le nettoyer, le frotter, le rincer. L'autre le stabilise toujours en demeurant sous la tête et les épaules.**
- **Vous pouvez profiter de ce moment apaisant pour lui parler, lui sourire, le toucher, le masser. Lavez-le avec du savon doux.**
- **Puis rincez avec l'eau du bain ou le pommeau de la douche à faible débit. Après 5 ou 10 minutes, pas davantage, votre enfant est prêt à sortir.**
- **Il s'agit maintenant de bien le sécher pour qu'il n'attrape pas froid, en tamponnant chaque zone, y compris entre les petits plis.**

COUCHES
3

LES POINTS DE VIGILANCE

Soyez particulièrement vigilant sur les points suivants :

- **Si vous devez ajouter de l'eau chaude, veillez à ce qu'il soit à distance.**
- **Attention aussi aux robinets ou au mitigeur qui peuvent le brûler.**
- **Vérifiez préalablement que rien ne peut tomber d'une étagère.**
- **Ne confiez jamais la surveillance de votre bébé à un autre enfant.**
- **Encore une fois, ne le quittez pas des yeux, et ne vous absentez jamais de la salle de bains, pour éviter tout risque de noyade ou de fausse route.**

Bon à savoir

Vous vous apercevrez vite que votre enfant craint certains de vos gestes. Lorsque vous vous approchez trop vite de ses yeux ou de son nez, si vous le lâchez trop brusquement, ses bras vont partir en extension et il va se mettre à pleurer : c'est le réflexe de Moro présent chez les tout petits bébés. Celui-ci, ainsi que d'autres réflexes primitifs disparaîtront naturellement avec le temps, ils s'intégreront bien quand la motricité volontaire va peu à peu prendre le dessus grâce à des moments apaisants comme le bain (mais aussi le portage, les jeux au sol, le toucher par exemple).

UN MOMENT PRIVILÉGIÉ POUR DE GRANDES DÉCOUVERTES

Le bain est un moment privilégié qui met en confiance l'enfant et renforce les liens d'attachement. C'est aussi une étape importante qui le met à nouveau au contact d'un milieu liquide, un élément qu'il a connu pendant 9 mois. Nulle inquiétude si, au début, vous vous sentez un peu pataud(e), voire très stressé(e) ! Vous allez prendre vos marques et bientôt pouvoir vous amuser davantage avec lui dans son bain.

Pour le familiariser avec ces sensations, et qu'il ne les craigne pas, commencez doucement : à l'aide d'un petit récipient, faites lentement glisser de l'eau sur sa main. Ne le forcez pas à apprécier, mais soyez rassurant(e). Puis poursuivez ces contacts, même sur son visage, sans en avoir peur.
Quand vous lui rincez les cheveux, par exemple : après avoir légèrement incliné la tête de votre enfant en arrière, vous laissez simplement l'eau couler le long de son visage, à l'aide d'un gobelet. Cela l'aide à prendre confiance et à enregistrer les bonnes informations avec sécrétion des bonnes hormones et des bons neurotransmetteurs (ocytocine, dopamine, sérotonine). L'enfant se familiarise avec cette étape qui lui permet aussi de développer ses acquisitions posturales (mouvements des bras, de la tête, du tronc, du bassin).

POUR ALLER PLUS LOIN :

46. Je découvre les parties de mon corps, p. 120

50. Mon expérience de bébé nageur, p. 129

16. SA PREMIÈRE SORTIE

OU PLUTÔT LA SECONDE, PUISQUE VOTRE BÉBÉ A DÉJÀ MIS LE NEZ DEHORS, LORSQU'IL A QUITTÉ LA MATERNITÉ POUR RENTRER À LA MAISON.

Les premiers jours, vous êtes en phase d'observation : peu à peu, un rythme s'installe, entre les repas et son sommeil, auquel vous vous adaptez. Ainsi, vous êtes tentés de rester à la maison pendant les 8 ou 10 premiers jours. Cependant, il va falloir sortir ! Très souvent, c'est le premier rendez-vous chez le pédiatre qui vous obligera à oser une première excursion. Et parce qu'il est obligatoire, vous ne vous poserez pas la question.

QUAND ?

Les premières sorties sont en général prévues à la fin de la première semaine d'installation à la maison. Mais vous pouvez partir en balade dès le lendemain de votre retour à domicile : soyez confiant, il n'y a pas de contre-indication. Il vous faut simplement choisir les bons moments et privilégier certains lieux par rapport à d'autres.

Tâchez de ne pas être vous-même trop stressé(e). Certes, vous vous posez des questions : quel matériel emporter ? Où aller ? Comment habiller votre enfant ? Le supermarché est-il une bonne idée ? Si vous êtes trop anxieux(se), lâchez prise : ce n'est pas le bon moment, c'est sans doute trop tôt pour vous – pas nécessairement pour lui.

Avant de quitter la maison, votre enfant a besoin de savoir ce qui se passe (vous le préparez pour une promenade) et ce qui va se passer (où vous l'emmenez, ce qu'il va découvrir). D'une voix douce et claire, racontez-lui sa future balade.

COMMENT ?

- Si vous partez plus d'une heure, mieux vaut prévoir un change complet et de quoi le nourrir ; évidemment, s'il est allaité, cela vous simplifie la tâche.
- Ciblez les sorties. La nature est propice mais vous pouvez aussi sortir faire des courses ; privilégiez toutefois les heures creuses, et évitez les magasins trop illuminés. Le restaurant, très bruyant, n'est pas non plus idéal : cela vous fera sans doute plaisir, mais votre enfant n'appréciera guère, sauf s'il s'agit d'une courte halte pour lui donner le sein ou le biberon. D'une façon générale, les atmosphères particulièrement sonores, polluées et lumineuses sont à éviter.
- Choisissez votre sortie en fonction des périodes de sommeil de votre bébé ; après ces quelques jours d'adaptation, vous connaîtrez mieux son rythme.
- Pour les promenades, vous avez le choix entre un système de portage, très pratique, ou une poussette adaptée aux nourrissons.
- Vous pouvez prendre les transports en commun, tout en évitant les heures de pointe, et en vous éloignant un peu des usagers, en particulier de ceux qui toussent ! Prévoyez du gel hydroalcoolique pour vos mains car l'hygiène est rarement bonne dans ces transports et dans les lieux publics. Enfin, il est important de dévêtir votre enfant : s'il s'endort dans le bus ou le métro, il risque d'avoir trop chaud, un facteur favorisant la mort subite du nourrisson.

Globalement, nos intérieurs sont d'ailleurs très chauffés alors que les bébés tolèrent bien le froid. Certes, il faut bien leur couvrir la tête et les extrémités. Mais on peut très bien les laisser dehors pour une petite sieste, bien emmitouflés, comme dans les pays lapons. Faites-le boire avant qu'il ne s'endorme, puis surveillez-le : c'est excellent pour l'organisme. En revanche, vous éviterez de l'exposer au vent, à la pluie, et aux climats extrêmes.

L'INTÉRÊT DE L'EXTÉRIEUR

Un bébé a surtout besoin de calme, d'un environnement paisible pour dormir son quota de 20 heures par jour. Mais ces promenades à l'extérieur vont stimuler ses sens :

- **La vision : il découvre de nouvelles formes, visages, décors, même s'il ne voit au début qu'à 30 centimètres.**
- **Le toucher** : vous le prenez, le portez, le posez.
- **L'audition : des sons inhabituels lui parviennent ; toutefois, en raison de son hyperacousie, vous veillerez à le protéger des bruits stridents ou assourdissants : les sirènes, les klaxons sont agressifs et provoquent du stress, donc la sécrétion de cortisol, ce qui risque d'impacter son sommeil.**
- **L'intégration neurosensorielle : c'est la stimulation globale de tous ses sens vers son cerveau. Veillez cependant à ce qu'il ne soit pas trop stimulé non plus, cela pourrait également avoir des conséquences sur son sommeil.**

Une sortie sera à la fois bénéfique pour lui et pour vous. Une sortie est une démarche à la fois ludique, sensorielle et déjà pédagogique. Ne laissez jamais votre enfant seul à la maison, même si vous avez investi dans un babyphone. Jamais !

Bon à savoir

Vous le remarquerez vite lors de vos sorties : votre bébé attire tous les regards et chacun y va de son petit commentaire. Gentiment mais fermement, vous ne laisserez pas les gens s'approcher de lui, et ferez en sorte qu'il n'y ait pas de contacts directs, pour éviter la transmission des microbes, des virus. Profitez-en d'ailleurs pour vérifier que vos propres vaccins sont à jour. Et, en période de grippe, mieux vaut éviter les endroits confinés. Évidemment, vous entendrez quelques remarques « Vous le sortez déjà ? » ou « Il a froid/chaud, c'est certain ! » Souriez car rappelez-vous : il n'y a aucune contre-indication, sauf en cas de naissance prématurée. En revanche, surtout en hiver, vous vérifierez qu'il n'a pas transpiré en rentrant.

POUR ALLER PLUS LOIN :

3. Participer en famille au suivi médical, p. 17
5. La vision du bébé, p. 21
6. Ce qu'il entend, p. 23
7. L'évolution de l'odorat et du goût, p. 25
8. Ses découvertes par le toucher, p. 27
42. Ses premières vacances, p. 109

17. LA DIVERSIFICATION ALIMENTAIRE ET LA DME

VOTRE BÉBÉ VA DÉCOUVRIR DE NOUVELLES SAVEURS ET TEXTURES. MAIS PAS SEULEMENT...

C'est une grande étape que celle de la diversification alimentaire. Au cours des 4 premiers mois, votre enfant est nourri exclusivement de lait (préparation lactée pour nourrisson ou lait maternel). La tendance actuelle veut que l'on commence à introduire d'autres aliments entre 4 et 5 mois, lorsque l'enfant est né à terme, jamais avant 4 mois, et jamais après 6 mois.

UNE INTRODUCTION PROGRESSIVE

- **Il s'agit d'abord de commencer par les légumes (à midi), les fruits (au goûter) et les œufs (d'abord le jaune et 8 jours après le blanc).** Inutile de saler ou de sucrer ces préparations. Débutez avec 130 g par pot au début et complétez par le lait (90 à 120 ml s'il a pris tout le pot de 130 g).
- N'hésitez pas à ajouter une cuillère à café d'huile de colza dans le petit pot, excellent pour son apport en Oméga 3 et 6 pour le développement du cerveau de votre enfant.
- Vous pouvez vous-même préparer ces repas, qui plairont d'autant plus à l'enfant qu'il sentira ses parents investis. Une transmission s'opère : plus vous aurez confiance en ce que vous lui donnez à manger, à goûter, plus lui se sentira en confiance.
- Favorisez le label Bio.
- Pour qu'il apprenne à distinguer puis reconnaître les goûts, mieux vaut lui proposer un légume ou un fruit à la fois. Pensez à conserver les bouillons : vous pourrez vous en resservir ou lui proposer à boire.
- Sauf indication contraire du pédiatre, vous n'avez pas à craindre de lui proposer des aliments allergisants, comme les œufs ou le kiwi ou l'arachide.
- **Un mois après (à 5 ou 6 mois),** vous introduisez les viandes et les laitages, en mixant du poulet, par exemple, ou du bœuf, à des légumes (15 à 20 g de viandes mélangées aux légumes pour obtenir 200 gr dans le petit pot). Les viandes rouges (les abats surtout) sont riches en fer héminique (mieux absorbé au niveau de l'organisme que le fer non héminique trouvé dans les végétaux) donc n'hésitez pas.
- **En même temps les laitages** (yaourts nature, petits suisses) sous forme de dessert à midi (en complément du pot légumes/viande) ou au goûter.
- **Certaines légumineuses** sont aussi intéressantes (pois, haricots secs, fèves, haricots rouges).
- **Puis, c'est le tour des poissons et des fruits de mer (5 à 7 mois)** ; vous verrez que cette diversification est finalement assez simple et surtout très rapide.

Il s'agit surtout de ne pas forcer l'enfant. S'il semble apprécier un aliment, continuez. S'il rechigne, attendez. Il a absolument le droit de ne pas aimer la carotte, le chou-fleur ou le navet ! Proposez-lui différentes saveurs mais respectez ses goûts et n'insistez pas. Vous lui proposerez à nouveau dans une semaine ou dans un mois. Il n'y a aucune urgence, il a toute la vie pour découvrir. Vous n'aimez probablement pas certains aliments, lui non plus.

Peu à peu, les textures seront de moins en moins fines. À partir de 6 mois, vous moulinerez plutôt que ne mixerez afin d'obtenir un mélange un peu grumeleux. Un bébé né à terme sait mastiquer à partir de 6 mois. C'est là que le pédiatre pourra décider si votre enfant, alors âgé de 6, 7 ou 8 mois est suffisamment mature pour passer à la DME (Diversification Menée par l'Enfant) : il faut en particulier qu'il sache tenir assis en se tenant avec une seule main (tripode).

LA DME (DIVERSIFICATION MENÉE PAR L'ENFANT)

La diversification alimentaire est une étape essentielle dans la vie de votre bébé, mais il ne s'agit pas seulement de lui faire découvrir de nouveaux goûts et de nouvelles textures. C'est un moment privilégié pour développer sa vision, son odorat, le toucher, mais aussi lui donner et lui faire confiance, favoriser la mastication, encourager la déglutition, développer l'imitation… en plus d'être un moment de bien-être et de partage. Quel programme ! Sans oublier que vous apprenez à lui faire confiance (non, il ne fera pas de fausse route si vous respectez bien les consignes du pédiatre) et de même, il prend confiance en voyant que vous êtes rassuré(e).

LES AVANTAGES DE LA DME

La DME est utile pour éviter les néophobies alimentaires (refus féroce des nouveaux aliments) qui démarrent à partir de 2 ans et qui peuvent durer. L'enfant, qui aura découvert par lui-même les aliments, en aura bien moins peur. De même, le petit bout de viande caché dans la purée est à éviter à tout prix : votre enfant n'aura rien vu venir et fera des blocages par la suite, car il estimera avoir été trompé. C'est tout le contraire de la DME : il voit, il prend, il intègre.

Elle a aussi un impact sur l'apprentissage du langage : la langue va correctement se positionner, la largeur et la profondeur du palais se modeler, l'arcade dentaire se préciser grâce à cette texture solide introduite plus tôt. La DME prévient enfin les problèmes bucco-dentaires, ce qui minimisera les traitements d'orthodontie à l'adolescence.

Enfin, votre enfant va découvrir les saveurs les unes après les autres.

LA MISE EN PLACE DE LA DME

- Elle ne commence jamais avant les 6 mois d'un enfant né à terme.
- Il doit pouvoir se tenir assis, en se tenant avec une main si besoin (tripode).
- C'est le pédiatre qui vous donnera son feu vert, probablement au cours de la visite prévue à 6 mois révolus, en fonction du développement neuromoteur de votre enfant.
- Il prendra le temps de vous expliquer les grands principes de cette méthode, vous lui poserez aussi toutes vos questions.
- Ne prenez pas d'initiative.
- Il vous dira notamment que la DME s'effectue avec les parents, au calme, en prenant son temps. Lorsque l'enfant aura pris confiance en lui, d'autres intervenants pourront prendre le relais. Deux mois plus tard, une fois que votre enfant aura pris confiance, ce sera au tour des grands-parents, de la crèche, de l'assistante maternelle).

Bon à savoir

L'acquisition du langage, qui est source de confiance en soi, dépend pour beaucoup de la mastication. Celle-ci implique la langue, le palais, comme les gencives. Avec sa mâchoire, l'enfant va morceler l'aliment, qui ne doit être ni trop dur, ni trop friable. Mastiquer ces morceaux plus importants qu'une soupe, une purée, ou un écrasé, développe tout le massif oro-facial, ce qui jouera aussi sur le langage. Pour en savoir plus et mettre en place la DME, informez-vous sur le site pediatre-online.fr et surtout consultez votre médecin. Ne tentez rien sans lui.

LE PRINCIPE DE LA DME

Choisissez le bon moment (repas de midi ou goûter) : l'ambiance est au calme, vous n'avez aucune urgence, personne n'est dans vos pattes (pas d'autre enfant ou d'animal de compagnie dans les parages, pas de télé allumée) ! Pendant cette découverte, l'enfant ne doit pas être distrait, car cela provoquerait des risques de fausses routes.

L'idée est de proposer des aliments en morceaux, de la taille du poing fermé de l'enfant[5]. Vous les posez devant lui, à table, lors du déjeuner ou du goûter. Commencez par 3 ou 4 morceaux de type légumes ou viande (voir la liste). Leur texture est intermédiaire : des boulettes de viande, par exemple, ou des bouquets de chou-fleur cuits. Vous proposerez plus tard les fruits, les desserts, les biscuits.

EXEMPLE DE MORCEAUX

Légumes *: artichaut, asperge, aubergine, avocat mûr, bette, betterave rouge, céleri en branche, chou de Bruxelles, concombre mûr, laitue, poivron doux, pousse de navet, potiron, tomate.*

Fruits *: abricot mûr, ananas, banane mûre, figue, framboise, mangue, pastèque, pêche, poire mûre, mandarine, orange, pomme mûre, rhubarbe.*

Laitage *: fromage hollandais, glaces.*

Viande *: agneau, bœuf haché qui se tient, pâté.*

Pain-biscottes, biscuits *: biscuit, baby muesli, galette de riz, pain complet grillé, pain complet riche en fibres, pain d'épices.*

Céréales, légumineuses et sucres lents *: couscous, haricot rouge, macaroni, nouilles, quinoa, riz qui se tient, spaghetti bien cuits.*

• Assis sur une chaise haute ou évolutive, il se débrouille tout seul. Vous n'avez rien à lui montrer, ni à lui expliquer. L'enfant analyse l'aliment avec ses yeux, puis à l'aide du toucher (forme, température, texture), puis il le porte automatiquement à la bouche, d'où cette formulation « menée par l'enfant ». Le sens du goût prend le relais et lui en fait découvrir la saveur.

• Naturellement, il tourne alors son regard vers le parent, comme pour l'interroger. Ce dernier, qui doit être détendu, lui répond par un sourire. Ainsi rassuré de voir son parent apaisé, souriant, l'enfant prend confiance, comprend que c'est autorisé et poursuit sa découverte.

• Il mastique avec ses gencives (pas besoin d'avoir de dents), il décroche un petit morceau et le glisse avec la langue vers l'arrière de la bouche, puis avale. Puis il continue de même avec le reste du morceau qui est resté devant. Et ainsi de suite. Vous le laissez faire, confiant(e).

• S'il veut recracher, il y arrivera tout seul le plus souvent. Si besoin, aidez-le, sans panique, ce qui pourrait le stresser et lui faire rater cette étape essentielle.

POUR ALLER PLUS LOIN :

7. L'évolution de l'odorat et du goût, p. 25
9. Les premières dents, p. 29
18. Il ne veut plus de lait le soir, p. 55
43. Le langage de mes parents, p. 114
48. Je parle, p. 124

5. http://www.pediatre-online.fr/alimentation/diversification-alimentaire-menee-lenfant-dme-quest-cest/

18. IL NE VEUT PLUS DE LAIT LE SOIR

CETTE ÉTAPE EST LIÉE À L'ÉVOLUTION DE LA NUTRITION DE VOTRE BÉBÉ ; MAIS ELLE SIGNE ÉGALEMENT SON AFFIRMATION DE SOI.

Vous pouvez vous sentir un peu démunis devant ces premiers refus, qui surviennent vers 9 mois. À cet âge, le bébé ne boit du lait que le matin et le soir, mais il veut aussi tester son parent. Il commence à dire non, affirme davantage ses préférences, ses goûts. Cette étape arrive souvent plus vite pour le bébé nourri au lait infantile : il refuse alors le biberon, souvent celui du soir ou commence à en prendre nettement moins. Si votre enfant est nourri au sein, il est possible qu'il apprécie encore une petite tétée, le soir ou la nuit, après son dîner.

LES QUESTIONS DU PARENT, LES RÉPONSES DU PÉDIATRE

Que veut-il vous dire ?
Probablement, qu'il aimerait manger comme les grands !

Doit-il avoir une alimentation solide le soir ?
Oui, puisque cela correspond à une nouvelle étape de son développement : la mastication prend le relais sur la succion, suivie de la déglutition. Vous ne l'avez pas vu venir, mais votre enfant grandit vite ! Donnez-lui surtout des légumes en complément, 100 à 130 g par exemple avant le complément de lait qui a diminué.

A-t-il encore besoin de lait ? Comment remplacer le biberon ?
À 9 mois, un enfant a encore besoin de 400-500 ml de lait par jour. Si cette quantité n'est pas atteinte, vous pouvez lui proposer un petit biberon (il prend ce qu'il veut bien), ou le sein, et compléter par des laitages : petit suisse, fromage (gruyère, comté) ou yaourt.

Faut-il changer de lait ?
C'est en effet le bon moment pour choisir un lait de croissance (appelé aussi troisième âge), riche en fer, en calcium et en acides gras. Son goût, différent, pourrait mieux convenir à votre enfant.

Bon à savoir

Sachez que les étapes d'opposition existent et qu'elles sont normales. Votre enfant veut autre chose, faire comme les grands et participer au repas du soir. Il sait que le biberon correspond à l'heure du coucher, et il ne souhaite pas aller au lit. Ce refus fait partie de sa construction.

POUR ALLER PLUS LOIN :
17. La diversification alimentaire et la DME, p. 51
27. La période du non, p. 76

BON ANN
ERSAIRE
1

19. SON PREMIER ANNIVERSAIRE

LE PREMIER ANNIVERSAIRE EST UNE ÉTAPE ESSENTIELLE POUR LES PARENTS QUI SONT TOUJOURS À L'AFFÛT D'UN ÉPISODE À CÉLÉBRER.

Vous allez fêter l'événement, faire un gâteau, y mettre une bougie, offrir des cadeaux, recevoir vos proches ou vous rendre chez ses grands-parents. Son anniversaire en soi, ne signifie rien pour votre enfant : à 12 mois, il ne sait pas pourquoi vous marquez le coup ! En revanche, il sent et comprend vite qu'il est au centre de toutes les attentions, que quelque chose de peu habituel se passe. Pour lui, c'est une première fois. Voilà pourquoi ce jour particulier est aussi une étape.

UN ÉVÉNEMENT QUI FAVORISE L'ATTACHEMENT

Pour préparer ce premier anniversaire, il est important de s'attacher à la façon dont votre enfant va le vivre. Expliquez-lui que ce jour est symbolique : « Cela fait un an que tu es dans notre famille ». Vous lui montrez aussi le gâteau, la bougie, les cadeaux. Inutile d'avoir une montagne de paquets ; un seul peut largement suffire pour qu'il comprenne qu'il est à l'honneur.

La première fois, il s'agit simplement de mettre en place le rituel : vous lui permettez d'en découvrir tous les éléments. C'est à l'âge de 2 ans que votre enfant pourra mieux comprendre, raisonner, faire le lien entre son anniversaire et tous ces marqueurs.

C'est aussi une façon de lui faire prendre conscience qu'il est en lien avec une famille, qu'il y a des gens autour de lui qui lui sont attachés. L'anniversaire est enfin ce moment où l'on peut commencer à travailler la notion de partage : prendre, donner, recevoir un objet. « Je te donne un objet. » Donner par lui-même viendra plus tard.

Le premier anniversaire participe par son inattendu à mobiliser l'attention de votre enfant. Il se questionne, cherche, observe, sécrète de bons neurotransmetteurs[6].

Bon à savoir

Les anniversaires tiennent des rituels familiaux auxquels votre bébé s'initie. S'il y a d'autres enfants de la même famille, il y a eu et il y aura d'autres anniversaires. Ces « fêtes » sont toujours des moments importants qui permettent de globaliser la famille, et favorisent l'appartenance au groupe. « Nous pouvons compter les uns sur les autres » tel est le message qui parvient à l'enfant, car ces célébrations sont avant tout une démarche d'amour et de bienveillance. Ce n'est pas le cadeau qui compte, mais le « sujet » qui est fêté.

POUR ALLER PLUS LOIN :

47. Son deuxième anniversaire, il sait raisonner, p. 122

6. Ces hormones et substances qui modulent la transmission des informations vers le cerveau.

20. LA PROPRETÉ

C'EST UN PASSAGE SYMBOLIQUE, AU MÊME TITRE QUE LA STATION ASSISE OU LA DIVERSIFICATION ALIMENTAIRE. ET VOUS CRAIGNEZ PEUT-ÊTRE QUE CETTE ACQUISITION N'IMPACTE SON AVENIR SUR LE PLAN PSYCHOLOGIQUE.

Plutôt que de propreté, on parlera ici de maîtrise des sphincters, au niveau de la miction et de la défécation. Deux éléments sont importants :

- **l'enfant est prêt lorsque son contrôle des sphincters est mature ;**
- **et lorsque, au sein du système nerveux, le dépôt de myéline a nettement maturé sur ses fibres nerveuses, ce qu'on appelle la myélinisation.**

Chez certains enfants, ces deux signes de maturité surviennent au même moment ; chez d'autres, l'un précède l'autre. Le principe de la propreté repose toujours sur la notion de maîtrise : grâce à une commande volontaire, l'enfant parvient à se retenir. Alors, débute l'acquisition de la propreté.

QUAND COMMENCER ?

Mieux vaut attendre ses 18 mois, avant d'envisager quoi que ce soit. En devançant l'appel, vous mettriez une pression inutile sur l'enfant, alors qu'il n'est pas prêt. Sur le moment, il tâcherait de vous faire plaisir, mais ensuite il pourrait régresser. Ce type d'injonctions crée du stress et reste l'une des causes de l'énurésie, qu'elle soit primaire (l'enfant n'est pas propre à 5 ans) ou secondaire (il l'était mais ne l'est plus).

L'âge moyen de la propreté est de 20-22 mois, en ce qui concerne les urines, et 2 ans et demi pour les selles. Évidemment, ces chiffres sont des moyennes : chaque enfant a son propre rythme, et c'est le sien que vous devez écouter et respecter. Certains enfants sont propres en même temps pour les urines et les selles, mais ce n'est pas la majorité. En général, la propreté démarre dans la journée. Lors de la sieste et la nuit, cela vient quelques mois à 1 an plus tard. Le fait qu'il sache monter et descendre les escaliers, ou le canapé, est une bonne indication, car le frottement des sphincters aide à leur maturation. Ouvrez un œil et essayez de repérer ses envies pressantes : il monte et descend sa couche, il va lui-même chercher son pot, il plie les jambes ou se touche le bas-ventre... Toutes ces réactions sont des signes qu'il est prêt.

COMMENT PROCÉDER ?

Vous lui aurez préalablement montré l'exemple. Votre enfant vous aura en effet accompagné(e) aux toilettes, pour ensuite procéder par mimétisme. Ne craignez pas de lui expliquer ce qui se passe, ni même de lui montrer. S'il ne sait pas que c'est normal, il pourrait avoir peur de voir sa première selle dans son pot, le jour J. En revanche, s'il est prévenu, il se dira qu'il est comme son papa et sa maman, que c'est naturel et habituel.

Tout d'abord, tâchez de repérer à quels moments de la journée sa couche reste propre plus longtemps. Ensuite, proposez-lui de s'en passer dans ces créneaux-là. Vous ne lui imposez rien mais lui demandez, à intervalles réguliers, ou après le repas, s'il veut faire pipi ou caca. Si oui, vous l'accompagnez sur le pot ou le réducteur.

Vous pouvez aussi le laisser nu-fesses toute une matinée ou un après-midi. Cet autre système fonctionne bien, car les parents sont dans l'encouragement et la valorisation. Ne lui mettez pas de couche ni de culotte, juste un petit tee-shirt, et prévoyez d'avoir mis à l'écart votre beau tapis. Inutile de lui expliquer quoi que ce soit, pour éviter de le stresser, vous ne dites rien, comme si vous aviez oublié de lui mettre la couche (pour banaliser). La situation est parfaitement normale, et vous vaquez à vos occupations. Ensuite, de deux choses, l'une :

• Il fait pipi sur lui. Les parents le félicitent « Bravo, c'est ton pipi ! Comme maman, comme papa. Mais tu sais, quand on fait pipi, c'est sur le pot ou dans les toilettes. »
• Il manifeste qu'il a envie de faire pipi, en vous montrant son ventre, en demandant une couche, ou en prenant celle que vous aurez préalablement laissée à sa disposition. Là, vous pouvez l'emmener aux toilettes.

LES GESTES À RETENIR

- Ne le forcez pas.
- Ne le laissez pas une demi-heure sur le pot.
- Ne le laissez pas jouer sur le pot.
- Ne le comparez pas à d'autres enfants, ceux de la crèche ou ses frères et sœurs.
- Ne le grondez pas.
- Ne faites pas de chantage affectif : « Tu n'es pas gentil, maman n'est pas contente, papa va se mettre en colère ».
- N'attendez pas l'été parce que c'est plus simple : s'il a montré des signes avant-coureurs, allez-y.

Tout cela ne favorise pas l'acquisition de la propreté, et peut même engendrer des troubles, comme l'énurésie. L'enfant doit être propre pour lui, pas pour vous faire plaisir. Il le sera par maturité. Ce qui compte c'est le rythme de l'enfant. Cela demande du temps, et un accompagnement, un investissement de la part du parent.
Vous vous mettez la pression car il va y avoir la rentrée scolaire et votre enfant n'est pas propre ? Personne ne doit mettre la pression aux enfants, d'autant que les enfants à l'entrée en maternelle ne sont pas tous du même mois. Patience. Certains entrent en petite section, sans être tout à fait propres et ce ne doit pas être un problème. Il est fort probable que, l'été précédant la rentrée, votre enfant soit prêt et en 2 ou 3 semaines, l'affaire soit réglée : il aura alors le même rythme que vous, ce qui déclenchera l'acquisition de la propreté.
Cela dit, si des accidents arrivent encore en septembre, eh bien, ils arrivent ! Votre enfant, lui, doit aller à l'école. Ne repoussez pas la rentrée car il se sentirait dévalorisé. Il existe des culottes dry ou des caleçons absorbants que vous pouvez utiliser dans un premier temps. Surtout, faites-lui confiance, vous pourriez être surpris de la vitesse à laquelle les enfants ont le déclic ! Les professeurs des écoles le savent et les accompagnent régulièrement aux toilettes. N'hésitez pas à en parler avec eux.

L'idée en plus

Parfois, l'arrivée d'un petit frère ou d'une petite sœur perturbe l'enfant qui était propre et qui va régresser, surtout lorsque l'aîné a 2 ans et demi, 3 ans. Un nouveau bébé arrive, les couches refont leur apparition. C'est normal. Les parents ont alors tout intérêt à faire participer l'aîné au quotidien du bébé pour le valoriser : « J'ai besoin de quelque chose, mais je ne sais plus quoi... » Sans attendre, voilà l'aîné qui part chercher la couche de son frère ou de sa sœur, en prenant à cœur son rôle de « grand ». Montrez-lui que vous avez besoin de lui, sans lui donner d'ordres : la nuance fera toute la différence.

POUR ALLER PLUS LOIN :

39. Je marche, p. 100
62. La fin des couches pendant la sieste, puis la nuit, p. 160
71. J'apprends à partager mes parents, p. 182
83. L'entrée en maternelle, p. 215

21. LES PLEURS : LES COMPRENDRE, Y RÉPONDRE

C'EST PENDANT LES TROIS PREMIERS MOIS DE SA VIE QU'UN BÉBÉ PLEURE LE PLUS, NOTAMMENT AUTOUR DES 6E ET 8E SEMAINES.

À la naissance, l'enfant crie, dans un réflexe archaïque. Moins vif chez les bébés prématurés, ce premier pleur est essentiel car il lui permet d'expulser le liquide amniotique de ses poumons ; alors ceux-ci peuvent s'ouvrir et se déployer dans le thorax. C'est la magie de la naissance.

SON SEUL MOYEN DE VOUS TRANSMETTRE UN MESSAGE

Les pleurs et les cris sont les seuls moyens qu'a l'enfant pour communiquer avec les autres. Et la nature fait bien les choses : le cri est fondamental donc... strident ! Car votre bébé est totalement dépendant de l'adulte, contrairement aux autres mammifères. Les pleurs sont donc essentiels en termes de survie : ils sont aigus pour être entendus, pour traverser les murs, pour que vous n'ayez plus qu'un objectif, y apporter une réponse appropriée.
En pleurant, votre enfant essaie donc d'attirer votre attention, avec le seul moyen à sa disposition, pour vous transmettre un message. Lequel ?

- **Il a faim – c'est le message le plus fréquent.**
- **Il a trop chaud.**
- **Il a mal au ventre – coliques, reflux, problème de transit, constipation.**
- **Il a des crampes musculaires.**
- **Il est fiévreux.**
- **Il est stressé.**
- **Il est fatigué.**
- **Ses poussées dentaires sont douloureuses (à partir de l'âge de 6 semaines).**

APPRENDRE À DÉCRYPTER SES PLEURS

Vous apprenez peu à peu à découvrir et à décrypter les pleurs de votre enfant. N'essayez pas de comparer les siens avec ceux de son aîné : chaque enfant est unique, et ce qui a marché avec le premier ne marchera peut-être pas avec le second. Prenez votre temps. De même, ne le comparez pas avec le bébé de votre ami(e) : chaque enfant a sa propre physiologie. Cela peut prendre plusieurs semaines, voire plusieurs mois, mais cette découverte est essentielle. Voilà pourquoi il est important pour les parents de préparer, en amont, les fameux 1 000 jours[7], qui s'étendent du 4e mois de grossesse, jusqu'aux 2 ans de l'enfant. N'oubliez pas que votre bébé va maturer dans les mois à venir autant sur le plan neurologique (des milliards de connexions entre neurones, des neurotransmetteurs qui sont sécrétés), sur le plan digestif (le microbiote intestinal) et sur le rythme veille-sommeil. Tout ceci demande du temps, patience.

Après quelques semaines, vous saurez naturellement comment répondre aux besoins de votre enfant. En fin de journée par exemple, il s'agit souvent de pleurs de décharge, autrefois appelés les pleurs *vesperaux* – on avait déjà fait le lien avec la tombée de la nuit. Les pleurs de sommeil (il se met à pleurer fort pour un rien) sonneront aussi différemment des pleurs de faim (il ne se calme qu'avec le repas et cela à une certaine distance du repas précédent).

7. https://www.santepubliquefrance.fr/la-sante-a-tout-age/la-sante-a-tout-age/les-1000-premiers-jours

Bon à savoir

Avant même de le tenir dans vos bras, rappelez-vous :

• Vos nuits seront, momentanément, reléguées au rang de vieux souvenirs ; vous calerez votre sommeil sur celui de votre bébé. Prévoyez de faire des siestes.

• Vous pouvez vous faire confiance : vous observerez, et comprendrez ce qu'il veut vous dire ; bien souvent, vous aurez la réponse, sans avoir besoin de chercher sur Internet, ni vous rendre aux urgences.

APPRENDRE À RÉAGIR

Ainsi, vous saurez comment réagir. Par exemple, vous répondrez aux pleurs de faim, en donnant le sein ou un biberon ; votre enfant se calmera momentanément car il va en suçant, en tétant, produire ces fameuses endorphines qui l'apaisent. Cependant, si vous lui donnez trop souvent le sein ou le biberon (de manière rapprochée), il aura des crampes et pleurera à nouveau, une heure après – c'est très fréquent. Mais vous comprendrez qu'il s'agit peut-être de gaz ou de petites coliques qui ne nécessitent pas nécessairement de lui donner un nouveau repas (ce qui accentuerait le problème). Essayez de le masser doucement, de le prendre en portage, de le mettre sur le ventre sur un plan semi-dur (sous surveillance), de le bercer ou de lui chanter une comptine.

Dès que bébé commence à pleurer, réagissez sans attendre : on ne laisse pas pleurer un jeune enfant, car il pourrait mal se construire et cela aurait un impact sur sa vie d'adulte : manque de confiance en lui, instabilité professionnelle, affective, etc. Les caprices n'existent pas chez un bébé ! Observez-le, commencez par le toucher sans le prendre tout de suite dans vos bras : le simple fait de vous sentir, de vous entendre peut le rassurer avant qu'il ne se mette à pleurer nettement plus. Si cela ne suffit pas, alors prenez-le dans vos bras.

Cette réassurance est d'ailleurs la première réponse à apporter au bébé. Certains ont besoin d'être portés plus que d'autres ; cela dépend de leur nature et parfois de leur naissance : en cas de naissance prématurée, ou par césarienne, ou encore d'utilisation de ventouses, de forceps, il est possible que le nourrisson ait davantage besoin de présence. Si c'est le cas, n'hésitez pas à consulter un ostéopathe pédiatrique qui pourra exercer des manipulations musculo-squelettiques selon les indications du médecin.

Si votre enfant se montre inconsolable, la tétine peut être une alternative, mais elle ne peut pas être systématique, et elle ne doit pas remplacer le portage, la parole, la caresse, la comptine, le bercement.

Si rien ne marche, habillez-le, couvrez-le et sortez avec lui faire le tour du pâté de maison, cela le calmera lui… et vous. Un petit tour en voiture peut également être une alternative judicieuse.

LE SYNDROME DU BÉBÉ SECOUÉ

Ces moments de tension seront nombreux et parfois difficiles. Mais souvenez-vous : lors des premiers mois de vie, les caprices n'existent pas chez un nourrisson. Ses pleurs disent toujours que quelque chose ne va pas. Derrière un cri se cache une demande ; il vous faut donc apporter une réponse. Si le bercement, la tétée, le portage ne suffisent pas, alors prenez conseil auprès du pédiatre.

Lorsque les parents ne sont pas disponibles pour cette phase d'observation, d'écoute, si la patience et la bienveillance s'étiolent, alors le stress, la fatigue et la culpabilité les gagnent au fil du temps. Ceci peut conduire à des situations douloureuses et même dangereuses, sur le moment comme à long terme. Les adultes ne prennent plus en charge les besoins de l'enfant.

Lorsque ces parents n'en peuvent plus, pour des raisons multiples comme l'épuisement, de mauvais conseils, des problèmes affectifs ou financiers, et quand les hurlements de l'enfant se font trop forts ou trop fréquents, la situation dérape : ils prennent le bébé par les épaules et le secouent : « Arrête de pleurer ! » La tête est violemment balancée d'avant en arrière. Et, parce que le cerveau est encore mobile

dans le crâne, des lésions irréversibles surviennent. Le bébé peut aussi tomber dans le coma.
Si vous sentez que vous êtes sur le point de commettre l'irréparable, ne réfléchissez pas :

- **Déposez votre enfant dans son lit.**
- **Sortez de la pièce et isolez-vous.**
- **Demandez de l'aide à votre conjoint, un membre de la famille, des amis, des voisins.**
- **Appelez le 119, le numéro d'urgence « Allô enfance en danger ».**

Bon à savoir

Les pleurs sont une grande source de conflits dans le couple. S'ils se soutiennent à la naissance, après quelques semaines, les parents peuvent être fatigués, agacés, et ne sont plus d'accord sur la façon de prendre en charge les cris et les appels de leur bébé. Et la situation ne s'arrange pas si les familles respectives de chacun s'en mêlent. Si vous vous sentez dépassés, n'hésitez pas à demander de l'aide, à vous faire accompagner par un professionnel.

POUR ALLER PLUS LOIN :
23. L'angoisse de la séparation, p. 66
24. Les réveils nocturnes, p. 69
26. Il pique une crise et se roule par terre, p. 72
28. Les terreurs nocturnes, p. 79

22. LE RÔLE DES GRANDS-PARENTS

IL EST IMPORTANT DE BIEN CERNER LE RÔLE DES GRANDS-PARENTS ET DE FAIRE LE POINT AVEC EUX EN LEUR CONFIANT VOTRE ENFANT.

Les grands-parents réagissent souvent très différemment de la façon dont ils se sont comportés avec leur propre enfant : moins stressés par les objectifs à atteindre, libérés d'une obligation de résultat, ils se projettent autrement. Par ailleurs, leur relation avec votre bébé dépendra pour beaucoup :

- **De l'ordre d'arrivée du bébé dans la famille ; si c'est le premier, il est probable qu'ils souhaitent beaucoup s'investir.**
- **De la proximité géographique ; s'ils habitent près de chez vous, leur rôle sera, là encore, sans doute plus important.**
- **De la place que vous souhaitez leur donner.**
- **De l'histoire familiale.**

Ce dernier point est essentiel. Avez-vous fait un enfant pour faire plaisir à vos parents ? Probablement pas ! Alors, mieux vaut partir du principe que la cellule familiale est composée des deux parents et du bébé. Soyez au clair avec vous-même : vous avez déjà coupé le cordon ! Et soyez clair avec eux : préférez les informer de la naissance et du rôle qu'ils pourront jouer, plutôt qu'ils n'en viennent à s'imposer à vous.

LES DIFFICULTÉS LES PLUS FRÉQUENTES

Globalement, tout le monde est ravi quand il s'agit de passer de bons moments. Les grands-parents peuvent vous apporter leur aide, garder le bébé, le choyer et le gâter, l'emmener en week-end ou en vacances... Ils vont l'aider à progresser également. Or, c'est à ces occasions qu'ils vous donnent leur sentiment et partagent leur avis, et que les choses peuvent parfois se compliquer. Leurs remarques peuvent être mal perçues : « Tu devrais le laisser pleurer, tu vas lui donner de mauvaises habitudes... » ou « Il n'est pas encore propre ? Moi, je vais lui enlever sa couche quand tu me le confieras ! »
Ces types de réflexions sont fréquents et peuvent vous culpabiliser, créer de la tension dans votre couple ou, doucement mais sûrement, vous inciter à vous désengager, vous déresponsabiliser. Il est donc essentiel que vous rappeliez quelles sont les « règles » de votre famille, avec tact, délicatesse et bienveillance, lorsque vous confiez votre bébé aux grands-parents. Et notamment vos us et coutumes concernant :

- **l'alimentation ;**
- **la propreté ;**
- **le rituel du coucher ;**
- **la prise en charge des pleurs ;**
- **les activités ;**
- **les écrans.**

Bon à savoir

Dans les sociétés actuelles, la fonction de la cellule familiale s'est presque trop estompée. Cependant, tout en respectant les règles précédemment évoquées, les grands-parents ont un rôle essentiel dans l'éveil de l'enfant. Il ne s'agit donc pas de les rejeter, mais de mieux définir leur place, de réfléchir avec eux à leur implication. Ils ont notamment pour mission de transmettre et d'accompagner l'enfant dans son développement. Les recommandations de ce chapitre permettent simplement d'éviter d'éventuels problèmes ou conflits de générations.

Les grands-parents doivent ainsi veiller à respecter vos méthodes éducatives et éviter de vous mettre en porte à faux, en prenant certaines initiatives.
Un autre écueil : dès l'instant où il y a au moins deux enfants dans la fratrie, il n'est pas rare d'observer qu'il peut y avoir un chouchou (favoritisme ?) de la part de l'un ou l'autre des grands-parents... mais aussi parfois de la part des parents. Restez bien attentifs à ne pas, par des petites gâteries ou certaines petites phrases (« Avec ton frère c'est plus facile »), introduire certaines inégalités et donc de la jalousie. L'enfant lui-même entendra ces propos, les intégrera. Les effets négatifs s'en ressentiront le plus souvent quelques années plus tard. Soyez vigilants.

DE BONNES RELATIONS DÈS LE DÉPART

Vous pouvez aborder le sujet dès la grossesse : évoquez ce que vous envisagez avec votre conjoint, et éventuellement parlez avec vos parents. Puis, à la maternité, prenez tout de suite les choses en main : prévenez chacun des grands-parents au même moment, suggérez les heures de visites, établissez les règles en expliquant comment votre couple envisage la suite.

Pour les premières semaines à la maison, il s'agit de respecter la place de chacun, de même que le rythme et les besoins du nouveau-né qui doit commencer sa vie au plus près de ses parents. C'est ce trio-là qui est important.
Évidemment, les grands-parents ont tout loisir d'apaiser, de consoler, de choyer les enfants. Mais il est important qu'ils ne cherchent pas à trop les gâter (sucreries, jouets) pour respecter les règles diététiques et éducatives appliquées par les jeunes parents qui apprennent leur métier de... parents. Gare aussi aux comparaisons malvenues : vos parents pourraient avoir tendance à réécrire un peu votre histoire ou celle de votre conjoint. Peut-être l'un de vous a-t-il marché, parlé ou acquis la propreté avant tout le monde. C'est possible... ou pas. Peu importe, chaque enfant est unique.
En cas de divorce, l'enfant demeure le centre et ne doit pas devenir otage de conflits qui ne le concernent pas. Les grands-parents auront un rôle important à jouer et doivent rester neutres et bienveillants.

POUR ALLER PLUS LOIN :
2. Le séjour à la maternité, p. 15
14. Le retour à la maison, p. 42
23. L'angoisse de la séparation, p. 66
104. Mes parents se séparent, p. 268

23. L'ANGOISSE DE LA SÉPARATION

APPELÉE L'ANGOISSE DE SÉPARATION, L'ANGOISSE DE L'ABANDON, OU ENCORE L'ANGOISSE DU 8E MOIS, ELLE TOUCHE LA MAJORITÉ DES ENFANTS.

Cette angoisse survient aux alentours des 7 ou 8 mois de l'enfant, à cet âge où il commence à comprendre qu'il est différent de ses parents. Prenant peu à peu conscience de son existence propre, le bébé fait mieux la distinction entre lui et les autres. Il éprouve alors de la peur lorsqu'il se retrouve seul et l'exprime de différentes façons.

QUE CRAINT-IL ?

Généralement, le bébé se méfie désormais des nouveaux visages ou de ceux qu'il ne voit pas régulièrement. Pour lui, il y a son cercle immédiat, composé de ses parents, de son assistante maternelle ou de sa nounou, de ses frères et sœurs... et les autres ! Ce sont des figures d'attachement essentielles pour son développement affectif et cognitif.
S'il a peur des inconnus, il peut aussi se montrer réticent envers ses grands-parents, surtout s'il les voit peu. Et c'est ainsi qu'il hurle alors que ceux-ci vous rendent visite. Pour éviter toute vexation, vous veillerez à anticiper et à les prévenir : « Il traverse l'angoisse de séparation. Ne vous inquiétez pas s'il pleure, cela n'a rien à voir avec vous. »
D'une façon générale, mieux vaut en parler autour de vous en expliquant ce qui se passe, et échanger avec l'assistante maternelle ou le personnel de la crèche. À ce propos, essayez de ne pas faire coïncider cette période avec le début de la garde : la semaine d'adaptation se passera mieux avant 7 mois ou après 16 mois. Si ce n'est pas possible, inutile de culpabiliser : les professionnels de la petite enfance savent que cette étape est délicate ; ils prendront davantage de temps.
Car c'est une étape normale et essentielle que votre enfant traverse : elle lui permet de se structurer, de construire son moi par rapport aux autres. Ainsi, il grandit, s'éveille et apprend à se positionner vis-à-vis de son entourage. Son attachement aux autres, sa socialisation, l'affirmation de sa personnalité commencent. Cela lui donne aussi des repères fiables dans le temps et dans l'espace.
Pendant cette période, qui peut s'étendre de 7 à 16 mois, en fonction de l'enfant, le bébé a simplement besoin d'être rassuré par un visage familier.

LES SIGNES

Généralement, lorsqu'un inconnu ou un étranger s'approche, l'enfant fronce les sourcils, et se tourne vers son parent. Vous lisez la panique sur son visage, voyez ses bras et ses jambes s'agiter. Puis, tout son corps se fige et il hurle.

D'autres signes peuvent aussi vous alerter :

- **Il ne sourit plus au premier venu.**
- **La visite chez le pédiatre devient compliquée, alors que, jusqu'ici, le médecin pouvait approcher l'enfant, le manipuler.**
- **Il s'endort plus difficilement.**
- **Des réveils nocturnes perturbent son sommeil.**
- **Il manifeste des signes d'agressivité : il jette ses jouets, se fâche rapidement.**
- **Il s'agite dans les lieux qu'il ne connaît pas.**
- **Il n'apprécie pas d'être laissé seul dans sa chambre, ou de vous voir quitter la pièce dans laquelle il est installé.**
- **Il n'aime pas être déplacé d'un endroit à un autre : au moment des repas, par exemple, il peut rejeter la cuillère.**

Si votre enfant ne manifeste aucun de ces signes, ce qui est rare, vous pouvez néanmoins vous tranquilliser : ce n'est pas non plus problématique.

Cette angoisse s'exprime à différents degrés d'intensité : certains bébés sont éloquents, d'autres plus réservés. Peut-être ces derniers bénéficient-ils de facteurs rassurants, comme la présence d'une fratrie, par exemple. Ainsi, les aînés réagissent souvent plus violemment que les suivants.

CE QU'IL FAUT FAIRE

Avant toute chose, sachez que cette étape existe et tâchez de reconnaître les signes qui marquent l'entrée dans cette période délicate pour lui.
Ensuite, vous adapterez vos réponses en fonction de la situation. À la crèche, par exemple, si vous observez une petite régression au moment du départ, alors que tout se passait bien, changez un peu vos habitudes. Inutile de vous attarder une heure, mais soyez davantage rassurant(e), prenez le temps de lui dire au revoir, à tout à l'heure. Surtout, ne partez pas sans rien dire, il se sentirait trompé.
Il s'agit aussi de le familiariser avec une notion essentielle : la permanence de l'objet. À ses yeux, quand une personne quitte la pièce, quand elle disparaît de son champ de vision, elle n'existe plus. Puisqu'il ne la voit plus, elle disparaît ! Les jeux, comme « *Coucou le voilà* », vers 8 mois, lui permettent de mieux saisir et intégrer cette notion de permanence. L'adulte cache son visage sous une serviette, devant l'enfant : « Papa a disparu » ; puis réapparaît : « Coucou, le voilà ! » Il comprend ainsi que ce n'est pas parce qu'il ne voit plus son papa qu'il n'existe plus. Puis, vous inverserez les rôles. L'enfant hurlera de rire ! Vous ne manquerez pas d'applaudir. Ce type de jeux sont aussi ludiques que pédagogiques.

POUR ALLER PLUS LOIN :

4. La rencontre avec son pédiatre, p. 18
21. Les pleurs : les comprendre, y répondre, p. 60
22. Le rôle des grands-parents, p. 63
24. Les réveils nocturnes, p. 69
25. L'enfant qui mord, p. 70
27. La période du non, p. 76

Bon à savoir

Les 3-4 premiers mois de la vie d'un bébé sont parfois difficiles, puis arrive cette période bénie entre 4 et 7 mois. Et voilà que l'angoisse de séparation vient tout bousculer ! Surtout, souvenez-vous que l'enfant ne fait pas un caprice et qu'il a simplement mais grandement besoin d'être rassuré : non, vous ne l'abandonnez pas. Préparez-vous à cette phase un peu délicate, sans la craindre, ni la dramatiser. Chaque tranche d'âge présente quelques difficultés qui correspondent à des étapes de son développement. Plus vous saurez qu'elles existent, plus vous réagirez à bon escient et nouerez des liens de qualité avec votre enfant. Une dernière information : bientôt, vous aurez droit à la période du non ; et ça va bien se passer.

Si vous devez vous absenter, vous pouvez anticiper et rassurer votre bébé. N'hésitez pas à faire un aller et retour, montrez votre visage dans l'entrebâillement de la porte. L'enfant est rassuré, il sait que le parent va revenir.
Mieux vaut éviter d'imposer votre rythme. S'il pleure car il y a un changement, il faut l'accompagner, lui expliquer. Présentez la personne qu'il ne connaît pas encore, et qui doit le garder un moment, donnez-lui son prénom, dites qui elle est, avant de vous en aller. C'est en lui expliquant tout ce qui est nouveau que vous rassurez votre enfant.
Enfin, mieux vaut prendre le temps de l'accompagner dans son sommeil. Certes, le mettre au lit sera un peu plus long car les rituels du coucher deviennent plus importants. Mais pour lui c'est comme une petite mort : adaptez-vous et soyez à l'écoute, cette étape ne doit pas être ratée. Si vous êtes séparés, essayez de conserver des rituels identiques chez l'un et chez l'autre. Le doudou accompagnera l'enfant, symbole de son foyer, de son toit, de sécurité.

24. LES RÉVEILS NOCTURNES

VOTRE ENFANT SE RÉVEILLE LA NUIT, IL S'AGITE, IL GEINT... COMMENT RÉAGIR LORS DE CES ÉPISODES PARFAITEMENT NORMAUX QUI SE PRODUISENT PARFOIS 2 À 3 FOIS PAR NUIT ?

Les réveils nocturnes appartiennent à la famille des dyssomnies qui forment une partie des troubles du sommeil (il n'arrive pas à s'endormir, fait mal la différence entre le jour et la nuit, etc.). Ils ne doivent pas être confondus avec les parasomnies, comme les terreurs nocturnes et le somnambulisme.

Sans doute faut-il rappeler que le sommeil du bébé et de l'enfant est constitué de cycles, et ce dès la vie in utero. Pendant la grossesse, lors des 20 ou 25 premières semaines, un rythme activité/immobilité se met en place. Puis, vers la 32e semaine, le sommeil commence à se structurer. On peut alors distinguer chez le fœtus des cycles de sommeil calme et des cycles de sommeil non calme.

À la naissance, les cycles se rallongent :

- **Lors des 2 ou 3 premiers mois, les cycles des nouveau-nés durent environ 50 minutes. À cet âge-là, ils s'endorment toujours en phase de sommeil non calme.**
- **À partir de 2 ou 3 mois et jusqu'à 9 ou 10 mois, ce sont des cycles de 70 minutes. Là, les bébés s'endorment en phase de sommeil paradoxal.**
- **Entre 10 mois et 5 ou 6 ans, les cycles sont plus longs et atteignent 90 minutes.**
- **À partir de l'âge de 6 ans, les cycles d'un enfant sont les mêmes que ceux d'un adulte (90 à 100 min).**

L'idée en plus

Comment faire pour éviter les pleurs en pleine nuit ? Mieux vous aurez respecté les conditions d'endormissement, moins il y aura de risques de réveil nocturne. Ainsi, veillez toujours à bien faire entrer votre bébé dans le sommeil, en respectant le rituel que vous aurez mis en place : un livre, un câlin, une comptine, une veilleuse... Consacrez-lui du temps.

POUR ALLER PLUS LOIN :
28. Les terreurs nocturnes, p. 79

LE PASSAGE D'UN CYCLE À L'AUTRE

Les tout premiers mois, un bébé s'endort et se réveille très facilement. S'il est repu par la tétée ou le biberon, il ferme les yeux naturellement mais les rouvre dès qu'on le pose dans son lit. C'est encore le cas jusqu'à 10e mois alors que peu de choses peuvent le réveiller.

À partir de 9 ou 10 mois, il en va autrement. Votre enfant a beaucoup de choses à gérer : il traverse l'angoisse de séparation et doit, en plus, intégrer tous les événements de la journée. Par conséquent, il se réveille davantage la nuit, surtout après minuit. Ce ne sont pas des terreurs nocturnes : il s'agite, il pleure, il gémit, un petit moment.

Parce qu'en général, il va pouvoir se rendormir tout seul, l'idée est de rassurer votre bébé par la simple présence. Les parents peuvent entrer dans sa chambre, regarder, écouter, vérifier qu'il n'est pas mal installé, qu'il ne s'est pas retourné. Évitez de le réveiller, il va retrouver le calme et le sommeil tout seul le plus souvent. Ne répondez pas non plus par une tétée ou un repas. Vous pourrez le prendre dans vos bras si la crise dure, si vous pensez qu'elle est causée par un stress particulier.

25. L'ENFANT QUI MORD

SELON L'ÂGE DE L'ENFANT, LA MORSURE N'A PAS LE MÊME SENS. NI LA MÊME INTENTION.

À la naissance, le bébé explore le monde grâce à la bouche, qui est une sorte de « scanner sensoriel ». Il y porte ainsi sa main, ses pieds, les objets, les vêtements, car cette zone lui permet de découvrir l'environnement, de ressentir et repérer les choses, leur forme, leur texture, leur solidité, leur température. Très vite, vers l'âge de 2 mois, les dents commencent à avancer (on parle de poussée dentaire) dans la gencive avec les effets secondaires que vous connaissez : douleurs, hyper salivation, modification de l'humeur. Puis elles sortent au moment de l'éruption dentaire (à partir de 9 mois en moyenne) et l'enfant prend l'habitude de mordiller, sans pourtant appuyer avec les dents. Il est donc normal que votre bébé « morde » ainsi entre sa naissance et l'âge de 3 ans.

Bon à savoir

La morsure chez un enfant plus âgé, de 5 à 10 ans, est le signe d'une souffrance plus profonde. Le jeune garçon ou la jeune fille témoigne d'un manque « Je suis jaloux, on ne m'aime pas, on ne se soucie pas assez/autant de moi. » Les parents doivent donc prendre le temps de réfléchir à la situation, et d'en parler. Mordre est un acte qui en dit long, c'est l'arbre qui cache la forêt ; il faut entrer dans la forêt, comprendre cette souffrance qui s'est manifestée. Surtout, mieux vaut éviter de punir l'enfant, ou de l'humilier, ce qui ne ferait qu'ajouter de la douleur à la douleur. La morsure est une alerte qu'il convient de prendre très au sérieux à cet âge et qui implique de s'atteler à apaiser la souffrance intérieure.

LA SIGNIFICATION DE LA MORSURE

La morsure n'est pas nécessairement un signe agressif ou défensif. L'enfant a simplement pris l'habitude de mordre les objets pour, d'abord se familiariser avec son environnement, puis masser sa gencive :

- **il est à la fois dans l'action et dans l'exploration ;**
- **puisqu'il est dans l'exploration, il est aussi dans la réaction par rapport à son environnement et au comportement des autres.**

Très vite, le bébé se rend compte qu'en mordant l'autre (son parent, un autre enfant), il provoque une réaction. Il s'agit alors pour l'adulte de bien faire la différence : si l'enfant a moins de 2 ans et qu'il mord, il le fait très probablement sur un mode exploratoire. En revanche, au-delà de 2 ans, la morsure pourrait davantage témoigner :

- **d'une frustration : il a besoin de quelque chose ;**
- **d'une colère : on lui a fait quelque chose qui ne lui plaît pas, il n'a pas eu ce qu'il voulait ;**
- **d'un désir de reproduction, d'imitation : il reproduit le geste d'un autre enfant ;**
- **d'un témoignage émotionnel : il exprime sa déconvenue.**

DANS LE CADRE COLLECTIF

C'est souvent dans le cadre collectif, à la crèche, chez l'assistante maternelle ou en halte-garderie, que ces morsures arrivent le plus souvent. L'enfant va mordre pour différentes raisons : il a été mordu par un autre ; ou il a vu un camarade en mordre un autre ; ou il a pris conscience que mordre provoquait la stupeur de son camarade, en général du même âge, et ainsi découvert son pouvoir sur lui.

En fonction de la situation, la réponse doit être appropriée, une réponse à laquelle les personnels encadrants sont formés. Après avoir constaté la morsure, ils en prennent acte et réagissent en plusieurs étapes.

• Ils s'adressent à l'enfant en choisissant les bons mots : « Tu as mordu, tu lui as fait mal. Regarde, il pleure. » C'est ainsi qu'il peut prendre conscience des conséquences de son geste.
• Ils portent leur attention sur l'enfant blessé. L'objectif est ici de montrer à celui qui a mordu que l'intérêt est porté à celui qui a été mordu, ce qui va à l'encontre du but recherché. Un enfant mord pour attirer l'attention sur lui. Or celle-ci doit être déplacée sur l'autre qui est rassuré, consolé, soigné.
• Ils demandent à l'enfant de s'investir dans le processus de réparation « Va me chercher une compresse, s'il te plaît, un peu d'eau, regarde la trousse est là… » En s'impliquant ainsi, il comprend que son geste n'est pas banal.
• En revanche, ils ne culpabilisent pas le petit mordeur, car celui-ci n'a pas encore bien conscience de ce qu'il a fait. Ils conservent leur calme et ne lui disent pas « Je suis fâché(e), tu vas au coin, je ne t'aime plus, ce n'est pas bien. » Les réactions liées à l'affect sont contre-productives.

EN FAMILLE

Il est généralement plus délicat pour les parents de garder leur sang-froid. Ils réagissent souvent plus intensément puisque la dimension affective entre en jeu : c'est un petit être aimé qui vient de les mordre eux ou un frère ou une sœur. Néanmoins, mieux vaut là encore employer des mots justes et adaptés : « Tu m'as mordu(e), cela me fait mal. Pourquoi as-tu fait cela ? Dans la famille, on ne mord pas les autres. » Faire entendre à l'enfant la notion de famille le responsabilise.

Comme les professionnels de la petite enfance, vous éviterez de menacer, punir ou culpabiliser, et surtout vous ne lui rendrez pas la pareille ! Ce serait alors l'encourager, car l'enfant imite les adultes, gare ! L'enfant, quel que soit son âge, n'a aucune conscience de la portée de cet acte. S'il répète son geste, vous vous éloignerez un moment, comme vous le faites en cas de crises, en lui expliquant : « Tu me mords, je change de pièce. » L'enfant va s'apaiser, et vous pourrez en parler avec lui, le calme revenu, avec des mots adaptés à son âge.

Tâchez alors de comprendre pourquoi il vient de vous mordre : peut-être était-il fatigué ; ou s'est-il rebellé contre ce que vous lui imposiez et qui ne lui convenait pas ; imite-t-il d'autres enfants ? Ou encore, vous veniez de rentrer après une longue absence et il s'est rué sur vous : « Je te mords car tu m'as manqué, je t'aime ». C'est sans doute peu évident à comprendre, mais sachez qu'il témoigne de ses sentiments pour vous.

Retenez enfin que certains enfants mordent plus que d'autres ; cela dépend souvent de l'environnement familial (fratrie ? déménagement ? tensions dans le couple ? violences intrafamiliales ?) et de la capacité de l'enfant à réguler ses émotions et sa fatigue.

POUR ALLER PLUS LOIN :

8. Ses découvertes par le toucher, p. 27
9. Les premières dents, p. 29
21. Les pleurs : les comprendre, y répondre, p. 60
51. Son adaptation à la crèche, p. 132
52. Son adaptation chez l'assistante maternelle, p. 136
53. On m'a volé mon jouet !, p. 138

26. IL PIQUE UNE CRISE ET SE ROULE PAR TERRE

LES CRISES FONT PARTIE DU DÉVELOPPEMENT HABITUEL DE L'ENFANT. SOUVENT RÉPÉTITIVES ET FATIGANTES, IL FAUT NÉANMOINS LES ACCOMPAGNER.

Les crises surgissent le plus souvent à partir de l'âge de 2 ans, lors de cette période bien nommée des « terrible two ». Délicates à gérer, elles sont plutôt bon signe puisque c'est une étape parfaitement normale dans le développement de l'enfant. Ces rébellions vont, en effet, l'aider à grandir, à interagir, à poser des questions, à écouter les réponses, donc à comprendre. Mieux vaut donc accueillir cette phase et la considérer comme essentielle à son évolution psychique.

QUE SE PASSE-T-IL ?

À cet âge, l'enfant a parfaitement compris qu'il était une personne. Il entre désormais dans l'opposition : puisqu'il est un individu à part entière, il a donc lui aussi du pouvoir sur l'autre. Alors, il refuse d'obtempérer et d'obéir aux injonctions des adultes, et, au choix, ne va pas s'habiller, ni prendre son bain, ne veut pas sortir, ni arrêter de jouer.

Ces crises surviennent aussi parce qu'il n'a pas du tout conscience de la chronologie ou du temps qui passe. L'enfant était en train de jouer, de partager un bon moment avec vous. Et soudain, vous lui imposez d'arrêter ou de faire quelque chose de plus important, selon vous (manger, par exemple). En hurlant, en trépignant, en se roulant par terre, il montre son opposition. Il dit : « J'étais en train de faire quelque chose, moi ! »

DE LA CONFUSION À LA SPIRALE INFERNALE

Comprenez bien que ces réactions n'ont pas pour but de vous mettre en colère. Votre enfant ne fait pas exprès de se mettre dans tous ses états. Il le fait car son système neurologique n'est pas encore mature. En particulier, la myéline, cette substance qui sert à isoler et à protéger les fibres nerveuses, n'est pas totalement développée et les milliards de connexions ne sont pas encore opérationnelles. Sa capacité d'analyse de la situation n'est pas optimale puisque la transmission des informations à son cerveau n'est pas tout à fait au point.

L'enfant n'est donc pas maître de ses émotions. Cette régulation, qui viendra plus tard, est pour l'instant impossible à effectuer pour son cerveau. C'est trop pour lui ! Manger et arrêter de jouer, c'est trop. S'habiller et quitter la maison, c'est trop. S'asseoir dans le siège auto et se tenir tranquille, c'est trop. Il est dans l'émotion.

Le problème est que l'adulte, lui, finit par être débordé d'émotions à son tour. Mû par la colère, il craque, car c'est à chaque fois la même chose ! Le rituel ne tarde pas à se mettre en place : l'enfant refuse, se braque, la tension monte en même temps que la pression, l'enfant pique une crise, l'adulte perd ses moyens, surréagit, impose de plus en plus fermement, la crise redouble. La spirale est infernale et quasi certaine. Vigilance, patience et bienveillance doivent donc être au rendez-vous pour enrayer la machine.

FRUITS &
LÉGUMES

LA CRISE PORTE UN MESSAGE

Sachez que cette manifestation a un sens, ou plutôt deux :

Elle parle d'amour

Ces réactions ont très souvent une dimension affective. Quand les parents viennent consulter, ils parlent des mêmes crises, qui surviennent au même moment. Généralement, elles ont lieu avec la maman, un peu moins avec le papa, et encore moins dans l'espace collectif. On voit donc bien qu'elles sont en lien avec la notion d'attachement « Je t'aime, je te repousse ». C'est, pour l'enfant, une manière d'échanger sur le plan affectif avec celui ou celle qu'il aime. Quand un enfant pique une crise avec sa mère, par exemple, il lui indique qu'il l'aime, qu'elle est sa figure d'attachement, qu'il veut rester près d'elle, avec elle. Son néocortex étant encore immature, il réagit avec son cerveau émotionnel.

Elle dit la frustration

Lorsque l'enfant exprime à grands coups de colère son opposition, le lieu et le temps lui importent peu : il expérimente douloureusement la frustration. L'enfant n'a pas la parole pour dire ce qui ne va pas et surtout il ne comprend pas ce qui se passe. Il est dans un schéma nourricier : j'ai faim, donc je mange ; je joue, donc je prends le jouet, etc. Par exemple, lorsqu'il refuse de s'habiller pour aller à l'école, c'est simplement qu'il ne veut pas entrer dans ce monde des adultes fait de contraintes, il ne s'identifie pas. Il fait une crise et c'est normal ! Il dit sa frustration avec ses mots à lui, les outils qui sont à la disposition de son cerveau. Il faut donc s'armer de patience car lui n'a aucune notion ni des contraintes, ni du temps. C'est l'heure d'aller au lit ? De prendre un bain ? Mais l'enfant ne supporte pas d'être interrompu dans son action, dans son temps, dans le partage avec vous.

QUELLE ATTITUDE ADOPTER ?

Dans ces cas-là, deux principes, utilisés en thérapie brève (approche analytique, sur de courtes séances et focalisées sur un élément extérieur en particulier), sont incontournables : il faut anticiper et contourner la crise. Bien entendu, vous adapterez votre attitude en fonction de l'âge de l'enfant (on n'explique pas les mêmes choses, ni de la même façon à un enfant de 2 ou 3 ans) ; et en fonction de la situation (on n'agit pas de la même manière chez soi ou au supermarché). Généralement, les parents connaissent les situations à hauts risques. Ils savent qu'une crise peut se déclencher à l'heure du coucher, au moment des repas, ou encore au supermarché, dans le train... Si vous savez qu'elle va arriver, vous pouvez prendre les devants.

- Proposez-lui de hurler ! « Chéri, devine quoi ? Maman aime beaucoup tes grandes crises. Là, je vais te mettre en pyjama. Et tu vas me faire une grande crise. J'attends, montre-moi, j'aime tellement te voir hurler en chantant. » En attendant, vous enfilez le pyjama ! Parce que vous avez déminé le terrain, il n'a plus la main.
- Dans le même ordre d'idée, n'hésitez pas à interdire ce que vous souhaitez lui faire faire : « Je t'interdis de te mettre à table ! »
- Vous pouvez aussi l'impliquer dans vos choix. S'il refuse de s'habiller, par exemple, anticipez : « Il pleut, il faudrait choisir des bottes. Mais dis-moi quelle couleur tu préfères mettre aujourd'hui. » Ainsi, il se sent responsable.
- Le faire participer, l'associer à vos démarches est une excellente façon de diminuer le sentiment de contrainte. Si vous devez lui acheter une nouvelle paire de chaussures et redoutez une scène dans le magasin, arrêtez-vous un instant, demandez-lui s'il veut entrer. Vous êtes dans une action commune : « On va demander à la dame ? C'est toi qui demandes ? » Pour l'essayage, proposez un jeu pour éviter une réaction d'opposition : « Quel est le pied que tu veux utiliser en premier ? Celui-là ou celui-là ? » Plus vous serez dans l'anticipation, plus vous déminerez la crise.

Un dernier point est important. Mieux vaut apprendre à vous préserver du regard et du jugement d'autrui. C'est dans les lieux publics, aux yeux de tous, que ces crises seront pour vous les plus difficiles à réguler. À la maison, vous ne vous sentez ni observés, ni jugés et vous gardez confiance en vous. Au supermarché, au parc ou au restaurant, vous éprouvez de la gêne, voire de la honte. Et c'est parce que vous êtes vous-même déstabilisés que votre réaction n'est plus adaptée, ce qui aggrave la situation. L'enfant lui n'a que faire de l'avis d'autrui et poursuit sa crise. D'où l'importance de ces anticipations.

POUR ALLER PLUS LOIN :

21. Les pleurs : les comprendre, y répondre, p. 60
23. L'angoisse de la séparation, p. 66
27. La période du non, p. 76
53. On m'a volé mon jouet !, p. 138

27. LA PÉRIODE DU NON

LA PHASE D'OPPOSITION SUIT GÉNÉRALEMENT L'ANGOISSE DE SÉPARATION ET APPARAÎT ENTRE 18 MOIS ET 3 ANS.

C'est à cette période que l'enfant prend pleinement conscience qu'il existe par rapport aux autres. Il est une personne et peut dès lors, s'exprimer en son nom, refuser ou accepter, donner son « avis » sur tout et sur n'importe quoi ! Auparavant, son désaccord « Je ne veux plus de lait, je ne veux pas rester seul... » se traduisait par un mécontentement que, bon an, mal an, vous parveniez à gérer.

UNE CONSCIENCE DE SES CAPACITÉS

Entre 18 mois et 3 ans, c'est totalement différent. L'enfant non seulement fait valoir son refus ou son acceptation, mais en plus :

- **il a les mots pour le dire ; ou du moins il commence à parler ;**
- **il a une meilleure motricité ; il repousse avec les mains, il se déplace, il s'enfuit ;**
- **il interagit avec les autres ; il comprend le lien entre son action et votre réaction.**

Puisqu'il considère qu'il a du « pouvoir », il est normal qu'il veuille l'exercer sur les autres. Voilà pourquoi l'opposition d'un enfant (comme celle dont il fera preuve à l'adolescence) est un comportement très structurant, une étape indispensable pour qu'il se construise et qu'il trouve sa place. Grâce à ce non, l'enfant s'autonomise et affirme son besoin d'autonomie, il se socialise et prend confiance en lui.
Cela dit, il attend aussi de la part de l'adulte une réponse adaptée.

POURQUOI NON ?

Pour quelles raisons s'oppose-t-il à vous ? Les motifs sont variés et multiples.

- **« Je veux faire tout seul ». Lorsqu'un enfant monte les escaliers alors que cela lui est interdit, il exprime qu'il n'est pas de cet avis, et passe en force pour le montrer. C'est ainsi qu'il se construit mais les parents doivent ici rester vigilants quant aux prises de risques potentielles, tout en l'accompagnant et en l'encourageant. Il progresse.**
- **« Je ne veux pas manger ça ! » L'alimentation, les repas sont souvent l'occasion de s'affirmer.**
- **« Il ne veut pas me donner son jouet ! » La frustration, l'envie sont des émotions qui le bouleversent davantage.**

Certains enfants sont constamment dans l'opposition : à la maison, au square, en vacances, et bien sûr à l'école. Il n'est pas rare qu'il refuse de s'habiller le matin, de marcher sur le chemin de la maternelle, d'entrer dans la salle de classe. Vous apprendrez, accompagné(e) par l'enseignant si besoin, à décrypter ses oppositions.

Bon à savoir

L'adulte gagnera toujours à se remettre en question. Son enfant va aussi l'aider à grandir. Un parent n'a pas toujours, tout le temps, toutes les solutions. Il n'y a pas de formation pour le devenir. La meilleure formation, c'est entendre et écouter son enfant.

1
A

LORSQUE L'OPPOSITION N'EST QU'UN SYMPTÔME

Ses refus systématiques cachent parfois d'autres difficultés qu'il convient de mettre au jour :

- **Vérifiez avec l'aide d'un professionnel si son opposition n'est pas en lien avec un autre trouble : Trouble du Spectre de l'Autisme (TSA), ou Trouble de Déficit de l'Attention avec ou sans Hyperactivité (TDAH) notamment.**
- **Réfléchissez à d'éventuelles difficultés familiales : divorce, déménagement, décès, naissance d'un cadet... Plus c'est évident et moins les parents font le lien, pour peu que l'enfant ait déjà été dans l'opposition avant ces événements.**
- **Évoquez avec votre pédiatre la possibilité d'une pathologie non encore diagnostiquée, votre enfant ressent peut-être un mal-être à cause de cela, même si c'est rare : diabète, allergie, par exemple.**

Vous avez tout intérêt à vous interroger lorsque les crises sont fréquentes, répétitives et peu canalisables. Car alors elles fragilisent l'entrée de l'enfant dans le monde adulte. N'hésitez pas à en parler aux professionnels de santé : médecin traitant, pédiatre, psy peuvent faire un bilan pour s'assurer que rien ne se cache derrière cette opposition.

COMMENT RÉAGIR ?

Mieux vaut opter pour la bonne attitude et proposer une réponse adaptée. Le problème, c'est que les parents ne voient pas grandir leur enfant. Les habitudes se sont installées, les journées sont bien rythmées et la tête dans le guidon, ils ne s'interrogent plus. Or, cette phase d'opposition, quel que soit l'âge auquel elle arrive, est un signe, une alerte positive le plus souvent, qu'il faut prendre en considération pour écouter l'enfant et prendre conscience de son évolution. C'est finalement le bon moment pour faire un bilan, un point d'étape – et il y en aura d'autres. L'enfant qui s'oppose à 18 mois n'est pas le même qu'à 3 ans, à 10 ans ou à 16 ans.

Reconnaître l'individualité de l'enfant

L'enfant a besoin d'être reconnu en tant que personne singulière. Lorsqu'il s'oppose, il dit « Je souffre, quelque chose ne me plaît pas, je l'exprime avec mes mots, mes moyens. » Il s'agit de reconnaître son besoin, son émotion, sa réaction. Si vous lui répondez que son frère ou sa sœur ne se mettait pas dans de tels états, vous ne tenez pas compte de son individualité. Rappelez-vous : il est unique !

Tenir compte de son caractère

L'enfant a besoin d'être accepté tel qu'il est, avec son caractère (sensible ou colérique, peu importe). C'est souvent difficile pour les parents qui découvrent un cadet très différent de l'aîné, ou simplement un enfant très différent d'eux-mêmes. Chacun possède ses forces et ses fragilités, sa personnalité propre ; et celle de l'enfant est en train de se construire.

Accompagner son autonomie

L'enfant a besoin d'autonomie, et ce besoin va grandissant, jusqu'à l'âge adulte. Et même adulte, on peut encore manquer d'autonomie, parce que la phase d'opposition n'a pas été franchie ! Peut-être n'a-t-on pas reçu soi-même les réponses appropriées dans l'enfance lorsqu'on cherchait à exprimer un désaccord, à affirmer sa personnalité. Lorsqu'on déplace le besoin de l'enfant sur un plan affectif « Tu dis non, cela me fait de la peine », alors il n'est pas pris en compte. La réponse à une opposition ne doit jamais faire intervenir un chantage affectif. Le besoin de l'enfant n'est pas celui du parent.

POUR ALLER PLUS LOIN :

21. Les pleurs : les comprendre, y répondre, p. 60
22. Le rôle des grands-parents, p. 63
23. L'angoisse de la séparation, p. 66
26. Il pique une crise et se roule par terre, p. 72
53. On m'a volé mon jouet !, p. 138

28. LES TERREURS NOCTURNES

FRÉQUENTES ENTRE 2 ET 4 ANS, LES TERREURS NOCTURNES SURVIENNENT À UNE PÉRIODE OÙ L'ENFANT EST UN PEU SUBMERGÉ PAR LES GRANDS APPRENTISSAGES.

Différentes des simples réveils, qui ont lieu la nuit avant l'âge de 1 an, les terreurs nocturnes arrivent surtout entre 18 mois et 4 ans. Elles sont liées à l'évolution des périodes de sommeil profond : en fin de cycle, l'enfant est interpellé pas les événements qu'il a vécus dans la journée. Des images, des bruits, des expériences lui reviennent qu'il n'a pas intégrés. Elles durent en moyenne quelques minutes et sont moins fréquentes que les cauchemars où l'enfant se réveille en sueurs.

QUE SE PASSE-T-IL ?

Ces réactions sont courantes jusqu'à l'âge de 4 ans, nettement plus rares après 5 ans. Le bébé pleure, hurle dans la nuit, s'agite mais ne se réveille pas forcément. Il est alors en train d'intégrer les micro-événements de la journée, de même que les grands changements liés à son développement. À cet âge, les apprentissages sont nombreux :

- **L'acquisition de la marche : il tombe, il intègre la notion de douleur.**
- **La négociation alimentaire : il découvre de nouveaux goûts, textures, il se sert de l'aliment comme monnaie d'échange.**
- **La crèche, l'entrée à l'école maternelle : de nouveaux visages prennent le relais.**
- **La fin de la sieste l'après-midi : son rythme change.**
- **L'adaptation à d'autres événements : l'arrivée d'un petit frère, d'une petite sœur, un déménagement, la présence des écrans, favorisent les réveils nocturnes.**

Quel travail que d'intégrer toutes ces nouveautés ! On le voit, nombreuses peuvent être les causes de ces terreurs nocturnes qui vont impacter son sommeil et celui de ses parents. Certains enfants en font peu, et d'autres davantage, sans qu'on sache vraiment pourquoi. Il revient aux parents de décrypter et de s'adapter pour les accompagner.

QUE FAIRE ?

Mieux vaut d'abord faire la distinction entre la terreur nocturne (plutôt en début de nuit) et le simple cauchemar (deuxième moitié de nuit). Si vous le voyez dormir, il s'agit probablement de l'une de ces terreurs et il est inutile de le réveiller. Approchez-vous de lui, asseyez-vous, parfois votre simple présence suffit. Ne le touchez pas et ne le caressez pas, ne lui parlez pas non plus. Ne le prenez dans vos bras que si vous voyez qu'il se réveille, ce qui est rare. Si besoin, touchez-le, caressez-le. Il peut être assis dans son lit, les yeux parfois grands ouverts, le regard hagard, il n'est pas réveillé. Ne cherchez pas à le réveiller. Attendez. Parlez-lui doucement pour le rassurer. Dans un deuxième temps, n'hésitez pas à le toucher, le caresser. Mais ne le prenez pas tout de suite dans vos bras : l'objectif est qu'il s'apaise tout seul. Dans le cas où il se réveille, éventuellement donnez-lui un verre d'eau pour l'apaiser et profitez-en en lui touchant le front pour vérifier qu'il n'a pas de fièvre.

Dans tous les cas, ne lui montrez pas un visage inquiet, cela pourrait aggraver sa crise.

LES BONNES HABITUDES À ADOPTER

- Mieux vaut apprendre à l'enfant à s'endormir seul.
- Le rituel du coucher est essentiel.
- La température de la chambre ne doit pas être trop élevée, ni l'atmosphère, trop sèche.
- L'enfant n'est pas trop couvert.
- Éloignez les peluches et les objets sombres sur les armoires qui pourraient lui faire peur.
- Privilégiez le calme dans la maison, évitez le bruit et les résonances qui pourraient le réveiller ou favoriser les terreurs nocturnes.
- Si les terreurs nocturnes se répètent de manière rapprochée et toujours à la même heure, il peut être utile de le réveiller doucement une demi-heure avant à chaque fois, de manière apaisée, en lui parlant tout doucement. Vous le mènerez par exemple aux toilettes pour un pipi, en lui expliquant que tout va bien, ou en lui donnant un peu à boire. Et aussitôt après vous le recouchez. Souvent, cela permet de déminer les terreurs nocturnes. À faire pendant 1 ou 2 semaines si besoin.

L'idée en plus

Pour le libérer de toutes ces émotions qui vont favoriser les terreurs nocturnes, les parents peuvent inviter l'enfant à les exprimer, même s'il apprend tout juste à parler. L'idée ici est de l'inciter à vous raconter une histoire lors du coucher. Comment faire ? Dites-lui des mots qu'il connaît et qui correspondent à des situations, des événements qu'il a vécus dans la journée. N'hésitez pas à mettre en place ce rituel. Vous pouvez par exemple commencer par « Crèche », puis attendez quelques instants. puis dites : « Pin-pon », « Chien », « Escalier », « Tombé », « Arthur »... En associant un mot à un autre, une intégration s'opère au niveau du néocortex. Un mot lui parlera plus que d'autres et cela lui permettra de faire « redescendre » l'événement associé de son « grenier » à émotions. Le cerveau ayant déjà engrangé l'information, cela sera ça de moins à faire dans la nuit ! Et son sommeil pourra s'en trouver allégé.

POUR ALLER PLUS LOIN :

17. La diversification alimentaire et la DME, p. 51
24. Les réveils nocturnes, p. 69
39. Je marche, p. 100
41. Ma première chute, p. 107
48. Je parle, p. 124
51. Son adaptation à la crèche, p. 132
52. Son adaptation chez l'assistante maternelle, p. 136

29. JE TIENS MA TÊTE

TENIR SA TÊTE EST LE DÉBUT DE NOUVELLES AVENTURES ! L'ENFANT VA BIENTÔT RAMPER, ÉVOLUER À QUATRE PATTES, ET DÉVELOPPER SA COORDINATION VISUO-MOTRICE.

À la naissance, on observe chez les nourrissons :

- **Une hypotonie du tronc.** La tête et la colonne vertébrale ne tiennent pas toutes seules car les muscles ne sont pas encore développés. Cette hypotonie favorise le bon déroulement de l'accouchement puisqu'en principe le bébé sort la tête en premier. La grande souplesse du tronc et des épaules permet de passer sans difficultés par le bassin de la maman. L'obstétricien n'a plus qu'à saisir la tête pour bien la positionner au moment de l'expulsion.
- **Une hypertonie des membres.** Parce que le bébé est resté en position fœtale dans un espace contraint, surtout les 3 derniers mois, ses jambes et ses bras sont hyperfléchis à la naissance. Lors des contractions utérines, cette hypertonie lui a permis de se positionner correctement dans le ventre de sa mère pour l'accouchement. Dans un réflexe primitif qui fait partie intégrante des acquisitions motrices du bébé, il se repositionne ainsi naturellement, les membres repliés.

Certains bébés naissent avec une plagiocéphalie, c'est-à-dire le crâne plat. Cela peut être dû à leur position fœtale, lorsqu'il s'agit de jumeaux notamment, ou à l'accouchement en lui-même. Dans les deux cas, nulle inquiétude : des séances de kinésithérapie ou d'ostéopathie seront proposées par le pédiatre.

LE DÉVELOPPEMENT DE LA MOTRICITÉ

Après la naissance, les muscles du tronc se renforcent peu à peu :

- **Les 2 premiers mois**, vous veillerez à bien tenir la tête de votre bébé qui, sinon, partira en arrière. Ce mouvement est dû à un réflexe d'hyperextension des membres inférieurs : si par exemple vous maintenez votre nouveau-né en position légèrement assise, vous verrez ses jambes pousser vers l'avant, et tout son corps partir en arrière. Voilà pourquoi il est important de bien lui tenir la tête pour éviter qu'il ne tombe ou se blesse.
- **Dès 3 mois**, si vous le mettez contre vous, son tronc vertical lui permet déjà de tenir sa tête.
- **Vers 3 ou 4 mois**, si vous le mettez sur le ventre, votre bébé parvient à relever la tête par lui-même. Il peut aussi prendre appui sur ses avant-bras pour maintenir sa position.
- **À l'âge de 4 puis 5 mois**, vous observerez une coordination entre ses avant-bras, ses pouces, ses épaules qui se positionnent mieux. C'est au même moment que la vue se développe : votre enfant tourne la tête vers la gauche, vers la droite, pour regarder ce qui se passe autour de lui. Il lève aussi la tête pour augmenter son champ de vision. Il s'agit d'une grande étape dans la maîtrise de ses mouvements, dans le développement de sa musculature mais aussi dans son exploration visuelle, que l'on appelle la phase de coordination visuo-motrice.
- **Enfin, à 6 mois**, alors qu'il sait désormais redresser la tête et pousser sur les avant-bras, c'est sur ses jambes qu'il parvient à mieux se mobiliser : il s'apprête à ramper. Peu à peu, il va aussi coordonner ses bras et en lancer un vers l'avant pour attraper un objet, tout en restant en appui sur l'autre : ce sera le début du quatre pattes.

ACCOMPAGNER LE MOUVEMENT

Si évidemment vous devez surveiller votre enfant lorsque vous vous occupez de lui, permettez-lui aussi de progresser en motricité active.

- Mettez-le sur le ventre (dès la naissance), sur un plan ni trop dur, ni trop mou, en restant à ses côtés pour le surveiller, ou portez-le dans vos bras en calant son dos contre vous, sans lui tenir la tête. Ainsi, il développe du tonus (surtout du tronc, du cou) pour coordonner ses capacités musculaires à sa sensorialité : peu à peu, il touche une peluche, met la main dans sa bouche, se tourne lorsqu'il entend un bruit. Cette coordination l'accompagnera tout au long de son enfance et lui permettra de s'autonomiser et d'effectuer des activités sollicitant les praxies (mouvements coordonnés en fonction d'un but).
- Vous pouvez aussi stimuler la rotation de la tête de votre bébé. Ainsi, n'hésitez pas, dès les premiers jours, à lui parler, à approcher votre visage du sien, à vous déplacer devant lui pour l'inciter à tourner sa tête et vous suivre du regard, ou encore à lui présenter des objets aux couleurs contrastées (noir et blanc au début) pour que, là encore, il mobilise les muscles du cou.
- À 3 mois, vous pourrez l'installer plus régulièrement sur le ventre sur le tapis d'éveil, là encore sous surveillance. C'est une excellente position pour que votre enfant apprenne à redresser sa tête, centimètre par centimètre et aussi pour se retourner.
- En revanche, ne laissez pas votre bébé trop souvent dans son cosy ou dans son transat. Cette position passive ne l'invite pas à tourner sa tête, ce qui peut avoir un impact dans ses acquisitions ultérieures et favoriser une plagiocéphalie (crâne plat). Votre bébé ne serait pas suffisamment stimulé sur le plan de la motricité.

Bon à savoir

Connaissez-vous le réflexe de l'escrimeur ? Votre bébé est couché sur le dos, sa tête est tournée vers la gauche, par exemple. Que voyez-vous ? Le bras gauche est détendu alors que le droit reste fléchi ! Il s'agit d'un réflexe primitif que le nourrisson va intégrer pour pouvoir développer la coordination visuo-motrice. Si ce n'est pas le cas, il aura du mal à amener ses mains vers l'axe corporel et à saisir les objets. Voilà pourquoi cette mise en place est importante : il ne s'agit pas simplement de pouvoir relever la tête et bouger ; c'est toute la coordination entre la vision et la motricité qui s'opère. Dans son cerveau, il fait le lien « je vois, je veux saisir et j'y parviens ». La motricité globale, et plus tard la motricité fine, s'acquièrent par étapes, chaque maillon formant une chaîne. Cet exemple montre bien l'importance de l'intégration des réflexes primitifs pour éviter plus tard des troubles praxiques.

POUR ALLER PLUS LOIN :

5. La vision du bébé, p. 21
33. Je me retourne, p. 88
34. Je veux ramper : comment m'y prendre ?, p. 90
36. Je me déplace à quatre pattes, p. 94

30. J'ATTRAPE DES OBJETS

VOTRE ENFANT APPREND PEU À PEU À SE SERVIR DE SES MAINS.

À la naissance, un bébé ne maîtrise aucun de ses membres. Il n'est pas encore capable de saisir ou de relâcher des objets. Néanmoins, vous pouvez observer chez lui le réflexe de grasping qui est un réflexe primitif et symétrique (c'est-à-dire quasi simultané des deux côtés) : il referme naturellement la main sur quelque chose qui stimule sa paume comme pour s'y agripper, en refermant les poings, et relâche difficilement.

DES RÉFLEXES PRIMITIFS À LA COORDINATION VOLONTAIRE

Au fil du temps, votre enfant va apprendre à ouvrir de manière volontaire la main pour saisir un objet pour ensuite le relâcher. Un peu plus tard, il fera passer l'objet d'une main à l'autre.

- **Dans les deux premiers mois,** c'est la main qui va dans la bouche, puis souvent le pouce ; il s'agit encore de réflexes archaïques. Sa bouche est un véritable scanner pour tout analyser, grâce aux très nombreuses terminaisons nerveuses.
- **Entre 3 et 6 mois,** le néocortex se développe et intègre toutes les acquisitions ; il « domine » alors le tronc cérébral, situé à la base du cerveau.
- **À partir de 3 mois,** le bébé commence donc à intégrer le contact de sa main : il sent et touche les objets que vous lui présentez.
- **Entre 4 et 6 mois,** une compétition débute entre la main droite et la main gauche. Grâce à son néocortex, votre enfant va choisir d'utiliser l'une plutôt que l'autre, en fonction de la position dans laquelle il se trouve. On ne peut pas encore parler de main dominante.
- **Dès l'âge de 6 mois,** un bébé peut tenir un objet dans chaque main.
- **À partir de 7 mois,** il sait le faire passer d'une main à l'autre avec habileté.

LE DÉBUT DES GESTES AUTONOMES

Le développement de sa motricité se poursuit :

- **Vers 9 mois,** grâce à une maîtrise plus fine de la main, votre enfant commence à faire la pince avec son pouce et son index. Il se sert de ses deux doigts pour tenir les objets avec plus de précision. Il sait par exemple mettre une pièce de monnaie dans un verre. Il s'agit d'une étape essentielle en motricité fine qui va participer à son autonomie.
- **À l'âge de 1 an,** une main apparaît plus dominante que l'autre : c'est avec cette main que votre enfant tient le contenant quand l'autre main va chercher le contenu. Toutefois, cela ne dit pas encore si votre enfant sera droitier ou gaucher ; il s'agira d'un développement ultérieur.
- **Vers 18 mois,** votre enfant est capable de construire des tours avec 3 ou 4 cubes, en les superposant. C'est aussi à cet âge qu'il sait tourner les pages d'un livre et peut enlever ses chaussures.

Bon à savoir

La motricité, c'est avant tout, un geste après l'autre ! Mais pour que ces différentes praxies (mouvements coordonnés en fonction d'un but) se développent convenablement chez l'enfant, nous voyons bien l'importance de la bonne intégration des réflexes primitifs et du rôle de la motricité active (par lui-même).

POUR ALLER PLUS LOIN :

31. J'attrape mon biberon pour la première fois, p. 84

32. Favoriser la motricité fine, accompagner ses progrès, p. 86

31. J'ATTRAPE MON BIBERON POUR LA PREMIÈRE FOIS

QUEL PROGRÈS ! PARVENIR À TENIR SON BIBERON EST LE SIGNE QUE VOTRE BÉBÉ S'AUTONOMISE.

L'acquisition de ce mouvement volontaire si important a pris un peu de temps. Au début, votre enfant pouvait garder un objet dans sa main grâce au grasping, un réflexe archaïque qui lui faisait fermer le poing automatiquement sur l'objet. Puis, à l'âge de 2 ou 3 mois, il a pu ouvrir et fermer sa main sur l'objet, le lâcher, et enfin, vers 6 mois, le passer d'une main à l'autre.

DE L'EXPLORATION À L'ALIMENTATION

C'est à ce moment-là qu'il saisit les objets pour les porter à sa bouche, ce lieu de « réception ». Il ne s'agit pas seulement pour lui de se masser les gencives : il « explore » l'objet parce que la zone sensorielle des lèvres, de la langue, de la mâchoire lui permet de mieux le découvrir, véritable « scanner » à découverte. D'où l'intérêt de « diversification menée par l'enfant », la DME, que vous pouvez mettre en place vers 6 ou 7 mois.

Entre 9 et 12 mois, commence l'étape suivante : après la saisie de l'aliment, c'est l'autonomisation de l'alimentation. Un bébé qui boit des biberons peut les tenir tout seul désormais avec plus d'habileté. Le bébé allaité a, lui, l'habitude de tendre la main vers le vêtement de sa mère. Les mains vont naturellement vers la source d'alimentation, elles sollicitent. Dans un cas comme dans l'autre, l'enfant exprime son besoin de manger, il donne une information à l'adulte : « J'ai faim, je veux être rassuré. » Car la nourriture est aussi affective.

À partir de l'âge de 1 an, votre enfant peut se tenir debout avec son biberon, l'attraper sur la table, le déposer ou vous le donner, une fois le ventre plein. Il peut même continuer à marcher tout en sirotant, qu'il s'agisse de lait ou d'eau.

CHAQUE ENFANT EST DIFFÉRENT

Les bébés ne progressent pas tous au même rythme. Certains tiennent leur biberon confortablement installés dans le transat, mais ont plus de difficultés en position assise. Lorsque votre enfant est légèrement allongé, ses coudes prennent appui sur les bords du transat. Il lui est donc plus facile de saisir le biberon, le mettre dans la bouche et conserver la bonne inclinaison.

La position assise suppose qu'il doit lever le biberon au-dessus de son visage, le maintenir, et en même temps, basculer la tête en arrière. Cela signifie alors qu'il maîtrise mieux son équilibre, qu'il possède une bonne coordination visuo-motrice (entre l'œil et la main) et qu'il parvient à diriger correctement le biberon à sa bouche. Le développement de ces capacités peut prendre un peu de temps.

Sachez aussi qu'au bout d'un moment, certains n'aiment plus le biberon. Vous pourrez proposer à votre enfant un verre doté d'un bec verseur.

UN PAS DE PLUS VERS L'AUTONOMIE

Cette nouvelle étape est une forme de rupture : l'enfant s'autonomise et ne veut plus que sa mère, son père, ou la nounou s'occupe de ses repas. Et ce peut être délicat pour des parents qui doivent accepter que leur bébé se débrouille très bien tout seul. Peut-être vous lamentez-vous : « Il ne veut plus que je lui donne son biberon. » Mais dites-vous que c'est tant mieux ! Soyez fiers. Surtout, rassurez-vous : cette mélancolie et cette nostalgie du temps qui passe s'estompent rapidement.

Votre enfant peut aussi vouloir s'émanciper de sa fratrie. De la naissance jusqu'à 7 ou 8 mois, les grands frères et sœurs donnaient le biberon et participaient à cette mission de nutrition. Lorsque le bébé parvient à prendre son biberon seul, c'est un symbole : il partage les repas familiaux, il s'intègre au clan.

Cette intégration au groupe est encore plus symbolique lorsqu'il refuse tout biberon. Il communique avec les siens et dit qu'il veut manger comme un grand, comme les autres, et qu'il va y arriver tout seul. Cette nouvelle étape dans le développement de l'autonomie préfigure la suite, c'est-à-dire l'abandon progressif du biberon. Peu à peu, votre enfant va apprendre à boire dans d'autres contenants, à mastiquer les aliments. Boire son biberon seul était un premier pas vers l'indépendance.

Bon à savoir

Ne laissez jamais votre bébé dans son lit avec un biberon : vous lui donneriez l'habitude de s'endormir en tétant, en mangeant. Évidemment, c'est pratique ! Mais c'est mauvais sur le plan digestif : on observe des risques d'aérophagie, de fausses routes, et la présence de germes, qui favorisent les caries. Autre information importante : les nourrissons n'aiment guère l'eau, dommage ! Vous pouvez lui en proposer quand il fait chaud mais sans grenadine, ni sirop car ce n'est pas bon au niveau nutritif.

POUR ALLER PLUS LOIN :

8. Ses découvertes par le toucher, p. 27
17. La diversification alimentaire et la DME, p. 51
18. Il ne veut plus de lait le soir, p. 55
30. J'attrape des objets, p. 83

32. FAVORISER LA MOTRICITÉ FINE, ACCOMPAGNER SES PROGRÈS

LES GESTES DE VOTRE ENFANT DEVIENNENT DE PLUS EN PLUS PRÉCIS ET COORDONNÉS. COMMENT L'AIDER ?

Avant de nous lancer dans le vif du sujet, voici un petit rappel des différentes phases de développement de la motricité fine :

- **Dès le début de la vie intra-utérine :** le pouce va dans la bouche (mouvements de succion).
- **3 ou 4 mois :** le bébé commence à se servir du dos de sa main pour sentir les objets (pas encore de sa paume).
- **5 ou 6 mois :** il referme son pouce et son index (prise cubito-palmaire) et ses deux mains entrent en compétition ; c'est le début de la motricité fine.
- **6 ou 7 mois :** il peut tenir un objet dans chaque main simultanément.
- **8 mois :** il passe un objet d'une main à l'autre.
- **9 mois :** le mouvement de pince est mature.
- **12 mois :** une main tient le contenant pendant que l'autre verse le contenu (coordination bimanuelle associative).
- **18 mois :** l'enfant sait construire une tour avec 3 ou 4 cubes, tourner les pages d'un livre, enlever ses chaussures.

ACCOMPAGNER ET ENCOURAGER PROGRESSIVEMENT L'ENFANT

Le principe, c'est de favoriser la découverte des objets. Pour commencer, vous pouvez le laisser explorer ces objets en les posant simplement devant lui :

- Au début, mettez 2 ou 3 objets de formes différentes qu'il est en mesure de saisir : un trousseau de clé, un hochet, une petite balle...
- Un peu plus tard, choisissez des objets sans poignée, comme des cubes, qu'il devra apprendre à maîtriser avec ses mains pour les empiler.

Les praxies, ces mouvements volontaires effectués dans un but précis, reposent sur toute une palette de gestes différents que l'enfant va acquérir progressivement. N'allez pas trop vite en besogne, tenez compte de ses capacités, de l'évolution de son tonus, en particulier de celui du tronc puisque la main toute seule ne peut rien faire.
En effet, l'axe tête-colonne vertébrale-bassin doit être suffisamment mature pour que les étapes suivantes puissent débuter. Ne tentez pas d'en sauter quelques-unes en essayant de le surstimuler. Mais, évidemment, n'hésitez pas à valoriser l'enfant dès que vous observez ses progrès.

QUELQUES EXERCICES À LUI PROPOSER SELON SON ÂGE

De 6 mois à 2 ans :
- manger et malaxer avec ses doigts ;
- tourner les pages des livres ;
- gribouiller ;
- tambouriner avec des objets divers ;
- apprendre à emboîter des objets.

À partir de 2 ans :
- tracer des traits circulaires, des ovales ;
- faire des tours de 4 à 6 cubes ;
- manger seul sa purée, sa compote ;
- enfiler de grosses perles ;
- ouvrir et fermer une petite boîte.

Vers 3 ans :
- faire des ponts avec des cubes ;
- se lancer dans un petit puzzle ;
- tracer un trait vertical ou horizontal ;
- utiliser une fourchette et non plus une cuillère ;
- se déshabiller tout seul ;
- commencer le brossage des dents ;
- assembler des poupées russes.

Entre 3 et 5 ans :
- tracer des croix ;
- empiler davantage de cubes ;
- lever et baisser la cuvette des toilettes ;
- monter et descendre le pantalon ;
- jouer à la pâte à modeler ;
- utiliser la peinture et des pinceaux, plus seulement des crayons et des feutres.

Bon à savoir

Si vous observez une difficulté, si votre enfant n'arrive pas à faire tel ou tel geste, si vous croyez qu'il manque de coordination, ne vous inquiétez pas. Chaque enfant avance à son propre rythme, alors attendez un peu. Vous pouvez bien sûr en parler au pédiatre. C'est lui qui, au besoin, proposera qu'un bilan soit effectué par un ergothérapeute ou un psychomotricien, voire un orthoptiste pour vérifier la bonne coordination visuo-motrice.

POUR ALLER PLUS LOIN :

30. J'attrape des objets, p. 83
31. J'attrape mon biberon pour la première fois, p. 84
36. Je me déplace à quatre pattes, p. 94
49. Je barbouille, je gribouille, p. 126

33. JE ME RETOURNE

AUX ALENTOURS DE 5 MOIS, VOTRE ENFANT PARVIENT À SE RETOURNER : IL ÉTAIT ALLONGÉ SUR LE DOS ET LE VOILÀ SUR LE VENTRE !

Ce premier retournement se fait un peu par hasard, parfois dès l'âge de 4 mois. Le bébé s'incline sur le côté puis, sans le vouloir vraiment, bascule sur le ventre, parfois en voulant attraper un objet, un jouet. C'est pour lui un grand progrès ! Toutefois, parce que votre enfant ne vous préviendra pas de cette première prouesse, vous devez rester prudent(e) : ne le laissez pas seul sans surveillance, s'il est en mesure de se retourner, notamment sur la table à langer car c'est là qu'arrivent les accidents et les chutes.

DU DOS AU VENTRE ET INVERSEMENT

Le retournement intervient avant les premiers déplacements du type roulés-boulés (bébé à l'aise pour se retourner et faire des petits déplacements en roulant, c'est-à-dire succession de plusieurs passages du dos vers le ventre et ventre vers le dos pour accéder à l'objet) et après la période des enroulements (tendance du bébé au début à être replié sur lui-même, bras et jambes fléchies contre lui : il s'ouvre avec le temps et va donc se « dérouler »).

Le retournement intervient donc avant les déplacements de type roulés-boulés vus plus haut, puis les déplacements par glissements (ramper en arrière, en avant, pivot) et ensuite le quatre pattes. Votre enfant passe d'abord du dos vers le ventre. Comment s'y prend-il ? Grâce à une meilleure motricité, il peut attraper et tirer sur ses pieds, qu'il ramène vers son visage. Ainsi, ses jambes ne le bloquent plus en position allongée et il est en mesure de basculer sur le côté. Ensuite, il prend appui sur l'un de ses bras pour dégager l'autre et peut alors se retourner complètement.

Cette technique va s'améliorer avec le temps, et ses gestes devenir volontaires. Un mois plus tard, votre bébé peut passer du ventre vers le dos. Il lève la tête, pousse un bras plus que l'autre et bascule. Ce mouvement est plus brutal, soudain, ce qui peut le surprendre et vous inquiéter. Mais rassurez-vous, il va apprendre avec l'entraînement à mieux maîtriser ses mouvements.

Cette capacité à se retourner est un exemple typique de l'équilibre qui se développe chez le nourrisson : l'hypertonie des membres et l'hypotonie du tronc diminuent et s'accordent : « Je me retourne, je pousse sur mes bras, je me déroule et... je suis prêt pour explorer mon environnement. »

Le retournement est un premier pas vers la motricité active : le rampage, puis la marche à quatre pattes. C'est une étape que l'enfant atteint naturellement et vous n'avez rien à faire pour la stimuler, si ce n'est poser près de lui un objet qu'il va souhaiter attraper, en le déplaçant peu à peu plus loin. L'enfant se coordonne tout seul, prend confiance en lui et passe à l'étape suivante, en apprenant à alterner ses appuis.

L'idée en plus

Dès que votre bébé lance ses bras sur le côté, mieux vaut remiser la table à langer et le changer sur une serviette ou un petit tapis ou sur votre propre lit moins haut. C'est cette liberté de mouvements qui va lui permettre de se développer sur le plan moteur. Lorsque vous observez qu'il cherche à se retourner, évitez les espaces qui le contraignent comme le transat ou le cosy. Laissez-le libre de ses faits et gestes ; s'il se cogne ou se coince un peu, cela sera pour lui une bonne expérience, qui, renouvelée, pourra créer des déblocages ; c'est le principe de la motricité libre.

UNE ÉVOLUTION QUI PRÉSENTE DE NOMBREUX AVANTAGES

Le premier intérêt de ces retournements est qu'ils permettent à l'enfant de ne pas rester tout le temps sur le dos. Et c'est excellent pour le développement de la forme de son crâne puisque les risques de plagiocéphalie diminuent.
Et puis, cette étape favorise l'intégration neurosensorielle. Tous les sens interviennent : l'ouïe, la vision périphérique, l'olfaction, le goût, le toucher, l'équilibre vestibulaire (l'oreille interne), la proprioception (la maîtrise du positionnement de ses membres et de son corps dans l'espace).
Enfin, votre bébé apprend à trouver le juste équilibre entre son corps (le tronc, ses membres) et sa tête. Il mobilise toutes les parties de lui-même, dans tous les sens, les muscles travaillent, les articulations participent. Il apprend aussi à ne pas se faire mal.
Bref, il s'autonomise. Vous pouvez être fiers ! Sans oublier de l'en féliciter.

POUR ALLER PLUS LOIN :
29. Je tiens ma tête, p. 81
34. Je veux ramper : comment m'y prendre ?, p. 90
36. Je me déplace à quatre pattes, p. 94

34. JE VEUX RAMPER : COMMENT M'Y PRENDRE ?

LE RAMPAGE EST CE QU'ON APPELLE LE DÉPLACEMENT PAR GLISSEMENTS. ET IL SUPPOSE PLUSIEURS ACTIONS.

Pour parvenir à ramper, votre bébé a déjà fait un long chemin. Il a eu besoin de maîtriser les étapes précédentes :

- **les roulés-boulés ;**
- **le retournement ;**
- **la dissociation des ceintures.**

Le rampage marque en effet la dissociation des ceintures, c'est-à-dire l'autonomie entre la partie supérieure du corps (la ceinture scapulaire constituée des épaules, des bras et de la tête) et la partie inférieure du corps (la ceinture abdominale donc le bassin, les jambes et l'abdomen). Concrètement, il peut tourner le bas de son corps tandis que le haut reste immobile, ou l'inverse. Du coup, il peut se déplacer.
Le rampage a lieu vers 5 ou 6 mois et il préfigure la marche à quatre pattes... ou pas ! Certains enfants en effet ne se déplacent jamais à quatre pattes et se mettent rapidement debout. En principe, ces différents mouvements se suivent dans le temps. Il existe deux types de rampage sur le ventre : vers l'arrière, et bien sûr en avant. Il se peut aussi que votre bébé utilise la technique, un peu plus rare, dite du pivotement : il fait la toupie en se déplaçant à 180 ° !

LE RAMPAGE VERS L'ARRIÈRE

L'enfant commence en général par ramper vers l'arrière. Ayant déjà pris l'habitude d'effectuer des mouvements de reptation (les bras en avant, le bébé pousse avec les jambes), il prend appui sur les bras, ce qui le propulse en arrière. À force de répétitions assidues, l'enfant va investir l'espace. Il prend du plaisir à se déplacer et devient de plus en plus curieux.
Mais cela ne dure pas longtemps car il se rend compte que ramper en avant, c'est bien mieux ! Rapidement, en marche arrière, il se retrouve bloqué contre un mur, se heurte à un meuble et surtout, il s'éloigne de l'objet convoité. Surtout lorsque le sol est lisse et qu'il glisse ! Passager, le rampage en arrière est pourtant utile à son évolution : il l'aidera plus tard à descendre d'un escalier ou du canapé, par exemple.

Bon à savoir

Quand le poids de l'enfant est conséquent, lorsque son IMC, Indice de Masse Corporelle, est un peu élevé, le rampage peut prendre davantage de temps. Ce n'est pas inquiétant. Et c'est une bonne nouvelle : dès qu'il commence à se déplacer, le bébé perd son embonpoint ! Et l'IMC diminue.

LE RAMPAGE EN AVANT SUR LE VENTRE

C'est tout le poids de l'enfant qui se trouve alors projeté vers l'avant pour atteindre un objectif. Ce mouvement dépend d'une coordination visuo-motrice arrivée à maturité. Grâce à la traction de son bras, le bébé se tire vers l'avant. Puis recommence. Cette mobilisation alternée des épaules et des bras est bénéfique pour les enfants qui souffrent de torticolis ou dont les membres sont encore un peu raides. Toutes les intégrations neurosensorielles interviennent pour cette étape essentielle qui repose sur une coordination asymétrique des membres. Et cet exercice est excellent :

- **tant pour la motricité fine (notamment l'écriture, quelques années plus tard, puisqu'en rampant il doit peu à peu poser la main ouverte sur le sol, donc ouverture-fermeture de la main ce qui servira pour saisir le crayon) ;**
- **que pour la motricité globale (tonicité du tronc, de la colonne vertébrale, de la future position assise).**

Certains bébés ont tant de plaisir à explorer ainsi le monde qu'ils deviennent des pros du rampage en avant ! Ils font de l'escalade… à plat ventre.

COMMENT L'AIDER À ALLER DE L'AVANT ?

- **Mieux vaut choisir un sol non lisse. Si votre enfant tente d'avancer sur du parquet ou du carrelage, ses pieds risquent de glisser. Une surface sur laquelle la peau accroche lui donnera de meilleurs appuis.**
- **Pour augmenter la surface desdits appuis, vous pouvez le laisser jambes nues (sa peau adhérera mieux et son toucher sera plus efficient).**
- **Vous pouvez aussi poser une main derrière l'un de ses pieds pour qu'il y prenne appui.**
- **Mais ne poussez pas son pied : vous n'êtes pas à l'origine du mouvement qui doit venir de lui.**
- **En revanche, n'hésitez à poser un objet devant votre bébé pour le motiver.**

POUR ALLER PLUS LOIN :

29. Je tiens ma tête, p. 81

33. Je me retourne, p. 88

36. Je me déplace à quatre pattes, p. 94

45. Je découvre, je me déplace dans mon environnement familier, p. 118

35. JE TIENS ASSIS

LA POSITION ASSISE COMMENCE VERS 7 OU 8 MOIS QUAND L'ENFANT DÉCOUVRE LA VERTICALITÉ DE SON CORPS.

Nul besoin d'intervenir pour que votre enfant apprenne à se tenir assis. Cette position s'acquiert grâce à la maturation de son tonus axial, c'est-à-dire de l'axe de son corps, la colonne vertébrale. Bien évidemment, c'est aussi grâce à la maturation de son cerveau qu'il peut y parvenir, en toute autonomie.

COMMENT FAIT-IL ?

Peut-être votre bébé a-t-il déjà découvert la position à genoux. Libre de ses mouvements, il a pu se retourner, grâce à la bascule des épaules et des bras par rapport au bas du tronc (le bassin et les jambes). Suite à cette rotation, il a pris appui sur ses mains et est parti explorer le monde en rampant en arrière, puis en avant, puis à quatre pattes. Il a désormais les prérequis pour s'asseoir, puis, bientôt rester assis.

Sa position de départ est la suivante : votre enfant est allongé, à plat ventre. Il pousse sur ses avant-bras, ébauche un mouvement de quatre pattes, puis pousse à nouveau sur les avant-bras, en laissant ses jambes écartées. Peu à peu, il relève son tronc et hop ! Il fait une rotation de la partie supérieure de son corps, puis bascule et se retrouve sur les fesses. Voilà comment s'y prend naturellement un nourrisson de 8 mois pour s'asseoir. Certains enfants chercheront à y parvenir depuis la position allongée sur le dos (décubitus dorsal) en basculant directement sur le côté mais c'est moins souvent le cas.

QUELQUES CONSEILS

Vous pouvez faire confiance à votre enfant car c'est en multipliant lui-même les expériences qu'il prendra confiance en lui.

- Tâchez de sécuriser l'environnement dans lequel il effectue ces différents mouvements : installez-le par terre, sur un tapis de sol ou d'éveil, plutôt mou, avec des coussins autour de lui pour amortir la chute (celle-ci est utile pour l'apprentissage). Un bébé assis manque cruellement de stabilité. S'il tombe et se fait mal, il aura moins envie de recommencer, ce qui le freinerait dans ses explorations ultérieures.
- Vous pouvez parfaitement rester près de lui et le réceptionner lorsqu'il se déséquilibre. Vous pouvez aussi l'aider si un bras ou un pied reste coincé. Expliquez alors à votre enfant ce que vous faites et pourquoi vous le faites.
- N'hésitez pas à vous servir d'un ou de deux coussins que vous mettrez contre lui, voire sous ses épaules s'il est sur le ventre. Votre enfant cherchera probablement à les escalader, ce qui favorisera son mouvement vers la position assise puisque le haut du corps va pivoter après avoir pris appui avec les avant-bras sur un des coussins, et lui, se relever. Le coussin d'allaitement peut ainsi beaucoup aider.
- Sinon, ne faites rien ! Favorisez la motricité libre.

En revanche, il sera important, le moment venu, de proposer à l'enfant de quitter la position assise. Montrez-lui, par exemple, un objet sur le côté ou vers l'arrière. Toujours assis mais attiré par l'objet, il va tourner le tronc pour le saisir. Cela va d'une part lui apprendre à mieux se stabiliser lorsqu'il est assis ; d'autre part, et surtout, cela va lui permettre de prendre confiance en lui pour quitter la position assise. Ce mouvement est essentiel pour éviter que votre enfant ne soit tenté de se déplacer sur les fesses, ce qui est moins bon sur le plan de la motricité.

LES GESTES À RETENIR

- **Ne lui donnez pas directement de jouets dans la main : les lui tendre ou les poser un peu plus loin (vous n'en mettez qu'un ou deux) permettra qu'il s'avance vers vous et ainsi, qu'il apprenne à se déplacer et à tomber.**
- **En cas de chute, ne vous affolez pas. Dédramatisez : « Tu es tombé ! Boum » ! On recommence ? »**
- **Ne tirez pas sur son bras pour l'aider à s'asseoir ; laissez-le faire, il y arrivera très bien tout seul.**
- **Évitez de l'habiller avec des vêtements trop serrés ou trop épais. Préférez des vêtements souples et amples qui ne le gênent pas dans ses mouvements et lui permettent de se déplacer facilement.**

Bon à savoir

La position assise mobilise une grande partie des capacités de l'enfant : les motricités fine et globale, la coordination visuo-motrice, la mémorisation, la confiance en soi et l'autonomie. Sans oublier la maturation vestibulaire, c'est-à-dire l'équilibre, l'organe de l'oreille interne. Il acquiert ainsi une meilleure stabilité, il développe sa vue, il prend de l'assurance, il ose aller plus loin. De cette position, il voit l'objet ou le jouet et est tenté de le rejoindre. Alors, naturellement, il passe au déplacement à quatre pattes. Aussi, n'hésitez pas à le laisser explorer son environnement, c'est l'intégration de la proprioception[8].

POUR ALLER PLUS LOIN :

29. Je tiens ma tête, p. 81
33. Je me retourne, p. 88
34. Je veux ramper : comment m'y prendre ?, p. 90
36. Je me déplace à quatre pattes, p. 94

8. Sensibilité profonde qui désigne la perception, consciente ou non, de la position des différentes parties du corps.

36. JE ME DÉPLACE À QUATRE PATTES

À PARTIR DE 8 OU 10 MOIS, VOIRE AVANT, L'ENFANT COMMENCE À CRAPAHUTER POUR EXPLORER LE MONDE.

Certains enfants font l'impasse sur le déplacement à quatre pattes et se mettent plus rapidement debout. Pourtant, il s'agit, là aussi, d'une étape constructive.

LES MOUVEMENTS

Pour pouvoir avancer à quatre pattes, votre bébé a développé la motricité de son tronc. Il sait coordonner le haut de son corps par rapport à son bassin, de même que les mouvements de ses bras l'un par rapport à l'autre. Il peut aussi fléchir les genoux (les remonter vers les fesses) et replier ses jambes sous le bassin. Enfin, il est parfaitement capable d'ouvrir et de fermer les mains pour les poser à plat sur le sol. Le bébé va envoyer une main vers l'avant pour saisir un objet. Il remonte ensuite le genou opposé, relève le bassin, coordonne ses bras et prend appui sur ses avant-bras pour relever la partie supérieure du corps. Une fois qu'il est recroquevillé sur lui-même, il lance une main pour attraper l'objet. Et si l'objet est trop loin, il ouvre la main et commence à effectuer des mouvements coordonnés entre les avant-bras et les genoux. C'est l'ébauche d'un quatre pattes !

Bon à savoir

Les parents n'hésiteront jamais à encourager l'enfant. Rien de tel que le féliciter pour qu'il poursuive ses progrès – des progrès qu'il fait seul, en toute autonomie, sans votre intervention, rappelez-vous.

LES CONSEILS

- **Mieux vaut éviter les sols glissants. Préférez un sol sur lequel votre enfant puisse prendre appui.**
- **Vous n'avez pas besoin de le forcer à se mettre à quatre pattes. C'est lui qui va trouver la bonne position pour pouvoir se déplacer.**
- **Tout au plus, les parents peuvent soutenir le thorax du bébé pour l'aider à remonter les jambes, en ramenant les genoux vers lui. Ensuite, vous accompagnerez le mouvement, sans le provoquer.**
- **Vous pouvez également glisser un coussin épais sous ses épaules, cela libérera ses avant-bras qu'il pourra projeter en avant.**
- **Pour lui donner l'idée et l'envie de commencer à se déplacer, une astuce est de se trouver dans un endroit couvert, comme une tente, par exemple. Si vous placez un objet à l'entrée, vous incitez votre bébé à sortir.**

Ce déplacement ne retarde pas l'acquisition de la marche. Mais parfois, le bébé est si à l'aise à quatre pattes, que les parents, sans en avoir conscience, « oublient » de passer au stade suivant, qui correspond à la marche. Pour que votre enfant expérimente plusieurs positions (quatre pattes, assis, debout), n'hésitez pas à placer des objets en hauteur sur la table basse (alors qu'il est assis par exemple) ; ceci favorisera la rotation du tronc. Vous pouvez aussi lui montrer un jouet sur le côté ou derrière lui ; il passera alors du quatre pattes à la position assise, pour se déplacer ensuite dans l'autre sens. Voilà qui devrait l'encourager à multiplier les positions.

L'INTÉRÊT

Le déplacement à quatre pattes est important pour le développement moteur de votre bébé. Celui-ci va apprendre à maîtriser son équilibre en prenant appui sur quatre points (les deux genoux et les deux mains). Il va améliorer sa coordination au niveau des appuis droite-gauche : il alterne le mouvement de l'avant-bras et celui de l'épaule opposée, les mains bien posées à plat qui se soulèvent l'une après l'autre, en mobilisant le poignet. C'est excellent pour le développement des praxies et de la motricité fine ! Enfin, il va apprendre à maîtriser sa force, et à évaluer la distance pour poser sa main à plat. C'est donc toute la coordination visuo-motrice qu'il travaille en se déplaçant, ce qui lui servira ensuite pour apprendre à écrire (ouverture, fermeture de la main).

Les bienfaits du quatre pattes ne s'arrêtent pas là :

- **Le développement cognitif** est favorisé.
- **La concentration** s'affine.
- **L'autonomie** et l'indépendance sont travaillées.
- L'enfant se déplace plus rapidement, devient **plus habile**, prend confiance en lui.
- **Il affûte le sens de la vue** ; il voit mieux et plus loin, apprécie les distances.
- **Il apprend à se diriger.**
- **Il expérimente l'équilibre.**

TROIS JEUX POUR STIMULER VOTRE ENFANT

1. Vous pouvez vous-même marcher à quatre pattes pour inciter votre bébé à faire de même. C'est précieux car il adorera vous imiter ! Pour lui, c'est comme une récompense de parvenir à faire comme vous. Motivation garantie.
2. Jouez avec lui au quatre pattes immobile. Il suffit de vous mettre devant votre enfant lorsqu'il se déplace pour l'obliger à s'arrêter. Puis, tendez-lui une petite balle, par exemple. Nul doute qu'il lèvera l'une de ses mains pour l'attraper, et ainsi perdra l'un de ses appuis. C'est très bon pour consolider la posture et l'équilibre. Vous pouvez alterner la main droite, puis la gauche.
3. Peu à peu, lorsque vous sentez votre enfant à l'aise à quatre pattes, prenez l'habitude de disposer ses cubes, ses peluches ou des objets du quotidien à 30 cm du sol, sur une petite chaise, par exemple ou sur la table basse du salon. Votre enfant va comprendre qu'en prenant appui sur la chaise ou la table, il attrapera plus facilement l'objet convoité.

POUR ALLER PLUS LOIN :

32. Favoriser la motricité fine, accompagner ses progrès, p. 86
34. Je veux ramper : comment m'y prendre ?, p. 90
37. Je pousse sur mes jambes, p. 97
38. Je me mets debout, p. 98
39. Je marche, p. 100
45. Je découvre, je me déplace dans mon environnement familier, p. 118

37. JE POUSSE SUR MES JAMBES

CES DIFFÉRENTS MOUVEMENTS VONT BIENTÔT PERMETTRE À L'ENFANT UNE PROUESSE : SE TENIR DEBOUT PUIS MARCHER.

Le bébé pousse très tôt sur ses jambes. Dès la naissance, lorsqu'il est couché sur le dos, il alterne les mouvements de flexion et d'extension. Dès l'âge de 4 à 5 mois, à plat ventre, il plie les jambes, les remonte vers le bassin puis les déplie pour ébaucher le rampage. Pour tenir assis, il fléchit une jambe en laissant l'autre allongée et stabilise ainsi sa position. Il mobilise aussi ses jambes pour se retourner. Et bien sûr, il les utilise lorsqu'il commence à se déplacer à quatre pattes.
Chacune de ces étapes contribue à une meilleure proprioception. Peu à peu, votre enfant prend suffisamment confiance en lui et en son corps pour passer à l'étape suivante : celle de la verticalité.

LES ÉTAPES QUI MÈNENT À LA VERTICALITÉ

- **Votre bébé peut passer par une position intermédiaire (le demi-genou) : il se déplace alors sur l'un de ses genoux. Dans ce cas, l'autre jambe est davantage fléchie, elle remonte vers le bassin. Peu à peu, en se tenant avec les mains, sur une table basse ou un canapé par exemple, il va prendre confiance pour pousser sur la jambe fléchie, pied à plat, un peu à la manière d'un chevalier servant.**
- **Mais il peut aussi se dresser directement sur ses deux jambes. Toujours appuyé sur la table basse ou le canapé, il va vouloir attraper un objet, un jouet. Il se rend compte qu'il maîtrise mieux l'extension de ses jambes. Plus à l'aise, il progresse et passe de la position assise ou sur les genoux à la position debout. Il innove tout en maintenant son équilibre. Et en faisant une rotation du haut de son corps par rapport au bas.**

LES AVANTAGES DE CET ENTRAÎNEMENT

En se dressant sur ses jambes, l'enfant travaille et améliore son équilibre, la coordination entre le tronc et les membres, et entre le haut et bas de son corps. C'est une grande étape pour sa motricité globale, lors de laquelle il atteint un équilibre entre la motricité du tronc et la motricité des membres. Ces deux-là se complètent l'une l'autre : l'hypertonie des membres disparaît, de même que l'hypotonie du tronc.
L'entraînement se poursuit pour la suite de l'aventure. L'enfant stabilise son bassin, améliore son équilibre entre l'avant et l'arrière et continue à stimuler ses sens (le toucher, la vue, la proprioception, l'équilibre vestibulaire...) Ses membres inférieurs grandissent et se déploient : avec le temps, il n'aura plus les jambes en X. Enfin, ce passage est aussi favorable au développement de la voûte plantaire : il n'aura plus non plus les pieds plats au bout des 2 ou 3 ans !

L'idée en plus

Si votre enfant parvient facilement à attraper les objets posés sur la table basse ou le canapé, n'hésitez pas à les relever à l'aide d'un coussin supplémentaire. Spontanément, l'enfant cherchera à gagner en altitude.

POUR ALLER PLUS LOIN :

33. Je me retourne, p. 88
34. Je veux ramper : comment m'y prendre ?, p. 90
38. Je me mets debout, p. 98
39. Je marche, p. 100

38. JE ME METS DEBOUT

VOTRE ENFANT A ENTRE 8 ET 11 MOIS ET IL COMMENCE À SE METTRE DEBOUT. QUEL PROGRÈS QUE DE PRENDRE UN PEU DE HAUTEUR !

DES TECHNIQUES DIFFÉRENTES

Votre bébé se lèvera peu à peu, généralement avec l'aide d'un support, et à partir d'une certaine position. Plusieurs techniques s'offrent à lui :

- S'il est assis, il va pivoter. Par exemple, il tend les bras vers les barreaux de son lit ou vers l'un de ses parents et, en prenant appui sur le meuble ou l'adulte, il se retrouve debout.
- S'il est sur l'un de ses genoux, il va pousser sur l'autre jambe fléchie.
- S'il est à quatre pattes, il avance les jambes vers l'abdomen, remonte les fesses, ramène les bras vers les pieds et se redresse, comme il le fait grâce à la table basse ou le canapé.
- Il peut aussi se mettre debout involontairement. Assis sur une petite chaise, il penche ses épaules en avant et, au lieu de tomber, trouve son équilibre. C'est rare car, en principe, il a peur de chuter ; mais ça peut arriver.

Quelle que soit l'option choisie, votre bébé sera inventif et c'est ça qui est extraordinaire. Chaque enfant trouve la bonne technique, une technique qui lui est appropriée.

LES ÉTAPES SUIVANTES

Une fois debout, que fait-il ?

- **Il veut se rasseoir.** Si les enfants apprennent vite à se mettre debout, ils ne savent pas quitter cette position pour repasser en position assise. C'est compliqué, c'est haut. Alors ils se laissent tomber sur les fesses ! Plus tard, ils s'accroupiront : ils fléchiront les jambes et poseront une main au sol.
- **Il reste là.** Se mettre debout ne veut pas dire se déplacer. Grâce à cette nouvelle verticalité, votre enfant prend confiance et explore l'espace autrement. Il a les deux pieds à plat, ce qui participe au développement de la voûte plantaire.
- **Il pivote.** Rapidement, le bébé se latéralise. Il tend la main et se rend compte qu'il peut se déplacer s'il trouve des appuis. Ce sera donc l'étape des premiers déplacements.
- **Il se retourne.** Il va ensuite effectuer des mouvements de rotation : debout face au canapé, il se retourne pour prendre appui de l'autre côté, sur la table basse. Car il y a là un jouet. Il tourne donc le bassin, envoie une main sur le jouet tout en gardant l'autre sur le canapé. Il ouvre le pied, puis le déplace. Ça y est, il y est !
- **Il marche.** Enfin... presque ! Ce sera la prochaine étape.

LES AVANTAGES DE LA POSITION DEBOUT

- Votre enfant développe son équilibre.
- Les parties supérieure et inférieure du corps s'harmonisent.
- Les mouvements se coordonnent à la vue.
- Il appréhende différemment son environnement puisqu'il est deux fois plus grand !
- Sa maîtrise s'affine et ses sens se développent.

LES CONSEILS

Votre mission est toujours d'accompagner votre enfant dans ces étapes inédites pour lui.

- Inutile d'intervenir. Les parents ne doivent pas tenir l'enfant par les mains ou les coudes pour l'aider à se mettre debout. Ils le laissent acquérir cette position par lui-même. Brûler des étapes n'est pas une bonne idée.
- Vous veillerez simplement à sécuriser son périmètre, de sorte que s'il tombe, il ne tombe pas sur le coin d'un meuble. L'espace doit donc être dégagé.
- En cas de chute, vous saurez faire preuve de patience. Car un petit accident de parcours peut entraîner une plus grande prudence, donc un peu de retard. N'allez pas trop vite, laissez-le reprendre ses esprits.
- Mieux vaut éviter le baladeur qui ne favorise pas la motricité libre. L'enfant apprend alors à pousser sur ses jambes en profitant des roulettes. Et il peut être tenté de marcher ensuite sur la pointe des pieds. L'usage de ces trotteurs est d'ailleurs interdit dans de nombreux pays. En revanche, le petit chariot à pousser est très utile.

Bon à savoir

Ce peut être délicat, mais acceptez que votre enfant grandisse et s'autonomise. Certains parents aimeraient tant que leur enfant reste petit. Dès qu'il souhaite quelque chose, ils le prennent dans les bras ou devancent son besoin. L'enfant prend alors l'habitude d'être porté ou d'obtenir le jouet sans effort. Cela peut l'inhiber et provoquer un petit retard dans cette suite de mouvements, parfaitement et naturellement synchronisée. Surprotégé, l'enfant se décale dans ses acquisitions, sans qu'aucun dysfonctionnement neurologique ne soit à déplorer. Simplement, il est trop infantilisé. Laissez le vôtre grandir à son rythme et soyez fiers !

POUR ALLER PLUS LOIN :

33. Je me retourne, p. 88

34. Je veux ramper : comment m'y prendre ?, p. 90

37. Je pousse sur mes jambes, p. 97

39. Je marche, p. 100

40. Je grimpe les escaliers, p. 104

39. JE MARCHE

C'EST UNE GRANDE ÉTAPE QUE LES PARENTS ATTENDENT. QUAND ELLE ARRIVE, ILS RESSENTENT UNE IMMENSE FIERTÉ.

TOUT UN SYMBOLE

Ces premiers pas marquent une progression dans l'autonomie de l'enfant. Et les parents peuvent être fiers ! Cependant, ils ne sont que l'aboutissement des étapes précédentes, qui sont sans doute plus importantes que la marche en elle-même, simple concrétisation.

Cette étape est marquante pour les parents qui s'en souviennent longtemps. C'est un vrai symbole que le pédiatre notera d'ailleurs dans le carnet de santé, lors de l'examen obligatoire du 24e mois. Votre médecin cochera donc la case appropriée et renseignera l'âge des premiers pas car il est important de savoir où se situe l'enfant le long de la chaîne des acquisitions motrices. Au-delà du symbole, c'est un repère.

L'acquisition de la marche s'effectue progressivement :

- **Votre enfant se déplace d'abord avec un appui : c'est la première étape.**
- **Il se lance en lâchant l'appui : c'est la seconde étape.**

1RE ÉTAPE : LE DÉPLACEMENT AVEC APPUI

C'est en général à partir de 9 mois que l'enfant commence à se déplacer en se tenant au mobilier. Mais, évidemment, chacun a son propre rythme, pour certains ce ne sera pas avant 14-15 mois, voire plus tard, selon ses antécédents. La marche suit la position debout. Comme lors de toutes les étapes précédentes, il convient de laisser l'enfant apprendre à son rythme. Lorsque les parents accélèrent ou sautent une étape, le bébé risque d'avoir des difficultés à intégrer la suivante.

Voici un petit rappel des étapes précédant la marche :

- **Le bébé est à plat ventre, ce qui favorise sa musculature.**
- **Il lève puis baisse les bras et travaille ainsi la coordination de ses membres, comme son équilibre.**
- **Il effectue un mouvement de rotation entre la partie supérieure du corps et la partie inférieure tout en étant assis.**
- **Il parvient à une maturation visuo-motrice.**
- **En principe, il se déplace à quatre pattes avant, mais pas toujours, et a travaillé son équilibre.**

Une fois maîtrisés tous ces mouvements, il a pu se mettre debout et poser ses pieds bien à plat. Il va maintenant commencer à se déplacer latéralement. Viendra ensuite le mouvement de rotation : votre enfant se tournera, probablement du canapé vers la table basse de votre salon. Vous pourrez l'y inciter en plaçant un objet sur l'un ou l'autre de ces meubles. Attiré par l'objet, il lâchera une main puis l'autre et se déplacera pour l'attraper. À l'aide de ces appuis, il fera ses premiers pas vers l'indépendance.

LES CONSEILS

Lorsqu'il se met debout, restez serein : ne le tenez pas par les mains ou les coudes, même si, ce faisant, vous l'aidez. Mieux vaut aussi éviter les baladeurs qui incitent les enfants à marcher sur la pointe des pieds. Cette mauvaise habitude provoque une hypertonie des triceps.

S'il se tient debout le long d'un meuble, vous serez tenté de lui ouvrir les bras pour l'inciter à s'approcher de vous. Ce n'est pas vraiment opportun car, en ce cas, l'enfant, qui se sent en sécurité, bascule le corps vers l'avant et se laisse tomber dans vos bras. Dans ce mouvement, il se lance... mais ne marche pas. Cela ne lui rend donc pas service. Mieux vaut éviter, du moins au début.
Un petit chariot à pousser est, en revanche, très utile à bien des égards. Vous pouvez suggérer à votre enfant de le lâcher brièvement alors qu'il s'y accroche. Vous pouvez aussi l'alourdir pour qu'il maîtrise sa force et s'adapte à la charge. Si vous n'avez pas investi dans ce type de jouet, n'hésitez pas à lui faire pousser une chaise ou un objet sur le parquet ou le carrelage. Ces exercices vont l'aider à améliorer la coordination de la marche, la tenue et la bascule du tronc. Veillez seulement à sécuriser son parcours.

2E ÉTAPE : LA MARCHE AUTONOME

Ici, l'enfant se retrouve sur un seul pied. L'espace d'un court instant, il est en équilibre, sans appui des mains, sur une seule jambe. Il apprend à coordonner ses mouvements, trouve son équilibre et tâche de maîtriser sa vitesse. Un peu comme lorsqu'il apprendra à faire du vélo plus tard.

Bon à savoir

Aux alentours des 10 mois de l'enfant, les parents peuvent pour diverses raisons retarder l'acquisition de la marche : ils manquent de temps, sont pressés, ont mille choses à faire, ou simplement n'ont pas confiance, craignent les chutes. Alors, ils portent beaucoup leur bébé, le mettent dans la poussette, l'installent sur un tricycle qu'ils poussent devant eux. Ces raisons pratiques ou ces contraintes appartiennent à l'adulte. Or, ce n'est pas à l'enfant de se caler sur le rythme du parent mais le contraire. C'est à l'adulte de s'adapter à la progression de l'enfant. Il vous faudra donc trouver un équilibre entre votre emploi du temps et ses acquisitions. Sans le vouloir, vous pourriez maintenir votre bébé dans une position passive, ce qui ne favoriserait pas sa confiance en soi et le développement de sa motricité. Il pourrait prendre son temps et ne pas marcher avant 15 ou 18 mois, alors qu'il était naturellement prêt.

LES CONSEILS

• **L'enfant doit être libre de ses mouvements** à tout âge. Tant que possible et le plus tôt possible, faites-lui confiance et mettez en œuvre la motricité libre. Par exemple, c'est en sécurisant la table à langer que vous incitez votre bébé à gigoter, donc à se retourner sur le ventre rapidement. Raison pour laquelle, changer l'enfant sur un tapis à même le sol est une bonne idée. Ainsi, il peut partir sans risques pour de grandes explorations.

• **Il en va de même pour l'apprentissage de la marche.** Laissez-le faire ses expériences en sécurisant les lieux, en ne laissant pas traîner des pièges et en évitant les obstacles. Votre enfant sera en confiance, stimulé et avancera plus vite, étape par étape.

• **Mieux vaut qu'il commence la marche pieds nus** (ou en chaussons si le sol est froid et glissant). Vous lui offrirez sa première paire de chaussures lorsqu'il sera plus à l'aise mais éviterez de les lui mettre en permanence. Il doit sentir le contact du sol directement avec ses pieds, pour maîtriser son équilibre, développer les muscles de la plante des pieds, et sa sensorialité.

• Toujours pour favoriser sa confiance en soi, n'hésitez pas, lorsqu'il commencera à avoir un peu d'équilibre, **à changer d'environnement** : marcher dans l'herbe en chaussettes, voire pieds nus ou sur le gravier avec des chaussures lui apprendra à s'adapter. Variez aussi les parcours en proposant quelques pas sur une petite pente : il monte, il descend. Ne lui donnez pas tout de suite la main s'il pleurniche ; attendez un peu avant de lui tendre les bras.

• Peu à peu, **faites-lui découvrir de nouveau univers.** Laissez-le marcher dans un endroit fréquenté pour qu'il apprenne à se situer dans l'espace, au marché par exemple. Rien de tel pour mettre en éveil tous ses sens.

POUR ALLER PLUS LOIN :

33. Je me retourne, p. 88
34. Je veux ramper : comment m'y prendre ?, p. 90
37. Je pousse sur mes jambes, p. 97
38. Je me mets debout, p. 98
40. Je grimpe les escaliers, p. 104
45. Je découvre, je me déplace dans mon environnement familier, p. 118

40. JE GRIMPE LES ESCALIERS

LES ESCALIERS SONT SOUVENT UNE EXPÉRIENCE QUE LES PARENTS REDOUTENT ET QU'ILS RETARDENT.

Vous pourriez craindre cette étape, celle où l'enfant commence à vouloir escalader les escaliers. Beaucoup de parents voient leur nourrisson, âgé de 8 ou 9 mois, échapper à leur surveillance. Ils le retrouvent alors sur la deuxième marche et leur réaction est immédiate : « Ouh là ! Attention ! Tu vas tomber ! ! » Hélas, cette expression marque l'enfant et l'inhibe.

Si cela vous arrive, tâchez d'éviter de l'angoisser ou d'anticiper le pire. Plutôt que de dire : « Tu vas te faire mal », respirez et parlez-lui pour le rassurer : « Tu veux monter ? C'est une bonne idée. Je suis là, je suis derrière toi, essaie. » Néanmoins, insistez : « La prochaine fois que tu veux grimper les escaliers, préviens-moi. »

L'idée en plus

Si vous n'avez pas d'escalier et que votre enfant en découvre un, chez des amis ou vos parents, n'hésitez pas à profiter de cette aire de jeux extraordinaire. Asseyez-vous sur une marche et stimulez son intérêt. La crèche est aussi un espace où il pourra s'exercer car bien souvent il aura à changer d'étages mais des zones d'apprentissages sont prévues à cet effet.

LES ÉTAPES

Avant de crapahuter dans les escaliers, l'enfant, là encore, gravit des échelons :

- Au début, il apprendra à monter. Il grimpe à quatre pattes car les marches sont assez hautes (faites pour des adultes). Lorsqu'il sait se déplacer ainsi, il pousse sur une jambe pour se mettre debout et, spontanément, place un genou sur la première marche. Il se retrouve dès lors à quatre pattes et est prêt pour la marche suivante.
- La descente est pour lui plus compliquée. Il y parviendra plus tard lorsqu'il s'en sentira capable, une fois la montée plutôt maîtrisée. Alors, il prendra de l'assurance et vers 12 à 15 mois, tentera un quatre pattes à reculons. Comment fait-il ? Il se place face à la première marche, effectue une rotation, puis place une jambe dans le vide en direction de la marche du dessous. Il se tient avec les mains et apprend à tâtonner en sécurité, car, bien sûr, vous êtes là pour sécuriser les opérations ! Rassurez-vous, il connaît la technique : il l'a déjà acquise en descendant seul du canapé.
- Un peu plus tard, il monte l'escalier debout, une marche après l'autre.
- Puis, il ne fait plus de pause entre chaque marche, et les enjambe, l'une après l'autre.
- Enfin, il se lance dans la descente, debout, mais toujours en se tenant à la rampe, pour assurer sa sécurité en commençant par les deux dernières marches du bas, par exemple.

LES CONSEILS

C'est votre enfant qui saura à quel moment tenter de monter et descendre les escaliers. Les parents doivent donc respecter son rythme. Quand il sera prêt, vous pourrez l'encourager, tout en faisant preuve de vigilance, sans l'effrayer.

N'essayez pas de l'aider en le prenant par le bras ou en lui tenant la main. C'est à l'enfant d'apprendre à effectuer l'ensemble des mouvements en se tenant à la rampe ou aux barreaux. Il en va de son autonomie !

Pour faciliter lesdits mouvements, adaptez sa tenue : mieux vaut lui ôter ses chaussettes pour une meilleure adhérence des pieds.

Pour vous tranquilliser, retenez que ces escaliers ont du bon pour l'enfant. Grimper des marches augmente la confiance en soi et la coordination : l'enfant apprend à synchroniser ses mouvements vers l'avant, l'arrière, sur le côté, vers le haut, le bas et la rotation.

Cela dit, ces avantages ne doivent pas vous faire oublier la sécurité : installez une barrière en haut de l'escalier pour éviter le risque de chute. Et veillez toujours sur lui lorsqu'il commence à vouloir descendre : un enfant n'a pas la notion du vide puisqu'il ne voit pas derrière lui.

POUR ALLER PLUS LOIN :

34. Je veux ramper : comment m'y prendre ?, p. 90
37. Je pousse sur mes jambes, p. 97
38. Je me mets debout, p. 98
39. Je marche, p. 100

41. MA PREMIÈRE CHUTE

PATATRAS ! VOTRE ENFANT VIENT DE TOMBER. COMMENT PRÉVENIR LES CHUTES ? ET GARDER CONFIANCE ?

Les chutes surviennent à tout âge, dans des circonstances différentes. Voici les plus fréquentes :

- L'enfant tombe de la table à langer (à partir de 3 à 4 mois quand il se retourne subitement pour la première fois sans prévenir pour attraper un jouet).
- Il chute du lit des parents.
- Il tombe la tête la première contre la table basse.
- Alors qu'il marche depuis peu, il court, perd l'équilibre et tombe en avant.
- Un peu plus tard, ses diverses expériences (vélo, escalier, chaise haute) sont autant d'occasions de chute.

Bon à savoir

Luttez surtout contre les accidents domestiques en étant attentifs aux sources de dangers : les prises et les fils électriques, les billes et les cacahouètes, les portes de placards ou les tiroirs, les alentours des fenêtres... Les chutes, sauf lorsqu'elles sont violentes, font partie des apprentissages. Tout est une question de bon sens et d'équilibre : l'enfant doit pouvoir découvrir son environnement par lui-même, y faire des expériences, mais les règles de sécurité doivent être respectées. En tombant, il apprend et gagne en confiance.

COMMENT ÉVITER LES ACCIDENTS ?

- Pour prévenir les chutes du nourrisson depuis la table à langer, il faut le laisser se retourner. L'idéal est de changer le bébé à plat, par terre, sur un petit matelas prévu à cet effet. Si vous préférez un plan en hauteur, veillez à le coincer entre le mur et une armoire. Cette option va malheureusement contraindre ses mouvements. Or votre bébé a naturellement envie de se retourner ! Et c'est très important pour ses acquisitions motrices. Vous pouvez aussi choisir de le changer sur votre lit.
- La table basse est un grand classique. Lorsque votre enfant commence à se mettre debout pour se déplacer, et s'il aperçoit un objet tentant posé sur la table, alors il pivote sur lui-même et s'avance vers lui et peut tomber la tête la première. Mieux vaut donc sécuriser les bords et surtout les coins de ce meuble avec des protège-angles en caoutchouc ou en mousse. Vous pouvez aussi installer des coussins. Votre enfant doit pouvoir s'agripper à la table basse pour s'en servir comme d'un appui, tout en restant en sécurité.
- En ce qui concerne ses tentatives de course à pied, il est important de lui ouvrir la voie. Rangez régulièrement les lieux pour éviter qu'un objet dangereux, contendant ou coupant, ne le blesse.
- Surtout, autorisez-le à multiplier ses expériences dans un environnement sécurisé. Il est essentiel qu'il apprenne rapidement à tomber, à se réceptionner et à se débrouiller tout seul. Plus il s'autonomise, plus il évite les accidents.

IL VIENT DE TOMBER ET HURLE. COMMENT RÉAGIR ?

Votre attitude doit être pertinente et adaptée en cas de chute.

- Évitez de le gronder car cela risque de l'effrayer davantage. Bien sûr, vous avez eu peur. Alors, vous poussez un cri, votre visage est paniqué. Mais ainsi vous transmettez votre peur à l'enfant. Celui-ci peut même vomir une heure après la chute, simplement parce qu'il a été effrayé par la réaction de son parent. Essayez de vous apaiser, respirez profondément.
- N'hésitez pas à lui expliquer ce qui vient de se passer. Dites-lui que les petits accidents arrivent, que vous comprenez sa crainte ou sa surprise.
- Bien évidemment, en cas de chute violente, lorsqu'elle s'accompagne d'une bosse, commencez les premiers soins : poche de glace, pommade à l'arnica. Consolez le petit blessé et surveillez-le dans les heures qui suivent : vérifiez qu'il n'a pas de fièvre et qu'il ne vomit pas ou qu'il a besoin d'une suture. Si tel est le cas, appelez votre médecin, ou le SAMU ou les pompiers et direction les urgences pour le faire examiner.

POUR ALLER PLUS LOIN :

37. Je pousse sur mes jambes, p. 97
38. Je me mets debout, p. 98
39. Je marche, p. 100
40. Je grimpe les escaliers, p. 104

42. SES PREMIÈRES VACANCES

VOUS ENVISAGEZ DE VOUS DÉPLACER AVEC VOTRE JEUNE ENFANT ? POUR RENDRE VISITE À VOTRE FAMILLE OU PARTIR EN VACANCES, SACHEZ QU'IL EST POSSIBLE DE VOYAGER AVEC UN NOUVEAU-NÉ. CEPENDANT, IL EST CONSEILLÉ D'ATTENDRE DEUX OU TROIS SEMAINES APRÈS LA NAISSANCE ; AINSI VOTRE BÉBÉ AURA REPRIS SON POIDS ET VOUS AUREZ DÉJÀ UNE BONNE IDÉE DE SON RYTHME (REPAS, SOMMEIL). QUELLE QUE SOIT VOTRE DESTINATION, N'HÉSITEZ PAS À EN PARLER À VOTRE PÉDIATRE.

LA MONTAGNE

Il est conseillé, en particulier avec un nourrisson, d'éviter les stations situées à plus de 1 300/1 500 mètres d'altitude. En effet, au-delà, la pression en oxygène baisse, ce qui peut avoir un impact en cas de pathologie cardiaque ou respiratoire. Par ailleurs, à haute altitude, le sommeil de votre enfant risque d'être perturbé, ce qui n'est pas l'objectif recherché en vacances !

Lors de la montée dans ces alpages, en général en voiture, n'hésitez pas à faire boire votre enfant à deux ou trois reprises : ainsi, il déglutit et égalise les pressions entre l'intérieur et l'extérieur de ses oreilles, comme vous le faites spontanément en avalant votre salive. Pensez-y régulièrement, surtout si l'ascension est raide.

Avant le départ, si votre enfant est sensible aux otites ou aux rhino-pharyngites, il faudra faire contrôler ses tympans par le médecin. Lorsque le nez coule ou en cas de congestion ORL, l'air de la montagne a plutôt tendance à aggraver un peu les symptômes. En revanche, il est idéal pour faire disparaître les allergies aux acariens, et même pour calmer certaines formes d'asthme.

LA DÉCOUVERTE DE LA NEIGE

Quelle joie et quelle surprise pour votre enfant d'entrer en contact pour la première fois avec la neige ! Accompagnez sa découverte en utilisant les bons mots : « blanc », « froid », « flocons »... Laissez-lui la possibilité de la toucher avec les mains, la bouche, ou encore le visage. Bien sûr, évitez si possible un premier contact brutal en tombant en avant joues dans la neige. Amusez-vous plutôt à poser quelques flocons sur son visage auparavant pour qu'il en découvre la texture et la température.

Bon à savoir

À la montagne et quelle que soit l'altitude, il est fréquent qu'un nourrisson connaisse une nuit agitée, au deuxième jour. C'est la nuit d'adaptation. Si c'est le cas, même s'il n'a pas de fièvre, vous pouvez lui donner une dose de paracétamol – à distance de la précédente, minimum 5 heures (15 mg par kg par prise), pour lui permettre de se rendormir sereinement.

LES CONSEILS

À la montagne, avec un jeune enfant, il vous faudra être attentifs à certains points :

- Passer des vacances en famille est souvent l'occasion de couchers plus tardifs. C'est bien normal mais veillez à ne pas trop le décaler.
- Maintenez son alimentation habituelle.
- Lorsque vous sortez votre enfant, couvrez-le bien, surtout la tête et les extrémités, en particulier si les températures sont basses.
- Si vous prévoyez une balade d'une heure en hiver, vous vérifierez qu'il n'ait pas froid, même si vous l'avez bien couvert. En effet, dans un harnais de portage, il reste immobile. Regardez régulièrement la couleur de ses joues et de ses lèvres. À la moindre alerte, vous devrez rentrer. Dès votre retour, changez-le complètement, y compris son body car il aura peut-être transpiré.
- En été, vous choisirez une casquette ou un chapeau à grands rebords.
- La protection des yeux est essentielle. Demandez conseil auprès d'un opticien pour choisir des protections solaires adaptées (catégories 3 ou 4), en particulier en hiver pour le protéger de la réverbération du soleil sur la neige.
- Vous penserez également à protéger sa peau, les parties exposées au soleil (visage, cou). En été, vous mettrez également de la crème solaire à très haute protection (indice 55) sur les bras, les cuisses.
- Été comme hiver, veillez à toujours avoir de l'eau avec vous pour l'hydrater.
- Mieux vaut éviter les téléphériques avec des tout-petits : ceux-ci montent assez vite en altitude, ce qui peut provoquer des douleurs aux tympans. Attendez l'âge de 3 ou 4 ans.
- Si votre enfant a un traitement de fonds (en cas d'asthme, d'intolérance alimentaire, d'épilepsie ou de pathologie digestive), ne l'interrompez pas.

LA PHARMACIE EN MONTAGNE

N'emportez que l'essentiel, c'est-à-dire :

- des pipettes de sérum physiologique pour laver le nez et les yeux ;
- une crème solaire à très haute protection ;
- un thermomètre ;
- du paracétamol ;
- un soluté de réhydratation en sachet (en cas de diarrhée) ;
- des granules d'arnica (en cas d'ecchymose) ;
- une crème pour hydrater les lèvres gercées.

En fonction de votre lieu de villégiature, vous penserez aussi aux répulsifs antimoustique, antiaouté et/ou antitique.

LA MER

Évidemment, il est tentant de partir s'évader sous les tropiques, notamment quand l'hiver n'en finit pas. Sachez qu'un séjour court dans les îles présente tout de même quelques inconvénients pour un nourrisson ou un jeune enfant : la durée du voyage, le décalage horaire, le changement de climat. Il est sans doute plus simple d'attendre l'été pour lui faire découvrir la mer sur l'une de nos belles plages européennes.

LA PREMIÈRE BAIGNADE

C'est un moment extraordinaire à ne pas rater ! Surtout si vous avez la chance de lui faire découvrir les vagues et les marées. Allez-y en douceur, progressivement : le bruit de l'océan, ses mouvements, peuvent effrayer un jeune enfant.

Au début, prenez-le dans vos bras. Votre bébé va apprivoiser ce nouvel environnement grâce à tous ses sens :

- la vision et cet espace immense qui s'ouvre à lui ;
- le toucher et le vent sur sa peau, le contact de l'eau, la texture du sable ;
- l'odorat et l'iode de la mer, l'air salé, chargé d'embruns ;
- l'ouïe et l'eau dans les oreilles qui modifient sa perception ;
- le goût et notamment celui du sable ;
- l'équilibre dans les vagues ;
- la proprioception, c'est-à-dire son positionnement par rapport à ce monde presque infini du haut de ses quelques mois.

Bon à savoir

Ne soyez pas étonnés si votre enfant présente, dans les jours qui suivent sa découverte de la plage et de la mer, quelques troubles bien compréhensibles. Il vit là des moments intenses en famille ! Très stimulé par tout ce qui se passe, son alimentation, son sommeil et son comportement peuvent changer. Rassurez-vous, tout ceci est passager et positif. Laissez-le découvrir en douceur ce nouvel environnement sans chercher à aller trop vite ; il va s'y habituer peu à peu.

Avant de lui donner son premier bain, commencez par lui expliquer où vous êtes, jouez avec lui sur la plage, regardez l'horizon pour qu'il fasse connaissance avec ce nouvel environnement.

Puis, dans les jours qui suivent, par étapes, en le prenant dans vos bras ou s'il est plus grand en le laissant marcher, accompagnez-le vers le bord de l'eau. Si vous êtes sur l'Atlantique, privilégiez la mer étale, entre deux marées, toujours plus calme.

Enfin, vous entrerez progressivement dans l'eau en respectant son rythme à lui. Nombre de parents se réjouissent tellement de faire découvrir ces nouvelles sensations à leur enfant qu'ils en oublient que c'est, pour lui, une expérience. Observez-le, ne le forcez pas. Une rencontre trop brutale avec l'eau, sa température, ses mouvements, les éclaboussures, le bruit, peut parfois générer une peur de l'eau durable. Sachez d'ailleurs qu'un jeune enfant de moins de 2 ans aura souvent plus de plaisir à jouer dans les flaques d'eau laissées par la mer quand elle se retire que dans la mer elle-même.

LES CONSEILS

- Ne laissez jamais un jeune enfant sans surveillance, même quelques instants.
- À la plage, quand on est nombreux, on peut penser qu'un autre adulte (parent, grand-parent, ami) se charge de surveiller les enfants sans que rien n'ait été précisé. Soyez vigilants et attribuez-vous les bonnes tâches.
- La plage n'est pas idéale pour un nouveau-né de moins de 4 mois. D'abord, il peut vite prendre froid ou avoir trop chaud. Ensuite, son sommeil peut se perturber : les changements de température, le vent et l'ambiance générale (cris, activités multiples) risquent de surstimuler un nourrisson, ce qui pourrait bouleverser ses rythmes.
- À partir de l'âge de 4 mois, vous pouvez l'emmener sur la plage, en respectant ses horaires de sommeil. Commencez par des courtes séances, 30 à 60 minutes, à distance des repas (1 heure après) et en évitant les heures les plus chaudes (de 11 à 16 heures). Installez-vous dans un endroit ombragé car un simple parasol ne suffit pas à le protéger de la chaleur.
- Pensez à bien rincer votre enfant à l'eau douce afin d'éviter les irritations cutanées, n'oubliez ni les cheveux, ni les yeux.

LA PHARMACIE À LA PLAGE

Ayez toujours avec vous :

- de la crème solaire, des lunettes de soleil, un produit antimoustique, un chapeau à large bord ou une casquette, un vêtement en coton à manches longues adapté, voire une combinaison anti-UV pour jeunes enfants.
- Prévoyez aussi de quoi l'hydrater, le changer et le rincer régulièrement.
- À la maison, tâchez de vous munir d'une moustiquaire pour préserver les nuits de votre enfant. Respectez les consignes habituelles : pas de lumière dans la chambre dans l'heure qui précède le coucher.

L'ÉTRANGER

Vous avez décidé de partir avec votre jeune enfant à l'étranger et donc très probablement de prendre l'avion. Avant de choisir votre destination, n'hésitez pas à vous rendre sur le site du Ministère des Affaires étrangères[9] pour vous assurer que les conditions sanitaires et politiques sont favorables. Privilégiez des destinations où le décalage horaire n'est pas trop important, surtout si vous partez moins de 15 jours. Sachez toutefois qu'en général, les enfants s'adaptent plus facilement que les adultes à ce changement d'heures. Si des difficultés surviennent, ce sera plutôt au retour des vacances.

LE VOYAGE EN AVION

Selon la durée du vol, il vous faudra prendre vos dispositions. Si votre famille est déjà nombreuse, souvenez-vous : pour de tels voyages, mieux vaut qu'un parent s'occupe d'un enfant. Avant de partir, prévoyez de quoi les occuper, les changer, les alimenter.
Il est judicieux de faire contrôler les tympans de vos enfants 48 heures avant le vol, surtout s'ils présentent une certaine fragilité ORL. En cas de rhinite, apprenez à votre enfant à se moucher. Prévoyez de quoi faire des lavages de nez, voire un mouche-bébé, et commencez dès la salle d'embarquement. Selon l'avis de votre pédiatre, vous pouvez, en cas de congestion nasale, donner du paracétamol (liquide ou en suppositoire, 15 mg par kg par prise) une demi-heure avant le décollage.
Au moment du décollage, donnez la tétée ou un biberon à votre nouveau-né. Faites-le à plusieurs reprises jusqu'à ce que l'appareil soit stabilisé en altitude. Vous ferez de même lorsque l'avion amorcera sa descente. C'est souvent à ce moment-là que certaines otites barométriques apparaissent. Si votre enfant a plus de 1 an, proposez-lui quelque chose à mastiquer s'il ne veut pas boire. Ainsi, il pourra déglutir et équilibrer les pressions au niveau de ses oreilles.
Si votre nourrisson se met à hurler quand l'avion prend de l'altitude ou quand il redescend pour atterrir, si vous avez du mal à le calmer ou s'il refuse de boire ce que vous lui proposez, prenez-le dans vos bras, apaisez-le, bercez-le. Passez-lui un petit linge humide sur le front. Si cela ne suffit pas, vous pouvez lui administrer une dose de paracétamol – à distance de la précédente.
N'hésitez pas à vous rendre sur le site de la compagnie aérienne que vous avez choisie. Vous y trouverez certainement des informations sur la prise en charge des enfants pendant le vol, et des conseils d'accompagnement.

LA PHARMACIE À L'ÉTRANGER

• Assurez-vous d'emporter avec vous une trousse de pharmacie adaptée, en particulier si vous voyagez dans un pays où le paludisme circule. Votre médecin prescrira pour toute la famille des antipaludéens à commencer avant le départ et à prolonger 15 jours après le retour.
• Emportez des répulsifs et/ou un dispositif anti-moustique, voire une moustiquaire pour les nuits.
• Vous n'oublierez pas les essentiels :
• paracétamol ;
• crème solaire,
• soluté de réhydratation ;
• antidiarrhéique ;
• sérum physiologique pour laver le nez et les yeux ;
• crème hydratante ;
• pince à tiques ;
• compresses ;
• pommade pour ecchymoses ;
• lunettes de soleil.
• Choisissez des vêtements appropriés en fonction de votre destination. Sous les tropiques, privilégiez toujours des vêtements en coton à manches longues de couleur claire qui protégeront votre enfant du soleil et des petites bêtes. Le soir, avant de le coucher, vérifiez qu'il n'a pas été piqué, sans oublier les petits plis, la base du cuir chevelu et la marge anale.

POUR ALLER PLUS LOIN :

16. Sa première sortie, p. 48
54. Le point sur les vaccins, p. 142
64. Les voyages en voiture, en train, en avion, p. 165
88. J'ai de l'asthme, je suis allergique, p. 230

9. www.diplomatie.gouv.fr

43. LE LANGAGE DE MES PARENTS

C'EST AVEC L'ENSEMBLE DE SES SENS QUE VOTRE BÉBÉ APPREND À PARLER : IL VOUS OBSERVE, VOUS ENTEND ET VOUS IMITE.

Parce qu'il vous voit et vous écoute, grâce aussi à sa motricité qui lui permet de se tourner vers vous, l'enfant vous comprend. Peu à peu, il fait le lien entre le mouvement de vos lèvres, le son qui en découle, et l'action, celle que vous faites ou celle que vous lui suggérez de faire. C'est ainsi que le nourrisson puis le jeune enfant va acquérir un lexique, un ensemble de mots, qu'il va mémoriser, chercher à reproduire, puis y associer un geste, un mouvement, un désir, un souhait et lui-même une mimique. Il suit une stratégie de répétition : essai, erreur et confirmation.

LES ÉTAPES DE L'ACQUISITION DU LANGAGE

- **Dès l'âge de 2 mois**, un enfant « roucoule » ; vous entendez « areuh, agueuh... »
- **À partir de 3 mois**, il commence à jouer avec sa voix, émet des sons graves ou aigus. Ses productions sonores s'accompagnent souvent d'un sourire. Il peut volontiers imiter une mélodie, d'où l'importance des comptines.
- **Entre 4 et 6 mois**, il prononce, souvent par hasard, des syllabes faites de consonnes et de voyelles « ba, ma, ga » et souvent les duplique « baba, mama... ».
- **C'est aux alentours de 6 mois** qu'il articule davantage : ses vocalisations sont plus structurées.
- **À l'âge de 1 an**, il prononce son premier mot, un mot facile comme Papa ou dadada ou mam, ou meum pour « maman », mam mam pour « manger », lolo pour « l'eau »...
- **Entre 12 et 18 mois**, son vocabulaire compte une vingtaine de mots. Il sait maintenant les articuler. Surtout, il en connaît la correspondance : il prononce un mot et pointe du doigt un objet, pour poursuivre son exploration ou montrer qu'il a compris. Voilà pourquoi les parents facilitent l'acquisition du langage en procédant de la même façon et en touchant, en montrant, en désignant un jouet, le matériel ou la personne et le mot utilisé. Ainsi, l'enfant imite et reproduit cette association. Il comprend que, pour communiquer avec son entourage et pour obtenir ce dont il a besoin ou envie autrement que par les pleurs, il doit dire un mot ou faire un signe. Il structure ses interactions et quitte la phase des cris et des hurlements, ses seuls moyens de communiquer jusqu'à présent.
- **À partir de 18 mois**, l'enfant entre dans la période du... non ! Soyez patients, celle-ci va durer jusqu'à ses 2 ans et demi, voire 3 ans.
- **À l'âge de 2 ans**, il possède entre 50 et 200 mots. Cela dépend des enfants, de leur environnement, de l'accompagnement dont ils ont bénéficié, de la présence d'une fratrie. Les parents doivent continuer de bien articuler, de veiller à la prononciation des syllabes, en vérifiant que l'enfant est attentif à ce qu'ils disent : « Regarde-moi, je vais te parler ». Le toucher est également essentiel pour que les correspon-

Bon à savoir

Le développement du langage est étroitement lié au développement du néocortex, et dépend essentiellement des interactions entre l'adulte et l'enfant. Celui-ci possède des capacités phénoménales pour reproduire et imiter. Il peut même inventer un nouveau langage quand les parents parlent deux langues maternelles différentes. L'enfant prononce, par exemple, des mots anglais et français dans la même phrase entre 18 mois et 3 ans.

dances se poursuivent : vous désignez l'objet ou l'action avec un mouvement de la main ou une mimique du visage. Ceux-ci permettent à l'enfant de comprendre la consigne. Cette gestuelle ou communication non-verbale dit beaucoup de choses tout au long de la vie !

- **Vers 2 ans et demi, votre enfant prononce ses premières phrases, avec quelques mots, des noms propres, des verbes, des noms communs et même des articles. Il commence aussi à poser des questions.**
- **Entre 2 ans et demi et 3 ans, le vocabulaire s'enrichit de façon spectaculaire car l'enfant progresse parallèlement sur bien d'autres plans : déplacements variés, mastication, maîtrise de la respiration... Toutes ces acquisitions favorisent son apprentissage du langage.**
- **À 3 ans, il possède plus de 1 000 mots. Il sait utiliser le « je » et le « tu » et parle avec aisance. Et cela tombe bien puisqu'il va entrer en maternelle.**

LE RÔLE DES PARENTS

Votre implication sera ici primordiale. Car vous serez les premiers à interagir avec votre bébé, et ce, dès la naissance puisque le langage se met en place dès les premiers mois avec le babillage. Mieux vaut prendre de bonnes habitudes sans attendre, c'est-à-dire :

- **parler lentement, bien plus lentement que d'habitude ;**
- **faire des phrases courtes ;**
- **bien articuler ;**
- **regarder votre enfant, lui faire face ;**
- **éviter de « parler bébé », même si c'est tentant.**

Cela dit, rappelez-vous que « parent » n'est pas synonyme de « sachant ». Ce n'est pas la même posture. Vous gagnerez tout à interroger l'enfant, l'inciter, l'écouter. Vous pouvez par exemple, dès 12 ou 18 mois, lors du rituel du coucher, lui demander de raconter une histoire. Il ne possède pas encore le langage, mais vous pouvez passer en revue, en les prononçant doucement, les mots-clés qui ont un rapport avec sa journée : « ballon » ou « Béatrice » ou « banane » vont lui rappeler un micro-événement qu'il aura vécu ces dernières heures. Et cela va favoriser le cheminement de sa pensée, l'association d'idées ou d'images, et par conséquent l'apaisement de l'enfant qui entre dans le sommeil. Ce qui devrait diminuer le risque de réveils nocturnes.

Faut-il corriger un enfant dans sa prononciation ? Oui, avec douceur et bienveillance. Répétez le mot correctement mais une seule fois. Il a le droit à l'erreur, surtout s'il a une tétine dans la bouche ! Proposez-lui d'ailleurs de l'enlever : « Est-ce que tu peux répéter sans ta tétine pour que je comprenne ce que tu dis ? » L'enfant comprend que le message est mal passé, et, généralement, enlève volontiers sa tétine.

LE RÔLE DU PÉDIATRE

Les professionnels de santé, lors des consultations, vont tester l'audition de l'enfant de différentes façons, notamment s'il fait des otites à répétition. Aux alentours de l'âge de 9 mois puis à l'approche des 2 ans, et si le médecin l'estime nécessaire, un ORL et/ou orthophoniste pourront effectuer un bilan, chacun dans leur spécialité. Car un retard d'acquisition du langage risque d'avoir de fâcheuses conséquences : difficultés de socialisation, manque de confiance, isolement, voire agressivité.

Les médecins observeront aussi la façon dont les parents communiquent avec leur bébé, selon son âge et dans plusieurs situations (la pesée, les vaccins...) Ainsi, ils auront une idée des interactions familiales.

C'est aussi le rôle du pédiatre de repérer des postures qui peuvent ne pas être adaptées : une façon infantilisante de s'adresser à l'enfant, par exemple, des injonctions, des ordres, des messages contradictoires comme « Le docteur ne va pas te faire mal » alors que celui-ci s'approche avec une seringue. Ces réactions non adaptées peuvent avoir un impact sur l'acquisition des mots, la compréhension du langage mais aussi la relation de confiance avec l'adulte. Les mots doivent toujours être justes et utilisés à bon escient. Sinon, ils ne veulent rien dire...

POUR ALLER PLUS LOIN :
44. Signer avec bébé, p. 116
48. Je parle, p. 124

44. SIGNER AVEC BÉBÉ

CETTE TECHNIQUE TRÈS À LA MODE PERMET DE COMMUNIQUER PLUS TÔT AVEC UN BÉBÉ.

Ce que l'on appelle « signer avec bébé » ne doit pas être confondu avec la langue des signes utilisée par les personnes sourdes ou malentendantes. Il s'agit simplement d'ajouter du sens aux mots employés, que l'enfant entende bien ou pas : les parents associent un geste de la main avec le mot qui correspond. Le visuel est ainsi complété par la gestuelle. Vous pouvez commencer dès la naissance, à partir du moment où votre bébé regarde bien votre visage. Les ateliers qui dispensent une formation proposent souvent aux parents d'apprendre cinq mots, et donc les cinq gestes appropriés, en fonction de l'éveil de l'enfant et de ses acquisitions. Plus il grandit, plus les signes deviennent nombreux. Certains parents innovent et s'adaptent aux goûts de l'enfant. « Signer avec bébé » n'est pas un processus rigide.

L'INTÉRÊT DE SIGNER AVEC SON NOURRISSON

Une telle méthode présente plusieurs bienfaits :

- Elle favorise les interactions puisque cela devient comme un petit jeu entre vous.
- Elle permet d'anticiper une crise ou un moment que l'on sait délicat, comme lorsqu'il faut s'habiller. En faisant le geste qu'il a appris, l'enfant comprend ce qu'il a à faire. Ce n'est plus un ordre du parent, c'est un mouvement de la main, accompagné du mot et du visage qui correspondent à l'action. Ainsi, le sentiment de frustration diminue.
- Elle permet aussi d'apaiser la situation quand on sait qu'un enfant va s'énerver. Geste, mot et mimique vont capter davantage son attention. Très souvent, c'est un petit outil supplémentaire pour éviter le conflit en amont. Parce qu'il est visuel, le bébé comprend mieux, il se prépare à l'action sans être mis au pied du mur.
- Bien sûr, elle aide aux apprentissages.
- Elle est un bon moyen d'échanger avant l'arrivée de la parole. Ce langage permet de le comprendre et de vous faire comprendre. Parfois, les parents sont surpris de voir leur bébé reproduire un signe. Par la répétition, celui-ci entre dans le dialogue. Voilà pourquoi vous mettez toutes les chances de votre côté en étant constants et réguliers : cette méthode doit devenir un automatisme.
- Elle s'acquiert pour quelques années. L'enfant conserve quelques réflexes et s'exprimera en signes en famille. Ce sera pour lui plus apaisant puisqu'un geste vaut mieux parfois qu'une longue explication. Les bénéfices de cette méthode sont donc à long terme. Vous aussi la garderez en mémoire, ce qui favorisera votre communication.
- Elle instaure entre le bébé et ses parents une certaine complicité, de même qu'entre frères et sœurs. Comme un langage secret, elle tisse des liens dans la famille et sert de repère fiable.

POUR ALLER PLUS LOIN :

43. Le langage de mes parents, p. 114
48. Je parle, p. 124

Bon à savoir

Les grands classiques et les premiers signes sont :
Oui et non ; Papa et Maman ; S'il te plaît et Merci ; Encore ; Manger ; Boire ; Changer la couche.

45. JE DÉCOUVRE, JE ME DÉPLACE DANS MON ENVIRONNEMENT FAMILIER

VOTRE ENFANT COMMENCE À DÉCOUVRIR SON ENVIRONNEMENT EN SE RETOURNANT SUR LA TABLE À LANGER. IL NE CESSERA DÈS LORS DE POURSUIVRE SES EXPLORATIONS.

Ce désir de découvrir son environnement est à l'origine de toutes les étapes de motricité, d'autonomisation, et d'acquisitions que votre enfant franchit jour après jour. Vous, parents, l'aviez bien perçu : depuis sa naissance, vous l'encouragez, lui proposez des activités, échangez avec lui et le rassurez de votre présence. Ainsi, vous l'incitez à aller de l'avant.

DU BONHEUR DE DÉCOUVRIR LE MONDE

Votre enfant est un explorateur-né et c'est tant mieux. Cependant, cela vous oblige à faire preuve de vigilance, à veiller à ce que rien de dangereux ne traîne dans son environnement familier habituel. Peu à peu, il progresse et s'autonomise, agrandit sa palette de mouvements : il rampe, marche à quatre pattes, se déplace sur les fesses ou les genoux, se met debout pour longer les meubles, avant de les lâcher ! Tous ses sens sont alors en éveil. Et il est essentiel de le laisser progresser, explorer, découvrir, saisir, jeter, lancer, faire tomber, etc. La découverte du monde dans lequel il évolue renforce ses habiletés et favorise ses acquisitions : la motricité globale est sollicitée (il fait appel à tous ses muscles), de même que la motricité fine (les mains, les doigts), l'équilibre, le langage, les capacités cognitives et sociales.

LE PRINCIPE DE LA MOTRICITÉ LIBRE

Dès lors que l'enfant ébauche ses premiers mouvements (le fameux retournement sur la table à langer), il convient de le laisser poursuivre dans cette voie. C'est ainsi qu'il va pouvoir développer son autonomie. Le principe de la motricité libre, un concept élaboré par la pédiatre hongroise Emmi Pikler, est, à ce sujet, particulièrement intéressant. Ici, il n'est pas indiqué de placer l'enfant dans une position pour lui montrer ce qu'il doit faire. C'est lui l'explorateur ! Les parents, eux, sont spectateurs : ils ne forcent rien mais l'autorisent à faire ses propres expériences.

Quelques principes sont néanmoins à respecter :

- **Mieux vaut éviter de trop contraindre votre bébé. Vous pouvez par exemple le changer sur un tapis, au sol, plutôt que sur une table à langer.**
- **Vous favorisez le rampage. N'hésitez pas à poser un objet attrayant un peu plus loin pour l'inciter à marcher à quatre pattes et disposer un petit coussin pour qu'il prenne appui et pivote.**
- **Vous ne le portez pas constamment dans les bras, ni ne lui donnez tout le temps la main pour marcher.**
- **Vous évitez le trotteur.**
- **Vous ne l'enfermez pas dans un parc.**
- **Vous ne l'empêchez pas d'ouvrir un tiroir, mais vérifiez si celui-ci présente un danger et accompagnez l'enfant dans son geste.**
- **Vous ne lui interdisez pas les escaliers : s'il veut monter, vous prenez le temps de rester à ses côtés.**

DES SENS EN ÉVEIL

L'enfant se déplace vers un objet car l'un de ses sens est stimulé (la vue, l'odorat, l'ouïe notamment). Mais l'inverse est aussi vrai : c'est parce qu'il se déplace que ses sens sont mis en éveil : il découvre alors l'objet avec ses autres sens (le goût et le toucher). Ses mouvements font donc appel aux sept sens, parmi lesquels l'équilibre vestibulaire et la proprioception. Parallèlement, le néocortex se développe, et grâce à la maturation des neurotransmetteurs, il prend peu à peu le dessus sur le cerveau émotionnel.

D'où l'importance d'un environnement familier pour l'enfant. Quelques règles sont, là encore, importantes à respecter pour stimuler ses sens :

- **Mieux vaut choisir un ou deux objets qui lui sont familiers, plutôt que d'installer une montagne de jouets autour de lui.**
- **Vous variez les formes et les couleurs, en veillant à ne pas multiplier les couleurs vives, en particulier pour le nourrisson (le tout-petit préfère le noir et blanc avant 3 mois).**
- **Vous mettez de côté les objets aux effets sonores prononcés : ils détournent l'enfant de son désir de découvertes, le bruit prenant le dessus par rapport au développement du toucher et à l'intégration neurovisuelle.**
- **Vous veillez à la taille des objets qui doivent être adaptés à l'enfant.**
- **Vous êtes attentifs à l'évolution de votre bébé : vous pouvez par exemple lui proposer un gobelet, puis une fois qu'il le maîtrise, ajouter de l'eau ou un autre gobelet plus petit.**

Bon à savoir

Mieux vaut se montrer disponible pour accompagner l'enfant plutôt que le contraindre dans ses mouvements, voire lui interdire toute exploration. Cela dit, il est essentiel de sécuriser les pièces dans lesquelles il évolue.

- Ainsi, prenez garde aux tout petits objets que votre bébé pourrait mettre à la bouche, de même qu'à la cacahuète qui a glissé sous la table basse : votre enfant de la ratera pas !
- Ne laissez pas le manche de la casserole dépasser de la gazinière.
- Sécurisez les prises électriques.
- Soyez toujours à côté de lui quand il tente d'escalader (une chaise ou les escaliers).
- Rangez les produits toxiques, dont les médicaments. Vous veillerez à toujours accompagner l'enfant dans sa compréhension du danger : par exemple, vous lui expliquerez que la gazinière peut brûler ou que le tiroir peut tomber. Il s'agit de le responsabiliser peu à peu, et toujours en fonction de son âge, en mettant des mots justes, simples et clairs sur chaque situation.

POUR ALLER PLUS LOIN :

8. Ses découvertes par le toucher, p. 27
30. J'attrape des objets, p. 83
34. Je veux ramper : comment m'y prendre ?, p. 90
36. Je me déplace à quatre pattes, p. 94
39. Je marche, p. 100
40. Je grimpe les escaliers, p. 104

46. JE DÉCOUVRE LES PARTIES DE MON CORPS

AVANT L'ÂGE DE 8 MOIS, UN BÉBÉ N'A PAS CONSCIENCE DE SON EXISTENCE, NI DE SON CORPS DANS SA TOTALITÉ. CEPENDANT, DÈS LA NAISSANCE, IL EN DÉCOUVRE LES DIFFÉRENTES PARTIES.

C'est lors de la grossesse, in utero, que le bébé commence à se découvrir lui-même en portant sa main à la bouche. Ce duo restera fondamental dans l'exploration du corps et de l'environnement de l'enfant :

- **À l'aide de sa main, le nourrisson va affiner ses mouvements et apprendre à diriger son bras vers son visage, puis ouvrir sa paume pour prendre un objet, passer d'une main à l'autre…**
- **Sa bouche, elle, lui servira de scanner. Parce que c'est une zone très innervée, l'enfant y portera sa main, et plus tard ses pieds, de même qu'à peu près tous les objets. La zone péri-buccale, mais aussi la langue, les gencives, lui permettront de découvrir les formes, les températures, les goûts, les textures.**

C'est donc une première étape primordiale que le futur bébé connaît dans le ventre de sa maman.

LES GRANDES ÉTAPES

À la naissance, la bouche et les mains continuent d'être souvent sollicitées et d'autant plus à partir de la sixième semaine, lorsque débutent les poussées dentaires. Ces poussées, qui ne doivent pas être confondues avec l'apparition des dents vers 8 ou 9 mois, rendent les gencives douloureuses. Avec sa main ou d'autres objets mis à la bouche, votre bébé se masse les zones sensibles.

Il découvre son visage grâce à ses réflexes primitifs, notamment le réflexe de grasping (il referme les doigts sur un objet, mais aussi sur son visage) et le réflexe de Moro (il écarte les bras, ouvre les mains et pousse un cri). Ces deux mouvements archaïques, associés aussi à celui de la succion et des points cardinaux, vont favoriser le « labourage » du visage. Dès les premiers jours, votre bébé approche ses mains de son visage et au contact de celui-ci, les ouvre. Il peut arriver qu'il se griffe mais c'est ainsi qu'il se découvre. **La zone de sa bouche** demeure un véritable scanner « exploratoire ».

Place ensuite aux jambes. Voilà pourquoi le mettre à plat ventre est important, 5 à 10 minutes plusieurs fois par jour, sur un sol semi dur, et toujours sous votre surveillance. Ainsi, il comprend que quelque chose derrière lui bouge : ses jambes ! Et, en les bougeant, il se fait du bien : il masse son ventre et en ressent un certain soulagement. Il prend conscience qu'en remuant ce quelque chose, il va mieux.

Il découvre ses pieds lorsqu'il est sur le dos, à partir de 3 mois. Il parvient à en saisir un ou même les deux, et le ou les ramène instinctivement vers sa bouche. Ici, il travaille le toucher, la motricité fine, la vision et la proprioception.

C'est vers 5 ou 6 mois qu'il fait une autre découverte : celle de ses oreilles. Les parents s'en inquiètent souvent et suspectent une otite, en constatant que le bébé se touche tout le temps une oreille. Mais c'est rarement le cas : l'enfant a trouvé son oreille un peu par hasard la première fois et depuis, il maîtrise mieux ses mains et tente l'opération régulièrement.

LA DÉCOUVERTE DES PARTIES GÉNITALES

Ses organes génitaux externes l'intéressent assez rapidement. Vous vous apercevrez vite lorsque vous le changez, qu'il envoie entre ses jambes une main ou deux. Rassurez-vous, c'est parfaitement normal. Comme pour ses oreilles, il touche ses parties génitales pour les découvrir et parce qu'elles lui sont habituellement inaccessibles. Votre petit garçon saisit donc ses bourses, son pénis parfois fermement, et votre fille explore les grandes lèvres et leur région. Laissez-les faire en veillant toutefois à limer leurs ongles pour éviter les griffures. Non seulement, ils apprennent à mieux connaître cette zone anatomique, mais ils découvrent aussi que ce n'est pas désagréable. Il n'y a pas d'âge pour la sensorialité. Les parents ne doivent pas empêcher cette prise de conscience ou prétendre que cela ne se fait pas.

Lorsque l'enfant grandit, il continue d'explorer ses organes génitaux. Entre un et 3 ans, il connaît davantage son corps et va, de façon plus volontaire, toucher ses organes génitaux dans un objectif de plaisir. Là encore, il convient de le laisser faire, et de ne pas l'en empêcher.

Vous constaterez peut-être qu'en public ou sur la plage, votre enfant a tendance à se faire du bien assez volontiers. Ne le grondez surtout pas ! Expliquez-lui simplement que c'est *son* corps : il a le droit de le découvrir, de s'apaiser mais pas devant d'autres personnes. Ainsi, vous l'accompagnez, vous le valorisez, vous lui donnez les clés pour qu'il comprenne qu'il s'agit de son intimité, qu'elle lui appartient, sans interdire ou culpabiliser de façon brutale. Des réactions inadaptées de la part de l'adulte, comme une tape sur la main, peuvent avoir des conséquences néfastes dans le développement de l'enfant (perte de confiance, troubles de l'identité sexuelle).

Dernier point positif : laisser votre fils jouer avec son pénis facilitera le décalottage.

Bon à savoir

Les parents doivent utiliser les bons mots pour parler de l'anatomie de l'enfant. Trop souvent, certains utilisent des termes qu'ils pensent appropriés mais qui ne sont pas adaptés, comme « petite lune », « zézette », « quéquette » ou « foufinette ». Il est préférable d'éviter ce langage bébé qui infantilise. Un organe génital est un organe génital et il se compose d'une vulve, de lèvres ou d'un pénis, de testicules. Vous pourriez vouloir faire preuve de pudeur mais vous instaureriez une gêne qui n'a pas lieu d'être. Vous voyez, vous, une connotation sexuelle et érotique. Mais pas l'enfant. Alors, tâchez d'utiliser le bon vocabulaire. L'exploration des organes génitaux fait partie de sa construction en tant qu'enfant. Ne projetez rien de votre propre sexualité sur cette étape primordiale.

POUR ALLER PLUS LOIN :

50. Mon expérience de bébé nageur, p. 129

56. Le décalottage des garçons, p. 145

63. J'apprends à me laver tout seul, p. 162

47. SON DEUXIÈME ANNIVERSAIRE, IL SAIT RAISONNER

À L'HEURE DE SOUFFLER SA DEUXIÈME BOUGIE, SES PROGRÈS SONT DE TAILLE. IL PEUT DÉSORMAIS PARTICIPER AUX FESTIVITÉS.

À 2 ans, votre enfant sait marcher, mémoriser, observer. Il s'autonomise et apprend la propreté. Finies les crises liées à l'angoisse de séparation ! Il entre dans la période du raisonnement, qui a débuté entre 17 et 20 mois. Vous êtes fiers de ses progrès : alors que, jusqu'à maintenant, il avait tendance à pleurer ou à se réfugier dans vos bras en cas de stress, aujourd'hui, il s'arrête et prend le temps de vous écouter. « Nous allons faire des courses » ou « nous promener » ou encore « chez le Docteur » et le voilà désormais partant, où en tous les cas il comprend, il a des références intégrées dans son cerveau.

FAITES-LE PARTICIPER AUX PRÉPARATIFS

Vous pouvez impliquer votre enfant en amont pour profiter au maximum de la fête :

- **Quelques jours avant, donnez-lui quelques explications en choisissant les bons mots : « Tu vas bientôt fêter ton anniversaire ! Comme papa, ton frère, ta sœur… » Parce qu'il aura vu et intégré les anniversaires des autres membres de sa famille, qui eux aussi ont soufflé des bougies et reçu des cadeaux, il va parfois puiser dans sa mémoire, y trouver des images et se projeter à sa façon.**
- **N'hésitez pas à l'associer à la préparation d'un gâteau. Demandez aussi à ses frères et sœurs s'il en a, de participer, eux aussi. Ainsi, l'enfant entend le même vocabulaire lié à la fête, à plusieurs reprises. C'est la répétition de ces mots simples, qu'il comprend, qui fait de l'événement quelque chose de particulier. Ils lui permettent de se projeter tout au long de la journée.**
- **S'il est désormais capable de participer pleinement, il raisonne encore en termes de « je » et ne sait guère partager. C'est la raison pour laquelle inviter d'autres enfants n'est pas nécessaire. Il est encore au centre des festivités. Il partagera ce bon moment avec des copains plus tard.**

COMMENT VIT-IL CET ÉVÉNEMENT ?

À 2 ans, ce qui compte pour lui, c'est d'être l'acteur principal de la journée, celui que l'on fête, celui qui est au centre de tous les regards. C'est son deuxième anniversaire mais le premier dont il prend réellement la mesure. Il est dès lors tout à sa joie de découvrir et d'ouvrir les paquets, il reste dans une immédiateté. Leur forme et la couleur du papier cadeau l'intéressent d'ailleurs bien plus que ce qu'ils contiennent. Ne soyez pas étonnés qu'il joue surtout avec l'emballage et le ruban ! De même, il peut être davantage attiré par la bougie que par le gâteau. Et il va vite passer à autre chose, normal.

Pour cet événement rare et si symbolique, son vocabulaire lui permet de comprendre et d'exprimer ses émotions : il possède entre 50 et 200 mots pour dire sa joie et… sa déception ! Ses réactions devant les cadeaux ne correspondront pas nécessairement à ce que vous supposiez. Ne vous offusquez pas, laissez-le déchirer les emballages, découvrir ses présents et passer aux suivants. C'est l'effet surprise qui prime pour lui, il s'auto-centre et observe vos réactions.

Mine de rien, sa mémoire travaille et la socialisation se développe. Il prend conscience de vivre un moment exceptionnel et parallèlement, sait que d'autres anniversaires, ceux de ses frères et sœurs, de ses parents suivront ; c'est le tout début du respect de l'autre. Quelque part, il sait qu'il devra apprendre à ne pas toujours être le roi de la fête. Mais pour l'heure, il pense : « Je suis une personne, j'existe, on me le fait sentir. » Et il en profite, ne brûlez pas les étapes.

UNE ÉTAPE IMPORTANTE POUR L'ÉVEIL DES SENS

Voilà ce qui se trame dans sa tête et comment cela se traduit au niveau sensoriel :

- **La vue : « Je vois des cadeaux, des paquets, des objets. On les met devant moi et c'est à moi seul de choisir lequel prendre ou pas. »**
- **L'ouïe : « On me parle avec une certaine émotion, on chante. Ces mots qu'on me répète doivent dire que le moment est exceptionnel. Je vais mieux écouter et mieux reproduire. »**
- **Le toucher : « Avec mes mains, je suis plus habile : j'ouvre, je déchire, j'explore. Et je sais faire, je prends confiance. »**
- **L'odorat : « Je sens l'odeur de la bougie qui s'éteint, je l'identifie et je l'associerai dans mon cerveau à mon anniversaire. Je mémorise. Cette odeur est agréable pour moi, et ce n'est que le début. »**
- **Le goût : « Je sens aussi l'odeur du gâteau. Ce gâteau, je m'en souviens, on l'a fait ensemble. Je suis servi en premier, ce n'est pas comme d'habitude. Je goûte, on me demande si j'aime. »**

Finalement, je suis heureux ! Je prends acte de cet événement particulier, je sens une bienveillance autour de moi. Cela m'aide à me construire, à me valoriser, à être en confiance.

Bon à savoir

Ce deuxième anniversaire est un moment marquant et intense pour vous aussi : c'est la première fois que vous le partagez vraiment avec l'enfant, la première fois que vous pouvez interagir à ce point avec lui. C'est un événement familial important. Mais c'est aussi une occasion de développement formidable pour votre enfant : le cerveau sécrète alors de nombreux neurotransmetteurs favorables sur le plan cognitif : la dopamine qui est l'hormone de la motivation et de la récompense ; la sérotonine, l'hormone de l'apaisement ; l'ocytocine, l'hormone du bien-être ; sans oublier les endorphines, des anti-douleurs naturels. Évidemment, il y aura plein d'autres jours pour sur-produire ces neurotransmetteurs, en lui témoignant votre amour sans avoir à lui offrir de cadeaux, et en l'accompagnant sur le chemin de la vie, sans le contraindre.

POUR ALLER PLUS LOIN :
19. Son premier anniversaire, p. 57

48. JE PARLE

À 2 ANS, VOTRE ENFANT POSSÈDE ENTRE 50 ET 200 MOTS.
ET UNE CHOSE EST SÛRE : IL S'EXPRIME !

Depuis l'âge de 18 mois, votre enfant développe son vocabulaire. Vous constatez chaque jour de beaux progrès. Grâce à son audition et à sa vision, grâce aussi aux mots que vous prononcez et aux gestes que vous effectuez, il intègre peu à peu dans son cortex :

- La signification des mots : leur lien avec les objets ou les personnes
- Leur fonction : à quoi ils servent

LES ÉTAPES

- **De la naissance à l'âge de 6 mois,** l'enfant émet des sons indifférenciés. Il écoute ce que disent ses parents et s'intéresse aux expressions de leur visage.
- **De 6 à 12 mois,** il babille et s'aperçoit que les mots ont un sens. Surtout, il commence à utiliser des gestes pour se faire comprendre : il pointe du doigt un objet, ou tend les bras.
- **De 1 à 2 ans,** il prononce ses premiers mots. C'est une phase structurante lors de laquelle débutent les jeux vocaux. C'est une étape où il observe la réaction de ses parents après tel ou tel cri ou son exprimé par lui. Il va parfois faire toute une conférence en gazouillant et constater l'effet produit autour de lui. L'enfant teste aussi le sens des mots sans utiliser de verbe. Lorsqu'il dit « Papa » par exemple, il peut penser « Où est Papa ? », « Papa arrive » ou « Papa m'a fait un bisou ». Il progresse peu à peu dans la construction des phrases.
- **Entre 18 mois et 2 ans,** il répète des mots pour communiquer plutôt que de montrer du doigt. Il entre alors dans une phase active : il voit une personne ou un objet, la ou le désigne de la main, puis la ou le nomme. Après 18 mois, il commence par nommer la personne ou l'objet et abandonne progressivement le geste qui lui servait à la ou le désigner. Il passe de la phase « désir-désignation » à la phase « désir-prononciation-appropriation ».
- **Vers 2 ans, 2 ans et demi,** l'enfant possède entre 50 et 200 mots de vocabulaire. Il en aura 500 aux alentours de 3 ans. Mais, et c'est là l'essentiel, il en comprend bien davantage. Durant cette période, la socialisation est pour lui très importante puisqu'elle lui permet de trouver sa place et d'exprimer son désir : « Ça, je veux ! Ça, je ne veux pas. »
- **À 3 ans,** le langage est considéré comme acquis ; si un retard s'installe entre 2 et 3 ans, le médecin décidera d'un contrôle de l'audition chez un ORL, voire un bilan orthophonique.

LES CONSEILS

Il est essentiel d'enrichir le vocabulaire de votre enfant. N'hésitez pas à élaborer des phrases : au lieu de lui montrer « un bon fruit », expliquez-lui « Je vais te donner un bon fruit ». Il est capable de comprendre des propos complexes. Lorsqu'il vous

Bon à savoir

Grâce à ces interactions, à la maison ou à l'extérieur, vous favorisez l'écoute, la mémorisation, l'analyse et l'apprentissage de l'enfant, qui repose sur une succession d'essais et d'erreurs. C'est tout le contraire de ce qu'il vit devant un écran où il reste passif ! Toutes les études vont dans le même sens et le rappellent : « Pas d'écran avant 3 ans ». Préférez toujours la stimulation cognitive au dessin animé.

montre un chien et vous dit « Petit chien », poursuivez la conversation « Tu as vu ? Le chien est marron. Tu aimes les animaux ? » C'est ainsi que vous enrichissez son vocabulaire, en prononçant des phrases de 3 à 4 mots, qui appellent une réponse de sa part.

S'il répond de façon confuse, ne le reprenez pas brutalement en lui disant « Tu ne prononces pas bien » ou « Non, on dit animaux et pas nimo ». Continuez l'échange en prononçant correctement le mot « Les animaux sont drôles. » Vous lui permettez ainsi de rectifier son erreur.

D'une manière générale, laissez-le nommer les choses à sa façon même si sa prononciation n'est pas encore au point. Si vous ne le comprenez pas, demandez-lui simplement de répéter : « Tu veux quelque chose ? Tu as trouvé quelque chose ? » Tâchez de repérer où se sont posés les yeux de votre enfant : vous saurez alors ce qui l'a attiré. Ainsi, vous demeurez dans la valorisation.

LES ACTIVITÉS À L'EXTÉRIEUR

Une bonne habitude à prendre, quand on se déplace avec un enfant de 2 ans, est de lui montrer son environnement : le paysage, un nuage, un arbre, des fleurs... Le marché est aussi un endroit extraordinaire pour qu'il progresse. Il y a tant à regarder, à découvrir ! Tous les sens de l'enfant sont alors en éveil :

- **Il voit plein de choses.**
- **Il entend plein de choses.**
- **Il sent plein de choses.**
- **Il veut prendre et saisir plein de choses.**

En poussette ou en porte-bébé, il sera ravi de participer à vos courses. Associez-le à vos démarches et multipliez les interactions : « Vois-tu la banane ? Les tomates sont rouges. Où sont les carottes ? Les fraises sentent bon. Tu entends le monsieur qui parle ? » Puis, lancez-vous dans des explications : racontez-lui le rôle dudit monsieur, le goût sucré des fraises, dites-lui pourquoi le chien aboie, ce que vous allez faire avec les carottes, pourquoi on s'abrite du soleil et de la pluie. Les occasions sont nombreuses pour échanger.

LES ACTIVITÉS À LA MAISON

À la maison, choisissez des albums pour enfants ou des revues avec des images. Installez-vous confortablement et profitez d'un bon moment ensemble. Laissez-le tourner les pages, désigner les éléments qu'il reconnaît. Une fois son attention captée, nommez ce qu'il vous montre : « C'est la girafe que tu veux me montrer ? »

Si l'enfant n'a pas été attiré par la girafe, et qu'il est déjà sur la page suivante, celle où apparaît une voiture, faites travailler ses méninges : « As-tu vu passer une girafe ? » Parce qu'il connaît déjà beaucoup de mots, il cherchera dans sa mémoire et, grâce aux progrès de sa motricité fine, il reviendra à la page précédente, enchanté de vous montrer la girafe en question ! « Tu vois, tu cherches la girafe et moi je l'ai trouvée ! » Ainsi, vous valorisez l'enfant qui prend alors confiance en lui.

Nommer les images lui permet de catégoriser ce qu'il voit et ce qu'il observe. Cela lui permet aussi de mieux se concentrer, de traiter des informations à son rythme, d'avoir une meilleure idée du monde qui l'entoure. Au-delà des bienfaits en termes de désignation et d'acquisition du langage, cette étape est très importante pour l'intégration, la prise de confiance et la socialisation de l'enfant. Cela va lui permettre de franchir les étapes suivantes.

POUR ALLER PLUS LOIN :

43. Le langage de mes parents, p. 114

44. Signer avec bébé, p. 116

49. JE BARBOUILLE, JE GRIBOUILLE

DÈS LORS QU'IL TIENT ASSIS SANS APPUI ET QU'IL PEUT SE PENCHER EN AVANT, VOTRE ENFANT TÉMOIGNE DE SON TALENT D'ARTISTE ! IL COMMENCE À BARBOUILLER.

Au début, cela ne ressemble pas à grand-chose ! Mais les parents et les éducateurs ne manqueront pas d'encourager l'enfant car ces travaux manuels mettent ses sens en éveil :

- **Le toucher et la motricité fine se développent grâce à l'action que suppose le barbouillage.**
- **La motricité globale est mise à contribution car l'enfant doit maîtriser son tronc, tenir en position assise et coordonner les mouvements de la main, du bras et de l'épaule.**
- **La vision est sollicitée : le bébé crée une forme grâce à sa main, puis l'observe avec curiosité puisqu'il en est félicité.**

DE LA REPRODUCTION À LA CRÉATION

Étape 1, la reproduction. Après l'avoir trempée dans de l'eau, votre enfant appose sa main sur une feuille de papier. Souvent, il cherche à imiter l'adulte ou à reproduire ce que fait un autre enfant, lors d'un atelier proposé à la crèche, par exemple. Vous pouvez l'organiser à la maison en installant votre enfant sur une chaise haute, devant une table, avec des vêtements appropriés : l'empreinte de la main est l'un des premiers gestes de reproduction.

Étape 2, l'autonomisation. Vers l'âge de 1 an, parce qu'il sait à peu près tenir un pinceau ou un crayon dans sa main, la démarche est plus élaborée. L'enfant s'applique à dessiner sur une feuille des traits dans toutes les directions. Ce n'est plus de la reproduction, mais de la création ! Il découvre qu'il est capable de créer des formes dont il est seul à imaginer la structure. Cependant, il est encore trop tôt pour former un soleil ou un animal.

Étape 3, la création. À l'âge de 2 ans, l'enfant commence à organiser ses tracés car il possède une sorte de banque de données : il a mémorisé les lignes droites, horizontales, il sait qu'un cercle fermé et des traits représentent un soleil et des rayons. Il s'aperçoit qu'il peut créer mais aussi reproduire des éléments familiers. Il ne se contente pas de copier mais apporte sa touche personnelle, en choisissant des couleurs particulières, des formes de pinceaux différentes. C'est à ce moment-là qu'il commence à se représenter l'image d'une personne : il ébauche une tête, un corps, des mains (il ne voit pas les bras) et des jambes (il ne voit pas les pieds).

COMMENT L'ACCOMPAGNER ?

- **L'enfant doit être bien installé. La motricité fine, la maturation du tonus de son tronc et la coordination visuo-motrice seront ainsi optimisées.**
- **Les parents peuvent rester auprès de l'enfant pour témoigner de l'intérêt qu'ils portent à ces barbouillages.**
- **Vous pouvez lui suggérer, surtout entre 2 et 3 ans, de dessiner telle ou telle chose : un bonhomme de neige, un arbre... L'imagination viendra ensuite.**
- **Les adultes doivent éviter avant l'âge de 3, voire 4 ans, de dessiner eux-mêmes quelque chose en demandant à l'enfant de le reproduire. Ce serait entrer dans une forme de compétition, qui peut engendrer de la frustration et finalement le rejet de cet apprentissage.**
- **Papier, peinture, crayons sont à privilégier : pas de tablette avant 3 ans.**

• L'enfant va rapidement vous offrir ses dessins. Il ne s'agit pas de tomber dans l'excès en le félicitant à tout bout de champ ! Mieux vaut l'inviter à reconnaître et apprécier ce qu'il a réalisé. Alors, n'hésitez pas à lui demander de parler de son barbouillage : « Est-ce qu'il y a un animal ? Quelle couleur as-tu choisie ? » Le dessin créé par l'enfant devient alors un support qui favorise son imagination mais aussi la communication avec l'autre. Une occasion en or pour prendre confiance en soi.

Bon à savoir

Le barbouillage est aussi l'occasion de vérifier que l'enfant voit bien. Si vous constatez que ses traits se terminent mal, qu'ils partent régulièrement vers le haut ou vers le bas, que votre enfant a du mal à fermer un cercle après l'âge de 3 ans, il serait utile d'en parler au pédiatre qui proposera peut-être de faire un bilan ophtalmologique.

LES PRÉMICES DE L'ÉCRITURE

Entre 1 et 2 ans, laissez-le découvrir, observer et apprivoiser les crayons, les feutres, les pinceaux. Certains, très utiles, sont spécialement conçus pour les enfants : leur forme et leur texture permettent une bonne prise en main. Faites-lui confiance et ne le reprenez pas systématiquement s'il les tient mal : la pince pouce-index n'apparaît vers 9-12 mois, naturellement.

Vers 12 mois, la prise évolue du bord cubital (poignet) vers le pouce et de la paume vers le bout des doigts.

À 24 mois, il a une prise palmaire du stylo, du pinceau. Il est essentiel que l'enfant comprenne par lui-même que la bonne tenue de ces objets va lui permettre de reproduire, de réaliser quelque chose.

Vers 2 ans, 2 ans et demi, quand le raisonnement est en place, il est probable que l'enfant vous sollicite davantage : il veut progresser ! C'est l'étape de la motricité active. Maintenant qu'il dessine avec plus de sûreté, qu'il reproduit un trait avec plus de maîtrise, vous pouvez l'aider à adopter la bonne posture par rapport au papier et à la table. Osez quelques suggestions : « Si tu tiens le crayon de cette façon, peut-être arriveras-tu à fermer le cercle plus facilement ? » ou « Si tu poses ton coude lorsque tu dessines, peut-être pourras-tu à faire les yeux de ton bonhomme ? » Vous suggérez mais ne démontrez rien. Votre enfant est tout à fait capable de comprendre qu'il s'agit là d'un conseil qu'il peut suivre… ou non ! À lui de décider s'il veut s'améliorer… ou pas tout de suite ! Respecter le rythme de sa progression est essentiel : mieux vaut toujours éviter la pression, même si la rentrée scolaire approche.

À l'âge de 2 ou 3 ans, la main dominante de l'enfant commence à apparaître. Laissez-la s'exprimer en toute liberté. Les barbouillages, les gribouillages puis les dessins qui vont suivre sont les prémices de l'écriture. Celle-ci apparaîtra autour de 3 ou 4 ans. En attendant, accompagnez-le dans ses productions artistiques : il prendra confiance en lui, en ses capacités de création, d'imagination, de reproduction. Et de plaisir.

POUR ALLER PLUS LOIN :
76. Je tiens un crayon, p. 197
77. Je trace des lignes, des ronds, p. 200

50. MON EXPÉRIENCE DE BÉBÉ NAGEUR

C'EST UNE EXPÉRIENCE CONSTRUCTIVE ET LUDIQUE À NE PAS MANQUER !

Comme son nom ne l'indique pas, les séances de bébé nageur n'apprennent pas au bébé à... nager ! L'enfant commencera la brasse vers 6 ou 7 ans lorsqu'il parviendra à coordonner ses mouvements. Cependant, cette activité est l'occasion d'un moment intense de complicité. L'eau bien tiède lui rappelle par ailleurs l'environnement qu'il a connu pendant 9 mois. Vous pouvez prévoir des séances de bébé nageur à partir de l'âge de 4 mois, pour un enfant né à terme et dont les vaccins sont à jour (2e injection de 4 mois faites).

DE MULTIPLES BIENFAITS

Ces moments partagés vont indéniablement renforcer le lien parent-enfant, la confiance en soi comme en l'adulte. Mais c'est aussi pour vous l'occasion de vous rendre totalement disponibles, de consacrer du temps à votre bébé. Et cette implication sera immédiatement valorisée : elle embellira la qualité de votre relation.

Dans l'eau, tous les sens de l'enfant sont stimulés (raison pour laquelle les séances ne doivent pas durer trop longtemps, au risque qu'il se fatigue ou prenne froid) :

- **le toucher : contact de l'eau sur la peau, température, texture de la surface, contact avec votre peau ;**
- **la vision : notion d'espace, mouvements des autres ;**
- **l'audition : clapotis de l'eau, écho, résonance, cris de joie ;**
- **l'olfaction : l'odeur de la piscine, la vapeur ;**
- **la proprioception : les mouvements de ses membres permettent à l'enfant d'appréhender son espace et sa locomotion ;**
- **l'équilibre vestibulaire : la sensation d'apesanteur stimule ce que l'on appelle les canaux semi-circulaires, c'est-à-dire l'oreille interne.**

Au-delà de la stimulation sensorielle et motrice, cette activité est aussi particulièrement ludique. Or c'est toujours grâce au jeu qu'un enfant apprend le mieux ! Ici, vous allez l'aider à prendre confiance en lui dans la douceur et la bonne humeur, à se mouvoir par lui-même, à pouvoir compter sur vous et vous sur ses capacités.

TOUT EN DOUCEUR

Les séances de bébé nageur se déroulent en plusieurs étapes.

C'est d'abord la découverte de l'eau. Vous entrez progressivement dans la piscine avec votre enfant dans les bras. Ainsi porté, il est rassuré, il ressent le contact de l'eau entre votre peau et la sienne. Vous pouvez alors tester plusieurs jeux, comme un tapis, un toboggan ou une planche pour lui faire découvrir de nouvelles sensations.

Peu à peu, vous l'immergez en douceur. Il s'allonge dans l'eau à l'horizontale, pendant que vous maintenez son dos. Puis, progressivement, il apprend à laisser aller sa tête légèrement en arrière, dans le prolongement de son tronc : le front, les yeux, la bouche. Vous pouvez ensuite le positionner à la verticale, en le tenant sous les épaules : tout son corps est alors plongé dans l'eau.

L'étape suivante (généralement pas lors de la première séance) consiste à l'immerger complètement, sans le lâcher, en lui expliquant ce que vous faites et en vérifiant qu'il est toujours en confiance. Grâce à un réflexe pharingo-respiratoire, le nourrisson

ferme automatiquement sa bouche et bloque sa respiration. Ainsi, il ne boit pas la tasse, mais garde les yeux ouverts, toujours tenu par le parent. Vous le ressortez aussitôt et pouvez savourer ce grand moment de joie ! **Enfin, lorsque l'animateur de la séance estime que c'est le bon moment, vous lâchez votre bébé, alors immergé à l'horizontale ou à la verticale**. Au début, si vous pouvez lui tenir encore un peu les mains, puis guetter ses réactions. Vous l'observez, vous vous tenez devant lui et lui vous voit sous l'eau. Peu à peu, il s'adapte à ce nouvel environnement qui lui rappelle des souvenirs, il apprend à bouger autrement, librement, et trouve de nouvelles postures. Il apprend aussi à gérer sa respiration et donc son stress.

Bon à savoir

Mieux vaut attendre 1 heure après un repas pour une séance de bébé nageur. Lorsque vous êtes dans l'eau, surveillez de près ses lèvres : si elles deviennent violacées ou si elles tremblent, il est temps de sortir !
Vous rincez alors votre enfant, le séchez et le rhabillez. Vous aurez prévu un petit goûter, une serviette bien sèche, un bonnet et naturellement une couche étanche.

Quand vous rentrerez à la maison après une séance de bébé nageur, il est probable que votre enfant soit fatigué. Il s'endormira peut-être aussitôt. Mais sa stimulation neurosensorielle aura été telle que vous revoir à son réveil le fera automatiquement se souvenir de ce moment extraordinaire. Il puisera dans sa mémoire, ira chercher dans son néocortex !

LES ÉVENTUELLES CONTRE-INDICATIONS

- **Si votre enfant souffre fréquemment de rhinopharyngites ou d'otites, faites le point avec le pédiatre qui vous dira si cette activité peut être envisagée ou pas. De même, en cas de bronchiolite récente. Enfin, si votre enfant fait de l'eczéma, il conviendra de vérifier le traitement de l'eau dans la piscine et de bien rincer votre bébé après la séance. Vous pourrez utiliser une crème émolliente prescrite par votre médecin.**
- **Si votre enfant n'aime pas l'eau, s'il semble la craindre, vous prendrez tout votre temps et l'habituerez progressivement. C'est rare mais certains bébés n'apprécient pas cette activité parce qu'ils sont fatigués ou parce que cet espace un peu trop grand, un peu trop bruyant leur fait peur. En ce cas, tâchez de le rassurer, expliquez-lui ce qui se passe, même s'il est tout petit mais ne le forcez à rien. Et n'insistez pas : vous pouvez le laisser observer les autres et refaire une tentative ultérieurement. Si à nouveau votre enfant ne semble pas dans son élément, vous attendrez quelques semaines. Surtout, ne soyez pas déçus, il n'y a aucune obligation de résultat.**

POUR ALLER PLUS LOIN :

8. Ses découvertes par le toucher, p. 27
11. La fièvre, l'otite, la bronchiolite, p. 35
15. Son premier bain à la maison, p. 45
42. Ses premières vacances, p. 109

51. SON ADAPTATION À LA CRÈCHE

VOUS REPRENEZ UNE ACTIVITÉ PROFESSIONNELLE OU SOUHAITEZ DÉVELOPPER LA SOCIALISATION DE VOTRE ENFANT. ALORS, VOUS L'AVEZ INSCRIT À LA CRÈCHE.

Pour certains parents, l'obtention d'une place en crèche a été si difficile qu'ils se posent peu de questions ! Ils savourent simplement leur chance en attendant le grand jour. Pour d'autres, nombreuses sont les inquiétudes : comment l'enfant va-t-il s'habituer ?

LES ATOUTS DE LA CRÈCHE

Grâce à la vie en collectivité, l'enfant va prendre conscience de son environnement : il n'est pas seul et fait partie d'un tout ! Cela va stimuler son éveil et favoriser ses acquisitions, mais aussi développer son sentiment d'existence, grâce à la présence d'autres enfants.

- **Une niche sensorielle. Votre bébé découvre qu'il peut s'éloigner et se rapprocher de ce qui lui est familier (visage, voix, lieux dédiés au sommeil, au repas…). Il intègre alors d'une nouvelle façon ces notions d'attachement et de détachement. Il s'aventure aussi dans les jeux et les apprentissages. Et échange avec d'autres enfants de son âge, ce qui n'est pas le cas à la maison. Tout ceci participe au développement sensoriel.**
- **Une niche motrice. Votre enfant est stimulé d'une manière différente, surtout si un projet pédagogique spécifique est proposé par l'établissement (itinérances ludiques, Montessori…). La crèche est propice à la motricité globale (quatre pattes, position debout, marche, escaliers, piscine à balles) et à la motricité fine (superposer des objets, enfiler des perles, remplir un contenant). Les progrès de votre enfant sur le plan moteur sont favorisés par l'imitation des autres enfants, l'encouragement de l'équipe et l'auto-émulation de la vie en collectivité.**
- **Une niche immunitaire. La crèche est un lieu de prédilection pour les microbes ! Un bébé au contact d'autres enfants enrhumés ou porteurs de virus comme la varicelle développe son capital immunitaire. Ces anticorps lui permettront de mieux se défendre ultérieurement.**

LA PÉRIODE D'ADAPTATION

Le jour inévitable de cette première séparation arrive. Et il peut être difficile, de même que les suivants. Voilà pourquoi une période d'adaptation est prévue, souvent sur une, deux ou trois semaines. L'organisation peut changer d'un établissement à l'autre selon le projet éducatif de la crèche.

Les premiers jours, les parents restent dans la section de leur enfant, sans le laisser seul. Le lendemain, ils l'accompagnent à la crèche, s'installent avec lui, et s'en vont un petit moment. Peu à peu, le temps passé ensemble diminue, et les heures à la crèche s'allongent. Cette adaptation s'envisage selon l'âge et le tempérament de l'enfant.

Elle est sans doute plus délicate autour de 7 ou 8 mois et jusqu'à 16 mois environ. Il est alors en pleine période d'angoisse de séparation, bien connue des parents. En ce cas, une semaine supplémentaire d'adaptation peut être envisagée, soit trois semaines en tout.

Lors de l'admission, vous rencontrerez probablement le pédiatre affecté au suivi des enfants de l'établissement. Ce dernier n'aura pas manqué de vous demander un certificat médical pour attester que votre bébé est apte à la vie en collectivité et que ses vaccins obligatoires sont à jour. N'hésitez pas à lui poser toutes vos questions et à partager vos inquiétudes. Vous pourrez aussi le joindre pendant l'année.

Sachez enfin que pour valider l'admission de votre enfant, un certificat médical d'aptitude à la vie en collectivité vous sera demandé (avec en particulier les obligations vaccinales). Vous autoriserez aussi l'équipe pédagogique à prendre certaines initiatives sur le plan médical (administration de paracétamol, application de certaines crèmes en cas d'eczéma, respect des restrictions alimentaires en cas d'allergies...).

PRÉPARER SON ENTRÉE À LA CRÈCHE

Vous devez être convaincus que tout va bien se passer. Si vous confiez votre enfant à l'équipe avec la sensation d'y être contraints et forcés, votre enfant le sentira lui aussi. Et la notion d'attachement-détachement peut se trouver déséquilibrée. Il est donc primordial que le père et la mère soient sur la même longueur d'onde, certains d'avoir fait le bon choix quant au lieu et au mode de garde. S'ils ont encore des doutes, il est préférable d'en reparler avant le grand jour, et de demander l'avis du pédiatre, si besoin.

Rappelez-vous aussi que votre enfant a besoin de figures d'attachement, à la maison et... à la crèche. Les parents doivent accepter que le bébé s'attache à l'un ou l'autre membre de l'équipe, qu'il privilégie tel visage qui lui deviendra familier. Cela n'enlève rien à l'amour qu'il vous porte.

Il s'agit donc de positiver cette séparation. Expliquez-lui pourquoi il va passer sa journée dans ce lieu, à quoi il sert, pour quelles raisons vous avez fait ce choix. Si vous lui montrez que vous adhérez au projet, il fera de même. Apprendre à se séparer, c'est laisser son enfant grandir. Voilà l'étape essentielle de la crèche : vous confiez votre enfant, vous savez qu'il va découvrir un nouvel environnement, d'autres habitudes, mais cela va lui permettre de mieux se connaître, de s'affirmer. Finalement, vous lui faites un cadeau !

Confiants, vous pouvez partir sereinement. Mais jamais sans lui dire au revoir ! Il est parfois tentant de s'éclipser en cachette, mais c'est une très mauvaise idée. Prévenez toujours votre enfant de votre départ : « Tu vas rester un petit moment à la crèche. Papa, maman va revenir. Tu vas bien t'amuser. Tiens, regarde ce jouet. À tout à l'heure. » Disparaître sans dire un mot risque de le bouleverser davantage lorsqu'il aura compris que vous n'êtes plus là.

L'idée en plus

Le soir, quand vous retrouvez votre enfant à la crèche, prenez le temps de savoir comment s'est passée la journée auprès de l'équipe. Vous pouvez tout entendre et tout accepter. Ces éléments vous seront très utiles au moment des rituels du coucher. Si par exemple votre enfant a mordu l'un de ses camarades, ne le prenez pas mal. Parlez-en à un référent car c'est ensemble que vous avancerez. Si votre enfant s'est fait bousculer, n'accusez pas la crèche d'un défaut de surveillance : entre les petits, tout peut aller très vite ! Écoutez les explications du personnel, puis accompagnez et rassurez votre enfant car il est essentiel pour lui d'être pris au sérieux. Alors, chaque soir, posez des questions, obtenez des informations et traduisez-les pour lui.

LES DIFFICULTÉS AU FIL DU TEMPS

Alors que votre enfant s'était habitué à ce nouvel environnement, deux situations peuvent s'avérer à nouveau difficiles.

- **Le retour des vacances. Vous êtes partis plusieurs semaines et c'est le jour de la rentrée. L'enfant de 1 ou 2 ans a parfaitement compris le bonheur de pouvoir profiter de ses parents et de sa famille. Il est alors fréquent d'observer une période de réadaptation lorsqu'il s'agit de revenir à la crèche. Rassurez-vous, les difficultés ne durent pas.**

• **L'arrivée d'un petit frère, d'une petite sœur.** L'enfant âgé de 2 à 3 ans se rend bien compte depuis un moment que les choses ont un peu changé. Et voilà que vous le déposez à la crèche en repartant avec le nouveau-né ! Les réactions de votre aîné peuvent vous surprendre : troubles du sommeil, tempérament plus agressif, morsures, refus alimentaires... Il n'est pas toujours facile de faire le lien entre ce changement de comportement et la naissance du cadet : plusieurs mois peuvent avoir passé. Mieux vaut accompagner cette période délicate pour lui en vous répartissant les allers et retours à la crèche. L'enfant doit garder une place de choix, ce qui lui permettra d'apprendre à réguler ses émotions. Les grands-parents ou d'autres membres de la famille peuvent aussi participer pour faire une surprise.

QUELQUES CONSEILS POUR DES RELATIONS DE QUALITÉ

• Être en confiance avec l'établissement qui accueille l'enfant.
• Éviter de le mettre tous les jours de la semaine à la crèche, si possible : il a aussi besoin de repos et de moments en famille.
• Préparer ses affaires devant lui : le doudou, la tétine, les chaussons, un foulard avec l'odeur du papa ou de la maman, un portrait qui sera affiché sur son casier.
• Se porter volontaire pour accompagner les enfants si des sorties sont organisées : cela permet de découvrir le fonctionnement de l'intérieur.

Vous devez retirer l'enfant de la crèche s'il a de la fièvre ou une pathologie qui nécessite des soins (toux persistantes, diarrhée, virus). En trouvant un mode de garde alternatif pour quelques jours, vous aidez votre enfant à se remettre, préservez les autres d'une possible contagion, et rendez service au personnel de la crèche. S'il tombe trop souvent malade, n'hésitez pas à en parler avec votre pédiatre : peut-être manque-t-il simplement de fer ou de vitamine D ; ou peut-être ce mode de garde n'est-il pas adapté.

POUR ALLER PLUS LOIN :

23. L'angoisse de la séparation, p. 66
52. Son adaptation chez l'assistante maternelle, p. 136
53. On m'a volé mon jouet !, p. 138

52. SON ADAPTATION CHEZ L'ASSISTANTE MATERNELLE

VOUS AVEZ CHOISI DE FAIRE APPEL À UNE ASSISTANTE MATERNELLE. CE MODE DE GARDE IMPLIQUE, COMME LA CRÈCHE, UNE PHASE D'ADAPTATION.

Crèche ou assistante maternelle ? La question taraude bien des parents, mais il n'y a pas de bon ou de mauvais choix. La décision du mode de garde vous appartient et vous la prendrez en fonction de différents éléments, notamment l'âge de votre enfant et les structures proposés dans votre région. Pour trouver la bonne personne, vous pouvez vous rapprocher des associations ou consulter les sites spécialisés qui proposent leurs réseaux de professionnels de la petite enfance.

UN SYSTÈME PLUS SOUPLE

Confier son enfant à une assistante maternelle présente quelques avantages logistiques :

- **Les horaires sont plus souples.**
- **Le cadre est familial.**
- **Un lien de confiance se développe ente les parents et l'assistante maternelle.**
- **Les enfants accueillis sont moins nombreux, ce qui limite les contaminations virales ou infectieuses.**

Les assistantes maternelles demandent désormais, comme à la crèche, un certificat médical. Votre pédiatre devra donc attester que votre bébé est apte à la vie en collectivité, que ses vaccins obligatoires sont à jour et que la personne référente peut prendre certaines initiatives, comme administrer du paracétamol en cas de fièvre, appliquer tel type de crème pour la peau, et respecter certaines restrictions alimentaires (allergies, intolérances).

En cas de maladie, il vous faudra respecter les règles mises en place par l'assistante maternelle (souvent les mêmes qu'à la crèche) et éventuellement vous adapter en cas d'éviction. Demandez conseil à votre pédiatre qui, si besoin, établira un certificat médical pour justifier votre absence auprès de votre employeur. Cependant, le fonctionnement de ce mode de garde est souvent moins contraignant qu'un accueil en collectivité.

LA PÉRIODE D'ADAPTATION

Avant de faire votre choix, vous aurez probablement rencontré plusieurs assistantes maternelles et pris divers renseignements : le nombre d'enfants accueillis, leurs âges, la présence à domicile de tierces personnes, comme un compagnon, des enfants plus grands et autonomes. Vous aurez discuté du mode de vie de celui ou celle qui accueillera votre enfant pendant des mois, voire des années. Observez l'habitat, repérez les éventuelles odeurs de tabac... Il ne s'agit pas de vous montrer intrusifs : c'est une relation de confiance mutuelle que vous cherchez à instaurer. L'assistante maternelle elle aussi devra se renseigner sur vos habitudes de vie : votre alimentation, votre rythme, vos valeurs, vos souhaits en matière d'éducation... Ne le prenez pas mal et partagez ces informations qui sont importantes pour celui ou celle que vous serez amenés à côtoyer au quotidien. À nouveau, confier votre enfant suppose d'être en confiance, de part et d'autre.

Une fois votre décision prise, il vous faudra être convaincus d'avoir fait le bon choix pour préparer au mieux la phase d'adaptation. Celle-ci concerne trois personnes :

- **L'enfant, qui doit s'habituer à un nouvel environnement.**
- **Les parents, qui doivent se souvenir du bien-fondé de cette « séparation ».**

• **Et l'assistante maternelle, qui va faire connaissance avec votre enfant, ses habitudes, ses goûts, son rythme et son caractère.**

Les réactions de l'enfant changent en fonction de l'âge auquel il est accueilli. L'adaptation est plus difficile lorsque l'angoisse de séparation bouleverse le bébé, de l'âge de 7 ou 8 mois jusqu'à 1 an et demi en moyenne. Pendant cette période, il est important de bien lui expliquer où vous allez, pourquoi, qui est cette nouvelle personne, ce qu'elle va lui apporter. Dites-lui aussi que vous allez revenir. Votre enfant, quel que soit son âge, a besoin de vous sentir en confiance.
L'adaptation s'effectue progressivement sur une dizaine de jours. Au début, le bébé ne reste qu'une demi-heure, puis une heure, au domicile de l'assistante maternelle, avec ses parents dans un premier temps, puis sans eux. Peu à peu, il intègre une nouvelle figure d'attachement. Cependant, vous pouvez vous rassurer : celle-ci ne prend pas votre place ! Votre bébé sait toujours faire la différence.

LA VIE CHEZ UNE ASSISTANTE MATERNELLE

L'accueil chez une assistante maternelle permet à l'enfant de retrouver ses marques, chaque jour, dans un environnement qui lui devient familier. C'est plus facile que dans une structure collective, davantage impersonnelle. Il n'est pas impossible que cet environnement souvent plus apaisé ait des répercussions positives sur son rythme alimentaire, sur son sommeil et sur l'interaction avec le ou les autres enfants, notamment si ceux-ci sont plus âgés. Avec votre accord, des sorties en extérieur peuvent être proposées (parc, courses, marché) ou des moments de partage au sein d'une crèche familiale (une MAM *Maison d'Assistants Maternels* par exemple avec d'autres assistantes maternelles et d'autres enfants).

POUR ALLER PLUS LOIN :

23. L'angoisse de la séparation, p. 66
51. Son adaptation à la crèche, p. 132
53. On m'a volé mon jouet !, p. 138

L'idée en plus

Vous pouvez profiter de ce mode de garde pour créer des liens. N'hésitez pas à rencontrer et ouvrir le dialogue avec les parents du ou des autres enfants gardés par la même assistante.

Votre bébé est nécessairement stimulé dans ses acquisitions, dans son développement (moteur, cognitif) par le simple fait de changer d'environnement régulièrement. En pleine construction, il ne demande qu'une chose, surtout s'il n'a pas encore 2 ans : explorer ! Et il a fort à faire chez son assistante maternelle et d'autant plus si celle-ci s'intéresse et s'investit dans un projet éducatif. N'hésitez pas à échanger avec elle sur ce point.
Entre 2 et 3 ans, l'éveil repose davantage sur des ateliers participatifs. Vous pouvez alors vous interroger : votre enfant ne serait-il pas mieux stimulé en collectivité ? Rassurez-vous, en plus d'être un grand explorateur, il possède des capacités d'imagination et d'imitation que l'assistante maternelle ne manquera pas de développer au fil de son évolution. Exploration puis inventivité et création feront naturellement progresser votre enfant. Vous pourrez en parler au quotidien avec elle.

LES POINTS DE VIGILANCE

• **Quel que soit le mode de garde, soyez attentifs aux réactions de votre enfant et à l'évolution de ses acquisitions. En l'observant, vous saurez vite s'il est bien stimulé ou s'il est plutôt livré à lui-même.**
• **Si possible, évitez de le confier chaque jour à l'assistante maternelle. Une rupture dans la semaine serait la bienvenue, un jour à la maison pour partager des moments et des activités en famille.**
• **Renseignez-vous très précisément sur le coût d'un tel système, et les allocations auxquelles vous pouvez prétendre.**

53. ON M'A VOLÉ MON JOUET !

C'EST LE DRAME ! UN AUTRE ENFANT VIENT DE LUI SUBTILISER SON CAMION, SON DOUDOU, SON CUBE.

À la naissance, le bébé n'a pas connaissance de son « moi ». Il apprend peu à peu à découvrir son corps, les différentes parties qui le « composent », puis sa motricité, les mouvements qui lui permettent de se positionner par rapport à son environnement. Le tout-petit ne fait donc pas la différence entre ce qui est à lui et la simple envie de jouer avec un objet : il le prend et il le garde.

L'idée en plus

Vous vous apprêtez à jouer auprès de deux enfants du même âge ? Choisissez et placez trois jeux différents face à eux, par terre. Puis proposez : « Qui prend le vélo ? Qui prend la voiture ? Qui prend le petit cheval ? » Chacun des deux enfants va aussitôt associer le mot à l'objet désigné et, puisqu'il y en a trois, il en restera forcément un. Pour qui sera-t-il ? Ce micro-atelier très interactif permet de focaliser l'attention de l'enfant âgé de 2 ou 3 ans sur la permanence de l'objet, le désir de l'objet et l'existence de l'autre qui désire aussi cet objet. Certains enfants voudront prendre les 3 jouets en même temps, d'autres se contenteront d'un seul, d'autres encore en prendront un dans chaque main. Vous pourrez intervenir : « Tiens, tu as pris le cheval ! Tu préfères le cheval ? Ton ami a pris le vélo. » L'enfant prend alors conscience de la notion de nombre, et que pourquoi pas le vélo, en fin de compte… Observez, anticipez sa réaction, accompagnez, expliquez. « Tu ne peux pas reprendre le vélo à ton ami, mais tu peux lui demander. »

PARTAGER, ÇA S'APPREND

La notion de partage se développe généralement autour de l'âge de 4 ans.

Avant 2 ans, l'enfant considère que tout lui appartient, sa maman et son papa compris ! Il veut et désire tout ce qu'il voit. Voilà pourquoi il apprécie de retrouver ses jouets ou les objets qui lui sont familiers un peu toujours au même endroit.

Vers l'âge de 16 ou 18 mois, le raisonnement se met en place et il arrive à interpréter ce que lui suggère l'adulte : « Veux-tu ce livre ? », « Tu aimes les carottes ? », « Et si nous allions prendre un bain ? ». Il comprend et possède désormais un vocabulaire associé aux mimiques observées chez son parent et les autres enfants. C'est à ce moment-là qu'il subtilise volontiers le jouet ou l'objet d'un autre, tout simplement parce qu'il le connaît : il a déjà joué avec ou l'a précédemment manipulé. Il veut donc se le réapproprier pour poursuivre son exploration : il le reconnaît et le prend. Le voir dans les mains d'un autre enfant du même âge le stimule car il confond le fait d'aimer quelque chose, et le fait que ce quelque chose lui appartient.

C'est donc après 18 mois que, grâce au langage, vous pouvez commencer à expliquer à l'enfant que cet objet ou ce jouet ne l'attire pas seulement lui, mais d'autres que lui. Vous utiliserez des petites phrases courtes pour le mettre en situation : « Je veux cette balle » ou « Peux-tu me prêter cette voiture ? » ou « J'aime beaucoup ce doudou aussi ». L'enfant comprend alors que l'objet peut plaire à d'autres et que le désir peut se partager. C'est ainsi qu'il apprend à donner et bien évidemment à recevoir.

Cependant, ne vous attendez pas à ce qu'il gère parfaitement toute sensation de frustration ! Vous devrez patienter jusqu'à l'âge de 3 ou 4 ans pour qu'il commence à attendre son tour.

CE QU'IL RESSENT

Pour l'enfant, surtout entre 15 et 18 mois, se faire chiper un objet est insupportable ! Dès lors qu'il sait bien se déplacer, saisir ce qui lui plaît, jouer avec et faire travailler son imagination, il ne comprend pas qu'on vienne le lui prendre des mains. Brusquement, un tiers surgit dans son espace de création et lui vole la source de son plaisir. Et donc, de sa conscience. Cette brutalité peut engendrer des crises très violentes : l'enfant est en pleurs, en détresse.

Que ressent-il ? De l'étonnement, de l'incompréhension, du désarroi et bien entendu, de la frustration. Vous n'y verrez peut-être qu'un petit geste désagréable. Mais pour lui, c'est un drame impossible à surmonter. Cela touche à son instinct de survie : son besoin de sécurité affective, indispensable à sa construction, est fragilisé. Rappelez-vous toujours la violence éprouvée par un adulte lorsque quelque chose lui est dérobé. Imaginez alors ce que ressent un tout-petit qui ne maîtrise pas encore le raisonnement pour réguler ses émotions. Il lui faut cet objet ! Car il lui faut cette sécurité affective.

COMMENT RÉAGIR ?

Rapprochez-vous des deux enfants, surtout si vous avez assisté à la scène. Si vous n'étiez pas là, sachez qu'en général, celui qui pleure est celui qu'on a privé de son jouet. Néanmoins, prenez le temps de remonter le fil de l'histoire car parfois la petite victime n'est pas celle que l'on croit ! Les caractères s'affinent et certains enfants ont davantage tendance à emprunter les affaires de leurs copains. Il peut aussi arriver que l'un attrape l'objet de l'autre et que celui-ci, ne se laissant pas faire, le reprenne. Pour éviter toute confusion, tâchez de ne pas réagir trop rapidement.

Écoutez ce que les enfants expriment, observez les mimiques sur leurs visages. Demandez quelques explications car même s'ils n'ont que 18 mois, leurs quelques mots de vocabulaire vous mettront sur la voie. Ne cherchez pas à banaliser : l'enfant brimé a besoin que vous preniez au sérieux le drame qu'il traverse puisqu'il y va de sa survie !

Votre réaction doit être juste et adaptée pour qu'elle ne nuise pas à sa propre construction et sa confiance en soi. Un enfant qui n'est pas écouté ou qui est injustement brimé peut, par la suite, développer des troubles du comportement : il devient agressif, a du mal à s'endormir, se met à prendre les affaires des autres et il n'a plus confiance en l'adulte. Il peut aussi se mettre à mentir ou dissimuler.

Il vous faut donc ramener la paix. Rassurez d'abord votre enfant en lui expliquant que l'autre n'a rien fait de mal, que simplement il n'a pas compris. Montrez-lui que vous prenez en compte ce qu'il vit à ce moment-là. Concernant l'enfant qui a attrapé l'objet tant convoité, il ne s'agit pas de le gronder bien entendu : il n'a généralement pas conscience de la portée de son acte. Demandez-lui pourquoi il a pris le jouet pour qu'il puisse s'expliquer. Sans l'y forcer, évidemment ! Il est très probable qu'un petit de moins de 3 ans regarde le bout de ses chaussures sans trouver d'explications. Mais en donnant la parole à l'un et à l'autre, vous échangez et amorcez l'apprentissage du partage.

LES CONSEILS POUR ÉVITER LES DRAMES

Mieux vaut toujours garder un œil sur un petit groupe d'enfants qui jouent ensemble dans un espace restreint avec les mêmes éléments. Ainsi, vous veillerez à l'harmonie et l'adaptation de chacun au caractère des autres.

- **Évitez de multiplier les objets. Favorisez des éléments complémentaires pour que chacun puisse échanger ou trouver la pièce qui va avec l'autre.**
- **Ne grondez pas un enfant qui ne veut pas partager ou qui prend l'objet des mains de l'autre. Marquez l'instant, montrez que vous ne comprenez pas et expliquez que les jouets se partagent, que chacun veut et peut les manipuler.**

POUR ALLER PLUS LOIN :

25. L'enfant qui mord, p. 70

26. Il pique une crise et se roule par terre, p. 72

27. La période du non, p. 76

51. Son adaptation à la crèche, p. 132

52. Son adaptation chez l'assistante maternelle, p. 136

SANTÉ

VIE QUOTIDIENNE

DÉVELOPPEMENT PSYCHOLOGIQUE

DÉVELOPPEMENT MOTEUR

DÉVELOPPEMENT COGNITIF

SCOLARITÉ

3-5 ANS

54. LE POINT SUR LES VACCINS

LES VACCINATIONS OBLIGATOIRES À 2 MOIS, 4 MOIS ET 11 MOIS ONT EU LIEU. QUELS SONT LES RENDEZ-VOUS À PRÉVOIR ENTRE 3 ET 6 ANS ?

LES RAPPELS OBLIGATOIRES

Assurez-vous que votre enfant a bien bénéficié des deux injections contre la rougeole, les oreillons et la rubéole (ROR). C'est à 12 mois qu'en principe il a reçu la première ; puis, 4 à 6 mois plus tard, la seconde.

Selon le programme de vaccination français, un rappel contre la diphtérie, le tétanos, la poliomyélite et la coqueluche doit être effectué à l'âge de 6 ans (Boostrix® ou Repevax®). Ces vaccins ont tous été précédemment administrés mais ce premier rappel est indispensable. Il sera suivi d'un second entre 11 et 13 ans, puis d'un troisième à l'âge de 25 ans.

L'idée en plus

N'hésitez pas à parler de la vaccination avec votre médecin ou votre pédiatre. Posez-lui des questions, exprimez vos inquiétudes : nous sommes là pour vous donner les bonnes informations et combattre les *fake news*. N'oubliez pas : les vaccins sauvent de nombreuses vies.

LES VACCINS NON OBLIGATOIRES

- **Pour certains enfants et dans certaines conditions, la vaccination contre la tuberculose est indiquée. Elle n'est plus obligatoire mais préférable si vous habitez la région parisienne, si vous arrivez d'Europe de l'Est, d'Afrique du Nord ou de Guyane.**
- **De même, le vaccin oral contre le rotavirus avant l'âge de 4 mois.**
- **Le vaccin antigrippal est vivement conseillé dès l'âge de 6 mois à l'automne et au début de l'hiver, en particulier pour les enfants fragiles, en cas de :**
  1. **asthme ;**
  2. **fragilité immunitaire ;**
  3. **mucoviscidose ;**
  4. **grande prématurité à la naissance ;**
  5. **certaines pathologiques chroniques (voir avec votre pédiatre).**
- **Le vaccin contre la méningite B.**

En ce qui concerne la varicelle, sachez qu'il existe un vaccin en France mais qu'il n'est pas systématiquement proposé. Il sera envisagé si votre enfant, à l'âge de 8 ou 10 ans, n'a toujours pas eu la varicelle de manière franche et spontanée. Alors, il pourra être vacciné.

Si vous envisagez de séjourner ou de faire un long voyage à l'étranger, il vous faudra vous renseigner sur les recommandations sanitaires en vigueur et les éventuels vaccins obligatoires, comme ceux qui protègent de la typhoïde, de la fièvre jaune, ou de l'hépatite A.

POUR ALLER PLUS LOIN :

4. La rencontre avec son pédiatre, p. 18

10. Les vaccins, quel traumatisme pour lui ?, p. 32

55. JE SUIS EN SURPOIDS

SES PETITS BOURRELETS VOUS ATTENDRISSENT. MAIS... VOTRE JEUNE ENFANT SERAIT-IL EN SURPOIDS ?

Le surpoids est une augmentation trop importante de la masse grasse chez l'enfant. Ses causes peuvent être endocriniennes ou génétiques. Mais bien souvent, c'est une alimentation trop riche et le manque d'activité physique, aggravée par l'accès aux écrans, qui en sont à l'origine.

LE POIDS, UN POINT DE VIGILANCE POUR LES PÉDIATRES

Dès la naissance, quels que soient le poids et la taille de votre bébé, vous constatez que le pédiatre les surveille de près, de même que le périmètre crânien. À chaque visite, ces mesures sont notées dans le carnet de santé. Les courbes ainsi établies sont essentielles car elles permettent de vérifier la bonne évolution du poids par rapport à la taille. L'IMC, l'Indice de Masse Corporelle, est un repère important pour les médecins comme pour les parents, dans le but de prévenir le surpoids, voire l'obésité. C'est la raison pour laquelle, dès les premières semaines de vie, vous suivez ensemble le rythme et la quantité des repas.

LES FACTEURS DE RISQUES CHEZ LES 3-6 ANS

Votre enfant est désormais actif et autonome. Mais cette période est aussi celle où le risque de surpoids augmente. Bien entendu, le pédiatre fera le point sur un éventuel problème endocrinien ou génétique. Si rien n'est dysfonctionnel, deux grandes raisons apparaissent : les difficultés psychologiques et/ou une mauvaise hygiène de vie.

LES FRAGILITÉS PSYCHOLOGIQUES

Quelles difficultés peuvent engendrer un déséquilibre pondéral ?

- **Un problème affectif** : un déménagement, un divorce, des violences intrafamiliales, l'arrivée d'un petit frère, d'une petite sœur, l'éloignement prolongé d'un parent pour raison professionnelle, un deuil ou encore le chômage peuvent perturber l'enfant.
- **Un trouble du sommeil** : si votre enfant se couche trop tard, ou perd ses repères (plusieurs lieux pour dormir), ou s'il a une mauvaise digestion le soir (dîner trop chargé), une dette de sommeil s'installe et peut se répercuter de différentes manières sur un surpoids (métabolisme perturbé, taux hormonaux décalés, boulimie, etc.).
- **Une pression trop forte sur l'éducation** en particulier alimentaire, qui peut aussi bien provoquer un surpoids (l'enfant se sent obligé de faire plaisir en mangeant) tout comme une anorexie (l'enfant refuse de s'alimenter pour marquer son opposition).

L'HYGIÈNE DE VIE

Quelles mauvaises habitudes entraînent un surpoids chez l'enfant ?

- Il va se servir tout seul dans le placard ou le réfrigérateur. Attention aux enfants qui sont livrés à eux-mêmes en fin d'après-midi.
- Il veut vous imiter, vous, parent ; si votre alimentation n'est pas équilibrée, la sienne aura du mal à le devenir.
- Il veut imiter ses camarades d'école ; or, certains enfants viennent en classe avec des bonbons ou des goûters dans les poches.
- Il est peut-être extrêmement gâté lorsqu'il rend visite à ses grands-parents.
- Il aime le sucre et rechigne devant certains aliments pourtant bons pour son développement (légumes, fruits, viandes, poissons), comme pour vous.
- Il ne fait pas assez de sport.
- Il passe trop de temps devant les écrans (voir fiche 68).

LES BIENFAITS DE L'ACTIVITÉ PHYSIQUE

Pour limiter le risque de surpoids, encouragez l'activité physique, quel que soit l'âge de l'enfant :

- Préférez les escaliers à l'ascenseur.
- Demandez-lui de vous aider à la maison (rangement, jardinage...).
- Évitez la poussette en permanence, sous prétexte que cela vous fait gagner du temps.
- Favorisez toujours la marche : garez-vous un peu plus loin le matin quand vous l'emmenez à l'école, ou descendez du bus à la station précédente.
- Encouragez des activités sportives familiales régulières : draisienne, ballon, balade, piscine, parc...
- Ne vous contentez pas du sport pratiqué à l'école ; les activités extrascolaires sont toujours les bienvenues : elles régulent la croissance mais favorisent aussi la confiance en soi, l'intégration et l'imagination.

L'IMPORTANCE DE L'ÉQUILIBRE ALIMENTAIRE

Entre 3 et 6 ans, les deux parents ont encore beaucoup d'influence. Il est important qu'ils expliquent à l'enfant ce qui est bon pour lui, et qu'ils adoptent le bon rythme pour les repas.

- **Le petit déjeuner est essentiel.** C'est le matin que l'enfant doit manger le plus. Vous montrerez l'exemple et prendrez le temps pour ce rendez-vous familial et convivial.
- **Le dîner, au contraire, est trop souvent copieux.** Certes, c'est un moment où vous vous retrouvez en famille, où vous avez le temps. Mais des erreurs diététiques sont facilement commises. Le soir, retenez que votre enfant doit encore avoir un peu faim en sortant de table, comme pour vous !
- **Les repas du week-end** permettent de retrouver l'équilibre, parfois mis à mal pendant la semaine à cause des impératifs de chacun. C'est l'occasion de se faire plaisir tout en prévoyant une activité physique.

Prenez rapidement de bonnes habitudes alimentaires : après 6 ou 7 ans, il est plus difficile de faire machine arrière, et plus encore lorsque l'enfant entre dans la préadolescence.

COMMENT LUI DONNER ENVIE DE MANGER CE QUI EST BON POUR LUI ?

- Vous pouvez lui demander de vous aider à choisir les menus, à préparer les repas. Emmenez-le avec vous faire les courses et expliquez-lui que les pâtes, c'est bon, mais ce n'est pas tous les jours.
- Veillez à la présentation des fruits et des légumes : les couleurs, les saveurs comptent pour beaucoup. Alors dorez légèrement les haricots ou saupoudrez les brocolis de parmesan – sans excès.
- Vous choisirez de servir votre enfant dans de petites assiettes : ainsi, il aura l'impression de manger à sa faim.
- Passez-vous du pain s'il est en surpoids et privilégiez la cuisine à la vapeur ou à l'eau – mais ne le privez pas de petites touches savoureuses, comme des rondelles de tomates, de fines tranches de radis, des petits cubes de fromages.
- Pendant les vacances ou lors de voyages, faites découvrir à votre enfant d'autres aliments.
- N'hésitez pas à inviter régulièrement certains de ses camarades, pour qu'il les observe et éventuellement les imite ; mais ne le comparez jamais à un autre : « Tu vois, lui au moins, il mange bien ». Bannissez cette phrase de votre vocabulaire !

POUR ALLER PLUS LOIN :

17. La diversification alimentaire et la DME, p. 51
58. Néophobie alimentaire : la comprendre, l'éviter, p. 150
68. J'aime trop les écrans, p. 176
86. Je mange moins ou mieux à la cantine, p. 223
114. Je suis complexé par mon image, p. 294

56. LE DÉCALOTTAGE DES GARÇONS

VOUS L'AVEZ REMARQUÉ : LA PEAU QUI SE TROUVE AU BOUT DE SON PÉNIS, LE PRÉPUCE, S'EST TRÈS CERTAINEMENT DÉTENDUE DEPUIS LA NAISSANCE. SON ÉLASTICITÉ A AUGMENTÉ, LE DÉCALOTTAGE VA COMMENCER.

Votre pédiatre vous aura certainement déjà donné de bons conseils pour la toilette de cette zone fragile qu'il ne faut pas forcer pour libérer ce qu'on appelle des adhérences préputiales (c'est-à-dire le prépuce qui est collé sur le gland). Cela peut vous surprendre, mais sachez que 5 % des nouveau-nés, 45 % à l'âge de 3 ans, 80 % à l'âge de 5 ans et... 98 % à l'adolescence décalottent spontanément. Ce dernier se fait facilement grâce à des sécrétions préputiales blanchâtres qu'on appelle « smegma » qui vont du bas vers le sommet du gland pour libérer ces adhérences. Il faut donc procéder en douceur et laisser le temps au temps.

LES PRESCRIPTIONS MÉDICALES DU PÉDIATRE

Si le pédiatre constate que vers 5 ans, le prépuce reste très serré et que, même après le bain, vous n'arrivez pas à découvrir ne serait-ce qu'une petite partie du gland, alors il peut vous prescrire une crème à base de corticoïdes. Celle-ci devra être appliquée 1 heure avant le bain. Les fibres élastiques de la peau vont alors se détendre, et d'autant plus grâce à l'eau chaude, et vous pourrez décalotter le pénis, petit à petit, un peu plus à chaque fois (rappelons que deux bains suffisent par semaine).

Il se peut que le prépuce de votre enfant soit particulièrement serré (ce qui peut poser des problèmes lors des érections à l'adolescence) ou recouvrant. L'ouverture est alors incomplète. Or, dans les deux cas, la stagnation des urines et des sécrétions favorise des infections locales, avec des sensations de brûlures mictionnelles (en faisant pipi), parfois même du pus. Dans ce cas, votre pédiatre prescrira un nettoyage avec du savon liquide antiseptique suivi de l'application d'une crème antibiotique. Il surveillera l'évolution de la situation.

Dans certains cas, rares, il pourra considérer qu'une intervention chirurgicale est nécessaire. Deux types d'opérations sont envisagés, en fonction de la situation :

- **Le prépuce est très serré (phimosis).** Le parent n'arrive pas à procéder au décalottage.
- **L'anneau du prépuce est très serré (paraphimosis).** **Le parent parvient à décalotter complètement le pénis mais n'arrive pas remettre cette peau en place, après. Cela crée comme un étranglement autour de la base du gland, ce qui peut vite devenir très douloureux.**

Votre médecin peut donc vous parler d'intervention chirurgicale mais probablement pas avant l'âge de 6 ans, sauf en cas d'infections répétées. Cela consistera en une section du prépuce ou une ablation complète de celui-ci (circoncision). Celle-ci est réalisée en ambulatoire sous anesthésie générale douce. Rappelons ici que, selon certaines traditions, la circoncision est pratiquée à titre systématique.

QUELQUES CONSEILS

Bien souvent, les mamans considèrent que le décalottage est une affaire d'hommes ! Elles en confient la mission au père qui, embêté, ne sait pas trop comment faire, ni comment se comporter : le pédiatre est là pour en parler aux parents dès la naissance puis au cours de la croissance de l'enfant.

Rappelez-vous aussi qu'il s'agit d'une zone très intime... L'enfant, entre 3 et 6 ans, apprend à la connaître, à se l'approprier, à ne pas laisser les autres y toucher. Vous avez sans doute observé que votre petit garçon devient curieux de cet endroit, notamment au moment du bain. Ne le grondez pas, laissez-le se tripoter, en particulier dans le bain et lors de la toilette car cela participe au décalottage. Expliquez-lui simplement, quand il aura 3 ou 4 ans, que cette zone lui appartient, que c'est normal qu'il la touche mais que cela se fait dans l'intimité. Et si vous trouvez ses gestes trop brusques, rassurez-vous : ce n'est pas dangereux et c'est normal.

Chez certains garçons, il arrive que le décalottage commence vers 3, 6 ou 7 ans mais que l'ouverture complète se fasse attendre. Certaines adhérences préputiales persistent. Celles-ci disparaîtront spontanément la plupart du temps avec l'âge, grâce à l'imprégnation hormonale de la préadolescence et des érections que votre fils ne manquera pas d'avoir. Ne vous inquiétez pas et laissez faire la nature ! Votre pédiatre saura vous dire s'il s'avère nécessaire de libérer l'une ou l'autre de ces adhérences avec une petite canule sous anesthésie locale.

Bon à savoir

Le prépuce est une zone sensible. Vous veillerez donc à ne pas vous acharner dessus ! Car vous risqueriez de faire mal à votre enfant, physiquement d'abord, mais aussi psychiquement. Certains papas gardent parfois un très mauvais souvenir d'un décalottage brutal.

POUR ALLER PLUS LOIN :

20. La propreté, p. 58

46. Je découvre les parties de mon corps, p. 120

72. Je découvre mon sexe, je suis différent, p. 186

57. MA PREMIÈRE DENT EST TOMBÉE

VOUS AVEZ ENVIE DE LE CONSOLER, DE LE PRENDRE DANS VOS BRAS… ET RAPIDEMENT, VOUS LUI PARLEZ DE LA PETITE SOURIS !

Cette étape est une vraie prise de conscience pour votre enfant : il grandit, il s'autonomise. Alors, n'en faites pas trop ! Tâchez de trouver les bons mots et le juste équilibre pour qu'il soit fier d'avancer ainsi dans la vie.

LES DENTS, UNE LONGUE ÉVOLUTION

Des poussées dentaires aux dents définitives, quelle longue histoire ! Rappelons ici que la première poussée dentaire apparaît vers 2 ou 3 mois, que les premières dents sortent aux alentours de 9 mois et qu'en moyenne, un enfant a toutes ses dents (20) à l'âge de 24 mois.

Pendant trois ans, il s'est donc familiarisé avec sa dentition, mais aussi ses mâchoires, sa capacité à croquer, à mastiquer. À ce sujet, souvenez-vous de l'intérêt de la DME (Diversification Menée par l'Enfant) qui justement permet d'intégrer cette notion de mastication.

Ses dents font donc partie intégrante de lui. Et voilà qu'un beau jour, votre enfant, qui a peu à peu compris qu'il devait en prendre soin, sent que l'une d'entre elles bouge ou qu'un petit morceau se casse, à la suite d'une chute. Un peu bouleversant…

LA PERTE DES DENTS

Elles tombent l'une après l'autre :

- **Les premières sont en général les incisives centrales entre 6 et 7 ans.**
- **Les incisives latérales tombent entre 7 et 8 ans.**
- **Suivent les canines entre 10 et 12 ans.**
- **Les premières molaires tombent entre 9 et 11 ans.**
- **Et enfin, les molaires suivantes entre 10 et 12 ans.**

La dentition permanente suit le même ordre :

- **Les incisives centrales sortent entre 7 et 8 ans.**
- **Les incisives latérales entre 8 et 9 ans.**
- **Les canines entre 9 et 12 ans.**
- **Puis les trois molaires.**
- **Et enfin, les dents de sagesse entre 17 et 21 ans.**

SA DENT BOUGE, COMMENT RÉAGIR ?

Même s'il arrive que l'enfant perde une dent après un choc, il est plus fréquent qu'il la sente bouger avant qu'elle ne tombe. Soudain, il s'aperçoit que quelque chose n'est pas habituel. En passant sa langue sur la dent ou lors de la mastication, il comprend qu'elle est devenue mobile.

À ce moment-là, prenez le temps de lui expliquer ce qui se passe. N'hésitez pas à vous munir d'un support, comme un livre d'images. Dites-lui ce qui va arriver : des dents permanentes vont apparaître après la chute des dents « temporaires », souvent appelées dents de lait.

Mais c'est dans l'ordre naturel des choses ! Les dents de certains animaux tombent elles aussi… Sa mâchoire grandit et les dents dites de lait doivent partir pour laisser leur place à des dents plus grandes et plus nombreuses.

À ces âges-là, l'enfant est tout à fait capable d'écouter vos explications sur l'anatomie, et même recevoir quelques notions de biologie. N'hésitez pas à lui rappeler à cette occasion que son corps lui appartient, que c'est à lui d'en prendre soin, que d'autres parties de lui-même vont continuer de grandir et de changer.

Puis, rassurez-le. Lorsqu'il sent sa dent bouger, il peut être inquiet. Il a peur de la perdre pendant son sommeil, ou de l'avaler pendant qu'il mange. Expliquez-lui que dans l'immense majorité des cas, cette première dent deviendra de plus en plus mobile. Instinctivement, sa langue va jouer avec, ce qui va progressivement la détacher de la gencive. Mais cela ne lui fera pas mal, tout au plus une petite douleur sourde, continue et peu intense. Ainsi, c'est lui qui devient naturellement proactif. Il sera d'autant plus fier de venir vous voir pour brandir son trophée, le jour J.

Lorsque celui-ci arrive, marquez le coup. Parmi les rituels, il en est un bien connu des familles qui consiste à dire que la petite souris va passer. Les enfants aiment ces projections dans « l'extraordinaire » : un joli petit rongeur qui passe en pleine nuit pour déposer un cadeau est fantastique. C'est le reflet de l'amour des parents, de la bienveillance environnante et du caractère exceptionnel de l'événement pour l'enfant. Les rituels peuvent varier selon les traditions et les cultures de chacun, bien sûr.
D'autres dents viendront à tomber. Vous répéterez alors votre rituel, mais avec le temps, vous constaterez qu'une sorte de banalisation s'installe. Veillez seulement à ce qu'elle ne vienne pas de vous, mais de lui.

QUELQUES CONSEILS

• Si sa dent lui fait mal, conseillez-lui de boire de l'eau très fraîche, et de la garder en bouche tout en jouant sur la dent avec sa langue.
• Offrez-lui une nouvelle brosse à dents souple et conseillez-lui de la passer régulièrement sur la dent mobile après l'avoir trempée dans un verre d'eau froide ou frottée contre un glaçon. Le froid atténue les douleurs et favorise le décrochage. Par ailleurs, l'enfant est alors actif : parce qu'il est aux commandes, il prend confiance.

Bon à savoir

Certains gestes sont à proscrire, d'autres à envisager. Parmi les mauvaises idées :
• **Accélérer la chute de la dent** en donnant un coup dessus est fortement déconseillé. L'enfant a confiance en vous ; il ne comprendrait pas un tel geste, brutal et douloureux, et pourrait même vous en vouloir. C'est comme si vous lui voliez une étape qui lui appartient.
• **Donner un bonbon en compensation** est aussi une erreur. La gencive est particulièrement sensible et le sucre serait nuisible à la dent permanente qui arrive.

POUR ALLER PLUS LOIN :
8. Ses découvertes par le toucher, p. 27
9. Les premières dents, p. 29
17. La diverfication alimentaire et la DME, p. 51

58. NÉOPHOBIE ALIMENTAIRE : LA COMPRENDRE, L'ÉVITER

COMME SON ÉTYMOLOGIE L'INDIQUE (NEO = NOUVEAU ET PHOBIE = PEUR), LA NÉOPHOBIE ALIMENTAIRE EST LA PEUR D'ESSAYER DE NOUVEAUX ALIMENTS.

La néophobie peut apparaître à tout âge, y compris à l'âge adulte. Lorsqu'elle survient chez l'enfant, c'est généralement entre 2 et 8 ans. Il peut arriver que cette néophobie tourne à l'hyper sélectivité alimentaire, sans pourtant qu'il ne s'agisse d'un trouble du comportement alimentaire (TCA) ou d'un TSA (Trouble du Spectre Autistique). Rappelons ici qu'un enfant sur quatre souffre d'un TCA.

LES ORIGINES DE LA NÉOPHOBIE

Dès la naissance, certaines circonstances peuvent favoriser l'apparition d'une future néophobie :

- **un accouchement difficile ;**
- **une séparation mère-enfant prolongée ;**
- **des difficultés lors de la mise en route de l'allaitement ;**
- **une allergie aux protéines du lait de vache ;**
- **une intervention chirurgicale en période néonatale ;**
- **un reflux gastro-œsophagien avec œsophagite ;**
- **une angoisse parentale générée par les pleurs excessifs du nourrisson.**

Bon à savoir

N'hésitez pas à demander conseil au pédiatre si vous constatez que votre enfant refuse de manger certains aliments. Il sera même parfois nécessaire entre 2 et 8 ans de faire appel à un psychologue ou à un thérapeute comportementaliste.

La sélectivité alimentaire peut apparaître très tôt. C'est la raison pour laquelle à 5 mois, au moment de la diversification, il est conseillé de commencer par les légumes avant les fruits. Car, à partir de 9 ou 12 mois, lorsqu'il entre dans la période d'angoisse de la séparation, l'enfant peut transformer l'aliment proposé par le père ou la mère, en objet de négociation. Puis, vers 2 ans, lorsqu'il possède toute son autonomie en motricité globale et fine, ses réticences peuvent redoubler d'intensité.

LES MANIFESTATIONS

Entre 3 et 6 ans, plusieurs comportements doivent vous alerter :

- **Il ne veut pas se mettre à table.**
- **Il se met en colère quand son assiette ou le plat arrive, il se roule par terre.**
- **Il met beaucoup de temps à mastiquer certains aliments.**
- **Il sélectionne et fait du tri dans son assiette.**
- **Son attitude change pendant les repas : il est soudain de mauvaise humeur, il parle moins, il ne s'intéresse pas à ce qui se passe.**
- **Son sommeil est compliqué, difficile.**
- **Il devient agressif avec ses frères et sœurs ou à l'école.**
- **Il réagit différemment devant certains aliments, selon qu'il est à la maison ou à la cantine.**
- **Sa courbe de poids s'infléchit.**

QUE FAIRE ?

Vous l'avez maintenant compris : on ne doit jamais forcer un enfant à manger. C'est l'une des causes principales de la néophobie alimentaire. Tout adulte a le droit de ne pas aimer les huîtres ou les escargots. Il en va de même chez l'enfant.

ALORS COMMENT RÉAGIR ?

- **Favorisez la notion de détente et de convivialité au moment des repas.**
- **Obtenez son assentiment pour passer à table : « Nous allons déjeuner, as-tu faim ? ».**
- **Ne le forcez pas à manger en famille si vous sentez qu'il y aura un blocage ; votre enfant peut, s'il le souhaite, rester dans sa chambre ou attendre un petit moment et terminer une activité qu'il considère comme importante.**
- **Présentez plusieurs fois les aliments qu'il refuse, et même une dizaine de fois si nécessaire, lors de différents repas, tout en banalisant votre geste ; tâchez de cuisiner autrement tel ou tel aliment et n'hésitez pas à ajouter des sauces dont il se servira lui-même pour recouvrir ce qu'il prétend détester – ne vous inquiétez pas, le corps de l'enfant a besoin de graisse et de sucre, contrairement à celui de l'adulte.**
- **Favorisez son autonomie : c'est lui qui se sert et non vous qui imposez.**
- **Préférez des petites assiettes que vous ne remplirez pas totalement : une trop grande quantité de nourriture pourrait l'inquiéter, lui faire craindre de ne pas pouvoir finir.**
- **Jouez sur les couleurs et les saveurs que les petits adorent ; certains enfants font beaucoup de sélection et de tri mais s'en sortent très bien en ajoutant eux-mêmes une pincée de parmesan ou des épices ; d'autres ne supportent pas le poisson, ne les forcez pas ; d'autres encore n'apprécient que les aliments de couleur neutre (poisson, poulet, riz), laissez-les libres de leur choix, c'est une manière de s'exprimer.**
- **Faites-le participer à l'élaboration des menus, au choix des aliments ; allez au marché pour découvrir de nouveaux fruits et légumes ; renseignez-vous sur des ateliers de cuisine ou de pâtisserie.**
- **Pensez aussi aux beignets ou aux crêpes qui ont le mérite de « cacher » l'aliment.**
- **Bien entendu, éteignez tout écran, en amont des repas.**
- **Enfin, n'associez jamais le fait de manger ou de goûter un aliment à une récompense « Si tu termines ton assiette, tu pourras aller jouer sur la tablette ! »**

LE BON SENS DE L'ÉDUCATION

Rappelez-vous : la néophobie alimentaire est un mode d'expression. C'est au parent de la décrypter, de l'accompagner, aidé en cela par les professionnels. Ne commettez pas d'erreur éducative à ce sujet. Vos craintes, vos projections vous concernent vous, et sont issues de votre propre histoire, de vos peurs, de vos croyances.

Très souvent, les parents imposent à leur enfant ce qu'ils estiment bon pour lui. Ils ont une idée bien arrêtée sur la quantité de nourriture, l'horaire des repas, la diversification des aliments, l'ordre dans lequel chacun doit manger : « Tu n'auras ton dessert que lorsque tu auras fini ton plat. » Nous devons pourtant respecter le développement psychomoteur et neurosensoriel de l'enfant pour ne pas induire de blocages. Le repas doit être l'occasion d'un partage et non devenir l'objet d'un conflit.

POUR ALLER PLUS LOIN :

17. La diversification alimentaire et la DME, p. 51
27. La période du non, p. 76
55. Je suis en surpoids, p. 143

59. L'ABANDON DU LIT À BARREAUX

PASSER D'UN LIT DE BÉBÉ À UN LIT D'ENFANT EST UNE ÉTAPE SYMBOLIQUE ET CONSTRUCTIVE.

La plupart des bébés dorment dans un lit à barreaux classique et réglable (la hauteur du sommier évolue en fonction de l'âge de l'enfant). Certains cependant ont eu un couffin, ou passaient leurs nuits en cododo, ou encore sur un petit matelas posé par terre, comme le conseille la pédagogie Montessori. Évidemment, vous avez veillé à la sécurité de votre enfant : vous n'avez pas installé de tour de lit, ni de peluches, ni de jouets ; vous avez choisi un matelas plat et ferme, et couchez votre bébé sur le dos. Mais un beau jour, en entrant dans sa chambre, alors qu'il gazouille, vous le découvrez debout dans son lit, une jambe par-dessus la barrière. Vous vous dites que vous avez évité le pire. Ou hélas, vous le récupérez par terre, en pleurs, après qu'il se soit échappé.

LE BON ÂGE, LE BON MOMENT

Il n'y a pas un âge spécifique pour quitter le lit à barreaux au profit d'un lit « de grand ». Mais deux éléments entrent en ligne de compte :

- Si votre enfant est très actif sur le plan de la motricité, il doit se passer des barreaux entre 18 et 24 mois.
- Il en va de même s'il montre un intérêt à la maîtrise de ses sphincters et que, de lui-même, il s'installe sur son pot.

Cette étape dépend donc essentiellement des progrès moteurs et psychiques de votre enfant. Dès que vous le jugez prêt, proposez-lui de changer de mobilier. Vous pouvez procéder de deux façons :

- **Choisir un lit évolutif.** L'enfant reste dans son lit mais vous enlevez tout ou partie des barreaux. Il peut ainsi y monter et en descendre lui-même. L'inconvénient de cette option est que ce lit deviendra vite trop petit.
- **Passer du lit à barreaux vers un lit classique sans transition.** En ce cas, la composante psychologique prime.

Sachez que certaines occasions sont de bons moments pour changer de lit :

- **La rentrée en maternelle.** Anticipez quelques semaines auparavant car il est important que cette transition ait lieu à distance du jour J.
- **La naissance d'un cadet.** Si vous avez besoin du lit à barreaux, vous pouvez commencer à amorcer le changement en l'associant à ce choix.
- **Les vacances ou un séjour chez les grands-parents, des amis.** Profitez de l'absence de l'équipement habituel.
- **Un déménagement.** C'est toujours l'occasion d'un nouveau départ.

UNE GRANDE ÉTAPE

C'est pour votre enfant un grand moment, qui a un impact très important :

- **Il prend confiance.** Il se couche et se lève désormais sans votre intervention.
- **Il se responsabilise.** Il peut choisir avec vous où et comment installer son lit dans sa chambre. N'hésitez pas non plus à l'associer au choix des couleurs, de la couverture, des draps et de l'unique peluche qu'il pourra conserver avec lui.
- **Il s'autonomise.** Il peut sortir de son lit quand il veut, sait qu'il peut vous rejoindre dans votre chambre ou dans la cuisine pour préparer le petit déjeuner. Pensez à sécuriser son parcours.

• **Il est dans le partage.** Vous pouvez désormais vous asseoir à côté de lui pour lire une histoire, ou vous allonger tous les deux pour vous reposer. L'intérêt est immédiat pour lui.
• **Il se projette dans son évolution.** Ce lit symbolise ses grands progrès, sa prochaine entrée à l'école.

LES CONSEILS

• Vous ne forcerez jamais votre enfant à adopter trop vite son lit de grand. Expliquez-lui pourquoi vous le lui proposez. Il est essentiel qu'il adhère à ce changement qui bouleverse vraiment ses habitudes.
• Mieux vaut ne pas lui laisser le choix en installant deux lits à disposition dans sa chambre. Préférez attendre un peu afin qu'il soit prêt pour cette étape. Vous pouvez cependant placer son prochain lit dans sa chambre, pour qu'il s'habitue progressivement à sa présence. C'est alors lui qui posera des questions.
• Lors des premières nuits, votre enfant peut se réveiller, faire quelques allers et retours ou vous appelez en pleurant. Rassurez-le, calmez-le et raccompagnez-le dans sa chambre, sans le forcer, ni le brusquer. Il se peut que vous ayez à respecter une période de transition : votre enfant aura besoin de passer un moment dans votre propre lit pour s'apaiser avant de rejoindre le sien. Soyez patients et bienveillants, mais restez ferme et n'acceptez pas qu'il se rendorme avec vous. Il est important qu'il associe le sommeil à son espace. Et vous aussi. Il peut arriver qu'un enfant soit très perturbé lors du passage vers un autre lit : patience. Si besoin, revenez au lit à barreaux si vous sentez que cela le rassurera. Pas d'urgence.
• Ne profitez pas du changement de lit de votre enfant pour changer la décoration en même temps.
• Conservez toujours les mêmes rituels du soir.

Bon à savoir

Si vous souhaitez récupérer son lit à barreaux pour l'arrivée d'un petit frère ou d'une petite sœur, tâchez d'anticiper. Faites participer votre enfant au réaménagement de sa chambre, surtout s'il lui faut désormais la partager. Si vous lui présentez bien les choses et obtenez son adhésion, il sera le premier à vous donner des conseils pour organiser le coin du futur bébé. Bien entendu, si votre aîné n'est pas lui-même prêt pour changer de lit, ne le brusquez pas et trouvez une autre solution.

POUR ALLER PLUS LOIN :
24. Les réveils nocturnes, p. 69
28. Les terreurs nocturnes, p. 79
42. Ses premières vacances, p. 109
70. Préparer l'arrivée d'un petit frère ou d'une petite sœur, p. 180

60. J'APPRENDS À RANGER

VU L'ÉTAT DE SA CHAMBRE, LA RANGER SERAIT UNE BONNE IDÉE. SEULEMENT, UN ENFANT N'A AUCUNE IDÉE DE CE QU'EST LE RANGEMENT.

SON BESOIN DE SAISIR LES OBJETS

Dès sa plus tendre enfance, le bébé apprend peu à peu à maîtriser la préhension de la main et voit ses possibilités exploratoires progresser à grande vitesse. Il attrape les objets avec, les porte à la bouche, les passe d'une main à l'autre. « Tout ceci est à moi » se dit-il. Ensuite, dès lors qu'il se déplace, il n'hésite pas à fouiller dans les tiroirs ou s'aventurer dans la chambre de ses frères et sœurs pour prendre ce qui lui fait plaisir et qui est adapté à sa main.

Plus il grandit, plus il est tenté de saisir les objets, pour mieux les découvrir, comprendre comment ils fonctionnent... mais surtout pas de les ranger ! L'enfant a véritablement besoin de voir ses jouets, peluches, balles, figurines : cela le rassure. En clair, il a besoin de désordre ! Le fouillis dans sa chambre le structure. Là où vous voyez du bazar, lui apprécie d'évoluer dans un univers qui fourmille de nouveautés.

SA CHAMBRE, SON REPÈRE

En tant qu'adulte, vous êtes attaché(e) depuis longtemps à cette notion d'ordre. Certains parents ne supportent pas que tel jouet ne soit pas rangé dans le bon panier, de même que la vue d'une fourchette au milieu des couteaux leur déplaît dans la cuisine.

Cependant, rappelez-vous : vous avez tout fait depuis plusieurs années pour apprendre à votre enfant à investir sa chambre. Vous n'avez eu de cesse de lui répéter qu'un bébé doit dormir dans son lit, ou jouer dans son lieu à lui. Depuis le temps, il a compris : sa chambre lui appartient, c'est son territoire de jeu et de vie. Il s'est donc approprié cette pièce.

Et soudain, vous lui imposez de ranger dans des boîtes ce qui semble être à lui et qui, par ailleurs, lui procure un plaisir visuel et tactile ! Il y a comme une sorte d'effraction de votre part dans son environnement. Vous considérez les choses selon votre prisme d'adulte et probablement votre propre histoire. Lui, contrairement à vous, est en pleine construction identitaire.

LES CONSEILS

Certes, vous savez pourquoi il est important de faire place nette de temps en temps. Mais c'est parce que vous avez de l'avance, vous savez, par expérience, ce qu'il ne sait pas encore. Laissez-le découvrir par lui-même car c'est ainsi qu'il avance, qu'il prend confiance en lui, qu'il apprend.

Cependant, vous pouvez suggérer quelques règles, sans les imposer, sous forme de jeux :

- **Vous commencerez à le familiariser avec l'idée de rangement en lui proposant de mettre dans un même carton uniquement les objets qui roulent. Et dans un autre uniquement les objets de même couleur. Et ainsi de suite. Ce jeu l'incite à la réflexion.**
- **N'hésitez pas à choisir une autre pièce que sa chambre pour commencer (celle de son aîné, le salon). Puis, vous suggérerez de faire ce jeu chez lui : « Et si on allait voir les objets qui sont dans ta chambre ? » Votre enfant sera probablement heureux d'être dans l'action avec vous, de parler de ses jouets, de se déplacer jusqu'à « chez lui »... Rien de tel pour le faire adhérer au rangement.**
- **Allez-y progressivement. Choisissez des moments appropriés, pas forcément avant de manger ou de dormir. Au fil du temps, votre enfant comprendra puis probablement anticipera ce que vous souhaitez lui demander. Par lui-même, grâce à sa confiance en soi, il se mettra à ranger et peut-être même les affaires de toute la famille.**

LES MAUVAISES IDÉES

- Ne forcez jamais un enfant à ranger s'il fait une crise.
- Expliquez-lui tout simplement l'intérêt du rangement : trouver ses jouets plus facilement, puis ses vêtements.
- Pour plus d'adhésion, vous lui montrerez l'exemple.
- Si votre enfant est rassuré par quelques objets, peluches ou jouets qui traînent dans sa chambre, acceptez de les y laisser. Ce qui compte, c'est sa sérénité. Un appartement trop bien rangé peut cacher une angoisse refoulée.
- Ne punissez pas votre enfant en associant le rangement à la fin d'un jeu ; ce n'est pas parce qu'il a fini de jouer avec quelque chose qu'il faut systématiquement le remiser quelque part.
- Lui-même sera content de retrouver ce qui semble un désordre à vos yeux, mais qui participe pour lui à une vraie structuration : quelques cubes laissés là à l'abandon sont peut-être les fondations d'un futur château. Laissez-le aboutir dans ses projections.
- Ne commettez pas l'erreur de lui faire ranger ce que d'autres ont dérangé. Il ne comprendrait pas. Proposez-lui de vous aider mutuellement sans le forcer.

Bon à savoir

En tant que parent, il est utile de vous interroger sur votre propre notion du rangement : qu'attendez-vous ? Votre histoire, votre enfance, votre éducation pèsent sans doute sur vos représentations en matière d'ordre, de propreté. Peut-être tentez-vous de vous protéger, ou de vous rassurer vous-même, au sein d'un environnement particulièrement soigné ? Rangez oui, mais faites preuve de tact et de mesure.

POUR ALLER PLUS LOIN :

27. La période du non, p. 76
30. J'attrape des objets, p. 83
45. Je découvre, je me déplace dans mon environnement familier, p. 118

61. J'APPRENDS À M'HABILLER

QUEL PROGRÈS POUR LUI DE POUVOIR S'HABILLER TOUT SEUL ! UNE CHOSE EST SÛRE : VOUS ÊTES SANS DOUTE TRÈS MOTIVÉS POUR L'ACCOMPAGNER DANS CETTE ÉTAPE.

C'est par simple habitude que votre enfant va intégrer la notion d'habillage et de déshabillage, de la même façon qu'il a peu à peu compris le sens du repos ou du repas. Il prend progressivement conscience de l'utilité des vêtements, qui le protègent contre le froid, permettent d'être propre ou de se faire beau !

LES GRANDES ÉTAPES

- **Entre 3 et 4 ans, il sait se déshabiller seul : il va apprendre à passer un vêtement par-dessus la tête, à enlever un pantalon ou une jupe ; il sait aussi enfiler son manteau en le posant par terre avant de le basculer derrière lui en glissant ses bras dans les manches.**
- **À la même époque, il parvient également à mettre ses chaussures et même ses bottes, quitte à se tromper parfois de pied.**
- **Vers 4 ou 5 ans, il commence à pouvoir fermer la fermeture Éclair de sa veste, à détacher et remettre la plupart des boutons, à reconnaître l'arrière et l'avant des vêtements ainsi que l'intérieur et l'extérieur d'un manteau.**
- **À l'approche des 6 ans, il débute dans l'art de faire des nœuds.**

LE PARENT, UN MOTEUR

N'oubliez pas un principe de base : depuis sa naissance, c'est vous qui habillez et déshabillez votre enfant. Et celui-ci a beau avoir grandi, vous êtes peut-être encore en train de l'assister sans lui demander son avis. Pourquoi ? Parce que vous en avez l'habitude, que peut-être, inconsciemment, vous aimeriez qu'il reste votre bébé, ou que vous êtes pressé(e), il faut partir pour l'école, il y a plusieurs enfants, les courses à faire... Bref, vous n'avez pas envie de vous énerver et prenez les choses en main. Et la plupart des petits n'y verront aucun inconvénient ! Car s'habiller et se déshabiller, c'est compliqué et pas très amusant... Ils sauront donc trouver les bons arguments pour vous encourager à continuer. Or, justement, c'est tout l'inverse qu'il faut faire. Parfois, c'est l'enfant lui-même qui ne veut pas prendre le temps de s'habiller, parce qu'il ne veut pas aller au lit, ou à l'école, parce qu'il préfère faire autre chose, continuer à jouer notamment. Cela peut engendrer de véritables crises : alors il se roule par terre, hurle et refuse d'enfiler quoi que ce soit.

LES CONSEILS

- **Mieux vaut toujours expliquer à l'enfant le pourquoi du comment pour obtenir son adhésion.**
- **Très tôt, vous lui apprendrez à participer à l'habillage et au déshabillage grâce au jeu. Invitez votre nourrisson à effectuer certains mouvements, proposez-lui de vous aider : « Tu veux qu'on enlève ton pyjama ? » ; « Et si tu mettais le bras dans ton tee-shirt ? » Cela suppose de prendre votre temps mais c'est un bon début.**
- **Plus tard, n'hésitez pas à le laisser choisir lui-même ses vêtements pour mieux le responsabiliser et l'autonomiser.**
- **Vous l'aiderez en lui donnant des petits conseils dans l'ordre des vêtements à mettre ou à retirer. Vous pouvez même créer un parcours : le slip ou la culotte dans la salle de bains, le pantalon posé sur le lit dans sa chambre et les chaussures à l'autre bout du couloir. Ainsi, il cherchera les vêtements pour les mettre dans le bon ordre.**
- **Vous pouvez aussi lui montrer comment enlever lui-même son pantalon ou ses collants : il s'agit de s'asseoir par terre en tirant par le bout du vêtement et non de le retourner car il resterait coincé au niveau des chevilles.**

• Profitez de son goût pour les déguisements ! Et s'il en changeait tout seul ?
• Lorsque vous allez chez le médecin, ne vous précipitez pas sur lui pour l'aider à se déshabiller. Restez assis : « Le docteur aimerait t'ausculter, il faut maintenant que tu te déshabilles. » Devant un tiers, il voudra certainement se montrer responsable et autonome.
• Votre enfant va probablement commencer à aller dormir chez des cousins ou des copains, sans vous. Profitez-en pour optimiser ses progrès.

Pour favoriser sa confiance en lui, vous choisirez des vêtements suffisamment amples, faciles à mettre et à retirer. Préférez des textures souples, et jouez sur les couleurs. Mieux vaut commencer par des boutons-pression au début, puis poursuivre avec une fermeture Éclair, puis enfin de gros boutons. Cela dit, pour les pantalons, vous lui faciliterez la tâche en optant pour des tailles élastiques.

Bon à savoir

Certains enfants, autrefois considérés comme « gauches », peuvent avoir des difficultés praxiques et donc du mal à s'habiller et se déshabiller tout seuls. N'hésitez pas à en parler avec votre pédiatre. Vos observations seront très utiles pour ce professionnel de santé : elles lui permettront de détecter suffisamment tôt certaines dyspraxies mais aussi d'éventuelles désorientations visuo-motrices, ou encore des troubles de la vision. Ce qui expliquerait bien évidemment ce retard dans l'autonomie. Dans ces cas rares, votre médecin pourra envisager un bilan psychomoteur, ou neuro-visuel, ou orthophonique, et, dans certains cas, avec parfois une prise en charge par un ergothérapeute, un orthoptiste ou un psychomotricien. Si votre enfant fait régulièrement des crises excessives lors des séances d'habillage, le pédiatre éliminera avec vous un éventuel TSA (Trouble du Spectre Autistique).

POUR ALLER PLUS LOIN :

27. La période du non, p. 76
32. Favoriser la motricité fine, accompagner ses progrès, p. 86
67. J'apprends peu à peu à faire des nœuds, p. 173

62. LA FIN DES COUCHES PENDANT LA SIESTE, PUIS LA NUIT

DEPUIS QU'IL EST ENTRÉ À L'ÉCOLE MATERNELLE, VOTRE ENFANT SE PASSE DE COUCHES PENDANT LA JOURNÉE DEPUIS UN MOMENT CERTAINEMENT, Y COMPRIS, PEU À PEU, À L'HEURE DE LA SIESTE.

Chaque enfant avance dans la vie à son rythme. Et c'est celui de votre enfant que vous devez respecter. Peut-être est-il déjà propre la nuit. Mais peut-être a-t-il encore besoin de temps. Observez sa propre évolution et ne vous inquiétez pas trop tôt d'une éventuelle énurésie (voir plus bas).

LES PETITS ACCIDENTS

Si votre enfant, entre 3 et 6 ans, a un petit accident, surtout, ne le grondez pas. Vous l'avez maintenant compris puisque c'est l'objet de ce livre : chacun progresse selon son propre tempo et votre rôle est de l'accompagner. Si vous le réprimandez, alors vous freinez son autonomisation. Honteux de vous avoir déçu(e), il n'aura d'autres choix que de vous mentir à l'avenir, ce qui risque de ralentir ses progrès.

Votre enfant a parfaitement le droit d'être parfois envahi par une émotion (la colère, la peine), débordé de fatigue ou bouleversé par un événement familial (maladie, séparation). Dans ces cas-là, il perd momentanément le contrôle de ses sphincters (d'où l'urine, voire les selles).

COMME RÉAGIR ?

- **Ne lui mettez pas le nez dans le caca ! L'expression est appropriée, mais la réponse, pas du tout.**
- **Proposez-lui de l'aider puisqu'il a parfaitement conscience de ce qui s'est passé.**
- **Encouragez-le à s'exprimer. Est-il contrarié par une bagarre à l'école, la réflexion d'un copain, une situation à la maison ? Ces événements peuvent être à l'origine de l'accident, voire d'une petite régression globale. Vous ne ferez pas toujours le lien entre l'élément déclencheur et ce qui lui arrive car des semaines ont pu passer. Cependant, essayez d'en parler avec lui.**

LES CONSEILS

Un petit mot d'abord concernant la fratrie. Les parents ne doivent pas faire de comparaisons entre les progrès des uns et des autres au même âge. C'est dévalorisant et cela fragilise la confiance en soi de manière irréversible.

Apprenez à votre enfant à bien vider sa vessie le soir avant d'aller se coucher. Bien souvent, il passe trop rapidement aux toilettes pour profiter encore un peu d'un jeu, d'un livre ou de vous. Il n'est donc pas rare qu'il interrompe sa miction au milieu de celle-ci, et se couche alors que sa vessie est encore à moitié pleine. Si vous remarquez qu'il sort vite des toilettes, suggérez-lui d'y retourner et proposez-lui de contracter les muscles du bas-ventre. Surprise ! Encore un petit pipi... Ainsi, il prend conscience qu'il peut mieux maîtriser ses mictions, en devenant pro-actif. Ce qui lui évitera bien des peines.

Si votre enfant n'est pas encore propre la nuit à l'âge de 5 ou 6 ans, on parle alors d'énurésie nocturne primaire. Ne vous inquiétez pas et respectez son souhait de ne pas aller dormir chez un cousin ou un copain. Il ne veut pas qu'on se moque de lui et c'est bien normal. Ne le forcez pas, parlez-en tous les deux, et éventuellement, anticipez. Vous pouvez par exemple lui proposer une culotte couche, et prévenir les parents qui l'accueilleront pour la nuit. Mieux vaut lui éviter une position inconfortable, et prévoir en amont pour lui donner confiance en lui.

Parfois, pendant les vacances ou lors d'un voyage tous en famille, un déclic se produit et, en quelques jours, l'enfant parvient à maîtriser ses sphincters. Si c'est le cas, vous lui demanderez s'il souhaite continuer à mettre une couche la nuit ou s'il s'estime prêt. Avoir le choix l'autonomisera et lui donnera confiance en lui.

Bon à savoir

L'énurésie nocturne baisse avec l'âge. Pour information, 49 % des enfants ne sont pas totalement propres la nuit entre 3 et 4 ans, 11 % entre 5 et 7 ans et 2 à 3 % à l'adolescence.

L'ÉNURÉSIE

L'énurésie se définit par l'émission d'urines non maîtrisées. C'est un trouble du contrôle de la vessie, qui apparaît le plus souvent la nuit. On parle alors d'énurésie primaire nocturne : primaire car l'enfant n'a encore jamais contrôlé ses mictions la nuit ; nocturne car les accidents arrivent en phase de sommeil.

L'enfant est considéré comme énurétique s'il a plus de 5 ans. Aussi, ne confondez l'énurésie avec les petits accidents antérieurs et intermittents, plus souvent observés chez les garçons que chez les filles qui ont tendance à maîtriser leurs sphincters plus tôt.

Le pédiatre fera tranquillement le point avec vous car de nombreux facteurs jouent sur cette capacité de contrôle en dehors de toute pathologie neurologique :

- **Les parents exercent parfois une pression trop forte pour que l'enfant soit propre. Certains bébés maîtrisent déjà leurs sphincters à 16 ou 20 mois pour vous faire plaisir mais peuvent régresser un an plus tard.**
- **Les habitudes en matière de sommeil peuvent ne pas être adaptées à l'enfant : des couchers tardifs, le recours aux écrans ou une stimulation importante en fin de journée perturbent l'apprentissage de la propreté.**

POUR ALLER PLUS LOIN :

20. La propreté, p. 58

83. L'entrée en maternelle, p. 215

63. J'APPRENDS À ME LAVER TOUT SEUL

C'EST UN APPRENTISSAGE QUI SUPPOSE PLUSIEURS ÉTAPES ET… UN GRAND PAS VERS L'AUTONOMIE !

Un jeune enfant ne maîtrise pas encore la notion d'hygiène corporelle, il ne sait pas ce qu'est la prévention des maladies infectieuses, ne connaît rien de la transmission de certaines mycoses, bactéries ou virus. Il faut donc le lui apprendre !

OÙ ET COMMENT PROCÉDER ?

Pour prendre soin de lui, votre enfant a le choix :

- **La baignoire :** les petits apprécient le bain, mais, dès la naissance, vous aurez pris soin de le limiter à deux fois par semaine, et pas plus d'une dizaine de minutes ; ainsi vous respectez le microbiote cutané et évitez les risques d'eczéma, les risques du calcaire.
- **La douche** : dès qu'il le peut, aux alentours de 2 ans, l'enfant prend l'habitude de tenir lui-même le pommeau, soit debout dans la douche, soit accroupi dans la baignoire, pour se rincer après s'être lavé. Vous vérifierez la température de l'eau avant de le lui donner pour éviter qu'il ne se brûle. Attention au mitigeur !
- **Le lavabo** : grâce à un rehausseur, votre enfant peut très tôt s'y laver les mains, le visage, les oreilles avec un gant de toilette, pour faire comme les grands. C'est dans la même position qu'il se lave les dents, matin et soir.
- **La piscine, la mer ou le lac** : vous lui expliquerez qu'il convient là aussi de bien se rincer, pour éviter l'agression de la peau par l'eau salée de la mer, l'eau chlorée de la piscine ou les algues d'un lac.

QUELLES ZONES NETTOYER ?

Votre enfant sait déjà comment se laver les dents et les mains. Il peut maintenant porter son attention sur les autres zones de son corps.

- **Le visage** : en dehors de la toilette quotidienne, invitez votre enfant à faire couler un peu d'eau dans le lavabo, en recueillir dans ses mains pour se rincer le visage dans la journée. Ce petit débarbouillage est utile, en particulier à la saison des pollens. En effet, ces grains minuscules produits par les végétaux se collent à la racine des cheveux, des sourcils, des cils. En se frottant le visage, l'enfant disperse sans le savoir les pollens sur ses muqueuses, ce qui favorise les fameuses conjonctivites ou rhinites saisonnières.
- **Les oreilles** : vous savez qu'il ne faut pas introduire un coton-tige dans le conduit auditif externe. En effet, cela ne fait que repousser les microbes et impuretés vers les tympans ; le cérumen se compacte, ce qui favorise les bouchons, voire les otites. Avec le temps, votre enfant de 3 à 6 ans continuera seul de bien se nettoyer le pavillon de l'oreille mais aussi l'entrée du conduit auditif avec un gant de toilette propre et bien humide.
- **Les cheveux** : vous pouvez lui apprendre à mettre le shampoing sur ses cheveux. Montrez-lui la bonne dose, proposez-lui de les frotter lui-même et expliquez l'intérêt d'un bon rinçage en lui indiquant la marche à suivre. Deux shampoings par semaine sont suffisants.

• **Les pieds** : ils sont les parents pauvres du lavage ! On ne les voit pas bien, ils sont loin, enfermés dans des chaussures. L'enfant considère souvent que les tremper dans le bain ou sous la douche est amplement suffisant. Vous lui montrerez donc comment passer un peu de savon doux entre chaque orteil et soulignerez surtout l'importance du rinçage. En sortant du bain, vous insisterez sur le rôle essentiel du séchage entre les doigts de pied : cette zone oubliée reste facilement humide, ce qui, avec la transpiration de la journée, favorise l'apparition de mycoses.

• **Les zones difficilement accessibles** : dès l'âge de 3 ans, votre enfant connaît déjà son anatomie et il sait que certaines parties de son corps lui sont plus difficilement accessibles : l'arrière du cou, les aisselles, le bas du dos, derrière les genoux, derrière les oreilles, entre les omoplates. Faites-lui un petit rappel de temps en temps et n'hésitez pas à lui montrer vos propres techniques pour accéder à ces endroits reculés.

Bon à savoir

Bien souvent, c'est le soir que l'enfant se lave pour se débarrasser des impuretés accumulées dans la journée. Mais rappelez-vous que c'est aussi un moment de détente pour lui, et, par ailleurs, l'occasion pour l'enfant d'affiner ses mouvements, de s'approprier son corps et de s'autonomiser.

L'INTIMITÉ

• **Chez les garçons** : outre la question du décalottage (voir fiche 56), vous vous demandez si vous devez continuer d'intervenir. Votre enfant doit s'approprier assez tôt cette zone intime et ce n'est plus à vous, adulte, de la laver. Il est important que votre fils comprenne l'importance du respect de son intimité et de son corps. Les bourses sont une zone fragile, pas évidente à nettoyer et difficile à saisir. Mais l'humidité peut là aussi facilement s'installer, engendrant des mycoses. Vous lui apprendrez comment bien laver cette zone en particulier, la rincer et la sécher.

• **Chez les filles** : peu de parents s'aventurent dans la région vulvaire. Or, parfois, des sécrétions ou des mycoses peuvent se former par manque d'hygiène. Expliquez à votre fille comment elle doit s'y prendre. Si vous la sentez attentive, comme pour votre fils, n'hésitez pas à lui faire un petit cours d'anatomie pour lui décrire les différentes parties de son intimité et en donner les noms. Et surtout comment bien s'essuyer de l'avant vers l'arrière.

• **La région anale** : l'anus est l'une des zones les moins nettoyées par l'enfant. Mais il doit pourtant en prendre l'habitude. Il convient d'abord de lui rappeler de bien s'essuyer après un passage aux toilettes : on utilise plusieurs feuilles de papier, sans pour autant s'acharner, et on se lave les mains en sortant. Lors de la douche ou du bain, vous lui demanderez de ne pas oublier toutes les zones intimes, dont l'anus, qu'il lavera en dernier.

POUR ALLER PLUS LOIN :

46. Je découvre les parties de mon corps, p. 120

56. Le décalottage des garçons, p. 145

91. À 8 ans, j'ai déjà des signes de puberté, p. 237

64. LES VOYAGES EN VOITURE, EN TRAIN, EN AVION

ENTRE 3 ET 6 ANS, L'ENJEU EST AVANT TOUT D'OCCUPER VOTRE ENFANT PENDANT LES TRAJETS ET DE VEILLER À SON CONFORT.

EN VOITURE

Les petits trajets ne seront pas très contraignants pour un enfant. En revanche, quand se prépare un voyage plus long, il est utile de l'associer au projet : expliquez-lui pourquoi et où vous partez, et, éventuellement, montrez-lui quelques photos de votre lieu de destination.

Du côté de la logistique

- **Une pause est nécessaire toutes les deux heures, tant pour votre enfant que pour le conducteur.**
- **Vous aurez toujours avec vous des bouteilles d'eau ; anticipez pour ne pas être pris au dépourvu.**
- **Roulez aux heures les plus fraîches et les moins encombrées de la journée, tôt le matin si possible, ou en soirée.**
- **La température dans l'habitacle doit être surveillée ; si vous choisissez de mettre la climatisation, ne transformez pas non plus la voiture en réfrigérateur, ce qui pourrait fragiliser la santé des plus petits ; aérez régulièrement le véhicule.**
- **Équipez-vous d'un pare-soleil ; si vous n'en avez pas, vous vérifierez que le soleil n'excite pas la rétine des yeux de votre enfant, ce qui pourrait créer de l'inconfort mais aussi de la fatigue et de l'énervement.**
- **Votre enfant doit être installé dans un siège adapté à sa tranche d'âge car il est essentiel pour lui de se sentir en sécurité, de ne pas être ballotté dans tous les sens, ni de trop transpirer ; en revanche, il doit pouvoir observer ce qui se passe car tout ceci contribue à éviter le mal des transports.**

Au cours du voyage

L'idée est d'interagir avec lui et de rester présent à ses côtés le temps du voyage. Vous pouvez, par exemple, attirer son attention sur le paysage que vous traversez, jouer à remarquer la couleur des voitures que vous croisez, repérer le soleil par rapport à la trajectoire, suggérer une pause goûter, partir à la découverte des arrêts autoroutiers qui proposent des activités ludiques pour les plus jeunes.
Si vous avez de la place, n'hésitez pas à vous mettre à l'arrière pour partager des activités avec l'enfant régulièrement pendant le voyage. Vous pouvez aussi changer de conducteur pour que celui-ci passe à l'arrière. Ainsi, il se sentira valorisé, pris en compte.

LE TRAIN

En train, vous n'avez pas à vous concentrer sur la route. Vous serez donc en tant qu'adulte plus disponible.

Bien gérer les voisins

L'inconvénient principal du train est la présence d'autres voyageurs, ce qui implique d'apprendre aux plus jeunes à respecter leurs voisins, et plus globalement l'environnement.

- **Si c'est possible, privilégiez les « carrés » ou les « espaces familles » lors de la réservation.**
- **Si vous voyagez côte à côte, changez de place régulièrement (un adulte avec un enfant, puis deux enfants ensemble) ; observez comment ça se passe et au besoin, déplacez-vous.**
- **Rappelez les règles de savoir-vivre avant le départ : on ne court pas dans le couloir, on ne parle pas trop fort, on fait preuve de politesse avec les autres ; cela permet souvent de déminer les réactions d'agacement des autres voyageurs.**

Comment occuper les enfants ?

- Profitez de la tablette amovible pour privilégier les dessins, les jeux de cartes ou de société, et pourquoi pas, les devoirs à rattraper ou à faire pendant les vacances, selon l'âge de l'enfant.
- Vous pouvez proposer un petit film à une heure déterminée, si tout le monde a joué le jeu.
- N'hésitez pas à vous déplacer dans le train avec l'enfant pour lui faire découvrir les autres wagons, le bar, les toilettes ; profitez-en pour lui expliquer comment fonctionne ce moyen de transport.
- Prévoyez toujours de quoi boire et une petite collation.
- Vous pouvez aussi songer à une ou deux sucreries ; ce n'est pas une récompense « Tu as été sage, donc tu as un bonbon » mais plutôt une façon de marquer le coup « Le voyage est exceptionnel, le bonbon aussi ».

L'idée en plus

Si votre enfant est sujet au mal des transports (en voiture, en avion…) sachez qu'il existe des médicaments efficaces, qui souvent doivent être administrés la veille du départ. Certains sont homéopathiques et fonctionnent plutôt bien. D'autres sont de la famille des antihistaminiques. Dans tous les cas, n'oubliez pas qu'un enfant voyage mieux s'il est reposé et repu.

L'AVION

Évidemment, vous n'effectuez pas le même voyage, selon qu'il dure 1 ou 8 heures, s'il implique ou non un décalage horaire. Associez votre enfant à la préparation de l'aventure, montrez-lui des photos de votre destination, et des images d'avion.

Entre 3 et 6 ans, les enfants sont généralement captivés par cet environnement confiné inhabituel. Leur attention est sollicitée de tous côtés. Laissez-les observer l'avion, découvrir leur fauteuil, les revues, les consignes de sécurité, la ceinture, la tablette… Ils se montrent curieux, profitez-en.

Pendant le vol, les choses peuvent se compliquer. Certains enfants ne tiennent plus en place. Avec l'accord de l'hôtesse, n'hésitez pas à faire, là aussi, quelques pas avec lui. Vous pourriez faire un petit tour dans l'avion, pour lui en expliquer le fonctionnement, lui montrer aussi la présence d'autres enfants. Peut-être le vôtre s'amusera-t-il ensuite à chercher leur visage.

Le plateau-repas servi dans l'avion est souvent un grand moment. Vous pourriez en profiter pour lui faire découvrir ou aimer des aliments qu'il refuse habituellement. Évidemment, ne le forcez pas, proposez-lui de goûter, encouragez-le.

Emportez bien sûr avec vous des jeux, des coloriages, des livres et magazines, des podcasts adaptés à son âge. Et une fois n'est pas coutume, un film ou un dessin animé est parfaitement envisageable.

Comme lorsqu'il était petit, vous serez attentifs au moment du décollage et lorsque l'avion amorcera sa descente : donnez à votre enfant quelque chose à mastiquer pour décompresser ses tympans.

POUR ALLER PLUS LOIN :

42. Ses premières vacances, p. 109

66. Je vais au restaurant avec mes parents, p. 170

65. J'APPRENDS À CUISINER

VOTRE ENFANT SAIT MAINTENANT QUE L'ALIMENTATION EST IMPORTANTE SUR LE PLAN NUTRITIF, POUR GRANDIR, POUR COMBLER SA FAIM, POUR PARTAGER DE BONS REPAS. ET SI VOUS LUI PROPOSIEZ DE PARTICIPER À LA PRÉPARATION ?

LES BIENFAITS DE LA CUISINE

- **Les praxies, la motricité fine** : apprendre à râper du fromage, à couper une courgette en petits morceaux, à éplucher une pomme... Votre enfant s'amuse, se sent utile, et, en même temps, il affine le mouvement de ses doigts, de ses mains, de ses avant-bras et de ses épaules.
- **L'inventivité et la création** : il aura souvent des idées surprenantes comme assembler les fruits par couleur ou au contraire mélanger des tas de légumes. Et pourquoi ne pas ajouter du parmesan à ses fraises ? Laissez-le inventer ! Ce qui compte, c'est qu'il adhère et qu'il participe au projet, pour prendre confiance en lui et stimuler sa créativité.
- **Le développement du goût** : cuisiner du poisson ne va pas nécessairement le lui faire aimer, mais cela l'incitera à goûter. C'est donc l'occasion de lui faire découvrir de nouveaux goûts, saveurs, textures. Profitez-en pour les lui décrire et les lui faire reconnaître : ce qui est salé et sucré, acide et amer, léger ou consistant, frais ou pas...
- **Les règles d'hygiène** : c'est aussi le moment de lui expliquer pourquoi on lave ou on épluche un aliment (élimination des produits phytosanitaires), pourquoi il faut avoir les mains propres pour cuisiner (propagation des microbes). Si vous faites du compost, insistez sur la récupération des épluchures qui peuvent se transformer : cela l'incitera à protéger l'environnement.
- **La notion de partage** : en cuisinant, l'enfant découvre aussi qu'il peut faire plaisir aux autres. Peut-être ne voudra-t-il goûter ses propres brocolis mais il verra ses proches apprécier ses plats et ses efforts. Inversement, s'il prend plaisir à ne cuisiner que des plats qu'il aime, demandez-lui de les partager avec les autres. Ces échanges participent à la socialisation.
- **Le rangement, le nettoyage** : la cuisine suppose, outre la phase de préparation, une phase de nettoyage et de rangement. Organisez un travail à la chaîne et oubliez le lave-vaisselle, pour une fois : l'enfant lave, un frère ou un parent rince et vous essuyez, par exemple. L'ordre et la propreté ne sont donc pas forcément des corvées, surtout quand ils sont partagés dans la bonne humeur.
- **La transmission des traditions familiales** : transmettre le goût de la cuisine, se confier des recettes de génération en génération... Chez ses grands-parents aussi, l'enfant a tout intérêt à se lancer dans la préparation des repas. Aussi, ceux-ci ne doivent pas hésiter à partager le secret de leurs crêpes ou de leur mayonnaise.
- **Le goût du travail** : parce qu'il crée un plat qui est apprécié par lui et par d'autres, l'enfant prend conscience du résultat concret d'un effort, d'un investissement. Outre la satisfaction qu'il ressent, il découvre aussi peu à peu l'intérêt de son travail.
- **La place au sein de la famille,** mais aussi à l'école, si des activités sont prévues à la cantine, ou chez les autres, s'il participe à l'élaboration du repas. La nourriture est un symbole culturel : « Je te fais à manger, donc je te nourris, donc tu vis grâce à moi, donc je suis important. »

LES CONSEILS

- Vous ne laisserez jamais votre enfant sans surveillance lorsqu'il cuisine.
- Utilisez du matériel adapté à ses petits doigts ; veillez à la taille des couteaux, ciseaux, fourchettes.
- Attention aux accidents ! Éloignez les casseroles d'eau bouillante pour éviter les brûlures, ne laissez pas de produits dangereux à sa portée, évitez les ustensiles trop tranchants.
- Votre enfant doit être bien positionné par rapport au plan de travail : la table est à sa hauteur, et la chaise, adaptée.
- Choisissez bien vos moments pour faire la cuisine : la fin de matinée et l'heure du goûter sont appropriées.
- Votre enfant appréciera d'autant plus le plaisir de cuisiner s'il sent que vous avez du temps à lui consacrer pour cette activité.
- N'hésitez pas à lui laisser prendre des initiatives mais établissez des règles simples. Par exemple, s'il veut prendre un plat ou remuer la casserole, c'est d'accord, mais il vous prévient d'abord.
- Vous choisirez une tenue appropriée, pour protéger ses vêtements mais aussi pour mettre en valeur ce grand événement. S'il a son propre tablier de cuisine, c'est encore mieux.
- Si vous avez un potager dans le jardin ou une jardinière sur votre balcon, profitez-en pour lui expliquer comment poussent les tomates, quand dans l'année, comment et quand les cueillir, etc. Même chose avec les citrons, évidemment.
- De temps en temps, vous proposerez des repas thématiques : les enfants adorent ! Vous pouvez choisir l'œuf par exemple et confectionnez des crêpes, des beignets. Vous pouvez aussi opter pour une couleur, le rouge par exemple, et cuisinez un steak haché, des poivrons, des framboises. N'hésitez pas à faire goûter un nem à votre enfant qu'il aura préalablement enveloppé lui-même d'une feuille de salade maintenue avec un brin de ciboulette.

Bon à savoir

Comme pour toute autre activité, la cuisine n'est pas une obligation. Le plaisir qu'un enfant prend à préparer le repas est variable, cela dépend de ses goûts, de ses centres d'intérêt. Ne forcez pas le vôtre s'il ne veut pas participer. Il reste le bienvenu dans la cuisine mais peut continuer de vaquer à ses occupations.

POUR ALLER PLUS LOIN :

32. Favoriser la motricité fine, accompagner ses progrès, p. 86
55. Je suis en surpoids, p. 143
58. Néophobie alimentaire : la comprendre, l'éviter, p. 150
86. Je mange moins ou mieux à la cantine, p. 223

66. JE VAIS AU RESTAURANT AVEC MES PARENTS

ALLER AU RESTAURANT EST L'OCCASION D'UN BON MOMENT EN FAMILLE... SI L'ON PREND QUELQUES PRÉCAUTIONS !

Vous envisagez une sortie au restaurant pour profiter d'un moment de convivialité, sans être accaparé(e) par les fourneaux. C'est l'occasion pour tout le monde de se détendre et de partager un bon repas, enfants compris. Il est vrai que le restaurant a quelques atouts même pour les plus jeunes. En effet, c'est l'occasion pour eux de renforcer les liens familiaux, d'apprendre à se tenir correctement en public, d'adapter leur comportement en fonction des autres clients, de stimuler leur socialisation et, bien entendu, de leur faire découvrir de nouveaux plats, de nouvelles saveurs et même parfois, de nouveaux aliments.

LES INCONVÉNIENTS DU RESTAURANT

Cela dit, avant d'aller plus loin, vous devez vous poser une question importante : pourquoi souhaitez-vous emmener votre enfant au restaurant ? Bien souvent, les parents l'y traînent parce qu'ils n'ont pas pu faire autrement ! Si c'est le cas, réfléchissez : vous imposez un choix festif à un enfant qui n'y voit pas nécessairement d'intérêt et qui risque alors, quel que soit son âge mais surtout entre 3 et 6 ans, de faire bruyamment part de son mécontentement ! Et là n'était pas votre objectif, n'est-ce pas ? Du coup, vous vous énervez, d'autres clients s'en mêlent et le déjeuner ou le dîner tourne au cauchemar.

Généralement, les parents disent à l'enfant de se mettre en bout de table, et ne veulent plus l'entendre. On ne lui demande pas son avis. Lui peut le vivre comme une exclusion, ce qui est la meilleure façon de gâcher le repas puisque ce ne sera pas, pour lui, un moment agréable. Non seulement les adultes parlent fort, de plus en plus haut, mais en plus ils ne communiquent pas avec lui.

Ne vous étonnez pas si votre enfant, ainsi mis à l'écart, ne finit pas son assiette. Face à ce « gâchis », vous risquez là encore de vous énerver : « Dans ma famille, on mange tout ! Quelle honte, que va dire le restaurateur ? Regarde le petit garçon à côté qui a tout fini... » Avec de tels commentaires, vous créez vous-même le cauchemar. Soyez donc très vigilants dans vos remarques et vos réactions.

Ne vous étonnez pas non plus d'observer une hyper excitation de l'enfant, surtout s'il est très jeune. Cela pourra impacter son sommeil dès le soir même. Le bruit, l'environnement inhabituel, peuvent avoir une répercussion sur son rythme biologique, voire sur son comportement. Lors des repas suivants, de retour à la maison, il pourra chercher à faire un peu de tri dans son assiette, ou, au contraire, vouloir en découvrir davantage.

LES CONSEILS

- **Vous veillerez à ce que votre enfant ne ressente pas cette sortie comme une corvée. Il est donc important de le préparer, d'expliquer les raisons qui vous font choisir d'aller au restaurant et de susciter son intérêt.**
- **Pour une première fois, choisissez de fêter quelque chose qui le concerne, si vous le pouvez, son anniversaire par exemple, ou le début des vacances. N'hésitez pas à le faire participer au choix du lieu.**
- **L'environnement est essentiel. Évitez les restaurants dont le service est long et préférez un endroit aéré, pas trop confiné, peu bruyant. Si des familles ont l'habitude de s'y rendre, c'est encore mieux.**

- Rien de tel qu'une crêperie ou une pizzeria. Certes, sur le plan nutritif, ce n'est pas idéal ; mais un repas au restaurant reste une exception alors autant faire en sorte que votre enfant apprécie les plats.
- Il peut manger avec les doigts quand le menu s'y prête. Ainsi, vous lui montrez que vous lui faites confiance, que le moment sort de l'ordinaire, et que c'est un peu la fête. Le plaisir est le meilleur moyen de le faire adhérer et participer. Vous aurez tout le temps à la maison de lui apprendre à tenir correctement ses couverts.
- Vous pouvez l'autoriser à emporter un jeu ou des crayons de couleur mais ne cédez pas à la tablette ou au smartphone pour avoir la paix. C'est un très mauvais message pour lui ! Sur le moment, tout le monde sera content, mais d'un point de vue éducatif, ce n'est pas constructif.
- Si vous êtes seuls avec votre enfant de 3 à 6 ans, n'hésitez pas à inviter un petit copain. Ils en seront d'autant plus heureux.
- Vous éviterez de le mettre à l'écart, de le confiner sur sa chaise ou de l'ostraciser. Il ne doit pas avoir l'impression de faire partie des meubles.
- Veillez à ce qu'un des adultes présents accepte de s'occuper de votre enfant ou en tous les cas de l'accompagner dans ce temps de partage.
- Si vous doutez qu'il soit capable de passer une heure à table, réfléchissez en amont. Peut-être pouvez-vous remettre cette sortie en famille plutôt que de supporter les regards réprobateurs des autres clients. Vous pouvez aussi vous faire livrer de bons petits plats et jouer au restaurant à la maison.

Bon à savoir

Au restaurant, rien n'échappera à votre enfant ! Il observera votre comportement, ce que vous buvez (l'alcool notamment), ce que vous mangez (vos entorses à la diététique), la façon dont vous parlez avec les autres, clients, restaurateur, personnel. Il va mémoriser ces attitudes et les reproduire. C'est donc le moment de lui montrer l'exemple...

POUR ALLER PLUS LOIN :

17. La diversification alimentaire et la DME, p. 51
58. Néophobie alimentaire : la comprendre, l'éviter, p. 150
64. Les voyages en voiture, en train, en avion, p. 165

67. J'APPRENDS PEU À PEU À FAIRE DES NŒUDS

C'EST UN PAS DE PLUS VERS L'AUTONOMIE QUE DE SAVOIR NOUER SES CHAUSSURES. MAIS INUTILE D'ALLER TROP VITE !

Rappelons qu'il n'est pas nécessaire pour un bébé de porter des chaussures en permanence, notamment quand il commence à marcher. En effet, apprendre à se déplacer pieds nus, même à l'extérieur, stimule des acquisitions neurosensorielles très utiles pour l'équilibre, l'appréhension du terrain, la prise de confiance. Avec le temps, les enfants intègrent peu à peu qu'il faut mettre des baskets ou des bottes, lorsqu'ils sortent faire des courses ou partent en forêt, et en fonction du temps. Ils comprennent donc l'intérêt des chaussures, un intérêt que vous leur avez souligné au fil du temps.
L'heure est désormais à l'autonomie et plus tard, aux lacets. À quoi bon ? se demandent certains parents partisans des chaussures à scratch ! Évidemment, celles-ci sont bien utiles lorsqu'ils sont encore jeunes, et très pratiques pour certaines activités. Mais apprendre à faire ses lacets est une étape qui donnera confiance à votre enfant, et l'autonomisera dans la vie : il a besoin d'apprendre à nouer, et pas seulement ses chaussures. Par ailleurs, si vous croyez gagner du temps en choisissant l'option « scratch » ou « je m'en occupe à ta place », vous faites fausse route : vous serez sans doute agacé(e) quand il aura 10 ou 12 ans. Conclusion : vous ne vous rendez pas forcément service, ni à lui ni à vous, en retardant cet apprentissage.

Bon à savoir

Si vous voulez autonomiser votre enfant pour qu'il sache se débrouiller seul plus tard, respectez ces différentes étapes pour obtenir son adhésion. Mine de rien, il apprend à son rythme.

UNE NOUVELLE PHASE

Sur le plan de la motricité fine, un enfant ne saura pas lacer ses chaussures correctement avant l'âge de 6 ou 7 ans. Entre 3 et 6 ans, l'objectif est seulement de le préparer à les enfiler et les retirer tout seul, choisir le fameux « bon pied », reconnaître les couleurs, les fonctions, le rangement de ces accessoires. C'est une étape intermédiaire, entre les scratchs que les enfants de cet âge-là maîtrisent, et le laçage qui sera efficace dans quelques années. Ici, vous lui montrez les bases qui lui serviront ensuite.

- N'hésitez pas à responsabiliser votre enfant pour le choix de ses chaussures, en fonction du temps, notamment. Proposez-lui de regarder par la fenêtre et interrogez-le : « À ton avis, que dois-tu mettre aujourd'hui ? » C'est une bonne façon de l'autonomiser.
- La bonne idée est de lui suggérer de préparer ses affaires la veille, au calme, en lui demandant de porter son attention sur la correspondance gauche droite.
- Évitez d'être dans l'urgence : « Dépêche-toi, mets tes chaussures, on est en retard ! » Sous pression, vous pourriez prendre le relais pour éviter de perdre du temps, ce qui ne favoriserait pas son autonomie. Par ailleurs, c'est une opération délicate pour lui, qui mène parfois à des crises d'énervement quand il n'y arrive pas.
- Vous lui montrerez évidemment comment vous procédez vous-même. N'hésitez pas à lui donner un chausse-pied, proposez-lui de s'asseoir par terre pour enfiler sa chaussure au début, puis sur un siège bas à sa hauteur, et plus tard, debout.
- Pensez au préalable à desserrer le lacet. C'est une étape importante car un petit se braque et se décourage souvent lorsque ses efforts ne portent pas leurs fruits.

UN JEU POUR S'ENTRAÎNER AU LAÇAGE

Inutile de lui mettre la pression pour qu'il parvienne à nouer ses chaussures avant 6 ou 7 ans. En revanche, vous pouvez commencer par lui faire apprivoiser le processus en vous amusant.

Prenez une paire de lacets blancs. À l'aide d'un feutre, vert par exemple, demandez-lui de colorier la moitié de chaque lacet.

Ensuite, asseyez-vous par terre tous les deux et prenez chacun une chaussure, que vous disposerez en face de vous comme si vous regardiez votre pied (le talon est vers vous, la pointe de la chaussure vers l'avant).

Puis, montrez à votre enfant comment introduire le lacet dans les petits trous en respectant le code couleur : vert, puis blanc, et vert à nouveau.

C'est pour lui un jeu et... un apprentissage. Il exerce sa motricité fine, sa capacité à bien reconnaître les couleurs (et pourquoi pas le lacet droit en vert et le lacet gauche en jaune) et peut apprendre de ses erreurs. En effet, une fois la chaussure entièrement lacée, il sera en mesure de repérer visuellement et immédiatement qu'il a oublié l'un des petits trous ou qu'il manque une alternance (un vert ou un jaune !) Il s'en apercevra lui-même et pourra, tout seul, comme un grand, corriger son travail.

Une fois le pied chaussé, montrez-lui comment tirer sur les deux extrémités du lacet pour bien serrer la chaussure. Lorsque ces étapes seront maîtrisées, ce qui suppose un peu de temps, et seulement si vous sentez que votre enfant est prêt à poursuivre, vous lui proposerez de faire la première boucle des lacets. Et c'est tout ! Après l'avoir félicité, vous terminerez le nœud pour lui et passerez à la seconde chaussure. Bientôt, vous lui montrerez la dernière étape, c'est-à-dire la double boucle.

POUR ALLER PLUS LOIN :

32. Favoriser la motricité fine, accompagner ses progrès, p. 86

61. J'apprends à m'habiller, p. 157

68. J'AIME TROP LES ÉCRANS

QUEL CASSE-TÊTE POUR LES PARENTS ! COMMENT LE PRÉSERVER MAIS AUSSI L'INITIER AUX ÉCRANS ?

On entend par écrans tous les supports visuels : télévision, smartphone, tablette, console, ordinateur. Désormais omniprésents dans la vie quotidienne, ils ne sont jamais loin et trop souvent, hélas, invités aux repas.

VOUS ÊTES LE MODÈLE DE VOTRE ENFANT

Parce qu'il vous observe, votre enfant reproduit naturellement vos comportements. Lorsque vous devenez parents, il est donc essentiel que vous révisiez très sérieusement votre rapport aux écrans et coupiez la connexion dès la naissance pour vous consacrer à lui, sans être déconcentrés régulièrement. Il est en plein éveil, en développement, chaque jour il enregistre de très nombreuses et nouvelles acquisitions. Ainsi, votre regard et votre disponibilité sont pour lui essentiels.
Évidemment, il est probable que vous craquiez. Vous aurez tendance à lui prêter votre smartphone ou lui donner la tablette familiale lors des voyages en train, au restaurant, chez des amis, ou dans la salle d'attente du médecin. Mais ceci doit rester exceptionnel. Les écrans ne sont pas à bannir car ils font désormais partie de notre environnement. Ce sont par ailleurs des outils d'apprentissage, de découverte, de connaissance mais aussi d'interactions sociales. Tout est question d'équilibre.

Bon à savoir

Toutes les règles édictées volent souvent en éclat en présence d'autres frères et sœurs. Il est difficile de refuser aux plus jeunes ce qui est autorisé pour les plus grands. Votre enfant pourrait crier à l'injustice ! Vous prendrez donc le temps de lui expliquer ce qui motive vos décisions. Elles peuvent être momentanément difficiles à accepter, certes ; mais son tour viendra.

DES EFFETS NÉFASTES

Tout naturellement, l'écran attire l'enfant comme un aimant. Le rétro-éclairage, les sons, la succession d'images sont attrayants pour lui dont les sens sont encore en plein développement. Néanmoins, les résultats de la recherche mettent en évidence leurs effets délétères sur un grand nombre de points :

- **sa vision : la rétine est surstimulée ;**
- **son sommeil : la sécrétion de mélatonine est bloquée ;**
- **la socialisation : les interactions avec l'entourage sont moins nombreuses ;**
- **la mémorisation : des difficultés à stocker convenablement les informations pour qu'elles soient exploitées dans le bon ordre par la suite ;**
- **son comportement : agressivité, manque de concentration, de réactivité.**

Le temps passé devant les écrans sera du temps en moins pour ce que l'on appelle les activités motrices exploratrices et interhumaines. Les conséquences néfastes sur le développement de l'enfant sont désormais connues : une exposition aux écrans importante les premières années peut provoquer des dommages qui persisteront pendant les 10 à 15 années suivantes :

- **Augmentation de 5 % de l'IMC (Index de Masse Corporelle) et risques d'obésité.**
- **Baisse de 8 % de l'attention en classe.**
- **Baisse de 5 à 6 % de l'habileté en mathématiques.**

LES CONSEILS POUR ÉVITER LES CRISES

- Selon son âge, imposez et respectez un temps maximal d'écrans dans la semaine ou la journée. Gardez en tête qu'un jeune enfant n'a pas la notion du temps. Et un ado encore moins lorsqu'il sera, plus tard, accaparé par un jeu.
- Vous pouvez associer l'accès à l'outil numérique à une pluralité de tâches : il y a un temps pour communiquer, un temps pour chercher, un temps pour se divertir.
- Il est important d'alterner les activités pour varier les stimulations : le sport, la cuisine, les devoirs, les sorties, les jeux, la lecture et… les écrans.
- N'hésitez pas à vous intéresser aux applications ou aux dessins animés qu'il apprécie. Cela le valorisera et contribuera à nourrir votre complicité.
- Après un moment passé sur un écran, échangez et dialoguez sur ses impressions.
- Vous le responsabiliserez rapidement en établissant des règles simples. Par exemple, vous pouvez vous montrer plus permissifs le week-end, mais ce sera à lui de comprendre puis d'adhérer aux consignes.
- Mieux vaut éviter le chantage « Tu auras accès à la tablette quand tu auras fini ton travail ». L'enfant risque de se braquer s'il ne voit pas l'intérêt d'attendre. Il est préférable qu'il comprenne tout seul le sens des priorités. Donnez-lui le choix, laissez-le faire et constater de lui-même quelle est la meilleure option.

AU FIL DU TEMPS

Le psychiatre Serge Tisseron est à l'origine de la règle des « 3-6-9-12 » qui nous paraît tout à fait adaptée et d'actualité.

- **Avant 3 ans** : zéro écran ! Tout petit, l'enfant a besoin d'interagir avec son environnement à l'aide de ses cinq sens. Attention à la télévision allumée en toile de fond : si vous ne la regardez pas vraiment, lui ne la ratera pas.
- **Entre 3 et 6 ans** : l'enfant développe alors son imaginaire. Il aime jouer, bricoler, créer avec ses mains, raison pour laquelle les consoles sont à éviter. Les tablettes peuvent être autorisées 15 à 20 minutes par jour, dans la mesure où vous l'accompagnez, êtes présent(e) à ses côtés. Après 4 ans, vous pouvez envisager une demi-heure par jour. Les jeux éducatifs numériques ont un intérêt mais votre enfant doit continuer de se sentir en lien avec son entourage.
- **De 6 à 9 ans** : il maîtrise mieux la lecture et l'écriture, échange facilement, s'intéresse à ce que vous faites en tant qu'adulte. N'hésitez pas à commencer à lui expliquer comment fonctionne Internet : cherchez des informations avec lui, consultez des sites culturels, communiquez avec ses grands-parents par Skype®, par exemple. À cet âge, vous pouvez y consacrer 1 heure par jour le week-end tout écran confondu et 30 minutes maximum par jour en semaine. En revanche, ne cédez pas sur la console personnelle.
- **Après 9 ans** : sous la surveillance d'un adulte, l'enfant peut être davantage initié à Internet car cet outil lui servira également à l'école. Cependant, vous ne serez jamais loin et veillerez à le préserver de certaines images sur lesquelles il pourrait accidentellement tomber.
- **À partir de 12 ans** : votre enfant surfe tout seul sur la toile. L'entrée au collège signe aussi la découverte des réseaux sociaux. À la maison, laissez un accès libre à l'ordinateur mais ne l'installez pas dans une pièce à l'écart.

POUR ALLER PLUS LOIN :

64. Les voyages en voiture, en train, en avion, p. 165
66. Je vais au restaurant avec mes parents, p. 170
99. J'adore les écrans, p. 257
122. Je veux mon téléphone portable, p. 316
123. Je me couche tard le soir, et je suis fatigué le lendemain, p. 319

69. JE COMMENCE À COMPRENDRE LA NOTION DE GROUPE

ÊTRE SOI PARMI LES AUTRES, ACCEPTER DE PARTAGER ET D'ÉCHANGER, QUELLE AVENTURE !

Dès la naissance, l'enfant se construit grâce à l'ensemble de ses acquisitions, à la maturation de son cerveau, à l'intégration neurosensorielle et au développement de ses motricités. Toutes ces évolutions l'aident peu à peu à prendre conscience qu'il est une personne.

LA SOCIALISATION ET SES ÉTAPES

Avant l'âge de 3 ans, les émotions de l'enfant dominent. Il a donc besoin de repères stables, de liens limités, d'espace restreint. Pendant ces quelques années, le groupe n'est pour lui qu'une juxtaposition de personnes : il multiplie les rencontres furtives, au parc, en famille ou à la crèche, mais reste dans la conscience du « moi », du « je », et s'oppose facilement. Cependant, il comprend peu à peu qu'il y a un autre monde en dehors de son cocon.

Entre 3 et 10 ans, l'enfant se sociabilise. Il fréquente inévitablement d'autres enfants (à l'école, en vacances) et joue de plus en plus, partage, échange avec ses pairs :

- **Vers 3 ou 4 ans,** ils portent ensemble un objet, vont chercher un sac, ouvrent un robinet. Certains enfants ont déjà un copain à la crèche, une figure d'attachement.
- **Entre 4 et 5 ans,** ils ont davantage de repères, s'expriment mieux, sont curieux de ce que font les autres. Ils ont aussi une meilleure notion des différentes tranches d'âges (les plus petits, les plus grands). Alors, ils se testent plus volontiers entre eux, se confrontent et entrent en compétition (y compris avec leurs parents), et prennent ainsi conscience de leur appartenance à tel ou tel groupe.
- **Autour de 6 ans,** ils commencent à bien intégrer la notion de communauté. Ils développent leur conscience de soi, et comprennent leur rapport au monde extérieur. Cette période d'affirmation de soi va s'exprimer par des refus, une forme d'exigence, mais aussi des jeux symboliques (par exemple attribuer à des objets ou à des personnages des rôles qu'il invente, jouer au papa, à la maman, au docteur, faire parler ses peluches) ou de (co-)construction.
- **Entre 6 et 10 ans,** les liens avec la famille restent très importants ; celle-ci reste le premier agent de socialisation car elle transmet le savoir-faire, l'éducation, les habitudes, les valeurs. Mais, parallèlement, l'environnement social prend de plus en plus d'importance : l'école, les centres d'animations, les associations sportives forment d'autres repères.
- **Ce n'est que plus tard, vers 8 ou 10 ans,** que les enfants cherchent le réconfort du groupe (mais pas tous !). Ils intègrent alors les habitudes sociales, comme les règles de politesse : « s'il te plaît », « merci »...

LES CONSEILS

La notion d'appartenance au groupe se construit différemment selon les enfants. Chacun a sa propre personnalité, son propre rapport aux autres, aux situations vécues. Certes, vous souhaitez qu'il se sociabilise mais il convient d'adapter votre désir à sa nature, à son tempérament, tout en l'encourageant à être dans le partage et dans l'échange. Respectez le rythme de votre enfant, les étapes de son développement, ne le brusquez pas, ne lui imposez rien. Il vous faudra aussi tenir compte de son histoire :

certaines expériences (naissance prématurée, pathologie chronique, terrain allergique, TDAH...) peuvent parfois freiner cette socialisation.

Votre enfant doit aussi trouver sa place au sein de votre famille, et notamment de la fratrie. Vous veillerez à éviter autant que possible toutes ces « injustices » que l'enfant vit souvent de façon excessive ou exagérée.

Néanmoins, rassurez-vous, vous ne serez pas seuls à lui transmettre le goût du monde. Un mode de garde collectif (crèche, assistante maternelle) est un excellent environnement pour apprendre de façon ludique et progressive à partager un repas ou un jouet, à attendre son tour, à tenir compte et respecter de la présence de « l'autre ». C'est le meilleur moyen d'éviter les frustrations ultérieures, les crises de colère, voire des réactions plus agressives.

L'école maternelle sera aussi un environnement particulièrement instructif dans ce domaine. Si elle s'articule autour des apprentissages (dessin, lecture, écriture), elle est aussi un lieu privilégié pour l'intégration des règles de socialisation. Certaines activités tournent essentiellement autour de l'échange et du partage : les duos de lecture ou les jeux de balle, par exemple.

Sachez enfin que tout est question de temps. L'évolution du moi vers la conscience sociale s'effectue sur bon nombre d'années. Parfois, elle n'est pas complètement intégrée chez certains adolescents.

LES BIENFAITS DE LA SOCIALISATION

- **Au sein d'un groupe, l'enfant ne bénéficie plus exclusivement de l'attention d'un seul adulte. Il lui faut donc être inventif, créatif, motivé pour attirer l'œil.**
- **Auprès des autres, il acquiert une plus grande autonomie : il doit apprendre à s'habiller, à manger, à choisir seul une occupation.**
- **En collectivité, il est stimulé pour développer ses habiletés sociales. Il va donc apprendre à partager les jouets, évoluer dans un espace commun, attendre son tour.**
- **En présence d'autres enfants, il doit gérer ses émotions autrement : au lieu de frapper, il va devoir composer.**

Bon à savoir

Chez des amis ou dans votre famille élargie (cousin, parrain), votre enfant aura l'occasion de mettre en pratique ces notions de partage et d'échange en dehors de son environnement habituel. N'hésitez pas à accepter les invitations, surtout si d'autres enfants du même âge sont présents.

POUR ALLER PLUS LOIN :

51. Son adaptation à la crèche, p. 132
52. Son adaptation chez l'assistante maternelle, p. 136
83. L'entrée en maternelle, p. 215
85. J'apprends la patience sur le temps périscolaire, p. 221
87. Ma première activité circassienne, p. 226
102. Je dors chez un copain, p. 263
108. Je pars en classe découverte, p. 278
113. À la récré, je suis rejeté, bousculé, moqué, p. 290

70. PRÉPARER L'ARRIVÉE D'UN PETIT FRÈRE OU D'UNE PETITE SŒUR

VOTRE FAMILLE VA S'AGRANDIR POUR VOTRE PLUS GRAND BONHEUR. COMMENT DISSIPER LES INQUIÉTUDES DE VOTRE AÎNÉ ?

Vous venez d'apprendre la bonne nouvelle et aimeriez y associer votre enfant. Pour le préparer aux changements, tenir compte de son âge et de son tempérament vous aidera à trouver les bons mots.

ENTRE 1 AN ET 2 ANS

Votre enfant ne sait pas encore comment on fait les bébés ! Sa faculté de raisonner commencera à se développer vers 20 mois, et c'est à ce moment-là qu'il vous posera des questions à ce sujet. Pour l'heure, il est peut-être encore en pleine angoisse de l'abandon. Voilà pourquoi vous craignez de mal faire. Ne vous privez pas de lui témoigner la joie qui est la vôtre. Vous pouvez partager la bonne nouvelle en famille, sans l'en exclure, mais rappelez-vous que son vocabulaire est encore en construction (à 2 ans, un enfant possède entre 50 et 60 mots). Profitez de certaines occasions, quand vous sentez votre jeune enfant attentif, pour lui dire des mots simples : « Nous aurons bientôt un bébé » ou « Regarde, le ventre de maman a grossi ! Un bébé est en train de grandir à l'intérieur, comme toi ».

Il est probable que votre aîné ne relève pas. Il s'en amusera, caressera peut-être le ventre de sa mère mais sans plus puisqu'il n'est pas vraiment capable de conceptualiser. Vous pouvez l'y aider avec un petit livre d'images sur le sujet. Cependant, ne soyez pas étonnés si, le soir même ou quelques jours après, il prononce le mot « bébé » à un moment inattendu.

N'en faites pas trop mais ne lui cachez rien. Partagez avec lui la nouvelle ; il prendra, entendra, écoutera, intégrera ce qu'il peut, ce qu'il veut.

ENTRE 2 ET 3 ANS

Votre enfant fait des progrès considérables dans le langage. À 3 ans, il sait parler, comprend ce que vous dites et commence à s'intéresser à la fabrication des bébés. Il peut poser des questions en croisant un couple de canards et leurs canetons au parc, ou vous montrer l'image d'un nourrisson dans l'un de ses livres, ou encore s'interroger sur le ventre de sa maman qui s'arrondit. Profitez de cette occasion pour lui expliquer avec des mots simples que vous attendez un enfant, qu'il aura bientôt un petit frère ou une petite sœur.

N'en faites pas trop la première fois. Observez sa réaction, ses paroles, ses regards. Si vous le sentez perplexe, vous pouvez lui rappeler qu'il était dans votre ventre avant de naître et que sa naissance a été pour vous une grande joie. Aujourd'hui, vous vous réjouissez de la même façon car la famille va s'agrandir.

Bon à savoir

Après l'annonce de la grossesse et quel que soit son âge, continuez d'observer régulièrement votre enfant. Il vous faudra remarquer tout éventuel trouble de l'alimentation, du sommeil, du comportement ou de l'humeur. S'il est à la crèche ou chez une assistante maternelle, demandez comment ça se passe. Au fil du temps, interrogez-le, écoutez-le, regardez-le. Sans en faire trop, adaptez votre attitude à ce qu'il vous renvoie (son comportement et sa réceptivité).

Votre enfant n'imagine pas tout de suite ce qu'implique la présence d'un autre bébé. Il n'est pas dans la projection ; les craintes, la jalousie ne s'exprimeront que plus tard, à l'arrivée du nouveau-né. Néanmoins, il peut, la nuit suivante ou plusieurs jours après, subitement manifester des réveils nocturnes, voire des terreurs nocturnes. Ces troubles sont peut-être en lien avec l'un ou l'autre mot prononcé au sujet de l'arrivée du futur bébé. Des notions qui vous paraissent simples sont en réalité très compliquées pour lui : il doit comprendre pour ensuite intégrer ; et le processus prend du temps.

Au cours de la grossesse, vous n'hésiterez pas à l'associer davantage grâce aux différentes étapes qu'elle suppose : les photos de famille de cette année si particulière, le choix de la maternité qui l'a vu naître, sa présence lors d'une échographie... De toute évidence, votre enfant partage votre quotidien et il entend tout ce que vous dites : « Quand est ton prochain rendez-vous chez la sage-femme ? » ou « Je suis fatiguée, j'ai la nausée... » Il comprend que la situation est inhabituelle, parfois même inquiétante. Vous devez donc faire en sorte qu'il intègre ces questions, qu'il évolue dans son raisonnement et son apprentissage de la vie.
Ainsi, ne le tenez pas à l'écart de cet événement, sous prétexte de le protéger. N'attendez pas d'être seul(e) avec votre conjoint pour parler de la grossesse ou du futur bébé, sauf en cas de problème grave. Au contraire, associez-le à votre bonheur, voire à vos inquiétudes légitimes puisque c'est la meilleure façon pour lui de s'y préparer.

3 ANS ET PLUS

Votre enfant possède désormais le langage. En fin explorateur, il aime apprendre et découvrir de nouvelles choses. N'hésitez donc pas à prendre appui sur un album ou de ses photos quand il était bébé, un livre, expliquez les images, soyez à l'écoute de ses questions. Vous pouvez aussi choisir un dessin animé ou un documentaire pour aborder le sujet. Avec les plus grands, les occasions sont nombreuses. Il sera donc plus facile de les préparer à l'arrivée du bébé et à l'évolution de la grossesse.

POUR ALLER PLUS LOIN :

48. Je parle, p. 124
51. Son adaptation à la crèche, p. 132
52. Son adaptation chez l'assistante maternelle, p. 136
59. L'abandon du lit à barreaux, p. 152
71. J'apprends à partager mes parents, p. 182
102. Je dors chez un copain, p. 263
113. À la récré, je suis rejeté, bousculé, moqué, p. 290

71. J'APPRENDS À PARTAGER MES PARENTS

L'ARRIVÉE DE SON PETIT FRÈRE OU DE SA PETITE SŒUR EST UN GRAND ÉVÉNEMENT QUI LE CHAMBOULE UN PEU.

La naissance d'un cadet dépend pour beaucoup de l'âge de l'aîné et de ses aptitudes à comprendre ce qui se passe et ce qui va changer.

LE DÉPART À LA MATERNITÉ

Votre enfant sait qu'un grand événement est sur le point de se produire. Vous lui avez expliqué « Bientôt, le bébé sera là », il a assisté aux allers et retours à la maternité, aux fausses alertes éventuelles, aux coups de téléphone, bref, il a intégré la nouvelle qu'il aura vécue à sa manière. C'est une étape importante pour lui, fondatrice mais délicate puisque votre aîné ne voit souvent que l'absence de sa mère.

À la naissance de son petit frère ou de sa petite sœur, il pourrait ressentir une sorte de sentiment d'abandon passager. Un bon moyen de rester en lien aujourd'hui est l'appel vidéo. Ainsi, n'hésitez pas, avant le grand jour, à organiser des « visios » de sa chambre au salon, par exemple, pour l'habituer à vous voir sur un écran. L'échange lui semblera plus familier quand vous serez à la maternité, en attendant sa visite.
Lorsqu'il viendra enfin vous voir, si les conditions sanitaires le permettent, prenez le temps de lui montrer l'établissement, de lui expliquer ce qui s'y passe « Tu as vu l'ambulance ? » ou « Ici, les bébés se reposent ». Observez sa réaction et répondez ou devancez ses questions. Selon la réglementation de la maternité (horaires, nombre de visites quotidiennes), n'hésitez pas à l'accueillir très régulièrement.

Ne soyez pas déçue lors de la première rencontre avec le bébé. S'il ne bondit pas de joie, c'est normal ! Son attention est entièrement focalisée sur deux choses essentielles : retrouver sa maman ; et toute cette agitation qui bourdonne autour de lui. C'est une situation inédite pour lui, alors laissez-le s'exprimer, prendre ses marques et son temps.
Mieux vaut éviter d'en faire trop. Évitez de lui imposer quoi que ce soit, des gestes « Embrasse ton petit frère, ta petite sœur » ou des sentiments « Tu as de la chance de l'avoir ». Il ne comprendrait pas. C'est lui qui, avec le temps et la confiance, éprouvera de l'attachement pour ce bébé. Spontanément il va se tourner vers le berceau, et s'exprimer à sa façon.

Bon à savoir

Vos enfants auront peut-être à partager leur chambre. Dans ce cas, et surtout si vous allaitez, vous préférerez installer le bébé dans la vôtre. Toutefois, mieux vaut d'ores et déjà installer le lit dans la chambre commune et même anticiper : en faisant participer votre enfant pour qu'il ne se sente pas exclu, vous aurez préparé un « coin bébé » et réaménagé son « coin à lui » : un coup de peinture sur le mur, une affiche, un petit tapis, une veilleuse... Plus vous l'aurez associé aux préparatifs, moins il sera jaloux (s'il l'est). Plus tard, lorsque vous déciderez de réunir les enfants dans la même chambre, là aussi, préparez-le : commencez par les siestes dans la journée et ne décidez rien dans son dos.

LE RETOUR À LA MAISON

Vous éviterez de rentrer à la maison avec votre bébé en l'absence de son aîné, sauf si vous ne pouvez pas faire autrement. Il est important qu'il soit dans cette notion d'accueil, même s'il est encore petit. Être là à l'arrivée de sa maman et de ce nouvel être (qui pleure, gesticule, est minuscule, étrange) est une étape qui lui permettra d'intégrer les suivantes.

Il sera probablement curieux : il fera sans doute des allers et retours entre sa chambre et celle du bébé, ou entre la vôtre et celle des enfants. Vous le laisserez ainsi s'exprimer, et accueillerez aussi ses paroles, ses mots, quel que soit le vocabulaire qu'il possède alors. L'idée est de lui montrer que son avis compte beaucoup pour vous, la mère et le père.

S'il commence à montrer des signes d'agitation (il vide les tiroirs de sa chambre, court dans tous les sens...) ou s'il semble faire la tête, vous ne le gronderez surtout pas. Prenez le temps de comprendre ce qui se passe car il est possible qu'une étape lui ait un peu échappé. De nouvelles explications l'aideront à intégrer l'arrivée du bébé.

Il est possible que votre enfant ait tout de suite envie de lui donner l'un de ses jouets. C'est bon signe ! Dites-lui que son petit frère ou sa petite sœur est ravi(e) et que vous-même appréciez son geste, mais expliquez qu'un bébé est encore trop petit pour saisir les objets.

Observez l'attitude de votre grand lors des prochains jours : il est fort possible que quelques troubles du sommeil ou du comportement apparaissent, ce qui est compréhensible. Là encore, laissez-le s'exprimer, écoutez-le, valorisez-le.

AU FIL DU TEMPS

Les semaines ont passé et votre enfant constate peu à peu qu'il n'est plus le centre du monde. De fait, vous ne lui faites plus face : vous lui semblez « à côté », vous passez beaucoup de temps à changer le bébé, le laver, le coucher, le nourrir, voire l'allaiter. Rien n'échappe à votre aîné qui très vite a l'impression de passer au second plan.

Ce nouvel environnement n'est pas forcément pour lui plaire. Selon son caractère, son âge, et la relation (fusionnelle ?) que vous entreteniez avec lui, la situation peut devenir houleuse. Il est donc essentiel de s'attendre à ces réactions et de les anticiper. Ne le réprimandez jamais mais demandez-lui pourquoi il dit ceci ou se comporte comme cela.

Soyez aussi vigilant(e) quand vous vous adressez à lui. Par exemple, au lieu de dire « Peux-tu aller chercher la couche de ton petit frère ? » demandez-lui plutôt « J'ai besoin de quelque chose. Mais je ne sais plus quoi... ». Il comprendra de lui-même et vous serez surpris(e) de le voir spontanément revenir avec une couche puisque vous êtes en train de changer le bébé. Il sera ainsi valorisé, se sentira moins exclu et prendra confiance.

Dans les semaines et les mois qui suivent, n'hésitez pas à vous installer au calme avec lui et montrez-lui des photos de lui lorsqu'il était bébé. Cela lui permettra de se projeter, lui qui n'a pas encore bien maîtrisé la notion de temps. Tendez-lui un portrait ou un cliché de famille, nommez l'enfant qui est sur la photo et laissez-le s'exprimer. C'est une étape très utile, constructive. À ce sujet, pensez à créer un album avec une sélection de tirages pour chacun de vos enfants.

L'ACCOMPAGNEMENT PSYCHOLOGIQUE

Les enfants réagissent différemment. Un aîné qui voit arriver dans sa vie un petit bébé n'aura pas toujours la même attitude. Son âge, son tempérament, sa place dans la fratrie, le mode de vie de la famille (recomposée, notamment) ou encore le milieu socio-culturel jouent un rôle.

Pour l'aider à accepter cette nouvelle vie, il est important de le responsabiliser. Montrez-lui que vous avez besoin de lui, évitez les ordres ou les consignes à respecter, suggérez mais n'imposez rien. Valorisez-le dans son rôle de grand frère ou de grande sœur sans en faire un objectif, ni lui mettre la pression. Avec le temps, il occupera naturellement sa place d'aîné.

S'il est dans l'émotion, respectez celle-ci. Rappelez-lui que vous l'aimez autant que le bébé qui vient de naître. Laissez-le avoir des gestes d'affection et même prendre certaines initiatives. Ne réprimez pas ses élans de tendresse en lui disant « Attention il est fragile, tu vas lui faire mal ». Au contraire, favorisez son implication en lui faisant confiance. De même, lorsqu'il vous parle de son petit frère ou de sa petite sœur, ne lui coupez pas la parole et soyez à l'écoute. Et si vous sentez qu'avoir un poupon dont il pourrait s'occuper de son côté quand vous habillez ou changez le bébé, n'hésitez pas.

POUR ALLER PLUS LOIN :

1. Le trousseau, p. 14
2. Le séjour à la maternité, p. 15
53. On m'a volé mon jouet !, p. 138
70. Préparer l'arrivée d'un petit frère ou d'une petite sœur, p. 180

72. JE DÉCOUVRE MON SEXE, JE SUIS DIFFÉRENT

C'EST PROGRESSIVEMENT QUE L'ENFANT COMPREND QU'IL APPARTIENT À UN GENRE, EN OBSERVANT SES PARENTS, SA FRATRIE ET EN SE COMPARANT AUX AUTRES.

Cette découverte est le fruit d'un long processus, que chacun suit à son rythme, et qui comprend trois grandes phases :

- **Entre 3 et 5 ans,** l'enfant prend conscience de ***son identité sexuelle*****. Elle est liée en grande partie à la découverte de son anatomie. Il prend plaisir à se vêtir, à se dévêtir, à se regarder nu dans le miroir, à s'exhiber devant les autres. Il ressent du plaisir physique, sans que cela ne soit associé à une érotisation.**
- **Vers 6 ou 7 ans,** suivra *l'identité de genre.* **L'enfant « se sent garçon » ou « se sent fille », un sentiment qui monte en puissance à l'approche de la préadolescence. Chacun évolue vers une identité sexuée, qui se construit en fonction de ses capacités biologiques (l'ADN, les hormones) mais aussi des caractéristiques culturelles.**
- **À l'adolescence, et plus encore à l'âge adulte, se développera *l'orientation sexuelle*. La notion de désir affectif et sexuel sera essentielle.**

Entre 3 et 6 ans, nous en sommes donc à la phase deux. Votre enfant saisit avec plus d'acuité qu'il est un garçon ou une fille. Il comprend à quel groupe il appartient mais aussi à quel genre les membres de son entourage appartiennent.

L'OBSERVATION

La découverte de son sexe est d'abord anatomique. À partir de 3 ou 4 mois, par le toucher, le bébé se sent garçon ou fille.

Dès l'âge de 2 ou 3 ans, il commence à bien faire la différence entre l'un et l'autre, en particulier s'il grandit auprès de frères et sœurs qu'il peut observer (le bain, la piscine, la mer...). Il regarde davantage son corps, il écoute et comprend le nom des différentes parties qui le composent, il peut lui arriver de voir son papa et sa maman nus, il pose des questions lors d'un jeu (le fameux docteur !) ou quand il croise une image (une publicité...). La curiosité et l'envie l'animent.

Plus tard, vers 3 ou 4 ans, l'enfant commence à s'interroger sur la sexualité, souvent à l'occasion d'une nouvelle naissance, et lorsqu'il aura acquis la maîtrise de ses sphincters.

Entre 6 et 9 ans, il comprend la constance des sexes : il prend conscience qu'être une fille ou un garçon est irréversible. C'est alors qu'il se rapproche davantage en général des enfants du même sexe. Vous pourriez observer des jeux d'exploration sexuelle entre eux et c'est normal. Évitez de les confondre et encore moins de les gronder. Restez dans l'écoute, l'explication et ne les privez pas de votre confiance.

Si l'anatomie joue son rôle dans la découverte de son identité sexuelle, l'environnement culturel dans lequel l'enfant évolue favorise aussi ce sentiment d'appartenance à un genre : la voix, les vêtements, les habitudes et les remarques de l'entourage sont aussi constructives.

LA NOTION D'INTIMITÉ

L'enfant doit apprendre à respecter et protéger sa propre intimité. Confiant, il doit savoir que la zone sexuelle lui appartient. C'est essentiel pour le préserver de tout risque d'attouchements ou de violences. Rappelez-lui régulièrement sans dramatiser : « Cette partie de ton corps t'appartient, personne d'autre que toi ne doit y toucher. » C'est vers 6 ou 7 ans qu'apparaît d'ailleurs le sentiment de pudeur, un sentiment qui sera plus prégnant vers 10 ans. Spontanément, l'enfant refusera de se déshabiller devant les autres.

Bon à savoir

« Pourquoi Maman n'a pas de zizi ? » vous demande votre petit garçon. Ou « J'ai un zizi comme Papa », remarque-t-il. Les filles sont souvent moins enclines à poser ce genre de questions, peut-être parce que leur anatomie est moins visible. Si c'est le cas, rassurez-vous : votre enfant se pose les bonnes questions, il est en train de se construire, il évolue dans son identité sexuelle anatomique, masculine ou féminine. Répondez-lui simplement, sans utiliser de mots trop imagés pour qu'il ne ressente pas un malaise chez vous. Soyez naturels, à l'écoute, essayez de repérer et de traduire ses non-dits et éventuellement sa gêne. Vous lui donnerez des informations adaptées à son âge, sans camper le sachant qui détient toute la vérité. Posez-lui aussi des questions : « Qu'en penses-tu, toi ? », « Que sais-tu là-dessus ? » Poursuivez cet échange complice. Vous l'avez écouté et c'est là l'essentiel.

L'intimité au sein du cercle familial doit aussi être respectée. Parfois, de façon imprévisible, l'enfant découvre les particularités physiques de ses parents ou de ses frères et sœurs. Il entre dans la salle de bains sans prévenir ! Ne le grondez pas. Dites-lui simplement que vous (ou son frère, sa sœur) faites votre toilette. C'est un moment d'intimité, donc, la prochaine fois, mieux vaut qu'il vous prévienne avant de faire irruption. Ainsi, il intègre que cette notion concerne aussi les autres.

VOS QUESTIONS

Puis-je me montrer nu devant mon enfant ?

À partir de 3 ans, mieux vaut éviter. L'idée est simplement de le sensibiliser, de lui faire comprendre que le corps de chacun lui appartient, que « c'est privé ». C'est d'ailleurs vers 3 ou 4 ans qu'il commence à développer son attachement au parent du sexe opposé, ce qu'on appelle le complexe d'Œdipe. Cet élan, dont l'intensité varie d'un enfant à l'autre, est normal.

Notre enfant nous a surpris en train de faire l'amour

C'est en effet une situation délicate. Votre enfant, quel que soit son âge, vous a entendus à travers la cloison, ou vous a surpris s'il s'est réveillé. L'image de vos ébats aura inévitablement un impact sur lui. De votre attitude (immédiate et ultérieure) dépendra la façon dont il intégrera de manière ordonnée et équilibrée ce qu'il a entendu ou vu. Vous ne le gronderez pas. Rassurez-le en lui disant que tout va bien entre papa et maman et expliquez-lui : vous faisiez un gros câlin. Vous le raccompagnerez ensuite paisiblement vers sa chambre. S'il vous pose des questions les jours suivants, vous veillerez à lui répondre avec des mots appropriés.

POUR ALLER PLUS LOIN :

56. Le décalottage des garçons, p. 145
63. J'apprends à me laver tout seul, p. 162
73. Fille, garçon, la question du genre, p. 188
74. Le complexe d'Œdipe, p. 191
91. À 8 ans, j'ai déjà des signes de puberté, p. 237

73. FILLE, GARÇON, LA QUESTION DU GENRE

L'IDENTITÉ DE GENRE, DONT ON PARLE DEPUIS PLUSIEURS ANNÉES, SE DÉFINIT COMME LA PRISE DE CONSCIENCE D'UNE APPARTENANCE À UN GENRE DANS UNE SOCIÉTÉ DONNÉE. ELLE EST INFLUENCÉE PAR DES FACTEURS DIVERS QUI SONT À LA FOIS BIOLOGIQUES, SOCIAUX ET CULTURELS.

Chez l'enfant, cette identité de genre se développe en 3 étapes :

- **La *conscience de genre* se produit entre 18 mois et 3 ans. L'enfant comprend que le genre est masculin ou féminin. Il commence à considérer qu'il appartient à l'une ou l'autre de ces catégories.**
- **Entre 3 et 5 ans, c'est la *stabilisation du genre*. L'enfant fait le lien avec son sexe anatomique et comprend que cette donnée est constante. Cette période est primordiale sur le plan des acquisitions cognitives et toute perturbation peut compromettre sa construction (attitudes inadaptées des adultes, agressivité familiale, violences sexuelles, attouchements, messages tendancieux…).**
- **La *consolidation de la notion de genre* intervient entre 4 et 7 ans. L'enfant sait par exemple que son aspect extérieur ne compromet pas son identité sexuelle (vêtements, coiffure…).**

LE TEMPS DE LA PRISE DE CONSCIENCE

Le discours tenu par les parents mais aussi l'entourage familial (notamment les grands-parents) et plus généralement le monde adulte, est essentiel à chacune de ces étapes pour que l'enfant se construise en toute sérénité, afin d'apprivoiser plus tard, lors de l'adolescence, les changements hormonaux et biologiques.

Vous devez donc accompagner votre enfant, non seulement dans sa croissance physique, mais aussi psychique, et plus particulièrement dans cette prise de conscience du genre et de la sexualité à venir. La maison est le premier environnement qui doit véhiculer les bons messages et éviter les stéréotypes sexuels.

Cela commence par un respect de l'égalité entre filles et garçons. Il vous revient de vous assurer qu'au quotidien chacun conserve les mêmes chances dans la vie et les mêmes possibilités. Votre enfant ne doit pas croire que, parce qu'il est du genre féminin ou masculin, certaines choses lui sont imputables et d'autres, hors de portée. Ces messages circulent encore trop souvent, venant tout droit de la propre histoire et/ou de la culture des parents mais aussi des grands-parents. Restez vigilants au quotidien et veillez aux stéréotypes qui pourraient être transmis à l'enfant en pleine construction.

Certains pays s'intéressent tout particulièrement à la notion du genre dans les écoles, en particulier la Suède. Par exemple, les professeurs ne lisent plus *Blanche-Neige et les 7 nains*. Leurs bibliothèques sont constituées de livres qui mettent en avant une grande diversité de héros et de modèles familiaux (familles recomposées, homo- ou monoparentales, adoptantes…).

LA LUTTE CONTRE LES STÉRÉOTYPES SEXUELS

Cette notion d'égalité est une première étape dans l'éducation sexuelle. Parfois, sans le faire exprès, un adulte peut traiter différemment son enfant selon qu'il est fille ou garçon : « Un garçon, ça ne pleure pas », « Il faut souffrir pour être belle », « Une fille ne parle pas comme ça » ou « Un garçon doit être courageux ».

Bon à savoir

Vous considérez probablement le développement sexuel de votre enfant avec votre propre prisme d'adulte. Rappelez-vous : son comportement vis-à-vis des filles et des garçons ne présume en rien de sa future vie affective. N'oubliez pas que votre rôle de parent consiste à l'accompagner sur le chemin de la vie pour qu'il devienne demain, un homme, une femme, épanoui(e) et libre, et notamment sur le plan de la sexualité, quels que soient ses choix.

Bien souvent, dans l'inconscient collectif, la fille prend soin de son apparence et se montre douce, docile. Inversement, le garçon est bagarreur et impulsif. Il s'agit ici de stéréotypes sexuels. Ceux-ci, à force d'être répétés, vont convaincre l'enfant que telle est la norme. Il va intégrer des comportements, des pensées, des émotions auxquels il n'aura pas réfléchi. On connaît malheureusement les conséquences de tels schémas à l'âge adulte. Les journaux s'en font l'écho chaque jour : violences faites aux femmes, hommes agressifs, autoritarisme vis-à-vis des enfants, discours guerriers et revendicateurs, etc. Nous l'avons compris, bien accompagner son enfant sur le plan cognitif et sur le plan de sa construction sexuelle permettra qu'il devienne un adulte confiant, respectueux de lui-même, stable dans sa vie de couple et dans sa vie professionnelle. Voici quelques conseils à ce sujet :

- **Les activités sportives, les jeux, les vêtements ne sont pas réservés à tel ou tel genre.**
- **Mieux vaut éviter de projeter votre mode de fonctionnement d'adulte sur votre enfant : Papa n'est pas tenu de changer les ampoules et Maman n'est pas celle qui prépare tous les repas.**
- **Encouragez votre enfant à exprimer ses émotions, écoutez ou accueillez sa parole, ses réactions, sans les juger.**
- **Plus les garçons et les filles joueront ensemble, se fréquenteront, plus ils apprendront à se connaître et à se respecter.**

POUR ALLER PLUS LOIN :
56. Le décalottage des garçons, p. 145
63. J'apprends à me laver tout seul, p. 162
69. Je commence à comprendre la notion de groupe, p. 178
72. Je découvre mon sexe, je suis différent, p. 186
74. Le complexe d'Œdipe, p. 191
91. À 8 ans, j'ai déjà des signes de puberté, p. 237
105. Je vis dans une famille homoparentale, p. 270

74. LE COMPLEXE D'ŒDIPE

VOUS AVEZ CERTAINEMENT ENTENDU PARLER DU COMPLEXE D'ŒDIPE, FIGURE MYTHOLOGIQUE THÉORISÉE PAR FREUD. MAIS CETTE NOTION EST SOUVENT CARICATURALE CAR SORTIE DE SON CONTEXTE.

À QUEL ÂGE ?

Le complexe d'Œdipe s'observe généralement chez les petits de 3 à 6 ans. Il est important de bien comprendre ses manifestations pour pouvoir y apporter une réponse adaptée.
En effet, c'est une étape du développement très structurante pour les enfants. Elle sera vive chez certains ou passera inaperçue chez d'autres.

Que se passe-t-il ? L'enfant ressent, avec beaucoup de confusion, des désirs à la fois amoureux et hostiles à l'égard de ses parents. Par exemple, il convoite celui du sexe opposé (le fils, sa maman et la fille, son papa) et à l'inverse rejette ou rivalise avec le parent du même sexe. Cette phase de construction est essentielle pour le développement de sa personnalité, la reconnaissance de son identité et l'affirmation de son rôle dans le champ social.
Le complexe d'Œdipe s'estompe naturellement aux alentours de l'âge de 6 ans. L'enfant s'intègre mieux dans son environnement, il s'ouvre à d'autres modèles éducatifs, il comprend l'importance des règles sociétales, mais aussi des interdits. Son Œdipe, ou son Œdipe inversé (une attirance pour le parent du même sexe), va alors laisser place à un renoncement. Il sera davantage attiré par les camarades de son âge et s'intéressera aux activités sociales qu'il peut partager avec eux.
Grâce à la frustration de ses aspirations et donc à l'insatisfaction de ses envies (se marier avec maman, avoir des enfants avec papa), l'enfant appréhende peu à peu la dimension de désir (différente du besoin) avec laquelle il va devoir composer tout au long de son existence, comme tout le monde.

REPÉRER L'ŒDIPE

C'est souvent autour de 3 ans qu'apparaissent les premières manifestations de l'Œdipe : l'enfant n'hésite pas à s'exhiber, il aime prendre des bains et se touche, se caresse plus que d'habitude. Ainsi, il peut observer les réactions de son entourage qu'il confronte à sa nudité.
Parce qu'il voit bien la différence qui existe entre les autres (enfants comme adultes) et lui (la taille, la couleur des cheveux ou des yeux...), il est tenté d'exercer son pouvoir sur eux, à commencer par ses parents, ou ses frères et sœurs s'il en a. On le sait, cette tranche d'âge se caractérise par l'envie de s'opposer, d'accepter ou non, de plaire, de prendre ou de posséder. La petite fille va alors formuler : « C'est papa que je veux » au moment du rituel du coucher, par exemple ; ou le petit garçon va affirmer à sa maman : « C'est moi ton amoureux ». L'attitude du parent de sexe opposé peut alors l'inciter ou non à aller plus loin.

ACCOMPAGNER SON ENFANT

- **Expliquer : sans gronder ni punir, vous installerez des limites claires et essentielles en expliquant ce qui se fait et ce qui ne se fait pas avec un papa ou une maman. Par exemple, très tôt, vous pouvez dire : « Oui, tu peux venir faire un câlin dans le lit mais non tu ne peux pas dormir avec moi car c'est la place de papa (ou maman) ». Grâce à ces échanges, votre enfant va comprendre qu'il ne fait pas partie de votre couple mais de votre famille, que les adultes s'aiment entre eux. Lui est un enfant qui va grandir, et qui, quand il sera adulte, pourra dormir avec son amoureux(se) ou encore avoir des enfants.**

• **Rassurer :** vous serez ferme mais resterez bienveillante et éviterez de le rejeter. Rassurez votre enfant en lui expliquant que vous l'aimez et que l'amour que vous éprouvez pour votre conjoint est différent. Ce ne sont pas les mêmes sentiments. Enfin, il est important que votre enfant comprenne et intègre peu à peu la notion de territoire : la porte de la salle de bains se ferme, de même que celle de la chambre conjugale, afin de préserver l'intimité de chacun.
• **Parler d'une seule voix :** les deux parents veilleront à adopter une attitude similaire sur le sujet. Soyez affectueux mais vigilants, et évitez de faire naître de faux espoirs chez votre enfant. Il serait alors facile pour lui de se sentir quelques prérogatives, surtout si vous l'entretenez sur cette voie après l'âge de 6 ans. Et cela peut conduire à des divergences entre les deux adultes, voire parfois à des conflits ou des crises de jalousie.
• **Comprendre :** ne vous fâchez jamais si votre enfant en fait un peu trop. Ne le culpabilisez pas. Vous devez comprendre que cette phase va lui permettre de se construire de façon harmonieuse si vous savez accompagner et répondre au complexe d'Œdipe. Votre enfant sera d'autant plus au clair avec sa propre identité sexuelle et genrée, masculine ou féminine, plus tard.

Bon à savoir

• **Familles recomposées :** il n'est pas rare que l'expression de l'Œdipe se traduise différemment, selon l'âge de l'enfant au moment de la séparation. Elle peut être inversée (désir pour le parent du même sexe) ou se reporter sur une autre figure d'attachement (un oncle, une tante, un enseignant, voire un beau-père ou une belle-mère). Le rôle des adultes restera là essentiel pour repérer toute difficulté.
• **Familles homoparentales :** l'expérience montre qu'il est important d'expliquer très tôt à l'enfant d'où il vient, comment il a été conçu. Vous l'aiderez à comprendre et à répondre aux éventuelles remarques de ses camarades ou de leurs parents. Il se peut que votre enfant adapte cet Œdipe et manifeste des excès de pulsions amoureuses ; ou au contraire traverse des phases de questionnements intenses. Vous répondrez là encore d'une seule voix.

POUR ALLER PLUS LOIN :

72. Je découvre mon sexe, je suis différent, p. 186
73. Fille, garçon, la question du genre, p. 188
104. Mes parents se séparent, p. 268
105. Je vis dans une famille homoparentale, p. 270

75. MON ANIMAL EST MORT

SON PETIT COMPAGNON DE ROUTE S'EN EST ALLÉ
ET IL EST DANS TOUS SES ÉTATS.

Avant l'âge de 5 ou 6 ans, la notion de mort chez un enfant est très limitée. Certes, il l'évoque assez tôt dans ses jeux : « Je te tue », « T'es mort »... Mais pour lui, la mort est simplement le contraire de la vie, un concept très éloigné et nébuleux. Ce n'est que plus tard, vers 8 ou 10 ans, qu'il prend conscience qu'une telle disparition est définitive, universelle et inévitable. Un décès dans la famille peut le bouleverser, de même que certaines images à la télévision et bien sûr, la mort de son animal.

L'ADOPTION D'UN ANIMAL DE COMPAGNIE

Avant toute chose, il est essentiel de bien réfléchir à votre engagement si vous souhaitez accueillir un nouveau membre de la famille. Évitez les coups de tête, et prenez le temps d'expliquer à votre enfant ce qu'implique l'arrivée d'un animal à la maison : vous allez devoir en prendre soin (nourriture, nettoyage, promenade), et il s'agira d'être gentil et respectueux avec lui.

Si vous-même avez grandi auprès d'un animal, vous saurez certainement tout ce qu'il peut apporter, son rôle et son lien d'appartenance à la famille. Si en revanche vous n'avez aucune expérience, prenez conseil, demandez-vous d'où vient ce désir, cette envie d'adoption : est-ce un moyen de (vous) faire plaisir, de canaliser les émotions de chacun, est-ce un cadeau, une récompense ? Un animal est pourtant tout sauf un objet ! Quand on sait que beaucoup sont abandonnés dès le début de l'été, mieux vaut réfléchir avant de s'engager : ce serait bien malheureux pour lui, pour votre enfant et pour l'ensemble de la famille d'en arriver là. Surtout, ce ne serait pas sans conséquences.

Bon à savoir

Votre enfant vous ramène un oiseau retrouvé inanimé dans un parc, votre jardin ou près de la fenêtre ? Observez sa réaction, c'est essentiel. Selon son âge, son comportement, ses commentaires, sa capacité à gérer ses émotions, vous adapterez votre réponse. Vous évoquerez la permanence de la mort et inévitablement ferez le rapprochement avec celle des êtres humains. Là encore, utilisez les bons mots : affirmer que l'oiseau est parti au paradis des animaux ne fera qu'embrouiller sa perception du cycle de la vie. Les mots doivent sonner justes à ses oreilles : « Il est mort, c'est triste, comment peut-on l'enterrer ? » L'important est d'associer l'enfant. Il doit pouvoir exprimer sa peine avec son propre vocabulaire, vous faire part de ses interrogations en toute confiance. Vous répondrez, en tenant compte de vos émotions et de vos croyances personnelles, avec des paroles appropriées.

QUAND LA FIN EST PROCHE

Quel que soit l'animal que vous aurez choisi d'accueillir (poisson rouge, chien, chat, hamster), parlez rapidement de son espérance de vie : « Tu sais, un chien ne vit pas aussi longtemps que nous. » Observez la réaction de votre enfant, répondez à ses questions en choisissant des mots adaptés à son âge. L'idée est simplement qu'il intègre cette notion de possible disparition, donc de mort. Lorsqu'elle arrivera, ce sera aussi l'occasion de lui faire prendre conscience de son caractère irréversible.

Si votre animal de compagnie tombe malade

L'ensemble de la famille, et en particulier l'enfant qui a certainement créé un lien fort avec l'animal, devra y être associé. Mieux vaut toujours dire la vérité, formuler des paroles simples et douces, pour expliquer que, comme les humains, le chien ou le hamster peut tomber malade, vieillir et mourir. Ainsi, vous consolidez la notion de lien avec le cycle naturel de la vie, et vous mettez en évidence votre attachement familial à cet animal.

Si votre animal de compagnie a un accident brutal

La situation est ici différente. Si l'animal n'est que blessé, vous expliquerez, encouragerez la parole de votre enfant et éviterez de mentir. Si votre animal meurt accidentellement, il vous faudra l'écouter, le laisser pleurer, répondre peu à peu à ses questions, des questions qu'il peut formuler quelques jours ou semaines plus tard, les mêmes ou de nouvelles. S'il a été le témoin visuel de l'accident, sachez que la prise en charge psychologique devra être plus importante que s'il apprend le décès de son compagnon à son retour de l'école ou de vacances.

LE TEMPS DU DEUIL

Si votre enfant est encore très triste plusieurs mois après la disparition de son animal de compagnie, s'il a du mal à gérer ses émotions, n'hésitez pas, bien sûr, à consulter votre médecin. Vous échangerez aussi avec son enseignant pour repérer d'éventuels changements ou difficultés à l'école. Dans tous les cas, ne banalisez pas ce deuil, et évitez de remplacer tout de suite son compagnon, attendez un peu. Vous pouvez aussi proposer à votre enfant de dessiner son animal perdu. Il conservera ou vous donnera son dessin selon sa propre sensibilité. Une jolie photo du disparu dans le salon (mais pas dans les chambres) peut enfin être utile et apaisante.

POUR ALLER PLUS LOIN :

100. Mamie est très malade, p. 259
101. Grand-père est mort, p. 261

76. JE TIENS UN CRAYON

PARVENIR À TENIR SON CRAYON, C'EST TOUT UN SYMBOLE !

Rappelons d'abord qu'avant de pouvoir tenir un crayon, l'enfant franchit de nombreuses étapes.
Vers l'âge de 6 mois, il développe ce qu'on appelle la prise cubito-palmaire et ses deux mains entrent en compétition.
À l'âge de 2 ans, il peut tenir un stylo ou un pinceau avec plus d'agilité pour gribouiller. Vient ensuite la réalisation d'un trait vertical.
Vers 3 ans, ce sera le trait horizontal et l'ébauche de la croix (voir la fiche suivante).

À vos yeux, la tenue du crayon marque la fin de la petite enfance. Votre bambin entre peu à peu dans le monde de la communication, il dessine, s'exprime, copie, écris. Du côté de l'enfant, tenir son crayon est naturel puisqu'il sait déjà tracer des formes avec un pinceau. Mais voilà que les adultes instaurent d'autres règles ! Il y aurait une façon de tenir ledit crayon et un temps pour cesser les barbouillages...

Bon à savoir

Savez-vous que le quatre pattes est utile pour la future tenue du crayon ? En effet, en apprenant à lancer un bras vers l'avant tout en se maintenant stable avec l'autre bras et les deux jambes, il tend celui-ci, ouvre la paume de sa main pour la poser à plat et prendre appui afin de se stabiliser. Cette coordination main-poignet-bras est très utile plus tard pour prendre et saisir le crayon avec adresse.

LA BONNE TENUE DU CRAYON

On croit souvent que le pouce et l'index sont les deux doigts qui permettent de dessiner ou d'écrire. Il n'en est rien ! Le crayon doit être pincé en effet, mais entre le pouce et le côté du dernier segment du majeur. L'index, lui, repose sur le dessus du crayon, de façon à stabiliser sa tenue et son mouvement. Les autres doigts sont eux légèrement repliés pour permettre un appui latéral, la main sur la feuille ou le papier.
Cette opération est donc le fruit d'un certain nombre de prérequis dans la motricité fine de l'enfant. Celle-ci commence à s'acquérir dès la toute petite enfance et progresse jusqu'à 6 ou 7 ans. Parmi ces prérequis, nous trouvons :

- **la capacité à dissocier les doigts, c'est-à-dire à les bouger mais pas tous en même temps ;**
- **la perception tactile des doigts ;**
- **la coordination bilatérale du corps, nécessaire au découpage par exemple ;**
- **le tonus musculaire, en particulier celui de la main ;**
- **la coordination de l'œil et de la main.**

LES DIFFICULTÉS

Certains enfants ont tendance à adopter une « tenue proximale », c'est-à-dire qu'ils dissocient les rôles du pouce et de l'index. C'est parfois le cas des gauchers qui écrivent en gardant la main au-dessus de la ligne d'écriture. D'autres enfants favoriseront plutôt une « prise distale » : ils utilisent 4 doigts et déforment leur poignet en « col-de-cygne ». C'est également fréquent chez les gauchers.
Outre ces cas un peu particuliers, les parents mais surtout les enseignants vont peu à peu repérer les difficultés de l'enfant : celui-ci peut avoir du mal à tenir son crayon, à bien le positionner par rapport à

la feuille, à tracer des formes et plus tard des lettres, ou encore à s'installer correctement par rapport au plan de travail, à incliner la tête, voire simplement à travailler parce qu'il éprouve de la fatigue ou des maux de tête. Dans ces cas-là, votre pédiatre pourra proposer un bilan (visuel, orthoptique, neuro-visuel ou orthophonique). Selon le ou les diagnostics, votre enfant gagnera des lunettes, des séances d'orthophonie (écriture, lecture) ou un accompagnement chez un ergothérapeute.

LES CONSEILS

Les enseignants repèrent généralement rapidement l'enfant qui tient mal son crayon, qui écrit trop gros, trop lentement, qui se fatigue vite, pour lequel cette activité est laborieuse. Tout l'objectif sera ensuite de faire preuve de patience.

- **Corrigez la posture globale de votre enfant : il ne doit pas être couché sur la table, ni poser son menton sur le cahier.**
- **Vérifiez également la position de son bras qui doit être dans le prolongement du cahier.**
- **Observez la position des doigts et en particulier celle du pouce.**
- **Montrez-lui où positionner sa main par rapport à la mine du crayon, ni trop près, ni trop loin.**
- **Vérifiez que le crayon est adapté à la taille de ses doigts et de ses mains, qu'il ne soit pas trop lourd.**

Il existe de nombreux jeux pour l'aider à déployer ses talents d'écriture (Mikado®, Lego®...) mais plusieurs activités de manipulation peuvent aussi le faire progresser :

Fixer les pinces à linge quand vous étendez les vêtements ; cela favorise le tonus, la pince digitale et la coordination entre l'œil et la main.

Visser et dévisser des bouchons ou des vis : il travaillera le mouvement des doigts et du poignet.

Éplucher des légumes : c'est excellent pour le tonus musculaire et la coordination bilatérale.

Mettre des cure-dents dans les trous d'un sucrier : concentration et précision garanties.

Bon à savoir

Gaucher ou droitier ? Pour le savoir, il convient de bien observer votre enfant. Un gaucher va davantage développer son cerveau droit qui régit en effet tout le côté gauche du corps. Vous pouvez remarquer qu'il écrit de la main gauche bien sûr, mais aussi qu'il utilise plus volontiers son pied gauche (au foot, notamment), ou encore que son œil ou son oreille gauche domine. Les parents mais aussi les enseignants veilleront à reconnaître cette dominante chez l'enfant pour ne pas la « contrarier ».

POUR ALLER PLUS LOIN :

30. J'attrape des objets, p. 83

36. Je me déplace à quatre pattes, p. 94

49. Je barbouille, je gribouille, p. 126

77. Je trace des lignes, des ronds, p. 200

77. JE TRACE DES LIGNES, DES RONDS

C'EST UNE ÉTAPE QUE LES ADULTES CONSIDÈRENT À JUSTE TITRE COMME LA PREUVE QUE L'ENFANT PROGRESSE DANS SES APPRENTISSAGES, ET QUE L'ÉCRITURE VA BIENTÔT COMMENCER.

Pour faire un rond ou tracer une ligne, votre enfant sera passé par des étapes successives depuis sa naissance qui toutes ont leur importance : la position assise, la coordination entre la main et les yeux, l'observation, la mémorisation, le toucher, l'équilibre vestibulaire, la proprioception… Au début, il dessinera probablement en levant son coude ; puis peu à peu il comprendra que son crayon sera plus stable et ses dessins plus précis s'il fait glisser son poignet et son avant-bras sur la feuille. Ne lui demandez pas tout de suite de reproduire des formes compliquées : c'est entre 6 et 7 ans qu'il s'intéressera aux losanges, aux traits obliques et aux fameux bonshommes, avec mains, doigts et vêtements.

LE BON MOMENT

L'objectif des traits et des ronds est multiple : comprendre ce que sont ces formes, parfaire la tenue du crayon ou du feutre, et comprendre l'interaction des productions graphiques. Et tout ceci va peu à peu participer à l'intégration des signes nécessaires à l'écriture.

Pour ces entraînements, comme pour tout, il y a de bonnes conditions :

- Pour ce type de dessins, il est important de veiller à ce que les étapes précédentes soient bien acquises.
- Proposez ces activités à un horaire où la concentration de votre enfant est optimale.
- Vous choisirez le bon environnement : il doit être au calme, bien assis face à une table adaptée à sa hauteur et sa vision. L'éclairage est aussi important.
- Préparez tout le matériel : feuille, crayons, feutres et gommettes.
- Vous éviterez les bras nus sur une table en verre et préférerez un vêtement qui permette aux bras de glisser sur le support.

LES TECHNIQUES POUR LES TRAITS

- **Les ballons.** Proposez à votre enfant de coller une dizaine de gommettes de différentes couleurs sur une feuille. Puis, demandez-lui de tirer un trait vertical depuis chaque gommette jusqu'au bord inférieur de la feuille. Ainsi, peu à peu apparaissent des ballons qui s'élèvent vers le ciel. « Regarde tous ces ballons qui s'envolent. » Grâce à un simple collage, il développe son imagination. Cette activité est aussi l'occasion d'ajuster son tracé pour qu'il devienne plus précis, plus habile. De même, vous rectifierez avec lui sa posture et son positionnement. Commencez par un feutre épais puis choisissez des crayons de plus en plus fins.
- **La grille du four.** Vous poserez la grille de votre four à plat sur une grande feuille. Votre enfant, à l'aide d'un crayon ou d'un feutre, devra tracer une ligne entre chacun des barreaux, sans toucher ceux-ci. Cette activité peut lui servir de guide.
- **La position debout.** N'hésitez pas à lui proposer de changer de posture. Vous pouvez lui apprendre à tracer des traits verticaux en étant debout face à une feuille fixée sur le réfrigérateur par des magnets. Cette technique est plus complexe pour votre enfant qui ne peut plus prendre appui sur son avant-bras. Mais elle a l'intérêt de faire davantage appel à sa vision et à sa coordination dans l'espace.

Bon à savoir

Il est essentiel que l'environnement de l'enfant soit favorable et respectueux du stade et des étapes de ses acquisitions. Soyez toujours dans l'encouragement. Surtout, il faut lui laisser du temps : évitez de lui fixer des objectifs liés à vos propres attentes, mais adaptez-les à ses progrès. En effet, il a besoin de prendre confiance en lui et de comprendre ce que vous attendez de lui. Il est normal, en tant que parents, d'être dans l'expectative, de chercher un trait toujours plus net et un rond parfaitement concentrique. Vous l'avez compris, au-delà de l'exécution de ces formes, il est probable que vous vous projetiez déjà dans l'apprentissage de l'écriture. Ne vous stressez pas et ne lui mettez pas la pression. Votre enfant, à son rythme, va gagner en assurance, aidé en cela par son entourage.

LES TECHNIQUES POUR LES RONDS

- **L'imagination.** Le rond est le premier dessin de l'enfant puisqu'il peut tout représenter dans son imagination : une personne, une fleur, un soleil... À lui d'être inventif ! Avec le temps, il comprendra naturellement comment bien fermer cette figure, en colorier l'intérieur ou l'extérieur en respectant les contours. Plus tard, il superposera plusieurs ronds de tailles différentes pour créer un bonhomme.
- **Les gommettes.** Vous pouvez vous servir de gommettes rondes, de tailles et de couleurs différentes, et demander à votre enfant de les contourner avec un feutre ou un crayon. Choisissez des gommettes de plus en plus grandes pour l'inviter peu à peu à observer et à s'appliquer davantage, tout en prenant moins appui avec son avant-bras sur la table. Après avoir fait un cercle autour d'une gommette, il peut aussi dessiner un rond à côté, plus librement.
- **Les autres supports.** Dessiner un rond dans le sable, découper des morceaux de carton de tailles différentes, se servir de modèles (couvercles, verres) pour tracer des cercles avec un crayon, un feutre, un pinceau... N'hésitez pas à multiplier les expériences.

POUR ALLER PLUS LOIN :

30. J'attrape des objets, p. 83
35. Je tiens assis, p. 92
49. Je barbouille, je gribouille, p. 126
76. Je tiens un crayon, p. 197
84. J'apprends à tracer et à reconnaître des lettres, p. 218

78. JE FAIS DE LA DRAISIENNE, DU VÉLO

LES CHEVEUX AUX VENTS, VOTRE ENFANT VA BIENTÔT DÉCOUVRIR LES JOIES DU DEUX-ROUES.

Votre enfant a bien progressé en motricité globale. Il est maintenant capable de courir en balançant ses bras, en regardant derrière lui, il peut tenir quelques instants sur un seul pied et pousser un ballon par-devant lui. Vous pouvez observer une maturité de toutes ses coordinations visuo-motrices qui lui permet d'effectuer des mouvements plus complexes. Il est donc fin prêt pour monter sur un vélo et apprendre à pédaler tout en conservant son équilibre. Mais bien avant, vers l'âge de 2 ans, il peut déjà essayer la draisienne.

LA DRAISIENNE

Voici le meilleur moyen de commencer à se familiariser avec les deux-roues. L'avantage de la draisienne est qu'elle est adaptée à la taille de l'enfant. Tâchez d'opter pour un matériel léger et robuste, qui prévoit un réglage en hauteur, avec des poignées facilement accessibles et, si possible, déjà, un repose-pieds central. Jetez également un œil au diamètre et à l'épaisseur des roues qui doivent être choisies en fonction de l'âge de votre enfant.

Celui-ci commence par prendre possession de l'engin simplement en le poussant, sans se mettre dessus. Il est fier de conduire sa draisienne en marchant à côté, comme vous le faites avec votre vélo. Ce faisant, montrez-lui comment tourner le guidon vers la gauche ou vers la droite afin qu'il prenne confiance. Ainsi, il découvre la maniabilité et le poids de la draisienne.

L'étape suivante vient toute seule. Votre enfant a très vite envie de s'installer sur la selle, celle-ci étant réglée à la hauteur de son entrejambe. Privilégiez un terrain plat, si possible sans graviers, et à contre-jour. Vous l'aurez équipé d'un petit casque, de gants légers et d'un vêtement à manches longues ainsi que d'un pantalon en cas de chute. Spontanément, votre enfant se penche en avant et pousse sur ses jambes de manière alternée pour faire avancer la draisienne. Peu habile au début, il a tendance à marcher pour prendre ses marques et gagner en confiance, sans s'asseoir sur la selle.

Puis, un peu plus tard, à condition qu'il puisse garder les pieds sur terre tout en grimpant sur la selle, il comprend qu'il peut effectuer le même mouvement alterné des jambes en s'asseyant sur son bolide. Il prend donc un peu de vitesse, s'amuse comme un petit fou et… risque de tomber. Vous l'aurez prévenu en amont : ce n'est pas grave et, au début, tout le monde passe par là.

Une fois qu'il sait avancer plus vite et qu'il maîtrise mieux le guidon, montrez-lui comment, l'espace de quelques instants, il peut laisser la draisienne avancer toute seule, en posant ses deux pieds sur le marchepied central. Il intègre alors l'équilibre giratoire et comprend que la vitesse l'empêche de tomber.

Lorsqu'il maîtrise bien l'engin, votre enfant est ravi de prendre de la vitesse, d'effectuer virages et dérapages. Si le modèle s'y prête, vous pouvez y ajouter des freins. Il apprendra à les maîtriser comme il l'a fait pour le guidon. N'hésitez pas alors à l'emmener sur un terrain moins régulier (une petite pente, un chemin de terre). Cette dimension supplémentaire favorisera sa proprioception.

Toutes ces étapes peuvent prendre quelques mois, voire davantage. Il est important de laisser votre enfant prendre confiance, sans le forcer, ni le brusquer. C'est lui qui apprend ! Mettez de côté votre désir qu'il apprenne vite.

Les avantages de la draisienne

- La position de l'enfant sur une draisienne est totalement physiologique et naturelle, contrairement à celle qu'il adopte sur un tricycle, et qui mobilise trop ses abdominaux et le bas de son dos. Par ailleurs, c'est un outil bien plus pertinent que le vélo avec des petites roues puisqu'il stimule donc accélère l'apprentissage de l'équilibre.
- Enfin, la draisienne permet à l'enfant d'être autonome : légère, il peut la ramasser facilement lorsqu'il tombe. Il prend confiance, apprend à se faire (un peu) mal et à se remettre en selle. Bien souvent, cette assurance permet de monter ensuite directement sur un vélo sans passer par l'étape des petites roues. Et c'est là tout l'intérêt.

LE VÉLO

L'apprentissage du vélo intervient à des âges très différents. Si votre enfant a fait l'expérience de la vitesse et de l'équilibre grâce à une draisienne, il montera sur un vélo aux alentours de 5 ans, voire 4 ans, sans forcément avoir besoin d'un engin muni de petites roues. Pour autant, il devra se familiariser avec cet outil qui est nouveau pour lui : il prend de la hauteur et ses pieds touchent tout juste le sol lorsqu'il est installé sur la selle.

Si votre enfant n'a pas fait cette expérience, vous serez peut-être obligé(e) de commencer par les fameuses petites roues. Elles peuvent en effet l'aider, s'il n'a pas encore bien intégré la notion de pédalage qui fait avancer son engin. Il apprend aussi à se servir du guidon pour tourner puis, peu à peu, des freins pour ralentir. Sachez cependant que ce type de vélo avec appuis encourage l'enfant à se pencher vers l'extérieur d'un virage alors que c'est tout le contraire qu'il faudrait faire.

Bon à savoir

Vous apprendrez à votre enfant à être responsable de sa draisienne ou de son vélo. Il devra en prendre soin, savoir les ranger, vérifier voire gonfler les pneus, et éviter de perdre ou de casser tous les petits éléments amovibles.

Avec le temps, il prendra de la vitesse, gagnera en confiance et maîtrisera davantage son équilibre. Alors, vous n'hésiterez pas à relever un peu les petites roues. Courez à côté de lui en le tenant par sa veste ou son manteau, un vêtement que vous aurez au préalable bien boutonné. Si vous êtes habile, vous pouvez rouler à ses côtés sur votre propre vélo. Peu à peu, remontez les roues jusqu'à ce qu'elles ne servent plus à rien. L'enfant sait que vous êtes là et il n'a qu'un but : s'autonomiser. Vous veillez à toujours l'encourager, le féliciter, même lorsqu'il tombe.
Une fois la conduite du vélo maîtrisée, réservez votre accompagnement au démarrage et à l'arrêt. Ce sont en effet les deux étapes importantes à surveiller désormais. Leur bonne gestion dépend essentiellement de l'assurance de votre enfant et de son développement neurosensoriel. Vous serez notamment vigilant sur le freinage qui doit être effectué correctement et au bon moment. Certains enfants commencent à poser le pied à terre alors que leur vélo avance encore très rapidement. Prenez le temps de l'entraîner à démarrer et à s'arrêter sur des petites distances et sur terrain plat. Plus il s'exercera, plus il acquerra le bon geste.
Une fois les étapes précédentes maîtrisées, emmenez-le sur des terrains de jeu différents : avec des bosses, des pentes ou encore sous la pluie. Équipez votre enfant de vêtements adaptés, n'oubliez ni les gants, ni le casque, pensez éventuellement aux lunettes de soleil. C'est parti pour une promenade dont la durée doit être adaptée en fonction de son âge.

POUR ALLER PLUS LOIN :
79. J'apprends la trottinette, p. 205
80. Mes premiers cours de ski, p. 207

79. J'APPRENDS LA TROTTINETTE

TRÈS À LA MODE DEPUIS PLUSIEURS ANNÉES, LA TROTTINETTE FAIT FUREUR CHEZ LES ENFANTS... ET LEURS PARENTS.

Les adultes en sont tout aussi friands. Sur une trottinette, chacun retombe en enfance et retrouve spontanément ces mouvements qui suscitent tant de joie, de plaisir et d'exaltation chez les plus jeunes.

LES AVANTAGES

Pour l'enfant, faire de la trottinette est à la fois un jeu, une prouesse et l'occasion d'imiter les adultes. C'est aux alentours de 2 ans, lorsqu'il maîtrise bien la course, qu'il peut tenter l'expérience. Certains enfants aimeront, d'autres pas. D'autres encore s'y mettront plus tard, vers 3, 4 ou 5 ans, en fonction de leur assurance et de leurs acquisitions motrices et sensorielles.

Les avantages de cette activité sont nombreux :

- **La trottinette donne confiance en soi. Le plateau étant situé à quelques centimètres du sol, l'enfant n'a pas besoin d'enjamber son bolide, comme il le fait sur une draisienne ou un vélo. Il peut donc commencer très jeune, tout seul. Pourtant, parce qu'il peut prendre très vite de la vitesse, veillez à l'accompagner pour lui apprendre à contrôler sa trottinette.**
- **Elle favorise son développement physique.**
- **Elle stimule ses capacités motrices et visuelles.**
- **Elle sollicite son équilibre vestibulaire,** suppose la maîtrise d'une dynamique entre la partie supérieure du corps et la partie inférieure.
- **Elle le sociabilise** puisque les enfants sont nombreux à en faire.

Si vous-même êtes fan de trottinette, n'hésitez pas à faire découvrir à votre enfant les joies de la glisse. Vous pouvez l'emmener en balade ou, si la distance le permet, utiliser ce moyen de transport pour aller à l'école.

LES ÉTAPES

Certains modèles sont munis de 3 ou 4 roues, et sont dès lors plus stables, parfois sophistiqués avec des ressorts pour les virages. Ils peuvent être utilisés dès l'âge de 2 ans. En revanche, vous choisirez un modèle classique, à deux roues, si votre enfant a 3 ans et demi, 4 ans.

Pour l'aider à trouver son équilibre, observez votre enfant pour repérer son pied moteur. Le pied moteur, c'est celui qui pousse la trottinette et tout le monde en a un ! Pour le repérer, demandez à votre enfant de frapper dans un ballon : c'est le pied qui shoote le ballon qui sera le pied moteur et donnera l'élan ; l'autre sera installé sur le plateau de la trottinette. Vous pouvez aussi demander à votre enfant de sauter sur un pied : le pied avec lequel il saute sera le pied d'appui sur la planche. Une fois cette dominante repérée, proposez-lui une trottinette prévue pour sa taille et son poids, munie de roues adaptées au type de sol envisagé.

Vous expliquerez ensuite comment bien tenir le guidon avec les deux mains, et pourquoi la tête doit rester droite, le regard tourné vers l'avant afin de se familiariser avec l'espace et de repérer les obstacles. Certains enfants ont tendance à regarder le sol, ce qui peut facilement conduire à la chute. Commencez doucement mais sûrement : votre enfant avancera à son propre rythme, laissez-lui le temps.

LES RÈGLES ET LES CONSEILS

Concernant l'environnement, voici quelques conseils :

- **Commencez son apprentissage dans un espace dégagé, plat, sans obstacles.**
- **Prévenez-le : il risque de tomber, c'est normal. Rappelez-vous cependant qu'un jeune enfant a un centre de gravité plus bas et qu'il tombe de moins haut.**
- **Expliquez-lui comment gérer une chute : il doit se laisser tomber comme une poupée de tissu. Ainsi, il se fera moins mal.**

Concernant la sécurité, rappelez-lui certaines règles :

- **Bien regarder devant soi.**
- **Repérer les obstacles éventuels qui peuvent le faire basculer vers l'avant (un caillou, une irrégularité dans le sol).**
- **Être équipé d'un vêtement à manches longues, d'un pantalon, de chaussures avec un bon gripp.**
- **Ne pas oublier les gants et le casque.**

Surtout, apprenez-lui à freiner. Cela demande un peu de temps. Votre enfant, s'il a entre 2 et 3 ans, commencera par maîtriser l'équilibre, la vitesse, le contournement des obstacles. Une fois cette étape franchie, montrez-lui et incitez-le à adopter la bonne position pour freiner avec son pied (ou à l'aide d'une poignée à l'avant pour les plus grands). En fins explorateurs qu'ils sont, les enfants sont des casse-cous ! Il est compréhensible qu'ils se pavanent et tentent des glissades ou des figures impossibles ; mais il est important qu'ils sachent freiner pour s'arrêter à temps ou ralentir dans une pente.

Bon à savoir

N'hésitez pas à multiplier les expériences. Proposez à votre enfant de faire de la trottinette sur un terrain en pente, par temps de pluie, sur un chemin de terre. Vous n'oublierez pas les flaques d'eau, très appréciées des enfants. Un peu moins des parents !

POUR ALLER PLUS LOIN :

78. Je fais de la draisienne, du vélo, p. 202

80. Mes premiers cours de ski, p. 207

80. MES PREMIERS COURS DE SKI

L'HIVER APPROCHE ET VOUS AIMERIEZ QUE VOTRE ENFANT DÉCOUVRE LES JOIES DE LA MONTAGNE.

En famille, en colonie ou via l'école, vous vous réjouissez pour lui, et peut-être pour vous, d'un séjour à la montagne. C'est toujours un moment privilégié, bien que parfois coûteux. Si l'occasion se présente, n'hésitez pas : de nombreuses acquisitions pourront se développer en altitude.

LES SPORTS DE GLISSE

Le ski

Les écoles de ski proposent des cours à partir de 3 ans, parfois dès 2 ans si l'enfant a déjà eu l'occasion de découvrir la montagne et se montre à l'aise et confiant. En ce cas, il est peut-être pressé de vous imiter et de chausser ses skis. Cependant, quelques règles sont à respecter avant de l'entraîner dans la quête des médailles.

Lui apprendre à skier suppose, là aussi, de vous assurer qu'il a bien franchi toutes les étapes précédentes, en termes d'équilibre et d'acquisitions motrices et neurosensorielles. Sinon, cette découverte peut devenir une peine, voire une corvée. Vous êtes certainement impatients et fiers de pouvoir emmener rapidement votre enfant dans la poudreuse, et partager en famille un grand moment. Cependant, celui-ci ne voit pas l'aventure de cette façon. Voilà pourquoi il est essentiel d'obtenir son adhésion, il serait improductif de le forcer.

La luge

Si vous avez déjà effectué des séjours à la montagne, vous avez probablement fait découvrir la luge à votre enfant, dès lors qu'il a pu se tenir assis, vers 6 ou 8 mois. Aujourd'hui, choisissez une luge adaptée à son âge, munie d'un siège et d'un harnais, ou suffisamment grande pour monter à plusieurs.

Vous veillerez à une tenue adaptée car les chutes sont nombreuses ! Mais c'est ce qui rend cette activité attractive. Pour éviter qu'il ne garde un mauvais souvenir de la première, adoptez la bonne position et faites en sorte qu'il ne tombe pas de haut. Vous l'initierez en douceur puis pourrez lui passer les rennes, vers 4 ou 5 ans. Cependant, n'oubliez pas qu'il ne sait pas encore maîtriser la vitesse, ni la direction de la luge.

Le snowboard

Cette discipline se pratique plus volontiers à partir de l'âge de 8 ans. Cependant, vu l'engouement actuel pour le surf, certains moniteurs proposent parfois des cours particuliers dès 5 ans.

Bon à savoir

Ne prévoyez pas de sorties trop longues au début : la fatigue arrive vite chez un enfant de 3 ans, et le froid peut s'installer puisqu'il restera souvent immobile, le temps de découvrir comment ça marche. Emportez toujours avec vous de quoi boire et grignoter, comme des barres de céréales, et n'oubliez pas de faire des pauses pour garder de l'énergie et soulager sa vessie. Choisissez de commencer par des pistes faciles et dégagées, par beau temps.

LA PÉDAGOGIE

Pensez d'abord à lui faire découvrir la neige, quand votre enfant maîtrise bien la marche et qu'il sait se réceptionner lorsqu'il tombe, entre 16 et 24 mois. Cette étape est essentielle avant de le mettre sur des skis. Touchez la neige, faites des boules de neige, mettez-lui quelques flocons sur le visage, apprenez-lui à glisser avec ses chaussures sur une neige un peu damée, à avancer à reculons sur ce terrain glissant, à descendre une petite pente sur les fesses ou sur une pelle à neige... Tous ces prérequis sont essentiels pour qu'il prenne confiance, qu'il découvre l'environnement, qu'il apprenne à maîtriser son équilibre.
L'étape suivante consistera dès sa plus jeune enfance à l'emmener plus régulièrement sur les pistes avec vous. Vous pourrez utiliser un harnais dorsal de portage, ou louer une petite luge au bas des pistes pour lui faire découvrir le monde des skieurs.
Si vous êtes vous-même un skieur averti, vous aurez tout naturellement envie de lui apprendre, lors de vos sorties en famille. Assurez-vous cependant que votre sens de la pédagogie est suffisamment développé, car la transmission de votre savoir et de votre expérience en matière de glisse peut, hélas, tourner au cauchemar. Il n'est pas rare de croiser sur les pistes un petit en pleurs et un parent qui perd patience. Si vous doutez, mieux vaut inscrire votre enfant à un cours collectif, ou à un cours particulier, pour que l'enjeu affectif ne prenne pas le dessus lors cet apprentissage, ce qui ne serait pas de bons débuts sur la neige.
Enfin, évitez toujours de comparer votre enfant à ses frères et sœurs ou à un autre enfant du même âge. Cela arrive malheureusement souvent. Or chacun progresse à son rythme. Le respecter est important.

LE MATÉRIEL

Sur les conseils de l'école de ski ou du loueur, ou parce que vous avez vous-même l'expérience de la montagne, vous choisirez un bon équipement avant de descendre vos premières pistes :

- **des skis adaptés à la taille et au poids de l'enfant, de même pour les chaussures ;**
- **un casque ;**
- **des vêtements suffisamment chauds et respirants, un bonnet, des lunettes de classe 3 ou 4, une paire de gants ;**
- **de la crème solaire indice 50, un stick pour les lèvres.**

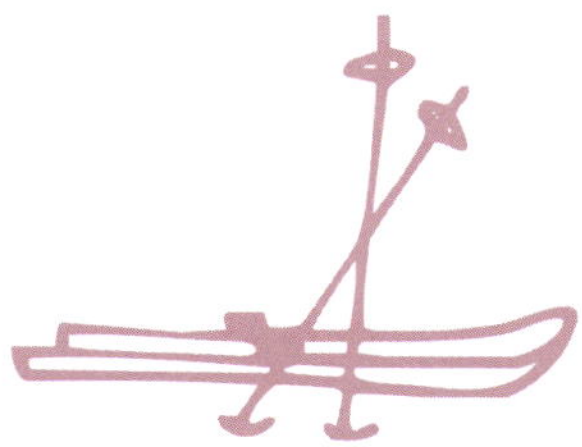

POUR ALLER PLUS LOIN :
42. Ses premières vacances, p. 109
78. Je fais de la draisienne, du vélo, p. 202
79. J'apprends la trottinette, p. 205

81. J'APPRENDS LES COULEURS

C'EST ENTRE 2 ET 3 ANS QU'UN ENFANT APPREND À NOMMER ET REPÉRER LE JAUNE, LE ROUGE, LE BLEU.

À l'âge de 15 ou 16 mois, votre enfant savait déjà différencier les couleurs sans encore pouvoir l'exprimer. Vous avez même pu observer des préférences pour telle ou telle gamme et n'avez pas hésité à en profiter pour valoriser certains aliments.

LE DÉVELOPPEMENT DE LA VUE

Rappelons que la vision du fœtus commence à se développer aux alentours du 7ᵉ mois de grossesse.
Le futur bébé perçoit les ombres comme certaines nuances, et réagit par exemple lorsqu'une lumière forte est dirigée sur le ventre de sa mère ou lors d'un examen médical.
À la naissance, un bébé a tendance à garder les paupières fermées. Puis, vers l'âge de 3 mois, il parvient à repérer le rouge et le vert. Plus tard, il intègre les autres couleurs, et développe sa capacité visuelle ; ses deux yeux travaillent alors de concert.
À partir de 3 ans, sa rétine devient mature : l'enfant scrute davantage les objets, il les regarde de façon plus méthodique. Il est également plus attentif aux images lorsque vous lui lisez un livre et apprécie le lien entre celles-ci et l'histoire.

Les premières notions de couleur sont essentielles aux apprentissages scolaires. Il est donc important de repérer suffisamment tôt d'éventuelles difficultés de vision. Votre médecin, en temps voulu, vous proposera un examen chez un spécialiste (ophtalmologue ou orthoptiste) pour détecter myopie, astigmatisme ou anomalie des couleurs.

LA CORRESPONDANCE ENTRE LE MOT ET LA NOTION

Dès son plus jeune âge, vous associez spontanément et régulièrement la notion de couleur à l'objet ou à la forme dont vous parlez. En effet, les mots « rouge » ou « bleu » sont des concepts abstraits que l'enfant va peu à peu faire correspondre avec ce qu'il observe. Par exemple, le poussin est jaune. L'enfant identifie d'abord l'élément « poussin » puisqu'il est attiré par ce petit animal. Puis il comprend avec le temps que le qualificatif « jaune » s'associe au poussin.
Ensuite, d'autres objets qui sont de cette même couleur élargissent son vocabulaire : la chemise de papa, la couverture, le citron et le crayon de couleur sont jaunes. Il procède de la même façon pour les autres couleurs, en commençant bien sûr par les couleurs primaires, le jaune donc, mais aussi le rouge et le bleu. La tomate est rouge, le ciel est bleu et rapidement l'herbe est verte. Les couleurs intermédiaires, comme le gris ou le rose, apparaîtront nettement plus tard, vers 4 ou 5 ans.

Vous avez donc tout intérêt à inventer des jeux simples avec des objets de couleurs différentes pour que l'enfant apprenne à les regrouper par exemple, pour mieux les reconnaître. Les cubes, les dominos, les animaux de basse-cour peuvent être associés en fonction de leur taille, de leur forme, mais aussi de leur teinte. Vous pouvez aussi, pour désigner tel jouet, lui donner le nom de sa couleur.

LES CONSEILS

- Laissez-lui le temps d'acquérir la notion de couleur sans lui mettre la pression. C'est à force d'entendre les mots qui qualifient les objets qu'il intègre leur correspondance.
- Mieux vaut privilégier une couleur après l'autre, et commencer par le bleu, par exemple, ou le jaune. Demandez à votre enfant de vous montrer certains jouets : « Est-ce que tu vois une balle bleue ? », « Où est la petite voiture jaune ? »
- Qualifiez des objets qui lui sont familiers, présents dans sa chambre ou dans la maison : « Ton pyjama est jaune » ou « Le canapé est bleu ». Cette première étape est facile car votre enfant est attaché à cet objet, il le reconnaît et intègre qu'il peut y avoir un pyjama jaune et un autre d'une couleur différente.
- Vous pouvez aussi jouer avec des cartes de couleurs primaires. Posez-les à plat devant lui et montrez-lui la carte de couleur rouge en prononçant le mot « rouge ». Mélangez puis mettez-les à nouveau les unes à côté des autres et demandez à votre enfant de vous montrer « rouge ». Félicitez-le, encouragez-le et procédez de la même façon avec le bleu et le jaune. N'hésitez pas à reproduire ce jeu avec d'autres objets du quotidien.
- Les perles à enfiler sont aussi de bons supports. Vous en profiterez pour introduire progressivement la notion de chiffres : 3 perles jaunes puis 3 perles bleues, puis 3 perles rouges. N'oubliez pas de progresser à son rythme, sans en faire trop, sinon votre enfant risque de se fatiguer, de se démotiver et finalement de mal intégrer ces concepts. L'objectif pour lui est d'être valorisé et de constater qu'il y a un lien entre l'objet qu'il voit et ce qui le qualifie (sa couleur, mais aussi sa taille, sa forme).

L'idée en plus

Usez et abusez des albums et des livres d'images. Il en existe de nombreux sur les couleurs.

POUR ALLER PLUS LOIN :

5. La vision du bébé, p. 21
43. Le langage de mes parents, p. 114
49. Je barbouille, je gribouille, p. 126
76. Je tiens un crayon, p. 197
83. L'entrée en maternelle, p. 215

82. J'APPRENDS À COMPTER

EN TANT QU'ADULTE, CELA VOUS SEMBLE NATUREL ET ÉVIDENT. IL N'EN EST RIEN POUR L'ENFANT.

Apprendre que 2 et 2 font 4, ce n'est pas simple. Certes, vous aimeriez commencer rapidement mais sachez que l'enfant ne visualise pas la notion de nombre. Ce qu'il visualise en revanche c'est qu'il a 2 mains. Et, assez rapidement, lorsque sa motricité fine le lui permet, il peut attraper les 2 balles posées devant lui. Il veut les saisir toutes les deux, et puisqu'il a 2 mains, il le peut. Mais le dilemme de la 3e balle va vite arriver. Comment faire s'il n'a que deux mains ?

LE SENS DES NOMBRES

La notion de chiffre et de nombre fait très vite partie de son quotidien puisque son entourage la lui rappelle en permanence : « Tu veux encore une cuillérée ? », « Nous montons au 2e étage ». Il perçoit également peu à peu vos éléments de langage : « Il y a deux petites maisons devant toi » ou « Il y a un cheval et trois cochons ». Il entend… mais il ne comprend pas encore. L'objectif est donc d'abord d'intégrer cette notion pour lui permettre ensuite de compter, de mesurer et de comparer.

Le champ lexical des chiffres et des nombres est aussi complexe pour lui. Il y a les chiffres 1, 2 et 3 mais il y a aussi le premier, le deuxième, le troisième qui apportent une dimension différente. Votre enfant peut montrer rapidement certaines difficultés à saisir ce que vous lui décrivez. On comprend aisément qu'il lui faudra un peu de temps pour maîtriser toutes ces nuances. Et puis, en français, il y a les articles « un » et « une » qui ne sont pas des chiffres. Vous dites « un cheval » ou « une voiture » sans pourtant que vous ne comptiez quoi que ce soit. Là aussi, il faudra un peu de temps pour que votre enfant parvienne à faire la différence.

L'ÉVEIL AUX CHIFFRES

L'éveil aux mathématiques permet à l'enfant de mettre en place un raisonnement et de mieux comprendre le monde qui l'entoure. Vous pouvez par exemple commenter lors d'un jeu avec des figurines « J'ai trois petits animaux : un chien, un chat et un cheval. Je vais mettre un cheval dans le pré et les deux autres animaux, le chat et le chien, dans la cour. » L'enfant comprend alors que le cheval est « un » et vit dans un autre lieu que le chat et le chien, qui eux deviennent un groupe de « deux ». Ainsi, vous mobilisez sa capacité à raisonner, à intégrer la notion de l'animal en lien avec son environnement. Cela participe au développement de sa pensée. À terme, l'éveil aux mathématiques aura un effet non négligeable sur ses apprentissages scolaires.
Les jeux et les supports, que l'enfant peut voir et toucher, sont les clés de cette sensibilisation aux nombres. C'est aussi grâce aux actions associatives (le petit bonhomme fait 1 saut, 2 sauts…) que vous capterez son attention et l'éveillerez à la dynamique du comptage. Compter le nombre d'animaux ou de cubes fait progresser votre enfant qui passe de la phase de l'identification à l'objet à la phase du sens. C'est ici qu'il s'aperçoit que son frère a un objet de plus que lui ! Ce sont les prémices du calcul.

LES ÉTAPES ET LES CONSEILS

Entre 1 et 2 ans, l'enfant commence à nommer des nombres. Vous pouvez facilement lui demander de réciter la comptine numérique de 1 jusqu'à 10. Proposez-lui d'utiliser ses doigts en lui montrant les vôtres : « Ça, c'est mon pouce, c'est 1 doigt. Ça, c'est l'index, c'est le 2e doigt. » Puis, faites apparaître vos 10 doigts d'un coup : « Tu vois, j'ai 10 doigts. Toi aussi tu as 10 doigts. Tu veux qu'on les compte ? » Vous resterez évidemment dans le jeu.

YES
FARINE

C'est en apprenant à compter que votre enfant entre 3 et 5 ans développera cette fois-ci des compétences mathématiques. Par exemple, en plus des chiffres, il reconnaîtra le cercle et le triangle, puis le carré et le rectangle.

À 3 ans, il sera capable de vous dire combien il y a d'objets dans un ensemble de 4. Un an plus tard, vous pourrez lui demander de commencer à les compter en les désignant parmi un groupe de 8.

LES ACTIVITÉS

Profitez de toutes les occasions qu'offre le quotidien pour utiliser les chiffres : la taille des objets, les quantités nécessaires à une recette de cuisine, le nombre de cubes, le prix d'un croissant... L'objectif n'est pas de faire l'école à la maison mais, grâce au jeu, de susciter son adhésion et de l'éveiller à des notions qui vont se structurer au fil du temps. Voici quelques exemples pour la vie de tous les jours :

- **Comptez les marches en montant les escaliers.**
- **Demandez-lui combien il y a de fraises dans l'assiette, ou combien de roues possède la voiture.**
- **Feuilletez un livre en mentionnant le numéro de la page ou du chapitre.**
- **Utilisez un jeu de cartes qui associe un nombre à une quantité.**
- **Privilégiez les jeux de société qui supposent de jeter un dé pour avancer d'un certain nombre de cases.**

L'idée en plus

Vous trouverez dans le commerce bon nombre de jeux éducatifs et sur tablette plus encore d'applications. Certains de ces supports peuvent être utiles pour favoriser la compréhension des nombres et des mathématiques. Mais évitez les écrans ou proposez-les avec modération en fonction de l'âge de l'enfant. Encore une fois, le quotidien regorge d'occasions pour le familiariser à ces notions complexes.

POUR ALLER PLUS LOIN :

43. Le langage de mes parents, p. 114
48. Je parle, p. 124
83. L'entrée en maternelle, p. 215
84. J'apprends à tracer et à reconnaître des lettres, p. 218

83. L'ENTRÉE EN MATERNELLE

VOTRE ENFANT VA BIENTÔT ENTRER EN MATERNELLE. C'EST UN GRAND MOMENT POUR LUI ET POUR VOUS, MÊME SI VOTRE RESSENTI EST DIFFÉRENT, SELON QU'IL S'AGIT DE VOTRE AÎNÉ OU DES SUIVANTS.

LE VÉCU DU PARENT

Vous allez confier votre enfant à des enseignants, et c'est pour vous une grande première. Certes, vous vous réjouissez mais vous pourriez bien verser une petite larme le jour de la rentrée. Peut-être aurez-vous aussi des difficultés à trouver le sommeil ou quelques bouffées d'angoisse dans les jours ou les semaines qui précèdent. Inutile cependant de culpabiliser ou de vous inquiéter : tout le monde est passé par-là. Tâchez de vous tranquilliser en profitant de la visite organisée par l'établissement ou en vous rappelant des premières années de vos aînés.

Vous avez peut-être beaucoup accompagné votre enfant ces dernières années. Il a déjà intégré de nombreuses acquisitions et possède maintenant un bon bagage pour sa première rentrée. Certains parents, en effet, s'investissent particulièrement au point de donner une certaine avance sur le plan du dessin, par exemple, du langage, ou de l'autonomisation. Votre enfant n'en sera que plus à l'aise. Vous aurez également veillé à sa socialisation, notamment dans l'année qui précède l'entrée à la maternelle, afin qu'il ait confiance le jour J, au sein de ce nouvel environnement.

LE VÉCU DE L'ENFANT

Lui attend probablement ce grand jour avec impatience. Il vous entend en parler depuis plusieurs mois, il pose des questions, montre du doigt l'établissement quand vous passez à côté et ne manque pas d'évoquer « son » école lorsqu'il entend un autre enfant parler de sa scolarité.

Durant l'été qui précède cette première année, de nombreuses personnes lui posent irrémédiablement la même question : « Alors, tu vas aller à l'école, comme les grands ? » Il est encore petit pour s'exprimer spontanément mais répond volontiers lorsqu'on l'interroge. Il abordera lui-même le sujet lors des premières vacances qui suivront, celles de la Toussaint, quand il fera l'expérience du changement de rythme et de l'absence de ses copains, de sa maîtresse, de la cantine, etc.

LE RÔLE DE LA MATERNELLE

Les enseignements dispensés à l'école maternelle concernent cinq grands domaines d'apprentissage :

- **Mobiliser le langage dans toutes ses dimensions.**
- **Agir, s'exprimer, comprendre à travers l'activité physique.**
- **Agir, s'exprimer, comprendre à travers les activités artistiques.**
- **Construire les premiers outils pour structurer sa pensée.**
- **Explorer le monde.**

Chaque domaine est essentiel au développement de l'enfant et l'objectif de l'enseignant est de répartir ces différents programmes de façon équilibrée, dans la semaine comme au fil de l'année. Une place primordiale est donnée au langage pour permettre à l'enfant « d'agir, de s'exprimer et de comprendre » grâce à l'activité physique mais aussi aux activités artistiques. Toutes ces activités mobilisent et enrichissent son imaginaire. Elles sont aussi l'occasion de ressentir de nouvelles émotions (la colère mais aussi la joie) et d'expérimenter des liens différents (la notion de partage, le fait de ne plus être le centre du monde…). Elles vont donc permettre à l'enfant :

- **d'explorer ses capacités physiques ;**
- **de développer ses habilités motrices et son équilibre ;**
- **de mieux se situer dans l'espace et en particulier dans le temps, puisque la sonnerie marque la fin des cours, le début de la récréation… ;**
- **d'appréhender l'image de son propre corps.**

ÉCOLE

Les enseignants veilleront aussi à lutter contre les stéréotypes grâce à la participation de tous les élèves à l'ensemble des activités proposées. Ainsi se construit l'égalité entre les filles et les garçons.

LES CONSEILS POUR PRÉPARER LA RENTRÉE

- **Dès la fin de l'été,** mettez en place un nouveau rythme à la maison, calé sur celui de l'école. Couchez votre enfant plus tôt et réveillez-le à une heure adaptée. De même, instaurez quelques routines : une heure fixe pour la douche ou le bain, un dîner avec les grands, le rangement de la chambre, etc.
- **Ne vous focalisez pas sur la propreté de votre enfant.** Il est possible que quelques accidents aient encore lieu dans la journée, notamment si votre enfant a tendance à se concentrer sur un jeu ou une activité et qu'il en oublie d'aller aux toilettes. Ne lui mettez pas la pression en lui disant « Si tu n'es pas propre, tu n'iras pas à l'école ». Il faut plutôt l'encourager : « Tu y arrives beaucoup mieux, tu as fait de beaux progrès ». Les enfants qui entrent en maternelle n'ont pas tous le même âge et les enseignants, aidés par leurs assistants, savent accompagner chacun à ce propos.
- **Avant la rentrée,** vous l'aurez associé au choix du cartable (plutôt un sac dorsal) et de quelques fournitures. Il sera sans doute très heureux de préparer ses affaires quelques jours avant ce grand moment.
- **N'oubliez pas le doudou de votre enfant,** et éventuellement sa tétine. Celui-ci déposera ces « objets transitionnels » à l'entrée de la classe avant de les récupérer lors des temps calmes ou de la sieste. Ils sont encore de précieux alliés. Le sevrage se fera progressivement.

Bon à savoir

L'école n'est pas un lieu hostile pour votre enfant ! Apprenez d'emblée à faire confiance aux adultes présents (les autres parents, le chef d'établissement, les enseignants, les différents intervenants pédagogiques) et vous verrez : les choses vont bien se passer.

LE JOUR J

Le jour J, anticipez votre trajet pour arriver un peu en avance à l'école. Cela permettra à votre enfant d'apprivoiser ce nouvel environnement et de se familiariser avec tous ces nouveaux visages. Peut-être reconnaîtra-t-il un camarade qu'il connaît déjà ?
Il serrera probablement votre main, s'y cramponnera peut-être. Vous l'accompagnerez dans la cour, puis dans la classe, et veillerez, peu à peu, tout en douceur, à lui lâcher la main. Vous pouvez, par exemple, lui suggérer de marcher devant vous, tout en l'assurant de votre présence. Ou l'encourager à rejoindre le groupe, en vous mettant un peu en retrait.
Rassurez-vous : il aura suffisamment à faire, à voir et à écouter pour que vous puissiez vous éclipser un peu plus tard, sans oublier de lui dire au revoir et de lui rappeler que vous viendrez le chercher à la sortie. Surtout, ne partez pas en cachette.
C'est votre comportement qui lui permettra de se rassurer. Si vous lui souriez en lui disant qu'il a de la chance, qu'il va découvrir plein de choses, qu'il va se faire des amis, il sera en confiance. En revanche, si votre main reste crispée sur la sienne, si vous posez 1 000 questions à l'enseignant et si des larmes perlent dans vos yeux, alors il risque de s'inquiéter. Soyez vigilants, cette étape est importante.

POUR ALLER PLUS LOIN :

51. Son adaptation à la crèche, p. 132
52. Son adaptation chez l'assistante maternelle, p. 136
81. J'apprends les couleurs, p. 210
82. J'apprends à compter, p. 212
84. J'apprends à tracer et à reconnaître des lettres, p. 218
85. J'apprends la patience sur le temps périscolaire, p. 221
112. Le maître a crié, je ne veux plus aller à l'école, p. 288

84. J'APPRENDS À TRACER ET À RECONNAÎTRE DES LETTRES

LA LECTURE, C'EST L'ACCÈS À LA CULTURE ; ET L'ÉCRITURE, C'EST L'ENTRÉE DANS LA COMMUNICATION. OR CE SONT DEUX APPRENTISSAGES DIFFÉRENTS. INTÉRESSONS-NOUS D'ABORD AU TRACÉ.

L'apprentissage de la lecture commence vers 4 ou 5 ans, en troisième et dernière année de maternelle. Il est progressif et se poursuit jusqu'en CE1, quand l'enfant atteint l'âge de 6 ou 7 ans. Chacun a cependant son propre rythme de progression qu'il convient de respecter.
L'apprentissage de l'écriture est concomitant à celui de la lecture, même s'il commence bien plus tôt, dès l'âge de 1 an, puisqu'il suppose des prérequis : le développement de la motricité fine, la capacité à tenir un crayon, la production de gribouillages et de dessins. C'est à ce moment-là qu'émerge l'écrit qui, plus tard, permettra l'écriture. Cela dit, le véritable apprentissage commence à l'école lorsque l'enfant s'entraîne à tracer des formes géométriques et à maîtriser peu à peu les mouvements de sa main.

DE L'ÉCRIT À L'ÉCRITURE

Le concept d'émergence de l'écrit renvoie aux habiletés et aux connaissances que possède l'enfant avant l'apprentissage formel de la lecture et de l'écriture. Cela correspond à la période préscolaire qui va de la naissance à 6 ans. On y retrouve cinq composants :

- **le langage oral ;**
- **la clarté cognitive, c'est-à-dire l'analyse des informations par le cerveau ;**
- **la connaissance des lettres ;**
- **la conscience phonologique, autrement dit le lien entre les lettres et la prononciation ;**
- **le principe alphabétique, ou plus simplement l'ordre des lettres dans l'alphabet.**

Après l'écrit vient l'écriture. Celle-ci se distingue de la lecture car il y a une activité perceptivo-motrice qui fera appel à un certain nombre de capacités :

- **la motricité (fine pour bien tenir le crayon, et globale pour bien s'asseoir et se positionner par rapport à la table) ;**
- **la coordination visuo-motrice ;**
- **les fonctions exécutives qui reposent sur la capacité d'attention et de mémorisation ;**
- **les habiletés langagières et notamment la maîtrise de l'orthographe.**

Pour bien intégrer l'écriture, trois aspects essentiels doivent donc être particulièrement travaillés.

- **La bonne tenue du crayon.** Un enfant qui n'a pas une bonne prise palmaire va rapidement avoir des crampes musculaires et perdra en fluidité.
- **La calligraphie.** À 4 ou 5 ans, l'enfant commence par tracer des lettres et à écrire son nom. Ainsi, il prend confiance en lui et communique avec les autres : « J'écris mon nom, je suis fier, j'existe. » Grâce à ce tout premier entraînement, il mémorise la forme des lettres. Puis, rapidement, il apprend à retranscrire celles-ci en respectant les proportions, l'ordre, l'espacement et en utilisant ce qu'on appelle des trottoirs (des lignes).
- **L'acquisition de l'orthographe.** Celle-ci relève d'un processus beaucoup plus complexe qui prendra de nombreuses années. Rappelons d'ailleurs que certains adultes ne la maîtrisent pas tout à fait !

LES DIFFICULTÉS

Lors des différents examens médicaux obligatoires, le pédiatre s'attache à vérifier avec l'enfant mais aussi les parents que les acquisitions se succèdent correctement, tout en respectant bien entendu le rythme, la personnalité et l'histoire de son petit patient (ancien préma, trouble de l'attention, ordre dans la fratrie, environnement social).

Dès l'âge de 2 ans, par exemple, votre médecin vérifie que votre enfant sait nommer au moins une image. Lors de l'examen de la 3e année, il peut en principe copier un cercle fermé. L'année suivante, il doit connaître trois couleurs, faire des phrases bien construites et dessiner un bonhomme en trois parties. Avant l'entrée au CP, à l'âge de 6 ans, il est censé pouvoir tracer un triangle et un carré, s'exprimer avec un langage adapté, etc.

S'il repère une difficulté ou un retard lors de ces examens obligatoires, le pédiatre proposera probablement certains bilans complémentaires (ophtalmologique, orthoptiste, orthophonique, psychomoteur ou encore ORL, en particulier audiologique). En effet, il est important de repérer le plus précocement possible des troubles de l'audition, de la prononciation ou de la motricité fine pour éviter que l'enfant ne prenne du retard. L'absence de prise en charge pourrait se traduire par un isolement sur le plan social et des troubles cognitifs.

Bon à savoir

Apprendre à tracer des nombres est aussi une étape qui fait partie de l'écriture. Les chiffres sont souvent plus faciles à visualiser que les lettres. En effet, dès le plus jeune âge, les parents font allusion ou référence aux chiffres, lors de petites activités ludiques ou familiales. À l'école, l'objectif est donc pour l'enfant de mémoriser et d'apprendre à écrire les chiffres de 0 à 9 avant de passer aux nombres 10 puis 11, etc. De nombreuses fiches sont utilisées par les enseignants. Mais vous pouvez aussi vous procurer ces supports, souvent disponibles sur Internet. L'idée est que l'enfant, en reproduisant et en traçant le chiffre qu'il a sous les yeux, parvienne à intégrer leur signification et leur symbolique.

POUR ALLER PLUS LOIN :

76. Je tiens un crayon, p. 197
81. J'apprends les couleurs, p. 210
82. J'apprends à compter, p. 212
83. L'entrée en maternelle, p. 215

85. J'APPRENDS LA PATIENCE SUR LE TEMPS PÉRISCOLAIRE

LES TEMPS PÉRISCOLAIRES SONT LES MOMENTS QUI PRÉCÈDENT ET SUIVENT LA CLASSE. UN ENCADREMENT EST ALORS PROPOSÉ AUX ENFANTS SCOLARISÉS.

L'école est ponctuée par des temps dits périscolaires :

- **Le temps d'accueil du matin**, avant l'entrée **dans les classes.**
- **Le temps méridien**, de la fin de la matinée **jusqu'au début de l'après-midi, un temps sur lequel votre enfant ira à la cantine (ou déjeuner chez vous).**
- **Le temps d'accueil du soir immédiatement après la classe, appelé garderie, étude, accompagnement à la scolarité, ateliers (artistiques ou sportifs).**

Il ne faut pas confondre le temps périscolaire avec le temps extrascolaire, qui est celui passé en dehors de l'école, lorsque votre enfant rentre à la maison, le mercredi après-midi, les week-ends, les jours fériés et les vacances. Ce sont les communes ou les établissements publics de coopération intercommunale (EPCI) qui organisent librement les modalités d'accueil des enfants qu'elles ont sous leur responsabilité pendant le temps périscolaire.

LE RÔLE DU PÉRISCOLAIRE

C'est un temps complémentaire à celui de l'école, qui s'inscrit entre le temps scolaire et le temps familial. Et les enjeux pédagogiques qu'il présente sont nombreux puisqu'il s'agit d'accompagner l'enfant et le groupe, selon l'heure de la journée, en fonction de leur état de veille et de disponibilité.
Différentes activités éducatives vont ainsi contribuer à multiplier les champs d'apprentissages, parce qu'elles ne sont pas liées à un programme défini et qu'elles peuvent changer en cours d'année. Elles s'adaptent aux différents contextes locaux et aux besoins des enfants. Rappelons qu'ils se construisent d'autant mieux quand ils peuvent nouer d'autres liens que ceux qu'ils établissent avec les référents habituels. C'est tout l'intérêt du périscolaire.

Les chiffres du périscolaire en France

- **70 % des loisirs périscolaires sont organisés par les collectivités territoriales et 30 % par le monde associatif ;**
- **93 % des communes proposent un accueil périscolaire ;**
- **53 % des enfants en maternelle fréquentent ces lieux d'accueil, et 70 % des élèves à l'école élémentaire.**

Si moins de jeunes enfants sont ainsi pris en charge, c'est parce qu'ils se fatiguent plus vite en maternelle. Les parents s'organisent souvent pour raccourcir ces longues journées d'école et choisissent parfois de n'inscrire leur enfant que le matin.

LES ACTIVITÉS

Que fera votre enfant à l'école lorsqu'il ne sera pas en classe ?

- **Des activités artistiques et culturelles**
- **Des activités physiques et sportives**
- **Des jeux collectifs en extérieur**
- **Des jeux calmes à l'intérieur**
- **Des temps de repos et de détente**
- **Des ateliers d'écriture ou de lecture**
- **Des ateliers de sensibilisation au développement durable**

Bon à savoir

Le périscolaire n'est pas une simple garderie ! Il présente un intérêt éducatif puisque de nombreuses et diverses activités y sont proposées. Des animateurs dûment formés accompagnent les enfants dans le cadre d'une démarche pédagogique qui a été pensée et mise en place par toute l'équipe de l'établissement.

POUR ALLER PLUS LOIN :

83. L'entrée en maternelle, p. 215
84. J'apprends à tracer et à reconnaître des lettres, p. 218
107. Je découvre la musique, p. 275
108. Je pars en classe découverte, p. 278

86. JE MANGE MOINS OU MIEUX À LA CANTINE

À L'ÉCOLE, LES HABITUDES ALIMENTAIRES PEUVENT CHANGER. COMMENT FAIRE DE LA CANTINE UN BON MOMENT ?

Vous avez choisi de mettre votre enfant à la cantine. Et cette décision est peut-être difficile pour vous, pour un certain nombre de raisons :

- **Vous déléguez l'alimentation de votre enfant à un tiers, un sujet hautement sensible sur lequel vous êtes très attentif(ve) depuis sa naissance.**
- **Vous craignez qu'il ne mange pas suffisamment à la cantine, ce qui est peut-être déjà le cas à la maison.**
- **Votre enfant souffre de néophobie alimentaire, ou il a tendance à faire du tri alimentaire, et vous avez peur qu'il soit peu ou mal nourri.**
- **Vous êtes peut-être végétarienne ou vegane et vous doutez du respect de vos choix.**
- **Votre enfant a des allergies alimentaires.**

Toutes ces raisons sont parfaitement valables. Voilà pourquoi vous avez tout intérêt à vous impliquer dans l'école de votre enfant, dès sa première rentrée scolaire. Faire partie de l'association des parents d'élèves, assister aux réunions publiques, participer au choix des menus, ou encore demander un Projet d'Accueil Individualisé (PAI), permettra d'apaiser vos doutes ou vos peurs.

LES RÈGLES NUTRITIONNELLES DE LA CANTINE SCOLAIRE

Le fonctionnement des cantines scolaires est désormais particulièrement encadré, tant sur le plan du règlement sanitaire que sur celui de l'équilibre nutritionnel. Il tient compte de l'âge des enfants, des activités qu'ils pratiquent et de leurs besoins. Depuis un décret de septembre 2011, un équilibre alimentaire doit être respecté.

- **Les apports en fer sont pris en compte : la viande rouge ou les abats sont riches en fer héminique ; les pois, les haricots secs ou encore les lentilles sont riches en fer non héminique.**
- **L'équilibre en fibres doit également être surveillé grâce aux légumes.**
- **La teneur en lipides et en glucides est contrôlée : les plats trop gras et trop sucrés sont évités.**
- **Les portions sont adaptées à la tranche d'âge, et au type de plat.**
- **Les produits de saison sont favorisés.**
- **Le temps du repas est fixé à 30 minutes minimum, sans compter l'attente éventuelle du service.**
- **L'eau (à volonté) et le pain (en libre accès) sont mis à disposition des enfants, de même que le sel pour les plus grands et les sauces (servies en fonction des plats).**

Depuis novembre 2019, les cantines scolaires ont l'obligation de proposer au moins une fois par semaine un menu végétarien. Par ailleurs, de plus en plus d'établissements font le choix du bio.

L'ADAPTATION DE L'ENFANT À LA CANTINE

À la cantine, votre enfant ne fera pas que manger. Il va se socialiser, apprendre à partager, s'autonomiser, découvrir de nouveaux plats ou peut-être certains aliments qu'il refusait de goûter à la maison. Curieusement, il va se mettre à aimer les épinards parce qu'ils sont présentés autrement ou parce qu'il veut imiter son petit voisin de table. Aussi, ne soyez pas étonnés s'il se montre plus enthousiaste

à l'idée de manger des légumes à la cantine plutôt qu'à la maison. C'est tant mieux car l'environnement affectif n'y est pas le même. L'effet d'entraînement collectif joue également son rôle.
Vous pouvez aider votre enfant à s'adapter à la cantine, du moins au début. Consultez avec lui les menus affichés chaque semaine. Commentez-les, mais évitez de lui mettre la pression ou de trop vous impliquer : la cantine, c'est son univers ! Si la tension est palpable lors des repas à la maison, il trouvera peut-être à l'école un environnement différent qui le rendra plus « investi » dans ce qu'il mange. Le soir, s'il a envie de vous en parler, laissez-le partager ses sentiments, tendez-lui quelques perches mais n'en faites pas « tout un plat ». La cantine est aussi un lieu d'épanouissement et de liberté où il peut goûter ou refuser un plat sans avoir maman ou papa sur le dos ! Ceci est essentiel.
Si votre enfant n'a jamais eu de problème pour s'alimenter à la maison, s'il aime découvrir de nouvelles saveurs, alors rassurez-vous : tout se passera bien à la cantine. Il pourrait simplement vous parler de ses impressions. Et c'est cet échange qui prime.

Bon à savoir

N'hésitez pas, si vous en avez le temps et l'occasion, à regarder tous les menus de la semaine pour essayer d'adapter autant que possible vos dîners. Certains établissements suggèrent même des menus du soir pour apporter aux enfants une alimentation complète et équilibrée au quotidien.

LES DIFFICULTÉS, LES CAS PARTICULIERS

Lorsque l'enfant présente une pathologie particulière, un PAI doit être mis en place. Ce Projet d'Accueil Individualisé est élaboré à la demande de la famille et/ou du chef d'établissement avec l'accord de la famille. Il est notamment indispensable en cas de :

- **asthme ;**
- **eczéma ;**
- **allergie (par exemple allergie aux protéines du lait de vache, œuf, arachide, etc.) ;**
- **intolérance alimentaire (au gluten, au lactose...).**

Il s'agit d'un document écrit qui précise les adaptations qu'il convient d'apporter à la prise en charge de l'enfant, que ce soit sur le temps scolaire, celui de la cantine ou celui du périscolaire. Il fait donc mention du régime alimentaire à respecter, des conditions d'accueil, des aménagements d'horaires à envisager, de la dispense de certaines activités incompatibles avec la santé de l'enfant et des activités de substitution proposées. En cas d'allergies notables, ce document sera complété par le médecin traitant ou le médecin scolaire qui indiquera quelle attitude adopter en cas d'ingestion accidentelle d'un aliment interdit. Il précisera donc le protocole à suivre et les médicaments à administrer en cas d'urgence.

POUR ALLER PLUS LOIN :
17. La diversification alimentaire et la DME, p. 51
58. Néophobie alimentaire : la comprendre, l'éviter, p. 150
114. Je suis complexé par mon image, p. 294

87. MA PREMIÈRE ACTIVITÉ CIRCASSIENNE

IL N'Y A PAS D'ÂGE POUR AIMER LE CIRQUE, UNE ACTIVITÉ QUI PLAÎT AUX PETITS COMME AUX GRANDS.

Les activités circassiennes sont un support d'éducation artistique très prisé par les parents et les enseignants. Elles contribuent à une formation riche et originale, mais aussi personnelle et civique. L'enfant peut s'initier aux différentes disciplines circassiennes dès la maternelle. S'il commence ou poursuit un peu plus tard, il aura la joie de se produire en spectacle.

LE CIRQUE À L'ÉCOLE

Les enseignants peuvent, s'ils le souhaitent, s'inspirer d'un cahier des charges « cirque à l'école », qui propose des actions éducatives favorisant une approche concrète des arts, de la culture et du sport. Tout établissement scolaire peut mettre à la disposition de l'équipe pédagogique du matériel, ou faire appel à des associations, comme des écoles de cirque. Des animateurs viendront alors sur place pour encadrer des ateliers, à des horaires précis et de manière régulière.

Bon à savoir

Votre pédiatre établira un certificat d'aptitude aux activités circassiennes et profitera probablement de ce rendez-vous pour échanger avec vous et votre enfant. Il ne manquera pas de vous rassurer sur ses capacités.

QUELLES ACTIVITÉS PEUVENT ÊTRE PROPOSÉES DÈS LA MATERNELLE ?

- **Acrobaties et équilibre** : l'enfant effectue des roulades (vers l'avant, en arrière), marche sur un fil (une ligne tracée au sol), forme une pyramide humaine à plusieurs ;
- **Loisirs créatifs** : il fabrique un jeu de quilles, crée des marionnettes, décore des balles de jonglage ;
- **Illusion et magie** : il apprend des tours, des jeux de disparition, manipule des foulards, des boîtes à double fond ;
- **Adresse** : il s'initie au jonglage, avec une balle, puis deux, puis trois ;
- **Sport** : il commence les jeux de raquettes.

LES ENJEUX

Que cette activité soit pratiquée à l'école ou en dehors, elle présente trois enjeux qui sont indissociables :

- **L'enjeu artistique** : l'enfant de 3 à 6 ans va pouvoir créer, donner du sens à ses gestes, ses mouvements, ses actions, et développer son imaginaire.
- **L'enjeu éducatif** : l'éducateur et l'enfant collaborent, et ensemble ils se confrontent à l'essai et l'erreur, à l'échec et à sa répétition, à la peur et au risque. Ces ateliers vont donc stimuler le dépassement de soi, la construction collective, le goût de l'effort mais aussi le respect de l'autre. C'est une façon originale et ludique de transmettre aux plus jeunes des valeurs qui les accompagneront toute leur vie.

• **L'enjeu corporel :** nombre de ces activités supposent une mobilisation du corps, des sens, pour effectuer des mouvements de plus en plus complexes. L'enfant doit être à l'écoute de lui-même, découvrir ses limites, apprendre à gérer son équilibre.

Le cirque est également particulièrement conseillé pour les enfants en situation de handicap, les petits malades (certains hôpitaux proposent cette activité) ou plus tard les adolescents en difficulté. Il devient alors un outil au service d'un projet d'accompagnement concerté entre les différents professionnels. Il ne s'agit plus ici d'une pratique amateure : les intervenants seront alors titulaires d'un brevet d'initiateur spécialisé « cirque adapté » (BISAC).

L'INTÉRÊT DES ACTIVITÉS CIRCASSIENNES

Si votre enfant commence son initiation dès la maternelle, il risque d'y prendre goût ! Indirectement, sa maîtrise du langage progressera puisque, de retour à la maison, il ne manquera pas de vous raconter ce qu'il a vu, ce qu'il a fait, ce qu'il a partagé. Il lui arrivera peut-être aussi de citer pour la première fois le prénom de l'un ou l'autre de ses camarades de classe qui a fait ceci ou obtenu cela. Partager une telle activité favorise la socialisation. Il est probable enfin que votre enfant se mette à parler du maître ou de la maîtresse avec davantage de pépites dans les yeux.

D'autres compétences vont également se développer grâce à ces activités :

- la reconnaissance des objets, leur couleur, leur forme, leur nom, leur poids ;
- l'équilibre ;
- le toucher ;
- la mémorisation ;
- la proprioception, c'est-à-dire le repérage du corps dans l'espace (la synchronisation du tronc, des mains et des pieds, mais aussi de la vue et de l'audition) ;
- la coordination entre la motricité fine et la motricité globale (grâce à la tenue d'un balancier, par exemple) ;
- la confiance en soi.

L'ÉVOLUTION DES ACTIVITÉS AVEC L'ÂGE

À mesure que les enfants grandissent, les enseignants ou les éducateurs proposeront des activités circassiennes plus élaborées. Certaines se feront encore à l'école (dans la cour ou sous un préau) et d'autres dans des lieux plus adaptés. Des projets communs pourront être élaborés, avec, à la clé, la présentation d'un spectacle.

Ces projets leur permettent de se familiariser avec de nouvelles notions :

- **La notion de temps :** la fête de fin d'année approche.
- **La notion de collaboration :** le spectacle ne peut avoir lieu qu'avec l'implication de tous.
- **La notion de groupe :** chacun prend conscience de sa place au sein d'un ensemble de participants.
- **La notion d'investissement :** les intervenants valorisent la participation de l'enfant, non pas son esprit de compétition.

POUR ALLER PLUS LOIN :

69. Je commence à comprendre la notion de groupe, p. 178
83. L'entrée en maternelle, p. 215
85. J'apprends la patience sur le temps périscolaire, p. 221

6-9 ANS

88. J'AI DE L'ASTHME, JE SUIS ALLERGIQUE

SI VOTRE ENFANT EST ASTHMATIQUE, IL EST PROBABLE QU'UN DIAGNOSTIC AIT DÉJÀ ÉTÉ PORTÉ DANS LES ANNÉES PRÉCÉDENTES.

Entre 6 et 10 ans, votre enfant participe davantage à des activités extérieures ou sportives. Il est donc plus en contact avec des facteurs susceptibles de déclencher de l'asthme ou une allergie (pollen, poussière, polluants). C'est aussi une période où vous espérez que les symptômes diminuent : ses réactions peuvent s'atténuer ou s'intensifier.

LA MALADIE

En Europe, 10 % des enfants souffrent d'asthme et les petits garçons sont souvent plus touchés que les filles. L'asthme est une infection chronique qui se traduit par une atteinte des bronches, ces « tuyaux » qui relient le bas de la trachée aux poumons – il y a donc une bronche droite pour le poumon droit, et une bronche gauche pour le poumon gauche. Ces bronches vont ensuite se démultiplier pour devenir de plus en plus petites et se distribuer dans le tissu des poumons au niveau des alvéoles. C'est là que l'air que nous inspirons arrive, chargé en oxygène, ce dernier passant dans le sang. En cas de crise d'asthme, le calibre des bronches est fortement diminué ; l'air a donc du mal à passer.

Il ne faut pas confondre la crise d'asthme avec la bronchiolite qui, toutes deux, peuvent toucher aussi bien les nourrissons que les enfants plus âgés. La bronchiolite est le plus souvent d'origine virale et atteint les toutes petites bronchioles, qui précèdent les alvéoles.

Le diagnostic d'asthme aura été porté par le médecin, suite à des crises répétées ou espacées. Cette infection chronique présente différents symptômes qui peuvent se combiner : une gêne respiratoire, une sensation d'oppression au niveau du thorax, une toux souvent sèche, et parfois une inspiration dite sifflante.

Bon à savoir

En tant que parent, vous savez déjà ce qu'il faut faire pour que votre enfant mène une vie normale. Le mot « normal » est important pour lui : psychologiquement, il doit pouvoir se considérer comme un petit garçon ou une petite fille comme les autres, et d'autant plus si d'autres personnes sont asthmatiques dans la famille.

L'ÉCOLE

Si le diagnostic a précédemment été établi, vous aurez rempli avec l'établissement, le médecin scolaire et le médecin traitant, un Projet d'Accueil Individualisé (PAI). En effet, l'équipe pédagogique doit avoir connaissance de deux éléments importants pour la scolarité et les activités périscolaires de votre enfant :

- **l'origine de l'asthme (allergie, asthme d'effort) et les facteurs éventuellement présents dans l'école (poussière, acariens, pollen dans la cour) ;**
- **la conduite à tenir et le traitement à donner en cas d'urgence.**

Si votre enfant fait une crise à l'école, il la ressentira très rapidement puisqu'il sera déjà passé par là (sauf si c'est la première fois). Il alertera donc l'enseignant qui pourra immédiatement lui faire inhaler son aérosol, comme le prévoit le PAI. Un enfant plus grand sera susceptible de prendre l'aérosol par lui-même. Grâce à ce même document, le personnel saura quoi faire si l'état de votre enfant ne s'améliore pas en quelques minutes.

LE SPORT

Le sport est vivement conseillé, même lorsque l'enfant est asthmatique, à condition que la maladie soit bien prise en charge, et le ou les traitements appropriés. Il n'existe aucune contre-indication. Les bienfaits du sport sont connus, et notamment pour ces enfants fragiles, puisque l'activité physique renforce les réserves pulmonaires, donc le souffle, favorise la tolérance à l'effort, et procure un effet déstressant.

En revanche, votre médecin vous donnera son avis concernant certaines activités spécifiques, comme l'équitation (si l'enfant est allergique au foin) ou des sports d'endurance pratiqués en compétition. Évidemment, si votre enfant est asthmatique, il gardera avec lui son traitement lors de ces séances, et prendra toutes les précautions d'usage (ne pas oublier l'échauffement, vérifier la température extérieure...).

LES VACANCES

Vous choisirez une destination de vacances ou de voyage en fonction du type d'asthme de votre enfant. On sait, par exemple, que la température élevée, le taux d'hydrométrie trop élevée, la pollution urbaine et le pollen peuvent favoriser le déclenchement d'une crise. De même, pour l'altitude : il est généralement conseillé de ne pas dépasser les 1 200 m.

N'hésitez pas à évoquer votre projet de départ avec le pneumologue ou le pédiatre de votre enfant, qui pourra vous aider à définir les lieux et les modes de transport les plus adaptés. Partez sereins avec la trousse de médicaments. Et faites confiance à votre enfant : il saura vous alerter s'il se sent essoufflé ou gêné.

LES CONSEILS

- **Accompagnez bien votre enfant,** surtout dans cette tranche d'âge, car il s'avance peu à peu vers la préadolescence, un moment plus délicat en raison du regard des autres. C'est l'occasion d'une bonne intégration de cette affection : votre enfant doit apprendre à gérer son traitement en cas d'urgence et assumer sa fragilité auprès de ses camarades. L'aspect psychologique est ici majeur.
- **Faites confiance à votre enfant.** Il est désormais capable de se mettre à l'écoute de lui-même. Ne soyez pas tout le temps sur son dos pour lui demander s'il a bien pris son médicament ou s'il n'a pas l'impression qu'une crise va arriver. Soyez à ses côtés, restez vigilants, mais faites-en sorte qu'il devienne proactif.
- **Il va sans dire qu'un suivi régulier chez le pneumopédiatre** permettra à votre enfant d'apprivoiser son asthme ou ses allergies. Poursuivez cet accompagnement médical.

POUR ALLER PLUS LOIN :
42. Ses premières vacances, p. 109
109. Je rentre au CP, p. 281

89. JE SUIS CONSTIPÉ

DOULEURS, BALLONNEMENTS, PASSAGES FRÉQUENTS AUX TOILETTES MAIS IMPRODUCTIFS... ET SI VOTRE ENFANT ÉTAIT CONSTIPÉ ?

La constipation se manifeste différemment d'un enfant à l'autre, selon sa physiologie mais aussi son âge. Certains sont considérés constipés s'ils ne vont à la selle qu'une fois par jour, quand d'autres se contentent très bien de n'y aller qu'une fois tous les deux jours. D'autres encore peuvent avoir une tendance à la constipation, souvent à cause d'un colon un peu long (dolichocolon), une particularité qui peut être familiale.

Un enfant constipé est un enfant dont les selles sont espacées et dures. Quand il parvient enfin à se libérer, il a mal. Il va donc souvent se retenir, ce qui aggrave la constipation puisque les selles deviennent de plus en plus compactes.

LE MÉCANISME DE LA CONSTIPATION FONCTIONNELLE

Lorsqu'une selle arrive dans le rectum (la dernière partie de l'intestin), un premier petit muscle lisse se détend, le sphincter anal interne. Votre enfant a alors envie d'aller aux toilettes. Ensuite, c'est lui qui, volontairement, relâche le deuxième sphincter, situé un peu plus loin, pour évacuer la selle.

Mais parfois, parce qu'il a peur d'avoir mal, ou parce que ce n'est pas le moment, l'enfant resserre ce sphincter externe et la masse fécale est repoussée vers l'arrière. L'envie de « faire caca » disparaît. Un enfant qui se retient ainsi montre avec le temps des signes qui doivent vous mettre la puce à l'oreille : il s'accroupit, se balance, croise les jambes...

LES ORIGINES DE LA CONSTIPATION

Les parents en parleront avec le médecin qui éliminera différentes causes possibles :

- **Des apports en eau insuffisants,** chez le bébé comme chez l'enfant plus âgé. C'est bien connu, lorsqu'on boit peu et pas assez régulièrement, les selles se déshydratent, durcissent et la constipation s'installe.
- **Une alimentation déséquilibrée** : c'est la deuxième cause de constipation, qui apparaît lorsque l'enfant abuse de certains aliments : pain blanc, pommes de terre, riz, tapioca, marrons, coings, bananes ou pommes crues, chocolat... Il en sera de même s'il ne mange pas suffisamment d'aliments riches en fibres insolubles.
- **Certains médicaments** : les cures de fer, par exemple, favorisent la constipation.
- **Les causes psychologiques** : un grand changement de vie, l'arrivée d'un petit frère ou d'une petite sœur, une situation stressante, l'entrée à l'école maternelle ou primaire, un voyage ou encore l'acquisition compliquée de la propreté peuvent bouleverser le transit.
- **Le contexte** : le simple fait de devoir aller dans des toilettes publiques (école, collectivité, restaurant) peut rebuter un enfant. Il préfère alors se retenir et attendre.

L'IMPACT AU QUOTIDIEN

S'il devient constipé, votre enfant ne vous en parlera pas forcément. Il peut être gêné par tout ce qui concerne la maîtrise de ses sphincters, se sentir honteux, avoir peur de votre réaction ou de celle de ses grands-parents, enseignants, voire camarades. Il est donc essentiel de repérer toute difficulté suffisamment en amont pour éviter l'encoprésie (forme d'incontinence fécale), la désocialisation ou encore le manque de confiance en soi.

Comment ? Vous pourriez découvrir des traces de selles ou de sang sur ses sous-vêtements. Ou constater les signes suivants :

- **Un trouble du comportement** : votre enfant se montre agressif, irritable, son sommeil est difficile, il fait des réveils nocturnes, ou des allers et retours incessants aux toilettes…
- **Des manifestations physiques** : votre enfant se plaint de douleurs abdominales, son abdomen est ballonné, il a peu d'appétit, il vomit… Attention : ces signes peuvent aussi présager d'une appendicite, soyez vigilants.
- **Des difficultés à l'école** : il manque de concentration, d'enthousiasme.

L'IMPORTANCE DE L'HYGIÈNE DE VIE

Nous l'avons vu, l'hydratation et l'alimentation sont les principales causes de constipation. Vous veillerez donc à respecter les règles d'hygiène de vie au quotidien :

- Surveillez ses apports en eau, surtout en cas de fortes chaleurs.
- Diminuez les aliments qui favorisent la constipation.
- Cuisinez des aliments riches en fibres insolubles : privilégiez les céréales complètes (seigle, sarrasin, blé noir, son), les légumes verts, les choux, les crudités, les légumineuses (pois, haricots blancs, haricots rouges, lentilles, graines de soja), les fruits (sauf les bananes et les pommes crues), les fruits secs (abricots, pruneaux, noix).
- Encouragez les activités physiques, toujours excellentes pour le transit intestinal, en particulier grâce au mouvement des muscles abdominaux.
- Accompagnez votre enfant dans sa propre prise en charge (équilibre physiologique, règles diététiques). Cessez de lui demander s'il a été aux toilettes ou s'il a bu suffisamment : vous risquez de l'infantiliser au lieu de l'inviter à devenir responsable de son transit en apprenant à écouter son corps.

LA PRISE EN CHARGE MÉDICALE

Ne cédez pas à la tentation de l'automédication ! Si, malgré un changement dans son alimentation, votre enfant est régulièrement constipé, n'hésitez pas à consulter. Dans certains cas, votre médecin, s'il le juge nécessaire, proposera une prise en charge psychothérapeutique pour aider votre enfant à canaliser ses peurs. Dans d'autres cas, il prescrira certains médicaments, notamment des laxatifs et toujours en derniers recours. Exceptionnellement, il demandera des examens complémentaires (prise de sang, radio) pour éliminer une éventuelle pathologie rare.

Bon à savoir

Entre 6 et 10 ans, vous devez l'encourager à devenir autonome. Il devient grand et quel que soit son problème, s'il peut compter sur vous, il peut aussi compter sur lui. Il est capable de se prendre en charge, d'en parler au médecin. Vous êtes là mais, peu à peu, vous ne devez plus servir d'intermédiaire.

POUR ALLER PLUS LOIN :

20. La propreté, p. 58
55. Je suis en surpoids, p. 143
58. Néophobie alimentaire : la comprendre, l'éviter, p. 150

90. MA PREMIÈRE OPÉRATION CHIRURGICALE

VOTRE ENFANT VA PEUT-ÊTRE DEVOIR SUBIR SA PREMIÈRE INTERVENTION CHIRURGICALE. COMMENT L'Y PRÉPARER ? QUE FAIRE APRÈS ?

Il est possible qu'il soit déjà passé au bloc il y a quelques années (opération des végétations, pose de drains dans les oreilles, fracture du bras ou de la jambe...). Entre 6 et 10 ans, quel type d'opération peut être envisagé ?

- **une circoncision en cas de phimosis ;**
- **l'ablation des amygdales en cas d'angines à répétition ou d'apnée du sommeil ;**
- **l'ablation d'un angiome étendu ;**
- **la cure d'une hernie inguinale ;**
- **l'ablation de l'appendice en cas d'appendicite, éventuellement compliquée d'une péritonite ;**
- **la correction d'un strabisme.**

LA PRÉPARATION

Dans tous les cas, et quel que soit son âge, il est important que vous expliquiez à votre enfant pourquoi il va être opéré, en quoi cela consiste, quand et où l'intervention est prévue. Vous ne devez jamais lui mentir ou lui cacher la vérité. Le médecin aura probablement déjà eu l'occasion d'en parler avec vous et peut-être même d'en parler avec lui.

De toute façon, votre enfant se doute que quelque chose se prépare, compte tenu de ses soucis de santé récurrents. Par ailleurs, il est probable qu'il sache vaguement ce qu'est une « opération » parce que son frère, sa sœur ou l'un de ses camarades en a eu « une ». Seulement, parce qu'il n'en a pas fait lui-même l'expérience, ce terme même peut lui faire peur.

Il est donc important que vous le rassuriez sur les points suivants :

- **Même si une anesthésie générale est prévue, il ne restera pas longtemps à l'hôpital puisque sont désormais privilégiées les hospitalisations courtes en hôpital de jour.**
- **Des petits livrets avec des images et des mots simples sont généralement remis à la famille par le chirurgien ou le service hospitalier ; ils vous aideront à mieux expliquer à votre enfant ce qui va se passer, ce qui devrait vous-même vous rassurer.**
- **N'hésitez pas à lui dire que vous resterez présents sur place, que vous ne serez jamais très loin de lui.**

En cas d'anesthésie générale, la consultation avec l'anesthésiste est un temps fort. Celle-ci a généralement lieu dans la ou les semaines qui précèdent l'intervention : le médecin explique alors à l'enfant pourquoi on l'endort, comment on prend en charge la douleur et ce qui se passe au réveil. Cette rencontre est essentielle car c'est elle qui va permettre à l'enfant de mieux se projeter (en fonction de son âge) sur l'intervention dont la date approche.

À cette occasion, l'anesthésiste (qui ne sera pas forcément celui qui endormira votre enfant), explique aussi aux parents quels médicaments suppriment les sensations douloureuses, les étapes du réveil, l'évaluation de la douleur grâce à des échelles, etc. Vous repartirez systématiquement avec une prescription pour un bilan pré-opératoire (grâce à une prise de sang).

Bon

VOS QUESTIONS

Cette intervention est-elle justifiée ?
Passé le moment de l'annonce, faites confiance à votre médecin (pédiatre, chirurgien ou ORL). Si vous avez encore des doutes, posez les bonnes questions. Vous pouvez par exemple faire une petite liste de ce qui vous tracasse.

Devez-vous demander un deuxième avis ?
Ne comparez pas l'intervention envisagée pour votre enfant à celle dont a bénéficié un autre. Chaque histoire et chaque ressenti sont différents.

Que dire à votre enfant ?
Il est inutile d'en faire trop. Répondez à ses questions lorsque c'est le bon moment et rassurez-le. Un enfant de moins de 10 ans a tendance à peu s'interroger ; il vous fait naturellement confiance.

Vous êtes anxieux(se) et craigniez que votre enfant le ressente...
Si vous êtes convaincu(e) du bien-fondé de l'intervention, alors vous serez en confiance. Parlez-en entre parents, levez vos derniers doutes avec les médecins, et votre enfant vous sentira plus serein(e).

Que prévoir pour l'intervention ?
Une liste vous sera toujours adressée, selon le type d'intervention et la durée de l'hospitalisation quand elle dépasse 24 heures. N'oubliez pas doudou, toujours précieux, ou tout autre objet qui rassure votre enfant.

Comment vous organiser ?
Prévoyez d'être disponibles pour votre enfant lors des suites opératoires et anticipez. Prévenez vos employeurs et/ou posez quelques jours de congé.

Que faire des fils ?
Si les fils utilisés par le chirurgien sont résorbables, vous n'aurez rien à faire. Dans le cas contraire, une infirmière ou le chirurgien lui-même retirera les fils 8 à 10 jours après l'opération, et contrôlera la cicatrisation.

Que devez-vous surveiller en post-opératoire ?
Des consignes précises selon le type d'intervention vous seront évidemment données. Et notamment, vérifier que votre enfant ne saigne pas ou qu'il n'a pas de fièvre.

Devez-vous prévoir des médicaments ?
La plupart du temps, du simple paracétamol suffit en cas de douleur. Et beaucoup de câlins !

Bon à savoir

Entre 6 et 10 ans, toutes sortes d'interventions chirurgicales peuvent être envisagées pour préserver la bonne santé de votre enfant. Certaines maladies impliquent une intervention chirurgicale lourde en cancérologie, orthopédie, urologie... La prise en charge est en ce cas plus importante, et parfois difficile. En tant que pédiatre, je reste à l'écoute et disponible pour les parents qui souhaitent avoir des conseils personnalisés.

POUR ALLER PLUS LOIN :
56. Le décalottage des garçons, p. 145

91. À 8 ANS, J'AI DÉJÀ DES SIGNES DE PUBERTÉ

À LA PISCINE OU ALORS QU'IL SORT DE LA SALLE DE BAINS, VOUS POURRIEZ CONSTATER CHEZ VOTRE ENFANT QUELQUES MODIFICATIONS DE SON ANATOMIE.

Un léger développement des glandes mammaires, des poils qui poussent sous les bras, quelques boutons d'acné sur le visage, une voix dont la tonalité varie… Votre enfant entre dans la préadolescence. Très souvent, il évitera soigneusement de partager avec vous son intimité, par pudeur, par crainte, parfois par dégoût ou par refus de grandir. C'est davantage en plaisantant avec les copains et les copines qu'il va « tester » ce qui se passe chez lui. L'air de rien, il se compare aux autres, s'y confronte, et s'informe sur les réseaux sociaux ou sur Internet.

LES ÉTAPES

La puberté se met en route lorsque l'hypothalamus stimule l'hypophyse. Cette dernière, située dans le cerveau, commence à secréter des hormones spécifiques (œstrogène chez les filles, testostérone chez les garçons), qui déclenchent le développement des organes sexuels (ovaires, testicules).

Sachez que de manière générale, la puberté commence :

- **chez les filles, entre 8 et 13 ans, mais très souvent vers 10-11 ans ; elle dure environ 4 ans ;**
- **chez les garçons, entre 9 et 14 ans, mais très souvent vers 11-12 ans ; elle dure environ 6 ans.**

LA PUBERTÉ PRÉCOCE

On parle de « puberté précoce » lorsque les premiers signes apparaissent avant 8 ans chez la fille, et 9 ans chez le garçon.

- **Parfois, les glandes mammaires** commencent à se développer, bien avant l'âge de 8 ans, sans pour autant que la puberté démarre. C'est fréquent chez les petites filles de 6 mois à 3 ans. Le pédiatre demandera une échographie des ovaires et de l'utérus pour vérifier cet aspect impubère qui bien souvent disparaît. On parle de prémature thélarche.
- **Une pilosité du pubis et/ou axillaire (sous les aisselles)** peut apparaître vers 6 ou 7 ans, parfois plus tôt. Les deux sexes sont concernés. À nouveau, une échographie témoignera le plus souvent d'organes génitaux internes impubères. Il est parfois nécessaire de vérifier le taux de certaines hormones pour s'assurer que ces changements sont transitoires et mettre de côté tout dysfonctionnement. On parle de prémature pubarche.
- **Plus, rarement, un saignement d'origine utérine** peut être observé, qui ressemble à de petites règles, en dehors de tout autre signe de développement pubertaire. Là aussi, un examen attentif permettra de vérifier la présence d'un corps étranger ou d'une infection. Ces petits écoulements peuvent précéder de quelques mois le tout début de la puberté. Ils s'arrêteront ensuite, avant que les vraies règles n'apparaissent plus tard. On parle de prémature ménarche.

LES FACTEURS DE PUBERTÉ PRÉCOCE

Plusieurs facteurs favorisent cette puberté précoce :

- **Des facteurs génétiques** : au sein d'une même famille, les femmes peuvent commencer leur puberté relativement tôt, ou au contraire n'être réglées qu'à l'âge de 18 ans.
- **Des facteurs ethniques** : aux États-Unis, il a été observé que les jeunes filles afro-américaines étaient « en avance » par rapport à leurs amies d'origine caucasienne ou hispanique.

- **Des facteurs environnementaux :** les perturbateurs endocriniens dont on parle de plus en plus, et dont la liste s'allonge, participent à la puberté précoce, de même qu'à certaines anomalies des organes génitaux.
- **Des facteurs métaboliques et nutritionnels :** un petit poids de naissance ou encore un indice de masse corporelle élevé peut influencer ce changement hormonal.

Pour mieux comprendre ce qui se passe, certains examens seront prescrits : dosages hormonaux, échographie, radio du poignet (pour déterminer l'âge osseux de l'enfant).

Bon à savoir

Il est important que vous rassuriez votre enfant : dites-lui que ces changements qu'il observe sont parfaitement normaux, que cette évolution démarre un peu plus tôt chez lui, mais que ce n'est pas grave du tout.
Vous pouvez vous aider de livres ou d'articles sur le sujet. Essayez aussi de trouver le juste équilibre : ne soyez ni trop insistants et intrusifs, ni dans la dérobade ou le silence.
Si vous le sentez réceptif, engagez le dialogue, en tête-à-tête ou en famille.
Ne brûlez pas les étapes : il est encore un enfant et n'a pas forcément envie de devenir un adulte trop tôt. Choisissez les bons mots, respectez sa pudeur et restez bienveillants.

VOS QUESTIONS

Ma fille a déjà des formes. Elle n'a que 9 ans et certains adultes la regardent… Que faire ?

Il est évident qu'à cet âge, une petite fille ne se rend pas compte du regard des autres, même si son corps commence à ressembler à celui d'une jeune femme (seins, poils, développement des hanches, acné). Elle continuera donc de se comporter comme une enfant et c'est important ! Votre rôle est de lui expliquer toutes ces transformations, de la ménager et de la rassurer. Cependant, vous devez aussi lui permettre de mieux comprendre la notion de séduction, de désir, de sexualité. Il est nécessaire qu'elle sache repérer d'éventuelles dérives et éviter les situations inconfortables, voire dangereuses pour elle. Ce ne sera pas une tâche facile car souvent, elle ne voudra rien entendre. N'hésitez pas à revenir vers elle régulièrement pour en parler, quand vous la sentez disponible. Le pédiatre, si elle a confiance en lui, sera également une aide précieuse.

Mon fils de 10 ans a déjà des poils au menton ! Ça le gêne… Comment réagir ?

Les garçons ont des difficultés à parler de ce qui touche à leur puberté (éjaculation, pilosité, mue de la voix, troubles de l'humeur, douleur au pénis, décalottage incomplet). Là aussi, le pédiatre reste un référent : il a l'habitude d'anticiper et de mettre l'enfant ou le préadolescent en confiance pour évoquer ces sujets qui le gênent. Il donne aussi de bons conseils aux parents.

POUR ALLER PLUS LOIN :

114. Je suis complexé par mon image, p. 294
115. J'ai de l'acné, p. 298
116. Ma voix commence à muer, p. 302
117. J'ai des poils qui poussent, p. 304
118. J'ai mes premières érections, mes premières règles, p. 306

92. J'AIDE POUR LES TÂCHES MÉNAGÈRES

VOTRE ENFANT A GRANDI ET IL EST MAINTENANT CAPABLE DE VOUS AIDER À LA MAISON. COMMENT LE MOTIVER ?

Lorsqu'il était plus jeune, vous avez remarqué qu'il n'était guère enclin à participer aux tâches ménagères, trop occupé à développer une foule d'acquisitions grâce au jeu. Et vous y avez vous-même participé ! Aujourd'hui, à 6 ans et plus encore, il passe encore d'un jeu à l'autre, et il a facilement tendance à se faire assister… Gare aux mauvaises habitudes qui seront difficiles à perdre.

L'INTÉRÊT

Votre enfant a grandi : il sait parler, écrire, il comprend la notion de famille et sait quel est le rôle de chacun. Il est donc important de l'associer constamment à cette vie sociale qu'est la vie familiale, en fonction de son âge, bien sûr, de sa capacité d'écoute, de sa concentration, de sa place dans la fratrie mais aussi de la disponibilité des parents. Il a besoin de se sentir utile au sein des siens, ce qui va naturellement renforcer ses liens d'appartenance et son désir de collaborer.

Par ailleurs, cette collaboration familiale à la maison est essentielle pour qu'il se sente à l'aise à l'extérieur (à l'école, chez ses amis ou chez les vôtres, en week-end ou en vacances). Cette socialisation lui permettra également de s'autonomiser, de prendre confiance en lui et d'améliorer son estime de soi.

Qu'est-ce qu'une bonne estime de soi ? C'est le sentiment de valeur que l'on se porte. Concrètement, pour votre enfant, elle se traduit par les capacités suivantes :

- **Savoir faire les bons choix.**
- **Comprendre ce qui le différencie de son entourage.**
- **Construire une relation positive et respectueuse avec l'autre.**
- **Mesurer les risques qu'il prend lorsqu'il fait des expériences.**
- **Accepter les échecs.**
- **Se faire respecter, savoir obtenir de l'autre reconnaissance et valorisation.**

LES TYPES DE TÂCHES

À la maison, votre enfant peut participer à de nombreuses tâches. Vous connaissez sans doute les premières :

- **Ranger sa chambre.**
- **Mettre ses chaussures au bon endroit.**
- **Mettre la table.**
- **Débarrasser et déposer assiettes et couverts dans l'évier ou le lave-vaisselle.**

Ces tâches sont simples mais ne vous faites pas d'illusions : pour l'enfant, elles restent des corvées. N'oubliez pas de lui expliquer pourquoi on fait ceci et cela, quel est l'intérêt de ces actions, pour lui comme pour le reste de la famille.

Au fil du temps, des tâches plus élaborées peuvent être envisagées, d'autant plus qu'elles lui donneront l'occasion de faire preuve d'initiatives :

- **Participer au choix des aliments, à l'élaboration des menus. Votre enfant se sent impliqué sur le plan diététique, il peut exprimer ses goûts et découvrir de nouvelles saveurs.**
- **Faire son lit, organiser sa chambre : à lui de choisir la couleur des draps, l'emplacement des objets.**
- **Préparer son cartable la veille.**
- **Sortir la poubelle.**
- **Étendre et plier le linge : rien de tel pour la motricité fine (en manipulant des pinces à linge) et l'équilibre (de haut de son rehausseur).**
- **Jardiner : si vous avez un jardin ou un balcon, réservez-lui un petit coin du potager pour qu'il cultive des plantes aromatiques, par exemple.**

Bon à savoir

Outre l'estime de soi, sa participation aux tâches ménagères va favoriser l'intégration de la notion d'efforts. Et c'est important pour la suite de son parcours ! Il est donc important, dès son plus jeune âge, de ne pas toujours faire les choses à sa place. Très souvent, pour des raisons pratiques, les parents ont tendance à anticiper et à prendre en charge ce qui relève de la responsabilité de l'enfant. Cela peut l'empêcher de développer son sens de l'initiative et sa capacité à s'investir dans la vie de famille.

COMMENT LE MOTIVER ?

La motivation doit venir de votre enfant lui-même. Plus tôt vous aurez commencé à le faire participer, plus enthousiaste il sera. Ou moins réfractaire… Un enfant n'aime ni les contraintes, ni les ordres, il déteste que le temps soit compté, ou qu'on l'interrompe dans un jeu. Voici quelques conseils :

- **Mieux vaut faire preuve d'astuce pour lui demander quelque chose. Par exemple, montrez de l'intérêt à ce qu'il est en train de faire avant de l'interrompre. Votre enfant se sentira valorisé de cette attention particulière et pourra, dans un deuxième temps, se montrer disponible pour vous aider. Pensez toujours à cette phase en deux temps.**
- **Soyez tolérants. Si vous sentez que votre enfant va se mettre en colère, ne le brimez pas. Respectez son rythme et faites preuve de patience.**
- **Prenez garde au ton que vous employez comme aux mots que vous utilisez. Demandez-lui gentiment plutôt que de lui ordonner. Évitez les phrases comme « Je compte jusqu'à 3 » ou « Quand tu ne fais pas ce que je te demande, tu me fais de la peine ». Il est important de dissocier la demande objective (la tâche à accomplir) et le lien affectif qui vous lie à votre enfant. Sa construction en pâtirait lourdement. De même, ne le récompensez pas en lui donnant une pièce ou une sucrerie : c'est l'estime de soi que vous cherchez à enrichir, par sa tirelire ou son estomac.**
- **Ne soyez jamais négatifs et évitez bien entendu de punir votre enfant. Profitez plutôt de l'occasion pour lui expliquer le rôle qu'il joue à la maison et l'aide qu'il peut vous apporter. Voilà qui devrait lui faire prendre conscience de sa valeur.**
- **Donnez l'exemple. N'oubliez pas que votre enfant va reproduire à l'extérieur ce qui se passe à la maison.**

POUR ALLER PLUS LOIN :

60. J'apprends à ranger, p. 154

65. J'apprends à cuisiner, p. 167

95. Je fais du bricolage avec mes parents, p. 246

93. J'APPRENDS À ME SERVIR DU TÉLÉPHONE

LE TÉLÉPHONE FAIT DÉSORMAIS PARTIE DE NOTRE ENVIRONNEMENT QUOTIDIEN. VOTRE ENFANT VA MAINTENANT APPRENDRE À S'EN SERVIR.

Depuis sa plus tendre enfance, il vous voit manipuler votre téléphone en permanence. Il est donc curieux de cet objet mais aussi attiré par l'écran, la luminosité, les images, les sons, de même que par sa petite taille, particulièrement adaptée à ses petites mains. Nous ne parlerons pas ici des inconvénients des écrans mais plutôt de l'intérêt du téléphone. En effet, savoir le manipuler pour appeler ses parents ou ses grands-parents, est important. Savoir appeler les services d'urgence peut également être d'un grand secours.

UN APPRENTISSAGE AU FIL DU TEMPS

Les téléphones filaires sont peu à peu en train de disparaître. Nous utilisons désormais des smartphones, dont l'usage, vous le savez, doit être limité pour le bon développement de votre enfant. Cependant, n'hésitez pas à lui apprendre comment cet appareil fonctionne, ce à quoi il sert, en fonction de l'éveil et de la curiosité de votre enfant, à partir de 2 ou 3 ans. Vous pouvez par exemple lui passer le téléphone pour qu'il parle à ses grands-parents. Ainsi, il apprivoise cet outil qui lui permet de communiquer avec une personne qui se trouve loin de lui.

- **À l'âge de 5 ans environ,** votre enfant a intégré l'utilité du téléphone. Vous pouvez lui montrer comment appuyer sur une succession de chiffres pour faire sonner l'appareil d'une autre personne, celui de l'autre parent qui est dans le salon par exemple.
- **Jusqu'à 6 ans,** votre enfant n'accède au téléphone que pour parler à quelqu'un. Il peut aussi utiliser votre smartphone pour jouer (applications ludiques ou éducatives), mais seulement à des horaires bien définis et pour un laps de temps convenu. Il comprend alors que l'objet peut se transformer en jeu, avec l'autorisation du parent.
- **Entre 7 et 9 ans,** l'enfant est davantage en demande. Vous pouvez le laisser accéder à votre portable dans certaines situations (salles d'attente, déplacements...) mais toujours avec bon sens et mesure.
- **À l'approche de ses 10 ans,** vous vous posez sans doute la question de le munir d'un téléphone. C'est à 11 ans que la plupart des enfants obtiennent leur tout premier smartphone et la pression devient forte pour faire comme les autres. Essayez de prendre votre décision, non pas en fonction des désirs de votre enfant, mais selon l'utilité que présente un portable – qui ne sera pas connecté à Internet.

LES AVANTAGES

- **Les situations d'urgence :** très tôt, vous apprendrez à votre enfant à composer un numéro d'urgence. Le 112 est à privilégier. Rien ne vous empêche d'afficher d'autres numéros dans la cuisine avec les dessins correspondants (police, pompiers...). L'idée est qu'il puisse joindre ces services de secours depuis n'importe quel téléphone. Veillez donc à lui montrer comment faire apparaître le numéro d'urgence sur un smartphone verrouillé par un mot de passe.
- **La confiance en soi :** en apprenant à se servir d'un téléphone, à composer lui-même un numéro, l'enfant fait comme les grands et il prend confiance en lui. Évidemment, vous lui expliquerez les conditions d'utilisation et serez attentifs à ce qu'il les respecte.

• **L'autonomie** : en fonction de la maturité de votre enfant, vous pourrez lui confier un portable à certaines occasions en lui montrant que vous lui faites confiance. Établissez des règles « Tu t'en sers pour m'appeler uniquement si tu as besoin de me joindre. » Ainsi, vous responsabilisez votre enfant qui s'autonomise.

LES POINTS DE VIGILANCE

• Ne cédez pas à la tentation d'offrir un smartphone à votre enfant parce qu'il vous a convaincu qu'il avait « la honte » à l'école puisque « tout le monde en a un ». Restez dans l'échange et dans la responsabilisation.
• Ne lui confiez pas un téléphone dernier cri. Il ne manquera pas de susciter la convoitise auprès de ses camarades ou les moqueries.
• Veillez à ce qu'il pose ce téléphone dans un endroit dédié et visible par tous à la maison. Il ne doit pas pouvoir le conserver avec lui dans sa chambre. L'utilisation prolongée d'un écran présente des dangers aujourd'hui bien connus : troubles du sommeil ou du comportement, effet nocif de la luminosité et des ondes électromagnétiques sur le cerveau, dépendance psychique.
• Anticipez ses déplacements : où va-t-il ranger son téléphone pour ne pas le perdre ?
• Selon le type d'appareil que vous lui confiez, apprenez-lui à ne répondre qu'aux interlocuteurs qu'il identifie (ses contacts).

VOS QUESTIONS

À quel âge puis-je munir mon enfant d'un portable ?
Rappelez qu'un téléphone n'est pas un jouet mais un utilitaire. Entre 6 et 10 ans, vous pouvez lui confier ponctuellement un téléphone, si vous vous absentez par exemple, ou s'il se rend seul à une activité extrascolaire. À l'entrée au collège, la question de le munir de son propre appareil se posera, pour vous rassurer, vous et lui, lors de ses déplacements.

Mon cadet veut un téléphone comme son aîné, que faire ?
Il vous faudra apprendre à le faire patienter. Vous lui expliquerez que son tour viendra. Prenez le temps, vous ne manquerez pas d'arguments.

Quel type d'appareil choisir ?
Si vous avez conservé un vieux téléphone à clapet, il sera idéal pour commencer.

Bon à savoir

Vous le savez, le portable est un « vrai » sujet qui divise souvent les enfants et les parents. Il fait désormais partie de notre environnement. N'oubliez pas que les jeunes générations s'en servent davantage que l'ordinateur portable : pour échanger, aller sur les réseaux sociaux et trouver tout de suite la bonne information. Lâchez peu à peu du lest sur ce sujet quand il approchera des 10-11 ans. En fonction de sa maturité, il doit pouvoir s'autonomiser, se responsabiliser avec cet outil qui a aussi beaucoup d'avantages. Ne diabolisez pas le smartphone sous peine de donner encore plus envie à votre enfant...

POUR ALLER PLUS LOIN :
68. J'aime trop les écrans, p. 176
99. J'adore les écrans, p. 257
122. Je veux mon téléphone portable, p. 316
140. L'entrée au collège, p. 358

94. J'APPRENDS À TRAVERSER LA RUE

VOTRE ENFANT AIME COURIR, IL DÉMARRE AU QUART DE TOUR ET NE VEUT PLUS VOUS DONNER LA MAIN DANS L'ESPACE PUBLIC. IL CONTINUE SON EXPLORATION POUR PRENDRE CONFIANCE EN LUI.

LES DANGERS

Dans la rue, les dangers sont multiples : voitures, bus, camions, deux-roues, vélos circulent très vite. Désormais, les trottoirs eux-mêmes ne sont plus sûrs : trottinettes, monoroues, gyroskates ou gyropodes électriques gagnent du terrain. Tous ces engins demandent une vigilance particulière, y compris et surtout celle des enfants.
En 2018, une vingtaine d'entre eux sont décédés alors qu'ils n'étaient que piétons. Et on ne compte plus le nombre d'accidents. Ceux-ci arrivent souvent sur des parcours que nous connaissons « par cœur ». Nous baissons la garde, faisons confiance aux habitudes et manquons d'attention.
La sécurité routière encourage à ne jamais laisser un enfant marcher seul sur un trottoir avant l'âge de 7 ans. En effet, celui-ci perçoit mal les distances et les vitesses, comme il ne sait pas bien identifier la provenance des bruits. Persuadé d'être lui-même vu par les autres, il est impulsif et a du mal à se concentrer sur plusieurs choses en même temps.

FAVORISER SON ATTENTION

Dès l'âge de 3 ans, vous aurez expliqué à votre enfant pourquoi il doit vous tenir la main, regarder devant et en arrière, à gauche comme à droite. Vous l'aurez sensibilisé aux dangers éventuels.
Mais désormais, il maîtrise ses déplacements. Il court et part en trombe subitement en vous lâchant la main. Vous avez alors tendance à lui rappeler les dangers qu'il encourt, ce qui, à la longue peut fragiliser sa confiance en soi. Évitez de le gronder s'il vous cause une grande frayeur : votre propre peur peut l'impacter davantage encore que la sienne, et engendrer un stress inutile pour son apprentissage.
Bien évidemment, il est essentiel que vous donniez l'exemple : traverser en dehors du passage piéton, ou alors que le feu est encore vert pour les véhicules, aura sur votre enfant des conséquences. Non seulement il aura tendance à vous imiter, mais surtout il perdra une partie de la confiance qu'il avait en vous.

LES CONSEILS

En fonction de la situation, optez pour une attitude appropriée.

- **En sortant de la maison ou de l'immeuble : laissez votre enfant passer devant : c'est lui qui ouvre la porte et qui regarde à droite et à gauche avant de franchir le seuil. Il peut ainsi vous dire que la voie est libre, tout en vous tenant la porte. Il se valorise.**

Bon à savoir

Circuler en ville et partager le même espace avec différents véhicules présentent toujours un danger. Responsabilisez votre enfant, valorisez-le et ne le laissez pas se déconcentrer avec un livre ou un portable dans les mains. N'oubliez jamais de donner l'exemple. En revanche, laissez-le libre de ses mouvements dans les aires de jeux : expliquez-lui bien la différence entre un espace de jeux et de découvertes (où il est en sécurité) et un espace réservé à la circulation (où il doit faire preuve de la plus grande attention).

• **En marchant sur le trottoir** : s'il en a envie, laissez-le vous devancer de quelques pas. Ne lui dites pas en permanence « Fais attention » mais plutôt « Ça me rassure que tu sois devant moi, ainsi tu ouvres la voie ». Incitez-le à toujours se déplacer côté maisons ou immeubles et non côté route.

• **En traversant la rue** : depuis ses jeunes années, vous lui avez appris à ne pas courir en traversant une rue, à bien regarder à droite, puis à gauche, et de nouveau à droite, et encore à gauche. Vous lui avez aussi dit de respecter les passages piétons et les feux de signalisation ; s'il n'y en a pas sur le trajet, vous lui avez montré comment choisir une zone où la visibilité est bonne. L'objectif maintenant est qu'il n'ait plus besoin de vous entendre le rappeler à l'ordre « Attention, attends-moi avant de traverser ». Il doit y penser tout seul, vous attendre, commencer à repérer les dangers éventuels et se sentir investi d'une mission. Spontanément, il sait le risque encouru et devient votre « guide ». Là aussi, il se valorise. Bien entendu, l'objectif n'est pas de transformer la traversée en « opération commando » à chaque fois.

• **En allant à l'école** : il veut se rendre à l'école tout seul ? C'est possible à condition que le trajet soit court, simple et sécurisé.

LES PIÈGES À ÉVITER

• **En sortant du bus** : votre enfant doit prendre l'habitude de regarder dehors avant de mettre pied à terre, surtout si le bus est un peu éloigné du trottoir. Gare aux vélos qui se faufilent.

• **En sortant de la voiture** : au fil du temps, vous devrez bien déverrouiller la sécurité enfant de la voiture. Il doit apprendre à regarder derrière lui avant d'ouvrir la portière et toujours du côté du trottoir. Veillez à vous garer convenablement pour lui faciliter la tâche.

• **En traversant une route déserte** : si vous êtes en rase campagne et que vous devez traverser la route sans qu'il y ait de passage piéton, appliquez les règles de base : s'arrêter au bord de la voie à traverser, regarder à deux reprises des deux côtés, évaluer la distance (et le nombre) des véhicules au loin, puis traverser sans courir en continuant de regarder de chaque côté.

• **En cas de pluie ou de brouillard** : votre enfant doit apprendre à anticiper une éventuelle glissade au moment de traverser. Il ne doit jamais courir, toujours regarder de chaque côté et faire preuve d'attention si la rue est en pente.

• **En traversant une piste cyclable** : ces voies particulières sont souvent tracées sur la chaussée. Apprenez-lui à les reconnaître et à les traverser.

POUR ALLER PLUS LOIN :

78. Je fais de la draisienne, du vélo, p. 202
97. Je vais à l'école tout seul, p. 252

95. JE FAIS DU BRICOLAGE AVEC MES PARENTS

ET SI VOUS PROFITIEZ DU WEEK-END OU DES VACANCES POUR ENCOURAGER VOTRE ENFANT À BRICOLER AVEC VOUS ? RIEN DE TEL POUR PARTAGER ET VALORISER.

Votre enfant semble disposé à assembler, échafauder, quitte à détruire parfois ce que d'autres ont construit. Il apprécie aussi de vous imiter. Et son imagination n'a pas de limites ! Il se projette, voit une petite maison dans une boîte en carton, une voiture dans un morceau de bois... Il est important de favoriser cette imagination, de jouer à construire ensemble, tout en développant ses aptitudes manuelles. C'est d'ailleurs l'un des objectifs de l'école élémentaire.

L'INTÉRÊT DU BRICOLAGE

L'idée est que votre enfant participe à ces ateliers par lui-même et pour lui-même. Il ne s'agit pas qu'il bricole pour vous faire plaisir ou parce que vous avez décidé de construire une cabane dans le jardin ou une caisse pour ranger ses jouets. Vous seriez là dans un objectif utilitaire ou dans la projection de votre propre rêve de gosse (ah ! la cabane...).

Le bricolage permet de valoriser votre enfant. Il faut donc le laisser s'exprimer, choisir ses activités, qu'il fera pour son plaisir et non le vôtre. Parfois, évidemment, vous serez à mi-chemin de ces objectifs bien distincts et vous lui proposerez telle ou telle mission, parce que lui manque d'idées ou a à cœur de vous aider, de se sentir utile. Il sera alors ravi de conserver dans sa chambre l'objet construit de ses mains, ou de le montrer à ses copains.

D'un point de vue moteur et sensoriel, les avantages du bricolage sont multiples :

- **la dextérité : l'habileté, le mouvement des mains, des doigts ;**
- **la proprioception : le positionnement du corps, des membres dans l'espace pour parvenir à un objectif ;**
- **la concentration, l'attention ;**
- **la réflexion ;**
- **la confiance en soi ;**
- **l'inventivité, la créativité ;**
- **l'autonomie, la responsabilité ;**
- **la socialisation, le partage : avec ses parents, ses frères et sœurs, ses amis ;**
- **l'acuité visuelle.**

Bon à savoir

Vous vous lancez dans un projet de taille ? Prévoyez un plan de travail à la hauteur de votre enfant, et optez pour un bon éclairage. Vous le munirez des protections nécessaires à sa sécurité : gants, lunettes. Et n'hésitez pas à le laisser manipuler la perceuse, le marteau ou les clous : c'est en apprenant, quitte à tordre la vis, qu'il prend confiance. Expliquez-lui comment tenir correctement ces objets, ces outils pour qu'il ne se fasse pas mal. Soyez patient(e), bienveillant(e) et pédagogue. Apprivoiser la perceuse, quelle promotion pour lui !

CLOU

LES DIFFÉRENTS ATELIERS

Certaines périodes de l'année sont plus propices au bricolage en famille : les vacances d'été, l'approche d'Halloween ou de Noël, un anniversaire à venir. À ces différentes occasions, la thématique est toute trouvée : il s'agira de réfléchir à ce qui pourrait plaire ou être utile à l'autre. Dans d'autres cas, l'idée sera simplement de « bricoler » pour le plaisir. Soit avec l'un de ses parents ou membres de la famille, soit en toute autonomie si la réalisation de l'objet est à sa portée.

Avant 8 ans

- **Fabriquer des jumelles avec des rouleaux de papier toilette.**
- **Customiser un crayon avec un pompon.**
- **Superposer du sable coloré dans un contenant transparent.**
- **Découper un flamant rose dans du carton puis le peindre.**
- **Créer des formes en pâte à sel.**
- **Fabriquer un avion en papier (qui vole...).**
- **Utiliser des chaussettes pour en faire des marionnettes.**
- **Bricoler avec des bouteilles en plastique, des briques de lait, du matériel de récupération...**

Entre 8 et 10 ans

- **Fabriquer un circuit pour ses billes.**
- **Créer une corbeille en osier pour sa chambre.**
- **Imaginer des souris en pâte à modeler.**
- **Construire une maison et son jardin (il fait les plans puis utilise du papier et du carton).**
- **Changer le pneu de son vélo.**

LES CONSEILS

D'abord, prenez votre temps. N'oubliez pas que votre enfant apprend et qu'il est inutile de le presser. Vous le féliciterez à chaque étape, même si ce n'est pas parfait, et mettrez en évidence ses progrès plutôt que son manque d'application ou d'investissement.
Laissez venir son envie de partager et de créer : si l'enthousiasme n'est pas au rendez-vous, peut-être votre enfant avait-il prévu de jouer dans sa chambre ou tout simplement de ne rien faire ce jour-là. Voilà pourquoi vous veillerez à privilégier certains moments : évitez le soir juste avant de se coucher, comme le retour de l'école alors qu'il est fatigué. Proposez plutôt un rendez-vous : « Demain j'ai du temps, ça te dit qu'on construise quelque chose tous les deux ? » Il peut alors se projeter et déjà savourer ce moment que vous passerez ensemble.
Privilégiez des ateliers où chacun participe à la construction du projet. Vous direz à votre enfant qu'il peut s'y remettre en votre absence. S'il abandonne en cours de route, vous éviterez de le gronder : il n'avait probablement pas osé vous dire non au départ, tant il voulait vous faire plaisir. D'où l'importance de son adhésion au projet initial. Dites-lui : « Tu veux construire une cabane ? » plutôt que : « J'ai toujours eu envie de construire une cabane... » La nuance est de taille.
Dernier point : il est inutile et même absurde de le rémunérer pour ces travaux ! Vous ne seriez plus du tout dans le partage et le plaisir de construire.

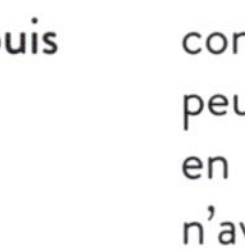

POUR ALLER PLUS LOIN :

92. J'aide pour les tâches ménagères, p. 239
108. Je pars en classe découverte, p. 278

96. LES REPAS CHEZ LES GRANDS-PARENTS

RÉGULIÈREMENT, VOTRE ENFANT EST ACCUEILLI CHEZ VOS PARENTS. ET SES HABITUDES ALIMENTAIRES CHANGENT.

Le rôle essentiel des grands-parents dans un grand nombre de domaines est bien connu. Ils représentent un repère important pour l'enfant et ses parents. Certes, ils « gardent » leurs petits-enfants pendant que vous travaillez mais leur mission est bien plus grande : ils apportent amour, tendresse, réconfort, et transmettent des valeurs culturelles et éducatives. Ils peuvent aussi être d'un grand soutien en cas de crises ou de difficultés (déménagement, chômage, divorce...).

LE RÔLE ET LA PLACE DES GRANDS-PARENTS

Peut-être faut-il soi-même devenir grand-parent pour s'en rendre compte : avec l'âge et le recul, certaines choses sont moins importantes que d'autres ! Parce qu'ils ont eux aussi commis quelques erreurs éducatives, ils ont réfléchi et ont inévitablement adapté leurs attentes. Conséquences : votre enfant n'est pas obligé de terminer son assiette, ni même de ranger sa chambre !

Que se passe-t-il ? Les grands-parents font-ils tout pour le gâter et lui faire plaisir afin que celui-ci aime à séjourner chez eux ? Ou, au contraire, ont-ils adopté une approche éducative qui se concentre davantage sur l'autonomisation de l'enfant et la sécurité affective ? C'est un vieux débat.

Inversement, certains grands-parents considèrent que l'éducation de la jeune génération est bien trop permissive. Alors, ils s'autorisent des initiatives et mettent un point d'honneur à se montrer peut-être plus stricts que vous. Ces situations risquent de faire entrer l'enfant dans une délégation d'autorité : ce n'est plus son parent qui l'éduque, mais le parent de son parent. Je vous conseille d'être attentifs sur ce point et d'en parler, le cas échéant.

Bien entendu, la place des grands-parents dépend de nombreux facteurs : situation géographique, âge, disponibilité, état de santé, relations intergénérationnelles... À chacun sa famille ! Et donc son organisation. Rappelons également qu'en cas de divorce difficile, le rôle des grands-parents peut devenir capital auprès de l'enfant. C'est dans ces situations délicates que l'alimentation peut devenir un enjeu (tri alimentaire, refus de passer à table, grignotage...). Vos parents ou ceux de votre ex-conjoint peuvent veiller à ne pas transformer ces troubles alimentaires en véritables symptômes.

LE SÉJOUR CHEZ LES GRANDS-PARENTS

Dès l'instant où vous confiez votre enfant à vos propres parents ou à vos beaux-parents, un certain nombre de sujets deviennent sensibles. Et d'autant plus si votre enfant séjourne chez eux régulièrement ou si ces derniers ont une forte personnalité. Alors, ils peuvent s'autoriser, consciemment ou non, à intervenir dans votre éducation. Ces sujets sensibles concernent aussi bien l'heure du coucher, l'accès aux écrans, le lien avec les animaux domestiques, l'hygiène, l'acquisition de la propreté lorsqu'il est plus jeune et, bien sûr, l'alimentation.

Il est donc très important que des règles soient établies dès le départ. Pour éviter remarques et désaccords, mieux vaut se montrer clair : des non-dits ne feraient qu'envenimer la situation. Ces règles, bien entendu, évolueront avec le temps et l'âge de l'enfant. N'oubliez pas que le grand-parent se sent investi d'une mission, qu'il y engage sa responsabilité et que, parfois, il pèche par excès de zèle. Il applique des méthodes qui lui paraissent appropriées mais vous semblent d'un autre âge. Veillez à ce que la situation ne devienne pas conflictuelle.

L'ALIMENTATION CHEZ LES GRANDS-PARENTS

L'alimentation, nous l'avons vu, est un moyen de négociation redoutable pour tout enfant, et en particulier entre 6 et 10 ans. Très souvent, un séjour chez ses grands-parents est l'occasion pour lui de découvrir de nouveaux aliments. Profitez de leurs initiatives ! Votre enfant sera le premier à vous raconter fièrement dès son retour qu'il adore les courgettes… alors qu'à la maison, il vous est impossible de les lui faire goûter.

Mieux vaut éviter d'entrer dans une forme de rivalité avec la génération précédente. Vous pourriez vous sentir pris en défaut, ou dévalorisés par tant de savoir-faire, incapables vous-même de faire apprécier les courgettes. Les grands-parents, eux, ne cherchent pas la compétition – en principe. Ils cherchent au contraire à stimuler la curiosité et l'éveil de l'enfant. Et c'est tout ce qui compte. Par ailleurs, ils bénéficient d'une certaine expérience (que vous n'avez pas forcément), et de temps pour partager les repas (que vous n'avez pas toujours non plus). Inventifs et malins, ils savent que l'important est de passer un bon moment à table.

Bon à savoir

Le séjour de l'enfant chez ses grands-parents doit être, pour vous, du bonus. Il vous faut donc :

- **Avoir vous-même « coupé le cordon »** avec vos propres parents : demandez-vous si vous avez encore quelques comptes à régler.
- **Être en confiance :** comment vous sentez-vous quand votre enfant est chez eux ?
- **Toujours favoriser le dialogue :** en cas de divergence de points de vue ou d'habitudes, mieux vaut en parler plutôt que ruminer dans son coin.

Voilà pourquoi leurs règles seront souvent plus souples. Et tant mieux ! À condition de respecter certains principes d'hygiène et de diététique :

- **respecter les horaires des repas ;**
- **limiter les aliments trop gras ;**
- **éviter les bonbons et les sucreries ;**
- **se conformer aux règles alimentaires en cas d'allergie ;**
- **ne pas oublier le brossage des dents ;**
- **éteindre les écrans pendant les repas.**

POUR ALLER PLUS LOIN :

22. Le rôle des grands-parents, p. 63
58. Néophobie alimentaire : la comprendre, l'éviter, p. 150
65. J'apprends à cuisiner, p. 167
104. Mes parents se séparent, p. 268
125. Je ne veux plus manger avec mes parents, p. 324

97. JE VAIS À L'ÉCOLE TOUT SEUL

À PIED, À VÉLO OU EN TROTTINETTE, VOTRE ENFANT SOUHAITE SE RENDRE À L'ÉCOLE TOUT SEUL. COMMENT LUI FAIRE ET LUI DONNER CONFIANCE ?

La rentrée du mois de septembre est souvent l'occasion d'autonomiser davantage votre enfant. Le laisser aller seul à l'école est une bonne idée pour le valoriser. En fonction de sa maturité, vous pouvez aussi attendre quelques semaines, après la Toussaint, par exemple. Peu importe la date, ce sera toujours pour lui un grand moment.

À PARTIR DE QUEL ÂGE ?

C'est en général vers 8 ans qu'un enfant peut se déplacer seul, dans la mesure où le trajet est court et simple. Cependant, il n'y a pas d'âge précis car tout dépend des circonstances et de certains facteurs. Ce peut être plus tôt si :

- **L'école est très proche de votre domicile et il n'y a pas de rue dangereuse à traverser.**
- **Vous habitez un village où tout le monde se connaît.**
- **Vous avez souvent fait le trajet à pied avec lui et il le connaît bien.**
- **Vous estimez qu'il est suffisamment mature et concentré.**
- **Il est accompagné d'un grand frère, d'une grande sœur ou d'un voisin.**
- **Il a déjà eu l'occasion de rentrer seul et le trajet s'est bien passé.**

Généralement, les premiers trajets se font à pied. Un peu plus tard, si votre enfant se montre habile et demandeur, vous pourrez l'autoriser à circuler en trottinette ou à vélo, une fois ces engins bien maîtrisés.

LES CONSEILS

Mieux vaut que votre enfant commence ses déplacements à l'automne ou au printemps. En hiver, il risque de glisser en cas de pluie ou de neige et la nuit tombe vite. Profitez d'une bonne luminosité et d'une météo clémente pour favoriser sa confiance en lui. Une fois qu'il aura pris de l'assurance, il se déplacera par tous les temps.

Dans un premier temps, proposez-lui de rentrer seul de l'école, plutôt que d'y aller. Ainsi, vous pourrez gérer son arrivée, vous assurer que tout s'est bien passé. Après quelques semaines, vous comme lui serez plus à l'aise pour les trajets du matin.

Vous pouvez aussi faire un bout de chemin ensemble : à tel endroit, il poursuit seul la route ou, le soir, il vous retrouve au point de rendez-vous. Cela le rassurera certainement. Vous aurez par ailleurs l'occasion d'observer la façon dont il se comporte, et de vérifier s'il est concentré et appliqué.

Bien évidemment, vous serez particulièrement vigilant(e) quant à sa sécurité :

- **Équipez-le avec de bonnes chaussures, qui ne glissent pas.**
- **Votre enfant doit être visible s'il fait sombre ou nuit : préférez les vêtements de couleurs claires, éventuellement équipés d'éléments rétroréfléchissants ; sachez aussi qu'il existe des cartables dont les bretelles, les côtés et/ou le dos sont munis de bandes réfléchissantes.**
- **S'il n'y a ni trottoir, ni accotement, votre enfant doit marcher sur le côté gauche de la chaussée pour repérer les véhicules qui arrivent en face de lui ; cependant, dans ce cas de figure, effectuer seul ce trajet est déconseillé puisque risqué.**
- **Rappelez-lui évidemment à cette occasion qu'il ne doit jamais suivre un inconnu, y compris à la sortie de l'école même si celui-ci vient soi-disant de votre part.**

Bon à savoir

Vous ne gagnerez rien à surprotéger votre enfant. Celui-ci doit apprendre à s'autonomiser, à avancer avec confiance dans la vie. En l'autorisant à se déplacer seul, vous lui rendez service pour plus tard. L'accompagner trop longtemps au pied de son école le rendra moins débrouillard. En revanche, n'oubliez pas : vous êtes son premier éducateur en matière de sécurité routière. Alors, donnez l'exemple !

- S'il rentre à la maison et que vous n'êtes pas là, apprenez-lui à vous prévenir (un coup de fil, un sms) ; cependant, entre 6 et 10 ans, un enfant est encore jeune pour rester seul.

À PIED, EN TROTTINETTE, À VÉLO

À pied

- Effectuez avec lui le trajet plusieurs fois dans les semaines qui précèdent le jour J.
- Repérez ensemble les zones à risque (sorties de garage, croisements, pistes cyclables) et les passages piétons.
- Rappelez à votre enfant qu'il doit marcher du côté des maisons ou des immeubles, et non du côté de la chaussée.
- Anticipez largement son départ pour éviter qu'il ne soit en retard ; il pourrait alors se mettre à courir, ce qui augmenterait les risques.
- Donnez-lui confiance en le laissant traverser seul la rue ; alors que vous l'attendez sur le trottoir d'en face, il doit respecter les consignes ; une fois arrivé, il renouvelle l'opération dans le sens inverse.
- S'il marche pour rejoindre un bus scolaire qui l'emmène à l'école, habituez-le à emprunter toujours le même parcours ; vous aurez là encore repéré les zones stratégiques (feux, croisements, arrêts du bus).

En trottinette

- Assurez-vous que votre enfant maîtrise parfaitement la trottinette.
- Vérifiez qu'il peut la ranger, une fois arrivé à l'école.
- Faites le trajet à plusieurs reprises avec lui ; si vous le pouvez, montez vous-même sur une trottinette pour lui donner confiance.
- Rappelez-lui de ne jamais faire la course avec ses camarades, et expliquez-lui pourquoi (augmentation des dangers, baisse de l'attention).
- Laissez-lui repérer les zones à risques : les trottoirs, les croisements, les espaces étroits, les pentes, les sorties de garage.

À vélo

Une fois le vélo parfaitement maîtrisé (freinage, équilibre, anticipation), les règles de sécurité bien intégrées, vous pouvez le laisser effectuer son premier parcours, en l'accompagnant à plusieurs reprises. Il portera bien entendu un casque et des gants. Prévoyez aussi un antivol.
Avant le départ, rappelez-lui que tout bon cycliste respecte :

- les pistes cyclables ;
- le sens de circulation ;
- les feux de signalisation ;
- les passages piétons ;
- les sorties de garage ;
- les carrefours et les ronds-points ;
- les abords de l'école où tout le monde s'agglutine...

Rappelez-lui qu'il doit mettre pied à terre suffisamment tôt pour éviter les piétons et bien évidemment les voitures. Il prendra soin de ranger à l'école son vélo, selon les règles prévues par l'établissement.

POUR ALLER PLUS LOIN :
94. J'apprends à traverser la rue, p. 244

98. JE VAIS ACHETER DU PAIN TOUT SEUL

SE RENDRE À LA BOULANGERIE POUR ACHETER UNE BAGUETTE, QUELLE AVENTURE ! ET SI EN PLUS IL PEUT EN PROFITER POUR S'OFFRIR UN BONBON...

Ce petit défi est vécu différemment selon les enfants. Certains sont très enthousiastes à l'idée de devoir se débrouiller seul à la boulangerie. Cependant, d'autres sont plus timides et hésitants, ou ils ont peur du bruit, de la foule, ou encore ils craignent de ne pas y arriver, de revenir bredouille.
L'autonomisation de l'enfant commence tôt pour aller crescendo. Peu à peu, il apprend à :

- **manger seul grâce à la DME ;**
- **monter les escaliers ;**
- **s'habiller ;**
- **aller à l'école ;**
- **préparer son cartable.**

ENTRER SEUL DANS UN MAGASIN

Apprendre à entrer seul dans une boulangerie (ou tout autre magasin) fait partie du développement de l'autonomie. Et si ce petit défi est proposé de façon progressive et bienveillante, une fois relevé, ses conséquences seront très constructives pour l'enfant, déjà bien avant 6 ans. Un peu plus tard, il n'aura aucun mal à faire des courses plus élaborées, avec une liste et un petit porte-monnaie.
Au début, n'hésitez pas à élaborer un scénario. Ensemble, vous aurez préalablement décidé ce qu'il doit acheter. C'est un grand événement pour lui : s'il y parvient, ce sera une victoire ! Mais avant, chaque étape lui procure quelques émotions :

- **D'abord, il se retrouve à faire la queue, seul, au milieu de grandes personnes qui le dominent ; c'est un apprentissage en lui-même car il ne voit pas bien ce qui se passe devant.**
- **Vient son tour et le voilà qui ose aller au-devant du vendeur ou de la vendeuse.**
- **Celui-ci ou celle-ci lui demande ce qu'il souhaite et il doit répondre sans bredouiller. Certains enfants, plus confiants et autonomes, vont d'emblée annoncer « Une baguette ! » Mais tous prennent ici de l'assurance tout en s'autonomisant.**
- **Ensuite, l'enfant suit des yeux le bon déroulement des opérations, répond souvent à la question « Tu veux autre chose ? »... Il est valorisé.**
- **Il donne la somme demandée et récupère la monnaie. C'est une excellente initiation aux chiffres et une véritable sensibilisation à la valeur de l'argent.**
- **On lui tend le pain demandé et c'est un peu une victoire ! Il obtient quelque chose par lui-même.**
- **Il vous rejoint alors que vous l'attendez dehors. Il a la mine réjouie, est fier d'avoir accompli sa mission.**

Peu à peu, vous ne resterez plus à l'attendre à l'extérieur du magasin : il s'y rendra seul pendant que vous ferez autre chose. Et puis, un jour, il partira comme un grand de la maison pour acheter le pain, une mission utile à toute la famille, et un moyen pour lui de sentir qu'il y a un rôle, une place.

L'idée en plus

De nombreux jeux éducatifs aideront votre enfant à reconnaître les nombres, à calculer et à rendre la monnaie (Nain Jaune®, Rami®, Martinetti®). Grâce à l'usage de dés, de pions ou de cartes, votre enfant apprend l'abstraction (le pion c'est lui), la numération (il compte en fonction du dé) et la logique (s'il pose cette carte, que va-t-il se passer ?).

CONCERT

PAYER SES ACHATS

Au début, votre enfant se contentera de donner la ou les pièces que vous lui aurez confiées, avant de reprendre sa baguette et la monnaie. Bien évidemment, il n'est pas encore question qu'il compte les pièces qu'on lui aura rendues. Ce sera pour plus tard, lorsque les premières étapes de socialisation auront été intégrées : entrer seul dans le magasin, dire bonjour, attendre son tour, se dresser sur la pointe des pieds, dire ce qu'il veut et répondre aux questions de la vendeuse, récupérer la marchandise, dire merci, au revoir et sortir du magasin. Toutes ces étapes sont vécues très différemment selon les enfants qui avancent chacun à leur rythme.

Lorsque tout ceci sera intégré, alors viendra l'étape du comptage :

- **lire les étiquettes ;**
- **calculer approximativement la valeur totale des marchandises ;**
- **chercher dans le porte-monnaie la somme correspondante ;**
- **anticiper l'arrivée à la caisse et estimer le montant de la monnaie. Ceci prend du temps et suppose de l'entraînement. N'hésitez pas à lui demander : « Si je te donne 5 euros, le boulanger va-t-il te rendre de la monnaie sur le pain qui coûte 2 euros ? »**

Bien entendu, donner la somme exacte au centime près… pour ses achats est au début encore compliqué. D'autant qu'entre les euros et les centimes, votre enfant peut s'y perdre. Mieux vaut dans un premier temps arrondir les montants, car les décimales sont encore difficiles à comprendre pour lui.

POUR ALLER PLUS LOIN :

82. J'apprends à compter, p. 212

109. Je rentre au CP, p. 281

Quelques repères vous aideront à adapter ses petites missions de courses :

- **Entre 5 et 6 ans, votre enfant commence à nommer une quantité, à écrire les nombres et à effectuer ses premiers calculs.**
- **À partir de 6 ans, il sait que 20 est plus important que 10, il détecte la valeur des nombres les uns par rapport aux autres.**
- **Vers 8 ou 9 ans, il sait calculer mentalement.**

LES CONSEILS

Voici quelques idées pour l'initier progressivement à la notion d'achat :

- Dès son plus jeune âge, il vous aura accompagné faire les courses. Dans les magasins, il vous observe, vous entend demander telle ou telle chose, et vous voit « payer » avant de repartir avec. Vous lui aurez expliqué pourquoi.
- Il n'aura pas non plus manqué de jouer à « la marchande » avec vous ou ses petits copains. Peu à peu, il a compris que l'on pouvait échanger un bien (aliment, jouet) contre des pièces de monnaie. Les notions de valeur et de socialisation ont été intégrées.
- Très souvent, chez l'épicier mais aussi à la pharmacie, à la station-service, il vous voit sortir votre carte bancaire. Ce moyen de paiement reste très virtuel pour lui, même lorsque vous lui en expliquez le fonctionnement. Dès lors, lorsque vous payez en espèces, montrez-lui : l'échange sera tout de suite plus concret. Il prend ainsi conscience de la valeur des choses.
- Ne lui confiez pas une carte bancaire sans contact pour ses premiers achats : l'apprentissage ne sera pas le même.
- Au marché, si un aliment ou un objet semble lui faire plaisir, profitez de l'occasion pour lui proposer de l'acquérir tout seul. Laissez-le demander au vendeur : « Je voudrais ceci » ou le montrer du doigt.

99. J'ADORE LES ÉCRANS

VOUS ESSAYEZ DE LIMITER LA CONSOMMATION D'ÉCRANS EN TOUT GENRE MAIS VOTRE ENFANT EN VEUT TOUJOURS PLUS.

Il sait depuis longtemps que toutes sortes de supports visuels existent à la maison ou à l'extérieur. Désormais, il est capable de s'en servir et montre déjà quelques préférences pour l'un ou l'autre de ces écrans omniprésents : télévision, tablette, smartphone, ordinateur ou console de jeux vidéo.

UNE ATTIRANCE À CONTRÔLER

Dès son plus jeune âge, vous avez observé la vive attirance de votre enfant pour les écrans. Un smartphone ou une télévision fascinent les bébés car ils les stimulent sur le plan sensoriel.

- **La vision : l'image bouge, il y a des formes, des couleurs...**
- **L'audition : les sons, les mélodies, la musique, les dialogues sont captivants.**
- **Le toucher : l'écran est souvent tactile et la taille du téléphone particulièrement adaptée aux petites mains.**

D'autre part, votre enfant vous observe. Et il a très vite compris que non seulement les écrans faisaient partie du quotidien et de l'environnement familial, mais qu'ils présentaient un intérêt, un enjeu. Il lui faut donc explorer aussi de ce côté-là. N'oubliez pas : dès l'instant où un bébé sait marcher à quatre pattes et se servir de ses mains, il devient un grand explorateur.

Seulement, vous ne pouvez pas le laisser « consommer » ces écrans comme bon lui semble. Il vous faut apprendre à en contrôler l'accès, comme le répètent les spécialistes de l'enfance dans tous les médias. Vous devrez être extrêmement vigilants au lien que va développer votre enfant avec ces différents objets.

Pour cela, gardez en tête ce qui l'attire. Au début, ce sont les images et les bruits qui stimulent les petits. Puis, ce sera l'histoire avec les dessins animés. Ensuite, le côté tactile et l'interaction intéresseront les 6 ou 8 ans. Enfin, vers 10 ans, c'est la possibilité de communiquer qui séduit : l'enfant entre dans le monde des réseaux sociaux.

LES EFFETS DES ÉCRANS SUR LA SANTÉ

- **La fatigue oculaire.** Maux de tête, gêne oculaire, surstimulation de la rétine, stress... Certaines études parlent même de risques de myopie.
- **Le sommeil.** L'impact néfaste des écrans sur le sommeil est désormais prouvé par de nombreuses recherches.
- **L'audition.** Les radiofréquences des smartphones ont des effets biologiques ; d'autre part, l'exposition au bruit, surtout si l'enfant met un casque, est dangereuse.
- **Les fonctions cognitives et langagières.** Si les écrans peuvent être instructifs, leur utilisation prolongée aura des effets négatifs sur l'acquisition du langage et la capacité à communiquer avec les autres.
- **Les relations familiales et sociales.** Les jeunes enfants et les pré-ados, encore vulnérables sur le plan de la construction identitaire, peuvent être soumis à des pressions négatives. L'utilisation d'Internet favorise la comparaison parfois délétère avec les autres, le partage d'informations privées, l'accès à la pornographie ou l'exposition à la cybercriminalité. Il vous faut protéger vos enfants, et rester vigilants car, même si vous optez pour un système de contrôle parental, ils apprendront vite à le contourner.
- **Les troubles émotionnels.** Agressivité, violence, opposition, mais aussi tristesse, repli sur soi ou angoisse... Les émotions sont vives quand on passe trop de temps devant un écran.

• **Les performances scolaires.** Il convient de bien maintenir un équilibre entre le temps passé devant l'écran pour se détendre ou communiquer et le temps pour s'instruire.

• **L'alimentation.** L'impact des écrans sur l'alimentation est indéniable. Un enfant peut bâcler son repas pour retourner plus rapidement à sa console ou son dessin animé (même s'il prétexte avoir un devoir à finir). Par ailleurs, le surpoids dans nos pays est en partie lié à cette surconsommation du numérique puisqu'elle entraîne une baisse de l'activité physique, du grignotage et une mauvaise qualité de sommeil.

LES PRINCIPES À RESPECTER

Plutôt que d'interdire de façon arbitraire l'accès aux écrans, il semble plus pertinent et constructif d'apprendre à votre enfant, surtout entre 6 et 10 ans, à se réguler.

• **L'objectif** : il doit être capable de savoir pourquoi il utilise tel ou tel écran.

• **Le temps** : il doit connaître le début et la fin de ce temps dédié au numérique ; n'hésitez pas à vous aider d'un minuteur car lui n'a pas la notion du temps qui passe.

• **L'équilibre** : il doit comprendre qu'il y a un temps pour tout, pour l'autorisation comme pour l'interdiction ; pourquoi ne pas établir un planning d'utilisation des médias ?

• **L'exemple** : il doit pouvoir vous faire confiance : si vous refusez qu'il passe son temps devant les écrans, c'est aussi parce que vous n'y passez pas le vôtre.

• **La diversité** : il doit varier les activités afin qu'il ne se focalise pas seulement sur les écrans ; de son propre chef, il doit pouvoir les quitter pour se plonger dans un livre, venir dîner ou discuter, jouer, etc.

Bon à savoir

L'échange et le dialogue sont les clés de la parentalité. C'est valable dans tous les domaines et particulièrement pour les écrans. Privilégiez toujours la communication et intéressez-vous à ce qu'il fait sur sa console plutôt que d'être dans la critique et dans l'obstruction. Les écrans ont aussi leurs atouts, il va devoir apprendre à les utiliser et à en profiter intelligemment. Mieux vaut toujours l'accompagner dans cet apprentissage. Profitez-en d'ailleurs pour réfléchir à votre propre rapport au numérique car, d'après le site mpedia.fr, un adulte regarde 221 fois son smartphone et l'utilise 3 h 16 en moyenne par jour ; 50 % des parents avouent se laisser distraire par l'écran durant leurs échanges avec leurs enfants ; 36 % des parents l'utilisent pendant les repas et 28 % quand ils jouent avec les petits. Et vous ?

POUR ALLER PLUS LOIN :

55. Je suis en surpoids, p. 143

68. J'aime trop les écrans, p. 176

93. J'apprends à me servir du téléphone, p. 242

122. Je veux mon téléphone portable, p. 316

123. Je me couche tard le soir, et je suis fatigué le lendemain, p. 319

100. MAMIE EST TRÈS MALADE

L'UN DE SES PROCHES EST GRAVEMENT MALADE ET VOUS NE SAVEZ PAS COMMENT LUI EN PARLER.

DES SITUATIONS VARIABLES

Les petits n'ont pas tous la même notion de la maladie. Cela dépend de l'histoire de l'enfant lui-même, s'il a déjà été malade, s'il l'est beaucoup ou encore actuellement ; de l'environnement familial, si par exemple son parent a déjà été hospitalisé, si un frère ou une sœur souffre d'une pathologie chronique ; et de l'environnement scolaire, s'il fréquente à l'école un enfant malade ou porteur de handicap.

La façon dont votre enfant va comprendre la maladie d'un proche, comme la façon dont il va y réagir, ne dépend donc pas vraiment de son âge. Cependant, entre 6 et 10 ans, il sait désormais que la vie de ceux qu'il aime est fragile. Et cette prise de conscience peut être à l'origine de certains troubles du comportement dont vous n'identifierez pas immédiatement la cause.

Par exemple, si votre enfant est très proche de sa grand-mère et qu'il la voit un jour alitée, faible, incapable de s'occuper de lui comme d'habitude, il est probable que son comportement change, mais pas tout de suite : ce n'est que quelques jours, voire quelques semaines plus tard, que vous observerez ces bouleversements.

LES RÉTICENCES DES PARENTS

La maladie grave d'un proche bouleverse toute la famille. L'enfant assiste, impuissant, à une succession de situations et de discussions délicates ou douloureuses. Dans ce contexte difficile pour les adultes, un certain nombre d'éléments perturbent le message donné à l'enfant, qui, du coup, ne comprend pas ce qui se passe.

- **Les parents sont eux-mêmes trop bouleversés pour aborder le sujet.**
- **Ils pensent que l'enfant est trop jeune pour « savoir » et, sans s'en rendre compte, ils entrent dans le déni, ou accumulent les non-dits ; l'enfant, qui lui sent bien que quelque chose se passe, est perdu.**
- **Ils craignent de le perturber avec des images ou des mots trop forts qui risquent de perturber son équilibre ou sa scolarité.**
- **Ils ont peur d'être démunis et de ne pouvoir répondre aux questions qu'eux-mêmes se posent : quel sera l'impact de la maladie ? Ma mère va-t-elle supporter le traitement ? Va-t-elle mourir ?**
- **Ils ne souhaitent pas s'effondrer devant l'enfant, et évoquer la situation avec lui semble risqué puisque cela pourrait les plonger dans une grande détresse émotionnelle.**

Vous l'avez compris, protéger son enfant part d'un bon sentiment ; mais ce n'est pas la bonne méthode. Il est important de l'associer, quel que soit son âge, à toutes les étapes importantes que traverse votre famille. Et la maladie d'un proche en fait partie.

LES RÉACTIONS DE L'ENFANT

Bien entendu, votre enfant réagira différemment en fonction des liens qui l'unissent à sa grand-mère ou à son grand-père. L'impact de la maladie dépendra aussi de la façon dont vous lui en avez parlé, de son environnement, de la peine qu'il ressent chez vous et de sa maturité.

Les signes qui doivent vous alerter et qui sont fréquents chez les enfants sont les suivants :

- **Des troubles du sommeil : réveils nocturnes, terreurs nocturnes, troubles de l'endormissement.**
- **La modification du comportement : agressivité, manque de concentration, repli sur soi.**
- **L'énurésie : mictions involontaires le jour ou la nuit.**
- **Des troubles alimentaires : tri alimentaire, refus de passer à table, blocages.**

Comment l'aider alors ? Il s'agit de l'accompagner dans l'acceptation de cette épreuve. Les notions de maladie et de mort sont complexes à intégrer, autant pour les adultes que pour les enfants.

- **Ne lui mentez jamais, ne lui dites pas « Ta grand-mère va guérir » alors que vous savez qu'il n'en est rien.**
- **Donnez régulièrement des petites informations. Restez modéré(e) et pondéré(e), évitez de le confronter à toutes les mauvaises nouvelles d'un coup. Laissez-lui le temps de s'exprimer et de poser des questions.**
- **Faites-vous aider. Si vous vous sentez démuni(e), demandez conseil à votre pédiatre, au médecin de famille, à un autre membre de la famille. Aidez-vous aussi des albums de jeunesse qui abordent le sujet de la maladie et de la mort.**

Bon à savoir

Si la maladie de votre parent s'aggrave et qu'une fin de vie semble proche, vous devrez trouver les mots pour préparer votre enfant. Inutile de lui mentir : il vous observe, ressent votre préoccupation, et votre silence lui ferait perdre confiance en vous. Vous proposerez à votre enfant de vous accompagner pour rendre visite à son aïeul(e) : « La maladie de ton grand-père s'aggrave », « Ta grand-mère va peut-être mourir », « C'est bien d'aller le/la voir ensemble, qu'en penses-tu ? » Entre 6 et 10 ans, votre enfant doit pouvoir entendre des mots simples et justes pour pouvoir saisir, peu à peu, la notion de finalité.

POUR ALLER PLUS LOIN :

62. La fin des couches pendant la sieste, puis la nuit, p. 160
75. Mon animal est mort, p. 194
101. Grand père est mort, p. 261

101. GRAND-PÈRE EST MORT

LA MORT D'UN GRAND-PARENT EST UNE ÉPREUVE IMPORTANTE DANS LA VIE DE L'ENFANT.

Rompre les liens tissés depuis sa plus tendre enfance provoque de fortes émotions. Que le décès soit brutal ou qu'il ait été précédé par une longue maladie, votre enfant est bouleversé, dans son cœur, dans son corps, dans sa tête.

ANNONCER LA DISPARITION

Quel que soit son âge, votre enfant perçoit inévitablement que quelque chose se passe ou vient de se dérouler. Même un nouveau-né ressent un tel bouleversement dans son environnement. Les effets que le décès provoquent peuvent apparaître plusieurs semaines plus tard : troubles du sommeil, modification du comportement, blocages alimentaires, etc.
Il est donc essentiel d'associer votre enfant à la maladie de votre parent, à son évolution, et, le cas échéant, au décès de celui-ci. Le deuil doit se faire ensemble, en famille, en groupe, comme il est encore d'usage dans certaines traditions. La vie peut alors continuer, dans le respect du souvenir des anciens.

Bon à savoir

Dans certains cas, la mort de son grand-père ou de sa grand-mère peut être vécue très intensément par l'enfant. Des troubles importants, physiques ou psychiques, peuvent apparaître. Si tel est le cas, n'hésitez pas à contacter un psychologue pour l'accompagner et l'aider à exprimer ses émotions.

Naturellement il faut trouver les bons mots, à la fois simples et justes, et le bon moment.

- **Entre 3 et 5 ans, l'enfant comprend peu la notion de mort. Il peut penser que son grand-père ou sa grand-mère va finir par revenir, surtout si vous utilisez des mots peu appropriés, comme « Grand-père est parti » ou « Grand-mère nous a quittés ». Il sera incapable de saisir la portée de ce « départ ». Cependant, c'est justement entre 3 et 5 ans qu'il commence à s'interroger sur la mort, parce qu'il a vu un oiseau inanimé ou parce que le chien de la famille n'est plus là.**
- **Entre 6 et 10 ans, il a besoin de plus d'explications. Les mots vagues ou les propos infantilisants ne peuvent le satisfaire, ni le rassurer. Il faut le considérer comme capable d'entendre ce qui est douloureux, et adapter votre langage en surmontant vos propres peurs. Il vous en saura gré plus tard.**

Il est donc important de bien lui dire que le défunt ne reviendra jamais : « Papi avait une maladie grave, un cancer. Parfois, on peut guérir, mais pour lui, ça n'a pas marché, il est mort ». Ce mot fait peur et c'est pourquoi de nombreuses circonvolutions sont utilisées : la personne est « partie », « au ciel », « disparue », « éteinte »... Tous ces termes entretiennent l'enfant (et peut-être vous-même) dans l'illusion. Celle-ci peut s'amplifier dans le temps, devenir lourde à porter et mener à de grandes et douloureuses désillusions.

RASSURER L'ENFANT

Dès lors qu'un proche, votre père, votre mère, votre frère ou votre sœur, est gravement malade, votre comportement change. Vous serez triste, parfois en colère, vous aurez des difficultés à trouver le sommeil, des sautes d'humeur, vous serez aussi moins disponible, ou moins patient(e). Votre enfant va percevoir tout cela.

Il vous verra aussi pleurer. Surtout, ne vous en cachez pas : il doit apprendre que les adultes ont du chagrin, et que leurs larmes coulent parfois. Expliquez-lui pourquoi : il se sentira valorisé car vous lui faites confiance, vous partagez avec lui votre propre peine. C'est aussi le meilleur moyen d'éviter les mensonges, les silences, qui s'accumulent et entretiennent une spirale dont vous n'arriveriez plus à sortir.

Cela peut paraître paradoxal de rassurer un enfant sur la mort d'un proche. Il y a quelque chose de contradictoire dans le message « Grand-père est mort, mais tout va bien, rassure-toi, papa et maman sont là ». Et pourtant, c'est exactement ce que l'enfant a besoin d'entendre :

- **« est mort » : le mot est juste, et il l'intègre ; c'est symbolique mais concret.**
- **« Grand-père » : il met un visage, il fait le lien.**
- **« tout va bien » : cela l'apaise, il comprend que tout va bien se passer « pour lui ».**
- **« rassure-toi » : ensemble, vous allez traverser cette épreuve ; c'est l'horizon qui reste clair.**
- **« Papa et maman sont là » : ses figures d'attachement demeurent.**

Vous pourrez poursuivre cet échange en parlant de vos propres émotions, en vous montrant honnête, en admettant que vous êtes triste. Bien sûr, vous accueillerez les siennes.

PARTICIPER AUX RITES FUNÉRAIRES

Chaque famille, selon ses traditions et ses convictions, organise son rituel ou sa cérémonie. Ces moments aident à passer un cap difficile pour toute la famille, même si la mort physique n'en demeure pas moins définitive. Et c'est sur ce plan qu'il convient de ne pas mentir à l'enfant.

Vous vous poserez peut-être la question d'emmener ou non votre enfant aux funérailles. C'est pourtant un moment de partage essentiel pour lui. Quel que soit son âge, en y participant, il s'inscrit dans l'histoire de sa famille. N'hésitez pas à l'associer aux rituels, en lui demandant de faire un dessin, par exemple, ou de lire quelques mots, ou de déposer des fleurs. Même un nourrisson a sa place quand il s'agit de dire « adieu ».

N'ayez pas peur de le terroriser. Quand vous craignez de troubler votre enfant, c'est votre propre angoisse que vous projetez sur lui. Au contraire, faites-lui confiance, aidez-le à grandir et à appréhender le monde qui l'entoure, tel qu'il est. Sinon, une fois adulte, il ne saura pas comment y évoluer sereinement.

POUR ALLER PLUS LOIN :

75. Mon animal est mort, p. 194

100. Mamie est très malade, p. 259

102. JE DORS CHEZ UN COPAIN

VOTRE ENFANT EST INVITÉ À PASSER LA NUIT CHEZ UN PROCHE, OU MIEUX ENCORE À PROFITER D'UNE « SOIRÉE PYJAMA ».

Désormais, vous connaissez bien le caractère de votre enfant : il aime aller vers les autres ou, au contraire, se montre timide et réservé ; peut-être apprécie-t-il d'être à l'extérieur ou, au contraire, préfère-t-il rester à la maison, dans son cocon. Cependant, il est important pour son développement, sa confiance en soi et son autonomie, de favoriser des expériences en dehors de ses habitudes. Peut-être votre enfant a-t-il déjà séjourné chez un autre membre de la famille. Désormais, il est l'heure d'aller dormir… chez un ami.

LES BÉNÉFICES

Vous n'avez certainement pas attendu qu'il ait 6 ou 8 ans pour lui proposer de passer une nuit loin de la maison. C'est là l'occasion de « couper le cordon », une expérience qui ne peut être que bénéfique, même si cela vous fait un petit pincement au cœur.

En effet, dans les jours et semaines qui suivront, vous observerez sans doute bien des progrès : votre enfant aura plein de choses à vous raconter (ou pas, mais il alimentera son jardin secret), il prendra des initiatives, son sommeil s'améliorera peut-être, il créera des liens nouveaux avec les personnes qui l'ont accueilli (ses grands-parents, un ami ou l'équipe d'une structure collective).

Parfois, cela aura aussi un impact sur son alimentation : vous découvrirez peut-être qu'il se met à table plus volontiers ou qu'il prend son petit déjeuner avec plus d'application. Enfin, cela le valorisera auprès d'un grand frère ou d'une grande sœur.

LES OCCASIONS

Généralement, ce sont les parents qui prennent l'initiative. Parce qu'ils connaissent bien les parents d'un autre enfant, ils suggèrent : « Tu as l'air de bien t'entendre avec ton copain, ça te dirait d'aller passer une nuit ou le week-end chez lui ? »

Les réactions diffèrent d'un enfant à l'autre, en fonction de son âge notamment. À 10 ans, il sera probablement plus en confiance qu'à 6, donc plus demandeur. Évoquez cette idée mais ne l'y forcez pas si vous sentez qu'il n'adhère pas au projet : votre enfant ne doit pas vivre ce moment comme une forme d'abandon : « Voilà, mes parents vont faire des trucs sans moi, ils veulent se débarrasser de moi ».

D'autres enfants, au contraire, sont partants et n'attendent pas que vous suggériez ces fameuses « pyjamas parties ». Accompagnez son enthousiasme, encouragez son initiative, tout en vous assurant bien entendu que le cadre correspond à ce que vous souhaitez pour lui : les autres parents sont sur place, ils offrent un encadrement adapté, ils ont prévu un programme.

Bon à savoir

Votre propre vécu et le lien que vous avez construit avec votre enfant feront qu'il arrivera plus ou moins à se détacher de vous, à s'autonomiser et à s'adapter. Ne vous projetez pas en fonction de vous, de votre histoire : pensez à lui. C'est une grande étape à franchir et une chance que vous lui offrez.

Une classe verte ou une colonie de vacances sont aussi de bonnes occasions. Il s'agit là de « lâcher » votre enfant pour la première fois et bien souvent ce sont les parents qui s'en émeuvent plus que l'enfant. Attention à ne pas lui transmettre vos angoisses, ce qui freinerait son élan et pourrait même provoquer une certaine anxiété, voire des symptômes (troubles du sommeil, de l'appétit) à l'approche de la date du départ. Soyez positifs et réjouissez-vous... même si vous versez une petite larme le jour J.
Parfois, c'est vous qui « imposerez » à votre enfant d'aller séjourner ailleurs pour des raisons pratiques : déménagement, soucis familiaux, travaux, maladie. Vous veillerez alors à ce qu'il ne se sente pas abandonné, ni mis à l'écart : expliquez-lui ce qui se passe et rassurez-le. Il doit comprendre que son « chez lui » ne change pas.
Si dormir loin de vous, ou de chez vous, semble lui poser un vrai problème, déclencher peur, tristesse ou colère, parlez-en avec le pédiatre et voyez si quelques séances chez un psychologue pourraient être utiles pour libérer sa parole et le rassurer.

QUE PRÉVOIR ?

Bien entendu, votre enfant vous aidera à préparer les affaires dont il a besoin, même si ça le « saoule ». Inutile de charger sa valise : il ne part pas au bout du monde non plus.

Prévoyez l'essentiel :

- **son doudou, s'il en a un ;**
- **sa brosse à dents ;**
- **son pyjama ;**
- **des affaires de rechange, selon la durée du séjour ;**
- **ses médicaments, s'il en prend ;**
- **éventuellement, un petit cadeau qu'il aura créé lui-même pour l'offrir à son copain, sa copine ou à la personne qui l'accueille ; mais n'en faites pas trop, ça pourrait le gêner.**

Si votre enfant est difficile sur le plan alimentaire (il fait du tri, de la néophobie), si son sommeil est agité ou s'il montre quelques signes d'énurésie, rassurez-le. Vous préviendrez la personne qui l'accueille pour qu'elle soit dans la confidence et la bienveillance. Si votre enfant se sent un peu honteux, l'expérience pourrait tourner au fiasco.
Bien entendu, en cas de séjour plus long, vous lui téléphonerez de temps en temps si vous sentez que c'est nécessaire. Cependant, vous éviterez toute forme d'intrusion ou de surveillance : il faut savoir faire confiance à votre enfant qui n'est plus un bébé. Enfin, s'il pleure, s'il a un coup de blues, ne dramatisez pas tout de suite. Faites confiance aux personnes qui l'accueillent : elles sont probablement parents elles-mêmes et sauront quoi faire. Vous en reparlerez tous ensemble le lendemain, au calme, pour comprendre ce qui s'est passé et laisser votre enfant s'exprimer.

POUR ALLER PLUS LOIN :

58. Néophobie alimentaire : la comprendre, l'éviter, p. 150
108. Je pars en classe découverte, p. 278
119. Je n'ai plus faim le matin, p. 309

103. MES PARENTS SE DISPUTENT

DISPUTES OU CONFLITS APPARAISSENT INÉVITABLEMENT DANS UNE VIE DE COUPLE. COMMENT LES EXPLIQUER À VOTRE ENFANT ?

La vie à deux est rarement un long fleuve tranquille. Des désaccords, des chamailleries mais aussi des tensions, des conflits, voire des violences peuvent apparaître. Après une longue journée de travail, fatigué(e), stressé(e), contrarié(e) par des soucis professionnels ou familiaux, vous risquez de hausser le ton ou de prononcer un mot déplacé.
Les sources de discorde entre adultes sont multiples. Selon vos tempéraments respectifs, votre histoire, votre culture, il ne vous sera pas toujours possible de réagir sereinement, même en présence de votre enfant. Celui-ci sera forcément le témoin direct de vos confrontations, ou les entendra depuis sa chambre.

INUTILE DE FAIRE SEMBLANT

Entre 6 et 10 ans, vous ne pourrez plus cacher à votre enfant vos disputes car il vous entend, il vous comprend, il vous observe. Il assiste aussi à ce qui se passe dans les autres familles et il est tout à fait capable d'en parler avec des tierces personnes (grands-parents, amis, enseignant, pédiatre...). Même les bébés ressentent les tensions au sein de leur environnement : en cas de conflits récurrents, un nourrisson peut montrer des troubles du sommeil ou de l'alimentation, par exemple.
Ne vous alarmez pas tout de suite. Certaines disputes ne prêtent pas à conséquences. Si votre enfant vous voit vous réconcilier, si vous parvenez ensemble à trouver une solution ou un compromis, et si vous lui offrez un visage aimant et des mots rassurants, il est inutile de dramatiser. Tout conflit ne se termine pas par un divorce ! Assister à des débats parfois houleux est même structurant pour l'enfant. Cela lui permet de développer ce que l'on appelle des comportements pro-sociaux : il apprend à écouter, à s'affirmer, à coopérer, à consoler, à s'excuser. Il peaufine donc sa relation aux autres.
Avec le temps, votre enfant apprendra à décrypter un conflit dont les conséquences ne sont pas très importantes. En revanche, il pourra parfois s'interroger sur la récurrence de ces conflits, sur leur intensité, et sur la rupture qu'ils engendrent au sein de la cellule familiale.

LES EFFETS DES DISPUTES SUR L'ENFANT

« L'enfant est un morceau du narcissisme des parents » écrivait Sigmund Freud. Des conflits à répétition qui ne se résolvent jamais, provoquent chez lui un malaise, un mal-être, et différents troubles psychiques.

- **De l'incompréhension :** l'enfant ne comprend pas ce qui se passe, il n'a pas la capacité de recul et d'analyse.
- **De la peur :** il craint une séparation.
- **De la tristesse :** dans ce climat où règne l'insécurité, il a du chagrin et peut perdre confiance en vous comme en lui.
- **Du stress :** l'enfant se préoccupe davantage du bien-être de ses parents que du sien ; il n'ose plus exprimer ses propres besoins et/ou difficultés pour ne pas « en rajouter » et développe une forme d'anxiété.

Bon à savoir

Parfois, les disputes s'accompagnent de violences physiques. Il est alors urgent de contacter les services appropriés pour vous faire aider avant que votre enfant ne décroche lui-même le téléphone pour appeler le 112 ou le 39 19.

Différents symptômes peuvent alors apparaître chez l'enfant :

- troubles du sommeil ;
- troubles de l'appétit ;
- troubles du comportement ;
- baisse des résultats scolaires ;
- baisse de l'attention ;
- repli sur soi ;
- refuge dans les jeux et les écrans ;
- désocialisation.

En cas de fortes tensions dans le couple, il peut devenir un enfant symptôme qui sera pris en otage entre les disputes des parents et sa propre construction.

LES CONSEILS

- **Communiquez** : une fois le calme revenu à la maison, parlez ensemble à votre enfant. Vous lui expliquerez pourquoi vous vous êtes disputés et lui direz que vous avez trouvé une solution. Surtout, rassurez-le en lui disant que ce n'est pas à cause de lui. Si la dispute a été violente, il peut être utile pour la construction de l'enfant et sa confiance en soi de vous excuser auprès de lui.
- **Modérez vos disputes** : en tant qu'adultes, vous devez pouvoir les anticiper et choisir des moments plus appropriés, lorsque votre enfant est absent de la maison ou profondément endormi. Sachez cependant que si le ton monte, votre enfant peut se réveiller, et se montrer encore plus bouleversé par ce qui se passe. Il est bien évident qu'apprendre à se modérer n'est pas simple, sinon il n'y aurait pas de dispute ! Mais restez attentifs sur ce point.
- **N'hésitez pas à demander de l'aide** : ensemble ou séparément, voyez comment un tiers peut vous aider : le pédiatre qui connaît votre enfant, un psychologue voire un pédopsychiatre si les répercussions deviennent inquiétantes.
- **Dédramatisez** : montrez-lui qu'on peut être d'avis différents, et que ces désaccords, qui opposent aussi les adultes, mènent parfois à des disputes (et pas forcément au divorce). Dites-lui que cela peut arriver dans la plupart des familles. Et n'hésitez pas à lui rappeler tel épisode, quand lui-même s'est disputé avec son frère, sa sœur ou un copain.
- **Réconciliez-vous** : s'il assiste à votre dispute, alors il doit aussi assister à votre réconciliation. Il est important qu'il perçoive vos mots affectueux, vos petits gestes tendres, et qu'il y soit associé.

POUR ALLER PLUS LOIN :

104. Mes parents se séparent, p. 268
135. Mes parents divorcent ou se séparent, p. 346

104. MES PARENTS SE SÉPARENT

UNE SÉPARATION EST TOUJOURS UN MOMENT DIFFICILE ET DOULOUREUX, TANT POUR LES PARENTS, QUI EN SONT LES ACTEURS QUE POUR LES ENFANTS QUI ASSISTENT, IMPUISSANTS, AUX TENSIONS.

Si une séparation n'a pas les mêmes conséquences sur l'enfant en fonction de son âge, elle en aura toujours. Un nouveau-né montrera des troubles du sommeil quand un enfant de 7 ou 8 ans s'exprimera par de l'agressivité. Par ailleurs, quand une fratrie existe, frères et sœurs ne réagissent pas toujours de la même façon : certains se rapprochent quand d'autres s'éloignent. Enfin, selon le climat familial dans lequel a lieu la séparation (plutôt serein ou plutôt violent) et le temps qu'elle prend (quelques mois ou des années) les réactions des uns et des autres sont plus ou moins apaisées.

L'ANNONCE

La séparation est rarement abordée de la même façon, que l'on soit la mère ou le père, et le quittant ou le quitté. Les raisons qui conduisent chacun à la rupture sont extrêmement personnelles, et trouvent leurs racines dans de nombreux conflits, ouverts ou latents, qui parfois s'entrecroisent. Le parent qui se sépare de son conjoint va souvent vouloir se justifier auprès de son enfant. Celui qui est quitté peut tenter de se victimiser.

L'objectif est que les deux parents s'accordent pour que le message transmis à l'enfant soit le même : « Nous avons pris la décision de nous séparer. Nous allons vivre dans deux lieux différents. Tu habiteras avec l'un et avec l'autre, de manière alternée. Mais nous restons tes parents et nous t'aimons ».

Selon que le couple décide de rompre brutalement ou si cette rupture intervient après un lent délitement des liens, l'annonce n'interviendra pas au même moment. Il peut aussi arriver qu'une séparation soit passagère, le temps que les parents réfléchissent. Dans d'autres cas, elle est soudaine, en cas de violences conjugales par exemple. Il n'est donc pas toujours facile d'anticiper en amont, ni de trouver le « bon » moment pour annoncer la séparation, en fonction de ce que vit et voit l'enfant lui-même.

Cependant, dès l'instant où la décision de vous séparer est prise, vous ne devez pas attendre pour l'annoncer aux enfants, surtout, si votre couple se déchire. Vous veillerez également à la façon de leur en parler. Dans tous les cas, le dialogue reste primordial, surtout dans cette tranche d'âge. Faites confiance à votre enfant pour intégrer peu à peu cette décision difficile. Parfois, vous devrez vous y reprendre à plusieurs reprises : entre 6 et 10 ans, il n'est pas toujours réceptif et/ou peut se réfugier dans le déni.

LES EFFETS DE LA SÉPARATION SUR L'ENFANT

Une séparation physique est l'aboutissement définitif de problèmes antérieurs. Elle n'est pas décidée du jour au lendemain. Les répercussions de vos conflits sont déjà probablement manifestes chez votre enfant :

- **Souffrance psychique.** À force d'assister, de subir ou de suspecter vos disputes, il n'arrive plus à trouver sa place, ni dans le présent, ni dans le futur. Il peut même remettre en question le sens de sa propre naissance. Il exprimera cette forme d'angoisse en modifiant son comportement ou, au contraire, la gardera pour lui, en cachant sa peine. Dans tous les cas, il faudra l'accompagner.
- **Troubles du comportement.** Il peut se montrer agressif envers ses camarades, son entourage familial, sa fratrie ou au contraire, se replier sur lui-même, se réfugier dans le silence.
- **Troubles du sommeil.** Endormissement tardif, réveil nocturne ou somnambulisme peuvent apparaître à distance, sans que vous ne fassiez le lien avec la séparation.

- **Troubles de l'alimentation.** De même, l'aliment peut devenir un outil d'expression pour l'enfant (boulimie, hyperphagie, perte d'appétit).
- **Baisse des résultats scolaires.** L'enfant a du mal à se concentrer ou à trouver un sens aux apprentissages. Ou, au contraire, il se met à surinvestir l'école.
- **Addiction aux écrans.** Ceux-ci lui permettent de penser à autre chose et/ou de recréer du lien, via les réseaux sociaux notamment.

LES CONSEILS

Votre rupture représente pour l'enfant un effondrement de ses repères : votre couple devient comme une sorte de paradis perdu. Comment l'aider à traverser cette épreuve ?

- **Choisissez deux lieux d'habitation différents :** il devra pouvoir s'y sentir chez lui, y retrouver des objets familiers, et des conditions similaires pour jouer et travailler.
- **Conservez le même rythme :** les heures de coucher ou de repas, par exemple, ou les activités extrascolaires, mériteront d'être harmonisés dans chacun des foyers.
- **Montrez-vous solidaires :** la transmission des informations lors du passage d'un habitat vers l'autre doit se faire en toute transparence, devant l'enfant. Il est important pour lui de sentir que ses parents, même séparés, continuent de communiquer.
- **Restez à son écoute :** lorsque vous prenez une décision pour votre enfant (activité, soutien scolaire...), associez-le dans ce choix. Tenir compte de ses désirs vous aidera à éviter d'en faire un énième sujet de conflit.
- **Intégrez les grands-parents :** il est fréquent qu'ils s'investissent davantage dans la nouvelle vie de l'enfant (trajets, accompagnement aux devoirs, vacances...). Ils veilleront à rester neutres sous peine d'aggraver la situation.
- **Faites-lui une place :** votre enfant ne doit jamais se sentir exclu. En cas de famille recomposée, la présence d'enfants issus d'une autre union ne doit pas lui faire perdre sa place.
- **Rassurez-le :** valorisez-le, dites-lui tout l'amour que vous avez pour lui. Surtout, ne le transformez pas en otage de vos conflits d'adultes.

Bon à savoir

Si votre enfant rejette l'un de ses parents, s'il ne veut plus le voir, s'il le dévalorise sans cesse, s'il refuse d'habiter avec lui, n'hésitez pas à vous faire accompagner par un spécialiste. Un psychologue, un médiateur familial ou votre pédiatre pourra l'écouter. Il saura alors entendre ce que votre enfant n'ose peut-être pas vous exprimer et qui se cache derrière cette apparente colère.

POUR ALLER PLUS LOIN :

96. Les repas chez les grands-parents, p. 249
103. Mes parents se disputent, p. 265
125. Je ne veux plus manger avec mes parents, p. 324
135. Mes parents divorcent ou se séparent, p. 346
144. Je redouble une classe, p. 367

105. JE VIS DANS UNE FAMILLE HOMOPARENTALE

DEUX PAPAS, DEUX MAMANS, ÇA CHANGE QUOI ? PAS L'AMOUR EN TOUT CAS.

La notion d'homoparentalité, suggérée par l'Association des Parents et Futurs Parents Gay et Lesbiens, remonte à 1997. Elle désigne toutes les situations familiales dans lesquelles au moins un adulte, qui s'autodésigne comme homosexuel, est le parent d'au moins un enfant.

DES SITUATIONS DIVERSES

Les familles ne se ressemblent pas toutes. Certains couples, homosexuels, sont déjà constitués depuis plusieurs années et entrent dans un projet familial. Dans d'autres cas, l'un des parents, après avoir eu un ou plusieurs enfants, souhaite vivre son homosexualité au sein d'un nouveau couple, avec ou sans projet d'enfant.

En tant que pédiatre, c'est une majorité de femmes lesbiennes que je rencontre en cabinet. Très souvent, elles ont bénéficié d'une Fécondation In Vitro (FIV) : l'enfant a été conçu avec les ovules de l'une d'elles et le sperme d'un donneur. Il n'est pas rare qu'un second projet de naissance voie le jour dans les années suivantes ; la deuxième compagne peut alors porter le futur nouveau bébé. Depuis quelques années, je reçois aussi des couples d'hommes qui, eux, concrétisent leur désir dans le cadre d'une Gestation Pour Autrui (GPA).

Inévitablement, les parents s'interrogent alors sur le développement de l'enfant. Ils se posent un certain nombre de questions en fonction de leur situation : comment gérer le regard des autres, quel projet éducatif pour l'enfant, comment partager les vacances, quelle responsabilité juridique, etc. De son côté, l'enfant grandit en apprivoisant peu à peu la particularité de son schéma familial.

LA CONSCIENCE ET LA PERCEPTION DE L'ENFANT

Il existe peu d'études sur le développement et le devenir des enfants élevés au sein d'une famille homoparentale. Mais celles-ci, quand elles sont objectives, indiquent généralement que la majorité des enfants déclarent ne pas voir de différences entre leur famille et les autres configurations familiales.

D'autre part, d'après ces études, les enfants plus âgés (au-delà de 10 ou 12 ans), quel que soit leur sexe, sont plus susceptibles de prendre conscience de l'homosexualité de leurs parents. Pour les petits, la « normalité », c'est d'avoir tous les jours à la maison, deux pères ou deux mères. Puis ils grandissent et constatent que, dans l'immense majorité des autres familles, il en va différemment.

Bon à savoir

Très souvent, les deux parents sont présents simultanément lors des rendez-vous chez le pédiatre. Comme dans tout couple, chacun a des compétences et des questionnements différents. L'un connaîtra mieux les problèmes digestifs de l'enfant là où l'autre sera plus inquiet quant à son tempérament. L'amour est aussi fort, aussi respectueux. Un moment particulièrement touchant en consultation, pour le pédiatre que je suis, est d'observer l'enfant nommer sa deuxième maman ou son deuxième papa. C'est toujours un moment de partage essentiel.

Cette différence conduit inévitablement les deux parents à veiller plus encore à l'équilibre de leur enfant. Pour son bien, ils lui expliquent régulièrement et dès le plus jeune âge, d'où il vient et quelle a été leur démarche. Ils essayent toujours de trouver les mots justes, les bons moments, quand l'occasion d'aborder le sujet se présente.

L'âge auquel l'enfant prend conscience de son appartenance à une famille homoparentale dépend naturellement d'un certain nombre de facteurs.

- **L'âge d'arrivée dans la famille** : dès sa naissance en cas de FIV ou de GPA, un peu plus tard en cas d'adoption ou si l'un des parents forme désormais un couple homosexuel.
- **L'échange avec les parents** : la communication doit être fluide et adaptée, les mots employés doivent être justes et bienveillants.
- **L'acceptation des proches** : le rôle éducatif des grands-parents et des autres membres de la famille est essentiel.
- **L'environnement amical** : les amis jouent aussi un rôle important auprès de l'enfant dans cette prise de conscience.

DES FAMILLES COMME LES AUTRES

Entre 6 et 10 ans, votre enfant ne manquera pas de vous poser des questions. Elles seront directes « Pourquoi je n'ai pas un papa et une maman ? » ou pas « Mon copain Julien, il a un papa qui vient le chercher à l'école. » Ces interrogations ou ces réflexions sont toujours de bonnes occasions à saisir pour répondre à l'enfant : l'amour peut aussi bien exister entre un homme et une femme, qu'entre deux hommes ou deux femmes.

Y a-t-il des caractéristiques comportementales particulières quand on est élevé dans une famille homoparentale ? Non ! On se pose encore la question et pourtant :

- **Orientation et identité sexuelle** : les études et le recul prouvent que les enfants ne deviennent pas davantage homosexuels.
- **Problèmes psychologies et comportementaux** : de telles difficultés peuvent exister, oui, mais comme dans toutes les familles ; le dialogue reste une valeur sûre pour éviter que certains troubles n'apparaissent, comme pour n'importe quel enfant.
- **Compétences et relations sociales** : elles se développent sans aucune incidence liée à l'environnement familial.
- **Dynamique familiale** : elle est constante et très présente puisque l'enfant a été très désiré.
- **Estime de soi** : elle se construit autant avec deux papas ou deux mamans.

POUR ALLER PLUS LOIN :

73. Fille, garçon, la question du genre, p. 188

106. JE M'APPROCHE DES ANIMAUX

VOTRE ENFANT DÉCOUVRE, POUR SON PLUS GRAND BONHEUR, LE MONDE ANIMAL.

Les animaux font partie de notre quotidien. Leur rôle est désormais moins utilitaire (pour transporter, garder, chasser) qu'affectif : votre enfant grandit peut-être déjà auprès d'un animal de compagnie ou d'un animal familier.

- **L'animal de compagnie est celui qui partage le même territoire écologique que l'humain dont il dépend.**
- **L'animal familier, lui, devient un confident qui peut tout voir et tout entendre. Il fait partie de la famille : enfants et adultes lui accordent confiance et amour.**

UN INTÉRÊT NATUREL

Depuis tout petit, votre enfant est très attiré par les animaux, qui souvent ont un impact important sur son comportement, ses émotions, sa réflexion. Il ne manquera pas de vous réclamer régulièrement un poisson rouge, un hamster ou un chaton. Cependant, il vous faudra bien réfléchir avant de céder à la tentation puisqu'une telle adoption est un engagement.

Les petits citadins sont aussi très enthousiastes à l'idée d'approcher d'autres animaux, que ce soit à la campagne, grâce aux fermes pédagogiques, ou chez leurs grands-parents s'ils ont des poules, un âne... Les balades en forêt ou dans des parcs dédiés sont aussi l'occasion de découvrir des animaux sauvages en famille.

L'enfant, lui-même, prend vite conscience que l'animal quel qu'il soit (un chien comme un dauphin) n'est pas une simple peluche mais qu'il a besoin d'attention et surtout d'interactions. Il comprend qu'il est primordial de passer du temps avec lui, de jouer, de le caresser, de lui parler.

L'ANIMAL, UN MÉDIATEUR

Dans certaines situations délicates, l'animal peut devenir un véritable médiateur. Il peut aider les parents à déminer les blocages de l'enfant, par exemple, à l'apaiser de son stress, ou encore à réguler des troubles de sommeil. Des spécialistes de l'enfance (éducateurs ou psychologues) peuvent eux aussi être accompagnés d'un animal pour aider les enfants qui ont des difficultés de développement.

S'il ne parle pas, un animal cherche cependant le contact visuel, voire physique, avec l'enfant. Une relation directe s'établit alors en binôme et l'enfant crée un lien qu'il a parfois du mal à développer avec les êtres humains. Cette relation si particulière lui permet d'exprimer d'éventuelles difficultés personnelles ou familiales, et de multiplier les échanges :

- **par les regards qui en disent long ;**
- **par les bruits, les sons, les paroles ;**
- **par la caresse, le geste (une patte tendue, par exemple) ;**
- **par les actions (l'enfant court vers l'animal ou celui-ci s'endort dans ses bras).**

L'ANIMAL, UN RÉVÉLATEUR

L'animal réveille chez l'enfant le désir d'être aimé, aidé, cajolé, compris. Ainsi, dans cette relation à deux dans laquelle l'adulte n'intervient pas, l'enfant se rassure et s'apaise. Les spécialistes remarquent un véritable effet anxiolytique chez les petits angoissés. Pour ceux qui sont moqués ou rejetés à l'école, l'animal devient aussi un refuge, un complice.

Dès lors qu'il se sent en sécurité affective, l'enfant peut alors, grâce à l'animal, mieux exprimer ses émotions. Selon son histoire, sa position dans la fratrie, le contexte familial et son intégration scolaire, il s'exprimera à sa façon, et pourra partager sa tristesse, par exemple, ou sa joie, ses peurs, sa jalousie, sa tendresse et bien d'autres choses encore. Une fois le lien établi avec l'animal, que ce soit à la maison, chez les grands-parents, dans une ferme ou la nature, l'enfant développe ou mobilise de nouvelles compétences sociales :

- **La capacité de s'attacher à plusieurs personnes : votre enfant comprend que l'animal n'est pas seulement attaché à lui, que cette relation n'est pas exclusive.**
- **La capacité de communiquer :** il aime aboyer ou miauler comme l'animal ; c'est une façon de communiquer avec lui, une recherche de liens ; il peut aussi se servir de jouets (une balle) ou de nourriture (l'herbe donnée à une vache) pour échanger.
- **La capacité de comprendre l'autre dans son altérité :** il apprend à repérer les caresses qui font plaisir à l'animal, à soutenir ou lui rendre son regard, à anticiper ses désirs ou ses besoins.

L'idée en plus

Et si vous alliez visiter une ferme pédagogique en famille ? Ces structures, où sont élevés des animaux et/ou sont cultivés des végétaux, accueillent, dans le cadre scolaire ou extra-scolaire, des visiteurs dans un but pédagogique. Elles familiarisent donc les enfants avec le monde agricole, la notion d'écologie et d'environnement, mais aussi le bien-être animal. Et ceux-ci y sont très sensibles. De plus en plus d'adolescents adhèrent, par exemple, aux principes du véganisme, après avoir vu des images choquantes sur les élevages intensifs.

L'ANIMAL, UN ÉDUCATEUR

Aller à la rencontre des animaux, c'est enfin pour l'enfant l'occasion de développer de nouvelles compétences cognitives, d'apprendre à penser l'autre et le monde.

- Il repère les codes familiaux et comportementaux en observant ce que font les autres avec l'animal.
- Il comprend que certains gestes, ou au contraire le manque d'interventions, ne se font pas : taper un animal, l'enfermer, le priver de soins.
- Il découvre la vie dans sa dimension biologique : milieux naturels, reproduction, croissance, maladies, cycles de vie.
- Il apprend à s'occuper de l'animal et crée des routines : le sortir, le brosser, le nourrir, nettoyer sa cage ou son aquarium…

Être au contact des animaux permet donc à l'enfant de s'autonomiser et de grandir dans le respect de tous les êtres vivants.

POUR ALLER PLUS LOIN :
75. Mon animal est mort, p. 194
113. À la récré, je suis rejeté, bousculé, moqué, p. 290
120. Je veux être végétarien ou vegan, p. 311

107. JE DÉCOUVRE LA MUSIQUE

LA MUSIQUE ADOUCIT LES MŒURS ET... FAVORISE LE DÉVELOPPEMENT DE L'ENFANT.

L'INTÉRÊT DE L'ÉVEIL MUSICAL

Sensibiliser l'enfant à la musique ne signifie pas lui apprendre à jouer d'un instrument. Il s'agit d'un éveil ; l'enseignement du solfège viendra plus tard... ou pas !

Pour l'heure, l'idée de ces ateliers est de solliciter ses sens :

- **L'ouïe : votre enfant est sensible aux sons, aux mélodies, aux airs que vous fredonnez avec lui. À l'école, les ateliers ne manquent pas et en famille ou chez des amis, il apprécie d'écouter de la musique.**
- **La vue : observer une personne qui chante ou qui joue d'un instrument le fascine : il n'a d'yeux que pour les mouvements des doigts, des lèvres, la respiration, la posture.**
- **Le toucher : sentir ses poumons se remplir d'air, se familiariser avec la texture d'un instrument, de son étui, sont de merveilleuses découvertes.**

Les recherches en neurosciences sont formelles : la musique fait du bien au cerveau puisqu'elle développe le langage, la parole, la motricité globale et fine, la concentration, l'imagination et la mémorisation. Sur le plan du développement social, elle favorise la confiance en soi, les interactions, le sentiment d'appartenance à la famille ou au groupe, l'attachement. Enfin, la musique (qu'on l'écoute ou qu'on la pratique) participe à la régulation des émotions.

Bon à savoir

Il existe des pédagogies particulières d'enseignement musical. La rythmique Dalcroze, par exemple, propose à l'enfant de progresser dans un ensemble d'apprentissages : intégration au groupe, initiative, confiance en soi. La méthode Kodály est aussi intéressante car elle place le chant au cœur des enseignements. Je recommande ces deux approches même si, hélas, elles sont encore peu développées en France.

FAUT-IL DES DISPOSITIONS PARTICULIÈRES ?

Tout le monde aime la musique. À des degrés divers, certes, selon la manière dont elle a bercé l'enfant, en particulier dans ses jeunes années. Ainsi, certains bébés battent la mesure spontanément, ou, à l'âge de 6 ou 7 ans, vont interrompre leur activité pour tenter de repérer et d'écouter la musique qu'ils entendent chez le voisin ou dans la rue.

Vous remarquerez vite si votre enfant est naturellement attiré par tel type de musique ou tel instrument. Cela ne veut pas dire qu'il a un don car tout dépendra de la façon dont il sera accompagné.

Entre 6 et 10 ans, il connaît des chansons, apprécie des styles de musique, qu'il écoute déjà dans sa chambre ou sur son lecteur. Peut-être même suit-il déjà des cours. Il progresse alors selon ses envies, ses désirs et son éveil. Si vous êtes une famille de mélomanes, votre enfant sera naturellement « baigné » de musique. Mais vous pouvez aussi favoriser cet environnement musical : l'emmener à des concerts, lui faire découvrir un son et lumière, le sensibiliser aux musiques de films ou participer à la fête de la musique sont de bonnes idées.

QUEL INSTRUMENT CHOISIR ? OÙ PRATIQUER ?

Parfois, les enfants veulent subitement apprendre à jouer de la trompette, du piano, de la batterie ou du violon ! Ils auront souvent été impressionnés par un autre enfant trompettiste ou pianiste, ou très enthousiastes lors d'événements particuliers (concert, fête de la musique). Ils associent alors l'instrument au plaisir qu'ils ont éprouvé.

Si votre enfant est dans ce cas, il est important de l'écouter, de l'inviter à exprimer ce qu'il ressent et de vous assurer que sa demande persiste. Vous pouvez lui proposer un stage d'initiation comme il en existe beaucoup. Il pourra ainsi mieux découvrir l'instrument dont il a parlé et savoir si celui-ci lui plaît vraiment.

Si son intérêt voire sa passion pour tel instrument semble réel, n'hésitez pas : trouvez un cours collectif ou un professeur, intéressez-vous à ses progrès, encouragez-le mais surtout ne vous projetez pas. Trop de parents veulent transformer leur enfant en virtuose, souvent parce qu'eux-mêmes auraient aimé apprendre la musique. Mieux vaut éviter car alors l'apprenti musicien ne cherche qu'à faire plaisir. Jusqu'à ce qu'il entre dans l'adolescence et qu'il arrête tout ! Les parents sont déçus ; l'enfant, lui est un peu honteux.

Lorsque vous sentez que votre enfant s'accroche, s'il souhaite poursuivre son initiation, et si ses professeurs sont confiants, vous pouvez envisager une inscription au conservatoire de musique de votre ville. Ce type d'établissements publics accueille les enfants dès l'âge de 6 ans, parfois avant. Cependant, l'accès au conservatoire étant parfois difficile, et sa pédagogie exigeante, pensez aussi au monde associatif, très actif, ou à un professeur particulier.

LES CONSEILS

- **Ne projetez pas vos espoirs ou vos désirs personnels sur votre enfant : vos exigences ne favoriseront pas sa motivation à long terme.**
- **Intéressez-vous à ce qu'il fait, à ses progrès, sans en faire trop non plus ; il ne manquera pas de vous associer à ses performances (attention à vos oreilles au début, soyez indulgents).**
- **S'il le souhaite, organisez des petits concerts avec ses camarades.**
- **Si votre enfant a du mal à canaliser son énergie, je conseille souvent les instruments à vent ou le chant (la voix est, rappelons-le, le premier des instruments de musique). Rien de tel que d'apprendre à bien souffler pour mieux maîtriser sa respiration (le diaphragme en particulier) et donc ses émotions.**

POUR ALLER PLUS LOIN :
85. J'apprends la patience sur le temps périscolaire, p. 221

108. JE PARS EN CLASSE DÉCOUVERTE

ENTRE 6 ET 10 ANS, C'EST LA PÉRIODE IDÉALE POUR DÉCOUVRIR DE NOMBREUSES ACTIVITÉS EN DEHORS DU CADRE FAMILIAL.

À distance des parents, dans des lieux nouveaux pour lui, auprès de visages familiers mais aussi inconnus, avec des règles différentes de celles appliquées à la maison, d'autres rythmes, des objectifs variés, votre enfant part à l'aventure. Il va découvrir la notion de vie en groupe, ce qui l'aidera beaucoup à se socialiser, à prendre confiance en lui, à s'autonomiser et à intégrer le respect de l'autre.
Certains de ces séjours sont proposés dans le cadre scolaire : classes vertes, classes découvertes, classes de neige. Vous pouvez aussi, de votre propre initiative, en envisager d'autres : scoutisme, colonie de vacances, camps d'été. Dans ce cas, vous veillerez bien entendu à choisir des structures où l'encadrement vous semble conforme à ce que vous attendez, respectueux des règles de « bien vivre ensemble » auxquelles vous êtes attaché(e). Vous allez déléguer pendant une semaine, voire davantage, votre autorité parentale ; il est important de le faire dans de bonnes conditions.

LES DIFFÉRENTS SÉJOURS

- **Les classes vertes à la campagne** : ces séjours, qui vont de quelques jours à quelques semaines, s'adressent essentiellement aux élèves de primaire. Les enfants participent à des activités de plein air (équitation, randonnée, kayak, escalade...) tout en continuant de suivre les cours dispensés par l'enseignant lui-même, secondé par des animateurs. Ils découvrent le monde de la campagne, sont sensibilisés à la protection de l'environnement (les notions de recyclage, d'économie d'énergie ou de commerce équitable peuvent être abordées), développent leurs connaissances intellectuelles dans un autre cadre, et s'initient à de nouvelles pratiques.
- **Les classes de mer** : en parallèle du programme d'enseignement classique dispensé pendant le séjour, les enfants participent à des activités aquatiques et sont sensibilisés au monde marin.
- **Les classes montagnes** : ces séjours, qui peuvent se dérouler sur 15 jours, invitent à la découverte de l'environnement montagnard, de la faune et de la flore d'altitude. L'enseignement du ski peut être proposé.
- **Les classes de patrimoine, classes de sciences et de technologie, classes de sport, classes de musique...** Chacun de ces séjours privilégie l'une ou l'autre de ces thématiques.
- **Les séjours linguistiques** : les enfants se familiarisent avec une langue étrangère, en participant souvent à des activités tournées vers un thème central (animaux, nature, cirque).
- **Les « Summer Camps »** : ces séjours, d'une durée variable, sont organisés pour les enfants dès l'âge de 6 ans. Au programme, travail de la langue et immersion en groupe ou chez des natifs.
- **Le scoutisme** : plusieurs mouvements de scoutisme existent et accueillent les enfants dès l'âge de 6 ans. Leur pédagogie s'appuie sur l'éducation par le jeu, la dimension spirituelle et le respect de la nature. Vivre ensemble et « sous la tente » reste l'un des fondamentaux du scoutisme. L'objectif ? Permettre à votre enfant de s'intégrer dans un groupe, de se débrouiller, d'apprendre à coopérer.

L'OCCASION DE COUPER LE CORDON

Certains parents rechignent, voire refusent cette expérience, et « couvent » leur enfant, sans en avoir bien conscience. Souvent, eux-mêmes ont un mauvais souvenir de colonie de vacances ; ils craignent alors que leur enfant ne subisse certaines vexations ou intimidations. Rassurez-vous : ces fameuses « colos » ont heureusement beaucoup changé ! Désormais, des animateurs expérimentés et formés permettent à votre enfant de s'épanouir, dans un cadre sécurisant.

Bon à savoir

Naturellement, certains enfants entre 6 et 10 ans ne sont pas encore complètement propres. Lors d'une classe découverte, l'énurésie peut devenir un handicap pour eux, voire un cauchemar. Vous ferez donc le point avec le pédiatre qui trouvera un traitement approprié en amont. Si, le jour du départ, le problème persiste, vous équiperez votre enfant de protections absorbantes qui restent discrètes. Et en informer l'équipe encadrante.

Ce type de séjours sera toujours l'occasion de lui donner confiance, loin de sa maison et de sa famille. C'est idéal pour s'autonomiser. Bien entendu, il faut que votre enfant adhère au projet, qu'il ait envie de partir, de tenter l'expérience. Vous aurez pris le temps de lui faire découvrir en amont le principe de ces séjours : il aura par exemple accompagné un grand frère ou une grande sœur le jour de son départ, ou participé à des temps festifs, des rassemblements de jeunes, ou constaté votre propre investissement dans le monde associatif.

C'est donc une grande chance pour l'enfant de quitter son cocon familial pour participer à ces activités qui, en parallèle de la découverte et des enseignements, lui permettent de grandir. Et il est essentiel de l'accompagner dans ce type d'expériences fondatrices. Vous veillerez à le rassurer si vous sentez qu'il a peur (et, au début, il est bien normal qu'il appréhende). Vous éviterez de lui transmettre votre propre « angoisse » à l'idée de vous séparer pour la première fois de votre « petit » pour une si longue semaine ! Le jour du départ, voire la veille, soyez zen et heureux(se) pour lui. Favorisez cependant une activité qui lui plaise.

POUR ALLER PLUS LOIN :

80. Mes premiers cours de ski, p. 207
87. Ma première activité circassienne, p. 226
102. Je dors chez un copain, p. 263
106. Je m'approche des animaux, p. 273

109. JE RENTRE AU CP

C'EST UNE ANNÉE IMPORTANTE QUE LA PREMIÈRE DE L'ÉCOLE PRIMAIRE.

Les enfants accèdent au CP (Cours Préparatoire) au mois de septembre de l'année où ils fêtent leur sixième anniversaire. Leur âge sera donc compris entre 5 ans et demi et 6 ans et demi, sauf si votre enfant a « sauté » une classe en maternelle. Ces trois dernières années, il s'est bien préparé à l'apprentissage de la lecture et de l'écriture. Au CP, il va apprendre à lire deux heures par jour.

LES GRANDES DÉCOUVERTES

Que de changements pour votre enfant ! Un nouveau professeur, un premier cartable, des devoirs à faire le soir... Par ailleurs, il ne fait plus partie des grands dans la cour de la maternelle, et redevient le petit dans celle de l'école primaire. Pour vous aussi, cette entrée au CP est un peu bouleversante. Des souvenirs, bons ou mauvais, vous reviennent en mémoire, la notion de réussite s'invite dans votre esprit, la peur de l'échec ou de l'isolement aussi. Soyez vigilants : ce n'est pas votre rentrée, mais bien celle de votre enfant ! Essayez de rester optimistes, confiants et bienveillants.

C'est le début du cycle 2, qui va du CP au CE2, et dont les programmes sont organisés de façon cohérente et progressive. Les objectifs sont les apprentissages fondamentaux, qui seront ensuite consolidés au cours du cycle 3, à partir du CM1 :

- **La lecture et l'écriture :** l'enfant acquiert des bases solides en français, mais développe aussi des compétences dans une langue vivante étrangère ou régionale.
- **Les mathématiques :** il aborde les nombres, les calculs, les notions de grandeurs, de mesures, d'espace et de géométrie. Par exemple, il va apprendre à compter jusqu'à 100 ou découvrir le sens des quatre opérations (addition, soustraction, multiplication, division) avec des objets, des chiffres, des nombres.
- **L'éducation artistique :** cet enseignement permet de développer la créativité et l'inventivité de l'enfant, ce qui participe à son autonomie, à sa confiance en soi, à son esprit d'initiative et à son esprit critique. Les éléments du langage artistique sont multiples (forme, espace, couleur, matière, geste, support, outil, temps) et s'expriment dans des domaines variés (dessin, peinture, collage, découpage, modelage, sculpture, assemblage, photographie, vidéo, création numérique).
- **L'éducation musicale :** l'enfant travaille la perception (écouter, reconnaître) et la production (créer des sons, les organiser entre eux), à l'aide de sa voix et/ou d'instruments de musique.
- **L'éducation physique et sportive :** il développe sa motricité, son équilibre, sa proprioception. Il apprend à coopérer, suivre des règles, partager des responsabilités. La notion de santé et la découverte d'une culture sportive sont également au programme.

Bon à savoir

Votre enfant sera heureux de rapporter à la maison le fruit de son travail, tel un trophée ! Vous y verrez une forme, des couleurs, un paquebot, une maison... Vos yeux d'adultes chercheront aussi ses progrès et vous l'en féliciterez. Mais n'oubliez pas le chemin parcouru pour qu'il en arrive là : imaginez tous ses efforts pour apprendre à maîtriser les différents outils pédagogiques, à se concentrer, à respecter les consignes et les autres, à se socialiser, à se mesurer à lui-même, à se dépasser, non pour vous, mais pour lui-même... Vous pouvez décidément être fiers.

• **L'enseignement moral et civique** : l'enfant prend progressivement conscience de ses responsabilités dans sa vie personnelle et sociale.
• **L'observation du monde** : il est sensibilisé au monde qui l'entoure, multiplie ses connaissances et apprend à raisonner.

LES QUATRE SAVOIRS FONDAMENTAUX

Ces quatre compétences sont particulièrement développées au CP :

1. **Lire** permet à l'enfant de comprendre le monde, d'être dans l'échange, le dialogue social, la stimulation intellectuelle.
2. **Écrire** permet de s'exprimer, de communiquer, mais aussi de conserver, d'organiser, de transmettre des informations.
3. **Compter** permet de dénombrer, d'échanger, de mieux comprendre la valeur des choses, des biens. Il ne s'agit plus seulement d'acheter une baguette à la boulangerie ou de compter sa monnaie, mais aussi de se situer par rapport au groupe, d'être sensibilisé à la répartition des richesses ou à la protection des ressources de la nature.
4. **Respecter autrui** permet de vivre ensemble, sans chercher à dominer, à posséder, à voler ou à s'approprier le bien et la pensée des autres. C'est un apprentissage essentiel, le fondement d'une société harmonieuse que l'enfant construit avec tous ces adultes en devenir comme lui. Il comprend que chaque personne compte, faible ou fort, riche ou pauvre.

LES CONSEILS

L'entrée au CP est une sacrée étape ! Que vous accompagnerez comme il se doit :

• Faites-lui visiter l'établissement en amont ; la majorité des écoles organisent des journées portes ouvertes en fin d'année scolaire.
• Laissez-lui le temps de s'adapter ; quelques semaines sont parfois nécessaires pour que l'enfant trouve ses marques.
• Accompagnez-le dans ses devoirs avec bienveillance et patience ; surtout valorisez-le.
• Apprenez-lui à s'organiser ; il peut préparer ses vêtements la veille, par exemple, ranger son cartable, vérifier sa trousse... N'hésitez pas à installer un semainier avec des couleurs ou des gommettes pour qu'il se repère entre les différentes matières.
• Veillez à ce qu'il conserve un bon rythme veille-sommeil ; pour rappel, à 6 ans, un enfant a besoin de dormir entre 9 et 11 heures en moyenne.
• Et enfin... faites confiance aux enseignants !

POUR ALLER PLUS LOIN :

97. Je vais à l'école tout seul, p. 252
98. Je vais acheter du pain tout seul, p. 254
108. Je pars en classe découverte, p. 278
110. Les arts plastiques au CP, p. 283
111. Mes parents rencontrent la maîtresse, p. 285
112. Le maître a crié, je ne veux plus aller à l'école, p. 288
113. À la récré, je suis rejeté, bousculé, moqué, p. 290

110. LES ARTS PLASTIQUES AU CP

DÉCOUPER, COLLER, COLORIER… TOUTES CES ACTIVITÉS MANUELLES PARTICIPENT AU DÉVELOPPEMENT DES COMPÉTENCES DE VOTRE ENFANT.

Pour transmettre les savoirs fondamentaux dès le début du cycle 2, les enseignants utilisent de nombreux supports (livres, cahiers, objets, outils, supports numériques) et organisent des ateliers. Parmi eux, trois sont bien connus dans la famille des arts plastiques.

LE DÉCOUPAGE

En maternelle, votre enfant se servait déjà de ciseaux adaptés. Pour parvenir à découper, il a dû apprendre à tenir correctement cet objet, comprendre son fonctionnement, et surtout s'exercer. Il a probablement commencé par des colombins de pâte à modeler, puis s'est attaqué aux magazines, aux papiers, aux cartons, a appris à faire des franges, à suivre des patrons de découpage.
Au CP, il croit maîtriser la technique. Et pourtant… Certains enfants tiennent encore difficilement leurs ciseaux ; d'autres les positionnent de travers sur la feuille à découper ; d'autres encore se font mal aux mains en conservant une posture inadaptée. Ils doivent donc veiller à affiner leur technique grâce à des ateliers faisant appel à des compétences transversales : découper mais aussi reconnaître le matériel, observer, tracer, coller, colorier.

Le découpage leur permet en effet de progresser :

- **La patience.** Certains enfants ont des difficultés à se perfectionner. Ils manquent de patience, n'écoutent pas les recommandations, ne suivent pas les traits de découpage, et préfèrent parfois tout arracher. Il peut être intéressant de leur faire découper les pièces d'une fusée, d'un avion ou d'une maison, qu'ils pourront ensuite assembler. Ainsi, ils perfectionnent leurs habiletés motrices tout en se projetant sur un résultat final, ce qui leur permet de mieux percevoir l'intérêt de la patience.
- **L'assurance.** En maîtrisant peu à peu la verticalité des lames, la notion de coupe franche, la position du papier, le rôle de chaque main, les angles d'attaque, etc. l'enfant prend confiance en ses capacités.
- **La concentration et l'observation.** Découper, ce n'est pas seulement bien tenir ses ciseaux. C'est se concentrer, observer ce que l'on fait et ce que fait le voisin, tenter d'être inventif même si l'enseignant recadre… C'est aussi créer, toucher, transformer, s'étonner, se dépasser, être fier de soi !
- **La lecture.** Lire suppose en effet de découper un mot en syllabes. La syllabe est un groupe de lettres qu'on prononce en une seule fois et dont la voyelle est le noyau central. Par exemple, « au », « bi », « pur », « bro ». Le découpage favorise donc la compréhension des mots. L'enfant, en se concentrant sur le découpage du mot, se focalise sur sa construction, et plus tard, l'agencement des phrases. De nombreuses activités de lecture reposent ainsi sur le découpage : repérer la syllabe manquante, barrer l'intrus…

Bon à savoir

Tous ces ateliers permettent aux sens de l'enfant de se développer. Ils l'invitent à les exploiter en fonction de ses propres aptitudes, sans pour autant le mettre en difficulté ou en compétition avec ses camarades.

LE COLLAGE

Les collages au CP font partie des grands classiques. Évolutifs, ces ateliers font appel à la dextérité des enfants, mais aussi à leur imagination. Par exemple, l'enseignant peut leur demander de repérer sur une table collective des éléments à coller sur une feuille afin de créer une composition qui leur plaît. Et les voilà à piocher parmi les morceaux de journaux, les bouts de ruban adhésif colorés, les chutes de laine... Leur objectif ? Agencer ces différents éléments, en osant les mettre de travers, les superposer les uns aux autres, alterner les formes et les couleurs... ce qui est à l'opposé de ce qu'on leur apprend habituellement, de ce qu'on exige d'eux généralement.

Collage et découpage sont souvent associés. Les enfants se familiarisent alors avec les formes géométriques spécifiques (triangles, rectangles...). Ainsi, la créativité sert de support à l'apprentissage des mathématiques.

Le collage présente trois niveaux d'intérêt :

- **La motricité fine : grâce à l'adresse dont il faut faire preuve, à l'attention que suppose le collage (gare aux petits bouts de papier qui restent collés au poignet !) cette activité favorise la dextérité des enfants.**
- **La stimulation sensorielle : il y a l'odeur de la colle, sa matière qu'il faut apprendre à connaître, à malaxer, à étaler, et puis sa couleur qu'il faut savoir repérer pour éviter les taches, ou encore sa quantité qu'il faut savoir apprécier, ni trop, ni pas assez...**
- **La relaxation : pour les enfants, le collage est toujours un temps de détente. Chacun s'applique, imagine, crée, tout en se sentant appartenir à un groupe qui va dans le même sens. Très souvent, le silence règne davantage que lors d'autres ateliers.**

LE COLORIAGE, LA PEINTURE

Ces ateliers sont de belles occasions pour coordonner les fameuses compétences transversales dont nous venons de parler : tracer, colorier, observer, respecter, apprécier, rectifier, mesurer, reconnaître, associer. Là où l'enfant ne voit parfois qu'une consigne « colorier l'intérieur du carré sans dépasser le trait », l'enseignant utilise cette activité pour transmettre des apprentissages fondamentaux : l'application, la concentration, l'intérêt, l'amélioration, l'effort.

Nous ne sommes donc plus dans le simple coloriage. Peindre sans dépasser, en restant dans ce fichu carré, c'est aussi apprendre à traverser la rue au bon endroit, c'est comprendre pourquoi suivre un sentier dans une forêt dense, c'est saisir la notion de limites, c'est maîtriser sa force et son élan, c'est ne pas se laisser perturber au moment périlleux donc respirer. C'est apprendre à « être » dans le monde.

POUR ALLER PLUS LOIN :

84. J'apprends à tracer et à reconnaître des lettres, p. 218

94. J'apprends à traverser la rue, p. 244

109. Je rentre au CP, p. 281

111. MES PARENTS RENCONTRENT LA MAÎTRESSE

PARENTS ET ENSEIGNANT PEUVENT SE RENCONTRER POUR ÉVOQUER LES PROBLÈMES RENCONTRÉS PAR L'ENFANT.

Deux réunions par an sont généralement prévues entre l'enseignant et les parents de la classe concernée. C'est un moment important pour aborder la pédagogie, les programmes, l'organisation de la classe, les horaires ou encore le rythme des temps scolaires et extra-scolaires. Cependant, ces rencontres ne sont pas destinées à aborder les questions personnelles ou les problèmes spécifiques de votre enfant. Pour cela, vous demanderez par écrit, quelques jours à l'avance, un rendez-vous individuel avec son enseignant, sauf, bien sûr, en cas d'urgence. Se rencontrer, s'écouter et échanger est primordial.

QUI DEMANDE LE RENDEZ-VOUS ?

Vous pouvez être à l'origine de ce rendez-vous. Attention cependant : ne demandez pas à voir l'enseignant dès la première plainte de votre enfant. Essayez de savoir ce qui s'est passé : il est essentiel qu'il s'exprime et que vous soyez attentif(ve) à ce qu'il dit, en revenant de l'école (ou un peu plus tard). Un enfant qui éprouve certaines difficultés ne va pas nécessairement ou volontairement en parler. Il peut même préférer se taire, pour échapper au regard réprobateur de ses parents. Souvenez-vous toujours que dans la très grande majorité des cas, le dialogue règle les problèmes.

Parfois, c'est l'enseignant qui demande à vous rencontrer. Peut-être sentiez-vous déjà depuis un moment que « quelque chose » n'allait pas, sans vraiment mesurer le problème : votre enfant ne vous racontait plus ses journées, par exemple, ou il avait tendance à se replier sur lui-même. Mais peut-être n'aviez-vous rien vu venir ! Vous estimez que votre enfant n'a pas de problème et vous tombez des nues. Ne lui dites pas « Qu'as-tu fait pour qu'on soit convoqués ? » Évitez ces reproches et essayez d'en savoir davantage : « As-tu une idée de la raison pour laquelle ton maître veut nous voir ? » Dans tous les cas, faites attention aux termes que vous utilisez devant votre enfant : « Qu'est-ce qu'elle nous veut encore celle-là/celui-là ? » Cela altérerait son jugement et sa confiance.

POUR QUELS TYPES DE PROBLÈMES ?

Si vous êtes à l'initiative de la rencontre, les motifs sont multiples.

- **Vous avez l'impression que l'enseignant n'écoute pas votre enfant.**
- **Vous estimez que les propos rapportés par votre enfant sont déplacés : « La maîtresse, elle a dit qu'on avait une voiture de riches. » Ou : « Le maître, il n'aime pas les gens qui sont végétariens. » Restez prudent(e) car votre enfant peut avoir mal interprété les paroles de son enseignant ou les sortir de leur contexte. Veillez à engager le dialogue avant de lui tomber dessus.**
- **Votre enfant se plaint d'être relégué au fond de la classe, ou d'être victime de moqueries, de représailles, voire de harcèlement de la part de ses camarades.**
- **Vous pensez que son travail n'est pas estimé à sa juste valeur.**

Si c'est l'enseignant qui demande à vous voir, les motifs habituels sont :

- **Problème de comportement** : votre enfant ne tient pas en place, il dérange ses camarades, il n'écoute pas...
- **Problème de respect de l'autorité** : il ne suit pas les consignes, se montre insolent...

lundi 17 octobre

- **Problème de compréhension : il a du mal dans l'acquisition de certaines notions, présente des difficultés scolaires...**
- **Problème de prononciation : il bute sur les mots, il bégaie, semble dyslexique...**

COMMENT SE COMPORTER LORS DE L'ENTRETIEN ?

La présence de votre enfant à l'entretien n'est pas obligatoire, mais elle est conseillée. Ainsi, il peut observer votre implication et il comprend que parents et enseignant vont dans le même sens. Vous devez faire confiance à ce dernier car c'est son métier que de repérer ce qui peut être amélioré. Bien sûr, il peut arriver que vous ayez des doutes quant à son jugement. Mais n'hésitez pas à réviser ou modérer le vôtre : essayez d'écouter et de comprendre son point de vue ; vous n'avez pas toujours raison.

S'il s'agit de problèmes de comportement, accueillez les remarques de l'enseignant. Ne prenez pas automatiquement le contre-pied en affirmant que tout se passe très bien à la maison. C'est un exercice difficile que de rencontrer les parents, souvent sur la défensive. Soyez constructifs pour le bien de votre enfant et évitez de le prendre à témoin : « Tu vois ce que dit la maîtresse ? Tu nous as menti... » Vous ne feriez que créer un malaise chez lui.

S'il s'agit d'un problème de compréhension, de lecture, d'écriture, de lenteur, vous parlerez avec l'enseignant de ce qui met en difficulté votre enfant. Vous chercherez ensemble une solution : prise en charge par un psychologue, un orthophoniste, un ergothérapeute, un psychomotricien, un pédiatre, un ORL... N'oubliez pas que l'enseignant passe beaucoup de temps chaque jour avec votre enfant ; lui aussi le connaît et le voit autrement que vous à la maison. C'est souvent lui qui conseillera de faire un bilan : qui sait, peut-être a-t-il besoin de sauter une classe ?

Bon à savoir

Si votre enfant est en difficulté, il peut être pris en charge par un enseignant du RASED, les Réseaux d'aide spécialisée aux élèves en difficulté, de la maternelle au CM2. Ces enseignants ont suivi une formation spéciale pour aider les enfants à trouver des solutions, tant sur le plan scolaire que comportemental.

LES CONSEILS

- **Ne raisonnez jamais en fonction de votre propre parcours : « Moi aussi, j'avais des problèmes de concentration... » Votre enfant peut l'entendre comme un rejet de l'école.**
- **Intéressez-vous régulièrement à ses leçons et ses devoirs pour suivre ses apprentissages.**
- **Vous avez peut-être tendance à mettre votre enfant sur un piédestal (quel parent ne le ferait pas ?) Essayez, tant que possible, de rester objectif(ve).**
- **Si vous êtes séparé(e) de votre conjoint(e), évitez de vous accuser l'un l'autre lors de l'entretien.**
- **En cas de litige avec l'enseignant, n'hésitez pas à vous faire conseiller (association de parents d'élèves, psychologue scolaire, pédiatre...).**
- **À la suite du rendez-vous, parlez avec votre enfant. Ne lui mettez pas la pression : il a besoin de prendre confiance et de sentir que vous l'aimez. Donnez-lui du temps. Cette rencontre doit être constructive.**

POUR ALLER PLUS LOIN :

109. Je rentre au CP, p. 281

112. Le maître a crié, je ne veux plus aller à l'école, p. 288

136. Mon copain porteur de handicap (PH), p. 348

141. J'ai du mal à suivre au collège, p. 361

112. LE MAÎTRE A CRIÉ, JE NE VEUX PLUS ALLER À L'ÉCOLE

VOTRE ENFANT ADORAIT SON ENSEIGNANT. JUSQU'À CE QU'IL ÉLÈVE LA VOIX POUR CALMER LA CLASSE.

LE RÔLE DES UNS ET DES AUTRES

L'objectif de l'école élémentaire et de l'enseignant est de transmettre les apprentissages fondamentaux. Pour que cela se fasse dans de bonnes conditions, les élèves doivent, eux, respecter les règles du vivre ensemble. Ils doivent donc :

- **Écouter ce que dit l'enseignant, obéir aux consignes...**
- **Respecter le temps de parole de chacun, lever le doigt, patienter...**
- **Se concentrer sur le travail qu'on leur demande, éviter de se lever, de discuter...**

Chaque enfant a son rythme, son tempérament, son environnement familial, ses traditions culturelles. L'enseignant doit donc composer avec toute cette diversité afin de trouver le bon équilibre pour chacun et faire de sa salle de classe un lieu d'échanges harmonieux. C'est une très belle mission pour l'enseignant... qui présente un certain nombre de difficultés.

Il doit par exemple réguler les excès (en mots, en gestes) de certains et, parallèlement, inviter les plus timides et introvertis à prendre confiance. Il faut aussi qu'il tienne compte de la fatigue de celui qui s'est couché tard, ou d'un contexte particulier (Covid, attentats, grosses chaleurs). Par ailleurs, d'autres enfants, dès la fin de l'école, retrouvent chez eux un environnement éducatif permissif. Ils ont du mal à apprendre ou à suivre les règles de vie scolaire, ce qui ne manque pas d'affecter le bon fonctionnement d'une classe tout entière.

Enfin, des élèves peuvent montrer des difficultés personnelles. Ils souffrent, par exemple, d'un trouble du déficit de l'attention avec ou sans hyperactivité, ce qu'on appelle le TDAH, ou d'un trouble du spectre autistique (TSA). Certains enfin peuvent être des enfants intellectuellement précoces (EIP), sans que ce haut potentiel n'ait été encore repéré.

L'enseignant va devoir s'adapter à chacun de ces élèves, pour mieux les accompagner. Il doit écouter, lui aussi, et toujours encourager, guider, valoriser, éviter de juger, encore moins de rabaisser. C'est l'un des plus beaux métiers du monde, tant il est riche et passionnant. Et... délicat, parfois.

QUAND L'ENSEIGNANT ÉLÈVE LA VOIX

Le contact quotidien entre l'enseignant et l'élève crée inévitablement un lien d'attachement. L'adulte qui enseigne devient une figure d'attachement pour l'enfant, une référence. Ce dernier ne met pas en doute sa parole, ni son savoir. D'ailleurs, il vous le raconte en rentrant à la maison « La maîtresse a dit... »

Seulement, entre 6 et 10 ans, l'enfant est impatient, il bouge, il attend la récré, il veut bavarder avec ses copains, il ne comprend pas toujours l'intérêt de ce qu'on lui demande.

Parfois, pour se faire entendre, le meilleur des professeurs doit intervenir. Certains ont une « autorité naturelle » : la manière dont ils posent leur voix, son rythme, sa tonalité s'imposent. Mais d'autres doivent « hausser le ton » pour se faire entendre quand le brouhaha et l'excitation règnent en maîtres. Alors, quand l'enseignant élève la voix ou quand il a un geste d'agacement (ce qui est très compréhensible, vu l'investissement que ce beau métier suppose), certains élèves peuvent se sentir injustement remis

en question, rejetés. Eux qui font tant pour plaire à l'autorité, qui estiment se comporter convenablement, quelle trahison !
Parfois, ils sont encore trop jeunes pour comprendre ce qu'est la notion de groupe. Quelques éléments perturbateurs (pas toujours les mêmes) provoquent la réaction de l'enseignant, mais c'est l'ensemble qui se voit réprimander. Ces enfants, souvent sensibles, vont le prendre personnellement. De retour à la maison, ils expriment leur désarroi, parfois une inquiétude, et peuvent vouloir changer de classe, ou déclarer « ne plus aimer la maîtresse ».

Bon à savoir

Dans tous les cas, soyez toujours respectueux de l'enseignant, tenez un discours positif à son égard, même si vous avez quelques griefs contre lui. Il représente l'autorité et dévaloriser celle-ci devant l'enfant ne ferait qu'aggraver les choses. Cependant, si c'est récurrent, vous demanderez un rendez-vous pour pouvoir échanger, en présence de votre enfant. L'enseignant peut lui aussi entrer en contact avec vous pour éclaircir la situation.

ÊTRE À L'ÉCOUTE, RESTER CONSTRUCTIF

Sachez d'abord que c'est un épisode banal dans une salle de classe. C'est l'enseignant qui va pouvoir le gérer, en faisant preuve de pédagogie. Il doit savoir s'adresser à chaque élève tout en prenant le groupe à témoin. Peu à peu, l'enfant comprend la différence entre la faute collective et la faute personnelle. Ainsi, il apprend à se responsabiliser.
Cependant, s'il rentre à la maison en larmes, s'il dit qu'il n'aime plus son professeur, qu'il ne veut plus aller à l'école, il est essentiel que vous l'écoutiez : montrez-lui que vous accordez de l'importance à ce qui s'est passé. Vous verrez que la moitié du problème sera déjà résolue. Peut-être s'agit-il tout simplement d'un refus d'autorité ? C'est fréquent chez les enfants. Il est possible aussi que le vôtre ait été « grondé » à la place d'un autre. Mais alors il saura s'expliquer avec son enseignant. Encore une fois, s'il se sent pris au sérieux, écouté, accompagné, il sera rassuré.

POUR ALLER PLUS LOIN :

109. Je rentre au CP, p. 281
111. Mes parents rencontrent la maîtresse, p. 285
141. J'ai du mal à suivre au collège, p. 361
142. Je sèche l'école, p. 363

113. À LA RÉCRÉ, JE SUIS REJETÉ, BOUSCULÉ, MOQUÉ

VOTRE ENFANT EST MALMENÉ PAR L'UN DE SES CAMARADES… COMMENT RÉAGIR ?

L'école n'est pas seulement le lieu où l'on apprend à lire ou à compter ; c'est aussi là que chacun doit apprendre à se respecter. Hélas, certains enfants ont besoin d'asseoir leur domination vis-à-vis des autres, et ils profitent de la moindre occasion. L'enseignant, qui n'a pas les yeux dans le dos, n'est pas toujours en possibilité d'intervenir pour faire cesser ces gestes ou ces paroles maladroites.

POURQUOI UNE TELLE AGRESSIVITÉ ?

Avant de poursuivre, rappelons que, de 6 à 10 ans, l'enfant traverse une période dite de « latence », nécessaire pour intégrer tout ce qu'il a acquis entre 0 et 6 ans, avant de se plonger dans l'adolescence, période où les signes pubertaires et les imprégnations hormonales apparaissent. Cette période de latence est donc une phase où l'enfant teste ses aptitudes, son pouvoir, sa force. Il prend davantage conscience de la manière dont les autres réagissent. L'école est pour lui un terrain « neutre », qui lui permet de se tester loin de la famille, libéré des affects qui généralement le retiennent d'aller trop loin.

Chaque enfant est différent et nombre d'entre eux ne connaissent pas ce genre de problèmes :

- **L'aîné par exemple a l'habitude de gérer les situations conflictuelles, de ne pas se laisser marcher sur les pieds.**
- **Le petit dernier sait relativiser, prendre sur lui.**
- **Certains enfants ont un tempérament plutôt réservé, lié à leur propre caractère, mais aussi à leur histoire familiale.**
- **Pour d'autres, les principes éducatifs, qui sont essentiels, reposent sur le respect d'autrui et la condamnation de tout acte violent. À l'école, ils seront naturellement respectueux et bienveillants.**

Cependant, dans certaines familles, la violence verbale, physique ou psychique qu'il subit à la maison conduit l'enfant à en faire usage lui-même à l'école. Ainsi, dans chaque classe, à chaque récréation, des agressions peuvent arriver. Cela peut aller de la simple moquerie sur la couleur des chaussures jusqu'à une véritable mise en danger, comme le jeu de l'escalier, par exemple, qui consiste à se tasser et à faire barrage dans un escalier, avant de relâcher la pression pour faire dégringoler le ou les élève(s).

COMMENT REPÉRER SES TOURMENTS ?

Tous les parents et les personnels éducatifs le répètent à longueur d'année ; il ne faut pas hésiter à relater ce qui est arrivé : bousculade, vol, jupe soulevée, goûter détérioré, bagarre, etc. Pour autant, un enfant se plaint rarement auprès d'un adulte pour la bonne et simple raison qu'il a peur des représailles. Par ailleurs, l'agresseur ne manque pas de s'entourer d'une cour d'admirateurs (souvent les plus faibles) qui se moqueront bien volontiers de la victime et lui feront clairement savoir qu'il a intérêt à se taire. C'est cette spirale qu'il faut impérativement éviter.

Il est important de parler à votre enfant au retour de l'école, lui demander comment s'est passée sa journée, sans tomber dans la banalisation : « Ça va ? Tout s'est bien passé ? » Montrez-vous attentif(ve) à ses paroles, ses silences, son langage corporel : si quelque chose vous paraît inhabituel dans son comportement, s'il est renfrogné, par exemple, irritable, ou s'il effectue des mouvements répétitifs des pieds, des jambes, alors quelque chose ne va pas.

Poursuivez votre discussion en orientant vos questions en fonction de ses réponses. Sachez alors poser les bonnes questions sans vous montrer direct. Ne dites pas : « Il t'est arrivé quelque chose à l'école ? » mais plutôt : « Quel était ton programme hier (ou aujourd'hui) ? C'était sympa ? » C'est alors lui qui rebondira.
Au fil des jours, observez d'éventuels changements d'attitude : il se met à parler moins, il montre quelques troubles du sommeil, il a peu d'appétit, il traîne les pieds pour aller à l'école. Chaque parent doit rester vigilant, car l'enfant a souvent tendance à minimiser, tant il se sent honteux de ne pas avoir « su » gérer la situation. Parfois ces changements apparaissent à distance dans le temps...

COMMENT RÉAGIR ?

Bien entendu, vous ferez preuve de mesure et ne prendrez pas tout au pied de la lettre : certains enfants en rajoutent, là où d'autres dédramatisent. Cependant, vous devez toujours apporter beaucoup d'attention à ce que dit votre enfant, sans pour autant le surprotéger.
Tout ce qui lui arrive est important. Il est donc essentiel de veiller à ne pas l'inhiber dans ses comportements futurs. Écoutez-le, essayez de comprendre, posez-lui quelques questions. Ne lui dites pas : « C'est toi qui as provoqué la bagarre ? » mais demandez plutôt des éclairages : « Raconte-moi comment ça s'est déroulé. » Ainsi vous lui donnez la parole, vous ne l'interrompez pas et peu à peu les événements se reconstituent. Évitez aussi de vous montrer intrusif(ve) : « Moi, je n'aurais pas réagi comme ça ! » et restez dans la bienveillance : « Tu aurais voulu réagir autrement ? »
Si l'événement vous semble important ou récurrent, si l'agresseur est toujours le même enfant, alors aidez le vôtre à adopter une attitude positive et constructive. Vous pouvez lui suggérer comment ne pas se laisser faire la prochaine fois, sans pour autant lui demander d'agir contre sa propre nature :

- **Donnez-lui des astuces pour décocher des « flèches verbales ».** Une phrase, un geste, une réaction qui surprend l'adversaire aide la victime à reprendre le contrôle de la situation, sans user de violence. Il peut par exemple rugir plutôt que pleurer. L'agresseur, ainsi déstabilisé, se met à craindre l'agressé.
- **Si cela ne suffit pas, vous devrez en référer à l'équipe éducative.** Demandez à l'enseignant ou au directeur son avis. S'il s'agit d'un enfant connu pour son comportement agressif, d'autres parents vous apporteront aussi leur propre témoignage, ce qui aidera l'école à réagir.

Bon à savoir

N'oubliez pas : il n'y a rien de pire pour votre enfant que d'être considéré, ou se considérer lui-même, comme une « balance ». Cela risque de fragiliser son estime de soi et sa capacité de socialisation. Donnez-lui des outils intelligents.

POUR ALLER PLUS LOIN :
143. Je suis victime de harcèlement ou de racket, p. 365

SANTÉ

VIE QUOTIDIENNE

DÉVELOPPEMENT PSYCHOLOGIQUE

SCOLARITÉ

10-16 ANS

114. JE SUIS COMPLEXÉ PAR MON IMAGE

ENTRE 10 ET 16 ANS, LES ENFANTS SE SOUCIENT BEAUCOUP DE LEUR APPARENCE COMME DU REGARD DES AUTRES.

Les adolescents sont particulièrement attachés à leur image. Ils réagissent différemment : certains sont mal dans leur corps quand d'autres pensent être les meilleurs. C'est en tâtonnant que ces adultes en devenir apprennent à se connaître et à avancer dans un monde qui à la fois leur fait peur et les attire, quitte à critiquer celui de leurs parents, ces « vieux un peu relous » qui « de toute façon, ne peuvent pas comprendre »...
La modification de son aspect physique vient fragiliser l'adolescent qui construit alors son sentiment d'identité. C'est un peu comme si son corps le trahissait, le contredisait, tant il le transforme : sur son visage apparaît de l'acné, sa voix mue, ses formes se développent, ses membres s'allongent...
Parfois, des difficultés supplémentaires, comme un appareil dentaire, des lunettes, une petite taille, lui compliquent davantage une tâche déjà délicate. L'adolescent a alors l'impression d'être « hors normes », de ne pouvoir répondre à certains codes, ce qui peut entraîner la peur d'être moqué, voire rejeté de ses pairs.

L'APPAREIL DENTAIRE

De nombreuses indications nécessitent l'intervention d'un orthodontiste : dents mal alignées, mâchoire trop ou pas assez large, difficultés de langage ou de respiration, absence de certaines dents définitives, menton fuyant, etc. Certains enfants ont un appareil dentaire dès l'âge de 4 ou 5 ans. Mais c'est à l'adolescence, entre 10 et 15 ans, que la plupart commencent leur traitement, qui durera en moyenne entre 18 et 30 mois.

Les orthodontistes savent trouver les mots pour que l'ado adhère au projet et comprenne l'intérêt de tel ou tel équipement. Ils lui expliquent que ce traitement lui permettra justement d'avoir une bien meilleure image de lui-même, et de préserver sa santé, son sommeil, son langage, sa respiration.

Aujourd'hui, porter un appareil dentaire, et notamment des « bagues », plus ou moins sophistiquées, avec ou sans élastiques, est monnaie courante. Ce qui évite aux adolescents le sentiment de stigmatisation. Cela dit, pour certains d'entre eux particulièrement attachés à leur image ou très sensibles, il est possible d'opter pour un équipement quasi invisible :

- **des gouttières transparentes amovibles (les aligneurs). Elles seront réalisées sur mesure pour être changées tous les 15 jours ;**
- **des appareils qui se fixent, non pas sur la face externe des dents, mais interne.**

LES LUNETTES

C'est un autre accessoire beaucoup porté par les adolescents. Mais les lunettes, surtout si la correction est importante, peuvent être difficiles à apprivoiser : certaines pathologies nécessitent en effet des verres relativement épais.
Heureusement, beaucoup de progrès ont été faits ces dernières années pour les affiner le plus possible. Désormais, de belles montures sont accessibles, et peuvent même participer à une allure tendance. Les jeunes peuvent aussi choisir de porter des lentilles, rigides ou souples, qui préservent donc davantage l'image.

Pour l'aider à se construire en confiance, écoutez votre enfant, ses doutes, ses inquiétudes, et faites-vous conseiller par l'opticien, l'ophtalmologiste, l'orthoptiste. De grands progrès dans la prise en charge psychologique ont été faits ces dernières décennies et heureusement. Il n'est pas tenu d'arborer sans moufeter les « lunettes de la sécu » !
Vous lui donnerez aussi les bonnes explications pour qu'il comprenne pourquoi lui doit porter des lunettes – et pas sa sœur, ni son copain. Peut-être est-ce une caractéristique familiale ? Ou tout simplement la loi de la nature ? Ou encore est-ce une conséquence de sa prématurité ? Faites-lui confiance en lui disant la vérité.

LE CORSET

Pour certaines scolioses, le port d'un corset est indiqué. Il est important de ne pas aggraver cette déviation de la colonne qui peut progresser très vite à l'adolescence puisque la croissance s'accélère.

Après un examen clinique et des radios, le médecin décidera d'intervenir sur 1 scoliose sur 10 :

- **dans les cas graves, une opération chirurgicale sera envisagée ;**
- **dans les cas plus bénins, un corset permettra, non pas de remettre le dos droit, mais de limiter voire de réduire la courbure.**

Il expliquera à l'adolescent l'objectif de telle ou telle alternative. Il peut aussi lui montrer certaines photos explicites pour qu'il comprenne son intérêt : s'imaginer bossu à l'âge adulte devrait suffire à le convaincre.
Si votre enfant reçoit les bonnes explications, s'il est associé à la décision et s'il connaît parfaitement les raisons pour lesquelles il doit porter un corset, il saura assumer cet équipement qui peut parfois lui donner un air guindé dans la cour. Il est important qu'il puisse en parler autour de lui, donner les bonnes infos à ses camarades, sans pour autant se justifier, et savoir leur répondre avec les mots justes. Le médecin, et parfois un psychologue peuvent l'aider à garder confiance en lui et accepter sa différence.

Ce corset, rigide ou souple et dynamique, sera fabriqué par un spécialiste orthopédiste d'après un moulage. L'adolescent devra le porter 16 à 23 heures par jour, jusqu'à ce que la colonne vertébrale ait fini de grandir, donc parfois quelques années. Bien entendu, il l'enlèvera pour faire du sport ou prendre sa douche.

L'ASTHME

Au collège comme à l'école, votre enfant ne se sépare jamais de son inhalateur, essentiel à sa santé, voire à sa survie. Les petits asthmatiques sont souvent plus matures que les autres : confrontés à la maladie depuis leur plus jeune âge, ils ont une vision de la vie différente.
Ils ne doivent donc pas se cacher pour prendre une bouffée de leurs bronchodilatateurs avant le sport ou en cas de stress. Il est important qu'ils soient écoutés, accompagnés, par les parents bien sûr, mais aussi par tout le personnel de l'établissement (d'où l'importance de rédiger un PAI). Ils ne doivent pas retarder la prise de leur médicament, par crainte de jugements, de moqueries ou de regards déplacés.

Bon à savoir

Ces complexes physiques peuvent être liés à bien des situations que je n'ai pas toutes citées. À cela peuvent s'ajouter une très grande taille, odeurs de transpiration, forte acné, seins développés très tôt et/ou volumineux, etc.). Vous devez pouvoir repérer toute gêne et bien sûr toute souffrance chez votre enfant pour éviter qu'il ne s'enferme dans un mal-être. Celui-ci pourrait avoir des conséquences sur son estime et sa confiance en soi. Ne banalisez pas ses doutes ou ses craintes : la période de l'adolescence est une étape parfois difficile et douloureuse. Restez à l'écoute, gardez le lien.

Pour eux, il s'agit à nouveau d'assumer leur fragilité. Être allergique n'est pas une tare ! Si vous utilisez les bons mots, votre enfant saura les employer à bon escient devant les autres, et répondre s'il s'entend traiter de « crevette ». C'est aux adultes qu'il revient de détecter cette violence verbale du quotidien. Cela dit, aujourd'hui, les collégiens sont très sensibilisés au harcèlement sous toutes ses formes. Et heureusement !

LA PETITE TAILLE

Certains enfants vivent difficilement leur petite taille, surtout les garçons. Souvent, ils souffrent en silence d'être les plus petits de la classe. Ou, parfois, ils en parlent à leurs parents, très attentifs à la croissance de leur progéniture, et d'autant plus lorsqu'eux-mêmes sont passés par-là (puisque le développement a aussi un caractère familial, héréditaire).

Bien entendu, des examens médicaux permettront au médecin de s'assurer qu'aucun problème endocrinien n'est en cause (un manque d'hormones de croissance, par exemple), pas plus qu'un autre dysfonctionnement physiologique. Mais sachez que, chez la plupart des enfants, tout est normal. Parfois, il faut attendre un peu : la croissance ne s'accélère que plus tard. Et sinon, il faut faire avec : les êtres humains sont de tailles différentes, ils sont plus petits ou plus grands que la moyenne.

En attendant, si votre enfant souffre, il est important qu'il s'exprime. Les médecins qu'il rencontrera sont là pour ça. Mais le rôle de l'entourage est aussi essentiel : soyez à l'écoute, restez bienveillant(e). Surtout s'il se fait « dépasser » par son petit frère ou sa petite sœur. Alors, lui parler, lui expliquer, lui rappeler que chacun est différent, avance à son rythme, sera essentiel.

Les « petits » sont souvent très débrouillards : ils ne manquent pas une occasion pour s'imposer par le verbe, l'humour, la malice. Aidez votre enfant à prendre confiance en lui, à ne pas se laisser marcher sur les pieds, à avoir de la repartie. Cela s'apprend. Ne le laissez pas s'enfermer dans sa différence. L'accompagnement d'un psychologue peut être utile, des cours de théâtre ou de chant l'aideront à gagner en assurance, et des sports collectifs lui permettront de trouver sa place.

LE SURPOIDS

Le surpoids est l'une des causes de souffrance les plus répandues parmi les jeunes. Sédentarité, bouleversements familiaux, difficultés sociales et professionnelles, malbouffe, écrans... Les facteurs d'obésité ne manquent pas, y compris chez les enfants, touchés eux aussi. Ces troubles sont insidieux car ils s'installent progressivement : une mauvaise hygiène de vie, un contexte familial fragile, et le surpoids devient la norme. D'où l'importance de le prendre en charge chez l'enfant le plus tôt possible.

Lorsqu'ils grandissent, ces enfants sont encore relativement protégés au sein de leur cellule familiale : les mauvaises habitudes (les dîners trop copieux, le grignotage) sont communes. Mais au collège, c'est une tout autre histoire. Là commencent les remarques désobligeantes, les sourires en coin, les regards réprobateurs. Pour y échapper, votre enfant va apprendre à se taire, à se cacher sous des vêtements amples, à s'isoler, à refuser le sport, le théâtre, tout ce qui pourrait le rendre visible.

Les adultes ont alors un rôle important pour que l'ado ne s'enferme pas dans cette souffrance silencieuse qui fragilise son estime et sa confiance en soi. Sur le long terme, cette spirale peut avoir des conséquences, tant sur le plan psychique que physique. Aussi faut-il que les parents se prennent en charge et donnent l'exemple à la maison. Car, si votre ado ne se sent pas accompagné par son entourage, la norme sera l'« anormalité » familiale. Le risque est de basculer dans la compulsion, la boulimie ou l'addiction, aux jeux vidéo notamment puisqu'ils sont pour lui un refuge.

Si votre enfant souffre de surpoids, ne faites pas la sourde oreille ! Tous ensemble, en famille, accompagnez-le sans le montrer du doigt. Votre ado peut être plus enrobé que la moyenne, ce n'est nullement un défaut, et encore moins une tare. Mais il doit pouvoir rester maître de la situation, ne pas la subir par délaissement ou désintérêt. Donc, multipliez les activités, mettez-vous au sport, ayez une bonne hygiène de vie, (re)prenez des habitudes saines, voyez des amis, faites des projets, prenez soin de votre corps. Tout ceci prend du temps et suppose de l'investissement. Mais ne s'agit-il pas de l'équilibre de votre enfant ?

À l'école ou au collège, il est très probable que votre enfant souffre de remarques ou de moqueries. S'il ne vous en parle pas spontanément, mettez-le en confiance pour qu'il n'ait pas honte de se livrer. Inutile de critiquer en retour ses camarades, qui souvent ont bien peu conscience de la portée de leurs jugements. Restez concentrés sur votre ado et montrez-vous constructifs et valorisants. Vous pouvez lui donner des conseils pour qu'il se sente bien dans sa peau, même en surpoids. S'il accepte, vous pouvez également en parler avec un enseignant, le pédiatre ou un psychologue avec lequel il est en confiance.

POUR ALLER PLUS LOIN :

55. Je suis en surpoids, p. 143
88. J'ai de l'asthme, je suis allergique, p. 230
91. À 8 ans, j'ai déjà des signes de puberté, p. 237

115. J'AI DE L'ACNÉ

POUR UN GRAND NOMBRE D'ADOLESCENTS, L'ACNÉ EST LA FACE VISIBLE D'UN CAUCHEMAR.

Ces affreux boutons qui déforment le visage, impossibles à cacher parfois, rappellent aux autres que l'adolescent traverse cette espace de mutation de l'enfance vers le monde adulte, une transformation qu'il ne maîtrise en rien. La voix déraille chez les garçons, la poitrine se développe (ou pas) chez les filles, un vilain duvet dessine une moustache qui n'en est pas une, les poils poussent sur les jambes et maintenant ces horribles pustules le couvrent de honte. Et tout cela apparaît dans un contexte difficile : la période de latence est terminée mais le statut d'adulte, loin d'être acquis.

L'ACNÉ, C'EST QUOI ?

C'est une inflammation chronique du follicule pilo-sébacé (le couple poil-glande) qui évolue par poussées. Cette glande sécrète du sébum, qui en principe est très fluide et s'écoule par les pores de la peau qu'il recouvre pour la protéger. Ici, le sébum est fabriqué en excès et devient épais. Des cellules mortes obstruent les pores, ce qui favorise la prolifération d'une bactérie (*Propionibacterium acnes*) et engendre une inflammation de la peau.
L'acné touche plus de 80 % des adolescents et des jeunes adultes, tout sexe confondu. Les premières lésions chez les filles apparaissent en général vers 12 ou 13 ans ; chez les garçons, ce sera plutôt vers 13 ou 14 ans. Cette inflammation commence par le visage, mais peut s'étendre sur le dos, les épaules, le décolleté. Chez certains, notamment les garçons, les lésions peuvent être sévères et durer plusieurs années.

On distingue généralement 5 stades :

- **L'acné grade 1** se caractérise par quelques rares comédons ouverts ou fermés (points noirs), plutôt dispersés, et/ou quelques rares papules (boutons rouges, pleins, un peu saillants, ne coulant pas).
- **L'acné légère grade 2** affecte moins de la moitié du visage.
- **L'acné moyenne grade 3** touche plus de la moitié du visage ; les comédons et les papules sont plus nombreux.
- **L'acné sévère grade 4** est une inflammation de tout le visage qui présente un grand nombre de papulo-pustules.
- **L'acné très sévère grade 5** est très inflammatoire et le visage est recouvert de nodules.

Chaque enfant sera affecté différemment. Les plus chanceux ne dépasseront pas le grade 2. Cependant, même en ce cas, l'acné peut être difficile à vivre puisqu'elle altère l'image des adolescents. Ils essayent alors de cacher leur visage : ils laissent une mèche de cheveux recouvrir leur front ou remontent une écharpe le long des joues.

LES IDÉES REÇUES

- **L'acné est héréditaire !** Non, même si certains caractères génétiques influent sur l'inflammation.
- **L'acné est due à une mauvaise hygiène...** Absolument pas et il est important que chacun le sache avant de porter un jugement.
- **Percer un bouton d'acné et le tour est joué !** Surtout pas : il risque de s'infecter et de laisser une cicatrice.

Bon à savoir

Un ado a déjà beaucoup de mal à s'intégrer, à s'accepter. Alors, quand son image change, sans qu'il n'ait rien demandé et sans qu'il puisse la maîtriser, tout se complique. Très souvent, de grandes fragilités se cachent derrière les subterfuges qu'il utilise pour se fondre parmi les autres, pour exister, s'approprier ce corps en mutation et se projeter dans l'avenir. Ne prenez pas à la légère son souci d'acné. Montrez-lui que vous êtes à l'écoute, conseillez-le, orientez-le vers un dermatologue même si, à cet âge, il craint peut-être une effraction dans son intimité. Dans certains cas, l'aide d'un psychologue, voire d'un pédopsychiatre, sera d'une grande utilité, si vous parvenez à le convaincre. Rappelez-lui aussi qu'avec le temps, l'acné s'estompe et disparaît. En attendant, trouvez-lui des activités pour qu'il se valorise autrement que par son image : le sport, les sorties, la musique, les rencontres, le théâtre favoriseront son estime de soi.

- **Le soleil guérit l'acné.** Si c'était le cas, ça se saurait. Au contraire, le soleil accentue la sécheresse et donc les lésions. Il crée un effet rebond en durcissant l'épiderme. Il faut donc bien appliquer une crème solaire haute protection avant toute exposition.
- **L'acné disparaît dès les premiers rapports sexuels !** Non. Et pas davantage lorsqu'on devient parent.
- **La pilule fait partir l'acné.** Certaines jeunes filles ont l'idée de prendre la pilule pour traiter leur acné. Mais un gynécologue ne prescrit pas un contraceptif pour se débarrasser de boutons, même s'il en tient compte pour choisir la meilleure molécule. Son effet sera de toute façon minime.
- **Il existe des traitements hormonaux qui font des miracles.** Pas vraiment, et sachez que les antiandrogènes sont formellement déconseillés chez les adolescents.

En revanche, deux idées reçues sont exactes :

- **L'acné s'accentue pendant la période qui précède les règles.** En effet, les œstrogènes chutent et les androgènes prennent le dessus. Cette poussée s'estompe vers le milieu du cycle.
- **L'acné touche plus d'adolescents aujourd'hui** que dans les années 1970. Apparemment, probablement à cause des perturbateurs endocriniens, de la pollution, d'une alimentation déséquilibrée (fast-foods, sucres, graisses...).

LES CONSEILS ET LES TRAITEMENTS

Voici quelques conseils pour que votre adolescent prenne soin de sa peau :

- Aucun régime alimentaire particulier ne fait partir l'acné. Le rôle des produits laitiers et des sucres n'est pas prouvé à ce jour, même si on sait qu'il ne faut pas en abuser.
- Votre enfant frottera matin et soir son épiderme avec des produits de toilette doux, au pH proche de celui de la peau, afin d'ôter le surplus de sébum.
- Il peut appliquer tous les matins une crème hydratante anti-acnéique, bien entendu sans parfum.
- Évidemment, il faudra éviter tout produit cosmétique de type masque, gommage.
- Le maquillage n'est pas une bonne idée puisqu'il risque d'aggraver l'inflammation. Cependant, certaines jeunes filles, lorsqu'elles tiennent beaucoup à leur image, sont tentées de se servir de produits de camouflage. Si votre fille est dans ce cas, faites-en sorte qu'elle soit bien conseillée par un dermatologue. Ce n'est pas le moment de tester les produits conseillés par sa meilleure amie.

Bien entendu, dès que l'acné apparaît ou évolue, le pédiatre ou le dermatologue prescriront un traitement adapté et progressif, en fonction de la réactivité de la peau de l'adolescent. À ce jour, 3 classes de médicaments ont prouvé leur efficacité. Je ne fais ici que les citer, car c'est au médecin d'établir l'ordonnance la plus adaptée à chacun.

- **Le peroxyde de benzoyle est prescrit en cas d'acné inflammatoire et modérée.**
- **Les rétinoïdes topiques sont plus puissants, mais il y a des contre-indications puisqu'ils se retrouvent dans le sang.**
- **Les antibiotiques locaux sont utilisés pour les acnés pustuleuses.**

Il existe aussi des traitements administrés par voie générale. Là encore, il revient au médecin de décider de son ordonnance, qui peut comporter des antibiotiques à avaler, du gluconate de zinc, ou de l'isotrétinoïne pour les acnés sévères.

Surtout, ne laissez pas votre enfant prendre les produits prescrits pour son copain ou sa copine, ni tomber dans l'automédication en cherchant des solutions sur Internet.

Sachez enfin que le laser vasculaire peut, dans de rares cas, donner de bons résultats, de même que la photothérapie dynamique proposée par certains cabinets.

POUR ALLER PLUS LOIN :
114. Je suis complexé par mon image, p. 294

116. MA VOIX COMMENCE À MUER

SA VOIX FAIT DES SIENNES, DES HAUTS ET DES BAS...

En général, la voix commence à muer chez les garçons lorsque leur pilosité s'accentue autour de 12 ou 14 ans. Les filles, elles aussi, muent et changent de tonalité au moment des premières règles. Cette « mue » dure entre 6 et 12 mois. Pour autant, l'organe de la voix ne se stabilise vraiment qu'autour de l'âge de 30 ans.

QUE SE PASSE-T-IL ?

La sécrétion d'une hormone, la testostérone (présente essentiellement chez les garçons mais aussi chez les filles), est à l'origine de changements :

- **Au niveau du larynx. Cet organe cartilagineux très complexe, situé juste après le pharynx, abrite les cordes vocales et joue un rôle essentiel dans la respiration, mais aussi le langage. À l'adolescence, il se modifie anatomiquement : sa forme change, il augmente en taille et il descend légèrement dans le cou.**
- **Au niveau des cordes vocales.** Celles-ci, qui vibrent comme les lèvres d'un trompettiste sous l'effet de la « soufflerie » pulmonaire, augmentent d'environ un tiers en longueur, ce qui inévitablement fait baisser la tonalité de la voix. Les garçons perdent une octave, et les filles, une tierce.

En général, l'adolescent ne s'aperçoit pas lui-même de ces changements. Parce que les cordes vocales s'allongent progressivement, il peut parler (ou chanter) à son habitude et puis, soudain, sa voix tombe, devient grave avant de retourner dans les aigus... Ces alternances provoquent une voix typique, bitonale, parfois voilée, en tout cas instable. L'ado peut aussi avoir du mal à prononcer certaines consonnes ou voyelles, selon qu'il est assis, couché, bien réveillé ou qu'il a la gorge sèche.

Cette mue est d'abord une blessure pour lui, avant de devenir un objet narcissique. Peu à peu, parce qu'il entend doublement cette nouvelle voix (grâce à ses tympans mais aussi parce qu'elle résonne à l'intérieur de lui), il s'y familiarise et l'apprivoise. Il s'ajuste à lui-même et avance vers son « idéal du moi », une forme sublimée, subjectivée et assumée de son « moi ». En d'autres termes, il se projette dans son avenir.

LES DIFFICULTÉS

En principe, à l'âge de 15 ans, la voix a mué. Mais, parfois, les choses vont trop vite ou pas assez. Dans le premier cas, lorsque les cordes vocales s'allongent dans un délai trop rapide, l'enfant essaye de contrefaire la voix de poitrine, sans vraiment y parvenir. Cela donne une voix de fausset. Avec le temps et éventuellement de la rééducation, la situation s'arrange.

A contrario, un retard peut s'observer chez les garçons, pour différentes raisons :

- **La cause endocrinienne.** Le pédiatre proposera un petit bilan endocrinien pour vérifier un éventuel déficit de sécrétion de testostérone.
- **La cause psychologique.** Une dysmorphophobie, par exemple, ou une difficulté à trouver sa place dans la famille, la fratrie, le groupe de pairs, peut retarder la mue. L'adolescent continue de monter dans les aigus en forçant sur sa voix. Une prise en charge par un psychologue et/ou un orthophoniste est nécessaire car une telle situation peut fragiliser la confiance en soi, engendrer un certain isolement et inhiber la parole.

Parfois, un homme peut muer tardivement, sans raison apparente, autour de 20, voire 30 ans. L'adulte conserve alors une voix infantile. On parle de mue incomplète et prolongée. Une aide chez un orthophoniste est indiquée.

LES CONSEILS

Certains adolescents parlent beaucoup, d'autres sont plus taiseux. Dans tous les cas, pour éviter ces « déraillements » intempestifs de la voix, voici quelques conseils à partager avec votre enfant :

- **Le mieux est de commencer à parler doucement, plus lentement que d'habitude. Accélérer son débit de paroles augmente automatiquement la tonalité de la voix.**
- **Il peut être utile d'humidifier un peu son larynx en accumulant de la salive dans la bouche avant de l'avaler ; ainsi, il « lubrifie » sa gorge.**
- **Il peut aussi s'entraîner à poser sa voix en lisant quelques lignes d'un texte. En position debout, il relève bien le menton, respire par le ventre, et déclame.**
- **Fredonner stabilise aussi la voix. S'il chantonne avant de prendre la parole, sa voix sera plus stable.**
- **Évidemment, il veillera à éviter de parler la bouche pleine !**
- **Mieux vaut aussi qu'il détache bien ses mots au début d'une phrase.**
- **S'amuser à changer de voix, avec des amis, lui permettra de l'apprivoiser. Parler avec des tonalités différentes va aider le larynx à se positionner et se stabiliser. Cela dit, il ne faut pas que l'adolescent force sa voix pour faire rire son entourage car cela risque d'abîmer ses cordes vocales.**
- **Certaines applications proposent des exercices vocaux pour travailler le timbre ou poser la voix (vocal'iz®, vocular®).**

Bon à savoir

La voix « pose » son personnage. Elle fait partie de l'individu qu'elle accompagne à chaque instant. Nous avons tous un timbre particulier, un phrasé, une musicalité qui nous sont propres. Des experts sont même capables d'étudier la personnalité d'après la voix (comme les graphologues analysent l'écriture). Certains ont un accent, d'autres une voix qui porte. Les spécialistes, notamment les orthophonistes, sont capables d'aider à la stabiliser, à améliorer le langage qui nous permet de communiquer. Aussi faut-il rassurer les adolescents : leur voix se dessine peu à peu. Muer est une chose, stabiliser sa voix, apprendre à parler, à énoncer, à chanter en est une autre. Et cela prend du temps.

POUR ALLER PLUS LOIN :

107. Je découvre la musique, p. 275

114. Je suis complexé par mon image, p. 294

117. J'AI DES POILS QUI POUSSENT

SOUS L'EFFET DE LA PUBERTÉ ET DE LA SÉCRÉTION D'HORMONES (ANDROGÈNES), SON CORPS VA PEU À PEU SE RECOUVRIR DE POILS.

La puberté démarre entre 8 et 13 ans chez les filles et entre 9 et 14 ans chez les garçons. Les poils peuvent donc pousser dès ces périodes, parfois plus tôt. Dans de rares cas, une pilosité importante peut apparaître sur les bras, le visage, les jambes de certains enfants. Le pédiatre s'assurera qu'un problème hormonal (hirsutisme, hypertrichose, puberté précoce) n'en est pas à l'origine.

LES ÉTAPES

La testostérone est impliquée dans le contrôle et la répartition des poils. Elle est secrétée aussi bien chez les garçons que chez les filles (mais en quantité moindre, bien entendu).

- **La pilosité apparaît d'abord dans la région pubienne. C'est un petit duvet au début, puis très vite les poils augmentent en quantité, deviennent foncés et plus drus. Les filles voient se dessiner progressivement un triangle ; les poils des garçons, eux, vont du nombril aux testicules.**
- **Puis, viennent les aisselles.**
- **Les poils des jambes et des bras, déjà visibles, s'épaississent.**
- **Chez les garçons, la pilosité du torse commence.**
- **Dans la foulée, ils observent des poussées au niveau du visage (moustache, barbe), qui peuvent rester irrégulières et clairsemées quelques mois, voire quelques années.**
- **Chez certaines filles, un petit duvet peut aussi apparaître au-dessus de la bouche.**

ÉPILER ? RASER ?

C'est la grande question des ados.

Chez les filles

Lorsque des poils poussent sur le philtrum (la zone située entre le nez et le menton), les jeunes filles sont souvent contrariées. Très attachées à leur image, elles se trouvent « repoussantes », surtout si, pour ne rien arranger, l'acné s'en mêle. Et quand quelques poils dépassent au niveau du maillot, elles refusent d'aller à la piscine ou sur la plage.
Une conversation mère-fille est alors utile. Vous la rassurerez si elle s'inquiète : « Tu trouves que ça se voit, Maman ? Que je devrais faire quelque chose ? » Prudence, il n'y a aucune urgence. Car opter pour l'épilation fait entrer l'adolescente dans une spirale. Échangez avec elle selon l'aspect de sa pilosité et, si elle insiste pour s'en débarrasser, évoquez des solutions douces : elle peut choisir la décoloration des poils ou la crème dépilatoire (qui réduit le poil mais ne détruit pas la racine). Sachez qu'une épilation définitive ne s'envisage pas avant 18 à 20 ans car ce procédé radical peut favoriser les dermites, les infections. Le rasoir peut être utilisé sur les jambes ou les aisselles.

Bon à savoir

Chaque enfant vivra ces changements différemment. Il n'aura pas forcément envie d'en parler avec ses parents, préférant l'anonymat du web. Restez vigilants et réceptifs. L'adolescence est une période délicate et chaque remarque peut être mal interprétée.

Chez les garçons

Certains ne prêteront pas particulièrement attention à ces poils. D'autres au contraire ne les supporteront pas et voudront rapidement se raser. En parler avec son père aidera votre ado, même si rares sont les hommes qui se souviennent précisément de quand et comment leur propre puberté a démarré. Retenez que :

- **Se raser quotidiennement n'accélère pas la repousse : c'est une idée reçue.**
- **Avant le rasage, humidifier le visage avec de l'eau chaude assouplit les poils et diminue les risques de coupure.**
- **Une mousse à raser ou un gel de rasage redresse le poil et aide à la coupe.**
- **Il faut choisir une lame non émoussée, et ne pas appuyer trop fort sur le visage ; en général, deux passages suffisent dans le sens du poil.**
- **Se raser le matin après la douche est préférable ; le soir, la peau est plus fragile puisqu'elle a subi les agressions de la journée.**
- **Le rasoir électrique « comme papa » peut être une bonne alternative.**
- **Bien entendu, votre fils doit avoir son propre matériel dont il doit prendre soin.**

LA QUESTION DE LA TRANSPIRATION

Une légère odeur peu agréable émane de ses aisselles. Vous la remarquerez souvent avant votre adolescent, même si certains ont le nez sensible et sont rapidement gênés. Sous l'effet des sécrétions hormonales, les glandes dites « sudoripares » ou « apocrines » s'activent. La zone s'humidifie davantage, ce qui, avec la présence de poils, favorise la prolifération de bactéries. Voilà d'où vient cette odeur de transpiration.

Chez certains enfants, elle apparaît avant les autres signes de puberté, parfois avant 8 ans. Quelques règles sont alors à suivre.

- **Il prendra une douche matin et soir, en respectant trois étapes essentielles : se laver avec un savon surgras, bien se rincer puis se sécher correctement.**
- **Il portera des vêtements propres et se changera chaque jour.**
- **Il pourra utiliser un anti-transpirant.**
- **Il prendra une douche après chaque séance de sport. Un ado est toujours en mouvement, donc il transpire davantage qu'un adulte.**

POUR ALLER PLUS LOIN :

63. J'apprends à me laver tout seul, p. 162

91. À 8 ans, j'ai déjà des signes de puberté, p. 237

114. Je suis complexé par mon image, p. 294

118. J'AI MES PREMIÈRES ÉRECTIONS / MES PREMIÈRES RÈGLES

COMMENT ACCOMPAGNER CES « PREMIÈRES FOIS » SI IMPORTANTES AUX YEUX DE VOTRE ENFANT ?

LES PREMIÈRES ÉRECTIONS

Alors qu'il n'était encore qu'un bébé, votre fils avait déjà des érections. Vous vous êtes peut-être inquiété(e) car c'est une zone « intime ». Pourtant, rassurez-vous, c'est tout à fait normal. Elles sont dues à un afflux de sang dans les structures spongieuses et les corps caverneux. Sous l'effet de certaines stimulations, le système nerveux dit « sympathique » s'active et le pénis devient dur.

Les érections surviennent donc de la naissance et jusqu'au dernier souffle, s'il n'y a pas de dysfonctionnements. Quand ?

- **Lorsque les parties génitales frottent contre la couche (chez le nourrisson), contre le pantalon (pour les plus grands).**
- **En cas de changement de température, quand l'enfant entre dans une eau froide ou au contraire sort d'un bain chaud.**
- **S'il a besoin d'uriner.**
- **Au moment des soins apportés à cette région sensible (lingettes, crème...).**
- **Et bien sûr, chez les enfants plus âgés, suite à une stimulation sexuelle.**

De nombreuses érections ne sont pas le signe d'une pathologie. Elles diminueront avec le temps... ou pas ! De même, l'absence d'érections dans l'enfance ne présuppose en rien de l'activité sexuelle future. Si votre enfant se tripote régulièrement, vous ne vous fâcherez pas car ce processus est normal mais vous lui expliquerez que son corps lui appartient et que ces caresses se font dans l'intimité, pas en public. Peu à peu, il intégrera la notion de pudeur, surtout à partir de l'âge de 3 ou 4 ans.

Sachez que les filles sont tout autant concernées. Le clitoris, qui est aussi constitué d'un gland, se gonfle également de sang. Un bébé de sexe féminin peut donc déjà avoir des érections du clitoris ; elles sont seulement moins visibles. Les corpuscules de Krause, des récepteurs sensoriels présents sur le gland du pénis et sur celui du clitoris, sont deux à trois fois plus nombreux chez les filles que chez les garçons ! Le clitoris est donc une sorte de pénis miniature, plus sensible que celui-ci.

Bon à savoir

Plusieurs sites ou plateformes peuvent aider les adolescents à mieux comprendre ou à apaiser leurs doutes, leurs inquiétudes :
- Fil Santé Jeunes : www.filsantejeunes.com ou 0 800 235 236
- On s'exprime : www.onsexprime.fr
- Gynandco : www.gynandco.fr/c/adolescence/premieres-regles/
- Et aussi : www.pediatre-online.fr
- Enfance en danger : le 119 est gratuit et accessible 24 heures/24, 7 j/7.

LES QUESTIONS LES PLUS FRÉQUENTES

Qui dit érection, dit éjaculation ?

Évidemment non. Pour qu'il y ait éjaculation, il faut que la puberté soit bien avancée et que les imprégnations hormonales le permettent. Cela arrivera entre 12 et 15 ans en moyenne, sans prévenir, et généralement pendant la nuit. On parle alors de « rêves mouillés ». Puis ces éjaculations nocturnes deviennent moins fréquentes quand commencent la masturbation et les premiers rapports sexuels. Évitez les remarques déplacées si vous devez régulièrement laver les draps de votre ado : c'est bon signe.

Une érection peut-elle faire mal ?

Oui, surtout si, par exemple, un phimosis persiste (prépuce trop serré) ou, très rarement, en cas de priapisme (état d'érection prolongée de plus de 4 heures en dehors de toute stimulation sexuelle) ; l'adolescent devra alors consulter rapidement un urologue, car il peut y avoir des conséquences.

LES PREMIÈRES RÈGLES

Selon les jeunes filles, les règles apparaissent entre 10 et 16 ans, parfois plus tard, sans que cela ne soit pathologique, ou plus tôt, lorsque c'est un caractère familial, par exemple. Dans les deux cas, un bilan sera demandé par le pédiatre pour mettre en évidence une puberté précoce, l'absence d'utérus ou encore un problème endocrinien.

Très souvent, elles surviennent environ 2 ans après le début du développement de la poitrine et de la pilosité. Cependant, si votre fille est en surpoids, il se pourrait que sa puberté soit plus précoce. Et dans le cas où ses seins ont commencé à se développer relativement tôt, le délai d'apparition des premières règles est plus long.

Au début, il s'agit d'un simple filet de sang, qui s'écoule pendant 2 à 7 jours, mais ne revient plus avant quelques mois. Il faut généralement compter 2 ans pour que les cycles deviennent réguliers.

Désormais, les jeunes filles sont bien informées de ces changements à venir : grâce à des réunions au collège, à Internet, au corps médical ou simplement à leurs amies, elles savent ce qui va se passer. Cependant, il peut encore être difficile d'aborder le sujet en famille ; optez pour les bons mots et choisissez les bons moments. Surtout, faites-en sorte que votre fille ne soit pas prise au dépourvu et équipez-la de serviettes hygiéniques qu'elle conservera dans son sac ou son cartable.

LES QUESTIONS LES PLUS FRÉQUENTES

Ça fait mal la première fois ?

Généralement non, mais cela dépend des adolescentes. En cas de douleurs, certains exercices physiques ou un bain chaud apporteront un soulagement. Prévenez aussi votre fille : si ses règles apparaissent pour la première fois à l'école ou au collège, elle ne doit pas hésiter à aller à l'infirmerie. C'est un moment important.

Une ado peut-elle utiliser des tampons ?

Oui. Chaque jeune fille doit être informée des moyens dont elle peut disposer : serviettes ou tampons, c'est à elle de choisir. Ces derniers sont spécialement adaptés à leur morphologie, et ils ne font pas mal lorsqu'on prend son temps pour bien lire le mode d'emploi et l'insérer convenablement. Et rappelons-le : il n'y a aucune atteinte à la virginité !

Est-ce que les règles ont une odeur ?

Non, les menstruations ne sentent pas mauvais. Les copains et les copines ne remarqueront rien.

Les premières règles signifient-elles l'arrêt de la croissance ?

En moyenne, une fille continue de prendre entre 5 et 8 centimètres dans les deux années qui suivent l'apparition des premières règles. Il est donc important de consulter un pédiatre en cas de puberté précoce pour faire un bilan.

PARLER DE SEXUALITÉ À UN ADO

Quel que soit l'âge de l'enfant, la sexualité est un sujet délicat à aborder en famille. Entre pudeur, respect, gêne, honte et projections, les adolescents ont bien du mal à écouter leurs parents, et plus encore à leur poser des questions.

À leurs yeux, mieux vaut donc parfois trouver une tierce personne. Mais qui ?

- **Un frère ou une sœur ? Pas simple.**
- **Un référent dans la famille, un oncle, une tante, un cousin ? Pas simple non plus, tant ce sujet touche à leur intimité.**
- **L'infirmière scolaire ? C'est une bonne idée. Les jeunes filles la sollicitent plus souvent que les garçons mais il est important de leur rappeler à tous cette possibilité.**
- **Le pédiatre, le médecin ? Là aussi, c'est une piste pertinente. Des consultations sans la présence des parents les rassurent. N'hésitez pas à prendre rendez-vous pour eux, et sans vous. Dans le cadre du secret médical, ils pourront peut-être s'exprimer davantage ce qui nous permet à nous, professionnels de santé, de les écouter et de les informer.**
- **De bons livres existent, choisissez avec eux.**

POUR ALLER PLUS LOIN :
72. Je découvre mon sexe, je suis différent, p. 186
91. À 8 ans, j'ai déjà des signes de puberté, p. 237

119. JE N'AI PLUS FAIM LE MATIN

VOTRE ENFANT GRANDIT ET VEUT FAIRE L'IMPASSE SUR LE PETIT DÉJEUNER. FAUT-IL LUI CÉDER ?

La période de l'adolescence est marquée par les transformations, physiques, psychiques, affectives et relationnelles. Votre enfant a besoin de dormir davantage le matin, par exemple, besoin aussi de s'isoler. Vers 12 ou 14 ans, il peut donc sauter le petit déjeuner pour rester dans son lit ou éviter d'avoir à composer avec sa fratrie et/ou ses parents dès le matin. Il est vrai qu'en France, 1 adulte sur 5 fait l'impasse sur ce repas et 19 % ne prennent qu'une boisson. Chez les enfants, environ 16 %, soit près de 2 millions d'enfants, partent à l'école le ventre vide, ou après avoir rapidement avalé un verre de jus ou une boisson chaude.

Cependant, se passer de petit déjeuner aura des conséquences chez l'adolescent. Tout ce qu'il va apprendre, intégrer, produire, mémoriser dans la journée dépend, en grande partie, de ce qu'il aura stocké le matin. Les études sont formelles : le « ptit dej » est essentiel aux apprentissages et à la mémorisation. Il convient donc de veiller à respecter certaines règles.

L'IMPORTANCE DU PETIT DÉJEUNER

Retenez qu'à l'adolescence, le besoin calorique journalier est estimé à 2 500 kcal. C'est plus qu'à l'âge adulte, croissance osseuse et développement de la masse musculaire obligent. Mais qu'est-ce qu'un petit déjeuner équilibré ?

- **Un produit laitier pour le calcium.**
- **Du pain (entre 2 et 4 tranches), des biscottes (3 ou 4) ou des céréales (muesli ou granola) pour les glucides complexes.**
- **Une boisson pour s'hydrater.**
- **Un fruit frais, une compote ou un jus de fruit pour les vitamines, les minéraux et les fibres.**

Hélas, votre enfant prétend ne plus aimer le lait, il n'a pas le temps pour un fruit et il fait la moue à la vue des biscottes. Il s'enfuit alors que vous courrez derrière lui, une banane à la main, pour qu'il daigne la glisser dans son sac ! Mieux vaudrait lui expliquer, sans le forcer à avaler quoi que ce soit, l'intérêt et les bienfaits de ce repas essentiel.

Aujourd'hui, nous avons tendance à tout inverser : nombreux sont ceux qui zappent le petit déjeuner, mangent peu à midi tout en grignotant pendant la journée, ce qui est mauvais tant sur le plan cognitif que diététique. Et nous nous rattrapons au dîner, un moment convivial puisque chacun se retrouve et raconte sa journée. Là encore, c'est une erreur car alors nous mangeons trop, et surtout nous n'avons plus l'occasion de dépenser cette énergie. Quand le réveil sonne le lendemain, nous n'avons guère faim et nous contentons d'un café... Et ainsi de suite.

LES CONSEILS, LES ALTERNATIVES

- **Encouragez votre ado à prendre sa douche le matin et non pas le soir. Cela permettra de le réveiller et stimulera son appétit. Seul inconvénient, il devra se lever 15 minutes plus tôt.**
- **Favorisez une ambiance décontractée dans la cuisine. Ne le bombardez pas de questions dès le matin : « Tu as un contrôle aujourd'hui ? », « Tu as bien préparé ton sac ? » ou « Il y avait de la lumière dans ta chambre hier soir... »**
- **Respectez la place qu'il apprécie à table, son coin à lui.**
- **La veille, proposez-lui des alternatives au petit déjeuner classique, comme un œuf à la coque, par exemple, une tranche de jambon ou un morceau de fromage. L'adolescent a besoin de lipides et de glucides.**

- Dans certains cas, un petit déjeuner à l'américaine peut le réconcilier avec ce repas : 1 ou 2 œufs au plat, quelques pommes de terre sautées et un jus d'orange.
- Une barre de céréales dans la poche, une compote avant de partir ou, mieux encore, quelques figues ou abricots secs à manger sur le trajet seront les bienvenus.

Naturellement, ces suggestions doivent tenir compte de l'indice de masse corporelle de votre enfant : s'il est en surpoids, cuisinez léger. L'objectif est qu'il ait quelque chose dans le ventre.

LES PIÈGES À ÉVITER

Les parents peuvent être tentés de lâcher prise pour éviter les conflits avec leur adolescent. Ne tombez pas dans ce piège car le grand perdant sera alors votre enfant. Tenez bon devant ses excuses :

- **« J'ai pas le temps ! »**, autrement dit « J'ai autre chose à faire ». Calmez le jeu, il trouvera toujours le temps.
- **« J'ai pas faim. »** Essayez de rééquilibrer ses repas sur la journée, et, le matin, tenez compte des conseils et des alternatives ci-dessus.
- **« Je mangerai à midi ».** Rappelez-lui pourquoi rester le ventre vide jusqu'au déjeuner n'est pas une bonne idée.
- **« J'ai décidé d'être vegan. »** C'est son droit, son choix. En revanche, vous lui donnerez les bonnes informations et proposerez des alternatives alimentaires (fruits, vitamines).
- **« Je vais être en retard au collège. »** Vous savez qu'il s'est couché tard, donc levé à la dernière minute ; inutile de le sermonner mais important de lui rappeler l'intérêt d'un bon rythme de sommeil.
- **« … »** S'il ne dit rien mais ne mange rien non plus, ne soyez pas toujours sur son dos ; les adolescents considèrent vite les conseils de leurs parents comme des contraintes. Mais restez vigilants, cela peut cacher autre chose : dépendance aux jeux, harcèlement, etc.

Bon à savoir

Réussir à ce qu'il prenne un bon petit déjeuner le matin n'est pas une mince affaire. Pour que votre adolescent en accepte l'idée, donnez-lui les bonnes informations plutôt que de le critiquer ou de le sermonner. Comme d'habitude, un enfant bien informé est un enfant qui se responsabilise. S'il le faut, le pédiatre pourra aussi vous seconder et lui donner de bons conseils.

POUR ALLER PLUS LOIN :
55. Je suis en surpoids, p. 143
96. Les repas chez les grands-parents, p. 249

120. JE VEUX ÊTRE VÉGÉTARIEN OU VEGAN

À L'ADOLESCENCE, CERTAINS ENFANTS CHOISISSENT LE VÉGÉTARISME OU LE VÉGANISME.

Les filles sont plus nombreuses que les garçons à faire ce choix qui peut être très personnel, ou influencé par les convictions d'un proche, d'un(e) ami(e), voire d'une célébrité. Votre enfant est peut-être aussi très attentif au respect des animaux, allant jusqu'à se revendiquer antispéciste. Parce qu'il veut imposer son point de vue, et se montrer responsable, il décide de changer d'alimentation.

VÉGÉTARIEN OU VÉGÉTALIEN ?

Il existe différents régimes végétariens.

- **Les ovo-lacto-végétariens : on ne mange pas de viande mais on consomme des œufs, du lait et des produits laitiers.**
- **Les lacto-végétariens : on ne consomme ni viande ni œuf, mais des produits laitiers.**
- **Les pesco-végétariens : on ne mange pas de viande, mais volontiers du poisson.**
- **Les ovo-végétariens : on ne consomme ni viande, ni de produits laitiers, mais les œufs sont acceptés.**

Le mode de vie **vegan** ou **végétalien** est souvent adopté par ceux et celles qui sont sensibles au respect des animaux. Ils refusent tout produit issu de l'exploitation animale : ils ne mangent donc ni viande, ni lait, ni œuf, ni miel, mais ne portent pas non plus de cuir, n'utilisent pas de cosmétiques testés sur les animaux, et ne vont pas au cirque ou au zoo.

UN CHOIX PLÉBISCITÉ PAR LES ADOS

C'est un sujet qui permet aux ados de se positionner et d'argumenter auprès de la génération précédente. Pour des raisons tout à fait louables, ils n'hésitent pas à se mobiliser pour la protection de l'environnement ou la cause animale, et dénoncent l'impact de l'agrobusiness ou de l'élevage industriel de masse.
Certains films ou vidéos ont marqué les esprits, en particulier le documentaire *Cowspiracy*[10] (la conspiration des vaches) diffusé depuis 2014 qui enquête sur le silence qui pèse sur l'élevage industriel alors que celui-ci est comme nous le savons une cause non négligeable de la dégradation de notre environnement (gaz à effet de serre par exemple).
Les jeunes sont souvent partie prenante des combats qu'ils estiment ne pas avoir été suffisamment reconnus ou défendus par leurs (grands-)parents. Parfois, cet engagement peut être contradictoire. Votre enfant s'élève contre l'élevage intensif, par exemple, mais réclame son hamburger au fast-food. Si certains se montrent sûrs d'eux et de leur choix, tous ne sont pas intimement convaincus. L'effet de mode, mais aussi l'effet de groupe, comme l'occasion de transgresser et/ou de s'opposer participent eux aussi à cet engouement. Parfois, c'est le manque d'informations qui influence le positionnement de l'adolescent, qui se nourrit essentiellement de messages courts et chocs, plutôt que d'articles de fonds.

Il est donc difficile, en tant que parent, de faire la part des choses et de savoir ce qui motive vraiment une telle décision. Par ailleurs, vous êtes peut-être tiraillé(e) entre votre propre certitude « Je sais ce qu'il y a de mieux pour mon enfant » et le discours de celui-ci, teinté de rejet « De toute façon, vous n'y comprenez rien ». L'objectif, ici, est de ne pas se braquer pour écouter, accompagner, et informer avec douceur.

10. https://fr.wikipedia.org/wiki/Cowspiracy

TUER EST UN CRIME
NE MANGEONS
PAS LES
FERMONS LES ABATTOIRS
VEGAN
J'PEUX PAS CHUIS VEGAN

LES INCONVÉNIENTS

Les viandes exclues par les régimes végétariens et surtout végétaliens sont riches en fer, en particulier en fer héminique, notamment les viandes rouges et les abats. Ce fer, d'un point de vue diététique, est celui qui est le mieux absorbé. Il montre la meilleure biodisponibilité pour se lier aux globules rouges et favorise donc l'oxygénation du corps, la croissance et la lutte contre les infections. Le fer non héminique, que l'on trouve dans les légumineuses, n'a pas le même rendement. Les végétariens doivent donc compenser le manque de fer quotidien, grâce à des gélules, par exemple.

Le régime végétalien est, lui, fortement contre-indiqué par les sociétés savantes pédiatriques chez les enfants et les adolescents. Pourquoi ? Justement à cause de ce risque d'anémie mais aussi du manque de calcium (les produits lactés sont indispensables pour la croissance des os en complément de la vitamine D que l'on trouve dans le poisson), de vitamines B12 ou de certains acides gras indispensables (notamment le DHA, acide docosahexaénoïque qui, là encore, se trouve exclusivement dans le poisson).

LES CONSEILS

Tout d'abord, menez l'enquête. Certains enfants n'osent pas s'opposer à leurs parents et dissimulent leur choix, jusqu'à se faire vomir après le repas, ce qui peut conduire à une anorexie. Si votre ado a vraiment décidé d'un nouveau régime, alors donnez-lui la possibilité de s'exprimer et attachez de l'importance à ce qu'il vous dit. Écoutez-le et faites un pas vers lui en proposant des menus végétariens pour toute la famille à certaines occasions.

Ne transformez pas sa motivation quelle qu'elle soit (son souhait de maigrir, son souci du monde animal ou de l'environnement) en conflit. Des rivalités générationnelles peuvent vite s'installer sur de tels sujets. En effet, le repas familial est le moment qui donne de la cohésion à la cellule familiale ; or le parent qui se donne du mal à élaborer des menus, ou celui qui adore la viande, se voit ici remis en cause. Ne vous trompez pas de combat : ce n'est pas de vous dont il s'agit mais de votre enfant et de ses propres expériences. Et votre rôle est de l'accompagner.

Voilà pourquoi vous éviterez de vous moquer de sa décision en lui disant qu'il fait fausse route, que c'est mauvais pour sa santé, que vous n'êtes pas d'accord. Une telle attitude ne ferait que le conforter à poursuivre, rien que pour s'opposer à vous. Au contraire, laissez-le argumenter et dialoguez ensemble. Vous éviterez aussi de vous transformer en sachant qui sait tout et de le comparer aux autres : cela le dévaloriserait.

Enfin, vous ne prendrez pas d'initiatives que vous pourriez regretter, en l'obligeant à manger de la viande, par exemple, ou en envisageant des sanctions. Si besoin, faites-vous aider par le pédiatre, le médecin traitant ou une personne en qui votre ado a confiance, notamment si vous remarquez une altération de son état de santé. S'il est fatigué (manque de fer ? de vitamine B12 ?), s'il fait des infections à répétition, s'il a des problèmes de mémorisation, s'il perd du poids, si ses cheveux deviennent fragiles, si sa peau change d'aspect, ou s'il a des troubles du transit, il est important d'intervenir. Abordez alors le sujet sous un angle hygiéno-diététique, sans le braquer, en lui donnant les bonnes informations.

Bon à savoir

Le choix de changer de régime ou de mode de vie peut aussi être une passade. Néanmoins, restez vigilants, et, si votre ado opte pour le véganisme, prudence ! S'il s'agit d'un projet familial, parce que vous-même, comme 4 % des Français, êtes végétalien, parlez-en à votre pédiatre en toute transparence et voyez dans quelles mesures vous pouvez associer votre enfant à ce choix.

POUR ALLER PLUS LOIN :

96. Les repas chez les grands-parents, p. 249

125. Je ne veux plus manger avec mes parents, p. 324

121. LA DROGUE, LES ADDICTIONS, ON EN PARLE

UNE ADDICTION EST UNE PATHOLOGIE CÉRÉBRALE DÉFINIE PAR UNE DÉPENDANCE À UNE SUBSTANCE (DROGUE, ALCOOL, TABAC) OU UNE ACTIVITÉ (JEUX VIDÉO, JEUX D'ARGENT...)

Les conséquences d'une addiction sont délétères. Mais bien entendu, avant d'en arriver là, vous allez tout faire pour repérer ce moment où l'adolescent bascule, lorsqu'il multiplie les occasions d'éprouver des sensations fortes.

LES SIGNES QUI DOIVENT VOUS ALERTER

Avant qu'il ne devienne « addict » ou « accro », certains signes doivent vous alerter :

- Une tendance à se négliger ou un changement dans son style (vêtements, coiffure, façon de parler...).
- Une baisse dans ses résultats scolaires ou des absences au collège, au lycée.
- De nouveaux amis, des codes inédits avec certaines de ses relations.
- Des secrets, une forme de mutisme ou de repli sur lui-même.
- Un besoin d'argent plus fréquent.
- La présence d'accessoires traînant dans sa chambre : pipe, tabac à rouler, mais aussi produits inhalés (laque à cheveux, vernis à ongles) à l'aide de chiffons ou de sacs en papier.
- L'apparition de collyres dans la salle de bains pour masquer des pupilles dilatées, ou la disparition de certains de vos médicaments sur ordonnance.
- Une grande fatigue.
- Des troubles alimentaires.

Vous serez particulièrement vigilants lors d'étapes difficiles pour lui ou votre famille : déménagement, divorce, conflits familiaux, violences, échec scolaire, chômage, situation de harcèlement, décès d'un proche, etc.

QUE PEUT-IL CHERCHER À CONSOMMER ?

Selon leurs rencontres, leurs expériences mais aussi en fonction de leur désir de transgression, les adolescents se tournent vers différents produits.

- **Le tabac.** Malgré les campagnes de prévention, les images chocs sur les paquets de cigarettes et l'augmentation de leur prix, le tabac est la première drogue consommée par les jeunes Français : 27 % des moins de 15 ans sont des fumeurs réguliers, une façon pour eux de transgresser.
- **Le vapotage.** L'engouement pour la cigarette électronique est très net chez les ados. C'est un nouveau produit, un objet esthétique, qui bénéficie d'un effet de mode sur les réseaux sociaux. Les jeunes peuvent faire leurs propres mélanges, prendre plaisir au protocole d'utilisation. Certains pensent que c'est moins dangereux que le tabac, ce qui est faux. Mais c'est une manière pour eux de se démarquer.
- **L'alcool.** Le binge-drinking est une alcoolisation excessive et ponctuelle. C'est une recherche d'ivresse intentionnelle, perçue parfois par l'ado comme un « rite », pour se mesurer aux autres ou appartenir à leur clan. Les dangers immédiats sont nombreux : perte de contrôle, accidents sur la voie publique, coma éthylique, dommages cérébraux.
- **Les conduites dopantes.** Les jeunes utilisent certaines substances pour affronter un obstacle, améliorer leurs performances, apaiser leur anxiété, augmenter leur concentration : cocaïne, cannabis (également appelé marijuana, joint, shit, beuh, weed, haschich...), médicaments (corticoïdes), compléments alimentaires, boissons énergisantes.

- **Les nouveaux produits de synthèse.** Ils sont désormais facilement accessibles sur le « dark web » : cannabinoïdes de synthèse, phénétylamines, etc.
- **Le gaz hilarant.** Le protoxyde d'azote (proto), très psychoactif, est actuellement particulièrement recherché, plus que le cannabis ou le poppers. Peu onéreux, il se trouve sans problème au supermarché, dans les cartouches pour siphon à chantilly. Peut-être avez-vous d'ailleurs remarqué toutes ces petites capsules métalliques qui traînent sur la voie publique ?
- **Les jeux d'argent et de hasard.** Attention à ces jeux en ligne de plus en plus nombreux qui peuvent s'avérer addictifs.

Pour en savoir plus, n'hésitez pas à consulter le site www.drogues.gouv.fr

QUE FAIRE POUR ÉVITER QU'IL NE CONSOMME ? QUELLE ATTITUDE ADOPTER ?

Bien entendu, l'essentiel est la façon dont vous accompagnez votre enfant puis votre ado avec amour, confiance, bienveillance et valorisation. Chaque petit événement de la vie doit être l'occasion d'adapter vos propres réactions aux siennes. Et c'est ce qui rend complexe le métier de parent : les années passent, vous ne le voyez pas grandir et un jour... il fume.

Parce qu'il a du mal à s'exprimer, à s'autonomiser, à devenir qui il est, à développer sa propre liberté, il tente des expériences, quitte à transgresser les règles. Plus les limites seront claires, cohérentes, sensées et surtout comprises des plus jeunes, plus elles inciteront l'adolescent à retarder l'expérimentation du tabac, de l'alcool ou de tout autre produit.

Néanmoins, si vous découvrez qu'il « consomme », il est probable que vous passiez par une phase de sidération, d'angoisse et de colère. N'agissez jamais sous le coup de vos émotions, mais ne faites pas non plus la sourde oreille. Prenez le temps de la réflexion, les deux parents, ensemble, même si vous êtes séparés.

- **Informez-vous sur les différents types de substances accessibles par les adolescents.** Il est nécessaire de connaître quels produits ils utilisent, quelle quantité, à quel rythme, comment ils se fournissent. Si vous n'utilisez pas les termes appropriés, si vous ne savez pas de quoi vous parlez, cela risque de convaincre votre enfant que vous ne comprenez décidément rien.
- **Évitez l'affrontement.** Lui interdire telle ou telle substance ou le punir ne va pas l'aider. La bonne attitude reste, là encore, de dialoguer, de l'écouter, et même de le valoriser. Ce n'est pas parce qu'il a fumé un joint que c'est la fin du monde ou qu'il est devenu complètement drogué. Il a tenté, expérimenté, transgressé. Voir que vous réagissez à son comportement peut le rassurer, lui prouver qu'il compte à vos yeux et que, ensemble, vous allez avancer. Avec le temps, il apprendra lui-même ce qui est bon pour lui, et ce qui l'est moins.
- **Enfin, n'oubliez pas qu'il vous observe.** Si vous êtes fumeur(se), si vous aimez l'alcool ou si vous-même jouez gros au casino, ne vous étonnez pas qu'il banalise ses propres expériences. De même, si vous lui avez confié ce que vous avez « consommé » quand vous étiez jeune, il est probable qu'il l'ait pris pour autorisation.

Bon à savoir

Bien entendu, si votre adolescent consomme régulièrement telle ou telle substance, faites-vous aider par un professionnel spécialisé (médecin, addictologue, psy). Des plateformes, comme Drogues Info Services (www.drogues-info-service.fr ou 08 00 23 13 13) peuvent aussi vous donner des informations essentielles. L'objectif est de ne pas rompre les liens qui vous unissent à votre enfant, de l'aider à grandir, à avancer dans la vie, tout en préservant sa santé psychique et physique.

POUR ALLER PLUS LOIN :
131. Il désobéit et se rebelle, p. 338
134. Je mens à mes parents, p. 344

122. JE VEUX MON TÉLÉPHONE PORTABLE

VOUS N'Y ÉCHAPPEREZ PAS ! C'EST L'OBJET LE PLUS CONVOITÉ PAR LES ADOLESCENTS ET LE SUJET QUI FÂCHE LA PLUPART DES PARENTS.

Votre ado argumente qu'il s'agit d'un outil indispensable, qui lui servira à la fois à communiquer mais aussi à travailler – évitez de rire, il est très sérieux ! Par ailleurs, « Tout le monde en a un au collège, et c'est trop la honte de pas être comme les autres ». Retenez deux choses essentielles : la première, c'est que lorsque votre enfant se met à réclamer un portable, il est déjà trop tard ; la seconde, c'est qu'il n'est pas idiot et qu'il vous a bien vus entretenir avec votre téléphone une relation de proximité, voire de dépendance.
Résultat, il considère que cet appareil lui est quasiment dû. En effet, la nouvelle génération utilise davantage un smartphone qu'un ordinateur portable. Il va donc être impossible de lui interdire de posséder le sien. C'est un outil de socialisation, de découverte, de mise en confiance, d'intégration et d'autonomisation. Alors, plutôt que lui opposer un refus, mieux vaut réfléchir : comment lui en confier un, à quel âge et selon quelles règles ?

LES RÈGLES

Grâce à de nombreuses et sérieuses études, on connaît aujourd'hui les effets délétères des écrans sur le développement de l'enfant. Ceux-ci ne sont pas sans risques car :

- **Ils impactent le cerveau (la lumière bleue bloque par exemple la production de mélatonine, l'hormone du sommeil).**
- **Ils favorisent le repli sur soi au sein de la famille.**
- **Ils peuvent créer une forme de dépendance.**
- **Ils troublent la concentration et l'attention.**

D'autre part, l'usage du portable, s'il n'est pas réellement encadré, peut devenir pathologique et entraîner une vraie souffrance psychique. Les jeunes se connectent de façon frénétique aux réseaux sociaux, croyant ainsi se construire une meilleure estime de soi, quand ils n'y parviennent pas dans la vie « réelle ». Attention à ce risque de pratique compulsive.
Voilà pourquoi des règles d'utilisation doivent être fixées, et ce, dès le premier appareil personnel. Parfois, vous aurez confié un téléphone à votre enfant avant l'âge de 10 ans, s'il effectue seul quelques déplacements notamment. Si tel a été le cas, vous lui aurez expliqué l'intérêt d'un usage modéré et approprié, et aurez choisi un modèle sans écran, pour bien insister sur le côté utilitaire et éviter les tentations.

Si vous accédez à sa demande, établissez des règles simples :

- **Ne pas conserver le téléphone dans sa chambre.**
- **Ne pas y avoir accès pendant les devoirs.**
- **Ne pas l'utiliser le soir dans son lit.**
- **Ne pas le regarder pendant les repas.**
- **Éviter son utilisation le matin au réveil, et dans les 2 heures qui précèdent le coucher.**
- **Favoriser le dialogue et les activités en famille.**
- **Garder un rythme de vie équilibré : régularité des repas, prise en compte du temps passé devant les autres écrans, maintien du sport, de la socialisation, etc.**

PROMOTION FLASH 50% PROMC
RÉPARATIC
Accessoires
Photocopies

LES AVANTAGES

Lorsque vous lui confierez son premier téléphone portable, après mûre réflexion avec lui, vous vérifierez qu'il a bien compris l'usage qu'il pourra en faire, tout en le valorisant et en l'assurant de votre confiance. Insistez sur le fait qu'il devient « grand » et qu'il est capable d'utiliser convenablement cet outil. Un tel discours devrait le responsabiliser.

Ainsi, il pourra profiter des bienfaits du portable, car oui, ils existent !

- **Confiance en soi**
- **Estime de soi**
- **Socialisation grâce aux groupes d'échange**
- **Responsabilisation**
- **Accès à l'information et aux nouvelles technologies**
- **Communication avec la famille et les proches**

Bon à savoir

Pour éviter que le smartphone ne devienne une véritable source de conflit, vous n'avez pas le choix : il faut établir un contrat de confiance tacite entre vous. Ne vous opposez pas à votre ado qui, en effet, a besoin d'un portable. Écoutez-le, accompagnez-le et décidez avec lui. Toute confrontation aggraverait son comportement et le conduirait, pour avoir la paix, à utiliser son appareil en cachette. Et ce n'est pas ici l'objectif.

Sachez qu'il n'y a pas d'âge idéal pour détenir son premier modèle, même s'il est conseillé d'attendre la classe de 5e. Tenez compte de la maturité de votre enfant, de ses capacités d'écoute, de son comportement au collège, de sa position dans la fratrie mais aussi de votre situation familiale (en cas de famille recomposée, par exemple, c'est aussi le moyen de rester en lien).

LE CONTRÔLE PARENTAL

Comment modérer l'utilisation du téléphone ? Tous les parents se posent la question. Certes, vous devez avoir confiance en lui, car c'est un point essentiel ; mais il n'est pas encore capable de réguler sa consommation d'écrans. Son cerveau préfrontal ne deviendra mature qu'à l'âge de 18 ou 20 ans. Or c'est cette zone cérébrale qui permet d'analyser les situations et de prendre les bonnes décisions, en particulier dans la gestion du temps.

Aussi, il semble bien légitime que les parents imaginent quelques limites pour mieux accompagner un usage raisonnable :

- **Commencer par un modèle ancien, non tactile et non connecté, ne serait-ce que pour quelques mois.**
- **Souscrire à un forfait limité quotidiennement et mensuellement, en termes d'appels, de SMS et de données.**

Cependant, évitez d'installer des applications de contrôle parental à distance : ce serait prouver à votre enfant que vous ne lui faites pas confiance. Et puis, cela ne servirait pas à grand-chose sur le long terme : il sera le premier à trouver comment contourner cette surveillance en cherchant sur le web. Veillez aussi à donner le bon exemple.

POUR ALLER PLUS LOIN :
68. J'aime trop les écrans, p. 176
99. J'adore les écrans, p. 257

123. JE ME COUCHE TARD LE SOIR, ET JE SUIS FATIGUÉ LE LENDEMAIN

IL VEILLE DE PLUS EN PLUS TARD… RÉSULTAT, LA FATIGUE SE LIT SOUS SES YEUX.

Un adolescent a besoin de dormir pour respecter la physiologie changeante de son organisme : accélération de la croissance, modification de la répartition des graisses, maturation neurologique, poussées hormonales. Cependant, il est constamment sollicité et multiplie les activités (réseaux sociaux, obligations scolaires, sport, interactions sociales et familiales). Alors, il veille de plus en plus tard et accumule une dette de sommeil.

LE SOMMEIL DES ADOS

Les besoins en sommeil sont plus importants à l'adolescence qu'à l'âge adulte, entre 8 à 10 heures par nuit. Pourtant, à cause de toutes ces activités qui mobilisent à chaque instant leurs fonctions cognitives, les jeunes retardent l'endormissement, et dorment généralement 7 heures par nuit, si ce n'est moins.
Leurs nuits se composent d'une succession de 5 à 6 cycles de sommeil, d'environ 90 minutes chacun, qui comprennent des phases de sommeil lent léger, de sommeil lent profond (qui aide à la récupération physique) et de sommeil dit paradoxal. C'est là qu'interviennent les processus psychologiques et cognitifs, comme les rêves et l'intégration de ce qui a été appris dans la journée.

LES SIGNES D'UN MANQUE DE SOMMEIL

Votre enfant ne vous confiera probablement pas ses problèmes de fatigue. Il cherchera plus volontiers à vous en cacher les signes, voire à les nier. C'est donc à vous de rester vigilants, et d'être dans l'échange, sans pourtant vous montrer intrusifs.

Intéressez-vous à ce qu'il fait et efforcez-vous de ne pas systématiquement lui interdire ce qui vous paraît nocif (les jeux vidéo, Instagram®, Snapchat®, TikTok®, Facebook®). Ces applis lui plaisent tant, qu'une interdiction serait la meilleure façon de l'inciter à les utiliser davantage. Prudence, donc. Mieux vaut lui demander de vous expliquer ce qu'il fait, sans le juger, mais sans empiéter sur son territoire.

Voici les signes qui doivent vous alerter :

- **Votre enfant vous paraît toujours épuisé, il est las, il se traîne, s'affale à table, n'est pas dans la conversation.**
- **Il a du mal à se réveiller le matin et zappe son petit déjeuner.**
- **Il se met à faire des siestes quand il revient de l'école.**
- **Il a tendance à s'endormir pendant les cours – restez au contact des enseignants pour l'apprendre assez tôt.**
- **Il se plaint de ne pas arriver à retenir ses leçons, il a des problèmes de mémoire, de concentration et de motivation, ses résultats scolaires sont en baisse.**
- **Il semble abattu, voire un peu déprimé, il se met en colère ou fond en larmes facilement.**
- **Il prend du poids.**

Vous éviterez de lui tomber dessus tout de suite « À quelle heure t'es-tu encore couché ? », car c'est la meilleure façon de le bloquer. Le ton de la confidence sera plus adapté : « Bon, allez, tu peux me le dire à moi, tu n'aurais pas par hasard une nouvelle appli qui perturbe ton sommeil ? »

La plupart des ados montrent des signes de fatigue sans pourtant se coucher à des heures indues. Ne l'accusez pas tout de suite et entrez dans le dialogue. Expliquez-lui que sa tendance à être un « couche-tard » (s'il décale son heure de coucher de 2 heures) entraîne un retard de phase : s'il s'endort tard, le réveil sera difficile, et aura des conséquences sur sa scolarité.

LES CONSEILS

- **Ne pas hésiter à établir une routine du coucher, avec une légère collation ou une tisane, par exemple.**
- **Garder sa chambre fraîche (jamais plus de 18 °C si possible), aérée fréquemment.**
- **N'utiliser son lit que pour dormir et non pour envoyer des textos ou naviguer sur les réseaux ; le lit doit être associé au sommeil. Mais hélas on sait combien il en va autrement dans la réalité : faites-lui comprendre que détente et communication sont à équilibrer.**
- **Éviter les siestes, surtout au retour de l'école.**
- **Faire de l'exercice tous les jours (marcher pour aller au collège, faire du vélo, pratiquer des activités physiques et sportives), mais pas le soir ; cela régulera les neurotransmetteurs et favorisera l'entrée dans le sommeil à la bonne heure.**
- **Respecter un rythme entre ses différentes activités (école, sport, loisirs, famille, amis) qui lui permette aussi d'avoir des temps de repos ; ne rien faire parfois n'est pas forcément mauvais.**
- **Éviter les excitants (thé, café, boissons énergisantes).**

Bon à savoir

À l'adolescence, certaines pathologies du sommeil peuvent apparaître : insomnie, retard de phase, apnées du sommeil, somnolence dans la journée, hypersomnie, narcolepsie... L'appui d'un professionnel de santé sera alors nécessaire. N'hésitez pas à en parler à votre pédiatre.

- **Faire attention à l'alcool qui séduit les jeunes de plus en plus tôt (parfois entre 12 et 14 ans) pour faire comme les grands ; et rester vigilant quant à l'usage du cannabis : votre ado ne vous préviendra pas qu'il vient de fumer son premier joint.**
- **Gérer les écrans, sous le conseil des parents ; certains contenus ont un effet excitant et la lumière bleue diffusée par l'objet lui-même inhibe la sécrétion de mélatonine, nécessaire à l'endormissement.**

L'idée n'est pas de lui interdire l'accès des écrans, il en a besoin et pour ses études et pour se socialiser. Cependant établissez des règles de conduites en fonction de son âge, de ses activités : téléphone posé dans le couloir, notifications du portable coupées, écrans pas dans la chambre, usage d'une horloge. N'oubliez pas de lui faire confiance et non de le fliquer en permanence : les résultats seraient contre-productifs.

POUR ALLER PLUS LOIN :

124. Je ne veux pas quitter mon lit, p. 321
126. On dit que je fais ma crise d'adolescence, p. 326
127. C'est *ma* chambre ! p. 328
131. Il désobéit et se rebelle, p. 338
146. Je veux devenir influenceur, p. 371

124. **JE NE VEUX PAS QUITTER MON LIT**

POUR L'ADOLESCENT, SON LIT EST UN REPÈRE, UNE SORTE DE QUARTIER GÉNÉRAL.

À cet âge-là, votre enfant a besoin d'un minimum de 8 heures de sommeil par nuit, voire davantage, car il dépense beaucoup d'énergie la journée :

- **Son corps est en pleine croissance.**
- **Il se métamorphose, en particulier sur le plan hormonal.**
- **Il se projette psychiquement dans l'avenir, réfléchit, pense.**

Peut-être avez-vous donc remarqué, depuis quelque temps, que votre enfant (fille ou garçon) a tendance à se retrancher dans sa chambre et à ne plus vouloir quitter son lit.

MON LIT, MON REFUGE

Le lit n'est pas qu'un lieu pour dormir pour l'adolescent. C'est un cocon, un refuge, un nid douillet et intime. Personne ne l'y dérange et, inconsciemment, il retourne un peu au stade fœtal. Bref, l'adolescent est toujours bien dans ce lit qui jamais ne le déçoit, sauf si ses parents débarquent à l'improviste pour exiger qu'il en sorte.

C'est aussi son meuble à tout faire, comme se lamentent souvent les parents. Il peut s'y étaler de tout son long et garder tout ce dont il a besoin à portée de main :

- **Son paquet de biscuit**
- **Son smartphone**
- **Un livre de cours**
- **Son ordinateur**
- **Sa tasse de thé ou son verre de lait en équilibre instable**
- **Quelques photos**
- **Ses objets fétiches**

La très grande majorité des ados se servent donc de leur lit pour y faire autre chose que dormir. Certains y passent 1 ou 2 heures par jour, souvent devant un écran, après avoir fermé la porte de cette chambre qui est leur grotte, dans laquelle personne ne doit pénétrer sans autorisation (c'est même écrit noir sur blanc...).

Affalé sur son lit, l'adolescent se rassure et se construit beaucoup plus que ne peuvent l'imaginer ses parents. Vous aimeriez qu'il se lève tôt, prenne un bon petit déjeuner, se brosse les dents, se peigne et s'assoie à son bureau dès 8 heures ? Rassurez-vous, un ado qui traîne au lit est parfois nettement plus productif que s'il était convenablement installé à son bureau ou à la table familiale. Il est probablement connecté en ligne depuis son QG : il explore le net, se documente, échange sur les réseaux sociaux. Il fait bien « quelque chose ».

UN PROBLÈME DE SOMMEIL ?

Bien entendu, son attirance pour son lit ne doit pas vous empêcher de veiller au respect des temps partagés en famille et de son équilibre personnel. Acceptez qu'il y passe de bons moments, qu'il ait du mal à se réveiller en semaine, qu'il ait droit à un lever plus tardif le week-end mais restez vigilant(e) pour repérer d'éventuels troubles psychiques ou physiques.

À l'adolescence, les cycles du sommeil changent en même temps que le mode de vie de votre enfant. Toutes ces transformations, tous ces questionnements vont impacter la qualité de son endormissement, de ses cycles de sommeil, de sa récupération pendant qu'il dort et de son réveil. Il ne sera pas toujours dans les meilleures dispositions pour aller prendre un bon petit déjeuner.

L'omniprésence des écrans peut aussi venir fragiliser ce sommeil ; vous serez attentif(ve) et vous montrerez constructif (ve) pour réguler l'utilisation de ces objets. Il se peut aussi que vous ayez déjà autorisé certaines sorties le soir ; là encore, vous devrez ouvrir l'œil et repérer la consommation d'alcool ou de stupéfiants puisque, bien entendu, il ne vous en parlera pas.
La qualité de la relation parent-enfant va également jouer dans l'opposition, le conflit et donc le sommeil. Enfin, n'oubliez pas les nombreux facteurs de stress : école, relations sentimentales, place et rôle au sein du groupe de pairs, craintes liées à l'environnement, à l'avenir. La sérénité n'est pas toujours au rendez-vous dans la tête et le cœur d'un ado, ce qui là encore impacte son sommeil.

S'il fait du somnambulisme, s'il a tendance à être fatigué dans la journée, s'il devient agressif, si ses résultats scolaires diminuent, si sa socialisation vous paraît se dégrader, s'il vous évite de plus en plus, vous ou ses frères et sœurs, intervenez. Il vous faudra évoquer la situation avec lui, l'écouter, le mettre en confiance, ne pas le juger et éventuellement consulter un médecin ou un psychologue. L'objectif est de détecter ces différents troubles pour l'aider à retrouver de l'énergie.

Bon à savoir

Faites comprendre à votre ado que, sous votre toit, personne ne s'enferme à clé. Sa chambre fait partie de l'univers familial. Vous respecterez l'accès à sa tanière et frapperez avant d'entrer. Comme lui-même respectera l'accès à votre chambre ou à la salle de bains. Il n'a pas besoin de verrouiller son antre.

LES CONSEILS

- **La chambre d'un ado, c'est sa forteresse** et seul lui peut y entrer. C'est une manière pour lui de s'affirmer dans une forme de résistance. Plus vous chercherez à le convaincre de quitter son lit, plus il considérera que les murs de sa forteresse ne sont pas assez épais.
- **Évitez toute remarque qui serait considérée comme dévalorisante** par votre ado : « C'est pas possible de glander autant ! » Dialoguez, parlementez, ne vous opposez pas.
- **Faites-en sorte qu'il se sente bien dans sa chambre** et dans son lit. Participez au rangement ou au ménage, proposez-lui de changer ses draps.
- **Surtout, ne déplacez pas ses objets fétiches,** disposés à proximité du lit. Vous pouvez ranger mais remettez les choses à leur place. Si une affiche violente est placardée dans sa chambre (à caractère érotique ou chargée d'hémoglobine), ne l'arrachez pas mais n'hésitez pas à communiquer positivement avec lui à son sujet. S'il la partage avec un frère ou une sœur, faites-lui comprendre que le tact et la mesure seraient les bienvenus.
- **La télé n'est pas conseillée dans la chambre** et même à éviter… ; elle est à partager en famille ou quand il souhaite regarder un film, une série dans le salon.
- **L'ordinateur, lui, aura lui toute sa place** pour les raisons que nous avons vues ; mais vous veillerez à son bon usage.

POUR ALLER PLUS LOIN :
123. Je me couche tard le soir, et je suis fatigué le lendemain, p. 319
126. On dit que je fais ma crise d'adolescence, p. 326
127. C'est *ma* chambre ! p. 328
131. Il désobéit et se rebelle, p. 338

125. JE NE VEUX PLUS MANGER AVEC MES PARENTS

IL NE VEUT PLUS PARTAGER SES REPAS AVEC VOUS CAR, DE TOUTE FAÇON, « VOUS NE COMPRENEZ RIEN ! »

Les adolescents marquent leur opposition de différentes façons : ils peuvent refuser d'obéir, installer un sens interdit sur la porte de leur chambre ou encore utiliser le repas, l'alimentation, pour faire valoir leur point de vue.

POURQUOI L'OPPOSITION ?

À l'adolescence, l'enfant entre dans une phase de séparation, d'individuation. Il construit son identité. Et cette opposition peut s'inviter à l'heure des repas : il refuse par exemple de se mettre à table, ou est toujours en retard pour dîner. C'est une attitude assez fréquente, qui marque son autonomisation et son affirmation. Il se libère des valeurs et des repères des adultes qui l'entourent.

Quel que soit le sujet, filles et garçons se mettent facilement en colère, contestent ce qui vient de vous, refusent de se plier aux règles, s'agacent très rapidement, quitte à se montrer un peu hostiles. Toutes ces réactions peuvent arriver lors d'un repas au détour d'une remarque « Tu as l'air fatigué... », d'une question « Ça a été l'école ? » ou d'un regard inquisiteur de la part d'un frère ou d'une sœur. L'adolescent, qui n'a pas encore une capacité de recul très élaborée, va réagir au quart de tour, se sentant méprisé, jugé, voire humilié, lui qui a tant besoin d'être valorisé et reconnu.

Le repas est donc pour certains un moment délicat à gérer. Ce n'est jamais le bon moment parce qu'ils ont autres choses à faire, et ils ne sont pas d'humeur à raconter leur journée surtout si elle s'est mal passée. Tous les ingrédients sont réunis pour un dîner explosif.

Les parents, eux, sont tiraillés : ils veulent que les règles hygiéno-diététiques et familiales soient respectées (équilibre alimentaire, régularité des repas, convivialité) mais connaissent aussi la susceptibilité de leur ado. Ils savent que toutes ces transformations, physiologiques et psychiques, ne dureront qu'un temps et qu'il faut faire preuve de patience.

L'ÉQUILIBRE ALIMENTAIRE

L'alimentation d'un adolescent est très importante, pour combler les besoins nécessaires à sa croissance rapide. Il est donc légitime que ses parents veillent à son équilibre diététique. Quels sont ces besoins ?

- **Le petit déjeuner.** C'est le repas le plus important et il se compose de plusieurs aliments : du pain complet ou des céréales, un fruit, un produit laitier et une boisson permettront à votre enfant de conserver un bon équilibre énergétique pendant toute la matinée. S'il n'a pas faim, conseillez-lui de prendre sa douche le matin pour lui ouvrir l'appétit.
- **Le déjeuner.** Souvent pris sur le pouce (cantine, fast- et junk-food) avec ses copains, ce repas recharge les batteries de l'adolescent. Il marque aussi une pause salutaire dans son travail de concentration.
- **Le goûter.** Dès son retour à la maison, il se jette sur tout ce qu'il trouve dans le frigo ou les placards ? Ne freinez pas son élan sous prétexte que vous allez bientôt dîner ; ce qui compte, c'est le fruit ou le verre de lait qu'il prendra... aussi.

• **Le dîner.** Si votre ado s'est nourri convenablement depuis le matin, le dîner peut être léger. Trop manger le soir favorise le surpoids. Alors, donnez l'exemple. Le dîner est aussi un moment convivial : chacun est là, avec quelque chose à raconter… ou pas. Ne lui arrachez pas les mots de la bouche, il doit se sentir libre. Il est possible que vous l'appeliez trois fois pour qu'il daigne quitter son écran et vous rejoigne ; ne vous énervez pas, soyez tolérant(e) mais restez ferme, et si besoin rappelez-lui les règles établies de la maison. L'idée est que le repas du soir soit agréable.

LES CONSEILS

• **Ne le forcez pas à manger :** votre enfant ne mourra jamais de faim, sauf en cas de troubles du comportement alimentaires grave.
• **Respectez ses préférences ou ses phobies éventuelles** (poisson, laitages, viande) ; il y a probablement une raison qu'il doit apprendre à identifier et réguler avec le temps.
• **Le repas doit rester un moment convivial.**
• **Prenez votre temps,** mais si votre ado a quelque chose d'urgent à faire, tenez en compte et autorisez-le exceptionnellement à sortir de table.
• **Interdisez les écrans à table,** votre propre téléphone compris.
• **Soyez dans le conseil :** « Tu devrais goûter… » ; et non dans la contrainte : « Finis ton assiette ! »
• **Ce n'est plus un enfant,** mais un ado : soyez respectueux(se).
• **Il doit avoir envie de vous rejoindre à table ;** évitez de parler de sujets qui le fâchent, le contrarient, et s'il n'a pas envie de parler, respectez son silence ou sa pudeur.
• **S'il a besoin de « sauter » un repas,** acceptez ponctuellement ; faites-lui confiance.
• **Rappelez les règles établies au sein de la famille :** respect des horaires, respect des efforts entrepris pour préparer le repas.
• **Faites-le participer aux listes de courses,** aux menus.
• **De temps en temps, une soirée pizza** ou une crêpes party fait plaisir à tout le monde.

Bon à savoir

Des Troubles du Comportement Alimentaire (TCA) peuvent apparaître à l'adolescence. Leurs causes sont multiples (environnementales, psychologiques, parfois biologiques), ce qui rend leur approche difficile et leur traitement complexe.
Ils se traduisent par :
- **Une anorexie dite mentale :** l'ado (90 % sont des filles) refuse de maintenir son poids dans une valeur minimale adaptée.
- **La boulimie nerveuse :** là encore, ce trouble atteint les filles (90 %) qui pourtant conservent un poids normal.
- **L'hyperphagie boulimique :** elle touche autant les garçons que les filles qui présentent alors un surpoids, voire une obésité.

Tâchez de rester attentifs sans être intrusifs et de l'informer sans l'affoler. Dans tous les cas, surtout ne culpabilisez pas votre enfant, mais ne vous rendez pas responsable non plus. Ces TCA sont à prendre au sérieux : il faut vous faire accompagner par un thérapeute (pédiatre, pédopsychiatre) dès les premiers symptômes, et parfois envisager une hospitalisation.

POUR ALLER PLUS LOIN :

96. Les repas chez les grands-parents, p. 249
119. Je n'ai plus faim le matin, p. 309
120. Je veux être végétarien ou vegan, p. 311
126. On dit que je fais ma crise d'adolescence, p. 326

126. ON DIT QUE JE FAIS MA CRISE D'ADOLESCENCE

L'ADOLESCENCE, C'EST UNE SORTE DE PASSAGE DE L'ENFANCE VERS L'ÂGE ADULTE, QUI SE FAIT EN PLUSIEURS ÉTAPES SUR UNE DURÉE VARIABLE.

Tout démarre avec les sécrétions hormonales qui vont enclencher des changements corporels (croissance, mue de la voix, pilosité, développement des seins ou du pénis, acné), une maturation des organes de reproduction (ovaires, testicules) et bien entendu des changements de la personnalité et donc du comportement.

L'ADOLESCENCE, UNE NOTION RÉCENTE

Jadis, on ne se préoccupait guère de cette phase adolescente : la famille imposait son rythme, ses valeurs, ses repères et les enfants devaient suivre. On ne se posait pas tant de questions : ils avaient « leurs hormones » mais tout cela passerait avec le temps !

Désormais, dans nos sociétés occidentales, cette période de transition est prise en compte pour le bien-être du futur adulte, afin qu'il se développe en confiance, construise son identité, trouve sa place et arrive à se projeter dans l'avenir. Ce vaste chantier lui permet de s'émanciper de ses parents, et pas toujours en douceur. Ce passage vire parfois à ce que l'on appelle la « crise d'adolescence », une opposition nécessaire. C'est non seulement normal, mais bon signe. La vivre à retardement à 40 ans est autrement plus délicat pour tout le monde.

L'adolescence commence donc avec le début de la puberté, et tous les signes qui l'accompagnent lorsque les fameuses hormones sont libérées en grande quantité. Chez les filles, elle arrive en général entre 11 et 13 ans, et chez les garçons entre 12 et 15 ans.

UN PASSAGE PLUS OU MOINS DIFFICILE

Un ado, selon l'Organisation Mondiale de la Santé, c'est une personne entre 10 et 19 ans. Cette large représentation concerne donc 20 % de la planète.

- **La majorité des ados se disent bien dans leur peau (85 %) et ce sont souvent les garçons qui vivent mieux cette période que les filles.**
- **30 % des ados se trouvent trop gros, dont 44 % de filles.**
- **À 15 ans, 50 % des jeunes ont échangé leur premier baiser.**

L'adolescence est malheureusement une période douloureuse pour certains :

- **1 ado sur 4 connaît des troubles du sommeil.**
- **8 à 10 % souffrent de troubles du comportement alimentaire : orthorexie, anorexie, boulimie, hyperphagie…**
- **5 à 8 % des jeunes reconnaissent s'être scarifiés ou fait mal volontairement.**
- **Le suicide est la 2e cause de mortalité chez les 15-25 ans.**

Attention, si vous sentez que votre enfant « plonge », que la situation vous échappe, n'hésitez à vous faire aider : votre pédiatre, un pédopsychiatre, des centres spécialisés comme la Maison des Adolescents, le Point Accueil Écoute Jeune, le Réseau d'Écoute d'Appui et d'Accompagnement des Parents (REAAP) sauront répondre à vos doutes, vos inquiétudes.

UN « MAL » POUR UN BIEN ?

En dehors des modifications physiques liées aux hormones, cette période nécessaire de métamorphose permet à l'adolescent d'atteindre quatre objectifs :

- **accepter son corps désormais sexué ;**
- **rompre les liens de dépendance avec ses parents ;**
- **réguler ses émotions, grâce au développement de son cerveau préfrontal ;**
- **se projeter dans l'avenir.**

Comme le disait Françoise Dolto, « Devenir adulte, c'est plaquer ses parents ». C'est un choc, mais c'est indispensable. En effet, l'ado a besoin de considérer son père et sa mère comme des individus différents de lui, appartenant à une autre génération. Cette opposition apparente lui permet d'affiner et d'affirmer sa propre identité. Ne cherchez pas à être son copain ou sa meilleure amie.

Bon à savoir

Mieux vaut accepter d'être dérouté et un peu perdu devant les réactions de son ado. N'ayez jamais honte de vous renseigner, de ne pas réagir à bon escient ou de demander de l'aide. La perfection n'existe pas et il ne faut pas chercher à tout maîtriser : pour un ado, avoir des parents parfaits et irréprochables rend le processus d'individuation plus difficile encore. Acceptez de perdre une partie de votre « pouvoir » pour éviter d'entrer en conflit pour des choses qui n'en valent pas la peine. Faites confiance à votre ado et... faites-vous confiance.

LE RÔLE DES PARENTS

Votre rôle est essentiel. L'adolescence de votre enfant suppose d'accepter qu'il prenne son envol, sans vous mettre en travers de son chemin par des attitudes, conscientes ou non, qui le dévaloriseraient. C'est une nécessité anthropologique.

Vous devez donc procéder non seulement à des retraits d'investissement (en d'autres termes, cesser de vous projeter sur lui et d'en faire trop), mais également à des déplacements d'investissement sur d'autres objets ou objectifs (découvrir ensemble, le laisser vous surprendre).

C'est un travail intense et quotidien : il ne s'agit pas de vous effacer, mais d'apprendre à donner davantage de place à ce jeune adulte qui devient papillon et doit voler de ses propres ailes. Et ce, tout en restant pour lui un soutien fiable, stable et surtout présent, car l'ado passe facilement d'une phase de rejet à une phase de dépendance ; il a besoin de s'éloigner autant que de se rassurer.

Si les parents sont séparés, il est essentiel qu'ils restent en phase et s'accordent sur les messages qu'ils transmettent. Il est incontournable de se parler pour se mettre d'accord sur les règles et les limites dites essentielles de l'éducation. En cas de dissonance, l'enfant sera toujours le grand perdant de ces conflits. Ces règles valent évidemment pour les beaux-pères et belles-mères qui partageraient la vie de l'enfant.

POUR ALLER PLUS LOIN :
114. Je suis complexé par mon image, p. 294
124. Je ne veux pas quitter mon lit, p. 321
127. C'est *ma* chambre ! p. 328
134. Je mens à mes parents, p 344

127. C'EST MA CHAMBRE !

VOTRE ENFANT VIENT D'ACCROCHER UNE PANCARTE SUR LA PORTE DE SA CHAMBRE. DEVANT CE « PRIVATE » OU TOUT AUTRE MESSAGE DU MÊME ACABIT, VOUS RESTEZ PANTOIS.

ENTRE BESOIN D'INDÉPENDANCE ET BESOIN DE SÉCURITÉ

Sa chambre est désormais son antre et vous n'avez plus le droit d'y entrer, même pour y bavarder un instant ou y déposer son linge ! N'oubliez pas que votre enfant a besoin de s'éloigner, tant sur le plan physique que psychique, pour mieux se structurer. Cependant, son message est double : « Laisse-moi prendre de la distance, mais surtout... ne me lâche pas ».

Pour prendre son envol, l'ado se doit d'entrer dans des processus dits « interactifs » qui lui permettent de marquer son territoire. Comment ? En imposant ses propres règles « Tu frappes avant d'entrer », ou en affirmant sa liberté de penser « Je ne t'ai pas sonné(e) ».

Mais il peut aussi aller plus loin et frôler le danger, pour lui ou pour autrui : la violence, l'addiction, la prise de risques, le secret sont des moyens d'expression autrement plus délétères. Les parents doivent être en mesure de décoder ces excès, qu'ils se passent sous leur toit ou à l'extérieur : l'opposition, la colère, les revendications, une fugue, un vol, des troubles du comportement alimentaire, sont des signes qu'il est essentiel de reconnaître.

Le repli sur soi et dans sa chambre, lorsqu'il est excessif, en est un. Il y a une différence entre l'ado qui prie « le manant de passer son chemin » en placardant une affiche sur sa porte et celui qui vous jette dehors alors que vous avez frappé avant d'entrer. Si vous pouvez sourire mais respecter les velléités du premier, il vous faudra prendre le temps d'échanger et de creuser avec le second. Sans trop en faire, non plus, au risque d'être taxé(e) de « relou ».

LA RÉACTION DES PARENTS

Les parents réagissent différemment. Certains se sentent dépassés et laissent faire ; mais l'ado manque alors de limites, donc de sécurité. D'autres répondent en miroir et tombent dans l'agressivité, physique ou psychologique ; seuls les « méfaits » de l'enfant sont ainsi pointés du doigt, ce qui n'est pas bon pour sa construction. Dans d'autres cas, les parents ne sont pas d'accord : l'un respecte le désir d'autonomie de l'adolescent quand l'autre s'y oppose ; les repères deviennent flous pour celui qui est pris à témoin, et perturbé par deux messages « Fiche-lui la paix, tu vois bien que tu le déranges... » d'un côté, et de l'autre « C'est un manque de respect ! »

Très souvent néanmoins, les parents veulent bien faire et cherchent à comprendre. Ils aimeraient que leur enfant explique son comportement, raconte ce qui le tracasse, dise pourquoi il s'est levé de table/a rabroué sa sœur/a claqué la porte. Mais ils restent souvent sur leur faim car, en essayant de trouver du sens à ce qui se passe, les adultes se projettent, en fonction de leur propre vécu et surtout de leur maturité, ce qui n'est pas le sujet. La plupart du temps, les jeunes ne savent pas du tout pourquoi ils pensent, ressentent et réagissent de telle ou telle façon. Ils oublient et passent à autre chose... dans leur chambre !

SA CHAMBRE, SON REPÈRE

Ce qui est certain, c'est que votre enfant a besoin de son « sas » de sécurité. Et la chambre joue ce rôle. Quand il fuit ou s'oppose à la situation, ne cherchez pas à poursuivre la conversation « chez lui ». Prenez de la distance et prenez le temps : il reviendra vers vous d'une manière ou d'une autre, et vous pourrez alors échanger à distance du conflit.

STOP

Bien sûr, son antre représente à vos yeux le lieu de tous les dangers : les jeux, les addictions, les réseaux, la flemme. Vous avez envie de lui dire qu'il devrait en sortir, aller se balader, voir ses copains, faire du sport. Pourtant, la notion de territoire est essentielle pour un adolescent. Dans sa chambre, il y a ses repères, ses objets fétiches, son désordre tout personnel, son odeur même !

Attention donc si vous souhaitez passer un coup de balai en son absence :

- **Demandez-lui s'il est d'accord, en argumentant sur le plan de l'hygiène.**
- **Trouvez un accord : dites-lui que vous ne fouillerez pas dans ses affaires, que c'est sa vie, et respectez votre engagement.**
- **Encore mieux, il peut passer l'aspirateur au moins une fois par semaine.**

Ce qui vaut pour vous, vaut aussi pour le reste de la famille. Ses frères et sœurs doivent respecter ce lieu d'émancipation pour éviter tout conflit du type « Qui a fouillé dans ma chambre ? » ou « Qui m'a pris ma trousse ? ». Ce qui compte, c'est que l'adolescent retrouve son « chez lui » comme il l'a laissé… en plus propre.

LES CONSEILS

Naturellement tout dépend de la façon dont votre ado traverse cette période. Et du lien de confiance qui s'est installé dans la cellule familiale, de son estime de soi et de bien d'autres choses. Sa chambre, c'est son seul bien ou presque. Il y a ses odeurs, son lit, c'est sa grotte. Quelques conseils, cependant :

- **Encouragez votre enfant à donner son point de vue et écoutez-le. Lorsqu'il est prêt à le recevoir, donnez-lui votre avis, au calme, en dehors de toute crise, pour trouver des compromis (règles pour entrer, calendrier de ménage…).**
- **Ne le harcelez pas à cause du désordre : pour lui, ça n'en est pas. De même, laissez-le gérer sa poubelle.**
- **N'oubliez pas de relever tout ce qu'il fait de bien, même si vous estimez que ce n'est pas assez. Valorisez-le, sans trop en faire, il n'est pas nigaud…**
- **N'entrez jamais dans sa chambre sans frapper.**
- **Si votre ado la partage avec un frère ou une sœur, des conflits de territoire peuvent apparaître, même si vos enfants ont déjà appris à se respecter. L'ado cherchera alors à s'isoler autrement (dans un coin du salon ou à l'extérieur avec des amis).**
- **En cas de famille recomposée, il aura une chambre chez chacun de ses parents, partagée ou pas, avec des repères différents. Ses réactions ne seront pas forcément les mêmes, mais la notion de territoire aura toujours son importance, voire davantage à un endroit qu'à un autre.**

Bon à savoir

N'hésitez pas à favoriser des rencontres dans sa chambre, s'il l'accepte : montrez-lui que vous vous intéressez à certains de ses jeux, ou demandez-lui de l'aide en profitant de ses talents pour le numérique. Vous pouvez aussi, tout simplement, vous asseoir sur son lit pour échanger sur un sujet qui vous intéresse tous les deux. Il sera certainement ravi de vous accueillir « chez lui » ou de se sentir utile en vous apprenant quelque chose.

POUR ALLER PLUS LOIN :

60. J'apprends à ranger, p. 154
126. On dit que je fais ma crise d'adolescence, p. 326
134. Je mens à mes parents, p 344

128. JE N'AIME PAS MON PRÉNOM

VOUS AVEZ CHOISI SON PRÉNOM AVEC BEAUCOUP D'AMOUR ET VOILÀ QUE VOTRE ENFANT VEUT EN CHANGER !

Notre prénom nous accompagne toute la vie et il a une importance primordiale. C'est le mot que nous allons entendre le plus, même s'il est porté par d'autres. Il structure donc notre image de soi, il donne corps à notre être, et ce, dès le plus jeune âge : un nourrisson de 9 mois tourne la tête vers qui prononce son prénom ; il le reconnaît et plus tard, l'associe au « je ».

LE CHOIX DU PRÉNOM, UNE PROJECTION PARENTALE

Au contraire du prénom, le nom de famille n'est pas sujet à débats : stable, transmissible, il témoigne du lien transgénérationnel sous de nombreux aspects, dit quelque chose de notre culture, lignée, histoire, environnement, religion, clan, etc. Le prénom, lui, est le prolongement d'un projet parental : les parents se projettent, et ce n'est pas pour rien que la réflexion commence très en amont de l'accouchement.

Le choix d'un prénom est rarement dû au hasard : on s'inscrit dans une famille (prénom d'un ancêtre), on rend hommage à un homme ou une femme qu'on apprécie (acteur, écrivain), on aime telle sonorité ou telle rythmique, on est influencé par des tendances, on respecte des traditions ou on choisit un prénom qui en dit long sur le sexe qu'on souhaite pour son enfant.

Quand celui-ci grandira, il est essentiel de lui raconter comment vous avez choisi son prénom. Et mieux vaut qu'il sente que cette décision a été prise par amour et non pas obligation : porter le prénom d'un aïeul décédé peut être assez encombrant.

Par ailleurs, le prénom n'a pas pour seul rôle de nous identifier, grâce au « signifiant », mais il est en lui-même porteur de « signifiés » : un prénom composé renverra volontiers à un milieu social traditionnel quand un prénom régional ou étranger fera le lien avec l'attachement aux origines. Tout ceci peut être expliqué à votre enfant.

POURQUOI VEUT-IL CHANGER DE PRÉNOM ?

En grandissant, certains enfants, plus souvent les filles que les garçons, n'aiment plus leur prénom. Freud a lui-même changé le sien à l'âge de 22 ans : de Sigismund, il est devenu Sigmund ! Cela arrive quand le signifiant et le signifié provoquent un décalage psychique chez l'enfant. Une souffrance peut alors s'installer entre la charge symbolique du prénom et ce que l'ado désire être réellement.

Pourquoi rejeter qui l'on est ? « Ne pas aimer son prénom, n'est-ce pas ne pas s'aimer soi-même ? » s'interrogeait Françoise Dolto. Les raisons de ce désamour ne manquent pas :

- **L'enfant subit des moqueries à l'école ou au collège.**
- **Il éprouve un mal-être, manque de confiance en lui et a l'impression que changer de prénom arrangera les choses.**
- **Son prénom est aussi porté par quelqu'un qu'il n'apprécie pas.**
- **Son prénom fait écho à une actualité déplaisante.**
- **Il porte le prénom d'un proche qui a eu un comportement violent, sur le plan physique ou moral.**
- **Il souhaite se distinguer avec un prénom plus rare, plus original.**
- **Il essuie des réflexions racistes ou sexistes à cause de son prénom.**
- **Les fantasmes, les projections et les désirs de ses parents sont oppressants ; symboliquement, il aimerait s'en libérer.**

QUE FAIRE S'IL INSISTE ?

Il vous faudra d'abord écouter votre enfant, ne pas banaliser ce que vous estimez être une drôle d'idée. S'il se confie à vous, s'il parvient à verbaliser ce qui le dérange, c'est déjà beaucoup. Mieux vaut exprimer sa souffrance plutôt que de la taire en devenant adulte. Alors, accordez de l'attention à sa requête, laissez-le parler.

Certes, il vous sera difficile d'entendre votre ado remettre en question ce que vous avez choisi pour lui il y a longtemps. Le conflit peut vite arriver puisque son désir à lui est, pour vous, une blessure narcissique. Essayez de le reconnaître avant de refuser tout net sa demande. Interrogez-vous : votre choix a-t-il été dicté par un parent plus que l'autre ? Avez-vous été influencé(e) par des raisons qui vous ont échappé alors ? Il va vous falloir être en phase avec votre fils ou votre fille, car, dans le cas contraire, vous ne ferez que le conforter dans sa décision.

Après discussion, pourquoi ne pas le ou la laisser choisir un diminutif si cela lui convient mieux ? Les recherches en sciences du comportement montrent que plus un prénom est court, plus il est mémorisable, et plus il favorise les liens sociaux. Les prénoms chaleureux invitent à l'affection. Ce n'est pas rien ! Certains demandent aussi qu'on les appelle par leur deuxième prénom. Réfléchissez ensemble à cette option.

Surtout, donnez-vous un peu de temps et voyez si votre enfant revient à la charge, si cette question devient pour lui existentielle. Ne coupez jamais la communication : certains ados demandent à leurs amis de les appeler autrement en dehors de la maison ; c'est alors le signe que la discussion est bloquée, que la confiance s'éloigne.

Bon à savoir

Si les années passent et que votre enfant insiste toujours autant pour changer de prénom, sachez que c'est possible. Selon l'article 60 du Code Civil, « toute personne qui justifie d'un intérêt légitime peut demander à changer son prénom ». Sachez toutefois que les demandes pour convenance personnelle ne sont pas prises en compte. C'est à la justice de considérer que la démarche de votre fils ou de votre fille est légitime. Quelques cas ont néanmoins fait jurisprudence :

- en cas d'usage prolongé d'un autre prénom depuis des années par l'enfant ;
- lorsque le prénom est jugé ridicule ;
- si une consonance étrangère gêne à l'intégration ;
- en cas de changement de sexe ;
- en cas de conversion religieuse.

POUR ALLER PLUS LOIN :

73. Fille, garçon, la question du genre, p. 188
126. On dit que je fais ma crise d'adolescence, p. 326

129. LUI PARLER DE SEXUALITÉ

LE SEXE EST ENCORE UN SUJET TABOU. COMMENT LUI PARLER DE DÉSIR ET D'AMOUR ?

Au cours de l'adolescence, arrivera inévitablement ce moment où vous vous interrogerez : votre enfant est-il bien informé au sujet de la sexualité ? Vos motifs d'inquiétude peuvent varier :

- **vous pensez qu'il sera pris au dépourvu ;**
- **vous craignez qu'il oublie la contraception ;**
- **vous voulez l'informer des maladies sexuellement transmissibles ;**
- **vous doutez de son orientation sexuelle.**

Toutes ces questions sont légitimes en tant que parents. Mais elles sont souvent abordées maladroitement, à un moment pas toujours opportun, après avoir découvert une revue pornographique sous le matelas, ou tout simplement parce que vous avez surpris votre ado en plein flirt.

LE BON MOMENT

Il est toujours un peu difficile de parler de sexualité à son enfant. Mais éviter le sujet ou garder le silence, c'est instaurer un tabou. Il n'est pas simple non plus de trouver le bon moment : il est souvent trop tard quand on songe à en parler sérieusement ; mais il est parfois trop tôt et on tombe à côté de la plaque.

Le mieux est donc de tendre une perche. Vous pouvez par exemple profiter d'une question posée incidemment lors d'un repas ou d'une balade : « Dis papa, quand est-ce que tu as embrassé maman pour la première fois ? » ou « C'est toi maman qui a demandé papa en mariage ? » ou encore « Comment sait-on si on est amoureux de la bonne personne ? »

Il n'y a pas vraiment d'âge idéal pour s'attaquer au sujet, tout dépend de la maturité de votre enfant, de la présence de frères et sœurs aînés, de sa curiosité, de sa pudeur, de sa confiance. Cependant, nous pouvons considérer qu'une bonne conversation à l'âge de 12 ou 13 ans est opportune. À 15 ans, il est trop tard.

LES MESSAGES IMPORTANTS

Votre ado n'est pas du tout à la recherche de détails. Ce que vous devez lui transmettre, ce sont des codes, de grandes idées, et non des interdits ou des cours de biologie. Voici les sujets que vous pouvez aborder :

- **Tout ce qui concerne la contraception : les préservatifs, la pilule, et tous les autres moyens de contraception, dont celle d'urgence.**
- **Les maladies sexuellement transmissibles : il en a déjà entendu parler même s'il ne sait pas toujours ce que c'est.**
- **Les questions qui concernent l'hygiène.**
- **Les notions de confiance et d'amour : il est essentiel de redire que le respect de soi et de l'autre (de ses sentiments, de son orientation, de son désir) est fondamental.**
- **La notion de plaisir : cette question ne doit pas être éludée, mais simplement citée, pour ne pas tomber dans les non-dits ; il doit comprendre que c'est merveilleux.**

COMMENT FAIRE, ALORS QUE C'EST SI DÉLICAT

L'ado veut savoir comment on apprend à s'aimer, comment c'est le premier baiser, quel langage adopter. Il a par conséquent vite peur que ses parents deviennent intrusifs en donnant des explications sur des sujets qu'il ne veut pas aborder avec eux. Ces sujets sont pourtant ceux que les parents tiennent particulièrement à cœur :

- **comment se protéger ;**
- **qu'est-ce que la masturbation, lui dire que c'est normal ;**
- **les premiers rapports qui peuvent être douloureux ;**
- **pour une fille ne pas se « donner » tout de suite à un garçon, ne pas s'habiller trop sexy, tous ces clichés à connotation sexuelle.**

Les discussions mère/fille et père/fils sont parfois plus faciles, pour échanger autour des règles par exemple ou de l'érection. Cela permet de parler de sexualité, de procréation, des façons de se protéger, en se comprenant plus aisément. Vous pouvez aussi proposer à votre enfant d'évoquer le sujet avec son médecin, son pédiatre. Le gynécologue répondra également aux questions ou aux doutes des jeunes filles – ne choisissez pas forcément le vôtre.

Gardez-vous bien de parler de votre propre sexualité, ce serait déplacé. Votre enfant sait désormais ce qu'est l'intimité de chacun, dont la vôtre. Et s'il vous pose une question à laquelle vous ne savez pas répondre, avouez votre ignorance plutôt que de mentir. Et proposez de chercher ensemble.

Dans tous les cas, même si vous vous heurtez à son mutisme, dites-vous qu'après vous avoir entendu, il se sentira moins vulnérable. Avec le temps, il va affirmer sa propre identité et comprendra que la sexualité concerne tout le monde. Votre ado entre dans une période de sa vie où les sentiments qu'il va éprouver vont lui faire déplacer des montagnes.

LES RELAIS POUR CONTINUER À L'INFORMER

Le parent est la première source d'information sur la sexualité. Pour autant, vous pouvez vous appuyer sur des relais solides et sérieux :

- **Les enseignants.** L'éducation sexuelle a été introduite à l'école en 1973. Elle est désormais encadrée par un article du 4 juillet 2001 du Code de l'éducation selon lequel « une information et une éducation à la sexualité » doit être dispensée du primaire au lycée. La loi Schiappa du 3 août 2018 promeut, elle, « la sensibilisation des personnels enseignants aux violences sexistes et sexuelles et à la formation au respect du non-consentement. » Certains parents se félicitent de ne plus avoir à aborder le sujet en famille. D'autres estiment que ce n'est pas le rôle de l'école : attachés à certaines valeurs éducatives, pour des raisons culturelles, religieuses ou simplement personnelles, ils préfèrent garder un œil sur la sexualité de leur enfant.
- **Le médecin, le pédiatre, le gynécologue.** Nous ne manquons pas d'aborder le sujet lorsque nous sentons qu'il y a questionnement, à l'occasion du vaccin contre le papillomavirus (à partir de 11 ans) ou lors de l'examen clinique de l'adolescent. Grâce à de petites questions ciblées, nous savons rapidement s'il a compris ce qui allait se passer dans son corps. Nous en profitons pour faire un petit briefing, avec le parent présent. Dans certains cas, à la demande de l'ado, une consultation privée est utile.
- **Les autres supports.** Des manuels, des émissions, des BD, des albums, des séries et bien sûr des sites, des plateformes, des podcasts, des vidéos ou des comptes sur les réseaux sociaux sont des mines d'informations. Votre ado se fera lui-même son idée. Cependant, beaucoup de clichés y circulent, de même que des mensonges ou des erreurs. Les désillusions sont alors nombreuses. Mieux vaut vous-même jeter un œil à ces différentes sources d'information avant de laisser traîner un livre sur la table ou de laisser ouverte telle page sur l'ordinateur. Le mieux est encore de lui proposer d'en parler après qu'il les a consultés.

Bon à savoir

Sachez que l'âge moyen des premiers rapports sexuels en France (première pénétration vaginale) est 17 ans, filles et garçons confondus. Bien entendu, il s'agit d'une moyenne. Et elle ne tient pas compte d'une vie sexuelle antérieure mais sans pénétration, faite de caresses et de baisers.

POUR ALLER PLUS LOIN :

130. J'ai vu des images pornographiques, p. 335

139. Son premier amour, p. 355

130. J'AI VU DES IMAGES PORNOGRAPHIQUES

VOTRE ENFANT RISQUE DE TOMBER SUR DES SITES PEU RECOMMANDABLES AUX MOINS DE 18 ANS.

95 % des adolescents ont accès à Internet de manière régulière et nombreux sont ceux qui s'y connectent via leur propre smartphone. Ils communiquent via les messageries instantanées, fréquentent les réseaux sociaux, et peuvent tomber, volontairement ou non, sur des contenus pornographiques. Les garçons y accèdent souvent plus tôt que les filles. Ces images leur donnent à voir une représentation souvent violente et erronée de la sexualité.

LE SEXE SUR INTERNET

Des messages ou des images à caractère sexuel peuvent vite être adressés ou diffusés aux jeunes internautes. On distingue trois cas :

- **Le harcèlement en ligne** : le but de celui-ci est d'embarrasser, d'humilier ou de menacer l'adolescent.
- **Les sollicitations sexuelles** : de nombreux prédateurs sexuels se cachent sous un pseudo et se font passer pour un enfant du même âge ; ils séduisent ou attisent la curiosité de l'adolescent.
- **Les images pornographiques** : pas loin de 50 % des adolescents ont eu accès (de manière fortuite ou recherchée) à des images pornographiques.

Voici quelques chiffres sur la pornographie en France : 14 % des enfants ont vu ce type d'images dès l'âge de 11 ans. 8 % des 14-15 ans regardent du porno plusieurs fois par jour, parmi lesquels 5 % de filles, selon un sondage Ifop. Et en quelques années, le nombre d'adolescents consommateurs de porno est passé de 18 à 53 %, selon le CNGOF[11].

SES MOTIVATIONS

Pourquoi votre ado est-il tombé sur ces sites ? Certaines situations comme certains facteurs favorisent l'accès à ces images ou ces sollicitations.

- Plus l'adolescent avance en âge, plus le risque est élevé.
- Les garçons sont davantage intéressés que les filles.
- Votre ado peut avoir été sollicité une fois par hasard, ce qui a suffi à attiser sa curiosité.
- S'il est introverti, timide, les écrans peuvent être un refuge pour lui.
- Il est peut-être très à l'aise sur Internet, a l'habitude d'utiliser les sites de partage de fichiers.
- S'il n'a pas accès au web à la maison, il a pu vouloir partir à la découverte de ce monde chez un ami, un autre membre de la famille, et, pressé par le temps, ne pas prendre suffisamment de précautions.
- Son besoin de transgresser, propre à la construction de l'adolescent, s'exprime ici aussi.
- Un aîné peut aussi vouloir « initier » son cadet à la pornographie pour l'impressionner.

QUELLES RÉPERCUSSIONS CHEZ L'ADOLESCENT ?

Certains adolescents recherchent ces images volontairement et d'autres seront tombés dessus par hasard. Certains s'en protégeront et ne chercheront pas à y revenir quand d'autres seront séduits.
Selon la maturité et la sensibilité de votre enfant, les conséquences de l'accès à la pornographie sont variables.

11. Collège National des Gynécologues et Obstétriciens Français.

- Ces images peuvent influencer la représentation que votre ado se fait de la sexualité tant elles véhiculent d'idées reçues : épilation intégrale chez les actrices, taille du pénis chez les acteurs, corps stéréotypés (forte poitrine et bassin étroit pour les femmes, muscles saillants pour les hommes), pratiques sexuelles violentes ou humiliantes (sodomie, échangisme, monétisation, etc.).
- Une consommation importante peut entraîner des dérives psychiques et/ou addictives. Heureusement rares, elles concernent les ados les plus fragiles dont l'imaginaire reste captif de cette iconographie.
- Fréquenter ce type de sites ou de messagerie présente forcément un risque quand l'utilisateur est « découvert », par un camarade de classe, par exemple. Les adolescents peuvent alors rendre cette information publique, ou tomber dans le harcèlement, moral ou sexuel.
- Des troubles du comportement peuvent se développer chez certains : problèmes de sommeil, décrochage scolaire, instabilité affective, violence envers ses copains ou copines...

Bon à savoir

N'hésitez pas à signaler avec l'aide de votre enfant tout contenu inapproprié. Le travail de l'Association Ennocence depuis 2019 est à ce propos remarquable : elle a notamment lancé une plateforme de signalement en ligne « balancetonsite.com » pour recenser la délinquance qui sévit sur Internet.

LES CONSEILS

Un certain nombre de règles permettent, si elles sont additionnées, de limiter le risque :

- **Les logiciels** qui proposent de filtrer l'accès à tel ou tel contenu fonctionnent, à condition d'être régulièrement mis à jour car l'ado n'aura de cesse de chercher la parade (et la trouvera probablement sur des forums).
- **La surveillance parentale objective,** sans tomber dans le flicage, est essentielle. Faire confiance à l'enfant, l'informer, l'écouter, édicter des règles, dialoguer... tout cela reste primordial. Votre adolescent ira chercher sur Internet ce qui lui manque pour se construire. Montrez l'exemple en tant que parents : il n'y a pas que le web et les smartphones dans la vie ! Proposez-lui des activités, des sorties, soyez présents, lancez des discussions... mais ne le laissez pas seul pendant des heures dans sa chambre avec un écran.
- **La participation à des activités en milieu scolaire ou associatif** valorise des repères sociaux, affectifs et éducatifs, qui permettent à l'adolescent d'intégrer des valeurs essentielles pour prendre soin de lui-même, de son corps et de celui des autres.

Si vous vous sentez dépassés en tant que parents, parce que votre enfant maîtrise les réseaux ou les sites de streaming bien mieux que vous, faites-vous aider par une personne de confiance : un psychologue, un autre parent, un enseignant, un éducateur ou encore un cousin, ami ou proche un peu plus jeune que vous.

POUR ALLER PLUS LOIN :
99. J'adore les écrans, p. 257
123. Je me couche tard le soir, et je suis fatigué le lendemain, p. 319
129. Lui parler de sexualité, p. 333
141. J'ai du mal à suivre au collège, p. 361

131. IL DÉSOBÉIT ET SE REBELLE

L'ADOLESCENCE EST UNE PÉRIODE DIFFICILE POUR L'ADO MAIS AUSSI… POUR SES PARENTS.

Les adolescents ont besoin d'autonomie émotionnelle mais ils manquent souvent de discernement. Ils sont attachés à ce que les autres pensent, et passent leur temps à s'enquérir des perceptions de leurs proches, en particulier celles de leurs parents.

LA DÉSOBÉISSANCE

Enfreindre les règles, c'est… normal ! Réfléchissez : vous-même, pourtant adulte, ne les respectez pas toujours à la lettre dans votre vie quotidienne, estimant sans doute qu'elles ne sont pas adaptées : vous traversez en dehors des passages piétons, par exemple, ou jetez un œil à votre téléphone alors que vous conduisez.
Par ailleurs, votre enfant pense peut-être que certaines de vos règles ne le concernent pas. Ranger sa chambre ? Quel intérêt ? Nettoyer la salle de bains derrière lui ? À quoi bon puisqu'un autre va de nouveau l'éclabousser ? Se lever un peu plus tôt le matin ? Pourquoi se priver de 10 minutes de sommeil ? Il n'y a rien de pathologique à ce refus ou ces négociations permanents, même si les ados ne sont pas tous dans l'opposition.

Rappelons que le fait de s'opposer présente des vertus.

- **Cela permet à votre enfant de se construire, de développer son autonomie. Il souhaite désormais se déplacer seul, par exemple.**
- **C'est une occasion d'attirer votre attention car il a souvent du mal à communiquer. S'opposer, c'est vous montrer qu'il existe, c'est se positionner, se tester, prendre de l'assurance.**
- **C'est aussi vous encourager à engager le dialogue plutôt que de donner des ordres. Son désaccord invite à une meilleure communication, au bon moment, c'est-à-dire loin de toute crise, et dans un lieu adapté : le salon, sa chambre ou lors d'une balade ? Dans tous les cas, évitez de vous tenir debout dans le couloir, face à la porte de sa chambre, les bras croisés en signe de fermeture.**
- **Enfin, c'est vous offrir la possibilité de le responsabiliser, en lui donnant votre point de vue, après avoir écouté le sien. Vous pourrez ainsi établir ensemble des règles pertinentes, qui s'adapteront dans le temps (régularité des repas, gestion des écrans, accès à la salle de bains, horaires de lever et de coucher, etc.).**

L'INSOLENCE

L'impertinence et l'impolitesse disent que votre adolescent est à bout ! Peut-être considère-t-il qu'on ne l'écoute pas, qu'on ne le respecte pas. Ou peut-être est-il en souffrance au collège, ne trouve-t-il pas sa place avec ses pairs. Lui dire alors d'aller dans sa chambre et de revenir quand il sera calmé n'est pas une bonne idée : il ne demande que ça ! Et s'isolera davantage.
Bien entendu, vous n'avez pas à tolérer son insolence. Faites-lui immédiatement comprendre que dans la famille qui est la sienne, cela n'est pas accepté. Demandez-lui une explication, dites-lui que vous n'avez pas compris les termes qu'il se permet d'utiliser, marquez le coup. S'il se mure dans le silence, vous pouvez lui dire que vous reprendrez la conversation un peu plus tard. Mais prévenez-le : vous ne baissez pas les bras. Car insulter l'autre, c'est nier son existence.

Bon à savoir

Si la situation vous échappe, vous aurez peut-être besoin de consulter un spécialiste, psy ou thérapeute. N'hésitez pas à vous rapprocher de la Maison des Adolescents[12] ou de l'École des parents[13] dont les intervenants sauront vous écouter, et vous aider.

12. https://solidarites-sante.gouv.fr/affaires-sociales/familles-enfance/protection-de-l-enfance-10740/lieux-d-accueil-et-d-ecoute-des-jeunes-10743/article/maisons-des-adolescents-mda
13. https://www.ecoledesparents.org

LA VIOLENCE

Certains ados peuvent adopter des comportements violents, vis-à-vis de leur entourage ou vis-à-vis d'eux-mêmes (scarification, anorexie ou boulimie, addictions). Ces réactions signifient qu'ils se sentent menacés ou en échec. Alors, ils se montrent querelleurs, explosent de colère, menacent amis ou parents et parfois cèdent à la violence physique.
Si tel est le cas de votre enfant, celui-ci cherche probablement à prendre la main, à devenir le chef, en quelque sorte. La maison devient alors un champ de bataille. Certains parents optent pour la soumission pour maintenir un semblant de paix. L'expérience montre que cette trêve ne dure pas : les demandes se feront encore plus exigeantes, ce qui mènera à l'escalade.

Comment réagir ?

- **Évitez d'entrer dans des confrontations inutiles.** Si vous perdez le contrôle, votre enfant le verra et cela suffira à justifier son comportement agressif.
- **Soyez indifférent(e) aux crises,** tâchez de ne pas perdre votre équilibre et ne cherchez pas la surenchère. Affirmez-lui simplement : « Ça, tu ne peux pas le faire, le dire. C'est ainsi. Si tu veux en discuter, très bien, mais plus tard. » Ainsi, vous gardez la main.
- **Ne provoquez pas, n'argumentez pas, ne criez pas.** Ne répondez jamais à une insulte par une insulte et ne le menacez pas.
- **Ne lui faites pas non plus la morale.** En revanche, prenez le temps nécessaire pour préparer votre réponse. Dites-lui : « Je sais que tu vas te calmer et nous en reparlerons tout à l'heure ». Le silence sera votre meilleure arme, à condition bien entendu de revenir sur le problème un peu plus tard.
- **Adoptez la technique du *sit-in*** : à distance de l'insulte ou de la violence, entrez dans sa chambre, après avoir frappé évidemment, installez-vous sur une chaise ou par terre et ouvrez le dialogue : « Nous allons prendre le temps de parler toi et moi, car tu as bien compris que je ne peux pas accepter ce comportement. » Préférez dire « ce » et non « ton » comportement. Vous échangerez ensuite sur le sujet, mais avec fermeté. Vous êtes cohérent(e), confiant(e). Votre ado, lui, comprend que vous donnez du temps et de l'importance à ce qui s'est passé.

LA RÉPARATION, LA MEILLEURE DES SOLUTIONS

La punition, qu'elle suive une infraction, un outrage, un geste ou un mot violent n'est pas toujours la panacée. L'adolescent, persuadé d'avoir raison et d'être dans son bon droit, la considère souvent comme une injustice.
Mieux vaut donc opter pour une mesure de réparation. Ainsi, l'enfant prend conscience de sa responsabilité dans ce qui vient d'arriver : il a manqué à l'une de ses obligations mais il est capable de rectifier le tir.

Voici quelques exemples :

- **Il est rentré en retard ?** Il devra rentrer plus tôt la ou les prochaines fois.
- **Il n'a pas rangé sa chambre comme il s'y était engagé ?** Il va devoir ranger le salon et y passer l'aspirateur.
- **Il a dégradé quelque chose ?** Il répare l'objet ou le rembourse avec son argent de poche.

Quoi qu'il fasse ou dise, n'oubliez jamais de lui rappeler l'amour que vous avez pour lui. Évidemment, vous ne lui direz pas que vous l'aimez sur le moment, pendant la crise, mais en amont ou en aval, toujours. L'ado a besoin de sentir aimé, reconnu et valorisé. Pas étouffé, non plus ! Soyez bienveillant(e), donc patient(e).

POUR ALLER PLUS LOIN :

126. On dit que je fais ma crise d'adolescence, p. 326
127. C'est *ma* chambre !, p. 328
133. La gifle, comment l'éviter ?, p. 342
134. Je mens à mes parents, p. 344

132. **IL VOLE**

CHAPARDER, DANS VOTRE PORTE-MONNAIE OU DANS UN MAGASIN, EST TENTANT. POURQUOI S'APPROPRIE-T-IL CE QUI NE LUI APPARTIENT PAS ?

A-t-il été entraîné par son groupe d'amis ? A-t-il voulu suivre l'exemple de son frère ou de sa sœur ? A-t-il été tenté en regardant une série ? Toujours est-il que votre ado a commis un vol. Or, selon l'adage, « qui vole un œuf vole un bœuf ». En effet, la question n'est pas de savoir « combien » ou « quoi », mais « pourquoi », pour quelles raisons. Il faut également distinguer le vol occasionnel du vol répétitif, signe d'une construction fragile et d'une abolition des frontières sociales (non-respect de l'autre, mauvaise estime de soi, jalousie, éducation défaillante).

SES RAISONS

La motivation de l'adolescent est variable.

- **Le besoin de s'approprier ce qu'il n'a pas (un jeu, un article de mode, une revue, bref, tout objet qui lui fait envie). Il s'agit alors d'une pulsion, liée à la frustration de ne pas posséder ce que d'autres affichent. Les constantes sollicitations publicitaires n'aident pas à refréner ce désir.**
- **Le besoin d'autonomie.** Aller prendre de l'argent dans le sac de maman, fouiller dans le portefeuille de papa, voire s'approprier les pièces qui traînent chez ses grands-parents, c'est gagner la liberté de se payer ce qu'il veut.
- **Le besoin de reconnaissance.** Une fois volé le dernier smartphone à la mode, ce dont tout le monde rêve, l'adolescent s'en vante, n'hésitant pas à mentir en affirmant que ses parents sont « trop cools ». Néanmoins, il s'installe dans le mensonge, et doit voler davantage pour prouver aux autres qu'il ne manque de rien.
- **Le besoin de transgression.** Il se prouve alors à lui-même ce dont il est capable.
- **L'expression d'un manque affectif.** Là aussi, voler est un moyen (délétère) d'exister aux yeux de ceux qui ne l'aiment pas suffisamment. Du moins, en a-t-il l'impression.
- **Le besoin de distanciation.** Voler, c'est prendre de la distance avec les valeurs inculquées par ses parents, c'est donc s'éloigner d'eux symboliquement.
- **L'obligation.** C'est plus rare mais pensez-y : il se peut qu'il n'ait pas le choix parce qu'il est racketté à l'école.

LES CONSEILS

Vous aurez peut-être d'abord de simples soupçons : vous ne retrouvez pas un billet, ou votre porte-monnaie semble avoir été déplacé. Il se peut aussi que vous le preniez « la main dans le sac ». Ou encore, qu'un autre (un frère, une sœur, un enseignant...) vous alerte.

Dans tous les cas, cette nouvelle sera difficile à accueillir. Vous allez probablement culpabiliser, en vous disant que vous avez raté quelque chose dans son éducation, en vous maudissant de ne pas encore avoir mis en place un système d'argent de poche, ou en vous reprochant de le laisser avoir de mauvaises fréquentations. Dans l'émotion, vous pourriez réagir brutalement. Pourtant, à bien y réfléchir, c'est une autre posture qu'il convient d'adopter.

- **D'abord, vous devez vérifier qu'un vol a bien été commis** : le pire serait d'accuser votre enfant à tort.
- **Évitez de devenir agressif(ve)** : vous êtes bouleversé(e), déçu(e), vous pensez à votre propre vécu, mais prenez de la distance.

• **Parlez-en avec votre conjoint, ou votre ex-conjoint,** pour adopter une attitude commune, et vous montrer soudés devant votre enfant.
• **Choisissez le bon moment.** Si vous le prenez en flagrant délit, vous lui demanderez d'expliquer son geste dans la foulée. Si, en revanche, vous avez la certitude qu'il a volé, vous devrez alors le responsabiliser : « Nous allons être positifs tous les deux, j'aimerais que tu me dises comment tu t'es procuré cet objet (ou somme d'argent) que j'ai vu dans ta chambre (ou dans ton sac) ». Ne cherchez pas à l'humilier, mais montrez-lui que vous n'êtes pas dupe.

Bon à savoir

Personne n'est à l'abri d'un tel événement. Qui n'a pas chapardé quelques pièces à ses parents ou un très beau stylo au supermarché ? Vous-même avez peut-être été tenté(e) quand vous étiez ado ? Alors, soyez indulgent(e), mais restez ferme. Donnez-lui une chance de s'expliquer : c'est l'âge des bêtises, des transgressions, des essais et des erreurs. Il vous remerciera plus tard de ne pas avoir cherché à l'humilier. Rappelez-vous qu'il n'est probablement pas très fier de son geste. Une fois l'accident reconnu et la mesure de réparation retenue, passez à autre chose.

• **Vous lui expliquerez bien entendu les conséquences liées à tout vol :** le respect des possessions de chacun, la confiance à préserver dans la famille.
• **Rappelez-lui qu'il n'est pas une mauvaise personne,** mais que c'est l'acte en lui-même, le vol, qui est répréhensible. Il est bien qu'il entende que le vol est puni par la loi.
• **Il doit ensuite réparer,** plutôt que d'essuyer une punition ou une humiliation. Il peut par exemple rendre l'objet volé en s'excusant, en s'engageant à ne pas recommencer, en faisant quelques actions utiles à la personne qu'il a spoliée, en travaillant si besoin en cas de vol d'argent pour rembourser.
• **Assurez-vous qu'il a de l'argent de poche correspondant aux besoins de son âge.** Vous aurez une discussion avec lui pour préciser ses désirs, envisager ses projets. Mais n'oubliez pas : cet argent que vous lui donnerez sera le sien, et il en fera ce qu'il veut.
• **Bien entendu, vous continuerez de donner l'exemple :** le vol n'a pas sa place chez vous, chacun respecte le bien d'autrui.

Parfois il peut être utile, surtout s'il y a récidive, de se faire aider : un conseiller familial, un thérapeute, une autorité judiciaire, un enseignant, un médecin. N'hésitez pas à employer des mots justes et simples, comme incarcération, condamnation, juge, police.

POUR ALLER PLUS LOIN :
122. Je veux mon téléphone portable, p. 316

133. LA GIFLE, COMMENT L'ÉVITER ?

UN ADO QUI N'ÉCOUTE RIEN, UN PARENT QUI S'ÉNERVE, LA TENSION QUI MONTE... ET VOILÀ QU'UNE GIFLE PART. COMMENT DÉMINER LE TERRAIN POUR NE PAS CÉDER À LA VIOLENCE ?

DE LA VIOLENCE À LA MALTRAITANCE

Lorsqu'un parent porte la main sur son enfant, c'est souvent parce qu'il est à court d'arguments mais qu'il s'obstine à imposer quelque chose. Ces gestes étaient monnaie courante dans le passé, certains les considérant même comme une méthode éducative. « Une petite fessée ou une bonne claque n'a jamais tué personne ! Comme ça, il comprend et file droit ! » Ces justifications ont la dent dure.

Craquer quand on est à bout ou parce que l'adolescent se montre insolent ou provocateur, se limite souvent à hausser le ton ou à froncer les sourcils. Mais une petite tape peut arriver. Par ailleurs, il existe des familles où l'agressivité et la maltraitance, couronnées par le secret de famille, sont encore présentes « Tu n'as pas intérêt à le dire, sinon... » C'est la triple peine : la violence physique, la violence morale et le chantage. Ce cocktail explosif menace l'intégrité et la confiance en soi de l'enfant et plus tard celles de l'adulte qu'il sera devenu. Il est donc essentiel de veiller à ne pas reproduire l'éducation délétère que vous avez vous-même peut-être reçue.

La plupart des châtiments corporels donnent lieu à l'administration d'un coup (tape, gifle, fessée) à un enfant (ou un ado) avec la main, le pied ou à l'aide d'un objet. Certains adultes peuvent aussi le secouer, le projeter, le pincer, lui tirer les cheveux... sans parler des cas bien plus graves.

DES EFFETS DANGEREUX

Grâce aux études neuro-développementales chez les enfants et les adolescents, on sait que tout acte violent est dangereux pour sa construction : ils ne peuvent pas comprendre le lien entre le coup et la « raison » pour laquelle ils le reçoivent. Voilà pourquoi la gifle et la fessée sont interdites dans nombre de pays dont la France. En effet, la loi du 11 juillet 2019 précise bien que l'autorité parentale s'exerce sans violences physiques ou psychologiques.
Une gifle donnée à un ado est un passage à l'acte impulsif et agressif. Ce geste le renvoie aussitôt à sa propre impulsivité agressive, ce qui est donc une réponse en miroir. Or, il attend une tout autre réponse : de la fermeté, du recul, de la hauteur, une explication, un dialogue, même si ceux-ci arrivent plus tard, lorsque la pression est retombée. Les impacts de ces gestes inconsidérés sont nombreux.

- **La sidération. On observe une paralysie momentanée du cortex cérébral et de l'hippocampe, le centre de gestion des apprentissages, qui va déclencher des mécanismes neurobiologiques traumatiques, du stress, une douleur accentuée, des peurs, des phobies.**
- **Une anesthésie émotionnelle.** Sur le moment, le choc émotif peut entraîner une sorte d'anesthésie. On parle de dissociation traumatique et celle-ci risque d'énerver plus encore le parent, qui peut alors redoubler de violence.
- **L'humiliation et la honte.** Pour s'anesthésier, l'ado peut avoir recours à l'alcool ou aux stupéfiants. Il peut aussi montrer des troubles du comportement.

- **Le traumatisme.** La violence menace la construction psychologique de l'enfant ou de l'ado : une mémoire traumatique s'installe, qui mettra des décennies avant d'être gérée et intégrée. On observe aussi un développement toxique du sentiment de culpabilité, et le risque de retourner cette violence vers autrui, à l'âge adulte.

Voilà pourquoi la Fondation pour l'Enfance[14] lance de multiples alertes en direction des parents, des enseignants, des animateurs, du gouvernement. Les enfants, quel que soit leur âge, savent tous désormais qu'ils peuvent appeler le 119[15] s'ils se sentent victimes. Dans des cas plus rares, ils parviennent à se confier à un proche ou à un adulte référent (infirmière scolaire, éducateur...) qui pourra alors activer le processus de prise en charge.

LES CONSEILS

Pour éviter de céder à la violence, vous devez apprendre à déminer le terrain quand vous vous sentez perdre vos moyens.

- **Déléguez.** Si la moutarde vous monte au nez, lâchez prise, quel que soit le sujet du conflit. Demandez à votre conjoint, un proche, un membre de la famille de prendre le relais.
- **Remettez à plus tard.** N'hésitez pas à repousser une discussion si vous êtes impatient(e), énervé(e), blessé(e) : « On en reparle tout à l'heure, au calme. »
- **Responsabilisez-vous.** Si vous craquez une fois, vous ne manquerez pas de présenter vos excuses à votre enfant, une fois le calme revenu mais rapidement. Expliquez ce qui est arrivé, les raisons qui ont conduit à ce geste déplacé. Votre ado doit se prononcer sur ce qui a provoqué le malaise et l'adulte reconnaître qu'il n'aurait jamais dû lever la main.
- **Prenez-vous en charge.** Si vous êtes de nature violente, vous devez vous faire aider. Parlez-en à un médecin, un conseiller familial, un psychologue, voire un psychiatre : la violence ne trouve aucune justification, et vous pouvez vous en libérer.
- **Prenez soin de vous.** Si vous traversez une passe difficile (chômage, maladie, burn-out, rupture), vous pouvez, là encore, vous faire accompagner par un professionnel. Votre enfant ne doit pas devenir votre bouc émissaire.

Bon à savoir

N'oubliez jamais que vous êtes une sorte de modèle pour votre enfant. Votre rôle consiste à lui permettre de se construire, en sécurité, grâce au dialogue et non dans la violence. C'est ainsi que vous le verrez grandir, devenir un adulte confiant, bienveillant, stable. Et ce sera votre plus belle récompense.

POUR ALLER PLUS LOIN :
121. La drogue, les addictions, on en parle, p. 314
131. Il désobéit et se rebelle, p. 338
137. Il a fait une fugue. Comment réagir ?, p. 351

14. www.fondation-enfance.org
15. Service National d'Accueil Téléphonique pour l'Enfance en Danger SNATED.

134. JE MENS À MES PARENTS

À L'ADOLESCENCE, L'ENFANT EST TENTÉ DE S'ARRANGER AVEC LA VÉRITÉ.

Le mensonge est l'opposé de la véracité, de la sincérité ou de la franchise. Chez chacun d'entre nous, la personnalité se compose d'une part « inconsciente » qui demeure voilée, cachée. Nous n'avons pas du tout envie de révéler tout de nous ! Et l'adolescent encore moins. Alors, il ment pour ne pas avoir à se justifier, pour cacher une mauvaise note ou falsifier une signature, pour ne pas essuyer de critiques, pour obtenir quelque chose, pour éviter les ennuis, pour se vanter, ou encore pour protéger quelqu'un d'autre.

UNE PÉRIODE PROPICE AUX MENSONGES

L'ado est submergé de nombreux désirs qu'il veut assouvir. Pour lui, dissimuler n'est pas mentir : il travestit le réel avec sincérité. Ainsi, se rendre à une fête alors qu'il affirme dormir chez son meilleur copain n'implique guère d'états d'âme. Le mensonge devient un espace qu'il crée pour trouver la voie qui l'insérera peu à peu dans la réalité, tout en préservant ses désirs fondamentaux.

Bon à savoir

Si votre enfant ment de plus en plus souvent, c'est qu'il a de plus en plus besoin de recourir à ce moyen de protection. Il faut alors vous en soucier. Si vous êtes dépassé(e), faites-vous accompagner par un thérapeute, le pédiatre, un psychologue, ou un pédopsychiatre.

Le mensonge « organisé » apparaît en général vers 12 ou 13 ans quand l'enfant a besoin de transgresser pour mieux créer cet espace de liberté. Mentir, c'est réinterpréter la réalité, au gré des contraintes qu'il rencontre. Et il en rencontre beaucoup : les transformations physiques, l'effet des sécrétions hormonales, l'image de soi, le besoin d'émancipation, le rejet du monde adulte, les résultats scolaires, la dépendance financière, etc. l'obligent à dissimuler tout un tas d'obstacles.

Ment-il davantage que l'adulte ? Non. En revanche, ses mensonges sont moins structurés que les vôtres ! Il va donc rapidement confondre réalité et fantasmes, ce qui n'est pas anormal en soi, mais nouveau pour lui. Le mensonge devient un moyen, un outil pour se construire, et cela peut vite lui causer du tort. Et désoler ses parents.

SES RAISONS LES PLUS FRÉQUENTES

Mentir n'est donc pas forcément pathologique pour un ado. C'est une réaction de défense vis-à-vis d'une situation qui le dérange. Il opte pour une sorte de pirouette verbale, histoire de s'en sortir.

Ses motifs les plus récurrents sont de grands classiques et visent à dissimuler :

- **de mauvais résultats scolaires ;**
- **un échec amoureux ;**
- **la consommation de tabac, d'alcool ou de produits stupéfiants ;**
- **une filiation, des origines qu'il estime honteuses ;**
- **des violences morales ou physiques au sein de sa famille ;**
- **des moqueries, des vexations, voire le harcèlement qu'il subit à l'école ;**
- **sa liberté, lorsqu'il se sent trop surveillé, étouffé.**

COMMENT RÉAGIR ?

Certains parents semblent capables de flairer le mensonge, comme s'ils bénéficiaient d'une forme d'intuition. Peut-être ont-ils aussi gardé en mémoire les supercheries qu'ils utilisaient jadis. « À moi, tu ne me la fais pas ! » disent-ils alors, ce qui sous-entend « Je connais toutes tes ficelles alors autant passer aux aveux ! »

Si vous suspectez un mensonge, avant toute chose, observez votre enfant, repérez une modification de son humeur, de son comportement. Écoutez-le, regardez-le afin de vous assurer qu'il a bien menti. Car attention à l'injustice ! Souvenez-vous aussi que mentir n'est pas pathologique : vous pouvez vous rappeler votre propre jeunesse pour vous aider à prendre du recul, sans pourtant réagir en miroir ou laisser place à des projections.

Si vous avez un doute, dites-le-lui : vous lui tendrez une perche en le valorisant. Montrez-lui que vous n'êtes pas dupe, et confessez que mentir ne doit pas toujours lui faire plaisir, ni lui donner une bonne opinion de lui-même. Vous lui offrirez aussi des échappatoires, en levant une éventuelle sanction par exemple, s'il reconnaît les faits.

Mieux vaut éviter de réagir avec colère car celle-ci fermerait toute possibilité d'avancer. Si vous ne vous sentez pas capable de garder votre calme, prenez un peu de temps et de distance : vous traiterez le « problème » plus tard. L'objectif n'est certainement pas de l'humilier ! Certes, votre ego et votre amour-propre sont un peu blessés mais ils doivent passer au second plan. Restez positif(ve), montrez-vous constructif(ve) et ne cherchez pas à piéger votre enfant pour lui prouver que vous êtes plus fort(e) ou plus malin(e) que lui.

Une fois le calme revenu, vous pourrez lui faire prendre conscience des conséquences de son mensonge. Il est inutile et même destructeur de lui coller une étiquette définitive de menteur. Cependant, rappelez-lui que la dissimulation fragilise votre capacité à lui faire confiance, et donc votre relation.

Enfin, posez-vous la bonne question « Pour quelle raison mon enfant ment-il ? » et non « Comment a-t-il pu me mentir à moi ? » Ce n'est pas la même chose. Si besoin, repensez à votre relation, à votre capacité à communiquer avec votre ado, à lui faire confiance, à le valoriser, à vous intéresser à ce qu'il fait, à lui laisser davantage de liberté, à être vous-même honnête dans votre vie quotidienne. Ce sera finalement l'occasion d'un bilan.

LES CONSEILS POUR INSTAURER UNE RELATION DE CONFIANCE

- **Apprenez à lui laisser un peu d'espace et de flexibilité pour qu'il puisse se construire. Votre ado a besoin d'évoluer dans son monde, d'élaborer un imaginaire très utile pour le développement de sa sérénité propre et l'intégration de la réalité par lui-même.**
- **Favorisez toujours le dialogue et autorisez la négociation. Vous attachez ainsi de l'importance à ce qu'il dit ou réclame, ce qui est une bonne façon de réduire la tentation et le recours au mensonge. Tournez-vous vers l'avenir avec lui.**
- **Prenez garde à ne pas empiéter sur son intimité, ou à découvrir ses secrets. Il n'a pas à vous révéler tout ce qui le concerne.**
- **Enfin, n'oubliez jamais de lui rappeler que vous l'aimez et qu'il peut compter sur vous.**

POUR ALLER PLUS LOIN :

126. On dit que je fais ma crise d'adolescence, p. 326
132. Il vole, p. 340
137. Il a fait une fugue. Comment réagir ?, p. 351

135. MES PARENTS DIVORCENT OU SE SÉPARENT

D'APRÈS L'INSEE, UN COUPLE SUR DEUX À PARIS DIVORCE ET UN COUPLE SUR TROIS EN RÉGION. COMMENT L'EXPLIQUER À VOTRE ADOLESCENT ?

DES CONTEXTES VARIÉS…

Votre ado s'est sans doute habitué à entendre ce qu'il prend pour des chamailleries. Il se dit que c'est le monde des adultes, il dédramatise, se bouche les oreilles, nie souvent la crise. Cependant, il est triste. Voilà pourquoi il est essentiel de reconnaître et de repérer sa souffrance, puis lui permettre de l'exprimer.

L'impact d'une séparation sur le développement de l'enfant dépend de certains éléments.

- **La nature et le mode d'expression du conflit conjugal.** L'enfant assiste-t-il à des violences verbales, physiques ? Fréquentes, répétitives ? Même si vous fermez les portes, sachez qu'il entend probablement tout ce qui vient de votre chambre…
- **Sa position dans la fratrie.** Une complicité peut s'installer entre frères et sœurs pour faire front aux parents. Chez les plus jeunes, cependant, le contraire peut se produire : ils peuvent chercher à construire un lien privilégié avec le père ou la mère, voire les monter l'un contre l'autre.
- **La composition de la famille.** Celle-ci était-elle déjà recomposée ? Avec des enfants issus d'une première union ?
- **L'accompagnement éducatif.** L'entourage proche privilégie-t-il le dialogue, la bienveillance, la mise en confiance de l'enfant ? Ou est-il dans le déni, dans le non-dit ?
- **Les circonstances de la séparation.** La rupture est-elle brutale ou s'agit-il d'un lent délitement auquel l'enfant a assisté ? Certaines études[16] mettent en évidence qu'un conflit ouvert, visible est moins traumatisant qu'un conflit latent ou larvé.
- **Les conditions socio-économiques.** La famille est-elle dans le besoin ? Est-elle entourée, accompagnée ?

16. Booth et Amato, *Journal of Mariage and the Family* (février 2001).

… ET DES RÉACTIONS VARIABLES

- **Chez un nourrisson,** la relation mère-enfant peut se trouver renforcée par la séparation. Le lien avec le père peut alors devenir compliqué, teinté de rejet ou objet de négociations. L'enfant ici ne comprend pas ce qui se passe. Il exprime son malaise avec le peu de moyens qu'il a à sa disposition : troubles du sommeil, de l'alimentation, du comportement.
- **À partir de 2 ans,** dès qu'il comprend et qu'il parle, d'autres difficultés peuvent apparaître : retard d'acquisition du langage, terreurs nocturnes, maux de tête, douleurs abdominales, tristesse, baisse de l'appétit, etc. Il peut commencer à mal se positionner dans la famille, rechercher une triangulation (préférer être avec l'un de ses parents plutôt que les deux ensemble), ou commencer à culpabiliser en considérant qu'il est lui-même une source de conflits.
- **À l'approche des 10 ans,** il cherche sa zone de sécurité en dehors de la maison et de ses hostilités, pour se construire, se valoriser, s'autonomiser précocement ou au contraire tomber dans le déni, l'angoisse, la colère, la peur de l'abandon, la honte. Des troubles du comportement (agressivité, mensonge, comportement autodestructeur, fugue…) peuvent apparaître.
- **À tout âge,** certains peuvent espérer que leurs parents se réconcilient et ce rêve peut perdurer de longues années après la séparation.

QUAND FAUT-IL LUI ANNONCER ?

Certains parents viennent me voir en amont (parfois à deux, plus souvent seul) pour m'interroger : « Vous qui connaissez bien notre enfant et notre couple, comment faire pour éviter de lui faire mal ? » Ce qui compte, c'est de ne pas mentir à votre adolescent, ni de le tenir à l'écart : il en sait déjà probablement plus que vous ne l'imaginez.

Dans tous les cas, il est préférable que les deux parents soient d'accord pour annoncer cette « mauvaise » nouvelle : vous choisirez ensemble le bon moment, les bons mots. Une discussion dans l'urgence et sans concertation préalable pourrait bouleverser votre enfant (confusion, culpabilité...).

Vous réfléchirez donc en amont et choisirez de parler de votre séparation en fonction du tempérament de votre enfant, de ses éventuelles difficultés (scolarité, socialisation...), de sa fratrie, des lieux d'habitation à venir, de votre installation immédiate en couple ou non, de la perspective d'une garde alternée, du rôle des grands-parents (veillez à ce qu'ils restent neutres et bienveillants). Ne lui mentez pas à ce sujet, il vous en voudra un jour ou l'autre. N'hésitez pas à vous faire conseiller ou aider.

LES CONSEILS

Les parents doivent avant tout penser au bien-être et à l'équilibre de l'enfant, qui lui ne se « sépare » de personne et conserve avec vous ce lien commun. Or, les sources de conflits à venir seront nombreuses : il vous faudra choisir une école, des vacances, vous mettre d'accord sur les modalités d'une garde alternée, sur vos principes éducatifs, définir le rôle d'un éventuel beau-parent, le montant de l'argent de poche, adopter une attitude cohérente face aux écrans, aux résultats scolaires, aux premiers amours, aux heures de sorties. La liste est longue.

Bon à savoir

En France, dans toute procédure le concernant, le mineur capable de discernement peut, sans préjudice des dispositions prévoyant son intervention ou son consentement, être entendu par un Juge. Celui-ci pourra notamment tenir compte de son avis pour décider du lieu d'habitation principal. Le jugement de divorce est d'ailleurs un marqueur symbolique pour les adolescents, une étape officielle et l'assurance que ses parents conservent les mêmes devoirs à son égard. Cela peut les aider à aller de l'avant.

Il est donc indispensable d'apprendre à mettre de côté la problématique qui a été celle du couple. N'hésitez pas à lister noir sur blanc les sujets qui fâchent et prenez le temps d'en discuter : écoutez l'avis de votre ex-conjoint, donnez le vôtre, trouvez des compromis. Surtout ne prenez pas en otage votre progéniture : celle-ci ne doit pas devenir un intermédiaire, ni une monnaie d'échange, car alors elle perdrait sa place et toute confiance en soi et en vous.

Vous veillerez aussi à ce que des liens réguliers et rapprochés persistent avec chacun des deux parents (sauf en cas de maltraitance, violence ou manipulation, bien sûr). Votre enfant vous aime autant l'un que l'autre et il vous saura gré, adulte, de l'avoir préservé de vos querelles. Si vous n'y arrivez pas, faites appel à un médiateur familial, un psychologue, votre pédiatre, ou un thérapeute conjugal.

POUR ALLER PLUS LOIN :
103. Mes parents se disputent, p. 265
104. Mes parents se séparent, p. 268

136. MON COPAIN EST PORTEUR DE HANDICAP (PH)

CHAQUE ENFANT DOIT ÊTRE ACCUEILLI À L'ÉCOLE, QUELS QUE SOIENT SON HANDICAP ET SES BESOINS.

LE HANDICAP À L'ÉCOLE

Le handicap peut avoir différentes origines.

- **Il peut être lié à une maladie neuromusculaire (myopathie), un trouble moteur (paralysie cérébrale), une maladie dégénérative ou un trouble du spectre autistique (TSA).**
- **Il peut être neurosensoriel, comme une surdité ou une cécité.**
- **Il peut être consécutif à une souffrance vécue pendant la vie fœtale (anomalie génétique, infection, alcoolisme, agents exogènes), lors de la naissance (manque d'oxygène, prématurité, infection, anomalie cardiaque), dans la petite enfance ou plus tard (traumatisme crânien, infection, maladie métabolique, déshydratation).**

Les enfants témoignent toujours de capacités d'adaptation extraordinaires. Ils savent compenser leurs fragilités, et apprennent à faire avec, grâce à l'implication de leurs parents et au travail des thérapeutes – d'où l'importance d'un diagnostic et d'une prise en charge précoces. Néanmoins, c'est aussi un long parcours d'acceptation, souvent difficile pour l'adolescent et ses proches : l'angoisse, le sentiment d'injustice, le stress, l'incertitude, le découragement sont parfois lourds à porter pour chacun des membres de la famille.

Il est donc essentiel d'accompagner toute personne porteuse de handicap, de lui offrir une place au sein de la société et donc, dès son plus jeune âge, à l'école. Le droit à l'éducation pour tous les enfants, quel que soit leur handicap, est un droit fondamental. Les établissements scolaires ont vocation à accueillir chacun, et à répondre à ses besoins, selon la loi de 2005 sur l'égalité des droits et des chances.

Concrètement, la Maison Départementale des Personnes Handicapées (MDPH) évalue les besoins de l'enfant. Elle transmet ses résultats à la Commission des Droits et de l'Autonomie des Personnes Handicapées (CDAPH) qui décide alors des mesures à prendre : allocation financière, aide aux transports, mode de garde, mesures de protection et, ce qui nous intéresse ici, accès à la scolarité. Un Projet Personnalisé de Scolarisation (PPS) est établi et mentionne les conditions de scolarisation de l'enfant jusqu'à l'enseignement supérieur.

LE REGARD DE L'AUTRE

Le handicap suscite toujours la curiosité ou l'étonnement des autres enfants. Il peut être peu visible, comme un léger trouble de la parole ou de l'audition, ou plus apparent lorsqu'il nécessite la présence d'une AVS (Auxiliaire de Vie Scolaire) pour aider l'écolier, ou d'un fauteuil roulant.

Votre enfant a très probablement croisé un camarade porteur de handicap au cours de sa scolarité. Il a bien intégré la notion de singularité de chaque personne, et vous avez veillé à lui transmettre les valeurs de tolérance, de respect et d'entraide. Cependant, parce qu'à l'adolescence il a besoin de se confronter aux autres pour se démarquer, exister, prendre confiance, il se peut qu'il raille tel autre qui a de larges oreilles ou un nez qui ne lui revient pas. La frontière est vite franchie. Le rôle des adultes, parents et enseignants, est de rester vigilants et de rappeler l'importance de la bienveillance et de la solidarité.

Les enfants sont généralement plutôt à l'aise devant une personne porteuse de handicap. C'est souvent l'attitude de leur entourage qui perturbe leur regard et interfère avec leur ressenti. Les moqueries, les jugements, les commentaires sur la différence ne sont jamais les bienvenus en famille.
Si toutefois votre ado s'inquiète du handicap de son camarade, il est essentiel de lui rappeler ce que vous lui avez probablement dit lorsqu'il était plus petit : son copain est une personne, et non un « handicapé ». Il ne se résume pas à sa fragilité : il a un prénom, des parents, une histoire, des qualités (et des défauts comme tout le monde), un désir d'apprendre, d'échanger, de grandir. Valorisez tout cela. Évitez le misérabilisme et l'apitoiement qui ne sont guère constructifs.

Bon à savoir

Les sorties de classe, les voyages scolaires, les séjours linguistiques seront bien évidemment proposés aux enfants porteurs de handicap, dans la mesure où ils sont techniquement réalisables. Ces projets sont importants pour la cohésion du groupe classe et l'intégration de chacun. Ils donnent aussi l'occasion à l'adolescent, en s'éloignant du milieu familial, de vivre des expériences et de s'autonomiser. Bref, ils sont enrichissants pour tous.

Lorsque le handicap de son camarade est visible (fauteuil roulant, anomalie morphologique), expliquez-lui avec des mots simples ce que cela signifie ou implique, en fonction des informations que vous détenez. Parfois, c'est votre enfant lui-même qui vous en dira davantage sur la situation de son copain, si par exemple l'enseignant a pris le soin, avec l'accord de son élève, d'en parler en classe.

L'INTÉGRATION DE L'ENFANT PH

Votre enfant doit aussi entendre que la scolarité de son camarade n'est pas toujours évidente : assimiler les apprentissages ou s'intégrer dans son groupe de pairs lui demande parfois beaucoup d'efforts. D'autant qu'à l'adolescence, il a déjà connu un long parcours, délicat, voire éprouvant. Si votre ado se lie d'amitié avec lui, s'il lui propose son aide, son soutien, réjouissez-vous : il a tout compris à la richesse des relations humaines.
Le jeune porteur de handicap apporte à ses amis sa singularité, sa propre personnalité, au même titre que les autres. Il participe à la cohésion d'un groupe hétérogène comme chacun. Mieux encore : sa présence profite généralement à la classe tout entière, grâce à la mise en place d'une pédagogie différenciée, la reformulation des consignes, et une meilleure responsabilisation des élèves.
Grâce à la loi de 2005 et la mobilisation de la société, les enfants PH sont désormais chez eux à l'école, quand autrefois ils étaient accueillis dans des établissements spécialisés. Ils sont des élèves comme les autres et c'est là l'essentiel.

POUR ALLER PLUS LOIN :
108. Je pars en classe découverte, p. 278

137. IL A FAIT UNE FUGUE. COMMENT RÉAGIR ?

VOTRE ENFANT VIENT DE QUITTER PRÉCIPITAMMENT VOTRE DOMICILE. QUE SE PASSE-T-IL ?

La fugue est fréquente à l'adolescence. Entre 14 et 17 ans, s'exprime ce besoin de disparaître, de ne pas être vu, de ne plus être jugé. Elle concerne deux filles pour un garçon.

LES CAUSES

La fugue est avant tout un signe de malaise et d'émancipation. Le message qu'elle envoie à l'intention des parents est généralement assez précis : « Je ne supporte plus votre manière de vivre, vos remarques, vos interdits, alors je m'en vais. » Ce que les parents doivent alors entendre est : « Je vous demande de changer d'attitude, de posture, et notamment à mon égard. »

Cela dit, d'autres motivations peuvent parfois conduire à une fugue.

- **Parfois, les jeunes se l'imposent comme un rite de passage entre l'enfance et le monde adulte, comme dans les cultures primitives.**
- **La fugue peut aussi être un acte plutôt salutaire, dans un cadre familial où les parents sont trop regardants et intrusifs, lorsqu'ils cherchent à tout maîtriser et/ou interdire.**
- **Dans d'autres cas, elle survient dans un environnement familial peu aimant, négligent, déstructuré, voire violent.**
- **Elle peut également être liée à un événement extérieur à la famille : une déception amoureuse, un harcèlement à l'école, la peur d'être puni après une bêtise, un mauvais résultat scolaire, etc.**
- **Enfin, elle peut avoir été influencée par une tierce personne qui manipule l'adolescent ou exerce sur lui une forme d'emprise.**

UNE DÉCISION EN DEUX TEMPS

En fuguant, les jeunes cherchent à attirer l'attention. Cette fuite s'organise souvent en deux actes. Dans un premier temps, l'ado laisse derrière lui sa souffrance mais attend de sa famille qu'elle la reconnaisse et y réagisse. Si celle-ci ne relève pas la disparition, ne s'en inquiète pas ou temporise « De toute façon, ce n'est pas la première fois » ou « Inutile d'en faire un plat, il fait sa crise », alors une chronicisation de l'acte peut s'installer, et l'enfant, tomber dans l'errance (voir encadré ci-dessous).

La fugue doit donc être prise très au sérieux dès le départ. La première fois, elle est salutaire : c'est une sorte d'initiation qui va permettre à l'adolescent de transgresser, de s'apercevoir qu'il compte pour les autres mais aussi de s'autonomiser et de prendre confiance en lui puisqu'il a eu le courage de partir.

Bon à savoir

Généralement, une fugue est provisoire : le plus souvent, elle dure une nuit, plus rarement quelques jours. L'errance, elle, est différente car elle s'installe dans le temps : elle témoigne d'un besoin de partir, de vivre seul, dans la rue ou dans des squats, d'un désir de couper les liens avec les parents. L'ado se crée alors une nouvelle identité, il construit de nouvelles relations. Ici, d'autres causes entrent en jeu, souvent plus douloureuses : maltraitance, violences physiques, morales ou sexuelles, abandon. Il s'agit d'une véritable rupture.

En effet, en quittant le foyer familial, il prouve qu'il est capable de passer une nuit dehors, qu'il existe à l'extérieur. C'est aussi imposer son choix propre aux deux parents... à condition que le message soit reçu.
Où se réfugie-t-il ? En général, l'enfant va chez quelqu'un qu'il connaît et en qui il a confiance. Certains ados feront en sorte de laisser un indice pour que les parents les retrouvent. D'autres choisiront au contraire un lieu ou le domicile d'une personne auquel sa famille ne pensera pas. Plus rarement, ils préféreront traîner dans la rue ou rejoindre une autre région (un lieu emblématique comme une maison de vacances, la ville où ils ont grandi ou un paysage de rêve découvert sur Instagram®).
Une fois en fugue, l'ado se rend compte qu'il a emporté ses problèmes avec lui : c'est le deuxième acte. Il prend conscience que tout ne va pas se régler en s'éloignant de ses parents. Il comprend dans les jours ou les semaines qui suivent les conséquences de sa décision. Cette expérience est aussi une occasion pour lui de grandir. La fugue est ancrée dans sa mémoire, et il en parlera (ou pas) à ses proches plus tard (ses amis, son compagnon ou sa compagne, ses propres enfants...).

LES CONSEILS

Avant

- Pour éviter que votre enfant ne soit tenté par la fugue, écoutez-le, valorisez-le, montrez-lui qu'il a toute sa place dans votre famille et, bien sûr, dans votre cœur. Son épanouissement doit être votre objectif. Si pour des raisons inhérentes à la situation, vous n'y arrivez pas, faites-vous aider. Une fugue n'arrive pas par hasard.
- Veillez à ne pas trop le brider : il doit pouvoir sortir de la maison et bénéficier d'un espace de liberté et d'expression. Vous lui donnerez aussi un peu d'argent de poche en fonction de ses besoins, sans lui demander des comptes. Faites-lui confiance.
- Imaginez des périodes ou des séjours pour que votre ado puisse s'autonomiser à distance de vous : colonies de vacances, séjours linguistiques, scoutisme...

Pendant

- Tâchez de vous apercevoir de son départ rapidement. Inquiétez-vous sans attendre.
- Partez à sa recherche, à plusieurs. Téléphonez à ses amis si besoin, visitez les lieux où il se rend habituellement. Le pire serait de banaliser.
- Cherchez un indice dans sa chambre et parlez avec ses frères et sœurs car ils peuvent être dans la confidence.
- Si vous n'avez aucune idée de l'endroit où il se trouve, faites une déclaration de disparition auprès de la police.
- S'il vous contacte pendant sa fugue, profitez de la main qu'il vous tend. Montrez-vous conciliants, soyez à l'écoute et ne le grondez pas. Dites-lui que vous êtes là pour l'aider, que vous serez toujours là pour lui. Il est essentiel de maintenir un lien, qu'il rentre ou pas.
- Des associations peuvent vous aider. N'hésitez pas à consulter les sites suivants : www.fondation-enfance.org, www.116000enfantsdisparus.fr ou www.arpd.fr

Après

- À son retour, savourez d'abord vos retrouvailles.
- Cependant, faites-lui comprendre que vous vous êtes inquiétés. Remettez les explications à plus tard mais n'oubliez pas : son acte doit pouvoir servir à quelque chose.
- Il peut être nécessaire d'envisager un examen médical.
- N'hésitez pas à consulter un pédopsychiatre, un psychologue ou un thérapeute comportementaliste si vous sentez votre enfant éprouvé psychiquement.

POUR ALLER PLUS LOIN :

126. On dit que je fais ma crise d'adolescence, p. 326
138. Mes premières soirées, p. 353
142. Je sèche l'école, p. 363

138. MES PREMIÈRES SOIRÉES

C'EST L'ÂGE OÙ VOTRE ENFANT DEMANDE À SORTIR LE SOIR.

UN BESOIN DE LIBERTÉ

Votre ado a besoin d'un espace de liberté pour s'autonomiser et prendre confiance en lui. Sortir lui permet aussi de se construire et de se projeter dans l'avenir.

- **Pendant l'année scolaire et la semaine, gérer ses sorties est relativement facile, puisque la journée de votre enfant est rythmée par ses différentes activités, notamment scolaires. Établissez des règles au mois de septembre en vous rappelant qu'il est essentiel de lui faire confiance.**
- **En vacances et le week-end, il est plus difficile de cadrer son emploi du temps. Il veut voir ses amis en permanence, demande à sortir plus souvent et plus tard le soir.**

Nombreux sont les parents qui sont mal à l'aise à l'idée d'autoriser (ou non) les soirées. Lui permettre de rencontrer ses copains, ses copines, c'est accepter les relations amoureuses, voire sexuelles. Cette décision pousse l'adulte dans ses retranchements, tant il se souvient de sa propre adolescence. Une réaction en miroir peut alors s'installer. Pourtant, rappelez-vous : votre enfant doit pouvoir s'émanciper tout en restant en sécurité, grâce à tous les outils éducatifs que vous lui avez déjà transmis.

DES HORAIRES ET UN CONTRAT

Entre sa présence au collège, ses devoirs, les tâches habituelles de la maison, les horaires des repas, et ses activités sportives ou artistiques, l'adolescent sait bien qu'il ne peut pas sortir tous les soirs. La règle ci-dessous peut être une base pour ouvrir les négociations.

- **Entre 12 et 14 ans,** il peut sortir le week-end et pendant les vacances jusqu'à 22 heures. En semaine, il est au collège et se doit de rentrer après les cours, sauf cas ou sortie exceptionnels.
- **À partir de 15 ans,** il peut sortir la semaine jusqu'à 20 heures, et jusqu'à minuit le week-end et pendant les vacances.

S'il est seul pendant les vacances ou certains week-ends, parce que vous travaillez ou que vous vous absentez, il bénéficie de fait d'une plus grande liberté pour se lever tard, donc se coucher tard, sortir le soir, voire passer la nuit chez un ou une ami(e). Vous devrez donc ensemble établir des règles adaptées à la situation. Ce contrat tacite pourra s'appuyer sur une confiance mutuelle qui vous permettra, au fil du temps, de le responsabiliser et d'autoriser davantage de sorties.

LES CONSEILS POUR LE RESPONSABILISER

Voici quelques règles simples auxquelles vous pouvez réfléchir en famille.

- Si vous lui demandez de rentrer à telle heure, faites en sorte d'être présent(e) à la maison à l'heure dite.
- Il est bon qu'il sache que vous restez joignable à tout moment.
- Avant l'âge de 16 ans, allez chercher votre ado, pour des raisons évidentes de sécurité. Vous adapterez ceci en fonction du type de sortie et de l'éloignement. Attendez-le au coin de la rue ou restez à distance pour éviter de « lui faire honte ».
- Si la fête commence à 21 heures, instaurer un couvre-feu à 23 heures est peut-être un peu juste. Soyez conciliant(e). Et en cas de retard, exigez qu'il vous prévienne par sms. Mais attention : il n'est pas autorisé à abuser de votre souplesse.
- Ne surveillez pas toutes ses allées et venues. Les détecteurs de mouvements dans la maison, la caméra, le tabouret installé exprès derrière la porte... Ces « mouchards » ne sont pas une bonne idée. Apprenez à lui faire confiance pour qu'il respecte de lui-même ses engagements.

• Si vous n'aimez pas les copains qu'il fréquente, soyez tolérant(e). S'il les a choisis, c'est qu'il y a une raison. Ne projetez pas vos craintes sur votre enfant : ce sont ses amis, pas les vôtres. Cependant, si vous sentez que l'un ou l'autre peut avoir une mauvaise influence, engagez la conversation au bon moment.
• Bien entendu, s'il commence à se lever de plus en plus tard pendant les vacances, ou le week-end, fixez de nouvelles limites et réfléchissez à un emploi du temps adapté qui convienne à tous. Il ne s'agit pas de vous montrer restrictif mais d'insister sur l'importance de la vie de famille (les repas, les activités, les tâches ménagères que vous partagez). Cependant, n'oubliez pas : ce sont des souvenirs merveilleux qu'il est en train de se fabriquer pour la vie.

Bon à savoir

Inutile de vous montrer trop permissif(ve), pour guérir de votre propre adolescence ou pour lui prouver que vous êtes encore dans le coup. Là encore, attention à la relation en miroir qui n'est jamais bénéfique. Vous n'êtes pas son copain ou sa copine. Et devez toujours différencier son histoire de la vôtre.

IL RENTRE AU-DELÀ DE L'HEURE PRÉVUE. QUE FAIRE ?

• **Si votre enfant n'est pas rentré à l'heure que vous aviez fixée,** faites-lui comprendre que votre confiance en lui est altérée. La prochaine fois, il devra rentrer plus tôt puisqu'un contrat, c'est donnant-donnant. S'il essaye de justifier son retard, laissez-le argumenter. Certes, vous connaissez les ficelles : vous avez eu son âge…
• **S'il n'est toujours pas là à 4 heures du matin,** alors que vous lui aviez demandé de rentrer à 1 heure, ne l'attendez pas derrière la porte. Stressé, il sait déjà qu'il va se faire remonter les bretelles. Vous pouvez néanmoins glisser un petit mot dans sa chambre pour lui dire que vous l'avez attendu, que vous n'êtes pas satisfait(e) et que vous en reparlerez le lendemain. Mieux vaut en effet éviter de le traiter de tous les noms d'oiseaux à son retour. N'oubliez pas qu'il vient de passer un bon moment…
• **Un ado qui rentre à chaque fois un peu plus tard teste ses parents.** Il se dit que vous ne l'entendrez pas. Toutes les ruses sont possibles : il marche sur la pointe des pieds, entre par la fenêtre qu'il a préalablement laissée ouverte, il fait du bruit en rentrant avant de repartir en douce… Soyez réactifs, mais constructifs.
• **Il sort tous les soirs ?** C'est bien entendu à vous de revoir les règles de la maison, avec lui. S'il rentre vers 21 heures, tout va bien. Mais si c'est plus tardif, faites-lui prendre conscience qu'il doit réfléchir à ses priorités. Ne le braquez pas, mais argumentez pour obtenir son adhésion. Expliquez-lui qu'il aura la possibilité de sortir plus tard et plus souvent lorsqu'il sera plus âgé. Tout ne doit pas être acquis tout de suite.
• **Ses vêtements sentent le tabac, le shit, l'alcool ?** C'est qu'il transgresse. Vous en parlerez dès le lendemain, tranquillement. L'objectif n'est pas de le priver de sorties, cela renforcerait son désir de s'opposer, mais de dialoguer, de montrer que vous vous intéressez à lui.

POUR ALLER PLUS LOIN :
121. La drogue, les addictions, on en parle, p. 314
122. Je veux mon téléphone portable, p. 316
123. Je me couche tard le soir, et je suis fatigué le lendemain, p. 319

139. SON PREMIER AMOUR

IL EST AMOUREUX ! QUELLE AVENTURE EXTRAORDINAIRE POUR LUI...

RESPECTER SON JARDIN SECRET

Votre enfant désormais ado ne va pas tout vous raconter de ses émois et... heureusement ! Il doit pouvoir garder pour lui son jardin secret. Une trop grande proximité affective avec vous pourrait être néfaste à son autonomisation et sa confiance en soi. Certes, vous êtes à l'affût du moindre signe, qui laisserait supposer qu'il est en train de tomber amoureux. Mais gardez-vous d'empiéter sur son intimité.

Pour des raisons culturelles, religieuses ou éducatives, les parents estiment parfois devoir maîtriser les rencontres de leur ado. Ils souhaitent vérifier que leurs valeurs sont bien respectées (respect de la virginité, par exemple) et préserver leur enfant de tout risque (grossesse, MST...). Ces bonnes intentions sont en réalité des projections en miroir de la part de l'adulte. Et de telles intrusions peuvent provoquer des dégâts.

Bien entendu, certains signes vous auront probablement mis la puce à l'oreille. Votre ado rentre tard, saute certains repas, prend davantage soin de son apparence, s'isole plus souvent avec son portable, demande à sortir davantage... Peut-être vous interrogez-vous, ou craignez-vous qu'il « fasse des bêtises ». Mais, en réalité, ce que vous craignez surtout, c'est de « perdre » votre petit qui a grandi trop vite ; à moins que vous ayez peur qu'il reproduise « les mêmes bêtises », celles que vous avez commises lorsque vous étiez plus jeune.

IL VIT UNE GRANDE PASSION, COMMENT RÉAGIR ?

Votre inquiétude est compréhensible. Mais rappelez-vous :

- **Votre enfant doit avoir sa propre vie et il est essentiel qu'il s'autonomise.**
- **Vous lui avez déjà transmis les bons repères. Il sait qu'il vaut mieux se montrer prudent, ne pas tout donner tout de suite, respecter l'autre. Il sait aussi que l'amour, c'est mieux avec des sentiments mais qu'il est possible de vivre des chagrins. Enfin, il est au courant des moyens de contraception et de protection contre les maladies sexuellement transmissibles. L'heure n'est donc plus à l'éducation mais à la confiance.**
- **Vous devez tout faire pour qu'il se sente libre dans cette relation nouvelle. Votre enfant vit un grand moment. Et ne dit-on pas que l'amour fait déplacer des montagnes ? C'est tout nouveau pour lui alors respectez ses découvertes. Sinon il risque de ne pas être lui-même, et de calquer sa conduite selon des codes autres que les siens.**
- **Votre ado n'aura que son amoureux/son amoureuse en tête. Une relation sentimentale, ça se vit à 100 % avec l'autre. Pas avec ses parents.**
- **Ne prenez pas votre ado pour un « gamin » et encore moins pour un « débile » comme il risque de vous le dire. Ce n'est plus un enfant, il doit explorer, ressentir, aimer, grandir, intégrer, et souffrir probablement.**
- **Ne projetez pas votre propre expérience : ce n'est pas parce que vous avez eu un premier amour difficile ou au contraire merveilleux que votre progéniture doit être protégée, ou au contraire encouragée. Apprenez à rester attentifs, mais non intrusifs.**

Bon à savoir

Les premières passions amoureuses bouleversent les adolescents vers 13 ou 14 ans. Les premières expériences sexuelles surviennent, elles, autour de 16 ou 17 ans. S'il est préférable que celles-ci n'interviennent pas trop tôt dans leur vie, les interdire n'est pas judicieux puisque cela favoriserait leur envie de « le faire ».

- **Votre ado vous voit vivre votre propre relation de couple au quotidien. Peut-être vous entendez-vous bien, peut-être avez-vous divorcé, peut-être est-ce compliqué ? À ses yeux, il y a du bon et du mauvais et il fait son « marché », en quelque sorte.**

Si l'occasion vous en est donnée, faites-lui de temps en temps un petit rappel : « Je vois bien que tu vis quelque chose de nouveau en ce moment, sans doute extraordinaire. Mais n'oublie pas que tu as aussi d'autres priorités et des choses que tu aimes : l'école, tes copains, le sport, la musique, etc. » Ça ne peut pas lui faire de mal puisque vous le confortez dans son libre arbitre.

SON AMOUREUX VEUT DORMIR À LA MAISON, QUE FAIRE ?

C'est un sujet délicat, y compris lorsque les parents font preuve d'une grande permissivité. Tout accepter n'est pas forcément une bonne idée : votre ado pourrait considérer le domicile familial comme un hôtel et vous faire assister à un vrai défilé, ce qui ne serait pas vraiment constructif pour lui.

L'objectif est de lui faire prendre conscience qu'inviter son copain ou sa copine à dormir à la maison… implique justement toute la maison. C'est une façon pour lui de vous prendre à témoin dans cette relation amoureuse, et, c'est, inconsciemment, espérer un assentiment. Le veut-il vraiment ? A-t-il besoin de vous prouver qu'il est adulte en ayant des rapports sexuels sous votre toit ? Pourtant, d'autres moyens lui permettraient de faire valoir son autonomie. Le lui rappeler est essentiel. Cette dimension échappe souvent au jeune couple. Vous devez bien leur faire entendre que, si vous vous réjouissez pour eux, leur relation ne vous concerne pas.

Cependant, il ne s'agit pas de tomber dans l'hypocrisie en leur interdisant de faire l'amour (ils le feront ailleurs). Par ailleurs, si votre adolescent estime que cette relation est sérieuse et si vous sentez qu'elle est positive, authentique et durable, vous pouvez envisager d'accueillir le couple certaines nuits à la maison. Vous ne manquerez pas de lui demander de participer à la vie familiale : dîner ou regarder un film ensemble établira un équilibre.

Là encore, tout est question de culture et d'éducation. Votre choix doit dépendre de vos valeurs et les règles que vous instaurerez y seront conformes. Bien évidemment, vous tiendrez aussi compte de la fratrie (des frères et sœurs plus jeunes, notamment) et de la configuration des lieux (chambre partagée éventuellement).

IL VIT UNE DÉCEPTION AMOUREUSE, COMMENT LE RÉCONFORTER ?

Peu de chances que vous passiez à côté de son premier chagrin d'amour. Les portes claquent, il est inconsolable, passe des heures au téléphone, n'a plus goût à rien et encore moins à l'école, se montre effronté… De votre côté, vous pouvez vous sentir soulagé(e) : après avoir vécu en direct les conséquences de sa relation quelque peu animée avec son être cher, vous vous dites que c'est mieux que tout cela se termine.

Même si vous le pensez très fort, n'en dites rien : vous ajouteriez de la peine à la tristesse que votre ado éprouve déjà. S'il veut vous prendre à témoin, restez vigilant(e). Mieux vaut éviter les commentaires « Je te l'avais bien dit, il/elle n'était pas fait(e) pour toi ». Laissez-lui un peu de poésie. Et un peu d'air aussi.

En revanche, ouvrez votre cœur, écoutez ses lamentations, consolez ses pleurs, si vous sentez qu'il a beaucoup de chagrin. Expliquez-lui que la douleur qu'il ressent est normale, que la blessure mettra un peu de temps à cicatriser et que ce premier amour restera ancré pour toujours dans son cœur. Ainsi vous n'êtes pas dans le déni, car ce que traverse votre ado est d'une extrême importance. Vous êtes un parent qui aime son enfant et qui partage sa douleur, rien de plus. Vous n'êtes pas dans le jugement.

POUR ALLER PLUS LOIN :
129. Lui parler de sexualité, p. 333

140. L'ENTRÉE AU COLLÈGE

L'ENTRÉE AU COLLÈGE REPRÉSENTE UNE VÉRITABLE PETITE RÉVOLUTION POUR VOTRE ENFANT.

De nouvelles matières, différents professeurs, l'échéance du brevet à l'horizon… La 6e est une étape. Elle fait partie du cycle 3, dit de consolidation (CM1, CM2 et 6e). L'objectif, ici, est de conserver une certaine continuité, malgré tous les changements qu'elle occasionne, et de consolider les acquis pour que l'adolescent avance dans sa scolarité sans être complètement perdu.

LES GRANDS CHANGEMENTS

Après cinq années passées dans la même école, auprès d'un seul enseignant dédié à chaque niveau, votre enfant découvre un nouvel univers.

- **L'établissement est différent.**
- **Les professeurs sont nombreux.**
- **Les horaires varient : la 6e compte 26 heures de cours par semaine avec 3 heures d'accompagnement personnalisé.**
- **Il redevient le plus jeune dans la cour des grands alors qu'il était le plus grand dans celle des petits. Pour vous, cela semble mineur, mais pour lui, c'est une sorte de redémarrage qui remet en question beaucoup de choses : sa confiance en soi, son orientation géographique, son intégration, sa socialisation, son autonomie.**
- **Il doit apprendre à gérer les changements de classe et de professeurs. Il lui faut donc parvenir à mieux maîtriser le rangement de son cartable, le rassemblement de ses affaires, la gestion de son emploi du temps, les déplacements d'une classe à l'autre et les demandes des uns et des autres.**

Les premières semaines sont donc à considérer comme une petite révolution ! Vous serez à ses côtés pour l'écouter, le conseiller, l'aider tout en le laissant s'autonomiser. Par ailleurs, souvenez-vous qu'en plus d'entrer au collège, votre enfant entre dans l'adolescence. Les changements du corps, de l'état d'esprit, du comportement le bouleversent. Et vous aussi.

LES CONSEILS POUR UNE RENTRÉE SEREINE

- **L'aider à prendre ses marques.** Vous n'aurez pas manqué de lui faire visiter son nouvel établissement avant la rentrée. Profitez aussi de l'été qui précède pour l'aider à revoir les principaux acquis du primaire en cycle 3.
- **Favoriser son autonomie.** Parce qu'il sera moins accompagné par l'équipe enseignante, votre enfant doit rapidement apprendre à s'organiser, à

Bon à savoir

Si vous restez la personne-ressource de référence, votre enfant cherche – et c'est bon signe – à s'éloigner de vous. N'en prenez pas ombrage. Au contraire, encouragez ses initiatives auprès des autres adultes tout en restant à son écoute. Désormais, de nombreux acteurs de l'équipe pédagogique vont s'adresser à lui et il doit pouvoir se tourner vers chacun, en cas de problèmes. L'objectif est qu'il s'autonomise, sans craindre le regard de ses camarades. Voilà pourquoi vous lui expliquerez le rôle des différents interlocuteurs du collège : le directeur, le conseiller principal d'éducation, le professeur principal, les différents enseignants, l'infirmière scolaire, l'assistante sociale, les assistants d'éducation pédagogiques.

gérer son emploi du temps, à planifier ses devoirs à la maison, à intégrer de nouvelles méthodes de travail. Vous l'aiderez en amont.

- **L'inviter à prendre le bon rythme.** Une dizaine de jours avant la rentrée, il doit pouvoir se coucher et se lever à une heure adaptée et régulière. Il retrouve ainsi un meilleur rythme physiologique pour apprendre et se familiarise déjà avec les nouveautés qui l'attendent.
- **Lui faire confiance.** Profitez de cette étape importante pour lâcher un peu de lest. Ne le surprotégez pas, ne faites pas tout à sa place : il peut s'occuper de l'achat de certaines fournitures, par exemple, réfléchir à l'organisation de son cartable, aller au collège seul...
- **Lui laisser du temps.** Ne faites pas d'emblée une fixation sur ses résultats. Mieux vaut relativiser, faire preuve de recul pour qu'il ne perde pas confiance en ses capacités. Au contraire, essayez de comprendre ce qui s'est passé : une étourderie, un problème de mémorisation, de confusion dans la consigne ? Attendez tranquillement la rentrée de la Toussaint pour faire le point avec ses professeurs, si besoin.

L'AIDER À S'ORGANISER POUR FAVORISER SON AUTONOMIE

- **Les devoirs.** C'est un temps essentiel qu'il doit apprendre à définir. Montrez-lui comment organiser son bureau, gérer son matériel, respecter son emploi du temps qu'il peut par exemple afficher dans sa chambre et éventuellement dans la cuisine.
- **Le sac à dos.** Ne vérifiez pas chaque soir ou chaque matin son contenu. Accompagnez votre enfant en septembre, puis arrêtez de contrôler ses faits et gestes. Rappelez-lui d'utiliser le casier mis à sa disposition au collège pour éviter le surpoids des cartables.
- **Le matériel.** Vous pouvez lui suggérer d'attribuer une couleur à chaque matière : pour les mathématiques, par exemple, cahier, classeur et instruments géométriques pourraient être jaunes (ou marqués d'une gommette jaune). Cela lui permettra de s'y retrouver et de gagner du temps.
- **L'agenda.** Montrez à votre enfant comment s'en servir pour planifier les devoirs, les interrogations, les exposés...
- **Les routines.** Il est toujours très structurant pour un enfant d'avoir des rituels. Par exemple, au retour du collège, il peut : poser son cartable au même endroit, prendre son goûter dans la cuisine, échanger avec le parent présent, aérer sa chambre, puis ouvrir son agenda, relire les leçons, faire ses devoirs.
- **La mémoire.** Il est important pour votre ado de la travailler régulièrement pour optimiser sa façon d'étudier. Montrez-lui comment construire des fiches, expliquez-lui l'intérêt de recopier (des mots de vocabulaire en anglais, par exemple) ou de relire à voix haute ses leçons.
- **Le rythme.** Veillez à ce qu'il conserve un bon rythme de sommeil. Pour rappel, un collégien doit avoir éteint à 21 h 30 s'il se lève entre 7 h et 7 h 30, le lendemain. Attention au portable !

POUR ALLER PLUS LOIN :

113. À la récré, je suis rejeté, bousculé, moqué, p. 290
141. J'ai du mal à suivre au collège, p. 361
142. Je sèche l'école, p. 363
143. Je suis victime de harcèlement ou de racket, p. 365
144. Je redouble une classe, p. 367

141. J'AI DU MAL À SUIVRE AU COLLÈGE

IL EST POSSIBLE QU'UN CERTAIN NOMBRE DE DIFFICULTÉS AIENT DÉJÀ ÉTÉ REPÉRÉES AU PRIMAIRE. OU QU'ELLES APPARAISSENT EN 6E.

Plus tôt ces difficultés d'apprentissage seront repérées, plus vite elles seront prises en charge pour aider votre enfant à poursuivre sereinement sa scolarité.

QUELS TYPES DE DIFFICULTÉS ?

Il a du mal avec la lecture.

Votre enfant n'aime peut-être pas lire. Il peut aussi avoir des difficultés à comprendre un texte, à l'analyser ou à le résumer. Ces difficultés ne se traduisent pas seulement en français : en Histoire, par exemple, il peut lire une information sans parvenir à visualiser l'événement historique dont il est question.

Vous vérifierez alors qu'il voit bien. Avant de le montrer à un ophtalmologue, testez avec lui des écrits de tailles différentes, améliorez l'éclairage, vérifiez qu'il est bien installé. Un contrôle est conseillé, surtout si vous remarquez que votre enfant penche la tête en lisant, s'il s'approche excessivement du texte, s'il cligne des yeux, perd patience ou se plaint de maux de tête.

Il n'arrive pas à s'organiser.

Un élève qui ne parvient pas à gérer son planning, ses devoirs, ses différentes tâches, est un élève qui n'évoque pas, c'est-à-dire qu'il a du mal à solliciter ses connaissances et à les relier entre elles.

Il vous faudra l'accompagner dans sa manière de structurer et d'organiser ses séances de travail : vous pouvez utiliser des fiches, séquencer l'enchaînement des matières ou créer des cartes mémoires (des mots-clés d'un côté et des informations plus détaillées, de l'autre). Vous veillerez aussi à le préserver de tout distracteur : l'apparition d'un frère ou d'une sœur, un deuxième goûter à prendre et bien sûr, une nouvelle notification sur son téléphone.

Il apprend par cœur mais ne parvient pas à se figurer ce qu'il vient d'apprendre.

S'il ne sait pas traduire ses connaissances, leur donner suffisamment de sens, il est important de construire ce qu'on appelle « un dialogue pédagogique ». Le but ? Qu'il comprenne le contenu de ce qu'il vient d'apprendre par cœur. Par exemple, une date dans un cours d'histoire qu'il ressort spontanément, sans la relier à d'autres événements : rappelez-lui alors un évènement récent dont vous êtes certain(e) qu'il se souvienne ; une fois qu'il l'évoque, demandez-lui alors de le situer dans le temps. Et quel sens il donne à cet évènement... à distance. Votre enfant doit trouver du sens à ce qu'il apprend. N'hésitez pas à apporter des éclaircissements pour l'aider.

Il bâcle ses devoirs.

Au collège, le travail de recherche et d'analyse est nettement plus soutenu. Ce peut être difficile pour un enfant qui, du fait de son besoin d'autonomie, se retrouve un peu livré à lui-même. Il rechigne quand il faut redoubler d'efforts ou parce que vous êtes sur son dos. Et le travail est mal fait.

Soyez présent(e). Sans être autoritaire ou intrusif(ve), rappelez-lui qu'il doit apprendre à s'organiser dans le temps et à respecter le nombre de tâches à accomplir. Vous lui expliquerez aussi l'intérêt des devoirs (mémorisation, intégration, assimilation du travail fait en classe). Rappelez-lui pourquoi il va au collège car il a besoin de se projeter.

Il semble perdu.

Des troubles praxiques (motricité fine) ont pu s'accentuer avec le temps ou des difficultés d'orientation dans l'espace, apparaître avec l'entrée au collège : il lui est difficile de passer d'une classe à l'autre ou de s'adapter à chaque nouveau professeur. Apprenez-lui à s'autonomiser davantage dans la vie de tous les jours, à prendre des initiatives, ne décidez pas pour lui à chaque fois.

L'INTÉRÊT D'UN BILAN PSYCHOMOTEUR

Dans tous les cas qui viennent d'être évoqués, quelles que soient les difficultés de votre enfant (sauf s'il s'agit d'un handicap particulier de type visuel ou auditif), un bilan psychomoteur peut lui être proposé. Ce bilan, souvent demandé par l'équipe pédagogique ou le pédiatre, pourra être suivi d'une prise en charge thérapeutique.

Son principe est d'évaluer la façon dont l'enfant perçoit ce qui l'entoure et ce qu'il apprend, sa motricité, sa sensibilité et sa cognition (fonctions supérieures). Ainsi, seront observés :

- **Les postures de l'enfant** : la position assise, la coordination de ses gestes, son équilibre.
- **Ses habiletés manuelles et la qualité de ses mouvements** : si votre enfant a du mal à shooter dans un ballon ou à servir au tennis, il est probable que ces difficultés impactent ses apprentissages scolaires.
- **La graphie** : comment pose-t-il son bras sur la surface de la table ? Comment tient-il son crayon ?
- **Le développement de la latéralité et la conscience de l'image du corps** : comment utilise-t-il la main droite par rapport à la main gauche ? Comment coordonne-t-il ses mouvements ? Quel est son œil dominant ?
- **La perception sensorielle** : comment réagit-il aux bruits, aux stimulations tactiles ? Comment les reconnaît-il, les analyse-t-il ?
- **L'orientation dans l'espace et dans le temps** : parvient-il à se repérer ?
- **La relation à l'autre et la gestion des émotions** : comment interagit-il ?
- **Son degré d'autonomie** : sait-il préparer son sac, se rendre seul à l'école, ranger sa chambre, choisir ses vêtements ? Pour se structurer, cette notion d'autonomisation est importante.
- **Son attention et sa concentration** : le bilan psychomoteur s'intéresse aussi de près à la façon dont l'enfant parvient à mener une action jusqu'au bout, à ne pas interrompre une activité, à rester focalisé sur une tâche.

Peut-être avez-vous simplement remarqué la maladresse de votre ado, sa dispersion, sa flemme. Vous pensez certainement qu'avec le temps, ça passera. Mais restez vigilant(e) et, si vous le sentez en difficulté, n'hésitez pas à envisager un bilan psychomoteur. Vous l'aiderez à progresser et à garder confiance en lui.

Bon à savoir

Quelles que soient les difficultés de votre enfant, montrez-vous attentifs à ses capacités et ne vous focalisez pas uniquement sur ce qui ne marche pas.

POUR ALLER PLUS LOIN :
140. L'entrée au collège, p. 358
142. Je sèche l'école, p. 363
144. Je redouble une classe, p. 367

142. JE SÈCHE L'ÉCOLE

VOUS LE PENSIEZ EN COURS MAIS SON BULLETIN TRIMESTRIEL EST FORMEL : VOTRE ENFANT A MANQUÉ TROIS DEMI-JOURNÉES ET L'AVERTISSEMENT EST TOMBÉ.

C'est à partir de quatre demi-journées non justifiées par mois que l'établissement relève un cas d'absentéisme. Elle concerne en moyenne 2 % des collégiens et 5 % des lycéens.

POURQUOI SÈCHE-T-IL LES COURS ?

Les causes de l'absentéisme sont diverses.

- **Un problème de harcèlement scolaire** (par d'autres élèves ou plus rarement un mauvais ressenti avec un enseignant) se retrouve chez 60 % des décrocheurs.
- **Des difficultés scolaires,** des problèmes de mémorisation, d'analyse, de vision ou encore un « dys » (dysorthographie, dyslexie, dyspraxie, dyscalculie) peuvent aussi expliquer l'école buissonnière.
- **Un enfant à haut potentiel** qui n'aurait pas été dépisté, peut s'ennuyer au collège – si cela n'a pas été fait en primaire, il convient alors de procéder à un bilan.
- **Votre ado a peut-être des compétences pour d'autres disciplines** que celles enseignées dans le système éducatif traditionnel : sport, arts, protection de la nature.
- **Il peut aussi manquer de motivation,** n'ayant pas trouvé à l'école une matière ou un enseignant qui l'anime suffisamment.
- **Il refuse l'autorité** et marque son opposition au système.
- **Il vit dans un environnement familial compliqué** ou douloureux (divorce, violences intrafamiliales, chômage, maladie d'un proche).
- **Il ne trouve pas sa place,** ni au collège (il a peu d'amis), ni en famille (un aîné qui réussit tout ce qu'il entreprend lui vole la vedette).
- **Il subit un surinvestissement des parents** qui se projettent à sa place, organisent son emploi du temps. L'ado étouffe, se démotive, abandonne.
- **Il est tout simplement dans une « apathie scolaire »** : en pleine crise pubertaire, il n'arrive pas à se projeter, manque d'énergie, procrastine, transgresse, évite...

RÉAGIR À BON ESCIENT

Il vous faut parvenir à identifier les causes de son absentéisme, en montrant à votre enfant que vous attendez des réponses. Écoutez-le car il a peut-être de bonnes raisons : voulait-il, par exemple, retrouver une copine d'une autre classe qui n'avait pas le moral ? Pour lui, c'était essentiel.

Mieux vaut toujours rester dans l'échange avec lui. Il a probablement un souci ou une souffrance qui le mine, dont il n'ose pas ou ne veut pas vous parler. Mettez-le en confiance, ne soyez pas dans la seule punition, et ne réagissez pas non plus en fonction de votre propre expérience « Tu sais pour en arriver là, j'ai dû travailler dur ! » Il n'y a rien de mieux pour démotiver un ado. Dialoguez, mais n'imposez rien.

Évidemment, vous vous monterez ferme et lui rappellerez pour quelles raisons il ne doit pas manquer les cours. Tout d'abord, l'école est obligatoire ! Mais au-delà, tout apprentissage lui offre une liberté dont il pourra jouir plus tard : apprendre, c'est pouvoir choisir sa voie, c'est grandir et s'autonomiser, c'est s'enrichir. Et c'est une chance que d'autres, qui n'ont pas accès à l'instruction, n'ont pas.

Cela dit, inutile de le surveiller désormais comme le lait sur le feu. Il a besoin d'un espace de liberté. Tout lui interdire, le priver de ses copains, l'encouragerait à « sécher » davantage. En revanche, vous pouvez conditionner ses sorties à son assiduité, ou à la remontée de ses notes. Il ne s'agit pas de le restreindre mais de lui rappeler les règles du gagnant-gagnant et de revaloriser la confiance. À ce propos, s'il a imité votre signature pour justifier de son absence, orientez la discussion sur la notion de perte de confiance.

Bon à savoir

Si votre enfant fait l'école buissonnière, quelques signes peuvent vous mettre la puce à l'oreille : il se couche tard, s'oppose de plus en plus à vous, saute son petit déjeuner, traîne après les cours, semble fatigué, se braque pour un rien, réagit mal à vos propos sur ses fréquentations. Soyez toujours dans l'échange avec votre ado, valorisez-le, mais gardez l'œil. Et n'oubliez pas : montrez-lui que vous avez besoin de lui, que si l'école a des choses à lui apprendre, lui a, aussi, des choses à vous apprendre.

ÊTRE À SES CÔTÉS AU FIL DU TEMPS

Prendre soin de son adolescent ne veut pas dire le prendre en charge. Il doit, au sein même de son espace de liberté, parvenir à se remotiver en sentant qu'il est soutenu et non jugé et condamné à perpétuité. Là réside toute la difficulté : être présent sans être dirigiste.

Voici quelques conseils.

- **Ne passez pas à côté de ses talents extrascolaires.** Il n'y a pas que les mathématiques dans la vie ! Valorisez ses qualités artistiques, musicales, sportives, humaines.
- **Des cours de soutien scolaire** peuvent être une solution en cas de démotivation passagère. Cela dit, il est souvent difficile de trouver la bonne personne et cela a un coût. Mieux vaut que votre ado adhère au projet.
- **Essayez de le convaincre de prendre contact avec la Maison des Adolescents.** Il y trouvera inévitablement une personne référente, en qui il aura confiance (psychologue, éducateur, infirmière, pédopsychiatre). Il pourra être accompagné dans la gestion de ses émotions.
- **Enfin, restez présents à ses côtés, au fil du temps.** Les deux parents veillent à l'équilibre de leur enfant, même, et surtout en cas de famille recomposée. Soyez du même avis, réfléchissez ensemble à ce qui est le mieux pour lui. Il est important qu'il se sente considéré, et non délaissé par l'un de vous, car c'est aussi une cause de décrochage.

POUR ALLER PLUS LOIN :
135. Mes parents divorcent ou se séparent, p. 346
141. J'ai du mal à suivre au collège, p. 361
143. Je suis victime de harcèlement ou de racket, p. 365
144. Je redouble une classe, p. 367

143. JE SUIS VICTIME DE HARCÈLEMENT OU DE RACKET

LE HARCÈLEMENT EST UNE FORME DE PERSÉCUTION PSYCHOLOGIQUE, VERBALE, MORALE OU PHYSIQUE (SEXUELLE OU NON).

C'est un rapport de force et de domination, une violence exercée envers autrui. Des actes ou des paroles se répètent parfois sur de longues périodes avant que l'entourage de la victime ne s'en aperçoive. Celle-ci, souvent plus fragile psychiquement ou physiquement, s'isole, ne sachant comment se défendre.

ZOOM SUR LE HARCÈLEMENT

Les risques de harcèlement sont plus fréquents en fin de primaire et au collège. Ils concernent souvent des élèves de même sexe. Au lycée, en revanche, les harceleurs se tournent aussi vers l'autre sexe, avec le développement de la sexualité (harcèlement sexuel ou de genre).

L'enfant peut subir un racket en plus du harcèlement, mais pas toujours. Menacé de violentes représailles, il est obligé de remettre un objet ou une somme d'argent à son ou ses agresseur(s). La remise du butin peut être prévue après plusieurs jours ou semaines. Pendant ce temps-là, de l'angoisse et des comportements d'évitement ou de repli surgissent chez la victime. Mais du temps peut s'écouler avant de pouvoir les repérer.

Notons enfin qu'un nouveau phénomène, le cyberharcèlement, fait aujourd'hui des ravages chez les ados. Des photos volées sont publiées sur les réseaux, des messages injurieux ou moqueurs sont envoyés à la victime, sa vie privée est rendue publique. 25 % des collégiens ont déclaré avoir été victimes au moins une fois d'une atteinte via les nouvelles technologies.

L'ADOLESCENCE, UNE PÉRIODE À RISQUE

Avant tout chose, il est nécessaire de rappeler que l'adolescence est marquée par de nombreuses modifications comportementales : refus de l'autorité, intérêt porté à son image, découverte de la sexualité, rapport à l'argent, investissement scolaire, prise de risques, etc. Tout ceci peut conduire un enfant à commettre des faits répréhensibles.

D'autres facteurs peuvent favoriser ce phénomène chez un ado et le « pousser » à harceler un camarade. Bien entendu, un climat dégradé au sein même de l'établissement est un facteur de risque. De même qu'un environnement familial instable : des violences, le chômage, l'alcoolisme ou la dépression d'un parent, une séparation ne feront qu'aggraver la situation. Enfin, un accompagnement scolaire déficient peut aussi être à l'origine du harcèlement : pour se venger de la négligence ou du désintérêt de ses parents, l'agresseur chercher à dominer l'autre, celui qui réussit, celui dont les parents sont aimants et présents.

Bien souvent, la victime présente des signes extérieurs qui vont attirer l'attention du harceleur ou du racketteur.

- **L'apparence physique :** petite taille, surpoids, couleur de peau ou de cheveux, retard de puberté...
- **Une difficulté à communiquer :** bégaiement, bredouillement, timidité exacerbée...
- **Un handicap quel qu'il soit :** boiterie, scoliose, forte correction optique, malformation visible, etc.
- **Une identité de genre :** une fille à l'apparence masculine, un garçon jugé efféminé...
- **Une personnalité particulière :** centres d'intérêt, origine sociale, résultats scolaires excellents...

COMMENT REPÉRER LE HARCÈLEMENT ?

Un enfant harcelé parle rarement de sa situation, tant il est débordé par la honte et la crainte de décevoir ses parents. À cela, s'ajoute la peur de subir davantage de brimades s'il dénonce ses agresseurs.

Tout changement dans son comportement doit alors vous alerter :

- **votre ado ne veut plus aller à l'école ;**
- **il s'isole ;**
- **il est fatigué, son sommeil est perturbé ;**
- **des symptômes comme l'eczéma, l'asthme, la chute de cheveux, des troubles hormonaux apparaissent ;**
- **il a perdu l'appétit ou au contraire, se réfugie dans la nourriture ;**
- **il revient de l'école avec des hématomes, tente de les dissimuler ou explique qu'il est tombé, s'est cogné...**
- **ses résultats scolaires chutent.**

Si les enseignants et tous les membres de l'équipe éducative sont formés pour repérer les situations de harcèlement, ils n'en ont pas toujours les moyens. D'où l'importance d'un climat de confiance et d'ouverture à la maison. L'adolescent doit être convaincu de pouvoir compter sur ses parents en cas de problèmes à l'école.

Bon à savoir

Les jours passent et se ressemblent : pourtant sous votre toit, votre ado vit des changements quotidiens considérables. Ne cédez pas à la routine, restez attentifs et vigilants pour repérer et agir avant que les conséquences du harcèlement ou du racket ne deviennent graves.

QUE FAIRE ?

Il vous faut rester attentifs, surtout à l'entrée au collège, pour repérer le plus tôt possible toute violence de cet ordre. Ne tentez pas de régler le problème par vous-même et à sa place à la sortie de l'école : il a besoin de s'autonomiser. Pour autant, ne l'encouragez pas à faire preuve de violence à son tour, en allant contre sa nature. C'est l'occasion de rappeler vos valeurs : le respect de l'autre et des biens. Essayez de le faire parler, écoutez-le, valorisez-le. C'est ainsi qu'il aura davantage confiance en lui et pourra envisager une attitude adaptée face au harceleur.
Vous vous tournerez ensuite vers le chef d'établissement, l'infirmier scolaire, le conseiller principal d'éducation, ou le référent du niveau de votre enfant. Un protocole sera alors mis en place : recueil du témoignage de l'élève victime, entretiens avec des témoins éventuels, convocation du ou des auteurs présumés. Des mesures de protection seront décidées pour la victime et de punition-sanction pour le(s) harceleur(s). Il est important que les actes ou paroles délictueux ne restent pas impunis, pour éviter tout sentiment d'injustice.

Au-delà d'un cas avéré de harcèlement, n'attendez pas pour sensibiliser votre enfant. De nombreux outils et campagnes existent :

- **Il doit connaître les numéros verts nationaux** pour être accompagné : 30 20 (Non au harcèlement) et 0800 200 000 (Net Écoute).
- **Il peut consulter des guides pédagogiques** sur le site www.nonauharcelement.education.gouv.fr. Il y trouvera notamment des informations sur le *sexting* non consenti et le *revenge porn*. Mais aussi des conseils pour devenir ambassadeur au collège : depuis 2018, des élèves se font le relais, auprès de leurs pairs, pour prévenir le harcèlement et réagir à bon escient.

POUR ALLER PLUS LOIN :

113. À la récré, je suis rejeté, bousculé, moqué, p. 290
114. Je suis complexé par mon image, p. 294
141. J'ai du mal à suivre au collège, p. 361
142. Je sèche l'école, p. 363

144. JE REDOUBLE UNE CLASSE

LE CONSEIL DE CLASSE A EU LIEU ET LE REDOUBLEMENT DE VOTRE ENFANT EST ENVISAGÉ. COMMENT RÉAGIR ?

Depuis 2018, les règles du redoublement au collège et au lycée ont changé. Celui-ci peut être prononcé lorsque le dispositif d'accompagnement pédagogique n'a pas permis de mettre fin aux importantes difficultés d'apprentissage d'un élève.

DES PARCOURS DE PLUS EN PLUS BALISÉS

En classe de 6e, 5e et 4e, les parents demandent, au 2e trimestre, le passage en classe supérieure de leur enfant, ou éventuellement son redoublement. Une réponse provisoire est alors donnée à l'issue du conseil de classe. Lorsqu'arrive le 3e trimestre, la famille formule ses vœux définitifs. À nouveau, l'équipe enseignante se prononce en prenant en compte le bilan de l'élève. Celui-ci passe ou... redouble.

Tout est alors mis en place pour accompagner la décision. Des mesures pédagogiques spécifiques pour l'élève sont envisagées, par le biais d'un programme personnalisé de réussite éducative. En principe, une seule décision de redoublement peut intervenir avant la fin du collège.

En fin de 3e, le choix de la famille s'oriente vers une 2nde générale et technologique, une 2nde professionnelle ou l'entrée en 1re année de CAP. Exceptionnellement, les parents peuvent demander le maintien de leur enfant dans sa classe d'origine, si l'orientation proposée par l'établissement ne leur convient pas.

Prendre une telle décision n'est pas neutre. Les parents doivent rester objectifs, ce qui n'est pas toujours facile quand il s'agit de l'avenir de leur enfant. Un redoublement peut être mal vécu à court et moyen terme : l'ado perd ses copains, ses repères, se sent abandonné, nul...

Vous devez dialoguer avec lui, expliquer les raisons qui ont déterminé ce choix : lui n'a probablement pas conscience de ses motifs ou de ses enjeux. Vous pouvez aussi vous faire accompagner par un psychologue dans ce moment délicat : une personne neutre sera peut-être plus à même d'engager une conversation constructive avec votre ado.

D'OÙ VIENNENT SES MAUVAIS RÉSULTATS ?

En général, la période de la Toussaint est le bon moment pour faire le point avec certains professeurs, en cas de difficultés. Le but est de prévenir l'échec scolaire. Et en tant que parents, vous avez un rôle de la plus haute importance.

Les causes de ses difficultés au collège sont diverses.

- **Un trouble de l'apprentissage non encore dépisté : dyslexie, dyscalculie, dysorthographie, dyspraxie, TDAH, précocité. Il est alors plus que temps de vous rapprocher d'un spécialiste (psychomotricien, psychologue, ORL, orthoptiste, orthophoniste, neuropédiatre, etc.).**
- **Une démotivation : votre enfant n'est pas à l'aise au collège. Le nombre de professeurs, les différentes salles de classe, l'emploi du temps variable... Il est perdu, n'arrive pas à s'organiser.**
- **Une opposition : il refuse l'autorité.**
- **Un harcèlement scolaire : il subit une forme de violence verbale, physique ou morale de la part d'un autre élève ; il peut aussi souffrir d'une pression de la part d'un enseignant.**
- **Un problème de concentration : il a des difficultés pour mémoriser ou se montrer attentif.**
- **Un bouleversement émotionnel : il est submergé par sa crise d'adolescence.**

SES NOTES CHUTENT, QUE FAIRE POUR LE REMOTIVER ?

Différents bilans permettront, en fonction des difficultés rencontrées, d'élaborer une stratégie pour aider l'adolescent : une rééducation chez un psychomotricien, des séances d'orthophonie, d'ergothérapie, d'orthoptie, de remédiation cognitive, un accompagnement psychologique... Pour que ce travail soit constructif, votre enfant doit en comprendre l'utilité et y adhérer. Il est donc essentiel de lui expliquer pourquoi il consulte tel ou tel spécialiste. Ainsi, il considérera ces séances comme un soutien et non une punition.

L'équipe éducative du collège sera informée du travail entrepris pour pouvoir mettre en place certaines mesures adaptées et établir un Plan d'Accompagnement Personnalisé (PAP). Parfois, des cours de soutien scolaire viendront compléter ce projet, après un bilan de compétences.

De nombreuses activités, en dehors de ces séances de rééducation, pourront aider l'élève : le chant, le théâtre, la course à pied, la natation, certains arts martiaux, la musique (je conseille vivement les instruments à vent pour apprendre à gérer sa respiration), la méditation et... les jeux vidéo ! Avec modération, ces supports sont aussi facteurs de confiance en soi : puisqu'il a du talent en ligne, il peut aussi en faire preuve à l'école, non ?

L'objectif est aussi d'aider l'enfant à gérer ses émotions et ses pensées négatives. Développer ses fonctions exécutives, comme la logique, la stratégie, la planification, la résolution de problèmes et le raisonnement, y participera. Ces processus cognitifs interviennent essentiellement dans les situations qui demandent de la réflexion et de la créativité, lorsqu'il est nécessaire de s'adapter à des situations nouvelles, en dehors de la routine. Il s'agit d'un travail de longue haleine qui commence à la maison par la mise en confiance de votre adolescent, sa valorisation et une stabilité affective familiale.

IL REDOUBLE, QUE FAIRE POUR L'ACCOMPAGNER ?

La décision a été prise. En fonction de son âge et de sa maturité, votre enfant ne saura pas toujours en réaliser les enjeux. Il est important que vous ne considériez pas ce redoublement comme un échec. Son environnement scolaire, et parfois amical, le lui rappellera suffisamment souvent.

Il s'agit donc de mettre en évidence les avantages de cette décision :

- **il aura une meilleure approche des différentes notions à acquérir, ce qui lui permettra de mieux rebondir par la suite – d'autres sont passés par un redoublement et s'en sont très bien sortis ;**
- **il pourra comprendre autrement certaines choses enseignées et se sentira plus sûr de lui ;**
- **il pourra aider les plus jeunes, ce qui ne manquera pas de le valoriser ;**
- **il pourra établir un lien différent avec certains enseignants, qu'il connaît déjà ;**
- **il bénéficiera d'une nouvelle autonomie sur les horaires et les trajets : montrez-lui que, malgré le redoublement, vous lui faites confiance ;**
- **il pourra compter sur vous puisque vous l'accompagnerez différemment de l'an passé et serez davantage disponibles.**

Bon à savoir

Ne placez pas la barre trop haute : ce n'est pas uniquement de résultats et de notes dont il s'agit, mais de maturité, de confiance en soi, d'appropriation. Il redouble et vous continuez de l'aimer. Ne le comparez pas aux autres : il a besoin de se sentir unique, reconnu et valorisé.

POUR ALLER PLUS LOIN :

141. J'ai du mal à suivre au collège, p. 361

142. Je sèche l'école, p. 363

145. JE NE SAIS PAS QUEL MÉTIER JE VEUX FAIRE PLUS TARD

DÈS LA CLASSE DE 3E, IL EST DEMANDÉ AUX ÉLÈVES DE S'ORIENTER VERS UNE FILIÈRE DE FORMATION. C'EST TRÈS TÔT POUR VOTRE ADO DONT LES PRÉOCCUPATIONS SONT MULTIPLES.

À 14 ou 15 ans, il est rare qu'un enfant connaisse ses goûts, ses envies, ses aspirations, ses talents. Il commence à peine à se découvrir, et se confronte peu à peu au monde adulte. Et il est possible que celui du travail ne l'inspire pas beaucoup : le modèle économique lui semble contraire à ses idéaux, la gouvernance politique, éloignée de la protection de l'environnement ou de l'humain.
Par ailleurs, les parcours professionnels classiques ont changé et perdent un peu plus les jeunes d'aujourd'hui. Il est désormais courant d'exercer plusieurs métiers au cours d'une vie, de changer de voie, de se former pour se requalifier ou se réorienter. S'inscrire dans un avenir dès l'adolescence est donc difficile.

UNE VISION FANTASMÉE ET INCOMPLÈTE DU MONDE DU TRAVAIL

À la fin du collège, votre adolescent n'a finalement qu'une vision assez limitée de la palette des métiers qui peuvent s'offrir à lui. Évidemment, il connaît ceux de ses parents mais pas toujours leur contenu, leurs enjeux, leur réalité. Il a certainement aussi entendu parler du métier d'un oncle ou de la mère d'un ami (menuisier, informaticienne, vétérinaire) dans lequel il pourrait se projeter. Des personnalités en vue (metteur en scène, actrice, sportif, influenceuse, pilote d'avion) peuvent également le séduire. Dans d'autres cas, il admire l'engagement de certaines voies (pompier, policier, éducatrice, garde forestier). Il est donc probablement inspiré par telle personne, proche ou non de votre famille, ou tel métier. Mais, à cet âge encore jeune, il ne va probablement pas chercher plus loin et manque d'informations concrètes. Il se projette avec ses fantasmes, se fait une idée de la personne, ou se contente des images vues dans une série, au cinéma, sur YouTube® ou dans les médias. Il ne va pas spontanément se tourner vers l'adulte dont il envisage le métier pour lui demander de lui en parler, ou l'interroger sur les avantages, les inconvénients, les études nécessaires.

SE DOCUMENTER ET FAIRE UN STAGE

Il lui faut donc, et vous pouvez l'y aider, trouver de l'information. L'idée est d'en savoir davantage car :

- **S'il est attiré par un métier qu'il semble connaître** parce qu'il a eu l'occasion d'apercevoir des professionnels dans leur tâche (agriculteur, peintre, jardinier, professeur), il en a déjà une idée mais elle est probablement assez éloignée de la réalité.
- **S'il est intéressé par un métier dont le sens l'attire** (l'infirmière qui prend soin des autres, le conducteur de train qui traverse la France, l'écrivain qui invente des histoires, le cuisinier qui fait plaisir à ses convives), il ignore certainement beaucoup de cet univers.
- **S'il évoque un métier qui reste confidentiel** (notaire, producteur, astronaute, directeur de ressources humaines, community manager), il est loin du compte, sauf si quelqu'un de sa famille travaille dans ce secteur.

Évidemment, une rencontre avec un professionnel sera la meilleure occasion d'en savoir plus. Et c'est justement l'idée du stage obligatoire à effectuer en 3e. Tout le défi est de trouver la bonne personne, ou l'équipe adéquate. Cependant, il mérite d'être relevé, tant ce stage est une belle occasion à saisir.

Ces 3 à 5 jours, consécutifs ou non, permettent aux élèves, individuellement ou collectivement, d'avoir une approche plus précise de telle ou telle activité. Ils offrent aussi l'opportunité de mettre un pied dans le monde du travail : les jeunes découvrent les horaires, l'environnement, le rôle de chacun et ses compétences, les clients, les fournisseurs, les concurrents... À la fin du stage, les ados structurent leurs observations pour rédiger un rapport qui sera évalué.
Au-delà du stage et du terrain, la rencontre avec un conseiller d'orientation est une étape très utile que votre enfant ne devrait pas négliger. Un psychologue de l'Éducation Nationale peut le recevoir au collège, ou au sein du Centre d'Information et d'Orientation de votre secteur. C'est un très bon moyen de prendre connaissance des différents parcours, des études nécessaires ou possibles pour accéder à l'activité qui l'intéresse.

L'idée en plus

C'est à l'adolescent de se projeter dans l'avenir et non au parent ! Peut-être voulez-vous qu'il s'engage dans tel ou tel domaine mais attention à l'effet miroir : vous ne rendez pas service à votre enfant. Profitez de certaines occasions, lorsqu'il semble curieux, ou qu'il pose des questions sur certains corps de métier (à la poste, dans un magasin ou dans des bureaux, en vacances, quand un technicien intervient chez vous). Faites des recherches ensemble, essayez d'en savoir plus sur les aspects pratiques de cette activité. Cela l'incitera à le faire par lui-même quand d'autres occasions se présenteront. Et surtout, encouragez votre enfant à oser demander des renseignements aux personnes qu'il rencontre et qui l'inspirent. Elles seront ravies de lui répondre.

CHOISIR LA FACILITÉ, LA DIFFICULTÉ ?

Certains élèves vont chercher à s'orienter dans le même secteur que leur(s) parent(s). Et cela peut se comprendre : ils en connaissent déjà les modalités et le quotidien, savent qu'ils seront accompagnés sur le chemin et cela les rassure. Ils évitent ainsi le doute et les multiples interrogations. Pourtant, quelques questions sont importantes : choisissent-ils ce métier parce qu'il leur plaît, ou par facilité, ou encore pour faire plaisir à leur famille ? Certes, il peut s'agir d'une tradition. Mais ils doivent avoir envie de reprendre le flambeau de cette lignée de vignerons, fleuristes, entrepreneurs, etc.
D'autres élèves ont bien une idée mais la longueur des études leur fait peur. Celles de médecine sont, par exemple, réputées exigeantes. Et pourtant, s'ils ont la vocation, il faut essayer. Je ne manque pas de rappeler à ceux que le soin intéresse que, dès la 3e année, les étudiants sont appelés « Docteur » quand ils effectuent un stage à l'hôpital, dûment habillés d'une blouse blanche et munis d'un stéthoscope ! Automatiquement, ils se sentent appartenir à la famille des soignants. Psychologiquement, ça compte. Et ça motive.
Néanmoins, dans la très grande majorité des cas, l'enfant en 3e n'a encore aucune idée de son futur métier. Depuis son enfance, il a souvent eu beaucoup d'envies puis elles se sont envolées ou ont été remplacées. Voilà pourquoi il est essentiel qu'un maximum d'informations soient transmises.

POUR ALLER PLUS LOIN :
140. L'entrée au collège, p. 358
146. Je veux devenir influenceur, p. 371

146. **JE VEUX DEVENIR INFLUENCEUR**

LES RÉSEAUX SOCIAUX PERMETTENT À VOTRE ADO DE COMMUNIQUER, D'ÉCHANGER, DE DÉCOUVRIR, DE PROSPECTER. CEPENDANT, SA CAPACITÉ D'ANALYSE EST ENCORE IMMATURE.

C'EST QUOI, UN INFLUENCEUR ?

Actuellement, c'est essentiellement par YouTube® (utilisé par 85 % des ados), Snapchat®, mais aussi Instagram® ou TikTok® que les moins de 16 ans sont attirés. Les photos, vidéos ou autres contenus très inventifs, souvent éphémères, sont partagés en public ou en privé. Chacun peut mettre en scène son existence, et l'animer pour la rendre plus attractive.

Certains jeunes rencontrent le succès grâce à leur « compte ». Ces influenceurs le deviennent parfois sous l'égide de leurs parents : ceux-ci partagent du contenu concernant leur enfant et l'on parle alors de *sharenting* ; ils n'affichent pas officiellement les marques de vêtements, de produits ou de décoration, mais celles-ci finissent souvent par apparaître. Autre possibilité : l'adolescent lui-même maîtrise parfaitement les réseaux et gère seul son compte.

Quand le nombre d'abonnés se multiplie, ça marche ! Les enfants deviennent des acteurs 2.0, les marques en profitent pour faire leur publicité, les parents se métamorphosent en imprésarios, les agents sont à l'affût. Des centaines, voire des millions d'euros, peuvent ainsi être générés.

Votre enfant, impressionné par tant de succès, peut vouloir s'y mettre lui aussi et devenir une star du net, comblé par une avalanche de cadeaux. Lui n'a aucune idée du marketing qui se cache derrière cette façade de bonheur. Et il va être difficile pour vous de lui expliquer car il n'est certainement pas prêt à écouter son parent « qui n'y comprend rien, de toute façon ».

QUELS IMPACTS POUR CES ENFANTS ?

YouTube® et Instagram® n'autorisent pas les moins de 13 ans à ouvrir un compte personnel. Ce sont donc généralement les parents qui sont à l'origine de la création du compte, ou l'autorisent. Parfois, des professionnels des relations publiques ou des agences s'en chargent. Certes, ils prétextent de bonnes intentions, comme s'occuper de l'avenir financier de leur enfant ou lui construire une carrière.

Cependant, un environnement particulier se met alors en place pour l'enfant star : il doit affronter la médiatisation, la monétisation de sa personne, sa scolarité est impactée, les séances de promotion et de dédicaces peuvent le troubler, son rapport à l'argent est faussé et les produits de consommation perdent de leur sens au profit de leur valeur.

Sur le plan du développement de l'enfant, devenir influenceur peut provoquer de l'anxiété ou de la dépression. Il est sous pression, doit faire sa publicité, sa promotion, développe son image en fonction de l'extérieur, panique à l'idée de manquer de *followers*. Il en vient à croire que tout est à vendre, et que l'on existe grâce à ce que l'on achète, ou possède.

Ce consumérisme peut déboucher sur un sentiment de frustration, de déception, ou favoriser un certain cynisme, une lassitude. Pour y pallier, la petite star des réseaux sera toujours en recherche de nouveautés, de stimuli pour maintenir un état d'excitation et se sentir exister. Le risque de consommation de substances psychoactives ou d'alcool est réel.

À ce jour, personne ne sait véritablement quel sera l'impact de ce phénomène sur le développement de ces jeunes influenceurs. Contrairement aux petits acteurs qui font un spectacle, eux sont le spectacle. Et la nuance est de taille.

UN VIDE JURIDIQUE

Sur Internet, un enfant ne sait pas faire la différence entre une publicité, qui invite à l'achat ou à la consommation, et ce que l'on appelle un « contenu organique », c'est-à-dire l'information gratuite générée par un moteur de recherche. L'organisme de surveillance publicitaire *Truth in Advertising* a même déposé une plainte auprès de la FTC (Commission Fédérale du Commerce américaine) au motif suivant : 90 % des vidéos postées sur la chaîne *Ryan Toys Review* (un américain de 7 ans qui déballe des jouets, donne son avis et gagne près de 20 millions de dollars par an) contiennent au moins une recommandation de produit payant pour les enfants de moins de 5 ans !

La réglementation dans chaque pays n'est pas encore adaptée. De nombreux parents estiment qu'il s'agit là d'une exploitation des enfants. Avant l'âge de 13 ans en moyenne, ils n'ont pas encore intégré le sens critique. Comment peuvent-ils alors se forger une idée juste et mesurée de leur participation à ce marketing organisé ? Sans compter le risque de prédateurs qui rodent en usurpant des identités... La loi du 19 octobre 2020 en France, qui encadre le travail des enfants influenceurs, permet de les protéger comme le sont les enfants acteurs.

Bon à savoir

Pour mieux comprendre ce phénomène, je vous invite à visionner le reportage d'Envoyé Spécial, diffusé sur France 2 le 31 mai 2018 : www.youtube.com/watch?v=_cUkqjfqYJU&feature=youtu.be

Et si vous souhaitez en savoir plus sur la loi, consultez le site : https://www.vie-publique.fr/loi/273385-loi-19-octobre-2020-travail-enfants-youtubeurs-influenceurs-sur-internet.

QUELQUES AVANTAGES À VALORISER

Certains enfants vont cependant développer des compétences particulières dans ce domaine. Et ceci est à reconnaître, voire à valoriser, dans la mesure où l'environnement familial est bien structuré, et que leur emploi du temps correspond à celui d'enfants du même âge, en termes de socialisation, de sommeil, d'apprentissages fondamentaux, d'activités sportives, d'hygiène de vie, de gestion des écrans, etc. Or, la starisation n'est pas toujours compatible avec une existence normale.

Devenir influenceur peut stimuler la confiance en soi de l'ado, puisqu'il obtient des réseaux une certaine forme de reconnaissance. Cependant, l'adulte référent doit le responsabiliser et l'autonomiser. C'est à lui de comprendre pourquoi il s'engage dans cette voie, à lui aussi de se débrouiller seul. Peut-être a-t-il un talent pour l'expression, par exemple, se montre-t-il très créatif, est-il attiré par le commerce ou encore est-il très attentif à ses relations aux autres ? Ces qualités sont bien sûr à accompagner, tout en respectant la croissance psychique de l'enfant et non en se projetant en tant qu'adulte. Votre ado doit pouvoir prendre conscience des motivations de son entourage et de son fan-club. Mais le peut-il vraiment à cet âge ?...

POUR ALLER PLUS LOIN :

99. J'adore les écrans, p. 257

122. Je veux mon téléphone portable, p. 316

123. Je me couche tard le soir, et je suis fatigué le lendemain, p. 319

145. Je ne sais pas quel métier je veux faire plus tard, p. 369

ANNEXES

BIBLIOGRAPHIE

Du même auteur, **Dr Arnault Pfersdorff**,

- *140 jeux d'éveil pour préparer son enfant à la maternelle*, Éditions Hatier, Collection les Ateliers de l'éveil
- *Bébé premier mode d'emploi*, Hachette Pratique
- *Mon enfant ne dort pas*, Hachette Pratique
- *Mon enfant ne mange pas*, Hachette Pratique
- *Mon enfant n'est pas encore propre*, Hachette Pratique

- **Alain de Broca,** *Le développement de l'enfant*, Elsevier
- **Michèle Mazeau, Alain Pouhet,** *Dans le cerveau de mon enfant : la révolution des neurosciences*, Horay Éditions
- **Roger Barker, Francesca Cicchetti, Emma Robinson,** *Neuroanatomie et neurosciences*, De Boeck Superieur
- **Sigmund Freud,** *Introduction à la psychanalyse*, Petite biblio Payot
- **Yves Doutrelugne,** *Interventions et thérapies brèves : 10 stratégies concrètes – Crises et opportunités*, Elsevier Masson
- **Françoise Dolto,** *Lorsque l'enfant paraît*, Points
- **Françoise Dolto,** *Les étapes majeures de l'enfance*, Folio Essais
- **Florence Millot,** *Les principes toltèques appliqués aux enfants*, Hachette Pratique
- **Kreisler L., Fain M., Soule M.,** *L'enfant et son corps*, PUF
- **Marie Rose Moro, Raphaël Riand,** *Manuel de Psychopathologie du bébé et de sa famille*, La Pensée Sauvage
- **Charlotte Ducharme,** *Cool Parents Make Happy Kids*, Marabout
- **Christine Nougarolles et Anaïs Galon,** *Bébé s'exprime par signes*, Mango
- **Linda Acredolo et Susan Goodwyn,** *La Méthode Baby Signs : Comment communiquer avec votre bébé avant qu'il ne sache parler*, Éditions Marée Haute
- **Sandrine Higel,** *Chantons des 2 mains, Comptines à signer avec bébé*, Leduc.s
- **Revue Approche Neuropsychologique des apprentissages chez l'enfant A.N.A.E**
- Pédiatrie ambulatoire, 2e édition, Doin Éditions
- **Donald W. Winnicott,** *De la pédiatrie à la psychanalyse*, Payot
- **Michèle Forestier,** *De la Naissance aux premiers pas*, Erès
- **Dr Odile Bagot,** *Perturbateurs Endocriniens-La guerre est déclarée*, Mango
- **Celia Hodent,** *Dans le cerveau du Gamer*, Dunod
- **Anne Ancelin,** *Psychogénéalogie*, Petite biblio Payot
- **Carl Jung,** *Psychologie de l'inconscient*, Le livre de poche
- **Jean-Pierre Winter,** *L'avenir du père – Réinventer sa place ?*, Albin Michel
- **Céline Alvarez,** *Les lois naturelles de l'enfant*, Les Arènes
- **Véronique Bedin,** *Qu'est-ce que l'adolescence ?*, Éditions Sciences humaines
- **Boris Cyrulnik,** *Préparer les petits à la maternelle*, Odile Jacob
- **Isabelle Babington,** *L'enfant extraordinaire*, Eyrolles
- **Hervé Glasel et Michèle Mazeau,** *Conduite du bilan neuropsychologique chez l'enfant,* Elsevier Masson
- **Michèle Mazeau, Alain Pouhet,** *Neuropsychologie et troubles des apprentissages chez l'enfant, du développement typique aux dys*, Elsevier Masson
- **Stanislas Dehaene,** *La science au service de l'école*, Odile Jacob
- **Sophie d'Olce,** *Signer avec son bébé*, First Éditions
- **Loïc Guillevin, Luc Mouthon, Hervé Lévesque,** *Traité de Médecine, 3 tomes*, TDM éditions
- **Joël-Yves Le Bigot, Catherine Lott-Vernet, Isabelle Porton-Deterne,** *Vive les 11-25*, Eyrolles
- **Marie-Anne Dayé,** *Les écrans et toi, Guide pratique et sympathique pour devenir un utilisateur cyberfuté*, Éditions Midi trente
- **Laurence Rameau,** *L'itinérance ludique, une pédagogie pour apprendre à la crèche*, Dunod
- **Dr Sylvie Dieu Osika,** *Les écrans – Mode d'emploi pour une utilisation raisonnée en famille*, Éditions Hatier, Collection 10 clés
- **Éric Sanchez et Magarida Romero,** *Apprendre en jouant*, Retz
- **Jacques Moeschler,** *Pourquoi le langage – Des Inuits à Google*, Armand Colin
- **Anne de Saint Vaulry et Florence Giorgio,** *100 jeux pour aider son enfant en difficulté d'apprentissage*, Éditions Hatier, Collection les Ateliers de l'éveil

BLOGS, SITES INTERNET

- **Le blog du Dr Pfersdorff :** pediatre-online.fr
- **Le site de La Maison des Maternelles :** lamaisondes-maternelles.fr
- **Le blog des parents des éditions Hatier :** Parentips.fr
- **le site canadien très bien fait :** naitreetgrandir.com/fr
- **Revue francophone pour les troubles des apprentissages :** anae-revue.com
- **Le site de l'association française de pédiatrie ambulatoire :** mpedia.fr
- **Le rapport des 1000 premiers jours :** solidarites-sante.gouv.fr/affaires-sociales/familles-enfance/pacte-pour-l-enfance/1000jours/article/le-rapport-des-1000-premiers-jours-une-commission-d-experts-a-l-appui
- **Colic Infants Questionnaire :** coliq.net
- **Haute Autorité de Santé :** has-sante.fr
- **Société Française de Pédiatrie :** sfpediatrie.com
- **Soutien à la parentalité par le Ministère des Solidarités et de la Santé :** solidarites-sante.gouv.fr/archives/archives-famille-enfance/dispositifs-d-aides-aux-familles/article/soutien-a-la-parentalite
- **Le site de l'Assurance Maladie, une mine d'information :** ameli.fr
- **Des informations fiables sur les vaccins :** info-atbvac.com et infovac.fr
- **Le programme national d'aide aux Maisons des Adolescents :** solidarites-sante.gouv.fr/soins-et-maladies/prises-en-charge-specialisees/article/les-maisons-des-adolescents
- **Réseau d'éducation thérapeutique REDOM qui accompagne enfants, adolescents, adultes pour obésité, diabète, etc. :** redom.fr
- **Connaître et dépister les signes avant-coureurs de l'anorexie et de la boulimie chez les enfants et les adolescents :** hopitalpourenfants.com/infos-sante/pathologies-et-maladies/trouble-alimentaire-ou-pas-connaitre-les-signes-avant-coureurs
- **Apprivoiser les écrans et grandir, Serge Tisseron psychiatre :** 3-6-9-12.org

YOUTUBE®, FACEBOOK®, INSTAGRAM®

- **Les tutos du Dr Arnault Pfersdorff à La Maison des Maternelles sur France TV :** https://www.youtube.com/playlist?list=PLISrGRIBKwl4F-0bemqWJPvnjKzSZS8Utp
- **ParentipsZen les vidéos :** facebook.com/ParentipsZen/videos/entrée-en-maternelle-que-faire-si-mon-enfant-nest-pas-encore-propre-/895227160999612/
- **Pediatre-online sur Facebook® :** facebook.com/search/top?q=pediatre-online
- **Encore une histoire pour les enfants par Benjamin Muller :** https://www.instagram.com/encore_1_histoire/?hl=fr
- **Bouger Manger le programme national pour les adolescents :** https://fr-fr.facebook.com/mangerbouger
- **3-6-9-12 les écrans :** https://www.youtube.com/channel/UCgMl4ic1rOV9TUJ68aVF2tw
- **Cyberharcèlement chez les adolescents comment les aider :** https://youtu.be/EuLLqgW_3DE
- **1, 2, 3 Sommeil ! La téléconférence du Dr Pfersdorff auprès de la Mutualité Française Occitanie :** https://youtu.be/pesqVLiD4pg
- **Identité de genre, pour comprendre - Reportage :** *« Petite Fille – Quand je serai grande, je serai une fille »*, Arte https://youtu.be/WxXoRUE-mIE
- **Podcasts**
- **La formation du cerveau, à quoi pensent les nourrissons :** https://www.franceculture.fr/emissions/les-passeurs-de-science-le-cerveau/la-formation-du-cerveau-quoi-pensent-les-nourrissons
- **Podcast Parentalité(s) :** https://play.acast.com/s/parentalite-s
- **La déflagration dans la vie du bébé, Anna Roy sage-femme :** https://podcasts.apple.com/fr/podcast/sage-meuf/id1514395613?i=1000499120842 **et** https://www.europe1.fr/emissions/sage-meuf/la-deflagration-dans-la-vie-du-bebe-4004970
- **@ Le cœur net :** des supers vidéo, podcasts faits par le Dr Anne Geisler : http://lecoeurnet.info
- **Les podcasts de Benjamin Muller Chroniqueur à La Maison des Maternelles :** https://www.lamaisondesmaternelles.fr/dossier/les-podcasts-de-benjamin-muller
- **Encore une Histoire podcast :** http://www.radio-en-ligne.fr/podcasts/encore-une-histoire
- **Philosophy is sexy :** https://podcasts.apple.com/fr/podcast/philosophy-is-sexy/id1494717762#episodeGuid=360fd000-aed5-48de-b0fe-9c9a8d1ca95f
- **Podcast sur la maternité :** https://www.bliss-stories.fr
- **La Matrescence, podcast pour les parents ou futurs parents :** https://podcasts.apple.com/ee/podcast/la-matrescence/id1456136943

LA COVID-19, UN AVANT ET UN APRÈS

Le SARS-CoV-2 a frappé. Un recul nous autorise à comprendre et à en retirer ce qui est malgré tout positif.
En tant que pédiatre-réanimateur, j'ai vu des femmes enceintes désespérées craindre pour leur bébé ou d'accoucher seules. J'ai vu des nouveau-nés s'infecter, mais heureusement tous sans gravité. J'ai vu des nourrissons perplexes avec le masque de leurs référents en crèche. J'ai vu des enfants ne plus savoir très bien si leur école était ouverte ou fermée, les consignes ne cessant d'évoluer. J'ai vu des adolescents se figer dans leur « *même pas mal* » propre à leur tranche d'âge en quête de transgression et d'émotions fortes.

ET POURTANT...

Rarement une période n'a été aussi riche sur le plan sociétal, jamais une époque, hormis les temps de guerre, n'a été aussi longue pour obliger chacun à s'impliquer selon son âge, ses certitudes, ses acquis, ses croyances de toutes sortes pour faire « avec » et avancer avec les outils du moment : une quasi immédiateté de la transmission des informations d'un bout à l'autre de la planète, une croissance exponentielle des échanges avec les réseaux sociaux, une pléthore d'avis parfois contraires de scientifiques sans parler des personnes publiques, attisés par les médias.

ET PENDANT CE TEMPS-LÀ, NOS ENFANTS...

Les nouveau-nés : Jamais autant de soin n'a été apporté à leur prise en charge avec une telle bienveillance, un tel besoin d'amour, car ils sont la vie et le monde entier a guetté en permanence qu'ils se portaient tous bien. Et c'est ce qui est arrivé : ils vont bien malgré le passage pour certains en soins intensifs pour surveillance temporaire.

Les nourrissons : Nous avons eu la confirmation que leurs acquisitions si nombreuses sont essentiellement basées sur le développement de leurs sens. Malgré le stress environnant des adultes, ils se sont adaptés à cette situation inédite, sans doute en partie due au fait qu'ils ont été d'autant plus stimulés grâce à la présence de leurs parents confinés. Un plus, même si cela n'a pas toujours été facile à gérer.

Les enfants : Entre 2 et 10 ans, la masse colossale des connaissances qu'ils apprennent a été valorisée par leur implication inévitable au contexte des gestes barrières : ils ont appris, imité, écouté, ils se sont sentis valorisés sous nos yeux d'adultes, je l'ai observé régulièrement.

Les adolescents : Période charnière longue et complexe, tous ont dû faire autrement que leurs aînés, prendre confiance en eux, se responsabiliser davantage, faire des sacrifices. Nul doute qu'une fois adultes, ils partageront leur expérience avec leurs propres enfants d'une tout autre manière que les générations précédentes. Écoutons-les.

REMERCIEMENTS

Je dédie cet ouvrage à mon épouse Françoise et à mes quatre enfants que je remercie de leur bienveillance et de leurs soutiens constructifs.

Ce livre n'existerait pas sans l'accompagnement durable et les encouragements de mon éditrice, Caroline Terral. Je l'en remercie chaleureusement.

Merci également à Aurore Aimelet qui a bien veillé à la mise en forme du texte et à Stéphanie Rubini pour ses illustrations choisies.

Et merci à vous, lectrices et lecteurs, de me faire confiance en vous procurant ce livre.

ISBN : 978-2-401-07319-7

Achevé d'imprimer par Macrolibros à Valladolid - Espagne
Dépôt légal : 07319 7 / 01 - mars 2021

PAPIER À BASE DE FIBRES CERTIFIÉES

Hatier s'engage pour l'environnement en réduisant l'empreinte carbone de ses livres. Celle de cet exemplaire est de :
2 kg éq. CO_2
Rendez-vous sur www.hatier-durable.fr

A
B C
1
2 3